D1720251

Tucholsky   Wagner   Zola   S...
  Turgenev   Wallace   Fonatr.   ...
     Twain   Walther von der Vogelweide   Fouqué
                    Weber   Freiligrath   Friedrich II. von Preußen
                                                              Frey
Fechner   Weiße Rose   von Fallersleben   Kant   Ernst
      Fichte   Frommel
       Engels   Fielding   Hölderlin   Richthofen
  Fehrs   Faber   Flaubert   Eichendorff   Tacitus   Dumas
          Maximilian I. von Habsburg   Fock   Eliasberg   Ebner Eschenbach
  Feuerbach   Eliot   Zweig
                       Ewald   Vergil
       Goethe   Elisabeth von Österreich   London
Mendelssohn   Balzac   Shakespeare   Dostojewski   Ganghofer
     Trackl   Lichtenberg   Rathenau   Doyle   Gjellerup
              Stevenson   Tolstoi   Hambruch
Mommsen   Thoma   Lenz   Droste-Hülshoff
              von Arnim   Hanrieder
Dach   Verne   Hägele   Hauff   Humboldt
     Reuter   Rousseau   Hagen   Gautier
  Karrillon   Garschin   Hauptmann
       Damaschke   Defoe   Hebbel   Baudelaire
                    Descartes   Hegel   Kussmaul   Herder
Wolfram von Eschenbach   Schopenhauer   Rilke   George
        Darwin   Dickens   Grimm Jerome
  Bronner   Melville   Bebel   Proust
     Campe   Horváth   Aristoteles   Voltaire   Federer
Bismarck   Vigny   Barlach   Heine   Herodot
        Gengenbach   Tersteegen   Grillparzer   Georgy
Storm   Casanova   Lessing   Langbein   Gilm   Gryphius
     Chamberlain   Lafontaine
Brentano   Claudius   Schiller   Kralik   Iffland   Sokrates
  Strachwitz   Bellamy   Schilling
       Katharina II. von Rußland   Gerstäcker   Raabe   Gibbon   Tschechow
Löns   Hesse   Hoffmann   Gogol   Wilde   Gleim   Vulpius
  Luther   Heym   Hofmannsthal   Klee   Hölty   Morgenstern
     Roth   Heyse   Klopstock   Kleist   Goedicke
Luxemburg   Puschkin   Homer   Mörike
          La Roche   Horaz   Musil
  Machiavelli   Kierkegaard   Kraft   Kraus
Navarra Aurel   Musset   Lamprecht   Kind   Moltke
  Nestroy   Marie de France   Kirchhoff   Hugo
     Nietzsche   Nansen   Laotse   Ipsen   Liebknecht
        Marx   Lassalle   Gorki   Ringelnatz
  von Ossietzky   Klett   Leibniz
          May   vom Stein   Lawrence
Petalozzi   Knigge   Irving
     Platon   Pückler   Michelangelo
  Sachs   Poe   Liebermann   Kock   Kafka
     de Sade   Praetorius   Mistral   Zetkin   Korolenko

Abu Telfan

Wilhelm Raabe

Impressum

Autor: Wilhelm Raabe
Umschlagkonzept: toepferschumann, Berlin

Verlag: tredition GmbH, Hamburg
ISBN: 978-3-8424-1143-2
Printed in Germany

Ziel der TREDITION CLASSICS ist es, tausende deutsch- und
fremdsprachige Klassiker wieder in Buchform verfügbar zu
machen. Die Werke wurden eingescannt und digitalisiert. Dadurch
können etwaige Fehler nicht komplett ausgeschlossen werden.
Unsere Kooperationspartner und wir von tredition versuchen, die
Werke bestmöglich zu bearbeiten. Sollten Sie trotzdem einen Fehler
finden, bitten wir diesen zu entschuldigen. Die Rechtschreibung der
Originalausgabe wurde unverändert übernommen. Daher können
sich hinsichtlich der Schreibweise Widersprüche zu der heutigen
Rechtschreibung ergeben.

Text der Originalausgabe

Wilhelm Raabe

Abu Telfan

oder

Die Heimkehr vom Mondgebirge

Roman

Vorwort zur ersten Auflage

Indem ich dieses nicht in *einem* lustigen Sommer entstandene Buch in die Hände der Leser gebe und es ihrem guten Herzen anbefehle, drängt es mich, eine gute Gewohnheit scheuerer Zeiten und schämigerer Autoren wachzurufen und mich strengstens gegen alle Mißdeutungen zu verwahren. Ich bitte ganz gehorsamst, weder den Ort Abu Telfan noch das Tumurkieland auf der Karte von Afrika zu suchen; und was das Mondgebirge anbetrifft, so weiß ein jeder ebensogut als ich, daß die Entdecker durchaus noch nicht einig sind, ob sie dasselbe wirklich entdeckt haben. Einige wollen an der Stelle, wo ältere Geographen es notierten, einen großen Sumpf, andere eine ausgedehnte Salzwüste und wieder andere nur einen unbedeutenden Hügelzug gefunden haben, welches alles keineswegs hindert, daß ich für meinen Teil unbedingt an es glaube. –

Stuttgart, im November 1867

Der Verfasser

Wenn ihr wüsstet, was ich weiss, sprach Mahomet, so würdet ihr viel weinen und wenig lachen.

Erstes Kapitel

An einem zehnten Mai zu Anfange des siebenten Jahrzehnts dieses, wie wir alle wissen, so hochbegnadeten, erleuchteten, liebenswürdigen neunzehnten Jahrhunderts setzte der von Alexandria kommende Lloyddampfer ein Individuum auf dem Molo von Triest ab, welches sich durch manche Sonderlichkeit im bunten Gewimmel der übrigen Passagiere auszeichnete und selbst den an mancherlei Erscheinungen der Menschen und Völker gewöhnten Tergestinern als etwas Neues sich darstellte. Ein verwildertes und, trotz der halbeuropäischen Kleidung, aschanti-, kaffern- oder mandingohafteres Subjekt hatte seit langer Zeit nicht vor dem Zollhause auf seinem Koffer gesessen und verblüfft umhergestarrt. Der Mann hätte sich in das Fremdenbuch oder vielmehr auf den Fremdenzettel des Schwarzen Adlers dreist als »particolarissimo« einzeichnen dürfen; er tat es aber nicht, sondern schrieb einfach seinen Namen: Leonhard Hagebucher, hinein und fügte, den Polizeivorschriften gemäß, hinzu: »Kriegsgefangener – kommt aus Abu Telfan im Land Tumurkie, Königreich Dar-Fur – geht nach Leipzig im Königreich Sachsen.« Natürlich ließ sich eine Viertelstunde später ein kaiserlich-königlicher Beamter bei ihm melden, um sich verwundert einige weitere Auskunft zu erbitten, verließ ihn jedoch wieder eine Viertelstunde darauf noch etwas verwunderter mit der altklassischen Bemerkung: »Aus Afrika doch immer etwas Neues.«

Um seine Rechnung im Schwarzen Adler bezahlen und seine weiteren Reisekosten decken zu können, verkaufte der Fremdling einen Elefantenzahn an einen Händler in der Poststraße und fuhr auf der Eisenbahn, ohne unterwegs die Adelsberger Grotten zu besichtigen, nach Wien, wo er wohl Gelegenheit gefunden hätte, einigen mitgebrachten Goldstaub gegen ein gutes Agio in Papier zu verwandeln, es jedoch in Anbetracht, daß der Triestiner Elfenbeinhändler ebenfalls bereits in Papier gezahlt hatte, unterließ. Natürlich erschien auch in Wien, außer dem bekannten, für sein Kloster sammelnden Barmherzigen Bruder, ein Polizeibeamter auf seiner Stube, ersuchte ihn ebenfalls sehr höflich, ihm einen genauern Einblick in seine Personalakten zu gestatten, und verließ ihn gleichfalls verwundert und befriedigt. Sobald sich die Tür hinter dem Beamten geschlossen hatte, legte sich der Reisende wieder ins Bett, und da er in demsel-

ben bis zu seiner Abfahrt nach Prag verblieb, so konnte er selbstverständlich weder den Sankt-Stephans-Turm besteigen noch den Pra-
ter besuchen. In Prag kam er am Abend an, und da er am andern
Morgen in der Frühe nach Dresden abreiste, so kam der kaiserlich-
königliche Beamte tschechischer Nationalität, welcher es gleich den
Kollegen zu Triest und Wien für seine Pflicht hielt, sich spezieller
nach ihm zu erkundigen, zu spät und gab nur dem Wirt zu den Drei
Karpfen den Rat, künftig in solchen absonderlichen und verdächti-
gen Fällen den Gast den ersten Zug versäumen zu machen. Die
Prager Glocken vernahm der Kriegsgefangene aus dem Lande Tumurkie noch vom Eilzuge aus, um dann sogleich wieder sänftiglich
zu entschlummern. Er schlief, bis ihn die königlich-sächsischen
Mautbeamten zu Bodenbach weckten, und durch den Kampf um
seine Habseligkeiten ermuntert, blieb er wach bis Dresden, wo er im
Schatten der Drei Palmzweige auf dem Palaisplatz in der Neustadt
von neuem einschlief.

Es ist nicht zu verlangen, daß die Polizei sich überall persönlich
bemühe; in Dresden kam sie nicht zu dem Reisenden aufs Zimmer,
sondern zitierte, weniger verbindlich als in den kaiserlich-
königlichen Staaten, ihn zu sich aufs Büro, was dem Leser der Abwechslung wegen nicht unlieb sein kann, dagegen aber dem geheimnisvollen Fremdling ganz und gar nicht gelegen war. Da er
mußte, so ging er, wie jeder gute Deutsche es tut, kam schlaftrun-
ken zurück und fuhr, ohne sich nach der Sixtinischen Madonna und
der Brühlschen Terrasse umzusehen, nach Leipzig ab und ruhte
sanft auf dem süßen Bewußtsein, auch die Dresdener Sicherheitsbe-
hörde über seine Persönlichkeit nicht in Unruhe und Zweifel gelassen zu haben.

Zwischen Dresden und Leipzig liegt Riesa an der Bahn. Da trinkt
man ein sehr gutes Eierbier. In der Nähe von Leipzig soll der Fürst
Schwarzenberg den Kaiser Napoleon geschlagen haben, was jeden-
falls eine große Merkwürdigkeit wäre, wenn es sich beweisen ließe.
Wir wollen aber die Sache in der Dunkelheit beruhen lassen, in
welcher sie uns von unsern Vätern überliefert wurde – die alten
Herren wußten nicht genauer als wir, wer eigentlich bei Leipzig den
Kaiser Napoleon geschlagen habe.

Der Kriegsgefangene verschlief Paunsdorf, wo die Sachsen zur guten Sache übertraten, und befand sich in Leipzig, wo die Polizei, aufgeklärt durch die Verlagsartikel einiger hundert Buchhändlerfirmen und tolerant gemacht durch das dreimal im Jahre wiederkehrende Meß-Völkergewimmel, ihn zum erstenmal seit seiner Ankunft auf dem Territorium des Deutschen Bundes ungeschoren ließ und über die Unzukömmlichkeit seiner Angaben im Fremdenbuch hinwegsah. Wir sind ihr sehr dankbar dafür, denn sie hat uns dadurch einen Ruhepunkt verschafft, von welchem aus wir die fernern Erlebnisse und Abenteuer unseres interessanten Fremdlings durch einige wenige erklärende Worte einleiten können.

Auf unserer, wenn auch nicht langen, so doch unzweifelhaft ungemein verdienstvollen literarischen Laufbahn haben wir uns arg und viel geplagt, verkannte Charaktere, allerlei Spiegel der Tugend und der guten Sitte, abschreckende Beispiele des Trotzes, des Eigensinns und der Unart, lehrreiche, liebliche Exempel aus der Geschichte und aus der Naturgeschichte, sei es in alten oder neuen Dokumenten, sei es in den Gassen oder den Gemächern, auf dem Hausboden oder im Keller, in der Kirche oder in der Kneipe, im Walde oder im Felde aufzustöbern und sie nach bestem Vermögen abgestäubt, gewaschen und gekämmt in das rechte Licht zu stellen. Da ist uns seit dem Jahre achtzehnhundertvierundfünfzig mancher Schweißtropfen entfallen und manche Dummheit entfahren. Hier waren wir zu breit, dort zu flach, hier zu flüchtig, dort zu reflexiv, hier zu hoch, dort zu tief. Hier waren wir affektiert, dort maniriert, hier zu sentimental, dort zu trivial, hier zu transzendental, dort zu real, und unser einziger Trost bleibt nur, daß wir überall und immer zu bescheiden gewesen sind.

Seien wir letzteres heute einmal nicht, sondern rühmen wir uns nach unserm Verdienste!

Wieder liegt ein recht maulwurfsartiges Suchen und Wühlen hinter uns, und vor uns liegen die Materialien der sehr wahrhaften Begebenheiten, deren Zusammenstellung wir jetzt unternehmen. Mit dem unbedingtesten Vertrauen auf die Teilnahme und Anerkennung der Leser werfen wir unsern Hügel auf: »Allerseits schönsten guten Morgen!«

Ah, welch ein Vergnügen, wieder einmal die Nase aus der Tiefe emporzurecken! In welcher Pracht und Herrlichkeit steht der Garten der deutschen Literatur! Wie blitzt der Tau aus den Augen des gefühlvollen Publikums an jeder schönen Blüte, wie jubilieren die lyrischen Lerchen in der blauen Luft, wie jauchzt der Kuckuck, wie freut sich der humoristische Frosch aus dem Grunde seines gesprenkelten Bauches!

Wahrlich, es ist eine Lust, sich noch lebendig zu fühlen in seiner Haut und in seiner Nation; aber wie haben wir auch gesucht und gewühlt! Man gebe uns das uns von Rechts wegen gebührende Lob, und gebe es uns um so willfähriger, als wir doch wieder eingestehen, daß alles menschliche Wissen und Wollen nur Stückwerk sei: unsere über alle Begriffe reichhaltigen Materialien sind lange nicht so vollständig, wie wir es im Interesse der Nachwelt wünschen möchten. Verschiedene alte Tanten und Basen haben in keiner Weise bewogen werden können, ihre Schränke, Kommoden und Strickbeutel zu öffnen; die wichtigsten Papiere sind auf eine schmähliche Art zugrunde gegangen, und mehr als eine löbliche Verwaltungs- oder Justizbehörde mehr als eines hochlöblichen deutschen Bundesstaates hat es schroff von der Hand gewiesen, uns einen Blick in ihre Archive zu gestatten.

Wir waren auf Vermutungen angewiesen, wo wir Gewißheit wünschten, und unsere Phantasie fand häufig einen viel weiteren Spielraum als unser Verstand oder das, was wir unsere Vernunft zu nennen belieben.

Wir nehmen unser Lob scheffelweise und löffelweise; – wir haben das möglichste geleistet in bezug auf Wahrheit, Ernst und Unparteilichkeit; wir haben uns weder durch den Geschmack des Tages noch durch die glückliche Leichtigkeit unseres literarischen Handwerks zu Ausschreitungen verführen lassen. In jeder Beziehung haben wir uns bestrebt, dem großen Vorwurf nachzuwachsen, und weder häusliches noch öffentliches Ungemach haben uns je länger als eine Erdumdrehung in unserm Vorwärtsschreiten aufgehalten; ja wir haben sogar jede schlaflose Nacht für einen Segen erachtet; denn sie beförderte uns gewöhnlich wenigstens einen Schritt weiter auf unserm hohen Pfade. Niemals aber wurde auch ein schwierigeres, verantwortungsvolleres Werk von uns unternommen als diese Geschichte der Heimkehr

Leonhard Hagebuchers.

Und sie war um so schwieriger, je leichter sie im Anfange erschien!

Es war recht angenehm, einen Helden frisch, fromm und frei aus dem allerunbekanntesten, allerinnersten Afrika in Triest landen zu lassen. Man hätte glorreich lügen können, ohne die mindeste Gefahr zu laufen, dessen überführt zu werden, und wir hatten uns entschlossen, es zu tun. Was alles hätten wir mit unserer bekannten Gefälligkeit über den Gorilla, die Tsetsefliege, den Tschadsee, den Sambesi und dergleichen Kuriositäten sagen können! Überall hatten wir es mit Dingen zu tun, von welchen jedermann etwas gehört hat, ohne jedoch etwas Genaueres darüber zu wissen.

Wie gesagt, nachdem unser literarisches Schicksal uns die Gunst hatte zuteil werden lassen, die Bekanntschaft unseres Freundes Hagebucher zu machen, waren wir anfangs fest davon überzeugt, daß eine solche Art, ihn nach seiner langen Abwesenheit der erstaunten europäischen Welt von neuem bekannt zu machen, die einzig richtige sei, und unser entzücktes Herz schlug und flatterte wie ein betrunkener Schmetterling über den tausend Blumen des Mondgebirges – Dschebel al Komri.

Wie jedoch auf jeden Rausch binnen kurzem die Ernüchterung folgt, so trat dieselbe auch sehr bald nach dieser ersten gehobensüßen schriftstellerischen Betäubung ein. Je bekannter wir mit dem vielgewanderten trefflichen Manne wurden, desto mehr griff in unserer Seele die Gewißheit Platz, daß er seine mannigfaltigsten, buntesten, gefahrvollsten, geheimnisvollsten Abenteuer nicht in Ägypten, Nubien, Abyssinien und im Königreich Dar-Fur erlebte, sondern da, wo aus alter Gewohnheit der mythische Name Deutschland auf der Landkarte geschrieben steht, da, wo das biederste Volk der Erde seit uralter Zeit Treu und Redlichkeit übt und, seit es aus dem Urschlamm entstand, seinen Regierungen nicht ein einziges Mal einen gerechten Grund zur Klage gegeben hat.

So wurde eine große Aufgabe durch die andere verdrängt; es handelte sich nicht mehr um Äthiopien, sondern um Germanien, nicht mehr um Nymphaea lotus, sondern um Herba nicotiana, nicht mehr um unsträfliche Lieblinge der Götter, sondern um arg und oft gestrafte Sündenböcke der Menschen. Der Schmetterling vom Mondgebirge wurde wieder zu einem gewöhnlichen, weißgelben Buttervogel, der sein kurzes Sommerleben über einer angenehmen deutschen Wiese austummelt, ruhig seine Eier legt und der Vater einer entsetzlichen Menge sehr grüner und dickleibiger Raupen wird, was man dann in bestimmten Fällen Romane schreiben nennt.

Wir befinden uns aber ausnahmsweise diesmal nicht in einem solchen Falle; wir schreiben etwas ganz anderes als einen Roman und sind fest überzeugt, daß niemals ein Biograph Lebendiger oder Toter mit tieferer Würdigung eines großen Gegenstandes die Feder ergriffen hat, durch welche Bemerkung wir noch dazu abermals unsere Berechtigung manifestieren, uns im Gasthofe zum Palmbaum in Leipzig nach dem Fremdling, der hoffentlich binnen kurzem recht vielen anständigen Leuten ein sehr guter Bekannter sein wird, umzusehen.

Aller Anfang ist schwer, sagt das Sprichwort und trifft hier durchaus nicht zu. Es war nichts leichter, als den Kriegsgefangenen des Sultans von Dar-Fur vom Molo zu Triest bis in den Palmbaum zu Leipzig zu verfolgen und ihn daselbst samt seiner afrikanischen Kiste im Zimmer Nummer einundachtzig zu deponieren. Wo blieben aber Mann und Kiste nachher?

Gleich den Juden in der Wüste, welchen Jehova die ihrem Zuge voranwandelnde Feuersäule im nicht unbegründeten Ärger vor der Nase ausbläst, gleich dem liebenden Gemüt, welches beim Mondaufgang in der Jasminlaube einen Kuß erwartete und eine Ohrfeige erhält, gleich der deutschen Nation in allen den Augenblicken, wo ihr ein Licht aufgeht, stehen wir sehr verdutzt und im dicksten Nebel.

Leipzig ist eine schöne Stadt und, wenn wir dem Volksliede glauben wollen, sogar eine Seestadt. In seiner nächsten Umgebung pflegen, wie wir bereits leise berührt haben, seit längerer Zeit die Völkerschlachten stattzufinden, und daß seine Messen und sein Buchhandel zu den europäischen Berühmtheiten gehören, haben wir auch schon angegeben. Leipzig ist die Stadt der Denkmäler, und es ist ein großer Vorzug, daselbst zu einem Monument berechtigt zu sein – Hagebucher aber war es nicht. Hagebucher kam nicht als Anführer von hunderttausend Mann Mongolen, Schweden oder Franzosen; er kam nicht als Verleger oder Sortimenter, er kam nicht als Händler in Leder oder Fuchspelzen, es gelüstete ihn nicht nach den von Dichtern und Feinschmeckern gleich geachteten Lerchen – was wollte er in Leipzig?

Er hatte weder mit der Allgemeinen Modenzeitung noch mit den Blättern für literarische Unterhaltung irgend etwas zu schaffen – was wollte er in Leipzig?

Ja, was wollte er in Leipzig? Unsäglich haben wir uns abgemüht, es herauszubekommen, und als alle unsere Nachforschungen nur zu der einen Vermutung, er wolle ausschlafen, leiteten, erhoben wir uns jauchzend: was für einen frischen, muntern, helläugigen Helden konnten wir unsern Lesern vorführen! Leider aber verlor sich schon im nächsten Augenblick jegliche Spur von ebendiesem Helden; wir standen, wie gesagt, verwirrt und verdutzt und tappten im dicksten Nebel umher. Wir verfolgten eine dunkle Spur über den Augustusplatz, durch die Grimmaische Straße, aber sie führte hinab in die Eingeweide der Erde, und wenn auch nicht zu den »Müttern«, so doch in Auerbachs Keller, wo sie sich verlor. Eine zweite, noch vagere Spur brachte uns durch das Frankfurter Tor an der großen Funkenburg vorüber nach dem Kuhturme und ließ uns daselbst in einem Kampf auf Leben und Tod mit dem furchtbaren Getränke »Gose« auf das schmählichste im Stich. Auch in einem Kuchengarten zu Reudnitz opferten wir uns für das allgemeine literarische Beste ohne Resultat, und ein unbestimmtes Gerücht, welches den abenteuerlichen Mann aus Afrika, den Kriegsgefangenen des Herrschers von Dar-Fur, im Knoblauchsduft und Mückentanz des Rosentals, auf einer Bank in der Nähe von Gohlis gähnend sein Reisetagebuch vervollständigen läßt, wird ewig ein Gerücht bleiben; denn niemals wurde uns die Existenz dieses Reisetagebuches zu einer Gewißheit.

Zweites Kapitel

Und die Erde drehte wieder einmal ihre Ostseite der Sonne zu; die letztere ging dem, was die Menschen die Alte Welt nennen, auf, und wurde es denn auf diesem nicht mehr ganz ungewöhnlichen Wege gottlob auch in Europa von neuem Tag. Mit der östlichen Halbkugel aber drehte sich das Städtchen Nippenburg, welches jedenfalls recht anerkennenswert war; denn wie jedes deutsche Gemeinwesen hielt es etwas auf seine Selbständigkeit und wußte sich sonst mit Hartnäckigkeit auf seiner Stelle, im alten Recht und Unrecht, zu behaupten.

Der Nonnenberg sank nach dem Orient hinüber, die Sonne blickte von seinem abgeplatteten Gipfel in den germanischen Frühling, und jeder Vogel, welcher schon stundenlang vom Lichte gesungen hatte, konnte sich nunmehr beruhigter an sein munteres Tagewerk begeben. Daß auch die Menschheit sich sofort an ihr Tagewerk begab, braucht in Ansehung der unendlichen Lust an der Tätigkeit, welche in ihr steckt, nicht erst gesagt zu werden; aber wichtig ist es, zu wissen, daß auch das Dorf Bumsdorf, zweiundeinenhalben Büchsenschuß westlich von der Stadt Nippenburg gelegen, sich von der allgemeinen Bewegung nicht ausschloß. Es war ebenfalls ein Vogelnest im Grün, dieses Dorf Bumsdorf, aber weniger voll zwitschernder Melodien als voll Gebrumm und Gegrunz, Geschnarr und Geknarr, Gequiek und Gequak, Gefluch und Gepfeif, Gezeter und Gejodel, und die Sonne beschien heiter die Kirche, das Pfarrhaus, den Gutshof, das Wirtshaus und den Mühlenteich, die Wohnungen der Vollspänner, Halbspänner, Brinksitzer, Kotsassen, Häuslinge und Anbauer und das Haus des pensionierten Steuerinspektors Hagebucher, eines Mannes, der seiner wohlverdienten Ruhe in ländlich sittlicher Abgeschiedenheit, jedoch nicht gar zu entfernt von den Annehmlichkeiten des städtischen Lebens, genoß. Der Storch klapperte auf dem Dache des Steuerinspektors, die Schwalbe bewohnte ungestört ihr Nest an seinen Mauern; den frommen Tauben war alle Gelegenheit zu einer wünschenswerten Vermehrung geboten; über der Pforte stand der biblische Spruch: Gesegnet sei dein Eingang und Ausgang – und hinter der Tür stand der dicke Knüppel für unverschämte Bettelleute, Handwerksgesellen und fremde Hunde; denn das Haus des Steuerinspektors war dicht an der Landstraße gelegen, und seine Küchenfenster waren nur durch einen Graben von derselben getrennt. Die Front des Hauses bildete mit der Nippenburger Landstraße einen rechten Winkel, und auf drei Seiten war es von einem nicht allzu großen, aber wohlgepflegten Garten mit Gemüsefeldern, Blumenbeeten, Grasplätzen, Obstbäumen und drei Lauben umgeben. Lebendige Hecken und stellenweise ein hölzernes Gitter zogen die Grenzen gegen die übrige Welt.

Das Licht aus dem Fenster des Wohnzimmers im untern Stockwerk der Vorderseite und das Herdfeuer aus den Küchenfenstern der rechten Nebenseite warfen im Sommer wie im Winter einen gleichbehaglichen Schein in die Abenddämmerung oder die schwarze Nacht. Der Dampf des Schornsteins war so appetitlich wie irgendein Opferrauch, der je zu der unsterblichen Nase Jehovas, Jupiters oder des Gottes der spanischen Inquisition emporstieg, von welchen letztern kirchlich-kulinarischen Darbietungen sich, beiläufig gesagt, die schöne Redensart herschreibt, daß jemand den Braten rieche. Tausende und aber Tausende von müden Wanderern, die auf der Landstraße an dem Hause des Steuerinspektors vorübergezogen waren, hatten den Mann beneidet, während der Winterabend düsterer herabsank und die Schneewolken tiefer sich zur Erde senkten; wir aber beneiden ihn an diesem Frühlingsmorgen, welcher auf die Heimkehr seines Sohnes Leonhard folgte.

Hund und Katze sonnten sich auf der Steinbank vor dem Hause des Steuerinspektors, und der Steuerinspektor selbst rauchte nachdenklich seine Morgenpfeife auf dem mit feinem Sand bestreuten Platze zwischen seiner Tür und seinen Rosenstöcken. Die Steuerinspektorin hielt die Hand über die Augen, um nicht von der Sonne geblendet zu werden, und sah nach den Fenstern des obern Stockwerks hinauf. Fräulein Lina Hagebucher aber saß im Innern des Hauses auf der Treppe, hielt die Hände im Schoße gefaltet, still wie ein Mäuschen, und bewegte in ihrem Herzchen alle Wunder, die sich seit gestern abend an ihr und dem Hause ihrer Eltern erfüllt hatten. Es ist keine Kleinigkeit, wenn ein Bruder, den man im Dienste des Vizekönigs von Ägypten gegen die Nubier gefallen glaubt, von dem man aus frühesten Kindheitsjahren her nur noch eine sehr dunkle Erinnerung hat und der allmählich in der Phantasie zu einem sehr romantischen, märchenhaften Wesen geworden ist, plötzlich auf der Landstraße von Nippenburg heranwandelt und, schlimmer von Aussehen als ein Zigeuner, über die Hecke in die Geißblattlaube guckt, nach dem Papa und der Mama fragt und dann entsetzlich nervös wird, unter lautem Schluchzen sein Inkognito fallenläßt und Lina beim Halse nimmt und sie abküßt, wie es ihr noch nie passierte.

So war es geschehen, und Nikola von Einstein, das Ehrenfräulein aus der Residenz, welches sich auf dem Gutshofe zum Besuche oder, wie es sagte, »auf Urlaub« befand, und Sophie und Minchen, die beiden Bumsdorfer Ritterfräulein, konnten es bezeugen, denn sie waren alle drei bei dem Vorgange zugegen und schrieen sämtlich mit um Hülfe. Der Papa und die Mama waren im höchsten Schrecken aus dem Hause hervorgestürzt, und Fräulein Nikola schrieb an demselben Abend noch die ganze Geschichte ausführlich, ihre eigenen Gefühle und die aller andern recht anschaulich schildernd, nach der Residenz; – sie langweilte sich ein klein wenig bei ihrer Milch- und Molkenkur zu Bumsdorf und hatte jetzt zum erstenmal daselbst etwas erlebt, was des Berichtens wert war.

Du kleines, flatterndes Herz auf der Treppe, nicht wahr, das war eine schlaflose Nacht? Hinter der dünnen Wand schluchzte die Mutter, und der Vater lief auf und ab bis zum ersten Hahnenschrei, und du, du weintest und lachtest durcheinander und schwebtest in dem Mirakel von Mondenaufgang bis Mondenuntergang, um dann einen kurzen, unruhigen, ängstlichen Traum davon zu träumen. Nun war es Morgen, die Sonne war aufgegangen, man brauchte sich nicht mehr an der Nase zu zupfen, um sich zu vergewissern, daß man wach sei und seine fünf Sinne sämtlich beieinanderhabe: die Geschichte, welche Nikola nach der Residenz schrieb, war zweifellos wahr; die wilden Mohren hatten den Bruder Leonhard nicht erschlagen – er war heimgekehrt und schlief in der blauen Stube. Die Welt und die Zeit hatten mit einem Schlage sich geändert; nicht das Kleinste erschien mehr so, wie es gestern gewesen war; jeder Ton, jeder Schimmer und Schein hatten eine andere Bedeutung, und doch, wenn Baum und Busch, der Garten und das Feld über Nacht den grünen Rock aus- und einen blauen angezogen hätten, so wäre das durchaus von keiner Bedeutung und ganz und gar nicht merkwürdig gewesen.

»Es ist in der Tat eine merkwürdige Geschichte«, sprach aber der Vater Hagebucher, zum dreizehntenmal seine Pfeife in Brand setzend. »Man gibt sich alle Mühe, das Faktum mit Überlegung und Fassung zu behandeln; allein es will nicht gelingen. Mutter, nimm dich zusammen und halte den Kopf oben; sei vernünftig und wirf einem das Rechenexempel nicht noch mehr durcheinander – heule nicht, Alte, dazu ist doch wahrhaftig kein Grund – der Junge ist wieder da, das ist jedenfalls ein Trost, den wir fürs erste sicher ins Haben schreiben können, das Weitere muß sich ja wohl allmählich finden.«

»Mein Kind, mein Kind, mein armes Kind!« schluchzte die Mutter. »Wie habe ich mich um ihn gehärmt, und wie sieht er aus! Mein Kind ein Sklave – zwischen einem Ochsen und einem Kamel an einen Pflug gespannt! Und zehn Jahre lang nichts zu essen als saure Elefantenmilch und spanischen Pfeffer. O mein verlorenes Kind, mein Leonhard! Mein Kind ein schwarzer Sklav, ich fasse es nicht, ich fasse es nicht! Und daß wir ihn wiederhaben, daß er oben in seinem Bett liegt, daß wir hier mit dem Kaffee auf ihn warten, das kann ich, Gott mag es mir verzeihen, noch weniger fassen.«

»Konfus müßte es den Besten machen; na, nur Ruhe, Ruhe; was hilft das Gezappel, es kommt alles zu einem Fazit«, brummte der Steuerinspektor. »Addieren und subtrahieren können ist zuletzt doch die Hauptsache, und die Kunst hat noch keinen Menschen im Stich gelassen, man muß sie nur richtig anzuwenden wissen. Guten Morgen, Herr von Bumsdorf – jawohl, es ist so – wir haben ihn wieder – er ist heimgekommen.«

»Gratuliere, gratuliere von Herzen!« rief der Ritter, sich halben Leibes über den Zaun lehnend. »Aber sagen Sie, Inspektor, trägt er denn wirklich einen Ring in der Nase?«

»Gottlob, das doch nicht!« rief die Mutter entrüstet. »Schlimm genug ist's mit dem armen Kinde, aber einen solchen Jammer hat uns doch der Herr gnädig erspart.«

»Das Frauenzimmer aus der Residenz lügt wie gedruckt und verdirbt mir meine Mädchen dazu in Grund und Boden«, sprach der Herr vom Hofe. »Ich bitte ganz gehorsamst um Verzeihung, Frau Inspektorin – also ist die Geschichte von der grünen und gelben Tätowierung natürlich –«

»Auch erlogen!« schloß die Mama. »Schicken Sie mir nur Fräulein Nikola, Herr von Bumsdorf; ich werde ihr meine Meinung sagen. Das arme Kind, als ob es nicht schon genug unter den Mohren und Heiden erduldet hätte.«

»Die ganze Gegend auf sechs Meilen in der Runde schlägt einen Purzelbaum über diese Geschichte!« rief jetzt der Ritter von Bumsdorf im hellen Enthusiasmus. »So etwas ist ja noch gar nicht dagewesen; kein Mensch hat es für möglich gehalten, das geht über alle Zeitungsblätter und Romangeschichten von Eduard und Kunigunde, über den Gehörnten Siegfried, die Gartenlaube und den ganzen Alexander Dumas. Hagebucher, alter Freund, Sie sind ein glücklicher Patron, und wenn es Ihnen ansteht, so vertausche ich auf der Stelle meinen Leutnant gegen Ihren Afrikaner.«

»Wir haben beide in dieser Hinsicht das Fazit noch nicht gezogen, Herr von Bumsdorf«, sagte der Steuerinspektor. »Daß der Junge aber wieder da ist, ist freilich ein gutes Ding, schon der Alten wegen. Wir haben böse Nächte durchlebt diese Jahre durch; aber wer kann sagen, was wir anjetzo zurückempfangen haben? Nun, wir wollen den angenehmen Morgen dankbarlichst genießen; es ist gewißlich eine große Freude, wenn auch eine große Verwirrung, eine merkwürdige Konfusion. Da gehen alle vier Spezies durcheinander, daß es einem vor den Augen schwimmt; wenn das Exempel Kopf und Fuß haben wird, so wollen wir weiter davon sprechen.«

»Es ist wahr«, sprach der Ritter, »man weiß niemals, wie Petz nach Hause kommt. Mein Leutnant hat mir auch häufig genug das Gaudium am Wiedersehen raffiniert verdorben. Na, man wird ja schon sehen, was man erleben soll, Inspektor; – jedenfalls wünsche ich immer wieder aus vollem Herzen Glück, und ich denke, es weiß ein jeder, wie ich es meine.«

»Ja, das wissen wir«, sagte die Mutter Leonhards, und dann ging der Ritter von Bumsdorf, seine Roggenfelder zu besehen, und überließ die Familie Hagebucher ihrer Aufregung und zitternden Unruhe. Der Steuerinspektor gab es auf, seine Pfeife im Brande zu erhalten, er setzte sie fort und trug seine »Irritation« zu seinen Spargelbeeten, die Mutter trug ihr klopfendes Herz in das Haus, und Lina machte ihr neben sich Platz auf der Treppenstufe, und beide waren überzeugt, nie in ihrem Leben auf solche Weise gehorcht und so viel, so viel durcheinandergedacht zu haben. Wir aber, indem wir den seltsamen Wanderer, dessen Spur wir in Leipzig verloren und den wir in Bumsdorf wiedergefunden haben, um dieses Lauschen und Gedankenspiel auf der Treppe sehr beneiden, wenden uns zu ihm selber.

Er lag selbstverständlich noch im Bette, und man braucht eben nicht gleichfalls aus der Gefangenschaft im Tumurkielande zurückgekehrt zu sein, um sich mit Genauigkeit in seine Gefühle und Stimmungen versetzen zu können. Epimenides, die sieben Brüder von Ephesus, welche unter der Regierung des Kaisers Decius in die Höhle gingen und unter der Regierung des Kaisers Theodosius, einhundertfünfundfünfzig Jahre später, wieder herauskamen, und zuletzt Meister Rip van Winkle haben uns längst befähigt, ihm in allen seinen Empfindungen gerecht zu werden.

Er lag auf dem Rücken und hatte beide Hände unter den Hinterkopf geschoben; er schnarchte, und Mutter und Schwester hörten ihn schnarchen. Jetzt zuckte er, wie von einem elektrischen Funken getroffen, und fuhr jählings empor, meinungslos, halb erschreckt um sich herstarrend – mit einem Seufzer sank er zurück und sah zweifelnd, ohne sich zu bewegen, auf den von der Sonne durchstrahlten Fenstervorhang. Eine Ahnung ging ihm auf, wo er sich befinde, und allmählich, ganz allmählich wurde diese Ahnung zur sichersten Gewißheit, und die Furcht, den Dämonen der Nacht wieder einmal zum Spielzeug gedient zu haben, verschwand nach und nach; die Lippen zitterten, und es ging etwas über das verwilderte Gesicht, über die benarbte Stirn, was nichts mehr mit dem Königreich Dar-Fur zu tun hatte. Leonhard Hagebucher hatte sich aufgerichtet und horchte und rief dann:

»Mein Gott, da sind ja wieder einmal die Erdflöhe dem Alten über das junge Gemüse geraten! Mein Gott, mein Gott!«

Und dann sank er wieder zurück und legte beide Hände auf das geschwärzte Gesicht, und dann – dann hat er geweint, trotzdem daß er ein starker Mann und nahe an sechs Fuß hoch war und mehr erlebt hatte als das ganze Dorf Bumsdorf und die Stadt Nippenburg dazu.

Gestern waren es Abu Telfan, die schwarzen Freunde mit der Peitsche aus der Haut des Rhinozeros, Moskitos, Riesenschlangen,

Kopfabhacken, Bauchaufschneiden, Sumpffieber, Affen- und Galla-neger-Braten. Heute hieß es Bumsdorf, Elternhaus, deutsches Kaffeebrennen, deutscher Westwind – Spatzen – Schlafrock und Pantoffeln, das war der Unterschied!

Draußen auf der Treppe flüsterte Lina:

»Horch, Mama, er regt sich, er ist erwacht!«

Und beide dumme Dinger erhoben sich schwindelnd und kratzten an der Kammertüre und riefen zwischen Lachen und Weinen: »Guten Morgen, Leonhard!« Und Leonhard rief etwas ganz Ähnliches zurück, hinzufügend, daß er in fünf Minuten bei ihnen sein werde. Darauf war es, als sei in dieser verflossenen Nacht ein neues Volkslied in einem der Schwalbennester unter dem Dachrande geboren worden und nehme jetzt seinen Flug in die Welt hinaus – es war aber nur Fräulein Lina Hagebucher, welche singend die Treppe hinunter- und hinaus in den Garten sprang und ihren Vater an den Schößen seines Schlafrocks aus seinen Erbsenfeldern hervorzog.

»Er wird sogleich kommen, er wird sogleich hier sein!«

»Schön!« sprach der Alte, die Brille zurechtrückend. »Es soll mich wundern, wie er bei Tageslicht aussieht; gestern in der Abenddämmerung und beim Lampenschein – nun, wir wollen sehen.«

»Das wollen wir, Papa!« rief Lina und richtete sich mit glänzenden Augen empor.

»Erwacht, erwacht, erwacht!« rief Leonhard, seine Mutter unter der Haustür in die Arme schließend und sie küssend, grade unter dem alten wackern Worte: Gesegnet sei dein Eingang und dein Ausgang.

Drittes Kapitel

Meilenweit ins deutsche Land hinein stellte sich die Umgebung von Bumsdorf auf die Zehen, um gleich dem Freiherrn von Bumsdorf über die Hecken in den Garten des Steuerinspektors Hagebucher zu gucken. Natürlich wurde der kuriose Fall auf die verschiedenste Weise angesehen; denn je nach Alter, Geschlecht und Stand ist der Gesichtspunkt des Menschen ein anderer, und man schlägt nicht auf eine und dieselbe Art die Hände über dem Kopfe zusammen. Zu den seltsamsten Münzen wurde das Ding ausgeprägt und in Umlauf gesetzt. In den Gerichtsstuben und in den Wochenstuben, auf dem Markte und in den Gassen, in der Wirtsstube und in dem langen Trauerzuge, welcher dem soeben verstorbenen, uns jedoch sonst weiter nicht interessierenden Nippenburger das Geleit zum Kirchhof gab, wurde von dem Mann aus dem Tumurkielande gesprochen. Unsere Aufgabe aber ist es, vor allen Dingen Herrn Leonhard Hagebucher selbst zu hören und dann erst der Welt das Wort zu geben und den behaglichen oder unbehaglichen Eindruck ihrer Meinung auf den heimgekehrten Abenteurer in Betracht zu ziehen.

Also sprach Leonhard Hagebucher zu seinen Eltern und seiner Schwester und »tat bedeutend den Mund auf«, wie es in Hermann und Dorothea geschrieben steht, wobei jedoch noch zu bemerken ist, daß die Erzählung nicht ununterbrochen fortlief, sondern, durch alles, was naturgemäß einen solchen Bericht verzögern und von der graden Straße abdrängen muß, aufgehalten, nach altem Recht des Zuhörers und des Erzählers selbst im hüpfenden Zickzack vorschritt und sich durch Tage und Wochen ringelnd hinschleppte.

»Selten mag wohl einem Menschen eine so günstige Gelegenheit, über seine Sünden und Laster nachzudenken und sie zu bereuen, gegeben werden, wie sie mir, ganz und gar gegen meinen Willen, zuteil geworden ist, und da ihr mich wieder in eurer Mitte aufgenommen habt, ohne die alten Zerwürfnisse von neuem aufzufrischen, so will auch ich so wenig als möglich Worte über das verlieren, was ihr beiden Alten zur Genüge kennt und was das Schwesterlein gottlob nicht weiter kränkt. Ein relegierter Studiosus der Theologie konnte wahrlich kein Mann für den lieben Papa sein, und auch ich habe heute nichts mehr dazu zu sagen und werde jetzt gewiß keine Untersuchung mehr anstellen, ob jenem Schläger, welcher diese Schmarre hier über die Nase und jenen Strich durch alle Hoffnungen, Erwartungen, Voraussetzungen der Familie Hagebucher in betreff meiner leichtsinnigen Individualität zog, in irgendeiner anständigen Weise ausgewichen werden konnte. Ich weiß nicht, welche Fee von der Mama nicht zu meiner Taufe eingeladen wurde, aber das weiß ich, daß sie mich diesen Verstoß gegen die Höflichkeit und den allgemeinen Anstand schwer hat büßen lassen. Ich bin in einen Schlaf gefallen wie die Prinzeß Dornröschen, aber es war ein Schlaf voll sehr unangenehmer, ärgerlicher Träume, und durch einen Kuß wurde ich auch nicht geweckt. Es liegt ein Dasein, welches nicht zu beschreiben ist, zwischen der heutigen Stunde und dem Jahre achtzehnhundertfünfundvierzig. Es ist etwas gleich der Wirkung eines Schlages vor die Stirn; oder noch besser – die Brigg scheiterte, und zerschunden und zerschlagen richte ich mich am Strande auf mit einem dumpfen Bewußtsein von der Brandung, einem Umhergreifen nach Masttrümmern und Planken, einem Ritte auf einer leeren Wassertonne und dergleichen halb unwillkürlichem Kampf mit der Gewalt und Macht des Ozeans. Ich habe eine unklare Erinnerung, daß ich meine Fähigkeiten in Hinsicht auf die mathematischen Wissenschaften und neuern Sprachen in den Zeitungen dem Publikum rühmte, daß ich den Versuch machte, als Lehrer einer Privaterziehungsanstalt mein Schicksal zu erfüllen, daß ich als Poet mich in Gelegenheitsgedichten und Wichseannoncen versuchte, jedoch weder durch das eine noch das andere den Lorbeer weder zu noch in der Suppe erhielt. Aus Italien habe ich mehrfach nach Bumsdorf geschrieben und Nachricht über meine Zustände gegeben. Ich war Kommissionär eines großen Hotels in Venedig, ich war Kammerdiener einer belgischen Eminenz in Rom, und in Neapel lebte ich nach der Gelegenheit des Ortes harmlos, behaglich, frei, ein Lazzarone und ein Gentleman, und habe es dem Fatum kaum Dank zu wissen, als es mich dieser paradiesischen Existenz entriß und mich Hals über Kopf in die verfängliche Weltfrage der Durchstechung der Landenge von Suez warf. Wenn ich, wie leider nicht geleugnet werden kann, ein ziemlich unreputierlicher, vagabondenhafter Gesell gewesen war, so gab mir nunmehr der Zufall Gelegenheit, meinen lieben Eltern und dem, was unsereiner hier in Deutschland sein Vaterland nennt, alle Ehre zu machen. Als Sekretär des Sekretärs des Monsieur Linant-Bey, Oberingenieurs Seiner Hoheit des Vizekönigs von Ägypten, welcher damals, das heißt im Jahre achtzehnhundertsiebenundvierzig, im Kontraktverhältnisse mit Seiner Majestät dem König der Franzosen untersuchen ließ, ob in der Tat das Rote Meer dreißig Fuß höher liege als das Mittelländische, hatte ich das Vergnügen, das Interesse meiner vierzig Millionen Landsleute in dieser Frage würdig vertreten zu können. Die Engländer und Franzosen schickten Fregatten, Diplomaten und Rudel von Gelehrten, der deutsche Genius sandte mich, was jedenfalls in alle Ewigkeit ein glänzender Ruhm für Nippenburg und Bumsdorf bleiben wird. ›Schwindel!‹ grunzte John Bull, welchem wenig oder nichts an dem Graben gelegen ist. ›Welthistorische Idee!‹ kreischte Robert Macaire, dem bekanntlich die mer méditerranée von der Vorsehung zum Eigentum und Waschbecken überwiesen wurde; und die Nivellementsexpedition unter den Herren Linant-Bey und Bourdaloue begab sich mit Eifer ans Werk, um die Engländer ad absurdum zu führen. Im Interesse der deutschen Bundesstadt Triest, des gesunden Menschenverstandes und meiner eigenen Stellung schlug ich mich natürlich auf die Seite Frankreichs und des Mameluckenzivilisateurs Mehemed Ali. Recht vergnüglich richteten wir uns im Sande zwischen Pelusium und Suez ein, trabten mit Meßketten und Stangen, mit Diopterlinealen, Quadranten, Sextanten und Bussolen hin und her, rechneten und maßen, daß uns der Kopf schwitzte, und wechselten ebenso häufig unsere Haut als unser Hemd unter dem Einflusse dieser wohlmeinenden ägyptischen Sonne. Dazwischen redigierten wir Zeitungsartikel für alle möglichen europäischen und außereuropäischen Blätter, um nicht nur den Kanal, sondern auch die öffentliche Meinung in das rechte Bett zu leiten; und da es mir gegeben wurde, daß ich in mancherlei Zungen mich verständlich machen kann, so stieg ich allmählich sehr in der Achtung meiner Arbeitsgeber, was ich übrigens damals pflichtgemäß nach Bumsdorf gemeldet habe. Aber gegen das Ende des Jahres siebenundvierzig waren unsere Untersuchungen leider schon beendet, und Monsieur Paulin Talabot, der Präsident der Société d'Études du canal de Suez, welcher ruhig und bequem daheim in Paris geblieben war, publizierte das Resultat zum größten Ärger der Regierung Ihrer Majestät der Königin Viktoria. Die alte zimperliche Exjungfer Europa saß wieder beruhigt in der Überzeugung, daß eine Durchgrabung der vielbesprochenen Landenge ihr nicht jene von großbritannischer Seite angedrohte Überschwemmung bedeute; – John Bull fühlte sich sehr auf den Mund geschlagen, denn der Indische Ozean drückte mit höchstens zwei Fuß Übergewicht auf das mittelländische Gewässer, ja zur Zeit der tiefsten Ebbe steht sogar das Meer bei Tineh um anderthalb Pariser Fuß höher als die Wasser bei Suez. Der Kanal war zu einem unabweisbaren Bedürfnis und ein Kontrakt mit Seiner ägyptischen Hoheit in betreff der Lieferung von fünfzigtausend Fellahleben zu einer brennenden Notwendigkeit geworden. Mit großem Triumph waren die Mitglieder der französischen Expedition auf ihrer Fregatte nach Marseille unter Segel gegangen, und ich – war im Sande zwischen den Pyramiden, Ibissen, Krokodilen, Ichneumons und spekulativen Fabrikunternehmungen Mehemed Alis sitzengeblieben. Ägypter und Franken zuckten bedauernd die Achseln, als ich meine Talente zu fernern Dienstleistungen empfahl. Man hatte mir vierhundert Franken aus der Kasse der Expedition ausgezahlt, und so schlenderte ich ziemlich gemütlich in den Gassen von Kairo umher, ruhig in der sichern Voraussetzung, daß mir im Falle der Not eine Stelle als polyglotter Hausknecht in einem der großen europäischen Hotels nicht entgehen könne. Letztere Vorstellung würde für einen Nippenburger Honoratioren wenig Verlockendes gehabt haben, für mich aber hatte die gegründete Hoffnung, auf einem solchen Posten in nicht zu langer Zeit ein artiges Vermögen zu machen, durchaus nichts Stinkendes; jedoch das Schicksal hatte es anders mit mir im Sinn. Ich war eben nicht für Lehnstuhl, Schlafrock und Pantoffeln geboren worden. Die Jahrtausende, welche nach einem bekannten Ausspruch von den Pyramiden auf die Wüste herabblicken, konnten unmöglich einen ärgern Schuft gesehen haben als den ausgezeichneten Signor Luca Mollo, genannt Semibecco, und ich sollte die Ehre, die Bekanntschaft dieses berüchtigten Elfenbeinhändlers vom Weißen Nil gemacht zu haben, teuer bezahlen. Ich weiß nicht, ob je ein anderes Dichterwort so viele arme Teufel in den Sumpf geführt hat als jene klassische Zeile: Nichts Menschlichem fremd! Die Leute, welche mit ihr das Leben zu bezwingen gedenken, werden zu allen Zeiten erfahren, welchen Unannehmlichkeiten sie sich durch dieselbe und in derselben aussetzen. Auch ich erfuhr es und wünsche keinem Bumsdorfer den Genuß der Menschlichkeiten, mit welchen ich vertraut geworden bin. Mit meinem Freunde Luca Mollo oder Semibecco und einem Haufen des niederträchtigsten Lum-

pengesindels, über welches Allah regnen und die Sonne scheinen
ließ, zog ich nach Chartum und von da weiter stromaufwärts gen
Kaka, wo wir gegen Anfang des Januar achtzehnhundertachtund-
vierzig eintrafen und unsern Handel mit den Leuten des Landes,
den Schilluks, anfingen, welche meinen abenteuernden Genossen
an Heillosigkeit kaum etwas nachgaben. Meine Ausrüstung bestand
in einer guten Doppelbüchse, nebst der dazu gehörenden Munition,
und einem Kasten voll Nürnberger Hampelmänner, welche letztere
auf einem österreichischen Lloyddampfer in Alexandria gelandet
waren. Ich muß leider gestehen, daß ich in einem Jahre mehr Feti-
sche in der Gegend zwischen dem Bahr el-Abiad und dem Bahr el-
Asrek verbreitete, als die deutschen und englischen Missionäre in
zehn Jahren abschaffen werden. Trotzdem aber, daß man mit uns
Handel und Wandel trieb und gegen Kuhglocken, Glasperlen, Ra-
sierspiegel und dergleichen Kostbarkeiten selbst das hergab, was
der zivilisierte und sentimentalere Mensch sein ›Liebstes‹ nennt: so
war unser Ruf doch nicht der beste. Wir waren nach unsern Ver-
diensten bekannt von der Straße Bab el-Mandeb bis weit übers Sul-
tanat Wadai hinaus, und kein germanischer Steckbrief konnte uns
schwärzer anstreichen, als wir bereits im Gedächtnis der Leute vom
Nildelta bis zum Mondgebirge angeschrieben standen. So war es
denn auch durchaus nicht verwunderlich, sondern einzig ein nur zu
lange verschobener Akt der göttlichen Gerechtigkeit, als unserer
Expedition auf einem Streifzug gegen die Baggaraneger durch einen
nächtlichen Überfall plötzlich ein Ende gemacht wurde. Mit Lanzen
und Keulen und Messern kamen sie über uns, als wir es am wenigsten vermuteten, um die Rechnung für dieses Mal zu quittieren, und
sie bedurften keiner langen Zeit zur Auszahlung des uns von
Rechts wegen Gebührenden. Der größte Teil meiner Reisegesell-
schaft wurde auf der Stelle totgeschlagen, und nur ein kleiner Rest
wurde bis auf weiteres, ohne alle Rücksicht auf körperliche oder
moralische Gefühle, mit Stricken aus Aloe- und Palmbaumfasern
geknebelt. Das Weitere kam bald. Es zeigte sich, daß mein armer
Freund Semibecco der bekannteste und deshalb auch gehaßteste
unserer ganzen Bande war. Man spießte ihn, und ich kann nicht
sagen, daß man ihm zuviel dadurch antat, wenn es gleich nicht
angenehm war, der Exekution und dem dreitägigen Todeskampfe
des Unglücklichen zusehen zu müssen. Die Aussicht, in gleicher
Weise auf einem zugespitzten Pfahl der Sonne, dem Durste und den

Moskitos ausgesetzt zu werden, konnte auch mit dem nil humani alienum a me puto in Verbindung gebracht werden. Glücklicherweise blieb ich diesem ›Menschlichen‹ jedoch fremd. Ich ging nur als ein Handelsartikel mit variierendem Werte von Hand zu Hand, von Stamm zu Stamm, und wurde zuletzt im Schatten Dschebel al Komris zu Abu Telfan im Tumurkielande einem meiner eigenen Hampelmänner, einem glotzäugigen, grinsenden Kerl mit blauen Hosen, gelben Husarenstiefeln und einer roten Jacke – zugegeben. Tiefer war doch gewiß noch niemals ein deutscher Studiosus der Gottesgelahrtheit im Preise gesunken?!«...

Wir haben zu Anfang dieses Kapitels unsere Meinung dahin ausgesprochen, daß man Herrn Leonhard Hagebucher seine Abenteuer erzählen lassen müsse, ohne ihn zu unterbrechen, ohne die Fragen und Interjektionen der Welt dazwischenplatzen zu lassen. An dieser Stelle aber können wir nicht umhin, unsere Ansicht zu ändern; der Nürnberger Zappelmeier fiel denn doch der Bumsdorfer Verwandtschaft zu stark auf die Nerven. Mit offenem Munde, mit zurückgehaltenem Atem saß sie da, den Erzähler anstarrend, und als sie wieder fähig war zu sprechen, rief sie:

»Und dann, und dann, o Gott, und dann?«

»Nichts!« sagte der Afrikaner mit einer Ruhe, die in der Tat etwas gespensterhaft Unheimliches hatte. Das Licht seiner Augen schien sich wie in einem Nebel zu verlieren, seine ganze Gestalt sank zusammen, die Mutter faßte ihn laut weinend in die Arme, Lina saß mit gefalteten Händen regungslos im zitternden Gram und Schrecken, und dem Papa Hagebucher ging wieder einmal die Pfeife aus.

»Nichts!« wiederholte Leonhard. »Zwanzig bis dreißig in einen kahlen, glühenden Felsenwinkel geklebte Lehmhütten – hundertundfünfzig übelduftende Neger und Negerinnen mit sehr regelmäßigen Affengesichtern und von allen Altersstufen – von Zeit zu Zeit Totengeheul um einen erschlagenen Krieger oder einen am Fieber oder an Altersschwäche Gestorbenen – von Zeit zu Zeit Siegesgeschrei über einen gelungenen Streifzug oder eine gute Jagd – von Zeit zu Zeit dunkle Heuschreckenschwärme, welche über das gelbe Tal hinziehen – zur Regenzeit ein troglodytisches Verkriechen in den Spalten und Höhlen der Felsen! Im Juni des Jahres achtzehnhundertneunundvierzig geschah jener Überfall – rechnet, rechnet –

zählt an den Fingern die Jahre und – gebt mir ein Glas Wasser aus unserm Brunnen; wahrhaftig, es war eine arge Hitze und sehr schwül in Abu Telfan im Tumurkielande!«

»Aller Segen Gottes über den guten Mann, welcher dich befreite, mein armer Sohn, und dich uns wiedergab!« rief die Mutter.

»Van der Mook! Van der Mook! Jawohl, jawohl; er kam ins Land, junge Löwen, Affen und andere merkwürdige Bestien zum Vertrieb an die europäischen Menagerien einzuhandeln, und da ich allmählich der Kategorie seiner Handelsartikel so ziemlich anheimgefallen war, so trat er kaum aus dem Kreise seines Geschäftes heraus, als er auch um mich zu feilschen begann. Kornelius van der Mook, der Name steht freilich mit flammender Schrift in meiner Seele! Er kaufte mich billig und wahrscheinlich nur in einer augenblicklichen Laune; aber er kaufte mich, und das war das wichtigste. Er gab mir Gelegenheit, auf unserm Wege durch Dar-Fur und Kordofan durch verschiedene kleine Hülfeleistungen mich an seinen Spekulationen beteiligen zu können und wenigstens mein Reisegeld bis Chartum zu verdienen. In Chartum nahm sich die katholische Mission meiner an, und meine Abenteuer endigten dort; denn von hier an bis zur Mündung ist für einen Menschen, der elf Jahre in Abu Telfan gefangen saß, der Nil kaum vom englisierten deutschen Rhein zu unterscheiden, und das rote Reisehandbuch ersetzt die Doppelbüchse, den Revolver und das nubische Jagdmesser vollständig. Ihr sagt, dies sei Bumsdorf und ich heiße Leonhard Hagebucher – ich will es euch glauben und muß die Konsequenzen auf mich nehmen.«

Viertes Kapitel

Wald, Wiesen, Ackerfelder, Kirchturmspitzen und Hausdächer, blaue Höhenzüge bis in die weiteste Ferne – alles in schönster Ordnung und in anmutigster Beleuchtung; alles so hübsch und reinlich, so bunt und fein, so freundlich und friedlich wie nur möglich, aber alles dessenungeachtet nicht imstande, den an die Dekoration Gewöhnten in eine ungewöhnliche Ekstase zu versetzen.

Es war aber nicht jeder daran gewöhnt.

Der Wald warf seinen Schatten auf den Rand der Wiese, und im weichen Grase unter den ersten Bäumen lag Leonhard Hagebucher und blickte, zwischen den Fingern durch, hinaus in den Sonnenschein. Er für sein Teil hatte noch das Recht, am Himmel und auf Erden mehr zu sehen als ganz Bumsdorf und Nippenburg zusammen, und er machte in ungestörter träumerischer Behaglichkeit von seinem Rechte Gebrauch. Wie ein großes Kind lag er in der Wiege der Heimat und ließ sich schaukeln und von der Lerche, dem Finken und dem Wind im Buchengezweig das Lied von der ewigen Jugend und Schönheit der Welt vorsingen.

Auf der Wiese vor dem Walde glänzten die leichten Frühlingskleider der Mädchen, und jede Bewegung der jungen Geschöpfe mußte in solcher Umgebung, in solchem Lichte zierlich und grazienhaft erscheinen. Ihr Rufen und Lachen und selbst ihr helles Gekreisch, als sie sich im Spiel durch die Blumen und das Gras und um die vereinzelten Büsche jagten, war vollkommen melodisch und in Harmonie mit allen übrigen Klängen und Lauten. Sogar die beiden guten Kinder vom Gutshofe, Sophie und Minchen von Bumsdorf, welche in einem nahrhaften und sorgenlosen Dasein und unter dem Einfluß der Milch- und Molkenwirtschaft sich zu recht wohltuend rundlichen Jungfräulein entfaltet hatten, trugen hier mehr vom Reh und der Gazelle zur Schau als in der Küche oder auf dem wohlgestampften, mauerumschlossenen, vom schwerwandelnden Rindvieh belebten Boden des väterlichen Hofes. Lina Hagebucher schwebte wie eine kleine blonde Fee, und Fräulein Nikola von Einstein erschien wie Titania selber. Das war ein Gegensatz in Temperatur, Färbung, Beleuchtung und Gestaltung gegen Abu Telfan, und der Mann vom Mondgebirge empfand und fühlte ihn bis in die feinsten Abtönungen und Schwingungen. Wie in ein Zauberreich sah Leonhard Hagebucher aus dem Schatten seiner Bäume in die goldgrüne Landschaft, und ein Zauber war's, als Fräulein Nikola die drei andern Mädchen ihre Spiele allein fortsetzen ließ, langsam gegen den Waldrand heranschritt und sich, ihren Schoß voll Wiesenblumen, neben dem aus den libyschen und äthiopischen Hexenbanden Erlösten niederließ.

»Der Himmel möge Ihre Beschaulichkeit segnen, Herr Afrikaner. Darf man wissen, was der gute Tag Ihnen Angenehmes zu sagen hat?«

»Er sagt nur: Halte den Mund, liege still und rühre dich nicht!« antwortete Leonhard, und das Hoffräulein meinte lachend:

»So wird es sein. Wir riefen Sie vorhin, den wilden Rosenstock dort für uns niederzuziehen, da die feinsten Knospen gewöhnlich in der Höhe wachsen. Sie ließen uns rufen, mein Herr, brummten höchstens, daß Sie sogleich kommen würden, und blieben liegen, so lang Sie sind. Das war, allem geheimnisvollen Naturverkehr zum Trotz, nicht höflich.«

»Es ist so schwer, sich wieder in der Zivilisation zurechtzufinden, Fräulein«, sprach Leonhard mit einem tiefen Seufzer. »Es ist eine so schwere und traurige Arbeit, zum zweitenmal mit dem Abc des Lebens beginnen zu müssen.«

»Weshalb geben Sie sich die Mühe?« fragte Nikola von Einstein, schnell und hell von ihren Blumen aufblickend. »Ich würde es nicht tun; ich würde bleiben, wie ich wäre; gewiß, gewiß, ich würde eine solche mir vom Schicksal angewiesene magische Ausnahmestellung sicherlich nicht wieder austauschen gegen diese erbärmliche, langweilige Routine des europäischen Alltagslebens.«

»Das klingt, als hätten Sie über den Zustand meiner armen Seele ziemlich tief nachgedacht, junge Dame.«

»Natürlich! Sind Sie doch etwas ganz Neues im Kreise meiner Erfahrung! Die Historie Ihrer Abenteuer hat mich nicht wenig aufgeregt; ich danke den freundlichen Göttern, welche Sie während meines hiesigen Aufenthaltes nach Bumsdorf zurückführten. Sie sind ein Problem, Herr Hagebucher, und ein solches läßt das Wesen, welches Sie einen gebildeten Menschen nennen werden, in unsern

Tagen so leicht nicht fahren, ohne es nach den verschiedensten Seiten hin gedreht und gewendet zu haben.«

»Fräulein von Einstein, wie alt sind Sie?« fragte Leonhard, sich halb aufrichtend, und das Ehrenfräulein lachte von neuem hellauf und antwortete mit einem vergnügten Seitenblick:

»Unausdenkbar alt! Weit, weit, weit hinaus über jegliches Abc. Länger als siebenundzwanzig sehr lange Jahre hat die Welt sich meiner Gegenwart zu erfreuen, und mein Taufschein soll Ihnen zur Einsicht bereit sein, wenn Sie mich demnächst einmal in der Residenz besuchen wollen, Herr Afrikaner.«

»Siebenundzwanzig Jahre? Siebenundzwanzig Jahre! 's ist freilich ein schönes Alter für ein junges Mädchen«, sprach Herr Leonhard Hagebucher nachdenklich.

»Und um so schöner, als mir die Ketten des Tumurkielandes noch um Hand- und Fußgelenke klirren.«

»Maschallah!« rief Leonhard mit einem Blick auf den zierlichen Knöchel, welcher sich unter dem Saume des Kleides hervorgestohlen hatte. »Das wäre eine Geschichte, welche mich freilich um manchen Schritt auf meinem Wege in den europäischen Tag hinein fördern könnte. Erzählen Sie mir ein weniges von Ihren Ketten, Fräulein Nikola, Sie finden auf der ganzen Erde keinen Menschen, der weniger Mißbrauch von Ihrem Vertrauen machen könnte und der mehr zu lernen hätte.«

Nikola fügte eine neue Blume ihrem Kranze ein und summte:

> »Debout, ihr Kavaliere!
> Ihr Pagen und Hartschiere,
> Werft auf die Flügeltür!
> Vor einem Fächerschlage
> Wird itzt die Nacht zum Tage,
> Klymene tritt herfür.«

Dann fuhr sie schnell in Prosa fort, fast ohne Atem zu schöpfen:

»Ich heiße Nikola von Einstein, mein Herr Vater war der General von Einstein, Exzellenz; meine gnädige Frau Mama ist eine geborene Freiin von Glimmern, und meinen Taufnamen trage ich Seiner

Höchstseligen Majestät dem Kaiser aller Reußen Nikolaus dem Ersten zu Ehren, obgleich der Mann nicht mein Pate war. Meinen Vater rührte nach der Einnahme von Sebastopol der Schlag, und es fand sich nach seinem Tode, daß er kein so guter Rechner gewesen war, als man hätte wünschen mögen. Die Herrschaft mußte eintreten, um mir eine standesgemäße Erziehung zu verschaffen; meine Mama lebt jetzt in anständiger Zurückgezogenheit, ich bin Ehrenfräulein Ihrer Hoheit der Prinzeß Marianne und befinde mich augenblicklich meiner angegriffenen Nerven wegen allhier zu Bumsdorf bei meinen Bumsdorfer Gevettern, speziell von der Vorsehung zur Mitteilung des eben Gesagten beauftragt.«

»Ich danke der Vorsehung demütigst«, sagte Leonhard; »aber –«

»Das würde für jeden andern als den Wilden Mann aus Afrika ein sehr indiskretes Aber sein; doch, bei diesem blauen Himmel über uns, ich habe in der Tat Lust, Ihnen in dieser guten Stunde ein wenig von meinem Leben auszuplaudern; die Gelegenheit und ein von der Laune des Fatums so vernaivisierter Zuhörer finden sich vielleicht niemals wieder. Sie sind vom Monde herabgefallen, Herr Leonhard Hagebucher, und ich bin eine Hofdame der Prinzeß Marianne, Hoheit; wir tragen zwei ganze Welten zusammen, eine so kurios wie die andere – wir beide können einander nie mißverstehen, Herr Hagebucher. Also:

> Sie neiget sich im Kreise;
> Die Damen flüstern leise:
> Le sue spine ha! –
> Was kümmert es die Rose,
> Klymene lächelt lose,
> E passo passo va.

Sie nennen mich nämlich Klymene, Herr. Der Name ist von einer Schäferquadrille her an mir hängengeblieben, ohne jedoch eine Bedeutung zu haben. Unsere Verse machen wir selber, und mein Lieblingspoet ist Herr Martin Opitz von Boberfeld, und am liebsten wäre ich ein Ehrenfräulein am Hofe zu Liegnitz oder Brieg in Schlesien gewesen. Der erste Eindruck, welchen mir das Leben gab, war ein gewaltiger Respekt, eine große Furcht vor meinem kriegerischen Vater, welcher gewiß ein tapferer und guter Soldat gewesen wäre, wenn man ihm die Gelegenheit gegeben hätte, sich als einen solchen zu betätigen. Was er war in his hot youth, when George the Third was king, weiß ich nicht und würde es sehr wahrscheinlich nicht sagen, wenn ich es wüßte; ich kann nur angeben, daß das Leben in unserm Miniaturstaate, unserer Miniaturresidenz und seiner Miniaturarmee ihn in eine Form gezwängt hatte, welche für niemand in seiner Umgebung und noch weniger für seine Untergebenen etwas Behagliches hatte. Wie viele Knöpfe trägt der Soldat an jedem Uniformstück, Herr Hagebucher? Was, das weiß man in Abu Telfan nicht, man hat keine Ahnung davon im Tumurkielande? Nun, ich, Nikola von Einstein, habe mehr als eine Ahnung davon, und wenn mein kleiner Vetter Bumsdorf neulich im Leutnantsexamen nicht durchfiel, so hat er das viel weniger seinen eigenen Studien zu verdanken als den meinigen. Hätte ich ihm nicht den Katechismus seiner erhabenen Rechte und Pflichten abgehört und eingepaukt, so würde er heute noch in seinem Kadettenhause sitzen. Mein Vater war ein treuer Diener seines Herrn, und gleich Seiner hochseligen Hoheit glaubte er an den Kaiser Nikolaus, und zu Ehren und zur Bekräftigung dieses rührend grandiosen Glaubens trage ich meinen Namen, welchen außerdem aber auch die Kammermädchen der ältern französischen Komödie zu führen pflegen. Meine Mutter ist eine Freundin der verwitweten Herzoginmutter und mit ihr erzogen worden; ich glaube nicht, daß beide die Herren Herder, Wieland, Goethe und Schiller an unsern Hof berufen oder sie daselbst geduldet hätten. – Ich bin ich, und das ist das Leiden. Wie jedes anständige denkende Wesen machte ich den Versuch, in Waffen gegen die Welt aufzustehen; sie erhaschten aber den bunten Stieglitz schon auf der nächsten Hecke wieder, und nun sitzt er in seinem Käfig und zieht seinen Bedarf an Wasser und Hanfsamen zu sich in die Höhe. Wenn ich auch nicht auf und davon und mit dem interessanten Räuberhauptmann Signor Semibecco auf die Elefantenjagd ging, so kam ich doch in das Tumurkieland, und was das schlimmste ist, ich sitze noch darin! Liebster Herr Afrikaner, Hoheit, meine Prinzeß, bewohnt den linken Flügel des Schlosses, und wir haben von unsern Fenstern aus eine recht schöne Aussicht auf den Platz. Bei Sonnenschein und Regen sehen wir die Wachtparade aufziehen und schwärmen für die türkischen Becken, den Schellenbaum, die große Pauke und den jüngsten Leutnant. Die Posten wandeln auf und ab, unsere zeisiggrünen Portiers und krebsroten

Lakaien bringen den Glanz unseres Daseins dem gaffenden Markt-
volk zum Bewußtsein; eine Familienkarte zur Besichtigung des
Schlosses kostet zwei Taler, eine Einzelkarte nur einen Taler, wie ich
von meinem Freunde, dem Kastellan, weiß; Seine Exzellenz der
Herr Hofmarschall und der Herr Marquis von Carabas in allen Ab-
stufungen fahren vor und ab, wir fahren spazieren und kommen
zurück, und die Wache trommelt, und eine Abwechslung ist's nur,
wenn der wachthabende Offizier sich verspätet und mit verkehrt
aufgesetztem Tschako hervorstürzt. Eine Abwechslung ist's auch,
wenn die Atmosphäre infolge einer Spannung mit dem rechten
Flügel des Palais um einige Grade schwüler wird. Es gibt so manche
gefährliche und leicht verwischte Grenzlinien, und dazu repräsen-
tieren wir auf der Linken gar noch den Rationalismus und erbauen
uns an Zschokkes ›Stunden der Andacht‹ gleich der Kusine zu
Windsor. Drüben auf der Rechten und im Mittelbau gehören sie zu
den ausgewählteren Gefäßen und sind uns auf dem Wege zur Gnade wenigstens um zehn Postmeilen voraus. Kennen Sie Zschokkes
›Stunden der Andacht‹, Herr Hagebucher? Nicht? Nur eine dumpfe
Erinnerung? Ich habe mehr davon; ich habe sie vorzulesen, ich kenne verschiedene Stücke auswendig; darf ich Ihnen eines oder das
andere rezitieren? Nein?! Es wäre aber eine große Gefälligkeit von
mir! O Herr Hagebucher, auch Abu Telfan hat Reize, nach welchen
ein Bruchteil der Menschheit sich sehnen kann. Ein sehr hübsches
eisernes Gitter mit vergoldeten Spitzen trennt, wie Sie vielleicht
noch wissen, unsern Schloßplatz von der Hauptstraße der Stadt. Da
es verboten ist, mit Paketen oder Körben am Arme, einer Zigarre im
Munde, einem Kinde oder einem Hunde den geheiligten Bezirk zu
durchwandeln, so bleibt die gewöhnliche Welt hübsch draußen. Wir
betrachten und beobachten sie nur durch unser Gitter und achten
uns viel zu hoch, um uns nicht bescheiden zu können, und können
letzteres um so mehr, als uns die Vorsehung für alles, was wir entbehren müssen oder zuviel haben, so unaussprechlich reichlich
entschädigt hat. Unsere Galatage heben uns hoch über das
Gallaland hinaus, mit unsern hohen Geburtstagen kann keine Herrlichkeit an der Gold- und Pfefferküste konkurrieren, und die noch
höheren Besuche aus allen himmlischen Reichen wären imstande,
das innerste Afrika vor Neid nach außen zu kehren, wenn es nur
die geringste Ahnung von ihrer Importance hätte. O Gott, und haben wir nicht die Adjutanten, die Kammerherren und die verschie-

denen Leibärzte der verschiedenen Herrschaften? O Gott, o Gott, und man sieht es Frühling werden, Sommer und Winter, und man wird immer älter – immer älter und immer sublimer und zarter, und das ganze Universum wird immer mehr zu einem ehrfuchtsvollen Geflüster. Und die Menage, die Naturalverpflegung, wie mein kleiner Vetter Bumsdorf es nennt, bleibt immer tadellos; ein Ballkleid oder ein neues Armband fällt auch von Zeit zu Zeit für uns ab, und die Etikette sorgt mit unleidlichem Nachdruck dafür, daß wir auf unsern Redouten nicht als Immobilien die Wände zieren. Und immer wird's wieder Frühjahr und immer wieder Sommer und immer wieder Winter; aber kein Herr van der Mook will an unserm Horizonte aufgehen, um uns von diesem sanften, mit Sammet ausgeschlagenen Elend zu befreien! Was glauben Sie, Herr Afrikaner, was aus mir werden würde ohne meine schwachen Nerven und den guten Onkel Bumsdorf auf Bumsdorf?«

Ehe Herr Leonhard Hagebucher dieser plötzlichen Frage gerecht werden konnte, kam atemlos sein Schwesterchen, welches sich mit den beiden andern Mädchen dem Dorfe zu hinter den Hecken verloren hatte, zurückgelaufen.

»Leonhard, Leonhard, du mußt schnell heimkommen, die Tante Schnödler ist da!«

Der Afrikaner sprach einige, vielleicht nicht sehr freundliche Worte in der Sprache von Dar-Fur; doch er befand sich noch zu kurze Zeit wieder in der Heimat, um nicht allen ihren Rufen Folge zu leisten. Auch Fräulein Nikola von Einstein sprang lachend in die Höhe.

»So geht es mir doch immer – jedesmal, wenn ich im besten Zuge bin, mein Herz auszuschütten! Nun wissen Sie doch noch nicht das allergeringste von mir, mein Herr, und es steht dahin, ob Sie in aller Ewigkeit mehr erfahren werden. Die gute Stunde ist vorübergegangen, und die Tante Schnödler ist angekommen, und der große Familienrat über Herrn Leonhard Hagebucher beginnt – gehen wir heim und unterwerfen wir uns den Dingen, Verhältnissen und Verhängnissen, da wir doch nicht um unsern Willen gefragt werden.«

Leonhard wollte ihr die Hand bieten, um sie den etwas steilen Abhang hinunterzuführen; sie aber wies seine Hülfe lachend von sich.

»Nein, nein! Bei besserer Überlegung werde ich doch lieber bleiben, wo ich bin, und meinen Kranz vollenden. Ich ziehe den Wald
allen Familienräten vor; denn ich habe auch unter den letzteren
gelitten und weiß davon zu singen und zu sagen.«

Fünftes Kapitel

Das helle Lachen des Hoffräuleins verklang hinter der Waldecke, und mit gesenktem Kopfe schritt Leonhard Hagebucher auf dem Pfade, welcher die Wiese entlang dem nahen Dorfe zuführte, weitbeinig fort. Das Schwesterchen hatte sich an seinen Arm gehängt und trippelte atemlos an seiner Seite und blickte von Zeit zu Zeit stumm, aber liebevoll-ängstlich zu dem ernsten, fast finstern Gesichte des Bruders in die Höhe.

Es waren am heutigen Tage grade drei Wochen seit dem Wiederkommen des afrikanischen Gefangenen verflossen, und wie kein Kind im Dorfe Bumsdorf den geheimnisvollen, staunenden Schrecken vor dem großen, braunen Mann, der mit den Menschenfressern aus einer Schüssel gegessen hatte, vollständig überwunden hatte, so war auch für Fräulein Lina Hagebucher dieser Bruder immer noch ein hohes, unsägliches Wunder und Mysterium und konnte für noch längere Zeit nicht in seiner ganzen Fülle und Bedeutung ausgedacht werden. Was Nippenburg und Bumsdorf aber im ganzen und großen anbetraf, so nahmen sie, obgleich ein Mann, der aus dem unbekannten innersten Afrika heimgekehrt, jedenfalls etwas Ungewöhnlicheres war als der abenteuerlichste Amerikafahrer, das Ding bereits viel kühler und gelassener, und die liebe weitere Verwandtschaft, die sich heute im Hause des Steuerinspektors versammeln sollte, nahm es sogar sehr kühl und sehr gelassen. Dem Manne aus dem Tumurkielande wuchsen mit den Haaren auf dem à la Tumurkie geschorenen Schädel auch die unangenehmeren europäischen Gefühle wieder, und wir müssen ihm die volle Berechtigung zugestehen, auf manchem Wege und auch auf diesem durch das Dorf Bumsdorf den Kopf hängen zu lassen.

Er hatte viel geduldet bis zu seiner Befreiung durch den Herrn Kornelius van der Mook; dann war er in dem Hause seiner Eltern erwacht und hatte jene seltene Minute des vollen, sichern Glückes gekostet. Aber schnell wie immer war dieser Augenblick vorübergegangen – ein Morgenschlummer, ein sonniger Tag in der Geißblattlaube, am Abend ein Gang durch die Wiesen und Kornfelder nach dem Walde! Schon das nächste Erwachen brachte wieder das erste leise Anspülen bitterer Fluten, und nach acht Tagen war Leonhard Hagebucher vollständig daheim, das heißt, er wußte Bescheid, und Bescheid zu wissen gehört und stimmt gewöhnlich nicht im geringsten zu und mit dem Glück. Wohl saß er noch in der Geißblattlaube an der Landstraße und freute sich der Sonne des Vaterlandes, der Stimmen und Schritte der alten Eltern, des lieblichen Lachens der kleinen hübschen Schwester, wohl suchte und fand er in Stadt und Dorf hundert und aber hundert freundliche Jugenderinnerungen; man kam ihm immer noch an den meisten Orten mit Gruß und Handschlag herzlich entgegen, und es gab immer noch viele Leute, welche seiner Odyssee mit Herzklopfen lauschten und dankbar für alles waren, was er in dieser Hinsicht zu bieten hatte; aber – aber dem Unbehagen wuchsen doch täglich mehr züngelnde, saugende Polypenarme, mit welchen es die Seele des müden Wanderers fester und immer fester umschlang. Nun wußte die Welt bereits, daß der Sohn des Steuerinspektors Hagebucher als ein armer Mann aus der Fremde heimgekehrt sei, und die wundervollen Illusionen, welche sich Nippenburg gemacht hatte, waren schnell in ihr Gegenteil umgeschlagen, und man teilte einander unter bedächtigem Kopfschütteln mit, daß ein Vagabond in alle Ewigkeit ein Vagabond bleiben werde und daß es vielleicht um vieles besser gewesen wäre, wenn die Mohren dahinten am Äquator den unnützen Menschen bei sich behalten hätten. In der Kiste, welche dem armen Leonhard auf einem Schubkarren gen Bumsdorf nachgefahren worden war, befanden sich keine Säcke voll Diamanten und Perlen, keine Schachteln voll Goldstaub, sondern höchstens einige afrikanische Merkwürdigkeiten zum Andenken für die näheren Freunde und Verwandten. Herr Leonhard Hagebucher konnte aus dem Inhalt dieses Reisekastens keine Villa bauen und nicht nunmehr im Schatten seines Parkes, an seinem eigenen Herde und in der Gesellschaft eines liebenden Weibes aus den bessern Ständen seine Tage verbringen. Keine Nippenburger Mutter hätte einem solchen in der Luft stehenden Individuum ihre Tochter zur Ehe gegeben, und das war noch das allerwenigste: Leonhard Hagebucher hatte während seiner Gefangenschaft im Tumurkielande so ziemlich alles vergessen, was dem Menschen in unsern zivilisierten Zuständen zu seinem Fortkommen verhilft, ja ihn nur notdürftig auf der Stelle aufrecht erhält. Jede Wissenschaft, jede Kunst, jede Technik war über ihn hinausgeschritten; wo sonst die hohen Wasser sich umgetrieben hatten, da war jetzt öder Sand oder fruchtbares

Ackerland, und wo vordem Sand und Wiesen gewesen waren, da jagten sich jetzt die Wellen. In Abu Telfan im Tumurkielande hatte den armen Gefangenen nichts gestört als die physische rohe Gewalt und die Sehnsucht nach der Freiheit, das Heimweh nach dem Vaterlande; jetzt in der Heimat fing alles an, ihn zu stören und zu beunruhigen; er war fremd geworden in der Zivilisation, in Europa, in Deutschland, in Nippenburg und Bumsdorf; eine unendliche und in jeder Weise begründete Angst vor den Dingen und vor sich selber mußte sich seiner bemächtigen – ein Schritt weiter, und er konnte sich nach dem Tumurkielande leise zurücksehnen: die Würde und Freiheit, die Bildung und Sitte des europäischen Menschen imponierten ihm viel zu mächtig. Lassen wir ihn übrigens jetzt vorerst seinen Weg zum Dorfe fortsetzen, und sehen wir derweilen, wer von der Freundschaft und Verwandtschaft zum großen Rat und Kaffee im Hause seiner Eltern ankam oder schon angekommen war.

Angekommen war in ihrer gelben Kutsche die Tante Schnödler, zu welcher eigentlich auch ein Onkel Schnödler gehörte, der jedoch, da die Tante das Geld hatte und er – der Onkel – dieses weder durch Talente, Energie noch die geringste männliche Grobheit ausglich, nicht mitgerechnet wurde. Sie, die Tante Schnödler, die Kusine der Mutter Leonhards, saß bereits, jede Situation beherrschend, in dem Paradezimmer des Hauses Hagebucher auf dem Kanapee und fand es, wie Ludwig der Vierzehnte, sehr provozierend, daß man sie sowohl auf den Kaffee als auch auf den Neffen aus dem »Kaffernlande« warten ließ.

In Sicht auf der Landstraße war der Onkel, Kaufmann und Stadtverordnete von Nippenburg, der Herr Stadtrat Hagebucher, ein Mann von körperlichem und geistigem Gewicht, der drei Töchter in seinem Ehestande erzeugt hatte und im Gänsemarsch mit denselben gen Bumsdorf zog: heiterer als im vorigen Jahre, wo noch seine Selige stets den Zug anführte und er ihn nur beschloß. Es kamen zwei jüngere Vettern, welche jedoch auch bereits Haare auf ihrer Beamtenlaufbahn gelassen hatten und welche, obgleich der Staat ihnen ihren Gehalt quartaliter mit einem gewissen Hohn, mit zweifelloser Ironie auszahlte, sich den idealsten wie den materiellsten Mächten, den Schwärmern für die Republik Deutschland wie der reichsten Bankiers- oder Fabrikantentochter gewachsen glaubten. Eine solche wohlhabende Fabrikantentochter und Kusine, Fräulein

Leonore Sackermann, langte aus entgegengesetzter Weltgegend unter den Fittichen ihrer einen sehr guten Kartoffelspiritus produzierenden Eltern vor dem Hause des Steuerinspektors an. Hoch zu Roß kam der Wegebauinspektor Wassertreter, ein dreiundsechzig Jahre alter, verächtlicher Junggesell, welcher sich von Amts und Wetters wegen dem Trunke ergeben hatte und es besser hätte haben können, wie die Base, Fräulein Klementine Mauser, die ebenfalls allein, aber zu Fuße anlangte, zur unbehaglichen Zeit der Äquinoktialstürme ihrem jungfräulichen Kopfkissen ärgerlich anvertraute.

Wer kam noch? Schließen wir die Liste, nachdem wir sie kaum begonnen haben! Es versammelte sich so ziemlich der ganze Vetter Michel, und Herr Leonhard Hagebucher trat in den geweihten Kreis und bot ihm, wenn nicht den bekannten deutschen »guten Abend«, so doch das arabische Selam aleikum, das Heil sei mit euch, worauf die Tante Schnödler erwiderte:

»Wir danken dir, Herr Neffe, und freuen uns, dich anständig und christlich in Rock, Hose und Weste wieder unter uns zu haben. Du bist einst zwar ohne Abschied weggegangen, aber hier sind wir, wie es sich geziemen will, und heißen dich in verwandtschaftlicher Kompanie willkommen in Nippenburg und sind uns vermuten, daß du nun wohl endlich genug von der Vagabondage und Unreellität und sonstigen Phantasterei haben wirst. Sag 'n Wort, Schnödler.«

»So ist es, Minette«, sprach der Onkel Schnödler, und mehr wurde nicht von ihm verlangt, würde im Gegenteil sehr übel aufgenommen worden sein; Leonhard aber fühlte sich lebhaft an jene Audienzen erinnert, welche ihm vor kurzem noch Madam Kulla Gulla, die Schwiegermutter seines Besitzers im Tumurkielande, so häufig erteilte und welche stets damit endigten, daß ihm fünfundzwanzig auf die Fußsohlen zudiktiert wurden.

Es war ein großer Tag! Wenn auch die jungen Kusinen, gleich den Kindern von Bumsdorf, noch immer mit einer aus Schrecken und Mitleiden gemischten Verwunderung auf den Vetter blickten, so hatte doch die ältere Verwandtschaft jegliche mysteriöse Scheu gründlich abgeworfen und zog ihren autochthonen Lebensanschauungen und Gefühlen alle Schleusen. Das germanische Spießbürgertum fühlte sich dieser fabelhaften, zerfahrenen, aus Rand und Band gekommenen, dieser entgleisten, entwurzelten, quer über den Weg geworfenen Existenz gegenüber in seiner ganzen Staats- und Kommunalsteuer zahlenden, Kirchstuhl gemietet habenden, von der Polizei bewachten und von sämtlichen fürstlichen Behörden überwachten, gloriosen Sicherheit und sprach sich demgemäß aus, und der Papa Hagebucher wäre der letzte gewesen, welcher für seinen Afrikaner das Wort ergriffen hätte.

Es war ja der Tag des Papa Hagebucher. Er hatte diese Versammlung berufen, um sich von ihr in seinen innersten Anschauungen recht geben zu lassen. Er mochte den Verlust des Sohnes noch so sehr bedauert, ja betrauert haben: die plötzliche und so gänzlich anormale Rückkehr mußte ihm naturgemäß doch noch fataler werden. Die frohe Überraschung ging allmählich in eine mürrische, grübelnde Verstimmung über; – berechnen ließ sich hier nichts mehr, denn sämtliche Ziffern waren ausgelöscht, nur ein Fazit stand zuletzt klar da: »Der Bursche lief fort, weil er einsah, daß man ihn hier nicht gebrauchen könne; man hat ihn auch dort nicht gebrauchen können, er ist heimgekommen, und ich habe ihn wieder auf dem Halse!«

Klar war die Rechnung, doch nicht tröstlich, und es war jedenfalls wünschenswert, daß die liebe Freundschaft und Verwandtschaft ihre Unterschriften oder drei Kreuze zu dem Wahrspruch hergebe. Man hatte sich denn doch zu rechtfertigen vor der Welt, und das konnte nicht besser bewerkstelligt werden, als wenn man sie von Anfang an mitverantwortlich machte. Es war auch keine Kleinigkeit, wenn man sich hinter der grünen Gardine des Ehebetts auf das Urteil der Tante Schnödler, die Meinung des Bruder Stadtrats oder des Vetter Sackermanns berufen konnte – man trug die Verantwortlichkeit jedenfalls nicht gern allein.

Es war ein sehr großer Tag, und Lina Hagebucher hielt zuletzt ganz ängstlich die Faust ihres Bruders, denn sie konnte viel schärfer als die Mutter für ihn fühlen und beobachtete mit Zittern, wie seine Stirn von Augenblick zu Augenblick dunkler wurde und es immer grimmiger aus seinen Augen wetterleuchtete. Jeder hatte seinen Rat zu geben und gab ihn gern und ausführlich. Es war gar nicht so schwer, sich anständig durchs Leben zu bringen, wenn nur der gute Wille dazu vorhanden war; verschiedene Wege führten noch aus der Nichtsnutzigkeit hinüber in die wünschenswerteste Respektabilität, und ein jeder stellte sich mit Vergnügen als Wegweiser auf den Kreuzweg, vorzüglich die Tante Schnödler, welche sich räusperte und sprach:

»Es ist nicht genug, daß der Mensch den Schneider kommen und sich ein neu Habit anmessen lasse; es gehört noch mehr dazu, um wieder ein anständiger großherzoglicher Staatsbürger und Untertan zu werden. Da könnte jeder Lumpazi kommen, der sein alt zerlumpt Wams am Grabenrand zum öffentlichen Ekel abgetan und das gestohlene neue angezogen hat! Der Mensch und wilde Indianer muß auch geistlich nach dem Balbierer schicken und keine Gesichter schneiden, wenn Leute zu ihm reden, die im Lande geblieben sind und sich in Gottesfurcht fünfundzwanzig Jahre redlich genährt haben, was ich übrigens nur beiläufig und zum Besten von der fernern guten Freundschaftlichkeit gesagt haben will. Was ich nun dem Leonhard raten will, das ist, er tut alles hochmütige und ausländische Wesen ab und fängt da wieder an, wo er aufgehört hat, das heißt, da es mit einem Pastor nunmehr wohl nimmermehr was werden wird, so geht er zum Vetter Stadtrat, läßt sich von neuem in die Schreiberei einschießen und kann's mit der Zeit und der Nachhülfe von der Verwandtschaft wieder zu einem nützlichen Mitgliede vons Gemeinwesen und bis zum Ratsskribenten bringen.«

»Als wozu der Herr Neffe wenig Lust zu haben scheinen, wenn man nach seiner Miene urteilen dürfte«, sprach der Onkel Hagebucher mit einem wenig freundlichen Seitenblick auf den Verwandten aus Abu Telfan.

»Sprich 'n Wort, Schnödler! Sage deine Meinung, Leonhard! Lasset euch aus, Steuerinspektor und Kusine Hagebucher! Sagen Sie item, was nötig ist, Vetter Sackermann!« rief die Tante Schnödler. »Ich aber sage, daß wir hier in Nippenburg nicht im afrikanischen Mohrenlande leben und daß kein Mensch es prätendieren kann, daß wir uns in die Mohren schicken; sondern die Mohren werden sich in uns schicken müssen, wenn sie mit uns hausen wollen. Ratsschreiber zu Nippenburg – hundertundfünfundsechzig Taler jährlich bar, achtzig Taler Sporteln und zwei Klafter Holz – und solch ein Gesicht! Sind wir vielleicht ein regierender König im Mohrenlande gewesen? Wenn das ist, so haben wir freilich nichts mehr zu sagen, und es handelt sich freilich nur um ein Retourbillett auf dem Postwagen und der Eisenbahn nach Afrika, und ich empfehle mich dem Herrn Potentaten ganz gehorsamst und sage nichts mehr.«

Die süße Heimat fing an, einen seltsamen indianischen Kriegestanz um den armen Leonhard aufzuführen. Die Mutter hielt das Taschentuch vor die Augen; der Vater sog mürrisch an der erloschenen Pfeife; Lina drückte sich immer fester an den Bruder; die beiden jüngern Vettern, welche noch mit dem Afrikaner die Universität besucht hatten, lachten; die Familie Sackermann blickte gläsern im Kreise umher; die Tante Klementine nahm verstohlen eine Prise, und der unbenannte Verwandtenchorus beschäftigte sich unter leisem Gemurmel mit den Kaffeetassen und dem festlichen Gebäck des großen Tages; der Onkel Wassertreter würde das Wort ergriffen haben, wenn Leonhard es nicht vorher genommen hätte.

Er – der Mann aus Tumurkie – er, welcher so vielen Gefahren zu Wasser und zu Lande kaltblütig getrotzt hatte, er, welcher das Leben eines Elfenbeinhändlers auf dem Weißen Nil mit allen seinen Schrecknissen kennengelernt hatte, er, welcher den großen Signor Luca Mollo, genannt Semibecco, im Glück und Unglück und zuletzt auf dem Pfahle der Baggaraneger beobachten, studieren durfte: er fühlte sich der jetzigen Stunde nicht gewachsen. Es schwamm ihm vor den Augen, im Kreise drehte sich die Verwandtschaft, die Tante Schnödler wuchs bedenklich über Madam Kulla Gulla hinaus, und ihre rötlich angehauchte Nasenspitze erschien nicht weniger bedrohlich als die mit Henna rotgefärbten scharfnägeligen Krallen der Tumurkierin: die Atmosphäre des Vaterhauses wurde beängstigender als die heiße Luft der Lehmhütten zu Abu Telfan.

Mit Stottern sprach Leonhard Hagebucher gleich einem, welcher sich mühsam in einer fremden, ungewohnten Sprache auszudrücken hat:

»Ach, teure Verwandte und Angehörige, könntet ihr doch in meiner Seele lesen! Jeder Blutstropfen, den ich heimgebracht habe, gehört dem Vaterlande. Iblis möge es nehmen! Aber bedenket, welch ein großes Kind euch wieder auf die Arme gefallen ist. O könnte doch jeder von euch eine Viertelstunde in meiner Haut zubringen, es würde ihm dann gewiß begreiflicher erscheinen, daß man nicht heute Ratsschreiber zu Nippenburg sein kann, wenn man gestern aus der Gefangenschaft im innersten Afrika zurückkam. Wenn ich nicht sehr irre, so habe ich sogar das Schreiben verlernt, und was ich dafür in der Fremde vielleicht gelernt habe, nämlich allerlei Anfechtungen mit Geduld zu tragen, das honoriert sich selber, wird aber von keinem Gemeinwesen mit einem Jahresgehalt von hundertundfünfundsechzig Talern und zwei Klaftern Brennholz bezahlt. Verehrte Angehörige, wer länger als zehn Jahre mit den Fingern in die Schüssel greifen mußte, der wird sich nur allmählich wieder an den Gebrauch von Messer und Gabel gewöhnen, und wenn man ihm dazu nicht Zeit lassen kann, so wird ihm der beste Bissen im Halse steckenbleiben, und er muß jämmerlich daran erwürgen. Wenn ich wüßte, was noch aus mir werden kann, so würde ich es auf der Stelle sagen; aber ich weiß es nicht –«

»Und damit ist alles gesagt, mein Junge«, rief der Vetter Wassertreter, »und jetzt laß mich ans Wort. Betrachte dir meine Nase und behalte deine Meinung darüber für dich; denn ich werde das Nötige darüber selber von mir geben, sobald das verwandtschaftliche Gesumse und die Aufregung der Base Schnödler sich gelegt haben werden.«

Das Familienkonklave summte und erhob sich freilich, und die Tante Schnödler war in der Tat aufgeregt und suchte hinter ihrem Taschentuche die gewohnte Fassung; aber der Vetter Wassertreter legte den Zeigefinger an das Glied, auf welches er den Afrikaner aufmerksam gemacht hatte, und wartete mit schlauem, schändlichem Lächeln auf die Wiederherstellung der Ruhe, um sodann in seiner Rede fortzufahren:

»Achte auf diese Nase, mein Sohn, sie bringt dich aus dem Sumpfe – in hoc signo vinces, wie die Lateiner sagen; unter diesem Panier wirst du den Sieg gewinnen. Unsereiner, welcher den ganzen Tag auf der Landstraße herumzuliegen hat, denn der Wegebau hat seine Mucken gradesogut wie das Wetter, ein solcher, sage ich, der hat Zeit und Gelegenheit, den Lauf der Welt zu studieren, und kann bei passenden Umständen seine Meinung kommunizieren, wenn man ihn noch so schief und verdächtig ansieht. Es passiert allerlei über herzogliche Chaussee, und das Getränke ist auch nicht unter allen Schenkenzeichen dasselbe, und dann zottelt man auf seinem alten Gaule in die Kreuz und Quere, und es kommen einem Philosophien, von denen sich andere Leute nichts träumen lassen, und von der Kusine Mauser, dem Vetter Sackermann oder dem Vetter Stadtrat gerät man auf den Kaiser Louis Napoleon, und von der Tante

Schnödler kommt man auf den Heiligen Vater, das Patrimonium Petri oder die Hohe Pforte, und von den Steinklopfern am Graben, welche die Kappen herunterziehen und ›Guten Morgen, Herr Inspektor‹ sagen, auf sich selber. Da steht einem der Verstand still, was der Mensch erlebt, wenn er Achtung auf sich gibt; da lernt man seinen Schöpfer kennen, o du grundgütiger Himmel! Siehe, mein Söhnchen, als sie mich im Jahre achtzehnhunderteinundzwanzig mit einem Tritt in Gnaden von der Wartburg hinunterschickten, da kam ich gradso heim wie du aus dem hintersten Afrika, und die Karlsbader Beschlüsse hatten ihr Werk gradsogut an mir verrichtet, wie die Peitsche im Tumurkielande es an dir tat. Wir waren Anno siebenzehn am achtzehnten Oktober als frische und wackere Bursche hinaufgezogen; aber was hat die hündische Niederträchtigkeit, was haben die feigen Halunken, die über uns zu Gericht saßen, uns aus unserm blauen Himmel, aus unserm deutschen Herrgott, aus allem, was in uns und über uns war, gemacht! Zu Hause schlugen uns die Alten natürlich auch die Tür vor der Nase zu oder setzten uns wenigstens an den Katzentisch; wir hatten es ja nicht besser haben gewollt, und was von meiner Jurisprudenz noch übrig war, das konnte ich dreist dem Herrn von Kamptz mit in die Rapuse geben, ohne viel daran zu verlieren. Da lag ich auf dem Bauche und ließ mir die Sonne auf den Rücken scheinen, und ganz Nippenburg verzog das Maul über den Lumpen. Die Tante Schnödler dort war dermalen ein recht sauber Mädel, aber um die Essig- und Vitriolfabrikation hat sie auch Anno Tobak schon recht leidlich Bescheid gewußt. Der Vetter Stadtrat war immer zu was Großem geboren und wußte es einem gut zu geben; ich sage dir, Leonhard, es ist nichts Neues unter der Sonnen, daß die angenehme Verwandtschaft ein Konzil über einen aus dem Geleis geratenen armen Tropf ausschreibt und sich weiser dünket als der liebe Gott am siebenten Schöpfungstage; und wenn kein Consilium abeundi daraus wird, so ist die Verwandtschaft niemalen daran schuld. Ach Kusine Mauser, es ist immerdar eine böse Welt gewesen, deswegen sollen die empfindsamen und zärtlichen Seelen zusammenhalten; aber – Sie bringen mich doch immer aus dem Konzept, sobald ich Sie nur ansehe, Klementine! – wo war ich stehengeblieben? Richtig, ich hab's! wie gewöhnlich bei der argen, hinterlistigen, nichtsnutzigen Welt und ihren Nücken und Tücken, und was ich sagen wollte, ist folgendes, Leonhard: Hier sitze ich, und Nippenburg sagt, ich saufe. Dem ist aber nicht so, sondern es ist nur ein langer Weg von der Wartburg im Lande Thüringen zu hiesigem hochlöblichem Wegebauamt, auch ein intrikater Weg, welchen man nur mit Philosophie und Geduld findet und nicht ohne geistige Stärkungsmittel wandelt, wenn man ihn gefunden hat. Innere Beschaulichkeit ist meine Force, und in ihrem Namen heiße ich dich, Leonhard Hagebucher, im warmen Schoße der Mutter Germania willkommen und sage dir und allhier gegenwärtiger hochachtbarer Verwandtschaft meine Meinung, weil wir doch deshalb von der Einladung des Vetter Steuerinspektors Gebrauch gemacht haben: ich bin ein alter Mann und meine Reputation ist nicht die beste; Geld und Gut habe ich nicht, aber Philosophie ist meine Freude, und die will ich mit dir teilen, du afrikanischer Taugenichts. Komm zu mir, Leonhard Hagebucher, wenn die andern dich nicht wollen. Für ein paar Jahre, hoff ich, reicht der Lebensmut noch aus; ein alter Bursch verläßt den andern nicht, und – Germania sei 's Panier! Ratsschreiber zu Nippenburg! Haben sie mich nicht auch dazu gemacht, Anno fünfundzwanzig, als ich noch einige Grade weiter herunter war als du, mein Junge? Gehe mit mir auf die Landstraße, Leonhard – holla, wohin will die Base Schnödler?«

»Mein Teil Anzüglichkeiten und Grobheiten habe ich mit Geduld angehört: jetzt aber hab ich mein voll gerüttelt und geschüttelt Maß. Sieh nach dem Wagen, Schnödler; – Base Hagebucher und Herr Vetter, ich bitte, es nicht für ungut zu nehmen, wenn mein Rat und meine Meinung in eurem Hause Ombrage und Ärgernis erregt haben, sie waren gut gemeint; aber allzuviel laß ich mir auch nicht bieten. Sieh nach den Pferden, Schnödler, und empfiehl dich den Herrschaften, und was den Herrn Afrikaner betrifft, so mag er tun und lassen, was er will, und was den Herrn Wegebauinspektor Wassertreter angeht, so sage ich nichts, als daß ich seine gehorsamste Dienerin bin, aber meine Ansicht über ihn nur aus christlicher Barmherzigkeit bei mir behalte. Guten Abend.«

Guten Abend kann jeder sagen; aber die Tante Schnödler konnte den freundlichen Wunsch auf eine ganz besondere Art ausdrücken – siehe, es war gleich einem Habichtschrei über einem Hühnerhofe, gleich einem Steinwurf in einen Sperlingshaufen! Mit Flattern und Flügelschlagen erhob sich die Verwandtschaft, und jegliches Temperament brachte sich in seiner Weise zur Geltung. Vergeblich suchte die Mutter Leonhards durch Bitten und Beschwörungen die erregten Gemüter zu besänftigen. Jedes gute Wort fiel gleich einem Tropfen Öl in das Feuer, und nur um das Truthahnsgekoller in der Versammlung auszurotten, hätte jemand dem Onkel Stadtrat und dem Vetter Sackermann den Hals umdrehen müssen, und selbst der Elfenbeinhändler vom Weißen Nil hielt sich innerhalb der Grenzen der gebildeten europäischen Welt und tat diese Tat nicht.

Der Steuerinspektor Hagebucher, der Vater des Hauses, welcher der Majorität der Verwandtschaft und vor allem der Tante Schnödler vollständig recht in ihren Anschauungen gab und im Innersten seiner zahlenkundigen Seele den Vetter Wassertreter zu Atomen verrieb, sagte nichts als: »Da haben wir's.«

Er verschwand hinter den Wolken seiner Pfeife und rührte sich nicht von seinem Stuhl; denn wie er seine Leute schätzte, so kannte er sie auch und wußte, daß unter bewandten Umständen kaum eine Macht des Himmels, geschweige denn eine irdische Gewalt die Bande der Freundschaft, Neigung und Liebe für den heutigen Abend wieder fest zuziehen könne. Der Familienrat löste sich auf in seine einzelnen Bestandteile, die Agnaten und Kognaten zogen ab, wie sie gekommen waren, jeder und jede mit dem befriedigenden Bewußtsein, höchst praktisch, verständig und wohlwollend einem sehr zerfahrenen und verfahrenen Zustande gegenüber die Ehre und das Ansehen der Gevatternschaft vertreten zu haben. Die gelbe Kutsche verschwand in dem Staube der Landstraße; die Pappelbäume zeigten wieder einmal, daß sie imstande seien, einen sehr langen Schatten zu werfen, und der Vetter Wassertreter zeigte, daß er dasselbe tun könne. Er hielt aus und saß dem grimmig schweigsamen Steuerinspektor stumm, aber behaglich gegenüber und schob erst, als es vollständig Dämmerung geworden, die kurze Pfeife in die Brusttasche.

»Tue mir die Liebe an und laß dem Jungen seine Zeit«, sagte er aufstehend. »Wenn aber nicht, so zeige, daß du ein gutes Herz hast, mach dem Jammer ein Ende und wirf den Lump schnell aus dem Hause. Frau Base, ich sage meinen schönsten Dank für die angenehme Unterhaltung; gib mir einen Kuß, Lina, und sage dem Leonhard – na, laß nur, ich will ihm schon selber meine Meinungen sagen. Horch, Philomele schlägt im Gebüsch, und dort steigt der silberne Mond über den friedlichen Hütten des Dorfes auf. Jetzt holt der Mensch sein treues Roß aus dem Stall der Schenke, und einsam trabt der Einsame zu seinem einsamen Gezelt. Auch meinerseits guten Abend!«

»Guten Abend!« sagte der Vater Hagebucher sehr kurz und rührte sich auch dieses Mal nicht vom Platz. Die Mutter Leonhards aber begleitete den Wegebauinspektor bis zu der Tür des Gartens:

»O Vetter, Vetter, was soll daraus werden?«

»Ja, Base Hagebucher, diese Frage habe ich sehr häufig an das Schicksal gestellt und selten die Antwort bekommen, welche ich zu hören wünschte. Im letzten Grunde lebt man nur deshalb, und das ist wenigstens ein Trost. Wer will so ungeduldig sein? Auch beim Wegebau kann man lernen, daß die Vorsehung ihre Zeit haben will. Wünsche eine geruhsame Nacht, Base; hören Sie, jetzt geht der Alte drinnen los – jaja, ich weiß schon seit dem Jahre siebenzehn, daß wir in einer kuriosen Welt leben. Wünsche recht wohl zu ruhen, Base Hagebucher.«

Sechstes Kapitel

Wo war der Mann aus Troglodytice geblieben? In dem Augenblicke, in welchem die Tante Schnödler und mit ihr sämtliche Verwandtschaft rauschend und entrüstet emporfuhr, hatte er sich geduckt, war hinter dem Rücken seiner Lieben an der Wand dahingeschlichen, hatte mit einem Sprung die Haustür erreicht und mit einem zweiten Sprunge über die Gartenhecke hinter dem väterlichen Hause das freie Feld. Seit ihn die Baggaraneger jagten und fingen, hatte er nicht eine solche Gelenkigkeit der Glieder entwickelt, war er sich nicht einer solchen Schwung- und Schnellkraft bewußt geworden; aber wie die Baggaraneger blieben ihm auch die süßen Heimatsgefühle auf den Fersen, und er konnte ihnen nicht entwischen. Da lag er im Grase unter der Hecke, atmete aus und zitierte einige auf die Tante Schnödler bezügliche Stellen des Korans; dann fielen die Schatten des Abends auch über ihn, der Mond ging ebenfalls über ihm auf, und er – Leonhard Hagebucher – sprach ein anderes Wort aus, welches der Prophet freilich nicht gesagt hatte und welches nicht nachgeschrieben werden kann, ohne den Anstand bedenklich zu verletzen.

Nur ganz allmählich gewann die Grille in dem Schlehenbusch neben ihm den schrillen Heimatstönen in seiner Seele die Dominante ab; mit leisem Gegurgel schien sich das seichte Wasser des Feldgrabens in die Tiefe der Erde zu verlaufen, und ähnlich gurgelnd verliefen sich die hohen Wasser, die vor einer Stunde noch in der väterlichen Wohnstube so arge Wellen geschlagen hatten. Am Rande des Grabens saß der Afrikaner, zog die Knie gegen das Kinn in die Höhe, umschlang die Schienbeine mit den Händen und gelangte in dieser dem Nachdenken so günstigen Positur zu der Überzeugung, daß der heutige Tag ihm kein verlorener gewesen sei.

Merkwürdig, merkwürdig! Was war der beste Wille, die Zeiten der Vergangenheit zu alter, vergnüglicher, bunter Lebendigkeit wiederaufzufrischen, gegen die Ankunft der gelben Kutsche von Nippenburg? Was war alles Zurücksehnen, Zurückträumen, Zurückdenken gegen den Onkel Stadtrat und den Onkel Sackermann, welche beide in Fleisch und Blut das, was gewesen war und noch war, auf das gediegenste zur Erscheinung brachten?! Das innigste und eifrigste Bestreben, mit dem Gefühl, dem Verstande, der Vernunft, der Phantasie, mit dem süßesten Ahnungsvermögen den Dingen der Heimat wieder beizukommen, hatte sich als ein nichtiges, sehr vergebliches Abquälen erwiesen: vor diesem Familienkonklave aber waren die sieben Siegel wie von selber aufgesprungen. In klarster Beleuchtung lagen die stillen Gefilde der Kindheits- und Jünglingsjahre vor Herrn Leonhard Hagebucher da; es war nicht mehr nötig, ihren Mysterien nachzugrübeln und sich den Kopf darüber zu zerbrechen.

Wie der deutsche Mond höher stieg, fing das Wasser, welches mit dem schon beschriebenen Gegurgel den Graben durchschlich, an, hie und da lieblich zu schimmern, und der leider schon vom ehrlichen Wandsbecker Boten lyrisch verwendete weiße Nebel machte sich ebenfalls auf den Wiesen bemerkbar. Der Mond schien dem Mann aus dem Tumurkielande auf den Kopf, der Nebel stieg ihm in die Nase, und er – Hagebucher – ließ die Schienbeine fahren, schnellte empor, stand hoch aufgerichtet in der holden Nacht, rieb die Hände und hub an – leise vor sich hinzulachen. Er lachte, der Barbar, er wagte sogar, laut zu lachen, der verwilderte Unmensch; und dann schüttelte er sich, er wagte es, sich zu schütteln; und ohne auf die Gefühle der Tante Schnödler Rücksicht zu nehmen, gratulierte er sich selber zu der soeben zum Durchbruch gekommenen wohltätigen Krisis, und leider hatte er allen zarteren Regungen des Menschenherzens zum Trotz recht. In diesem Lachen hatte er für seine künftige Existenz tausendmal mehr gewonnen, als ihm ganze Säcke voll Seufzer und ein Dutzend von ihm selber wohlgefüllte Tränenkrüge einbringen konnten. Er hatte jetzt wenigstens in einer Beziehung die Überzeugung errungen, daß er während seines Siebenschläferschlafes im Mondgebirge nicht viel daheim versäumt habe und daß somit alles gebrochene, mutlose Fortdämmern und melancholische Hinbrüten über solchen imaginären Verlust recht überflüssig und töricht sei. Was seine jetzige Umgebung während seiner Abwesenheit gewonnen hatte, das konnte er in jedem Augenblicke auch noch haben, und wenn er mehr wollte, so gehörte vielleicht nur eine türkische Ruhe dazu, um jenseits jedes unnützen Schwebezustandes in einer nützlichen Tätigkeit wieder sicher Fuß zu fassen. Er prüfte seine Gelenke und Muskeln und tat den Sprung, das heißt, fürs erste sprang er über den Graben, welcher die nebelige Wiese von dem väterlichen Gütchen schied, und schritt bedächtig mit übereinandergeschlagenen Armen erst durch das feuchte Gras und sodann auf dem engen Fußwege an den Gärten des Dorfes hin.

Es war auch die letzte Fest- und Jubelnacht der Maikäfer, deren es in diesem gesegneten Jahre eine erkleckliche Anzahl gegeben hatte. Sie schienen zu wissen, daß ihre Zeit nunmehr um sei, hatten sich zum letztenmal im Tau und Duft der Nacht berauscht und schwärmten in nicht unberechtigtem Leichtsinn in die Unsterblichkeit hinüber. Sie summten durch die Luft und umtanzten Busch und Baum; in ihrer Trunkenheit gaben sie nicht im geringsten acht auf ihre Wege und flogen dem schier ebenso berauschten Leonhard gegen die Nase oder hingen sich ihm in Haar und Bart.

»Hallo, Gesindel«, rief er, »seid ihr auch da? Recht so, hussa, tummelt euch, nehmt die Stunde, wie sie euch gegeben wird – lustig, lustig, surr, surr, so ist's recht, und morgen ist's doch vorbei. Beim Berge Kaf, vivat der Vetter Wassertreter!«

Er lachte abermals hellauf, brach aber schnell horchend ab. Seine wilde Lustigkeit hatte ein melodischeres Echo hinter den Büschen gefunden; ein lockiges Haupt erhob sich über die Hecke – der Genius dieser Mondscheinnacht des letzten Mais hätte sich nicht neckischer und vorteilhafter verkörpern können:

Fräulein Nikola von Einstein – siebenundzwanzig Jahre alt – Hofdame Ihrer Hoheit der Prinzeß Marianne – unverheiratet – – – ach! –

»Er ist es, Lina«, sagte das Fräulein, »nun weine nicht länger, Närrchen; er sieht keineswegs aus, als ob er mit Selbstmordgedanken umgehe; tröste dich, Herz, einer geknickten Lilie gleicht er noch lange nicht; guten Abend, unsträflicher Herr Äthiopier.«

Sie reichte dem Afrikaner die Hand über das Gezweig und rief:

»O Gott, wie indiskret! Aber auch welch ein Abend für alle Indiskretionen! Es freut mich in der Tat, Sie so heiter zu sehen, Herr Hagebucher; hier hab ich mit dem Schwesterchen in großer Sorge um Sie gesessen. Ist es zu indiskret, wenn ich Sie frage, was für einen Grund Ihnen die Welt für Ihre Heiterkeit seit Mondenaufgang gab?«

»Hören Sie, junge Dame«, sagte Leonhard, »man kann aus der Gefangenschaft bei den Heiden recht schwache Nerven heimbringen. Bedenken Sie, daß ich an solches allerliebste Auffahren aus Hagedorn und Heckenrosen durchaus nicht gewöhnt bin. Fühlen Sie meinen Puls.«

»Nein, nein, ich danke und glaube Ihnen auf Ihr Wort!« lachte Nikola. »Aber dies ist die Grenze von meines Onkels Reich, und das Recht, hier herüberzugucken, lasse ich mir nicht nehmen.«

»Ich auch nicht«, sprach der Afrikaner, sich vorbeugend. »Lina, wo steckst du denn?«

»Hier!« klang weinerlich die Stimme des Schwesterchens, das auf der Bank saß, auf welcher das Hoffräulein stand. »Ach Leonhard, ich bin so betrübt um dich, und ich habe mich so geärgert. O Gott, o Gott, laß mich mit dir wieder in die weite Welt laufen; wir wollen zusammenhalten, Leonhard, und die Mutter, weiß ich, wird auch zu uns stehen, und der Vater meint's gewiß nicht so bös, und was geht uns die Tante Schnödler und das übrige alberne Volk an! O Gott, o Gott, wie habe ich mich geärgert –«

»Jaja, Herr Leonhard Hagebucher, und da ist sie hergelaufen und hat sich mir in die Arme gestürzt, grad als ich mit dem Haarbesen auf die Fledermausjagd gehen wollte. Nun weiß ich alles, was das Konzil gebrütet hat, und rate Ihnen recht sehr, doch ja Ihr Bestes zu bedenken und so schnell als möglich Ratsschreiber zu Nippenburg zu werden. Warten Sie, ich kenne zehn Schritte weiter abwärts ein Loch in der Hecke – komm, Lina.«

Das schöne Haupt der Sprecherin tauchte unter, zwei Sprünge brachten den Afrikaner zu dem besagten Loch; es rauschte im Gebüsch, ein schlaftrunkenes Vogelpärchen flatterte, aus dem schönsten Traum der Sommernacht geweckt, auf; mit dem Schwesterchen wand sich Fräulein Nikola von Einstein durch das Gezweig. Die drei standen auf dem schmalen Pfade nebeneinander, und Lina umschlang den Bruder und schluchzte:

»Sei nur still, sei nur ruhig; ich halte gewiß bei dir aus! Fürchte dich nicht, wir wollen, ja, wir wollen –«

»Uns eine Drehorgel kaufen und unsere eigene Geschichte auf eine Leinwand malen lassen und ein Lied davon machen und es absingen auf allen Gassen des Vaterlandes!« schloß das Hoffräulein den Satz. »Lustig, wir wollen unsere Sparbüchsen zusammenschütten, um die ersten Auslagen dieser Unternehmung zu decken. Vivat! Vivat! Herbei aus den Büschen, Oberon und Titania, Puck, Bohnenblüt, Spinnweb, Motte und Senfsamen! Herbei, ihr Elfen, zur Ratsversammlung; auch wir können unsere Köpfe zusammenstecken, auch wir können die Finger an die Nase legen. Laßt den Onkel Wassertreter aus der Schenke zum Goldenen Rad kommen, auf daß der Rat vollständig sei; – ich stimme für den Leierkasten und erbiete mich, das Orgellied in Musik zu setzen.«

Wie flüssiges Silber rann der Mondenschein durch die Natur, und in vollen Zügen atmete Leonhard den Zauber und das Leben dieser hellen Nacht ein. Es war wie eine Verzückung über ihn gekommen; er hätte sich die Seiten halten und immer lauter hinauslachen mögen; es war wie der Rausch eines Opiumessers, und er wußte es und wunderte sich im Innersten seiner vernünftigen Seele selbst über seinen Zustand. Vielleicht würde es ihm sehr wohlgetan haben, wenn er sich eine Viertelstunde lang auf den Kopf gestellt hätte, um in solcher Weise den Überschuß seiner Heiterkeit loszuwerden. Die Figuren, Gruppen, Meinungen und Vorgänge des Tages schlugen auf das närrischste Purzelbäume vor ihm; das Gleichgewicht aber stellte Fräulein Nikola von Einstein her, da sich Herr Leonhard Hagebucher nicht auf den Kopf stellte wie ein Baggaraneger oder sonst ein Exaltado aus dem Tumurkielande. Sie – Fräulein Nikola – legte ihm jetzt die Hand auf den Arm und sagte ganz ernst:

»Armer Freund, wir sollten eigentlich doch nicht so lachen, zumal bei diesem dummen Mondlicht. Am hellen Tage, im Sonnenschein läßt sich weniger dagegen einwenden. Ihre Geschichte ist recht, recht traurig, mein Freund. Auf dem Grenzsteine dort oder noch besser unter dem Wegweiser an der Landstraße wollen wir uns niedersetzen, die Taschentücher hervorziehen und nachdenken über unser Schicksal und über den Weg, neben welchem wir stillsitzen. Heute am Nachmittag hab ich Ihnen auch mit Lachen von meinem närrischen Dasein erzählt; ach, jetzt hätte ich wohl Lust, Ihnen in einem andern Ton eine andere Geschichte von mir zu erzählen, wenn es mir oder Ihnen im geringsten nützlich wäre. Wenn ich ein Mann wäre, so würde ich mir einen nobeln Krieg irgendwo in der

Welt aufsuchen und darin etwas tun, was mir Freude machte oder nur Ruhe gäbe oder auch nur die Gelegenheit, mit Gleichmut zu verbluten. Ich hasse diesen Mondenschein, und ich fürchte mich vor diesen surrenden Käfern. Es sind Gespenster des Frühlings, der nicht mehr ist. Sie lügen sich das Leben nur noch vor, und ich bin wie sie und halte mich meiner Nerven wegen in Bumsdorf auf – Maikäfer, flieg, Maikäfer, flieg! Ach, Herr Leonhard Hagebucher, wir passen recht gut zueinander, Sie und ich; kommen Sie, wir wollen uns auf den Stein an die Landstraße setzen und warten – warten. Vielleicht lese ich Ihnen auch einmal im Sonnenschein aus dem Buche meines Lebens eine finstere Seite vor. Weine nicht, Lina, mein Herz, es ist doch eine schöne Nacht; auch für dich wird einst die Zeit kommen, wo du von der Gefangenschaft im heißen Lande Afrika wirst erzählen können. Lustig, lustig, höre nur den Frosch dort – welch ein Komiker! Satt, zufrieden und dankbar – den Burschen lob ich mir, und horch, wer ist das? Der Vetter Wassertreter! Den lob ich mir auch! Der Vetter Wassertreter! Vivat, der Vetter Wassertreter!«

Welle auf Welle rollten die Fluten des neuen Lebens heran und umspülten wachsend und steigend das Herz des Afrikaners. In jedem Atemzuge fühlte er die Erstarkung über sich kommen; er hätte eine lange Rede halten müssen, um das in Worten auszudrücken, was in seiner Seele sich ereignete: »Halte den Mund, Mädchen, und schilt mir diese Nacht und diesen Mondenschein nicht! Du bist zu schön, um zu schelten, und weinen sollst du noch weniger. Wie schön du bist! Das Licht der Offenbarung ist mit dir aus dem Gebüsch emporgestiegen; ich war ein Verirrter, doch nun kenne ich meinen Pfad wieder. Was Trauer und Verdruß, was Grübeln und Grämen, was Zerschlagenheit und Apathie; wenn du mir hilfst, Mädchen, bin ich von neuem Herr in meinem Reich! Das Leben war mir zerbrochen, wie einem der rechte Arm zerbricht; ich habe ihn lange, lange in der Schlinge getragen, und jetzt prüfe ich von neuem seine Stärke. Mädchen, ich weiß wieder, in welchem Sinne ich mein Leben begann und wie ich es fortsetzen mag, ohne dem Wahnsinn zu verfallen – gesegnet sei die Tante Schnödler, der deutsche Mond und du – du schöne, schöne Nikola von Einstein!«

So oder ähnlich wäre es dem Afrikaner erlaubt gewesen sich zu äußern; er hätte auch, wie folgt, sprechen können:

»Gnädiges Fräulein, Sie haben gleich bei unserer ersten Begegnung einen merkwürdigen Eindruck auf mich gemacht; denn Sie bedingen für mich einen merkwürdigen Gegensatz zu meiner bisherigen Existenz. Gnädiges Fräulein, einem Manne, welcher zehn Jahre in Abu Telfan im täglichen Verkehr mit Madam Kulla Gulla, ihren Freundinnen, Töchtern, Nichten und so weiter zubrachte, geht der Begriff des Vaterlandes in wundervoller Klarheit und Anmut auf, wenn es ihm auch nur vierzehn Tage hindurch vergönnt ist, täglich einige Male in Ihre Augen zu blicken. Fräulein von Einstein, die schönsten Illusionen der Jugend müssen sich mir notwendig in Ihnen verkörpern. Und was die Tante Schnödler anbetrifft, so bilden Sie auch zu dieser einen angenehmen Gegensatz, gnädiges Fräulein; und wenn einmal im deutschen Mondenschein, während dem letzten Maikäfergesumme des Jahres einem Menschen in meiner Situation das Tumurkieland und das Vaterland durcheinanderquirlen und das Lachen dem Elend das Beste abgewinnt, so wird jeder Einsichtige dieses der Gelegenheit des Orts, der Zeit und der Umstände vollkommen angemessen finden.«

Herr Leonhard Hagebucher äußerte sich weder auf die eine noch die andere Art, er rief:

»Der Vetter Wassertreter! Wahrhaftig, es ist der Vetter Wassertreter!«

Der Mond lächelte gar vergnüglich herab, und von der Landstraße her erklang es etwas rauh und unsicher, aber jedenfalls sehr heiter:

»Wir   hatten   gebauet
Ein stattliches Haus –«

Der Herr Wegebauinspektor und Vetter hatte die Gastfreiheit der Muhme Hagebucher nicht verachtet; aber er verachtete auch den Krug zum Goldenen Rad nicht. Er hatte tapfer auf dem Familientage standgehalten und ebenso tapfer den Notabeln des Dorfes in der Schenke. Er hatte jedem, der ihn trocken oder naß anging, Bescheid getan. Gestärkt, friedlich und wohlwollend zog er jetzt auf seiner Landstraße heim und seinen Gaul am Zügel hinter sich her. Seine Schuld war es nicht, daß weder das Gebäude der deutschen Burschenschaft noch der Hagebuchersche Familienfriede unter Dach kamen; er hatte das Seine redlich getan und kümmerte sich um üble

Nachreden nicht im mindesten. Als ihn Lina anrief und ihm mit den beiden andern in den Weg trat, betätigte er durchaus keine ungewöhnliche Verwunderung, sondern nahm auch diesen guten Augenblick, wie er ihm gegeben wurde, schob die Mütze noch ein wenig mehr auf den Hinterkopf, drückte den Tabak in der kurzen Pfeife fest und sagte:

»Guten Abend! Ich wünsche der Jugend alles nur mögliche Pläsier miteinander.«

»Danke, Herr Vetter«, erwiderte das Hoffräulein, »ich habe bereits wie gewöhnlich Ihr Loblied gesungen, und wir wissen, wie wir es meinen. Wir hielten soeben auch eine Ratssitzung zwischen den Büschen in Sachen Herrn Leonhard Hagebuchers und vermißten Sie sehr dabei, Wegebauinspektorchen. Sie haben so gut zwischen vier Wänden gesprochen, wollen Sie uns nicht auch noch ein Wörtchen hier im Mondenschein und im Grünen sagen?«

»Im Grünen und im Mondenschein, ihr Narren«, brummte der Alte, »das ist wahrlich die rechte Zeit und Gelegenheit für uns, Rat zu geben und zu nehmen. Ei freilich, die Vögel, die zueinandergehören, finden einander, und lockt der eine im Zaun, so antworten zwanzig seinesgleichen aus dem Roggenfeld, dem Walde oder von der Wiese. Mondschein und Grünkraut, unsereiner, der aus dem Jahre siebenzehnhundertachtundneunzig stammt, weiß freilich davon zu sagen. Es war eine schöne Zeit, als man neunzehn Frühlinge durchlebt hatte und in Kompanie mit den tapfern und treuen deutschen Fürsten und ihren frommen Ministern das neue heilige Reich baute. Vor dem Krachen des groben Geschützes bis zum Jahre fünfzehn hatte sich das Gewölk zerteilt, und ganz Deutschland lag in der silbernsten Beleuchtung unter unsern Berggipfeln. Junges Volk, Kreuzhimmeltausenddonnerwetter, das war eine liebliche Zeit, eine schöne Zeit, die Zeit der Halluzinationen und die Zeit für die Halunken! O Freiheit, die ich meine – sämtliche Zuchthäuser und Kasernen von Gottes Gnaden verwandelten sich in gotische Dome, und für jeden schwarzen Sammetrock erzog eine deutsche Mutter eine deutsche Jungfrau mit blondem Haar und blauen Augen. O verflucht – das war über alle Beschreibung; aber ein Glück war's, daß die Tante Klementine damals erst die Wände beschrie, sie hätte mich sonst ganz gewiß bei meinen süßesten Gefühlen gepackt. Mondschein und Maikäfer! Fräulein von Einstein, sehen Sie es mir noch an, daß ich einstmalen an den Kaiser im Kyffhäuser geglaubt und die Gitarre dazu geschlagen habe? Jaja, wir waren alle auf dem Marsche nach Utopia, gleich dem Afrikaner dort, als er von der Universität durchbrannte; und als wir uns wie er im Tumurkielande wiederfanden, in dem ›guten Land, wo Lieb und Treu den Schmerz des Erdenlebens stillt‹ – nämlich auf der Festung, da hatten wir diesen Karlsbader Beschluß des Schicksals dankbarlichst zu akzeptieren und unsern Mainachtsrausch ohne weiteres Gesperr, Gezerr und Gezappel zu verschlafen. Als wir dann erwachten, war ein höchst ungemütlicher Tag heraufgedämmert. Der Himmel grinste uns so erbärmlich grau an, als wir es verdienten, und jeder Hanswurst, Narr, dumme Junge und Enthusiast bekam seinen Tritt, der ihn bergab in den Sumpf, in den düstern Keller, in den Winkel expedierte. Im Winkel bin ich sitzengeblieben, und wenn das Loch verschlossen sein sollte, Leonhard, so liegt der Schlüssel auf dem Vorplatz unter dem Uhrkasten. Den Küchenschrank kennst du ja wohl noch aus deiner Knabenzeit; die Knasterrolle hält sich seitwärts im Kabinette hinter der Tür auf. Du bist zu jeder Zeit willkommen, wie ich dir schon vorhin sagte, mein Junge; und mehr Glück hast du auch als der Vetter Wassertreter, solches ist mir längst klargeworden.«

Es fiel in diesem Augenblicke eine Sternschnuppe, und hastig fragte das Hoffräulein:

»Was dachtest du eben, Lina?«

»An meines Bruders Glück.«

»Und der Gedanke war ein Wunsch – ohne Zweifel! Was haben wir noch nötig, hier Rat zu halten? Der Schlüssel zu des Vetters Gemächern liegt unter dem Uhrgehäuse, im Fall der Vetter nicht zu Hause sein sollte; merken Sie sich das, Herr Leonhard Hagebucher. Herr Vetter, ich rekommandiere mich Ihren Ratschlägen; Lina, ich empfehle mich deinen süßen Wünschen; übrigens wird es kühl und feucht; daß wir allesamt sehr kluge und gescheite Leute sind, haben wir wieder einmal bewiesen und erfahren; gute Nacht, gute Nacht!«

»Gute Nacht, mein Allergnädigstes«, sagte der Wegebauinspektor mit ungemeiner Zärtlichkeit und wandte sich, als das Hoffräulein durch das Loch in der Hecke des Bumsdorfer Gutsgartens verschwunden war, zu den beiden Verwandten:

»Schlafe auch du wohl, Lina, mein Herzblatt! Komm ich wieder, so bring ich dir eine große Düte voll Zuckerwerk mit, und nach einem guten Mann werde ich mich seinerzeit gleichfalls umgucken, sollte ich ihn bis in den Mond suchen müssen. Vergiß den Schlüssel unter der Uhr nicht, Leonhard. Es ist eine nichtswürdige Welt; allein:

> das rechte Burschenherz
> Kann nimmermehr erkalten,
> Im Ernste wird, wie hier im Scherz,
> Der rechte Sinn stets walten;
> Die alte Schale nur ist fern,
> Geblieben ist uns doch der Kern,
> Und den laßt fest uns halten.
> O jerum, jerum, jerum!
> O quae mutatio rerum!«

Der Schlußreim des alten Studentenliedes verhallte fern auf der Nippenburger Landstraße, die der Vetter Wassertreter in so preislichem Zustande erhielt; auf den Zehen schlichen Leonhard und Lina heim, und wenn der Afrikaner nicht von der Tante Schnödler träumte, so konnte er von dem Fräulein Nikola von Einstein träumen. Der Mond ging unter zu seiner Zeit, der Maikäfertanz nahm auch sein Ende, es wurde noch einmal recht dunkel und kühl, ehe das Licht des neuen Tages kam. Durch die Natur zog mehr als ein Schauern und Frösteln, vor dem die letzten Schwarmgeister und Musikanten der ersten Sommernacht in Luft und Gezweig abfielen und vergingen oder doch scheu unterduckten und sich verkrochen.

Siebentes Kapitel

»Nun sage mir, ob diese Gegend nicht daliegt wie Goethes sämtliche Werke in vierzig Bänden?« rief der Vetter Wassertreter, mit beiden Backen kauend und mit der Spitze des aufgeklappten Taschenmessers einen weiten Halbkreis vor sich in der Luft beschreibend. Leonhard Hagebucher, noch immer schweigsam und wortkarg, nickte dem Gleichnis seine Billigung und hielt sich gleichfalls con amore an den nahrhaften Inhalt des geöffneten Schnappsacks. Es waren ungefähr acht Wochen seit den in den beiden vorigen Kapiteln beschriebenen Szenen vergangen, es war ein schöner, heiterer Morgen, und die Stunde, in welcher der gesunde Mensch, der früh aufstand, die Scheu des Leeren in hohem Maße zu empfinden berechtigt ist. Der alte und der junge Vetter saßen auf einem Haufen zerschlagenen Basalts unter einem Apfelbaum an der fürstlichen Landstraße; der Gaul des Wegebauinspektors stand friedlich und fromm daneben und riß mit lang vorgestrecktem Halse das Gras aus dem Graben. In Duft und Glanz lag die Nähe und die Ferne, und der Vetter Wassertreter wiederholte:

»Goethes sämtliche Werke! Von diesem Steinhaufen bis zum Horizont und hinaus über den Horizont sagt alles mit Behaglichkeit: Blättern Sie weiter, auch über die nächste Seite scheint die Sonne!... Vierzig Bände Weltruhms, zweiundachtzig Lebensjahre und nur vier Wochen ungetrübtes Glück oder besser eigentliches Behagen – welch ein Trost für uns alle dieser alte Knabe in seiner Fürstengrube zu Weimar ist! Ob man ein großer Poet und Staatsminister oder ein kleiner Narr und Wegebauinspektor ist, bleibt sich am Ende verflucht gleich – ein Vivat allen guten wackern Gesellen zu Wasser und zu Lande, auf ebner Erde und auf den goldenen Wolken im blauen Äther, den guten wackern Gesellen, die aushalten und sich nicht irren lassen und bei jeder Witterung den Tag preisen. Tue, was du willst, Leonhard, aber in allen Lagen nimm dir ein Exempel an dem alten Geheimen Rat und an dem Vetter Wassertreter; stirbst du jung, so wirst du das Deinige genossen haben, stirbst du alt, so kannst du dich in Ruhe einen Quietisten, Lumpen, oder wie es dem Pöbel sonst beliebt, schimpfen lassen: du hast, was dir gehört, gerettet und kannst die Leute reden lassen.«

»Das ist alles recht schön«, sagte Leonhard Hagebucher kläglich, »aber fürs erste handelt es sich für mich weniger darum, die Nase hoch zu tragen, als sie aus dem Schlamm zu ziehen. Alles Schlagen mit Händen und Füßen versenkt mich nur immer tiefer in den Morast; noch eine kurze Zeit, und der arme Teufel ist verschwunden, und der Vetter Wassertreter kann ihm ein Denkmal setzen mit der Inschrift: Hier liegt der Tropf, seines Schicksals würdig. Daheim im Tumurkielande –«

»Daheim?« rief der Vetter in fast kläglicherem Tone als der Afrikaner. »Daheim im Tumurkielande! Also so weit bist du schon herunter? Es wäre freilich nicht zu verwundern; aber traurig ist's doch. Armer Bursch, die Gefangenschaft hat dich grenzenlos verwöhnt – statten wir der Madam Klaudine einen Besuch ab; auch das wäre kein Wunder, wenn sie den Rat für uns hätte, den wir nunmehr schon wochenlang vergeblich in allen Ritzen und Winkeln suchen.«

»Wer ist diese Madam Klaudine?« fragte Leonhard. »Ich höre diesen Namen nicht zum ersten Male, und immer wird er mit einer gewissen melancholischen Betonung ausgesprochen. Wer ist diese geheimnisvolle Madam Klaudine?«

»Eine Frau, welcher du schon längst einen Besuch gemacht haben solltest, Sohn Afrikas. Jetzt haben wir noch einige restaurierte Abzugsgräben und den Weg am Nonnenkopf, über welchen mir neulich der Wolkenbruch so niederträchtig herfiel, zu revidieren; – im Ochsen zu Fliegenhausen halten wir Mittag und Mittagsruhe, und nachher gehen wir zur Madam Klaudine. Im Laufe des Tages werde ich dir dieses und jenes von der Frau erzählen. Sammle die übrigen Brocken und laß uns wandern.«

Leonhard Hagebucher erhob sich, und der Vetter Wassertreter bestieg von neuem sein Roß. Sie verbrachten den Morgen ihrem Programm gemäß, zählten Steinhaufen, untersuchten Wasserläufe und Gräben und hielten allen die grüne Ferne durchschnurrenden Eisenbahnzügen zum Trotz ihre Wege rein und in gutem Zustande.

Gemütlichkeit und Grobheit wechselten in den Kundgebungen des Vetters den Umständen und den Leuten gemäß, mit welchen er es in seinem Amte zu tun hatte, und was er von der Madam Klaudine zu erzählen wußte, erzählte er. Leonhard hatte wiederum Gelegenheit, sich in manchen Dingen zu orientieren, die ihm sehr neu erschienen, es aber keineswegs waren.

»Fliegenhausen wird dir wohl noch bekannt sein, und der Katzenmühle wirst du dich ebenfalls noch erinnern«, sprach der Vetter Wassertreter. »Solch ein deutsches Dorf hält seine Erscheinung und seinen Geruch mit merkwürdiger Zähigkeit fest, und aus dem Boden wächst immer dasselbige Geschlecht, und im Ochsen steht der Eichentisch noch auf derselben Stelle, auf welcher er vor fünfzig Jahren stand. Mit der Mühle ist das anders, und du wirst ja sehen, was davon übriggeblieben ist. Den Bach hat der Teufel – wollt ich sagen, das neunzehnte Jahrhundert geholt, und es ist ein Jammer und Schaden um seine Forellen. Den Katzenmüller mitsamt seiner Familie hat der Teufel wirklich geholt und via Bremen nach Amerika expediert, wo es ihm besser geht, als er's verdient. Im Jahre einundfünfzig waren Bach, Mühle, Müller, Müllerin und Müllertochter noch im lustigsten Flor; um Weihnachten zweiundfünfzig aber, als Madam Klaudine ankam, ging es zu Ende mit allem: die hübsche Karoline war in das Landeszuchthaus abgeliefert, die beiden Alten rüsteten sich zu ihrer Fahrt über die See, und oben im Lande war bereits der Grund zu den Fabriken gelegt, welche den Bach fraßen. Das ist so eine einfache Geschichte, so eine Art Dorfgeschichte, ohne Glanzwichse, Pomade und Kölnisches Wasser. Das schöne Müllermädchen spielte natürlich die Hauptrolle in dem Trauerspiel, das Kriminalgericht fand sich berufen, allerlei Dorfgerüchten nachzugehen – eine Kindsleiche wurde irgendwo gefunden – im Bach, im Fichtengrunde, unter dem Düngerhaufen, wer weiß wo! – Es ist auch einerlei, die Geschichte ist seitdem bereits wiederum einige Male in der Umgegend passiert; die hübsche Sünderin hat ihre acht Jahre Zuchthaus hinter sich und ist Anno sechzig ihren Eltern nach Missouri gefolgt, soll nach einem Gerücht einen Quäker geheiratet haben, nach einem zweiten und wahrscheinlicheren aber die Bestimmung des Weibes zu Utah im Mormonenlande zu erfüllen suchen. Das alles hat nicht das geringste mit der Madam Klaudine zu schaffen; die hat ihre eigene Historie, welche jedoch im Grunde ebenso einfach wie die der Familie in der Katzenmühle ist. – Im Februar des Jahres achtzehnhundertzweiundfünfzig fiel hierzulande ein starker Schnee, von welchem ihr in eurem Afrika unter dem Äquator wohl kaum etwas gespürt haben mögt. Es war, als ob der Welt nach den politischen Aufregungen der jüngstvergangenen Jahre das Deckbett für einen gesunden Schlaf von einem halben Säkulum aufgelegt werden sollte. Acht Tage hindurch währte der Spaß, und das ist dann die rechte Zeit für unsereinen, welcher der Menschheit die Wege offenhalten soll und selber nicht durchkann. Herrgott, und nachher will einen die Tante Schnödler und die Kusine Mauser und die ganze übrige Verwandtschaft an seiner roten Nase zupfen und die eigene rümpfen! Tag und Nacht bis an den Hals im Schnee oder im Wasser – Tag und Nacht keine Ruhe – Herr Inspektor vorn, Herr Inspektor hinten – von der hohen vorgesetzten Behörde Tritte, Knüffe und Püffe, daß einem der Kopf summt und man seine Seele mit Vergnügen auf dem ersten besten trockenen Bund Stroh ausächzen möchte. Na, du hast ja auch mancherlei erlebt, Leonhard, und wirst dir eine Vorstellung davon machen können! – Bei so bewandten Umständen rief mich nun damals meine Amtspflicht auch in das Eichental hinter Fliegenhausen, wo die Poststraße durch die Schneemassen vollständig verschüttet war und die Bauernschaft mit Aufbietung aller Kräfte den ganzen Tag über an der Aufräumung derselben gearbeitet, aber für jede Schaufel voll, die sie zur Seite warf, drei Scheffel voll über die Köpfe bekommen hatte. Der Wind wurde mit zunehmender Dämmerung immer boshafter und tat nach bestem Vermögen das Seinige, um unsere Mühen vergeblich zu machen; es konnte in der Tat keine bessere Gelegenheit geben, eine angenehme Bekanntschaft zu machen, und so ließ mich denn auch der Himmel die Madam Klaudine auf meiner Chaussee finden. Trotz allen Hindernissen und Schrecken des Wetters hatte eine von der Residenz kommende Extrapost sich Bahn gebrochen bis zum Eingang des Fliegenhäuser Tales, wo sie denn aber doch endlich steckenblieb. Ein junger, stattlicher, sehr aufgeregter Mann – ein Offizier in Zivilkleidung, arbeitete sich durch die Schneewehen, um uns zu Hülfe zu rufen. Ich hielt ihn im Anfang für betrunken, er war's aber nicht, und ich erfuhr bald, daß er Grund zu seiner Aufregung hatte. Sein Kutscher war ohne allen weiteren Zweifel betrunken, eines der Pferde zusammengebrochen und der Wagen selbst so tief versunken, daß er kaum noch aufzufinden war. Die Dame im Wagen lag ohnmächtig – im Fieber – dem Tode nahe; und mit gerungenen Händen schrie mir der junge Herr zu: ›Es ist meine Mutter! Helfen Sie mir, o helfen Sie uns! Es ist meine Mutter, welche stirbt; wo können wir sie, wenn auch nur für einige Stunden, unter Dach bringen?‹ – Ganz Fliegenhausen stand nunmehr im Kreise um den versunkenen Wagen und kratzte sich hinter den Ohren, und mir für mein Teil erschien die Geschichte kurios und verwunderlich genug. Die Leute sahen anständig und vornehm aus; aber auf den ersten Blick mußte man erkennen, daß der Unfall und das arge Wetter sie nicht allein bedrängten. Sie erschienen wie Menschen, die von einem plötzlich ausbrechenden Feuer aus dem Schlafe aufgeschreckt und aus ihrem brennenden Hause gejagt wurden; eine wilde, hastige und doch stumpfsinnige Verzweiflung sprach aus jedem Wort, jeder Gebärde des jungen Mannes, und der stupideste meiner Arbeiter und Bauern wich betroffen vor seiner krankhaften Heftigkeit zurück. An einem solchen ärgerlichen, mühevollen Tage hat man jedoch genug zu tun, wenn man auf das Nächste und Nötigste achtet und, wenigstens für den Augenblick, zur Seite liegenläßt, was einen für den Augenblick nichts angeht. Das nächste Obdach bot die Katzenmühle, und dorthin brachten wir, nicht ohne Anstrengung, die erschöpfte Frau. Wir hatten lange zu pochen und zu klopfen, ehe man uns die Tür öffnete; die beiden Alten waren nicht in der Stimmung, barmherzig und milde gegen die Welt zu sein, und man konnte es ihnen auch kaum verdenken. Das Elend suchte bei dem Elend Schutz, und das ist immer und allewege ein ander Ding, als wenn das Glück mit Lachen das Glück zum Tanz auffordert. Die Müllerin war natürlich noch widerborstiger und grimmiger als der Müller und wehrte sich am längsten gegen unser Eindringen in ihren dunkeln Jammerwinkel. Endlich wich auch sie halb der Gewalt, halb der Überredung und verkroch sich grollend zu ihrem Mann hinter den Ofen. Wir legten die kranke Dame auf ihrem Bette nieder und konnten nunmehr kaum noch etwas für sie tun. Ich versprach, wo möglich den Arzt von Nippenburg herüberzuschicken, aber die Kranke wies, ebenfalls mit großer Heftigkeit, diesen Dienst zurück. So nahm ich denn Abschied und zog mich mit meinen Bauern und Straßenknechten nach Fliegenhausen zurück. Wir waren gleich einem geschlagenen Heer; der Sturm und der Schnee hatten das Feld siegreich behauptet; den Wagen der Fremden mußten wir lassen, wo wir ihn gefunden hatten, und froh sein, daß wir noch die Gäule und den Kutscher retteten. Wenn ich den festen Entschluß hatte, schon am folgenden Tage die Katzenmühle wieder zu besuchen, so lag es nicht an mir, wenn ich ihn nicht zur Ausführung brachte. Ich hatte mir aus dem Schnee der letzten Tage ebenfalls ein Fieber geholt, welches mich unsern Herrgott in seinem Zorn erkennen ließ, mich in einem Federbett halb erstickte und halb mich in Strömen von Kamillentee ersäufte. Erst nach Wochen ritt ich wieder durch Fliegenhausen und dachte dann zum erstenmal wieder an jene Begegnung im Unwetter, welche ich dir beschrieb. Der Schnee war jetzt längst zu Wasser geworden, und der Frühling regte sich schon überall in den Büschen und unter den Büschen. Mir war recht wohl zumute, und in solcher sehr glücklichen und leichtherzigen Gemütsstimmung trabte ich denn auch zur Katzenmühle und rief mit lautem Hallo nach dem Müller, um mich nach seinen Gästen und ihren fernern Schicksalen in seiner Behausung zu erkundigen. Der Mensch soll aber ja nicht meinen, daß die Welt auf ihn wartet, während er, mit über die Ohren gezogener Nachtmütze im Bett liegend, schwitzt und Tee trinkt. Die Katzenmühle fand ich noch vor, aber den Katzenmüller und die Katzenmüllerin nicht mehr; sie waren abgezogen nach Amerika, und an ihrer Stelle saß die Madam Klaudine in der Katzenmühle, und die Madam Klaudine war jene ohnmächtige Dame, welche ich mit Hülfe der Fliegenhäuser Bauernschaft aus dem Schnee aufgrub. Eine Magd wies mich zuerst von der Tür fort, wie uns an jenem stürmischen Abend der Müller abgewiesen hatte. Der Herr Leutnant sei in die Fremde gegangen und Madam Klaudine sei unwohl und nicht zu sprechen, hieß es. Der Vetter Wassertreter aber hat sich nicht umsonst dem Wegebau gewidmet, er fand seinen Weg zu der geheimnisvollen Frau, und nicht zu ihrem Schaden; denn die frommen Hirten und biedern Ackerbebauer der Gemeinde Fliegenhausen machten ihr bereits das Leben sauer genug. Ich fand häufig Gelegenheit, mich der Frau nützlich zu machen und ihre Ruhe und Behaglichkeit gegen die Nachbarschaft, der das ›Wesen‹ gar nicht gefiel, in Schutz zu nehmen. Daß ich etwas Vertrauenerweckendes in und an mir habe, hat die Base Klementine mir noch nie abgestritten, und so bin ich denn im Laufe der Jahre ein guter Freund der Madam Klaudine geworden, und wir wissen, was wir aneinander haben. Sie sitzt still in einem großen Schmerze und würde ihr Geschick gewiß gern um deine Gefangenschaft zu Abu Telfan vertauscht haben; aber ihr Leid ist ebenfalls nicht neu, ihre Historie ist sowenig zum erstenmal auf Erden passiert wie die der schönen Müllerin. Diese Frau, welche wir hier Madam Klaudine nennen, ist die Gattin eines hochgestellten Beamten, der einer Kriminaluntersuchung nur dadurch entging, daß er in dem Augenblick, als der Verhaftungsbefehl ihm vorgezeigt wurde, wie man sagt, am Schlagfluß starb. Ihr einziger Sohn glaubte seine Ehre mit der seines Vaters verloren und warf in unverständiger Verzweiflung alles von sich, was sein Leben bis dahin bedingt hatte. Als die Katastrophe über sein Elternhaus hereinbrach, muß sie ihn als einen verweichlichten, verwöhnten Knaben gefunden haben; denn er besaß nicht die Kraft, seine Persönlichkeit, sein Ich in dem gewohnten Lebenskreise zu behaupten, sondern ließ alles hinter sich und floh wie dein Landsmann, der Vogel Strauß, um irgendwo den Kopf in den Sand zu stecken. Die Mutter steht natürlich für die Richtigkeit seines Verhaltens ein; sie ließ sich ebenso natürlich in dem Augenblick der Glückswende von ihm fortreißen und wäre ihm bis ans Ende der Welt auf seiner Flucht in das aschgraue Ungewisse gefolgt, wenn nicht glücklicherweise der große Schnee sämtliche Eisenbahnlinien verweht und sogar die Poststraße des Vetters Wassertreter am Eingange des Eichentals vor Fliegenhausen gesperrt hätte. So sitzt sie nun länger als zehn Jahre in der Katzenmühle und harrt auf die Rückkehr ihres Sohnes, und wie ich glaube, warten andere Leute mit ihr darauf. Daß der junge Herr noch am Leben ist, steht der Mutter unzweifelhaft fest, aber desto zweifelhafter ist mir, was er aus sich gemacht hat. Der Unterhaltungsstoff ist uns während dieser zehn Jahre nicht ausgegangen; wir wissen im Sommer wie im Winter, worüber wir zu schwatzen haben, und im Notfall können wir träumen nach Belieben. Du wirst eine schöne, alte Frau, eine weise Frau, eine Heldin kennenlernen, Leonhard Hagebucher. Wenn du im Tumurkielande dein Elend mit solchem Anstand trugest, wie Madam Klaudine Fehleysen das ihrige in der Katzenmühle, so mache ich dir mein allergehorsamstes Kompliment. Himmelsackerment, nun sieh einmal an, wie mir die Lümmel hier den Winterweg zugerichtet haben! Die ganze Böschung ruiniert! Wie viele besoffene Kotsassen und Brinksitzer haben mit ihren Mistwagen hier im Graben gelegen? Sollte man da nicht den Glauben an die Menschheit verlieren und den an die Karlsbader Beschlüsse finden? Das ist ja rein um des –«

»Eine Unglückliche und eine Heldin!« sprach Leonhard in tiefem Nachdenken vor sich hin, und der Vetter, wieder in den gelassenen Ton seiner Erzählung übergehend, sagte:

»Du wirst sie sehen, und hoffentlich gefällst du ihr so wie mir. Du wirst sie kennenlernen, und das ist mehr, als sehr vielen Leuten zuteil wird. Da ist übrigens Fliegenhausen; wir wollen jedenfalls den kürzesten Weg zum Ochsen nehmen. Bei solcher Mittagshitze ziehe ich die Sehne dem Bogen immer vor, dir aus dem heißen Land Afrika kann's einerlei sein.«

Achtes Kapitel

Sie erreichten den Ochsen auf einem, wenn auch nicht ungewöhnlich reinlichen, so doch schattigen Nebenwege und wurden von dem Wirt und der Wirtin mit ländlicher Herzlichkeit an der Pforte in Empfang genommen. Ländlich speisten sie zu Mittag, und nach der Mahlzeit streckte sich der Vetter auf die Bank von weichem Holz und riet dem Begleiter, dasselbe zu tun und sich um die Fliegen nicht zu kümmern. Wenn sich die Fliegen nicht um den Vetter bekümmert hätten, so wäre das jedenfalls recht freundlich von ihnen gewesen. Leonhard Hagebucher legte die Arme auf den Tisch und den Kopf auf die Arme mit dem festen Vorsatz, das Beispiel des Wegebauinspektors nicht nachzuahmen, und verwunderte sich eine Stunde später sehr, als er, erwachend, sich nicht in der Lehmgrube der Madam Kulla Gulla zu Abu Telfan, sondern in der Gaststube des Ochsen zu Fliegenhausen fand. Auch der Vetter richtete sich verstört auf; man trank den Kaffee des Landes weniger des Inhalts als der Form wegen. Der Gaul blieb gern im Stall des Ochsen zurück. Der Vetter und der Afrikaner machten sich auf den Weg zur Madam Klaudine, jetzt wieder der Landstraße folgend. Sie durchschritten den obern Teil des Dorfes und gelangten bald in den kühlen Schatten des Eichentales; eine Viertelstunde von Fliegenhausen schlugen sie sich zur rechten Seite auf einem ausgefahrenen Hohlweg tiefer in den Wald; der Pfad wurde in einem Seitentälchen immer schmäler und brachte sie durch eine kurze Wendung um eine hervorspringende Felsenecke zu der Katzenmühle, dicht hinter welcher die Welt nicht mit Brettern vernagelt, sondern durch eine ungefähr fünfzig bis sechzig Schuh hohe Granitwand von den Ährenfeldern der über dieser Steinwand beginnenden weiten Ebene abgeschnitten war. Von diesem Felsen herab stürzte sich früher der lustige Bach auf das Rad, aber, wie gesagt, die großen neuen Fabriken droben im Lande hatten längst den Hauptfluß des Wassers für sich in Anspruch genommen und dem demütigen Schwesterchen in der Tiefe nur grade so viel davon gelassen, als nötig war, um rund um das alte Gemäuer, Gestein und Gebälk und das zerbrochene Radwerk eine Vegetation hervorzubringen und zu erhalten, wie kein Maler sie sich anmutiger, üppiger, frischer und grüner vorstellen konnte. Ein wildes Gärtchen zog sich vor dem Hause her, und es war kaum zu erkennen, wo die lebendige Hecke in das Gebüsch des Waldes überging. Wilde und edle Rosen hatten sich ineinanderverflochten, Zaunwinden und Jelängerjelieber ebenso unzertrennlich ineinanderverschlungen. Über das Dach der Mühle hatte sich der Efeu in einer Weise gelegt, daß eine wahre Merkwürdigkeit daraus geworden war. Wie es um den Speichen und Schaufeln des alten schwarzen Rades blühte und grünte, läßt sich kaum beschreiben. Es war ein Wunder, daß die Fenster des Hauses nicht aus Bonbontafeln bestanden, und kein Wunder war's, wenn Leonhard Hagebucher vor Überraschung stehenblieb und rief:

»Das ist die Katzenmühle?! O was ist aus der geworden? Der Anblick würde einem in den Hundstagen unterm Äquator Kühlung geben, o das ist schön!«

»Nicht wahr? Aber so ist es immer und an jedem Orte; man braucht die Natur nur ihr Spiel weiterspielen zu lassen, sie weiß mit den gegebenen Hülfsmitteln üppig zu wuchern. Unter des Katzenmüllers Regierung sah das Ding anders aus, Madam Klaudine hat es gelernt, der alten Mutter Isis ihre Wege offenzulassen, und nicht bloß um Haus und Zaun her.«

»Allah, was haben wir hier?« rief der Afrikaner, als sich plötzlich aus dem Wald- und Gartengebüsch ein weißer Pferdekopf hob und schnaufend und vertraulich sich ihm auf die Schulter legte. »Bei allen Mächten Dschinnistans, Prospero, bist du auch da? Weißt du auch den Weg hierherzufinden?«

»Wahrhaftig, 's ist der Engländer vom Bumsdorfer Gutshof!« brummte der Vetter. »Na, denn nur zu; die Kompanie wird immer hübscher.«

»Ich hab ihn aus seinem Stall gestohlen und, wie gewöhnlich, selber satteln müssen, Herr Vetter«, sprach Nikola von Einstein, aus der Gartentür vortretend. »Seid gegrüßt, ihr Herren. Madam Klaudine wird sich freuen, euch zu sehen, wir haben schon länger, als uns gut ist, zusammengehockt.«

Eine ältere Dame in schwarzer Kleidung zeigte sich jetzt an dem offenen Fenster der Mühle und nickte freundlich lächelnd dem Wegebauinspektor zu. Geführt von dem Hoffräulein, betraten die beiden Männer das Haus, und Nikola sagte:

»Frau Geduld, hier ist er denn, und es soll mir nicht darauf ankommen, seine Abenteuer und Erfindungen zum sechstenmal anzuhören. Fragen Sie ihn nur immerhin aus, Frau Geduld; ich halte
mich derweil an den Herrn Vetter, welcher auch das Seinige, und
zwar jeden Tag erlebt.«

»Danke, meine Allerschönste«, sagte der Inspektor und stellte
nun den Begleiter in aller Form der Frau Klaudine vor, und diese
reichte dem letztern die feine hagere Hand und hieß ihn auf das
herzlichste in ihrem stillen Reiche willkommen. Dem Afrikaner aber
ward's zumute, als sei er jetzt wirklich einer großen Hitze in der
Libyschen Wüste, auf den Landstraßen des Vetters Wassertreter, in
den Gassen von Nippenburg, einer argen Verfolgung durch immer
von neuem aufspringende Widersacher von allen Hautschattierun-
gen, einem erbärmlichen Geschrei, wilden, wüsten Rufen, Lärmen
und Spektakel glücklich entgangen, als könne er jetzt wirklich in
Sicherheit Platz nehmen und verschnaufen. So tat er.

Die Frau Klaudine war eine schöne, alte Frau mit ruhiger, sanfter
Stimme und ruhigen Augen in einem stillen Gesicht. Ihre Bewegungen waren langsam und ein wenig mühsam, wie die einer von
schwerer Krankheit Genesenden. Sie trug sich schwarz und hatte im
Innern ihrer Hütte gewaltet wie die Natur draußen. Mit dem geringsten Aufwande und den gewöhnlichsten Mitteln hatte sie den
verwahrlosten Bau und Aufenthalt des Katzenmüllers und seiner
Familie verwandelt, als eine geschmackvolle Fee, welche durch
ihren Zauberstab ebenso mächtig ist wie andere Leute durch ihr
Geld. Sie, Madam Klaudine, ließ auch Kaffee bringen durch ein
hübsches Bauernmädchen; der Vetter Wassertreter durfte seine
Pfeife anzünden, und insgesamt saßen sie nieder zur Unterhaltung.

»Fräulein Nikola hat Sie nach ihrer Art empfangen, Herr Hagebucher«, sprach die Frau Klaudine; »aber glauben Sie mir, Sie sind mir
hoch willkommen und – und wir sind auch schon recht gute Bekannte. Wenn die junge Dame die Erzählung Ihrer Erlebnisse
sechsmal angehört hat, so hat sie jedenfalls gut zugehört. Ich habe
viel gefragt, und sie wußte immer gar schön Bescheid. Ach, geben
Sie mir noch einmal Ihre Hand, Herr Leonhard; Sie müssen mir viel,
viel mehr von Ihrem Leben sagen; ich möchte noch recht vieles von
Ihnen wissen.«

»Und wir kommen auch, um mehreres mitzunehmen für das, was wir bringen können«, fiel der Wegebauinspektor ein.

»Wir stecken fest, wir wissen nicht mehr ein und aus!« lachte das Fräulein von Einstein. »Wir möchten gern wissen, wo die gebratenen Tauben der Zivilisation am dicksten in der Luft fliegen; – wir möchten gern die Frau Klaudine bitten, uns zu sagen, wo und wie man sich niederzusetzen hat, um nicht mitten im alten Europa das Tumurkieland recht sehr zu vermissen. Papa und Mama, die Tante Schnödler und der Vetter Wassertreter haben uns wenig Trost geben können, und so sind wir denn zur Katzenmühle gewandert. Jaja, es geht mehreren Menschen so.«

»Ach, gnädige Frau«, stammelte Leonhard mit einem Blick auf das Hoffräulein, welches anfing, mit einer Geißblattranke, die sich neugierig in das Fenster bog, zu spielen; »Madam – Frau Klaudine, im Grunde ist es so, wie das Fräulein spricht, und soeben fühle ich zum erstenmal wieder seit langer Zeit eine kühle Hand auf der Stirn. Ich bin freilich zu Ihnen gekommen, weil so viele Leute sagen, Sie allein könnten mir einen Rat für mein verzetteltes Leben geben; denn Sie seien nicht nur eine gute, sondern auch eine kluge Frau, und nicht nur eine kluge Frau, sondern auch eine weise. Es sei keine geringe Kunst, hier in der Katzenmühle zu leben, meinen die Leute; wer es aber so könne wie Sie, Frau Klaudine, der habe so viel gewonnen, daß er einem andern recht gut davon abgeben könne, und darum bitte ich, der es vor Tausenden nötig hat, mir einen Rat zu geben und mir zu sagen, was ich mit einem Dasein gleich dem meinigen anzufangen habe.«

Madam Klaudine hatte wieder die Hand des Afrikaners genommen und sah ihn mit einem ruhigen, aber doch sehr traurigen Blick an.

»Also so reden die Leute draußen in der Welt von mir und haben Sie zu mir geschickt?« fragte sie. »Ei, ei, soll ich euch den Merlin spielen und im Dickicht verworrene Sprüche vor mich hinsagen, daß ihr neue Rätsel zu den alten aufzulösen bekommt? Was denken die Menschen, und was denken Sie, lieber Freund! Ich bin eine alte Frau, und Sie sind ein junger Mann; ich bin müde zum Einschlafen, und Sie reiben sich, soeben wieder erwachend, den Schlaf aus den Augen. Ich habe mich unter bittern Schmerzen, in hartem Kampfe dessen entledigt, was Sie mit allen Kräften wiedergewinnen möchten; und wenn auch das letztere leichter ist als das erste, so ist es doch grade für mich schwer, sehr schwer, die Wege zu zeigen.«

»Lassen Sie sich nicht darauf ein, Frau Geduld!« rief Nikola. »Es ist ein undankbarer Herr, der so leicht nicht zu befriedigen ist. O Gott, was würde ich darum geben, wenn man mich zum Ratsschreiber von Nippenburg machen wollte! Und wenn ich, wie er, meine Historia zu einer Orgel und einer bunten Leinwandtafel in den Gassen absingen dürfte, dann verlangte ich nichts weiter vom guten Glück und zöge sicherlich nicht so verdrossen und griesgrämlich einher und langweilte die Menschheit. Ach, es weiß selten einer, wie gut er's haben könnte, wenn er nur wollte und wagte, nicht wahr, Frau Klaudine?«

Während der Vetter Wassertreter bestätigte, daß der Gedanke mit der Drehorgel etwas recht Verlockendes habe und jedenfalls in nähere Überlegung zu ziehen sei, sah die Bewohnerin der Mühle mit noch tieferer Melancholie auf das Hoffräulein und nahm erst nach einem längern Stillschweigen von neuem das Wort.

»Ich kann Sie nicht einladen, Herr Hagebucher, in den Wald zu kommen und bei den sieben Zwergen zu leben; denn es wäre nicht gut und nützlich. Sie haben lange genug nur mit sich allein hausgehalten; deshalb lassen Sie sich nicht verführen von augenblicklicher Abspannung und Ermüdung. Ach, ich bin keine kluge und noch viel weniger eine weise Frau, obgleich die Leute es sagen; aber man braucht's auch nicht zu sein, um zu wissen, was den Tod für Sie bedeuten würde. Was für einen andern Rat könnte ich Ihnen geben, als daß Sie wieder hinausgehen müssen auf den Markt; und wer sich Ihren Freund nennt, der soll dazu helfen und unter keinen Umständen dazu beitragen, daß Ihnen der gegenwärtige Tag allzu behaglich werde.«

»Hab ich es nicht immer gedacht, mein Junge!« rief der Vetter Wassertreter mit Emphase. »Was hilft mir der Großvaterstuhl, wenn ich nicht drin sitzen darf? Nur weiter, Frau Klaudine, ich habe meine Meinung schon längst gewußt, ich hab sie nur nicht ausdrücken können. Warte, mein Söhnchen, wir werden dir schon Nadeln aus jeglichem Sitz wachsen lassen. Nur immer weiter, liebste Frau Klaudine.«

Lächelnd fuhr die Madam Klaudine fort:

»Der Vorschlag mit dem Drehorgelbild und dem schönen Lied dazu gefällt auch mir ausnehmend wohl, und es wäre meine feste Meinung, daß wir nichts Besseres tun können, als ihn so schnell als möglich zur Ausführung zu bringen. Ja, es ist mein völliger Ernst, lieber Freund, und ich glaube auch nicht, daß man dadurch gegen die Sitte der Zeit verstoße –«

»Nicht im geringsten!« rief Nikola von Einstein. »Das wäre noch besser, nicht im allergeringsten!«

»Was jedermann tut, kann auch einer aus dem hintersten Afrika machen«, brummte der Vetter. »Leonhard, fasse dich kurz; auf die Auslagen soll's mir nicht ankommen, und den rechten Schick traue ich dir schon zu.«

»Mein Jammer muß doch recht komisch sein, daß alle das Lachen ihrer Teilnahme beifügen«, sagte Leonhard kläglich und mit einem etwas vorwurfsvollen Blick auf Frau Klaudine. »Man hat auch recht, und das Wort ist alt genug, daß der für den Spott nicht zu sorgen braucht, welcher den Schaden hat. Es ist sehr komisch, und ich will auch lachen wie die andern, und wißt Ihr, was ich tun werde, Vetter? Mit einer Drehorgel werde ich nicht im Lande umherziehen; aber Eure Steine will ich zerklopfen an Eurer Landstraße, Herr Vetter. Bei Allah, das werde ich tun, und morgen werde ich damit beginnen! Das ist mein Entschluß, und niemand soll mir mehr dreinreden. Bei Allah, wie dumm der Mensch sein kann! Ist es mir doch noch gar nicht eingefallen, daß ich die Philosophie, die ich im Tumurkielande theoretisch übte, im Lande der Deutschen praktisch ausführen könne! Beim Ring des Königs Salomo, jetzt habe ich des guten Rates genug; ich will nichts mehr hören, sondern meine Tage zerklopfen wie den Basalt an Euren Landstraßen, und Eure Zivilisation mag über meine Gedanken und Hirngespinste weggehen und - fahren, was kümmert's mich.«

»Wohinaus, Nikola?« fragte die Frau Klaudine, als das Fräulein sich jetzt schnell erhob und nach ihrem Hütchen und ihrer Gerte griff.

»Nach Bumsdorf zurück auf dem Prospero, Liebste.«

»Und Sie wollen nicht warten und uns nicht mit sich nehmen?«
rief der Vetter Wassertreter.

»Nein, nein! Was hat Sie auch angetrieben, uns jenen dort herzu-
schleppen? Auch wir kommen selten genug dazu, uns einer guten
Stunde zu freuen, und es ist durchaus nicht nötig, daß man uns
ungeladen eine Fratze in den Sonnenschein schneide. O Frau Geduld, werden Sie einmal recht, recht ungeduldig und sagen Sie dem
Herrn aus dem Mohrenlande, daß wir unsere Meinungen und Ratschläge keineswegs wie Brombeeren hergeben, oder, noch besser,
rufen Sie die Christine mit dem Besen und lassen Sie Ihr Haus kehren. Guten Abend, Madam! Guten Abend, Gentlemen! Ich hab an
meinem eigensten Eigensinn schwer genug zu tragen und brauche
mir von keinem andern dazu mit dem Borstwisch durch die blaue
Minute fahren zu lassen. Guten Abend, meine Herrschaften, guten
Abend, Herr Leonhard Hagebucher – vielleicht treffen wir in einer
bessern Stimmung wieder zusammen.«

Sie hatte der Frau Klaudine die Stirn geküßt und war zur Tür
hinausgesprungen. Sie saß auf dem weißen Pferde und grüßte in
lachender Schönheit, die nun gar seltsam mit ihren ärgerlichen
Worten kontrastierte, über die Hecke. Als die lustige, grazienhafte
Erscheinung im Walde verschwunden war, saßen die beiden Männer noch eine geraume Weile sehr verblüfft da und starrten ins Leere, bis die Frau Klaudine seufzte:

»Mein armes Kind, geh nur; es darf dich niemand schelten um
deine Ungeduld! Ihr lieben Herren, da ist auch eine glatte Stirn und
krause Gedanken darunter, und keiner in der Welt draußen, ihre
Gespielinnen nicht und ihre Mutter nicht, kann so viel davon wissen als ich. Und sie kommt ebenfalls zu mir, um auf die Tropfen zu
horchen, die von dem zerbrochenen, nutzlosen Rad meiner Mühle
klingen; aber auch sie ist zu jung, als daß die Lehre dieses Klanges
den rechten Sinn für sie haben könnte, und zu jung sind auch Sie,
Herr Leonhard.«

Mit den letzten Worten hatte sich die Bewohnerin der Katzenmühle von neuem an den Afrikaner gewendet und fuhr jetzt fort:

»Ich wollte Ihrer nicht spotten, mein Kind. 's ist auch eine Kunst
wie so manches andere; und wenn ich voreinst mehr davon wußte,
so habe ich das gleich so manchem andern lange verlernt hier in der

Stille. Es ist ein übel Lachen in der Katzenmühle, wenn man allein sitzt und auf das Fallen der Wassertropfen horcht und auf den Häher tiefer im Walde. Man lernt das Lachen und den Spott nicht in der Einsamkeit! – Weshalb wollen Sie das, was Sie in der Wüste erlebten und dachten, nicht auf eine Tafel malen, um es dem Volke zu zeigen und zu deuten? Viele kluge und gute Leute haben dasselbe getan und so einen großen Nutzen gestiftet, indem sie ihr Schicksal, ihre schweren Mühen und Arbeiten, ihr Glück und Unglück sing- und sagbar machten. Denken Sie nach über das, was Sie erlebten; – hier im Walde, auf der Landstraße des Herrn Vetters, in Ihrer Eltern Hause, überall denken Sie darüber nach, und wenn Sie wollen, können Sie auch niederschreiben, was Sie für nützlich und neu halten. Es ist ein schöner Sommer, die Tage sind lang, und man hat volle Zeit, sich allerlei zu überlegen, bis der Herbst in das Land kommt; – nachher, wenn Sie genug zusammengetragen haben, reden Sie zu dem Volke davon, Sie werden tausend Hörer finden, und wenn Sie Ihre Sache recht machen, so sollen Sie sich wundern, wie schnell sich Steine in Gold, Verdruß in Wohlbehagen und großes Elend in noch größeres und sehr dauerhaftes Glück verwandeln können.«

»Was sagst du, Leonhard? Was habe ich dir gesagt?« rief der Wegebauinspektor in heller Begeisterung. »Haben wir an die rechte Tür geklopft? O Frau Klaudine, was hätte aus mir werden können, wenn Sie Anno neunzehn in Mainz an der Tür der Zentraluntersuchungskommission auf mich gewartet hätten! Rühr dich, Leonhard, und küsse der Madam Klaudine die Hand, oder ich ziehe die meinige so vollständig von dir ab wie nur je der Stamm Levi von der übrigen Vetternschaft, wenn der Kirchenzehnte in Gefahr kam, weil Bacchus und Venus, Baal oder der Drache zu Babel es billiger taten.«

Die Herrin der Katzenmühle erhob drohend lächelnd den Finger und sagte:

»Herr Vetter, Herr Vetter, es ist sicherlich zu jeder Zeit ein schweres Stück Arbeit gewesen, Sie einen Weg zu führen, den Sie nicht gehen wollten. Jetzt halten Sie gefälligst den Mund und lassen mich aussprechen. Sie fallen vom Monde herab, Herr Hagebucher, und haben somit viel zu erzählen; singen Sie Ihr Lied vor Ihrer bunten

Tafel, und das Leben der Gegenwart, das Sie unter so großen Mühen wiederzufinden suchen, wird gewiß zu Ihnen kommen, und wohl Ihnen, wenn es Sie nicht ertränkt und erstickt mit seinen bittern, trüben Fluten.«

Leonhard Hagebucher hatte die Stirn tief gesenkt; der Vetter Wassertreter aber schlug von neuem mit großer Gewalt auf sein Knie und rief begeistert:

»Madam Klaudine, der Bursche kann's machen, und ich werde ihm helfen! Hurra, da sollen nicht Nippenburg und Bumsdorf allein Augen und Ohren aufsperren! Vivat, jetzt haben wir eine Beschäftigung für den Winter –«

»Wo steht Euer trefflicher Gaul, Herr Wegebauinspektor?« unterbrach die Frau Klaudine den Entzückten, und der Vetter, der gern noch länger das Wort behalten hätte, antwortete:

»Nun, im Ochsen, wie gewöhnlich.«

»So tut mir den Gefallen, Liebster, und schlendert hin zum Ochsen; reitet heim und laßt mir diesen hier noch einige Augenblicke allein; ich schicke ihn Euch so bald als möglich nach. Ihr habt mir ein freundliches Zutrauen erwiesen, Herr Vetter, indem Ihr Euren Schützling mir zuführtet, und daß ich dasselbe nicht täuschen werde, wißt Ihr. Laßt mir den Herrn Leonhard noch ein Stündchen, ich verspreche Euch auch, daß Ihr noch viele Freude an ihm erleben sollt.«

Der Vetter Wassertreter machte eine Bewegung, als ob er sich die Hände wasche, und sagte greinend, indem er sich langsam erhob:

»Madam Klaudine, es ist sicher, daß Ihr eine kluge Frau seid und daß man sich auf Euch jederzeit verlassen kann, auch wenn Ihr einem den Stuhl vor die Tür setzt. Ich habe schon Zerbrechlicheres als den Vetter Hagebucher in Eure Hände gelegt; also wünsche ich Euch hiermit einen guten Abend und marschiere Eurem Wunsche gemäß nach dem Ochsen. Bringt ihn 'rum, ich meine den Jüngling aus Afrika, und laßt nicht los, eh Ihr seiner Unmündigkeit auf die Beine geholfen habt. Sei brav, Leonhard, und bedenke, wieviel Liebe und Ehre dir angetan wird. Solltest du mich bis gegen zwei Uhr morgens noch nötig haben, so melde dich unter meinem Fenster; du weißt, daß der Schlaf meine schwache Seite ist.«

»Guten Abend, Herr Wegebauinspektor!« rief die Frau Klaudine ein wenig ungeduldig; der Vetter Wassertreter küßte mit großer Zierlichkeit die Hand gegen sie und verschwand endlich pfeifend hinter den Büschen, ein gut Stück Weges begleitet von dem Wächter der Katzenmühle, einem stattlichen weißen Spitzhund, dessen Verwandtschaft in sehr guten Umständen auf dem Bumsdorfer Edelhofe lebte.

.

Neuntes Kapitel

Kaum hatte der Vetter den Rücken gewendet, und noch waren die melodischen Klänge, womit er seine Anabasis begleitete, nicht verklungen im Walde, als eine große Veränderung über die Bewohnerin der Mühle kam. Die ruhige Heiterkeit verschwand aus ihrem Gesichte, sie sah noch einen Augenblick angstvoll und scheu in die stille Wildnis vor ihrem Fenster; dann faßte sie mit beinahe wilder Heftigkeit den Arm Leonhard Hagebuchers, stellte sich dicht vor ihn hin, sah ihm immer tiefer in die Augen und flüsterte:

»So sind Sie endlich doch gekommen? Weshalb kamen Sie nicht früher? O es war sehr grausam, mich so lange warten zu lassen. Sie durften am wenigsten mit mir spielen, da Sie doch auch so Schweres leiden mußten und auch keine Waffen dagegen hatten! Hat Ihnen niemand gesagt, wie die Einsiedlerin nach Ihnen verlangte? Hat Ihnen selbst Nikola nicht von mir gesprochen und Sie zu mir geschickt? O das war nicht gut, nicht gut! Aber nun danke ich Ihnen doch, denn ich habe Sie ja und gebe Sie so leicht nicht wieder frei. Sie müssen mir alles sagen, von allem erzählen – Sie dürfen das Kleinste, das Geringfügigste nicht auslassen, denn es kann mir Leben oder Tod bedeuten, was Ihnen nichts ist.«

Ratlos und bestürzt stand Leonhard unter diesem Schauer von rätselhaften Vorwürfen, Fragen und Bitten. Die Vorstellung, daß er sich einer Irrsinnigen gegenübersehe, drängte sich ihm mit aller Gewalt auf, und er wußte es dem Vetter Wassertreter wenig Dank, daß er ihn zu dieser geheimnisvollen Mühle und Frau geführt habe, um ihn sodann seinem Schicksal zu überlassen. Er sagte stammelnd und stotternd:

»Es haben mir viele Leute und auch das Fräulein von Einstein von Ihnen gesprochen, und ich würde gern früher hierhergekommen sein, wenn ich geahnt hätte, daß die Frau Klaudine meinen Besuch so gern sehen würde. Ich will auch gern noch einmal meine Historie erzählen und mit allem Vergnügen jede mögliche Auskunft geben; es läßt sich hier gut sitzen, und ich will recht oft kommen, wenn die Frau Klaudine ihre Erlaubnis gibt.«

Die Frau Klaudine schüttelte traurig das Haupt. »Ich merke, man hat Ihnen doch nicht genug von mir erzählt. Ach, halten Sie mich nicht für eine Närrin; ich bin nur eine unglückliche Mutter und frage die Leute aus nach meinem Kinde. Verzeihen Sie mir meine Aufregung, lieber Freund. Ja, ich denke, wir werden recht oft und lange zusammensitzen, und da wollen wir einander allmählich besser kennenlernen. Nun reden Sie, was hat man Ihnen von der Einsiedlerin in der Katzenmühle gesprochen?«

Leonhard Hagebucher teilte mit, was dann und wann beiläufig im Gespräch vorgekommen war, und sodann, was der Vetter Wassertreter auf dem heutigen Wege von der Geschichte der Frau Klaudine ihm kundgemacht hatte, und die Bewohnerin der Mühle hörte nun wieder still und ruhig zu und nickte nur von Zeit zu Zeit mit dem Kopfe. Als er mit seinem Bericht zu Ende war, sagte sie:

»Freilich, es kann niemand wissen, wie dem Nachbar zumute ist, sei's, daß ihm eine Schale aus der Hand fällt und zerbricht, sei's, daß er vor den Scherben seines ganzen Lebensglückes steht. Ich suche mein Kind – meinen Sohn, Leonhard Hagebucher; er hat mich verlassen und ist davongegangen in die weite Welt; er ist geflohen vor dem Schimpf der Leute und hat mich bewegungslos hier zurückgelassen, und ich bin eine Närrin, Leonhard Hagebucher, glaube an Wunder und wäre schon längst gestorben, wenn ich nicht an Wunder glauben dürfte. So sitze ich hier in der Katzenmühle und horche bei Tag und Nacht. Es muß einst in dem Wind eine Stimme zu mir herüberdringen, ein Stein muß anfangen zu reden, und während ich darauf harre, lasse ich keinen, der aus der weiten Welt kommt und über meine Schwelle tritt, los, ohne daß er mir Rechenschaft gab über seine Wege und alle, welche ihm auf denselben begegneten. Ich frage sie alle nach meinem Sohne; wenn ich hundert Jahre lebte und wüßte, mein Kind sei längst tot, ich würde doch fragen und fragen müssen – ich lebe nur, um mit angehaltenem Atem zu horchen; o und es ist oft sehr schrecklich, so allein zu wohnen und nichts zu hören als das Niederfallen der Tropfen dort vor dem Fenster! Ja, die Nikola, die weiß am meisten von allen Menschen davon; aber sie darf auch am wenigsten davon sprechen. Sagen Sie ihr nicht, daß ich ungehalten auf sie war, Herr Hagebucher! Ich darf keinem zürnen; das Schicksal, das über mir ist, könnte es mich entgelten lassen, und ich habe schon so lange, so traurig lange gewartet. Nur die Geduld kann mir helfen, und ich will geduldig sein; ich will nicht an dem Zeiger der Uhr rücken; die Leute, die aus der Welt kommen, sollen mir nur sagen, wie es draußen aussieht, wie die Menschen es treiben und wer ihnen begegnete. Es muß einmal jemand kommen, der meinen Sohn kennt, der ihn im Gewühl streifte und ein Wort mit ihm wechselte; ich aber will still sein hier in der alten Mühle und will mit Geduld auf ihn warten; weiß ich es doch vor Hunderttausenden nur allzu gut, wie es da draußen zugeht und wie bitter, grausam und blutig das Treiben auf den Straßen der Erde ist!«

Bewegt rief Leonhard Hagebucher:

»Liebe Frau, jetzt verstehe ich Sie ganz und hätte Ursache, eine tiefe Reue zu empfinden. Kein Mensch kann die Frau Klaudine so gut verstehen wie der, welcher sich auch zehn Jahre in der Gefangenschaft in Geduld zu fassen hatte und dem nicht einmal die Geduld, sondern nur der Stumpfsinn, das blödsinnige Hinstarren und Hinhorchen in die Leere übriggeblieben war. Ja, nun will ich auch zu der Frau Klaudine sprechen, wie zu keinem andern, und ihr wie keinem andern Rede stehen; denn wer könnte gleich ihr einen Sinn in diese Trostlosigkeit und bodenlose Nichtigkeit legen?!«

»Wir haben uns gegenseitig viel zu bieten und wollen einander nach Kräften helfen«, sprach die Frau aus der Katzenmühle, und dann – erzählte Hagebucher abermals seine Geschichte, diesmal jedoch in einem andern Ton, auf eine andere Weise und der rechten Zuhörerin. An diesem ersten Tage konnte er freilich nur einen Überblick geben; schon nistete sich die Dämmerung in den tieferen Gründen des Waldes ein, und schon erglühten die höchsten Wipfel und Zweige der Bäume im rötern Lichte der untergehenden Sonne. Schon hatte Leonhard hundert Gestalten, und darunter wunderliche Gesellen, zu Land und zur See vor dem verlangenden Herzen der armen Mutter vorübergleiten lassen, aber den, welchen sie suchte, erkannte sie nicht unter ihnen. Die Dämmerung schlich von allen Seiten immer kühler und kühler aus dem Walde heran gegen die Mühle. Der moosige Fels über dem Dache erhob sich schwärzlich gegen den reinen Himmel des Sommerabends, und die erste Fledermaus verließ ihren Schlupfwinkel und prüfte ihre Schwingen, indem sie einen unsichern Kreis um den morschen Schornstein der

Frau Klaudine beschrieb. Fern im Walde erhoben sich die Stimmen der Nacht, und der Spitzhund vor der Gartentür schlug leise an und schritt in dem engen Wege bis zur Tür der Mühle auf und ab, gleich einem treuen Wächter, der sich rüstet, sein Amt in der Finsternis wohl zu versehen.

Noch immer saßen Leonhard und die Frau Klaudine neben dem offenen Fenster, und keines von beiden merkte, wie das Licht und die Zeit vorübergegangen waren. Noch immer sprach Leonhard Hagebucher, der jetzt längst seine Zuhörerin in das gelbe glühende Felsental von Abu Telfan zu seiner Lehmhütte geführt hatte, und nannte jetzt auch zum ersten Male den Namen des Herrn van der Mook.

»Nun sagen Sie mir noch ein Wort von Ihrem Befreier und von der Stunde Ihrer Erlösung!« rief die Frau Klaudine. »Schildern Sie mir den Mann, welchen Ihnen die Vorsehung sandte, um Sie zu retten, und wie es Ihnen war, als die Fesseln zur Erde fielen und das Fürchterliche hinter Ihnen lag. Sagen Sie mir mit Ihrem eigenen Munde, wie Sie erlöst wurden, das soll mich bestärken in dem Glauben an die eigene Erlösung; ach, es sind zu viele, die sagen: Ihr kann nicht geholfen werden! Und ich bin so allein, und ich habe das Wunder und den Glauben und die Leute, welchen gesagt wurde: Steh auf und wandle so nötig, o so nötig!«

Fortgerissen von der fieberhaften Heftigkeit dieser Frau, sprach Hagebucher zum erstenmal seit seiner Rückkehr aus Afrika auf solche Weise, wie es sich nach solchen Erlebnissen gehörte. Er gab jedem Ding die rechte Farbe und wunderte sich, während er redete, selber darüber. Es erwachte ein Talent in ihm, von welchem er bis zum gegenwärtigen Augenblicke nichts gewußt hatte und über welches er sich nachher auf dem Heimwege nach Bumsdorf noch mehr zu wundern begann, wie wir bald erfahren werden.

Die wilden schwarzen Jäger mit ihren Sklaven waren durch Chasm-el-Bab, den Eingang der Wüste, in ihr Felsendorf heimgekehrt. Kopfschmerzen, Übelkeiten, wunde Füße und einige sehr rote Striemen waren die Ausbeute des Tages für den Sohn des Steuerinspektors Hagebucher gewesen. Nun lag er stumpfsinnig, lang ausgestreckt, drückte das Gesicht in den Sand, um nichts mehr von dem heillosen Lichte des Tages zu sehen, und war nicht imstande,

Protest gegen die fröhliche Jugend, welche im kindlichen Spiel seinen armen Leichnam zum Tummelplatze erwählte, zu erheben. Schrill erklang die Stimme der Madam Kulla Gulla durch das Gequiek der Kleinen, das Schnarchen der Kamele, das Brüllen des Rindviehs, das Schnarren der Kuhhörner und das Triumphlied der Jäger. Die Alten und Weisen unterhielten sich von dem letzten Heuschreckenzuge, und ihrer einige trieben ebensogut Politik wie die Gevattern nordwärts vom Mittelländischen Meere. Die Feuer zur Bereitung der Nachtkost wurden soeben angezündet – Leonhard Hagebucher hatte selber am Morgen den Kamelmist zusammengetragen – einige Brüllaffen, ein junger Gorilla und zwei Rieseneidechsen waren bereits an die Spieße gesteckt; in einer Stunde war es unwiderruflich Nacht. Es war besser, der Zubereitung des Abendessens in Abu Telfan nicht zuzusehen, man speiste mit viel größerm Appetit; es war besser für den europäischen Menschen, auch die Ohren im Sande zu vergraben, das Stimmen der Instrumente zu dem Konzert, welches den Tag beschließen sollte, war kaum ergötzlich anzuhören. Eine Schildkröte, mit aller geistigen Begabung der Schildkröte und nicht mehr, zu sein – o die Vorstellung eröffnete einen Blick in das Reich der höchsten krönenden Gnade! Die Vorstellung, den Kopf unter die Schale ziehen zu können und nichts zu fühlen, zu sehen und zu denken – diese Vorstellung war zu beseligend, um nicht bitterer zu sein als jener Stern Wermut, der alle Brunnen und Wasserläufe der Erde untrinkbar machte. Daß der Vollmond den Neger betrunken mache, ist zwar noch nicht vollständig erwiesen; was jedoch sämtliche Touristen, Handelsleute, Missionäre und Entdecker von seinen Wirkungen auf die Seelen der unsträflichen Äthiopier erzählen, deutet darauf hin, daß etwas dran sei, und Hagebuchers Erfahrungen traten mit ganzer und klarster Gewißheit für das Faktum ein. Noch lag die feurige Sonnenkugel auf dem westlichen Rande des Tales; erst in einer halben Stunde war's Nacht, und dann mußte der wahre, echte afrikanische Sabbat beginnen – Leonhard Hagebucher dachte mit Schauder daran und begrub seine Stirn zum drittenmal tiefer in den Sand.

Ein Schuß, der ein hundertfaches Echo in den zerklüfteten Felsentälern weckt! Ein zweites Krachen, das an den roten Berglehnen dahinrollt! Stille im Dorf und Lager und darauf ein gellendes, hundertstimmiges Geschrei und Geheul! Die Männer und Krieger zu den Waffen, die Weiber und Kinder in die dunkelsten Winkel der Hütten oder in die tiefsten Verstecke der Erdhöhlen! Mrs. Lavinia Drawboddy in weiten roten türkischen Hosen, einer weiten gelblichen Flanelltunika und mit einer blauen Drahtbrille auf einer Kamelstute; – Mr. Augustus Montague Drawboddy ganz in gelbem Flanell, mit Revolver, Doppelbüchse, Jagdmesser auf dem merkwürdigsten und zottigsten aller Ponys; – Herr Kornelius van der Mook ebenfalls bewaffnet bis an die Zähne, bärtig, sonnverbrannt, in einem Kostüm, welches dem der englischen Dame an phantastischer Willkürlichkeit nichts nachgibt, auf einem stattlichen Maulesel – ein unendliches, wühlendes, staubaufrührendes, brüllendes, plärrendes, kreischendes, quiekendes, rasselndes, klapperndes, hinten und vorn ausschlagendes, purzelbaumschlagendes Gefolge von Arabern und Affen, Nubiern, Abyssiniern, Schilluks, Baggaras und Dschournegern, von Büffeln, Eseln, Lasttieren aller Art, Käfigen mit jungen Löwen und Tigern, Kasten mit Krokodilen und Schlangen und bunten Vögeln! Halt des Zuges an der Barriere von Abu Telfan; exaltiertestes Verhandeln der Parlamentäre und Dolmetscher – allgemeine Verständigung und wahnsinnigster Jubel! Große gegenseitige Vorstellung von Altengland und Tumurkieland, Mrs. Lavinia Drawboddy und Madam Kulla Gulla; – der Gorilla am Bratspieß und Mr. Augustus Montague Drawboddy in tiefsinniger Betrachtung des Gorillas – Herr Kornelius van der Mook und Herr Leonhard Hagebucher aus Nippenburg, Grand-Duchy of ***, German Confederation! – –

»Es war die allerhöchste Zeit, daß er kam, Frau Klaudine«, seufzte der Erzähler in der Katzenmühle. »Noch eine kurze Frist, und er hätte meinethalben ebensogut wegbleiben können. Einen Tag später, und der Rest wäre die unbefangenste Tierheit, die absoluteste Blödsinnigkeit gewesen; denn was man zehn Jahre ertrug, das mag einem in den ersten Stunden des elften zuviel werden. ›Law, bless me, what a horror!‹ sprach sogar Mrs. Lavinia Drawboddy, als sie die Kuriosität in ihr Reisetagebuch eintrug, und ihr Gatte ging dreimal um mich herum und sagte: ›Wonderful, wonderful!‹«

»O lassen Sie diese Engländer!« rief die Frau Klaudine. »Was sagte der Herr van der Mook? Sprechen Sie mir von diesem; denn er ist's gewesen, welcher Sie erlöste und Ihnen die Ketten abnahm.

Sagen Sie mir alles von ihm – was wollte ich darum geben, wenn ich ihn sehen, den Klang seiner Stimme hören dürfte.«

»Er stolperte über meinen am Boden ausgestreckten Leib, als er die Madam Kulla Gulla zum Stadthaus von Abu Telfan führte, und da er beinahe gleichfalls sich zu Boden gelegt hätte, so entfuhr ihm eine nicht sehr höfliche Redensart, und zwar in deutscher Sprache. Da bin ich aufgefahren und habe ihn ebenfalls deutsch angerufen, und dann kamen mir vor übermächtiger Aufregung meine fünf Sinne für einige Zeit abhanden, und als ich das Bewußtsein wiedererlangte, war der Handel um meine Person bereits im besten Gange; ich aber konnte nichts weiter tun, als den Verlauf der Unterhandlungen in Geduld abwarten. Mr. Augustus Montague Drawboddy, der mehr als mich in seinem Leben taxiert hatte, schätzte meinen Wert auf sechs Schnüre böhmischer Glasperlen, zwei königlich großbritannische ausrangierte Perkussionsmusketen, drei Solinger Faschinenmesser, zwölf Pfund Tabak und sechs Flaschen Rum. Mrs. Drawboddy gestand ein, daß man wohl noch ein Exemplar von Bunyans The Pilgrims Progress zulegen könne, welcher letztere generöse Vorschlag jedoch von Tumurkieland sehr kühl aufgenommen wurde, ja sogar beinahe allen weitern Verhandlungen ein Ende gemacht hätte. Schon zuckte Altengland die Achseln und wandte sich ab, um den eigenen Geschäften nachzugehen, als der Herr van der Mook auf arabisch und in der Lingua franca dartat, daß er außer den beiden angebotenen Flinten noch einige Dutzend gute Büchsen hinter sich habe und es in mancanza d'un accordo amichevole, in Ermangelung eines gütlichen Vergleichs, auf einen Austrag durch Waffengewalt ankommen lassen werde. Übrigens gebe er den Herrschaften zu bedenken, daß er nach Abu Telfan gekommen sei, um ganz andere und lukrativere Verbindungen einzugehen, daß er aber auch verhoffe, man komme ihm freundlich und billig entgegen. Er sei bereit, die Messer und Glasschnüre zurückzuziehen und dafür drei Flaschen Rum und eine halbe Rolle Tabak mehr zu bieten; er erwarte, daß man diesen Vorschlag annehme und den Landsmann ihm zur Verfügung stelle.

Unter dieser schönen Rede ist der Mond aufgegangen, und unter seinem erregenden Einfluß wurde der Handel abgeschlossen. Mit einem letzten Fußtritt entließ mich Madam Kulla Gulla ihres Dienstes, und der Herr van der Mook sagte: ›Seien Sie kein Narr, mein

Bester!‹ Denn ich habe jetzt wie ein Kind geweint. Er hielt mich in seinen Armen aufrecht, dieser Herr van der Mook, während der afrikanische Dämonentanz ihn und mich, den Mr. Drawboddy und die Lady umkreiste. Er rieb mir die Schläfen mit Kölnischem Wasser aus dem Flakon der Lady; und, o Frau Klaudine, Jahrtausende der Zivilisation waren in diesem Duft, in welchem die europäische Welt von neuem um mich emporstieg! Man muß das Barbarentum gerochen haben, muß es länger als zehn Jahre gerochen haben, Frau Klaudine, um das, was ich fühlte, empfand und einatmete, zu begreifen. Dieser Tropfen Eau de Cologne hat mir in der vollen Bedeutung der Worte das Leben gerettet; denn in ihm war Europa mit all seiner Kultur, und so löste er die tödliche Stockung im Blute und wendete den Herzschlag, der mich bedrohte, ab. Es war jedenfalls echtes Kölnisches Wasser, das Mrs. Lavinia Drawboddy in ihrer Tasche mit sich führte.«

»Sagen Sie mir mehr und anderes von Ihrem Befreier!« murmelte die Bewohnerin der Mühle; Hagebucher aber rief, indem er fast wie in einem Krampf die Hände aneinander rieb:

»Verzeihung, ach Verzeihung, Frau Klaudine! Aber ich kann jenen Tagen nicht beikommen, ich kann von jenen Gestalten nicht loskommen als auf diese Weise. Es ist eine Feigheit, aber ich kann dieser heillosen Vergangenheit nicht grad ins Gesicht sehen; der Schauder liegt zu tief in den Nerven – mein ganzes Leben ist ja zu einem solchen Seitwärtsschielen geworden! Freilich trage ich diesen Kornelius van der Mook in dem stillsten Winkel der Seele, wenn er gleich nicht zu jenen Menschenfreunden gehörte, die, aus Heroismus und Aufopferungsfähigkeit zusammengesetzt, nach der Meinung phantasiereicher wohlwollender Leute so häufig in der Welt vorkommen, aber doch ungemein selten im richtigen Augenblick sich vorfinden. Der Herr van der Mook war ein mürrischer, schweigsamer Mann, der, wie jeder in Afrika Handeltreibende, seine Peitsche aus Büffelleder an dem Gürtel trug und dieselbe nötigenfalls sehr rücksichtslos gegen Menschen und Vieh gebrauchte. Er rechnete vortrefflich in allen von London bis zum Mondgebirge landläufigen Münzsorten, und während seines Aufenthalts zu Abu Telfan waren ihm die Gefühle und Stimmungen der Madam Kulla Gulla wichtiger als die meinigen. Er hatte Geschäfte mit meinen früheren Gebietern zu machen und ließ sich in denselben nicht stören. Unsere halbe oder viertel Landsmannschaft achtete er wie ein echter Holländer sehr gering, und einen Wunsch, etwas Näheres über den Mann zu erfahren, der ihm zu so hohem Dank verpflichtet war, zeigte er in keiner Weise. In allem, was er tat und sagte, gab er sich als ein sehr praktischer, kühler, scharfer Rechner kund, und erst, nachdem wir von Abu Telfan aufgebrochen waren, trat er mir etwas näher, doch hab ich nicht herausgekriegt, ob er wirklich ein echter Holländer war. Die Unterhaltung in unserer Karawane wurde in allen möglichen Zungen geführt, nur nicht in der deutschen; und der Herr van der Mook, der jedenfalls Deutsch verstand und sprach, schien sich sogar nunmehr sehr davor zu hüten, sich dieser Sprache im Verkehr mit mir zu bedienen. Es ist mir auch immer deutlicher geworden, daß er nicht von Deutschland und den deutschen Verhältnissen reden wollte; und wie ich mich abmühte, ihn zu Äußerungen und Mitteilungen in dieser Richtung zu bewegen, es blieb stets bei jener uralten batavischen Redensart, mit welcher schon Civilis und Velleda allen unbequemen Erörterungen aus dem Wege gingen: Kan niet verstaan! – Seinen Rat, seinen Arm, seinen Geldbeutel und seinen Kredit hat er mir jederzeit, auf dem Nil und in Alexandria wie in Abu Telfan, auf das bereitwilligste zur Verfügung gestellt; mit dem Gemüt hat er mir auf keine Weise geholfen, und so haben wir mit einem Handschütteln Abschied voneinander genommen, wie an der Türe einer Konditorei oder eines Klubhauses. Zu allem andern Unbehagen schleppe ich auch das Gefühl mit mir, daß sich auch hier wieder Schritte, die mir wert und hochgeliebt bis zum Tode bleiben müssen, in die Wüste verlieren. Es ist ein arges, grimmiges Gespenst, welches auf allen Wegen hinter mir dreintritt und die Fäden, die mich mit den Hoffnungen und Sorgen, der Arbeit, der Freude und dem Leide um mich her verknüpfen, mit scharfem Messer zerschneidet. Ich habe nichts, gar nichts heimgebracht aus der Fremde, halte es aber auch für kein Wunder, daß die Heimat gar nicht daran glaubt, eine solche Tatsache gar nicht fassen kann.«

Der Erzähler brachte somit für dieses Mal seinen Bericht kleinlaut genug zu Ende, und auch die Frau Klaudine war eine Weile ganz still. Endlich sprach sie mit einem tiefen Seufzer:

»Wer verliert nicht mehr, als er findet, auf seiner Wanderung? Welche ehrlichen Leute rühmen und freuen sich dessen, was sie heimbringen? Nur die Kleinen und Nichtigen dürfen Triumph rufen, wenn sie ihren Bettelsack ausschütten; die Großen und Edeln werden immer sich abwenden und sagen: Das Beste gehört nicht uns zu, und wir wissen nicht, von wem wir es haben! – Was sind wir allesamt anders als Boten, die versiegelte Gaben zu unbekannten Leuten tragen? Die größte Schlacht und das höchste Gedicht, von wem kommen und zu wem gehen sie? Kein rechter Sieger auf irgendeinem Felde wird je rufen: Dies ist mein Werk und das soll es wirken! – Ich danke Ihnen, mein Freund, für die Stunden, welche Sie mir heute gegeben haben. Wir wollen immer bessere Freunde werden, Sie und ich und Nikola Einstein und noch einige andere. Wir wollen einander helfen und nicht ungeduldig sein. So lange Zeit, als Sie in der entsetzlichen Gefangenschaft lagen, hab ich hier in der Einsamkeit, in Gram und eintönigem Schmerz gesessen und hab auch heute nicht gefunden, was ich suche. Wir wollen Geduld lernen und lehren und einander helfen, wie wir vermögen. Nun wird es Nacht; Sie müssen gehen und ich bleibe wieder allein; daran werden Sie denken auf Ihrem Wege, und es ist gut für Sie. Sie werden oft zu der Mühle zurückkehren, und das ist gut für mich. Nun will ich Sie auf die Stirn küssen, Leonhard Hagebucher, und Ihnen gute Nacht sagen; heute soll kein böses Gespenst Ihnen folgen und den Faden, der Sie an die Katzenmühle bindet, zerschneiden. Ich will gute Wache darüber halten, und morgen sollen Sie die alte Frau in der alten Mühle loben.«

Zehntes Kapitel

»Gute Nacht, Madam Klaudine«, hatte auch Leonhard Hagebucher gesagt und war seines Weges, oder was man so nennen mag,
gegangen; denn er wußte wenig von seinem Wege, er spürte ihn
jedenfalls kaum unter den Füßen. Von den ersten Bäumen des Waldes aus hatte er noch einmal zurückgeblickt nach der kleinen Hütte
unter der Felsenwand. Der Fels war dunkel, das Gärtchen lag in
tiefer Dämmerung, und es war wie Magie, als jetzt Christine die
Lampe der Frau Klaudine anzündete und der Lichtschein aus dem
Fenster der Mühle dem zögernden Lauscher nachfolgte in den
Wald. Leonhard grüßte diesen Schein noch einmal tiefer zwischen
den Bäumen und schritt erst dann schneller vorwärts, als der
Stamm einer alten Eiche ihn seinem Blick entrückte; die letzten
Worte der Greisin erhielten jetzt erst ihr volles Gewicht: kein arglis-
tiger Dämon durfte seine heutigen Schritte auslöschen oder verwirren, eine Ruhe und Sicherheit, die er lange nicht mehr gekannt hatte, erfüllten sein Herz und machten seine Seele still wie die schöne
Nacht rings um ihn her. Nicht alles, was er heute sah, hörte und
erlebte, war geeignet, ihm die so wünschenswerte Klarheit des Daseins zu geben; aber ein erster Hauch eines neuen Tages hatte ihn
getroffen und kühlte ihm die heiße Stirn: so schüttelte er sich und
schritt rüstig weiter, erst auf dem kaum sichtbaren Pfade durch den
düstern Tal- und Waldgrund, dann auf der Landstraße durch das
Dorf Fliegenhausen und zuletzt auf einem andern engen Pfade
seitwärts der Landstraße, durch das hohe Korn, dessen nächste
Halme er fortwährend durch die Hände gleiten ließ.

Er hatte sich in eine große Aufregung, ein halbes Fieber hineinge-
redet, als er der Frau Klaudine die letzten Augenblicke seines Aufenthalts in Abu Telfan schilderte; aber die leisen Tropfen an dem
zerbrochenen Mühlrad und die Bewohnerin der Mühle selber hatten doch den Sieg davongetragen über die Aufregung und das Fieber. Immerfort klangen die Tropfen und die gute sanfte Stimme der
alten Frau in seinem Ohre. Er sah Nikola von Einstein in der Fens-
terbrüstung sitzen, wie sie mit den Blüten und grünen Zweigen,
welche in das Fenster lugten, spielte; er sah sie auf dem weißen
Pferde gleich einer Jägerin aus Tristan und Isolde, wie sie über die
Hecke winkte, ehe sie im Walde verschwand. Auch ihre Stimme

und ihr Lachen erfüllten die Nacht und sein Herz; – sein Weg führte ihn sanft ansteigend aus der Tiefe in die Höhe, und nun stand er, immer noch zwischen den Ährenfeldern, neben einem alten, morschen, sehr überflüssigen Wegweiser und blickte zurück und rief, was er schon einmal am Zaun des Bumsdorfer Gutsgartens ausgesprochen hatte:

»Bei Gott, es ist doch schön im Vaterlande. Kurru, kurru, kurru, masch biqwa Schilla qwa Baggara!«

Letzteres Gegurgel bedeutete die Nationalhymne des Mondgebirges, deren Anfang in wortgetreuer Übersetzung lautet:

Was ist des Negers Vaterland?
Ist's Schillukland? Baggaraland?
Ist's, wo der Niger brausend geht?
Ist's, wo der Sand der Wüste weht?
O nein, nein, nein usw.

und welche deshalb für den Deutschen von Interesse und literarisch- wie politisch-historischer Bedeutung sein muß, weil sie mit einem Liede, welches er selbst bis in die jüngste Zeit gern und häufig sang, eine unverkennbare Ähnlichkeit besitzt.

Ja, das Vaterland war sehr groß und sehr schön, und sehr hübsches, angenehmes, verständiges, aber auch sehr kurioses Volk lief darin herum. Mit einer ausgezupften Ähre in der Hand ging der Afrikaner weiter, und die Vorstellung, die Landenge von Suez durchgraben zu helfen, würde ihn heute nicht bewogen haben, von der Universität Leipzig durchzubrennen. Dagegen erschien ihm die Idee, der deutschen Nation öffentliche, gut honorierte Vorlesungen über das Tumurkieland zu halten, in der Tat recht einleuchtend und leicht ins Werk zu setzen.

»Warum nicht?« fragte er den dunkeln Horizont, den warmen Nachtwind und die funkelnden Sterne und fügte hinzu:

»Nur Mut – und Selbstvertrauen bis zur Unverschämtheit, Hagebucher! Zeige ihnen, mein Sohn, daß du doch nicht so ganz umsonst so lange in die Schule der Troglodyten gingst und mit einigem Nutzen am Mondgebirge den Eselskopf trugst, auf Erbsen knietest und die Rute bekamst. Weshalb solltest du es nicht wagen, Alter, den

Kampf mit dieser närrischen Zivilisation von neuem aufzunehmen – wer weiß, wieviel Honig die Biene in sich hat? Jedenfalls, mein Kind, hast du weder Ruf noch Ruhm zu verlieren; und zu gewinnen –«

Er brach ab und seufzte tief; doch es war ein Zauber in dieser Nacht, und er konnte auch schon den Gedanken an Gewinn tapfer von sich abschütteln. Seine Schritte wurden immer länger, er ging körperlich und geistig durch, und es war ein großes Wunder, daß er mit heilen Gliedern auf der Bumsdorfer Landstraße wiederanlangte.

Nochmals hielt er an und horchte auf ein Rauschen seitwärts von des Vetters Wassertreter tadellos gehaltenem Pfade. Da war ein laufender Brunnen und eine Steinbank daneben inmitten einer Baumgruppe, ihm wohlbekannt aus seinen Knabenjahren. Obgleich er den Platz schon am hellen Tage einige Male aufgesucht hatte, so behagte es ihm doch auch jetzt in dieser Nacht wieder, daß der Strahl noch immer so frisch und kräftig in das Becken schoß, daß das lustige Gesprudel und Geplätscher während seiner Abwesenheit nicht versiegt war. Er beugte sich nieder, um gleich dem alten Zyniker mit der hohlen Hand zu schöpfen, besann sich jedoch eines Bessern und hielt den Mund an die Rinne wie vorzeiten und trank in vollen Zügen. Oft hatte er an diesen Quell denken müssen in dem heißen, glühenden Felsental von Abu Telfan und hätte oft mit Freuden ein Jahr seines Lebens für eine Minute an dieser Stelle hingegeben. Nun dachte er daran zurück und richtete sich wiederum dankbar und klüger in die Höhe. Er saß noch einen Augenblick ausruhend auf der Bank und benutzte die gute, klare Stimmung, um sich und der alten Dame in der Katzenmühle zu versprechen, fürderhin auch mit wenigem zufrieden zu sein und nötigenfalls das Leben fortzuführen in Europa wie in der Lehmhütte des Tumurkielandes, auch sich nicht allzusehr an den Worten und Werken seiner lieben Nachbarn zu ärgern, sondern in Geduld die Tage und die Dinge an sich kommen zu lassen, ferner mit Hülfe der Götter seine Meinung deutlich zu sagen, dieselbe aber auch, und zwar ebenfalls mit Hülfe der Götter, ruhig für sich zu behalten, dann für seine Gesundheit zu sorgen und zuletzt sich ein gutes Konversationslexikon zu eifrigstem Studium anzuschaffen. Lauter verständige, ehrenwerte und nützliche Vorsätze, Gelöbnisse und Pläne, aber alle kaum originell genug, um näher darauf eingehen zu müssen, weshalb wir sie ihm zu eigener reiflicher Überlegung anheimgeben und uns, da er überdies recht bequem neben diesem rauschenden Born sitzt, zu einem andern Wanderer kehren, der sich ebenfalls um diese Zeit auf dem Wege gen Bumsdorf befindet.

Am Marktplatz der Stadt Nippenburg liegt ein stattliches Haus mit glänzenden Spiegelscheiben und graugrünen Fensterläden, einem weiten Torweg und einem kurzstämmigen, haarigen Hausknecht: der Goldene Pfau, der erste Gasthof der Stadt. Seit undenklichen Zeiten steht sein Ruf fest, nicht nur in Nippenburg, sondern weit in die Lande. Generationen von Honoratioren haben ihre Bälle in seinen Räumen gehalten, Generationen von fetten Amtmännern und fetten und hagern Pastoren sind vor seiner gastlichen Pforte abgestiegen, hundert Generationen von Handlungsreisenden haben seinen Preis gesungen weithinaus einst über die Grenzen des Hansabundes und jetzt über die des Zollvereins, und der Goldene Pfau verdient das alles; er ist auch heute noch ein Ort, an welchem man es sich wohl sein lassen kann und wo man unter allen Umständen seine Rechnung findet.

Im Goldenen Pfau befand sich natürlich auch der »Herrenklub« von Nippenburg, und der Steuerinspektor Hagebucher war ebenso natürlich ein ausgezeichnetes, wohlangesehenes Mitglied dieser trefflichen Gesellschaft. Seine Pfeife mit einer Fliege auf dem Kopfe wurde vom Kellner mit kaum geringerm Respekt in Verwahrung gehalten als die des Kreisgerichtsdirektors und des Generalsuperintendenten; er – der Herr Steuerinspektor – war sehr eigen in betreff seiner Pfeife. Sein Platz wurde selten von einem frechen oder unwissenden Usurpator eingenommen. Er – der Inspektor – machte keinen Anspruch darauf, die Zeitungen zuerst zu bekommen, aber er bekam sie zu seiner Zeit und erinnerte sich nicht, daß ein anderer als ein hospitierender Vorgesetzter oder sonst im höhern Rang stehender Mann die althergebrachte Reihenfolge in frevelhaft politischer Neugier gestört habe.

Viele, viele Jahre hindurch hatte sich der Steuerinspektor Hagebucher ungemein behaglich in diesem Kreise der Aristoi, der Besten in Nippenburg, gefühlt; und sowohl vor als nach seiner Pensionierung war der Tag in seinem Kalender schwarz unterstrichen, an welchem ihn irgendein Umstand zwang, seine Pfeife, seinen Stuhl und die Zeitung daselbst einmal aufzugeben. Es entstand dann eine Lücke in seinem Dasein, für welche seine Hausgenossen jedesmal ziemlich schwer zu büßen und mit ihrer Behaglichkeit einzutreten hatten.

Was ist aber der Mensch und das Vergnügen des Menschen? Es hat beides seine Zeit, und leider eine gar kurze. Wir mögen noch so sicher, sei's hinter dem Ofen oder am Fenster, je nach unserm Geschmack Posto fassen: über ein kurzes, und die Nesseln drängen sich durch den weichsten Teppich, das schönste Parkett, wuchern um unsere Füße, wachsen und schlagen über unserm Kopfe zusammen. Es ist an und für sich ein nobles Gefühl, Stammgast zu sein, Stammgast sowohl auf der grünen Erde wie im Goldenen Pfau; aber dauerhaft ist der Genuß keineswegs, und der Steuerinspektor Hagebucher fühlte sich seit einiger Zeit längst nicht mehr so wohlig im Goldenen Pfau wie früher. Niemand aber trug die Schuld daran als der Afrikaner, der aus dem Tumurkielande so unvermutet heimgekehrte Sohn.

Seltsam! Solange unser wackerer Freund Leonhard in der geheimnisvollen Ferne undeutlich und schattenhaft vor den Augen von Nippenburg umhertanzte, ja sogar als ein Verlorener erachtet werden mußte, zog sein Papa im Pfau einen gewissen wehmütigwürdigen Genuß aus ihm. Man wußte ja von seiner Tätigkeit auf der Landenge von Suez und seiner Fahrt nilaufwärts; der junge Mann war gewissermaßen ein Stolz für die Stadt, und wenn er wirklich zugrunde gegangen war, so hatte Nippenburg das unbestreitbare Recht, sich seiner als eines »Märtyrers für die Wissenschaft« zu erfreuen und ihn mit Stolz unter all den andern heroischen Entdeckern als den »Seinigen« zu nennen. Es war sogar bereits die Rede davon gewesen, ob man dem heldenmütigen Jüngling nicht eine Marmortafel an irgendeinem in die Augen fallenden Ort oder seinem Geburtshause schuldig sei, und der Papa Hagebucher hatte bei einer jeden derartigen Verhandlung das Lokal stumm, gerührt, aber doch gehoben verlassen und das achtungsvolle Gemurmel hinter sich bis tief ins Innerste verspürt.

Nun hatte sich alles dieses auf einmal geändert und war sogar ins Gegenteil umgeschlagen. Der tief bedauerte Afrikareisende war heimgekehrt, aber nicht als glorreicher Entdecker; und wer sich allmählich sehr getäuscht und gekränkt fühlte, das war die gute Stadt Nippenburg. Schon im fünften Kapitel ist davon die Rede gewesen, wie sie im allgemeinen ihn aus ihrem goldenen Buche strich; wie aber der Goldene Pfau im besondern sich zu und gegen ihn und seinen Erzeuger verhielt, das muß noch gesagt werden.

Der Goldene Pfau fing ganz süß, sanft, sacht an, seinen Stimmungen Ausdruck zu geben; aber man weiß, über welche Stimmittel dieses Gevögel zu gebieten hat, sobald es ihm Ernst wird, seine Meinung zu äußern. Der Schritt vom Erhabenen zum Lächerlichen ist sicher nicht kürzer als der vom Bedauern zum Hohn, und der Papa Hagebucher durfte sehr bald als Autorität für diesen Erfahrungssatz vortreten, ohne jedoch im geringsten hieraus einen Genuß zu ziehen. Man zog ihn bald ganz erschrecklich auf mit dem »berühmten« Sohn, und nachdem dieser sogar frech genug gewesen war, die ihm angetragene Stelle auszuschlagen, nahm keiner der Herren im Klub mehr ein Blatt vor den Mund, sondern man erklärte den Mann aus dem Tumurkielande kurzweg für einen Lumpen.

Der Steuerinspektor schluckte nun im Goldenen Pfau Galle und Gift löffelweise, pillen- und pulverweise, und das schlimmste war, daß er ganz und gar auf der Seite der Achselzucker, Seufzerfabrikanten und Spötter stand und alles, was man ihm in betreff des Sohnes zusammenkochte und -braute, selber im eigenen Busen wütend durcheinanderquirlte. An jedem Abend kehrte er verbissener und grimmiger aus dem Pfau heim; denn die Gesellschaft hielt mit Energie an diesem ausgiebigen Unterhaltungsstoff fest, was ihr eigentlich auch nicht zu verdenken war, da er gleich einem guten Wein mit den Tagen an Gehalt zunahm. Es ist traurig, aber wahr: je tiefer unser Freund Leonhard in der Achtung des Goldenen Pfaus sank, desto lieber wurde er ihm. Der Steuerinspektor gewann ihn freilich nicht lieber: eine Krise mußte kommen, und sie kam; denn auch der Geduldigste will sein Behagen in seiner Kneipe haben, und daß der Vater Hagebucher nicht zu den Allergeduldigsten gehörte, wissen wir bereits.

An diesem Abend, an welchem so viele gute Geister dem freier atmenden Leonhard auf seinem Wege nach Bumsdorf folgten, an diesem Abend, an welchem die Greisin in der Katzenmühle mit milder, aber tapferer Hand alle bösen und hämischen Kobolde von seinem Pfade zurückhalten wollte, an diesem Abend war die Gesellschaft im Pfau anzüglicher denn je. Die hohe und niedere Geistlichkeit überbot die hohe und niedere Jurisprudenz, das Steuerfach überbot das Forstfach und der Kaufmannsstand die gelehrten wie die ungelehrten Schulen der Stadt an treffenden, aber unangenehmen Bemerkungen; und wenn der Papa Hagebucher sonst einen keineswegs von ihm gewürdigten Trost und Schirm an dem Vetter Wassertreter besaß, so fehlte ihm heute der Gute auch, und die andern hatten den alten Herrn für sich allein.

Der Goldene Pfau benutzte die Abwesenheit des Vetters Wassertreter auf das heilloseste. Mit der unverhohlenen Absicht zu ärgern, zweifelte man an allem, was noch den armen Leonhard in der Meinung der Welt heben konnte; man stand nicht an, den Kanal von Suez für einen Humbug zu erklären, man glaubte durchaus nicht mehr an das Tumurkieland und die Gefangenschaft zu Abu Telfan; ja es fehlte wenig, so würde man sogar an der Existenz dieses Erdteils, genannt Afrika, gezweifelt haben, und alles nur in der löblichen, unschuldigen Absicht, sich einen vergnügten und dem Vater des Afrikaners wie gewöhnlich einen sehr unvergnügten Abend zu bereiten.

So brieten sie den Alten bis zehn Uhr, als der Onkel Schnödler die Pfanne umstürzte. Der Steuerinspektor verachtete den Onkel Schnödler im Grunde seines Herzens nicht wenig, sowohl als Staatsbürger wie als Privatmann und Gemahl der Tante Schnödler. Und nun fing dieses wesenlose, vom Pantoffel zerquetschte Ding auch noch an, seine – o großer Gott, seine! – Ansichten über den verlorenen Sohn und den Vater desselben herauszupiepsen!

Den Gerichtsdirektor, den Superintendenten, den Forstrat, den Amtsrichter, den Konrektor und den Vetter Sackermann ließ sich der Alte gefallen und hatte ihren Insinuationen kaum etwas anderes als ein geheimes Grunzen und Stöhnen entgegenzusetzen. Aber der Onkel Schnödler! – Himmel und Hölle – bei dem Fazit sämtlicher Hauptbücher des Universums, Fleisch und Blut ertrugen es nicht, es war zu niederträchtig, zu kränkend, zu entwürdigend!

Der an die Versammlung im allgemeinen gerichteten Erklärung, er – der Steuerinspektor Hagebucher – werde nie wieder einen Fuß in den Goldenen Pfau setzen, fügte der Alte, speziell gegen den schreckensbleichen und mit aufgerissenem Mund und Augen dreinstarrenden Onkel Schnödler gewendet, hinzu, er – der Onkel Schnödler – sei ein allzu eselhafter Tropf und allzu jämmerlicher Waschlappen, als daß irgendein Nutzen, Genuß oder eine Genugtuung zu erhoffen sei, wenn man die wohlverdiente Ohrfeige auch noch so nachdrücklich verabreiche.

Verachtungsvoll drehte der Vater des afrikanischen Abenteurers dem Gatten der Tante Schnödler den Rücken zu, überlieferte diesmal nicht mehr die Pfeife dem zitternd harrenden Louis, sondern verließ mit ihr, nachdem er grimmig Hut und Stock verlangt hatte, tief gekränkt, aber doch als ein sehr würdiger Mann den Goldenen Pfau. Der Herrenklub bedauerte sehr, den Spaß ein wenig zu weit getrieben zu haben, freute sich jedoch, alle Schuld an der unerwarteten Katastrophe auf die sehr geduckten Schultern des elenden Onkel Schnödler abladen zu können. Unter dem Eindruck des unerhörten Ereignisses trennte sich die Gesellschaft früher als gewöhnlich – fiel ihr nicht ein, im Gegenteil, sie saß viel länger als sonst zusammen, um die Sache reiflich durchzusprechen; und nur der Onkel Schnödler durfte, mit der Mißachtung aller bedeckt, abziehen und seine Zerknirschung zu der am häuslichen Herd in mürrischer Unnahbarkeit thronenden Gattin tragen, welches letztere gleichfalls seine Folgen für die Heiterkeit und Harmlosigkeit der sozialen Verhältnisse Nippenburgs hatte.

Wenden wir uns nun wieder zu dem im entsetzlichsten Groll in die Nacht hinausschreitenden Steuerinspektor. Zum erstenmal in seinem Leben hatte er den Goldenen Pfau verlassen, ohne seine Rechnung bezahlt zu haben; auch dieses mußte ihm unter dem Stadttor noch einfallen und stellte in einem Charakter wie der seinige das philosophische Seelengewicht sicherlich nicht wieder her. Er sprach den ganzen Weg über mit sich selber, und die Pappeln zu beiden Seiten der Bumsdorfer Chaussee schienen flüsternd ein und dieselbe Bemerkung über ihn weiterzugeben. Von Nippenburg bis Bumsdorf schüttelten sie sich leicht schaudernd, und es ging ein leises Raunen und Rauschen des Vetter Wassertreters Landstraße entlang:

»Wehe dem Haus Hagebucher, da kommt der Alte, und in welcher Gemütsverfassung! Wehe der Matrone, der Tochter und vor allem dem Sohne! Seit der Vater der Götter und der Menschen unsern hochfliegenden Bruder Phaethon mit dem tödlichen Strahle traf, ihn in den Eridanus stürzend, sahen wir nicht einen gleichen Zorn. Wehe dir, armer Leonhard; wie sind auch mit dir deine jugendlichen Wünsche durchgegangen! Sehet, ihr Schwestern, den hohen Greis! Schon erhebt er den strafenden Stab; noch eine gräßliche Pause wie vor dem Schlage, der unsern Bruder traf, und auch er schlägt zu, und billigend nickt Zeus aus den olympischen Höhen.«

Also flüsterten die Heliaden an der Bumsdorfer Chaussee, und der Steuerinspektor Hagebucher, mit immer wachsendem Grimme an der erkalteten Klubpfeife saugend, schritt vorüber, seinen verdüsterten Laren und Penaten zu.

»Es ist aus und vorbei, es wird ein Ende gemacht – heute noch – in dieser Stunde! Hehehe, wenn mir das einer vor fünf Monaten prophezeit hätte! Ob wohl jemals ein Vater in solcher Art gestraft wurde? Hahaha; aber es wird in dieser Stunde noch ein Ende gemacht!«

So ist das Schicksal. Zwei Gegner, welche die beste Absicht haben, sich zu versöhnen, können lange auf eine passende und bequeme Gelegenheit dazu warten; sobald aber jemand recht inniglich sich darauf freut, einem andern Jemand bei der ersten Begegnung, wenn Zeit und Umstände günstig sind, in die Haare zu fallen, so wird diese Begegnung sicherlich an der nächsten Straßenecke stattfinden, und Zeit und Umstände werden nicht das mindeste zu wünschen übriglassen. In dem Augenblick, in welchem Hagebucher senior vom Westen her seine Pforte erreichte, langte Hagebucher junior beschleunigten Schrittes von Osten her vor derselben an, und die Auseinandersetzung konnte auf der Stelle vor sich gehen.

»Guten Abend, lieber Vater«, sagte Leonhard sanft und herzlich. »Das war ein schöner Tag, und dies ist ein glückliches Zusammentreffen.«

Der Alte, leise keuchend mit zitterndem Hausschlüssel das Schlüsselloch suchend, antwortete nicht.

»Welch eine Ernte!« suchte Leonhard für seinen Teil die Unterhaltung weiterzuführen. »Welche Kornfelder! Welcher Weizen! Das wäre etwas für meine Freunde in der afrikanischen Wüste, im Tumurkielande –«

Der Alte hatte jetzt das Schlüsselloch gefunden, die Haustüre jähzornig aufgerissen und stand nun auf der Schwelle, den Eingang in das Haus mit seinem Körper deckend.

»Ich will nichts mehr von der afrikanischen Wüste, ich will nichts mehr von dem Tumurkielande, ich pfeife auf beides!« schrie er. »Ich habe übergenug davon gehabt, und jetzt soll ein Ende damit gemacht werden! Aus dem Pfau bin ich herausgelästert, und zehn Pferde sollen mich nicht wieder hineinbringen; aber in meinem Hause will ich Ruhe haben. Mein ganzes Leben bin ich ein solider und achtbarer Mann gewesen, und so hat man mich ästimiert; aber jetzt bin ich wie ein Kamel mit einem afrikanischen Affen drauf und kann mich nicht sehen lassen, ohne das ganze Pack mit Geschrei und Fingerdeuten und Gepfeife in den Gassen hinter mir zu haben. Und wer ist schuld daran? Wer hat den ehrlichen Namen Hagebucher so in den Verruf und in die Mäuler des Janhagels gebracht? Kein anderer als der Herr aus dem inwendigsten Afrika, der Phantast, der Landläufer –«

»Vater! Vater!« rief Leonhard; doch im höhern Tone schrie der Alte:

»Was Vater, Vater? Seit der Heimkehr des saubern Herrn zweifle ich an meiner eigenen Existenz; die ganze Welt hat die Drehkrankheit gekriegt, und – und ich will es nicht mehr haben! Aus dem Goldenen Pfau konnten sie den pensionierten Steuerinspektor Hagebucher hinauswerfen; aber innerhalb meiner vier Pfähle bleibe ich noch Herr, der ganzen Welt zum Trotz, und lasse mir meine Rechnung nicht so leicht verwirren.«

Es wäre vielleicht besser gewesen, wenn die Mutter und die Schwester Leonhards sowie die Magd des Hauses sich in diesem Moment nicht ins Mittel gelegt hätten. Aber von dem Lärm vor der Haustüre aufgeschreckt, kamen sie bleich und zitternd und warfen sich, als sie erkannten, wer da in der nächtlichen Dunkelheit im Streit liege, mit hellem Angst- und Wehruf zwischen die Parteien. Das goß nicht Öl, sondern Erdöl in die Flammen, und zu dem Feuer kam die erschrecklichste Explosion.

»Ich lasse mir meine Rechnungen nicht verwirren«, schrie der Alte, »und einen Rechnungsfehler verachte ich, dulde ihn nicht und werfe ihn hinaus!«

Damit schob er die entsetzten Frauenzimmer in das Haus zurück, folgte ihnen, schlug dem Sohne die Tür vor der Nase zu und schob, um alle fernern Verhandlungen für heute unmöglich zu machen, den Riegel vor. Mitternacht schlug's auf dem Bumsdorfer Kirchturm, und Leonhard Hagebucher stand und hatte augenblicklich weiter nichts zu sagen. Eine halbe Stunde später jedoch konnten die Töchter des Helios und der Nymphe Merope an der Bumsdorfer Straße auch über ihn ihre Bemerkungen machen. Unsichern Schrittes wanderte er nach Nippenburg, und um ein Uhr morgens vernahm der Vetter Wassertreter seinen leisen Ruf unter dem Fenster, kam in schlurfenden Filzpantoffeln die Treppe herab, öffnete ihm die Tür und sprach, nachdem er das Geschehene erfahren hatte:

»Auch wenn ich nicht längst auf dieses gewartet hätte, würde ich mich nicht darüber wundern.«

Elftes Kapitel

In einer ebenso schönen Nacht wie die eben geschilderte, auch nicht sehr lange Zeit nach dieser, saß Nikola von Einstein in ihrem Erkerstübchen auf dem Bumsdorfer Gutshofe und schrieb.

Das Stübchen war schon manches Jahr auf dem Hofe unter der Bezeichnung »Nikolas Nest« bekannt und wurde als solches von jedermann mit einem zugleich liebevollen und bewundernden Lächeln respektiert. Es war wie eine Rosenknospe auf einem Korb voll Käse. Der Lehnsherr betrat es nur auf den Fußspitzen und hielt sich stets vorsichtig, aber mit staunender Billigung im Mittelpunkt desselben; die Lehnsherrin konnte immer nur mit Mühe bewogen werden, ihre Schuhe vor der Tür nicht auszuziehen, und die Kusinen erklärten, es sei »zum Küssen reizend«, und hielten sich dann in ihrem Entzücken mit um so größerer Inbrunst an die Gebieterin des Zauberreiches.

Es gab aber auch für Nikola in der ganzen weiten Welt, außer vielleicht der Katzenmühle, keinen andern Ort, an welchem sie sich so behaglich und geborgen fühlte wie in diesem ihrem Stübchen auf dem Bumsdorfer Gutshofe. Seit ihren Kinderjahren hatte sie alle ihre Neigungen dahin zusammengetragen, und jede neue Sommerfrische hatte das Nest weicher und zierlicher gemacht und seinen Schmuck und Putz vermehrt. Als Kind und junges Mädchen war sie hier sorgenlos, leichtherzig, lustig, glücklich gewesen, als älteres, sehr verständiges Mädchen und Hofdame der Prinzeß Marianne hatte sie hier – – doch ein gut Stück ihres Lebens ist in dem, was sie augenblicklich an ihre Freundin Emma in der Residenz schreibt, somit überhebt sie uns der nicht leichten und jedenfalls sehr verantwortungsvollen Aufgabe, das Buch ihres Daseins ins kurze zu bringen, und sagt selber, was zu sagen ist.

»Hochwohlgeborene Frau Majorin und allersüßestes Herz!

Wälder und Felder schlafen, das Dorf schläft, und auch die gute Verwandtschaft weiß wenig von sich nach einem in hergebrachter Weise, nach der Väter Sitte, in nützlicher Tätigkeit durchlebten Tage. Es ist so still um mich her, im Hause wie vor dem Fenster, und die weite dunkle Welt ringsum hat ein so gutes Gewissen, und nur mir ist unruhig zumute, als wäre es mit meinem Gewissen nicht so ganz in der Ordnung. Ich bin aufgeregt, nervös, nenne es, wie Du willst, nur laß mich mit Dir plaudern; schlafen kann ich nicht.

Du hast ja früher, als Dein Major noch nicht Dein Major war, oft genug meinen närrischen Kopf an Deiner Brust gehalten und Dir nächtlicherweile kuriose Dinge erzählen lassen; – warte nur, morgen im Sonnenschein, wenn Dir diese Bekenntnisse einer blutenden Seele zu Händen kommen und Du betroffen, kopfschüttelnd, mitleidig, verstört Dich hindurchwindest und Deinen klaren Verstand an jedem Ausrufungszeichen und Fragezeichen hängen lassen mußt, will ich schon meine Genugtuung haben und über Dich lachen – auch wie in vergangenen schönen Tagen!

Augenblicklich kann ich nicht lachen, und eine tolle Ballmusik, ein klingender, schwirrender, dummer Walzer käme mir gerade recht, und daß die Nachtigallen – wir sind ja gottlob über den Johannistag hinaus – bereits still geworden sind im Garten, ist mein Glück. Ich glaube, dieser Vogel brächte mich in dieser Nacht um, wenn er plötzlich und ganz gegen die Naturgeschichte wieder anfinge, unter meinem Fenster zu singen.

Ist es denn wahr, daß ich von Rechts wegen ein so böses Gewissen haben sollte? Was habe ich getan? Was habe ich nicht getan? Bin ich nur krank? Sind es nur meine Nerven, welche das Kopfkissen, das allen guten und gesunden Kindern so sanft ist, mir verleiden? Ich komme nicht dahinter, wie sehr ich mich quäle und abmühe, das Rätsel zu lösen und zu Bett gehen zu können.

Kind, ich bin verdrießlich und unzufrieden mit mir. Nicht deshalb, weil ich seit dem Frühling nicht an Dich schrieb; denn ich weiß, daß Du solches Schweigen nach Verabredung als ein Zeichen meines Wohlergehens zu nehmen hast. Auch nicht deshalb, weil die Zeit der goldenen Freiheit vorüberging, weil die Herrschaft nunmehr wieder am Faden zieht und der Hänfling aus der blauen Luft herniedermuß, um aus gnädiger Hand mit Mohnsamen gefüttert zu werden und im vergoldeten Käfig Betrachtungen über das Gelbwerden der Blätter anzustellen. O nein, ich kann ja meinen Frühling und Sommer jetzt in Wasserfarben aufs Papier bringen und habe dem Onkel Bumsdorf mein Ehrenwort gegeben, ihm die neue Brennerei samt dem restaurierten Kuhstall und ihn – den Oheim – zwischen beiden in Öl zu liefern. Da habe ich schon meine Rettungsmittel vor dem nessun maggior dolore – doch Dich, Bevorzugte, hat man nicht bereits in zartester Jugend mit der Nase in die italienische Grammatik gestoßen, und so weißt Du auch nicht, daß es nach Dante Alighieri keinen größern Schmerz gibt, als sich im Unglück glücklicherer Zeiten zu erinnern. Sollte letzteres wahr sein und die italienische Grammatik also mittelbar die Schuld meiner augenblicklichen Stimmung tragen? O Kind, unter der Voraussetzung, daß Dein Major, der Major aller Majore, nicht durch das schmalste Hinterpförtchen oder Seitentürchen in den geheiligten Bezirk meiner Jungfernconfessions eingelassen werde, will ich mit Dir darüber schwatzen. Keinen Blick darf er aber drauf tun; versprich es mir und riegele ihn ein in der Kinderstube!

Nun sehe ich Dich schon, wie Du stehst, mit dem Federwedel Deinen Nippestisch in Ordnung hältst und wie der Briefträger Dir meinen Brief bringt. Ich höre den kleinen Freudenschrei, welchen Du ausstößest – ach Gott, lege den Flederwisch nicht zur Seite, stäube mich auch ein wenig ab mit Deiner linden Hand; ich habe es sehr nötig, und Du verstehst es! Ach Gott, wäre ich doch auch solch eine Schäferin aus Meißen oder wenigstens so vernünftig, verständig und gut wie Du! In beiderlei Art wäre mir geholfen, und auf beiderlei Art ließe sich das Leben mit Genuß tragen. Übrigens hast Du das Gutsein auch leichter gehabt als andere Leute. Das Schicksal hat Dich auf weichen Händen getragen und Dich in weiche Hände gelegt. Grüße mir Deinen Major, doch lasse ihn nur noch ein Weilchen hinter Schloß und Riegel bei den Kleinen: später wird er um so mehr den Liebenswürdigen spielen! Ja, sie haben Dir Wiegenlieder gesungen Dein ganzes schönes Leben durch; ich aber bin unter dem Lärm einer Quadrille geboren; die Klarinette ist mein Instrument, und dabei fällt mir eine Bitte ein: Wenn Du mich überlebst, so leid es nicht, daß man mich mit Pauken und Trompeten zu Grabe bringe; ich habe genug davon gehabt, ehe ich die ersten weißen Atlasschuhe durchschleifte.

Gott segne Dein gutes Gemüt, Emma, und lasse Dich das Deinige in Ruhe genießen; ich weiß, Du tust mir zu jeder Stunde auf, wenn ich an Dein Fensterlädchen klopfe. Sieh, hier sitze ich zu Deinen Füßen, wie Bettina auf ihrer ›Schawell‹ in der Frau Rat Stube, und geduldig wirst Du Sinn und Unsinn durcheinander anhören müssen. Bist Du etwa nicht meine Frau Rat, und zwar meine junge? Und daß Du meine junge Frau Rat bist, das soll nicht bloß Deinem Major zugute kommen, sondern andern Leuten auch. Ich habe freilich auch noch eine alte Frau Rat, und in deren Stube hab ich gleichfalls ein ›Schawellche‹, hinter den sieben Bergen, in der Katzenmühle – aber wie kann ich der Frau Klaudine sagen, was ich doch sagen muß? Das leiseste Wort würde unter ihren stillen Augen wie der gellendste Schrei sein. Was soll ich ihr sagen; sie sieht mit ihren Zauberaugen ja doch tief in den Grund aller Dinge! Ich fürchte mich vor ihr – vor ihr! Ist es nicht das allerschlimmste, sich vor der Liebe eines Menschen, vor einer solchen Liebe fürchten zu müssen?...

Was habe ich gestern unter den Garben und Erntekränzen getan? Rate!... Auf dem Bauche – o Himmel, kann ein Hoffräulein sich natürlicher und abscheulicher ausdrücken, und was würde meine Prinzeß dazu sagen? – habe ich gelegen im Kreise der Schnitter und Schnitterinnen, und Richard den Dritten habe ich gelesen und bin gewillt,

ein Bösewicht zu werden
Und feind den eitlen Freuden dieser Tage.

Was habe ich heute getan, Emma? Mein Herz habe ich begraben und die Welt angenommen, wie sie ist; ich habe das Buch meiner Hoffnungen und Träume abgeschlossen und mich in das Unabänderliche ergeben!

Friedrich hat geschrieben, und meine gnädige Mama hat geschrieben, und beide haben mich an mein Wort gemahnt. Der Wechsel, den ich ausstellen mußte und mit meinem Herzblut unterzeichnete, ist fällig; ich bin fällig mit Leib und Seele, und so werde ich abgeholt mit dem zwölften Schlag der Mitternacht. O man ist sehr pünktlich!

Friedrich hat liebreich und verständig geschrieben, die Mama sehr pikiert; aber beide sagen ein und dasselbe, nur daß die Mama doch immer am wahrsten, wenn auch sehr grob ist. Sie nennt mich kurz und gut eine alte Jungfer, eine überreife Pflaume – mögen auch ihr sämtliche Oberhofmeisterinnen Europas die Natürlichkeit des letztern Bildes verzeihen! – und beklagt sehr fein, aber auch sehr boshaft, daß sie mir leider damit nichts Neues sage. Die arme Mutter! So viel Verdruß muß ich ihr bereiten, daß ich sie dadurch sogar witzig mache; daß sie aber recht hat, das weiß Gott, und niemand kann's ihr streitig machen.

Ich bin allmählich eine alte, alte Jungfer geworden, und da ich eine arme Jungfer immer war, so bleibt am Ende wenig Erfreuliches von der närrischen Nikola Einstein für Sinn und Gemüt der Welt übrig. Ich wundere mich auch an jedem jungen Morgen darüber, was den Herrn von Glimmern bewegen könne, so hartnäckig auf der Einlösung der Verschreibung meiner nichtigen Person zu bestehen.

O Emma, Emma, wie anders könnte doch das alles sein, wie anders müßte es von Rechts wegen sein! Da könnte sich selbst ein Hoffräulein zu Tode weinen; ja gerade ein Hoffräulein – ein Hoffräulein erst recht ist hier vor allen andern Erdenweibern befugt, sich über die Erbärmlichkeit in einem feuchten Gewölk zu erheben. Was habe ich getan, daß mir grad in mein Leben ein so großes Fragezeichen gesetzt ist? Ich habe immer noch meine Stunden, in welchen ich mich für ein ganz braves und ehrliches Mädchen halte; das sind meine schlimmsten Stunden, denn in ihnen muß ich am tiefsten über jenes Fragezeichen nachdenken, und es hilft doch nichts. Hier läßt mich alles im Stich, das eigene Herz, auch Du und die Frau Klaudine!

Es ist aber zu guter Letzt noch einmal ein schöner Sommer gewesen, und ich hoffe, den Duft und Glanz davon tief in die Zukunft hinüberretten zu können. Manchmal hab ich gedacht: Nikola, mit dem Winter kommt der Tod, sei gescheit, steh früh auf und gehe nicht zu früh zu Bett; trage zusammen, was du greifen und schleppen kannst; verhocke nicht den letzten Sonnenschein im Schmollwinkel; rette, was du retten kannst! Dann habe ich den Shakespeare zu Hause gelassen und bin mit dem armen Hölty zu Walde gezogen. Der Hölty stammt aus der Tante Bumsdorf Bibliothek und ist in himmelblauen Sammet eingebunden, und der Schnitt war einmal vergoldet. Ich habe das Buch nicht immer aufgeschlagen; allein das Bewußtsein, es in der Tasche zu tragen, genügte auf des Onkels Bumsdorf doppelschürigen Wiesen. Es sind Tage gewesen, in denen ich die ganze geheimnisvolle Naturempfindung des Kindes wiedererlangte, in denen Auge und Nase aus korrumpierten Sklaven der Gesellschaft zu freien Bürgern des wahren Reichs Gottes wurden. Wäre das alles aber auch nur ein Zeichen von Gesundheit gewesen! Ach, die Frau Klaudine hat's wohl gewußt, was es bedeutete. Siehst Du, Emma, die Mühle, die alte Mühle in der Wildnis und die alte Frau in der Mühle, die halten mich wach und lassen mich nicht zur Ruhe kommen. Das Rad ist freilich längst zerbrochen und kann mir nicht im Kopf herumgehen; aber die Geister der Zeit, die nicht mehr ist, umschweben das Dach und kauern auf der Schwelle der morschen Hütte, und was soll ich gegen sie tun? Es zieht mich hin, es reißt mich zurück, ich sträube mich mit aller Kraft; aber ich werde durch den Wald gezogen und geschoben: ich möchte mich an allen Büschen und Zweigen halten, aber sie geben nach und lassen mir ihre Blätter, ihre Rinde in den Händen; weiter muß ich! Und es ist keine wilde, keine harte, unwillige, zornige Gewalt, der ich anheimgegeben bin – mein eigener Wille ist in den Mächten außer mir; alle meine Neigungen, all mein Sehnen und Wünschen wohnen bei der Greisin in der Katzenmühle, und da bin ich wieder in der Katzenmühle, sitze zu Füßen der Mutter, ja, der Mutter, und für mein Haupt ist keine Ruhestätte als in ihrem Schoße. – Die Bäume des Waldes und unser Gärtchen, welches vor allen Gärten aller Weltteile mir köstlich und wundervoll ist, blicken in unser niederes Fenster, und einmal ist auch ein Reh gekommen, um hineinzugucken. Da ist es gut sein, da läßt sich ganz leise sprechen von dem, was eigentlich hätte werden müssen, wenn alles unter den Menschen mit rechten Dingen zuginge. Kein Kornblumenkranz ist so blau wie unsere Phantasien, bis auf einmal die Dämmerung da ist und der Wald anfängt, kühl zu atmen. Wie kann die Frau Klaudine auch dann noch mir die Haare mit einem Lächeln aus der Stirn streichen? Ich muß fort, und alle schönen Farben erblassen. Ich reite heim auf meinem Schimmel, und zur linken Seite des Weges begleitet mich eine Stimme, die sagt ganz eintönig: ›Er ist tot, er ist tot!‹ Und zur rechten Seite ist eine andere Stimme, dicht am Boden hinkriechend, und sie sagt ebenso tonlos: ›Zehn lange Jahre, zehn lange Jahre!‹ Weiter wissen sie nichts; aber verwunderlich ist's eben doch nicht, daß ich häufig atemlos auf sehr atemlosem Gaule auf dem Bumsdorfer Hofe anlange und daß der Oheim dann mit bedenklichem Kopfschütteln um seinen vielgeliebten Prospero herumsteigt und imstande ist, mir eine längere Vorlesung über die Behandlung der Pferde, und vorzüglich seiner Pferde zu halten.

Was sind das für Leute, die dort bei Euch jenseits der Berge wohnen, was kümmern sie mich, was habe ich mit ihnen zu schaffen? Vor einer Stunde, in der Katzenmühle, auf dem Schemelchen zu den Füßen der Frau Klaudine hatten sie freilich keine Bedeutung für mich; aber sie zwingen mich schon, an ihre Wirklichkeit zu glauben! Sie haben ebenso starke Hände wie die Geister, die mich durch den Wald zur Mühle ziehen; ach, aber wenig von meinem eigenen Willen ist bei diesen Mächten, welche auch kein Widerstreben dulden und hart, zornig und spottend mich aus dem geheimsten Versteck hervorzerren. Wie haben sie diese Herrschaft über mich erlangt? Sie sagen, sie haben das Recht, mich mit sich zu nehmen: sie pochen auf ihre Rechte und behaupten, was ihnen noch daran gefehlt habe, das sei ihnen längst von mir freiwillig hinzugelegt, und wenn ich dann eine Nacht den Kopf mit beiden Händen gehalten habe, so bleibt mir kein Zweifel mehr: sie reden die Wahrheit!

Friedrich hat aus Paris geschrieben, einen sehr hübschen und geistreichen Brief, der mir sehr allerliebste Höflichkeiten und Schmeicheleien sagt und mich hoffentlich, wenn er mir nach einem Dutzend Jahren wieder in die Hände fällt, recht ergötzen wird. 's ist zwar nicht ganz die Regel, daß ein solcher Brief an der Stirn das Motto: Illusions perdues! führe; aber die Tatsache steht doch einmal fest: wir sind ein paar verständige, kühle, gesetzte Personen und sehnen uns beide nach Ruhe. Friedrich freut sich ungemein auf unsern Haushalt, und seine Pläne und Vorschläge in betreff desselben haben meine ganze Billigung. Er meint, unsere gesellschaftlichen Verpflichtungen würden sich leicht um ein bedeutendes verringern lassen; man habe gewiß das Seinige getan, um andern das Dasein angenehm zu machen, und man könne nunmehr mit gutem Gewissen eine Rosenhecke, aber immer eine Hecke, um sein eigenes Behagen ziehen. Einverstanden! Er mag das alles so einrichten, wenn es wirklich seine Absicht ist; ich verlange weiter nichts, als so oft wie möglich eine Tasse Tee mit Dir, Emma, hinter jener Hecke trinken zu dürfen, und verpflichte mich jedenfalls, der Welt kein außergewöhnliches Ärgernis zu geben. Wenn ich Dich, mein Kind, nicht hätte, so würde ich die Hochzeit noch immer einige Monate hinauszurücken suchen; aber Deinetwegen soll sie zu Anfang des

Winters stattfinden, und mit diesem Briefe an Dich trägt der blöde Hans zwei andere Schreiben, die besser stilisiert und klarer sind als dieses, nach Nippenburg zur Post. Es hat mir eine gewisse Befriedigung gewährt, die Erlaubnis, glücklich gemacht zu werden, in tadellosester Prosa zu erteilen, und ich habe zum erstenmal in meinem Leben auf einem Linienblatt geschrieben. O Emma, liebe, gute Emma, hilf der armen Nikola in all ihrem Glück und habe Geduld mit ihr, denn ihre Anfechtungen sind groß, ihre Kräfte sind schwach, ihr Kopf ist dumm, und kein Häslein im Felde führt während der Jagdzeit ein so zitterig-schreckhaftes Dasein wie Klymene in ihren Brauttagen. In der vergangenen Nacht habe ich besser geschlafen als in dieser, aber fast noch häßlicher geträumt, und zwar aus Alexander von Humboldts Ansichten der Natur. In diesem schönen Buche, welches Dein verständiger Major Dir sicherlich in einem behaglichen Winter vorgelesen hat, wird geschildert, wie irgendwo in Mittel- oder Südamerika, an irgendeinem großen Strome die Alligatoren während des heißen Sommers im Schlamm eintrocknen, um erst in der Regensaison von neuem zu erwachen. Die Sache ist sehr anschaulich ausgemalt; die Schollen bersten mit Krachen und springen in die Höhe, wie das gepanzerte Untier sich aus seiner langen Siesta erhebt. Es gähnt entsetzlich, es reibt sich die Augen; vor allen Dingen erwacht es mit einem ausgezeichneten Appetit, und so hat es mir zwischen zwei und drei Uhr morgens ein helles Angstgeschrei entlockt und mich hochauf aus meinen Kissen gejagt; Du aber, mein Kind, schau nach in Deinem Traumbuche und sage mir bei unserm ersten Zusammentreffen, was es bedeuten kann.

Ich habe überhaupt angefangen, in den letzten Zeiten sehr tropisch zu träumen, den Grund davon aber kann ich selber angeben. Es ist kein Zweifel, der Wilde Mann aus Afrika trägt die Schuld.

Das Gerücht von diesem Wilden Mann wird wohl auch bereits zu Euch in Eure Residenz gedrungen sein, und wie ich Euch kenne, habt Ihr ihn sicherlich recht lustig zerpflückt und zerfasert, ehe Ihr ihn gleich Eurem andern Spielzeug beiseite warfet. Da er aber zu meinen sehr guten Freunden gehört und durch seine Heimkehr aus der Gefangenschaft viel dazu beigetragen hat, meinen Willen in den des harten Schicksals mit besserm Humor zu beugen, so muß ich ihn doch noch Eurer guten Meinung und Eurem Wohlwollen empfehlen, denn er hat beide in der nächsten Zeit vielleicht recht nötig.

Mein Freund nennt sich Leonhard Hagebucher und wurde vor beinahe vierzig Jahren in Nippenburg geboren. Fast zwölf Jahre hat er am Mondgebirge in der Sklaverei gelegen, und zu Anfang dieses Sommers ist er in seines Vaters Hause hier zu Bumsdorf wiederangelangt, merkwürdigerweise weniger stumpfsinnig und vertiert als manche unserer geschätzten Bekannten, die nie die Grenzlinie unserer guten Gesellschaft überschritten. Ich habe natürlich sogleich das innigste Verhältnis zu ihm angeknüpft; denn niemals ist ein Mensch so zur rechten Zeit für die Stimmungen und Zustände eines andern eingetreten wie dieser Mann der Wüste für die meinigen.

O Emma, zehn oder zwölf Jahre hat dieser Hagebucher unter der Peitsche des Negers ausgehalten, und nun ist er wieder da, als ob ihm nichts geschehen sei, und genießt alle Segnungen der Zivilisation und Nippenburgs! Zwölf Jahre hat er sich gleich dem tapfersten Helden gegen die Affen und Ungeheuer gewehrt, und sie haben sein mutiges, ausdauerndes Herz nicht untergekriegt, obgleich er ganz allein – zwölf lange, lange Jahre ganz allein zwischen ihnen steckte. Er sagt, die Mohren hätten sich noch ertragen lassen, aber die Mohrinnen seien schlimm gewesen; o Emma, Emma, und eine gewisse Madam Kulla Gulla sei ihm fast zuviel geworden! Er erzählt sehr gut, denn er hat während seines Erzählens noch die Schultern zu reiben. Das ist alles so anschaulich, und tröstlich ist's auch, daß einem jeden die Hoffnung unbenommen bleibt, er werde noch einmal irgendwo sitzen und die Historie von seiner Gefangenschaft und seiner Befreiung zum besten geben wie dieser Herr Leonhard Hagebucher.

Ja, Du mein süßes Herz, ohne diesen Wilden Mann aus Afrika müßten Mama und Friedrich doch noch ein wenig Geduld haben; aber jener hat allerlei vom Mondgebirge heimgebracht, was unsereins in seinen kleinen Nöten und Ärgernissen trefflich gebrauchen kann; und daß jetzt Nippenburg und Bumsdorf ihn nach Recht, Verdienst und Gebühr behandeln, kräftigt mich gleichfalls nicht wenig in meiner Ergebung.

's ist ein unnützer Vagabund, mein armer Afrikaner, schon in seiner frühsten Jugend taugte er wenig, und von der Schule ist er sehr bald fortgelaufen. Wenn er zu Lande und zur See mancherlei versucht hat und sogar die Landenge von Suez mit durchgraben half, so hat er doch niemals einen Begriff davon gehabt, wie ein verständiger Mensch für sein Glück und sein Wohlbehagen sorgt. Und als endlich die Baggaraneger ihn an die Leute von Tumurkieland verkauften, kam er wahrlich nicht zum erstenmal als Handelsartikel auf den Markt der Welt. Jetzt ist Nippenburg seiner auch längst wieder überdrüssig, und vor vierzehn Tagen hat sein Papa ihn gleichfalls aus dem Hause geworfen, weil man ihn, den Alten, des Sohnes wegen aus dem Goldenen Pfau warf. Jedermanns Hand ist wider meinen Freund, und jedermann macht sich selbstverständlich ein Verdienst daraus und hebt sich höher darum in seinen Schuhen; mir aber ist der arme Sünder unschätzbar als mein guter Kamerad; denn was für einen Anspruch kann er darauf machen, sanfter angefaßt zu werden als seinesgleichen?

Ich habe vielen Verkehr mit diesem Herrn Hagebucher gehalten, zuerst in seines Vaters Haus, dann auf manchem Spaziergang in Wald und Feld; und auch bei der Frau Klaudine sind wir in den beiden letzten Wochen häufig zusammengetroffen. Wir haben uns gegenseitig recht ausgesprochen und merkwürdige Beobachtungen und Erfahrungen zum besten gegeben und beiderseitig dadurch gewonnen: sich ›totzustellen‹ in der Hand des Fatums ist unter allen Umständen das vernünftigste und bequemste. Die Frau Klaudine versteht's am besten; aber auch Leonhard Hagebucher und Nikola Einstein sind auf gutem Wege, die Kunst zu lernen.

Also, Frau Emma, ich heirate, da man es so haben will, und traue mir zu, als Frau von Glimmern meine Rolle mit allem Anstand durchführen zu können. O sie sollen schon nichts merken von der wirklichen Nikola von Einstein! Die ist tot und tief begraben für alle, welche auf ihrer Hochzeit tanzen; ganz still liegt sie in der dunkeln sichern Tiefe, blickt nur durch halbgeschlossene Augenlider unter dem schweren Stein schläfrig hervor und denkt: Nur schlau muß der Mensch sein und so tot wie möglich, dann läßt sich das Leben schon tragen. Was meint die Frau Majorin? Ist das keine behagliche Vorstellung?

Morgen fange ich an, meine Kisten, Kasten und Schachteln zu packen, und beginne auch mit meinen Abschiedsvisiten, deren ich eine große Menge abzustatten habe in Bumsdorf und der Umgegend. Mancher alten dickköpfigen Weide, den Mühlbach entlang, hab ich mein Kompliment zu machen; mancher luftigen Berghöhe, manchem lieben Winkelchen, manchem stillen Pfade und manchem alten Felsblock hab ich Lebewohl zu sagen. An Menschen und Tiere darf ich eigentlich gar nicht denken, und am vernünftigsten wär's, ich schliche mich bei Nacht und Nebel weg aus ihrer Mitte und suchte, mit den Schuhen in der Hand, den Nippenburger Posthof zu erreichen. Es wäre aber doch unrecht gehandelt, und der Oheim würd's mir nie verzeihen. So will ich denn, wie es sich gebührt, in die Runde gehen, und ich habe es ja nötig genug, daß jeder mir verspreche, die arme Nikola nicht zu vergessen. Und zum letztenmal sollen mich Oheim, Tante und Kusinen durch alle Ställe und Vorratskammern, durch Gemüsegarten und Blumengarten und um den Fischteich führen, und niemandem soll's verwehrt sein, mir nach Nippenburg zur Post das Geleit zu geben.

Wie ich von der Katzenmühle und der Frau Klaudine loskomme, weiß ich in dieser Stunde noch nicht. Mein ganzes besseres Wesen ist plötzlich außer mir, ist ein Wesen für sich, das mich mit drängenden Armen umfaßt und herzzerreißend bittet: ›Bedenke dich, bedenke dich, Nikola!‹ O es ist keine geringe Kunst, sich totzustellen, und es wird wohl eine geraume Zeit vorübergehen, ehe ich der Frau Majorin berichten kann, wie ich sie in der Mühle mit dem zerbrochenen Rade übte!

Es ist immer noch dunkel über dem Garten vor meinem Fenster, allein der erste Hahn hat sich doch bereits in Bumsdorf gerührt, und Nikola geht zu Bett in dem befriedigenden Gefühl, auf eine dreitägige Migräne mit Sicherheit rechnen zu können.

Grüße Deinen Major, Alte, und küsse Deine Kinder in meinem Namen; schreibe mir jedoch unter keiner Bedingung, ich kann keinen Brief gebrauchen. Hörst Du, hörst Du, Emma, ich will keinen Brief haben! Sei also gut und lieb wie immer und behalte morgen Deine Meinung für Dich. Da kräht der Hahn zum zweitenmal, und gradeso krähte er zu Jerusalem im Palasthofe des Hohenpriesters Kaiphas; ich ziehe die Bettdecke über den Kopf – einen Brief nehme ich ganz gewiß nicht an!

Nikola von Einstein«

Zwölftes Kapitel

Der blöde Hans, der Simpel des Gutshofes und des Onkels Bumsdorf auserwählter Liebling und Sündenbock, humpelte in der heiligen grauen Frühe richtig mit der Korrespondenz seiner Gebieter und Gebieterinnen gen Nippenburg, und es bekam im regelrechten Verlauf der Stunden der Dynast seine Zeitung und die Frau Majorin Emma in der Hauptstadt das wilde, tränenreiche Schreiben Nikolas, auf welches sie nicht antworten sollte. Was sie also darüber dachte, in welcher Weise sie ihren Major an ihrer Angst und ihrem Zorn teilnehmen ließ, bleibt uns daher fürs erste ein Geheimnis. Später werden wir schon erfahren, wie nicht nur die Frau Emma, sondern auch manche andere Leute sich zu diesen Angelegenheiten stellten; aber noch hält uns die Provinz ein ganzes Kapitel hindurch, und wir haben nicht die Absicht, gleich dem Fräulein von Einstein die Augen zuzukneifen, die Zähne aufeinanderzusetzen und uns kopfüber in den Strom zu stürzen, ohne zu wissen, wohin die Wellen uns tragen werden. Wir gehen langsam ins Wasser, nachdem wir uns vorher sorgsam abkühlten; wir halten unsere Kräfte zusammen, denn wir kennen unsere Aufgabe und wissen, daß es leichter ist, sich treiben zu lassen, als jene Stelle am andern Ufer, nach der wir vor Beginn des Wagnisses so sehnsüchtig hinblickten, tief atmend, aber siegreich zu erringen, gar nicht zu gedenken, daß wir den Kurs des Fräuleins von Einstein wie aller andern fest dabei im Auge behalten müssen.

»So! Das ist gradsogut, als ob du zum zweitenmal das Mondgebirge zwischen dich und das süße Vaterland geschoben hättest!« hatte der Vetter Wassertreter, den Riegel seiner Türe vorschiebend, zu dem Afrikaner gesprochen, und es war in der Tat so. Zum andern Male befand sich Leonhard Hagebucher auf dem besten Wege, um zu einem Mythus für Nippenburg und Bumsdorf zu werden: Dschebel al Komri hatte ihn wiederum in seine Schatten aufgenommen, und nicht viele Leute konnten sagen, was aus ihm geworden war.

Nippenburg befand sich, seit jener verhängnisvollen Katastrophe im Goldenen Pfau, noch immer in einer dumpfen Aufgeregtheit. Seltsame Gerüchte über spätere Vorgänge im Hause des Steuerinspektors zu Bumsdorf durchkreuzten einander, es bildeten sich Parteien und Gruppen, welche die Ereignisse von sehr verschiedenartigen Standpunkten aus betrachteten und besprachen. Der Onkel Schnödler, zu Boden gedrückt durch die qualvolle Last seines bösen Gewissens und die auf seinem silberhaarigen Scheitel immer mehr sich häufende allgemeine Verachtung, wankte durch die Gassen des Städtchens und suchte, gleich andern, viel klügern Burschen und größern Philosophen, auf den Pflastersteinen und in den Mienen der guten Freunde die ihm in so schnöder Weise abhanden gekommene stupide Beschaulichkeit des Daseins vergeblich. Leonhard Hagebucher war und blieb verschwunden, und nur das Gerücht konnte ihn dann und wann erhaschen. Man wollte ihn in dunkler Nacht an den Häusern hinschleichend ertappt haben; an einem sehr nebeligen Morgen hatte er aus dem Fenster des Vetters Wassertreter geniest, und die Tante Klementine Mauser, die gegenüber gute Wache hielt, wollte »zur Gesundheit!« gesagt haben. Auf fernen Bergen und in den Wäldern der Umgegend sollte er häufig umherstreifen, und daß er in Gesellschaft des Wegebauinspektors die fürstliche Landstraße nicht selten unsicher mache, war durch nicht ganz unglaubwürdiger Zeugen Mund den Bürgern und Bürgerinnen von Nippenburg zur Gewißheit gemacht worden. Wie er aber seine Aus- und Eingänge bewerkstelligte, ohne von Hunderten gesehen und kommentiert zu werden, blieb ein Rätsel, erschien jedermann als eine unaussprechlich heimtückische afrikanische Wüstenpraxis und zeugte jedenfalls von einem sehr verstohlenen Wesen und einer großen Kunst, »hinter den Leuten wegzulaufen«. Laufen wir ebenfalls hinter den Leuten weg.

Wie immer tropfte mit leisem Klingen das Wasser, welches das ferne geschäftige, brausende, sausende, pfeifende und rasselnde Fabrikgetriebe für die Katzenmühle noch übrigließ, über das schwarze, nutzlose Rad, und jeder reinlich perlende Tropfen war ein Flüchtling, der nur mit Mühe seine Reinheit und Klarheit vor den nützlichen, aber schmutzigen und erbarmungslosen Mächten und Kräften da droben auf der Hochebene gerettet hatte. Die Bewohnerin der Mühle, die Frau Klaudine Fehleysen, lag bleich und müde auf ihren Kissen und horchte dem Tropfenfall, wie ein Kranker dem Ticken seiner Uhr horcht. Die Frau Klaudine war ganz allein mit dem leisen Spiel des Wassers; die Magd war ins Dorf gegangen, um Brod zu kaufen, und der Spitzhund vom Bumsdorfer Gutshofe hatte tiefer im Walde auf einem Spaziergange einen Igel getroffen und natürlich fürs erste keine Zeit, an die Mühle, die Herrin und seine Pflicht zu denken.

Die Frau Klaudine war so oft, so lange und so durch ihren eigenen tiefsten Willen allein, daß sie gewöhnlich kaum noch ein Bewußtsein ihrer Einsamkeit besaß; aber heute mußte sie unwillkürlich wieder einmal darüber nachsinnen, und diese Gedanken hätte doch weder die tapfere, treue Christine noch der redliche, biedere Spitz des Onkels Bumsdorf von ihrer Seite fernhalten können. Sie kamen, wenn auch nicht gefürchtet, so doch ungebeten zu Unserer Lieben Frau von der Geduld, und sie kamen wie in dem hellen Sonnenstrahl die Sonnenstäubchen und tanzten ihren Tanz, grade weil der Tag schön und der Himmel blau war, grade weil die Sonne schien und es eine Sünde gewesen wäre, das Fenster zu schließen und die Vorhänge zuzuziehen. An einem stürmischen Tage voll dunkel treibenden Regengewölkes hätten sie sich vielleicht ferngehalten und nicht gewagt, in den Bezirk der Mühle einzudringen; aber, wie gesagt, die Frau Klaudine fürchtete sich zu keiner Zeit vor ihnen, und zu jeder Zeit hatten sie freien Eintritt, wenn sie kommen wollten.

Andere Frauen können in solchen Stunden geheime Schubfächer aufschließen und mit einem Schoß voll greifbarer Angedenken niedersitzen zum weinerlichen oder heitern Verkehr mit der Vergangenheit; die Frau Klaudine hatte bei ihrer Flucht in die Wildnis nichts von derartigen Zeichen und Symbolen glücklicher und unglücklicher Augenblicke oder Lebensepochen gerettet. Sie hatte sowohl das Stammbuch ihrer Mädchenjahre wie den Brautkranz und die ersten Schuhe ihres Kindes verloren; und hundert andere Dinge, welche sie gleich allen andern Frauen einst unter ihren teuersten Kleinodien fest verwahrt hielt, mußte sie fremden Menschen zurücklassen und wußte nicht, wer sein Spiel damit treiben durfte und in welchem Winkel sie verkamen.

Die Frau Klaudine hielt heute eine Musterung über alle diese Schätze, welche nicht mehr existierten. Keiner der Namen, die in jenem Album standen, war ihrem Gedächtnis entfallen; wenn sie die Augen schloß, vernahm sie deutlich das lange verklungene

Summen und Kichern und – da – da war der hübsche, bunte, leicht-
herzige, leichtsinnige Kreis: Assuérus, roi de Perse, Klaudine – Esther, reine de Perse, Rosalie – Mardochée, oncle d'Esther, Juliane –
Aman, favori d'Assuérus, Madame Euphrosine Babillot aus
Lausanne in der französischen Schweiz, und so weiter durch den
ganzen Jean Racine. Ah, es ist etwas, in der Katzenmühle auf den
leisen Fall des Wassers und jene Stimmen zu horchen:

> Courons, mes soeurs, obéissons.
>   La reine nous appelle:
> Allons, rangeons-nous auprès d'elle!

Aber der Kranz der Freundinnen war zerrissen und zerstreut wie
jener andere Kranz, welchen Klaudine an ihrem Hochzeitstage trug;
die winzigen roten Kinderschuhe wurden in den Kehricht geworfen
wie der rostige Heckpfennig und der unsichtbarmachende Däum-
ling: niemand kannte ihren Wert. Die Frau Klaudine in der Mühle
erinnerte sich an manche stille, liebliche Stunde, welche sie vor
Jahren in ihrem reichen, stattlichen Hause, eingewiegt von allen
Bequemlichkeiten des Lebens, über diesen und so vielen andern
Schätzen verträumte. Sie dachte aber auch daran, wie sie, so oft und
grundlos verstimmt, verdrießlich, mißgelaunt, unter denselben
Schätzen gehockt habe, und dann dachte sie an den plötzlichen
Sturmwind, der uns erfaßt und zur Seite schleudert, ehe wir nach
einem Halt greifen können, der unsere Mauern eindrückt, unser
Dach abdeckt, unser Eigentum, alles, was uns lieb und wert ist, in
alle Welt hinauswirbelt und uns nichts übrigläßt von dem, was wir
uns bis in den Tod gesichert hielten.

Die Frau Klaudine fürchtete sich auch vor diesen Erinnerungen
nicht mehr; auch ihnen blickte sie geduldig ins Gesicht, und sie
versanken wie in einem tiefen stillen See und erregten keine Kreise
auf der lichten ruhigen Fläche. Eine Hoffnung genügte der Greisin,
und in ihr trug und entbehrte sie alles, was der Menschen Leben
sonst ausmacht. Außerhalb ihrer Klausur mochte man davon reden
wie von einer fixen Idee, einer leichtern Form des Wahnsinns: das
Weib, welches alles übrige ohne Zögern aufgegeben hatte, ließ sich
das eine nicht entreißen.

Horch, eines Pferdes Hufschlag im Walde! Die Einsiedlerin in der Mühle richtete sich lauschend auf und beugte sich vor in ihrem Lehnstuhl.

»Da ist sie! Da kommt sie!... Die großen Wasser, die glänzenden Ströme rauschen fernhin, mir gehören nur die einzelnen verlorenen Tropfen zu; aber sie kommt, und es wäre kein Wunder, wenn mein Bach von neuem erwachte und sich mit dem alten lustigen Sprunge vom Felsen stürzte und selbst mein arm zerbrochen Rad dort aus dem Schlafe weckte. Sie kommt, und der Weg lacht unter den Füßen ihres Rosses. Sie kommt wie meine Jugend – ach weh, nein, nein! Nicht wie meine Jugend; so viel Glück wie mir ist ihr nicht gegeben; Schmerzen und Ärgernisse bedrängen ihr süßes Herz schon in der Frühe, und niemand kann ihr helfen, sich derselben zu erwehren. Spring an, Prospero, aber hüte dich, trage sie sicher zu meinem Garten! – Da ist sie – willkommen, Tochter, willkommen, mein armer, wilder Edelfalk, willkommen, Nikola!«

Im nächsten Augenblick tauchte der Kopf des weißen Engländers auf hinter den letzten Büschen des Waldes und den Stockrosen des Mühlgartens, der Zügel war um den gewohnten Ast geschlungen, und das Fräulein von Einstein kniete wieder zu den Füßen der Frau Klaudine; aber die Greisin erschrak heftig, als sie der jungen Freundin in das Gesicht blickte, und sie rief:

»Wie heiß! Wie wild, wie aufgeregt, Kind?! Was ist geschehen, was hast du jetzt, o wirst du nie lernen, Ruhe zu halten, willst du dein ganzes Leben auf solche Weise durchstürmen?«

Nikola, schluchzend und nach Luft ringend, brachte anfangs nichts weiter als das Wort: Mutter! hervor und wiederholte es leise und immerfort, bis sie plötzlich sich aufrichtete und rief:

»Nein, nein – laß deine Hand von meiner Stirn, halte mich nicht mit deinen Armen; du weißt nicht, was ich tat und was ich dir sagen werde! Blicke mich nicht an, wende dich fort; sie haben gewonnen, sie haben ihren Willen, und ich habe ihnen alles gegeben und nichts mehr für dich und mich übrigbehalten. Ich umklammere dich hier, meine ganze Seele ist bei dir, und doch ist nun keine Gemeinschaft fernerhin zwischen uns beiden – stoß mich von dir, heiße mich gehen, ich habe kein Recht mehr in deinem Hause und deinem Herzen!«

Die Frau Klaudine war sehr bleich geworden; auch ihre Lippen zitterten; aber sie faßte sich doch schnell gegenüber dieser ungestümen Naturgewalt, die hier auf sie einstürmte. Sie hielt die fiebernde Nikola fest und zog sie wieder herab auf die Knie, und als nun das helle, laute Weinen unaufhaltsam hervorbrach, sah sie wohl längere Zeit hindurch starr und wild ins Weite, sagte dann aber still und milde:

»Sei ruhig, mein Kind, fasse dich. Es konnte ja niemand ändern, es mußte ja so kommen. Was fürchtest du dich vor mir, habe ich nicht Zeit gehabt, über das, was werden mußte, nachzudenken? Es wäre freilich nicht gut, wenn es unvorhergesehen, unvorbedacht mich überraschte; aber die Tage sind lang in der Katzenmühle und die Nächte oft noch länger; es kommt so leicht nichts mehr aus dem Säkulum über die alte Frau in der Mühle, dessen Fußtritte nicht weit vorauf durch den Wald schallten. Du bringst mir heute wahrlich Trauer und Freude durcheinander; aber ich segne dich in deinem Willen und in deiner Unterwerfung. Du hast dich lange und wacker gewehrt und brauchst dir heute keine Vorwürfe zu machen. Mein liebes Mädchen, auch sie meinen es gut und wollen dir ein weiches, schönes, glänzendes Los und Leben, wie sie es verstehen, bereiten, und sie haben sich lange in Geduld gefügt und auf deine Zustimmung gewartet. Ja, du mußt gehen, und du wirst, wenn nicht glücklich, so doch ruhig und gelassen werden, und einst wirst du an einem Morgen erwachen und dich wundern; dann bist auch du eine alte, alte Frau, und die sengende, bittere heutige Stunde ist nur ein ferner, ferner leiser Klang, und nun denke, was für ein Märchen es sein wird, wenn du dich dann auch der Katzenmühle und der alten Frau Klaudine erinnern wirst. Sei ruhig, liege stille, laß deine Stirn in meinen Händen; denn es tut mir sehr leid und weh, daß ich dich lassen muß! Wenn du nun von neuem in den Kreis deiner Verwandten eingetreten bist, so ertrage die kleinen Schwächen und Nichtigkeiten in Geduld; weißt du, sie fürchten sich eigentlich vor dir – werde eine gute Frau, werde eine gute Frau!... O mein Kind, mein Kind, meine Tochter, weshalb hat das so kommen müssen?!«

»Sie fürchten sich vor mir?!« lachte Nikola bitter. »O nein, sie lieben mich sehr und haben mich deshalb den Kontrakt, der mich an sie bindet, mit meinem Blute unterschreiben lassen. Die Zeit ist um, der Schuldschein ist verfallen – die – die Verlorenen kommen nicht wieder, und meine Gläubiger zucken die Achseln, legen die Hand aufs Herz, und – ich bin, nach dem Wunsche meiner Mutter dort drüben in der Residenz, die Braut Friedrichs von Glimmern. Ja, ich will es versuchen, ihm eine gute Frau zu werden!«

»Was sagst du von den Verlorenen, die nicht zurückkehren können, Mädchen?« rief jetzt die Greisin mit erhobener Stimme. »Du hattest auch ein ander Wort auf der Zunge und hast es nur nicht ausgesprochen. Die Toten kommen nicht zurück, wolltest du sagen und erschrakest und wolltest mich nicht erschrecken. O mein armes Kind, sieh dich um, blicke dorthin; die Verlorenen können doch heimkehren, selbst wenn niemand mehr auf sie wartet. Du mußt freilich jetzt deinen eigenen Weg gehen; aber die Zeit meines Hoffens und Harrens ist noch nicht um; der Mutter darf keiner die Frist zum Warten auf ihr Kind nach Stunden, Tagen und Jahren zumessen. Sieh dorthin, Nikola, o ich fürchte mich nicht vor deinen dunkelsten und tiefsten Gedanken; – es ist mir lange ein Zeichen versprochen, und endlich ist jener in meine Tür getreten, und so wie er wird auch mein Sohn, mein Kind zu mir heimkommen. O Gott, er ist nicht tot, denn das wüßte ich, wie ich jetzt weiß, daß er lebt!«

Nikola von Einstein war der deutenden Hand der Frau Klaudine mit einem schnellen, tränen- und angstvollen Blicke gefolgt. Draußen an der Gartentür neben dem Prospero stand Leonhard Hagebucher, dem schönen Tiere den Hals streichelnd und die Mähne glättend. Er stand in tiefe Gedanken versunken; die Frauen hatten genügende Muße, ihn zu beobachten, und Nikola vorzüglich hatte volle Zeit, sich die Augen zu trocknen und die nötige Fassung wenigstens äußerlich wiederzuerlangen.

Diese letzten Sommertage waren, nicht ohne eine merkliche Veränderung hervorzubringen, an dem Afrikaner vorübergegangen. Die Klausur und die moralische und physische Diät, welche er unter dem Regime des Vetters Wassertreter einzuhalten hatte, schienen bis jetzt trefflich bei ihm anzuschlagen und von großem zivilisatorischem Einfluß auf ihn zu sein. Das Studium des Konversationslexikons tat ihm unbedingt gut; es war wieder ein europäisches Licht in seinen Augen, welches er nicht über das Mittelländische Meer zum Molo von Triest mitgebracht hatte; selbst in den Bewegungen der Hand, die dem Schimmel das Stirnhaar zurechtlegte, zeigten sich Bildung und Gesittung in unzweifelhafter Weise; kurz, das, was der Vetter Wassertreter den »Häutungsprozeß« nannte, nahm einen recht befriedigenden Fortgang, und die neue Epidermis guckte, einem zweiten Ausdruck des Wegebauinspektors zufolge, »recht delikat« hervor.

Jetzt, nach beendeter Unterhaltung mit dem Engländer, wand sich Leonhard Hagebucher vollends aus dem Gebüsch und grüßte die beiden Frauen am Fenster der Katzenmühle. Er kam schnellern Schrittes durch den Garten und verneigte sich aufs neue unter der Tür, indem er seinen arabischen Gruß sprach. Das Fräulein von Einstein neigte stumm das Haupt, die Madam Klaudine aber rief mit herzlichem Ausdruck:

»Willkommen, lieber Sohn! Sie kommen zur rechten Zeit für zwei gar betrübte und bedrängte Leute. Mein Kind hier nimmt soeben Abschied von ihrer alten Freundin, sie muß weggehen von hier, sie wird sich verheiraten, und sie weint aus vielen Gründen.«

»Jaja, es ist so, Mann der Wüste!« rief Nikola, aufgeregt und ungeduldig mit dem Fuße aufstampfend. »Was stehen Sie und starren Sie mich an? Haben Sie kein Wort der Beglückwünschung für mich, können Sie nicht das kleinste Kompliment vorbringen?«

»Nein!« sprach Leonhard mit einer Energie und einer Grobheit, die seinem Charakter alle Ehre machten. »Sie eine Braut, Fräulein von Einstein, Sie einem Manne verlobt? O das ist mir nicht lieb, das ist mir wahrhaftig nicht lieb! Scheitan falle mich an, wenn das nicht schlimmer ist als ein vergifteter Pfeil aus dem Gebüsch – – o Fräulein von Einstein!«

Dieser Ausbruch höchsten Verdrusses war so wahr, so drollig und kam so überraschend, daß beide Damen trotz aller Beklemmung und Betrübnis sich des Lächelns nicht erwehren konnten. Ja Nikola lachte sogar hellauf, sprang in die Höhe und rief, indem sie dem Afrikaner kräftig die Hand drückte:

»Liebster Freund, ich habe Sie doch verkannt und bitte herzlich um Verzeihung. Seien Sie nicht ungehalten; 's ist keine Geschichte von gestern, das Gespenst geht schon längere Zeit um, darf aber jetzt erst seine Ketten rasselnd der Welt zeigen. Dazu ist's nicht meine Schuld, Herr Hagebucher; ich bliebe freilich lieber in Bumsdorf und säße in der Katzenmühle. Scheitan und alle die übrigen Herrschaften aus Dschinnistan sollen auch über mich verfügen dürfen, wenn ich nicht die Wahrheit rede.«

Herr Leonhard Hagebucher saß auf dem nächsten Stuhle mit den Händen auf den Knien wie Ramses der Große vor seinem Palast zu

Luksor und sah mit einer ebenso geistreichen und verständnisreichen Physiognomie auf die beiden Frauen wie jener Monarch auf die Trümmer seiner Residenzstadt Theben. Er erholte sich nur ganz allmählich von seiner Überraschung, und als er endlich seinen Gefühlen Worte zu geben vermochte, sagte er:

»Auch ich bitte um Verzeihung und habe mehr Grund dazu als das gnädige Fräulein. Wie kann man so dumm und frech sein?! Aber es war auch nicht ganz meine Schuld, Fräulein Nikola! Erinnern Sie sich noch jener Mondscheinnacht an der Hecke von Ihres Oheims Garten? Sie guckten über die Hecke und riefen mich an in meiner Verwirrung; was kann ich für den Zauber, der in jener Nacht war? In jener Nacht, um jene Stunde, in der ich dem Tollhause näher war als vielleicht irgendein anderer Mensch dazumal in Deutschland, bin ich durch Ihre Erscheinung auf der Lichtseite des Daseins festgehalten worden. Wer weiß, ob selbst der Vetter Wassertreter es heut noch für lohnend halten würde, mich in betreff der Zeitgeschichte aufs laufende zu bringen, wenn Sie damals nicht aus den grünen Büschen aufgetaucht wären. Ich hatte mir während meiner Gefangenschaft dahinten ein wundervolles Ideal von der Heimat zurechtgemacht, was daraus geworden ist, wird Ihnen nicht unbekannt sein –«

»Und um sich vor der Tante Schnödler zu retten, haben Sie sich an meinem Rocke gehalten!« rief Nikola. »Und weil ich mein eigen Elend wegzulachen suchte, nicht dumm und auch recht gut gewachsen bin und weil ich mich immer, wenigstens bis jetzt, als eine peeress in my own right gehalten habe, setzten Sie mich sozusagen an die Stelle jenes Ideals und beteten mich von ferne an wie den Deutschen Bund vom Tumurkielande aus! Ach, Leonhard, geben Sie mir nochmals Ihre Hand, wir wollen Freunde bleiben unser Leben lang; aber unsere Ideale wollen wir so tief als möglich begraben. Wir sind ein paar alte zerzauste Aventuriers und werden wohl beide in unserm Harnisch sterben.«

»Nikola, Nikola!« rief Frau Klaudine mit gefalteten zitternden Händen; das Hoffräulein beugte sich nieder zu ihr und küßte sie auf die Stirn:

»Es ist so, Mutter, und niemand kann es ändern. Was sollte wohl aus mir werden, wenn ich nicht mit gepanzertem Herzen von dir wegginge? Dich, meine Mutter, tragen und retten deine Geduld und Hoffnung und dein Einsiedlertum hier in der Wildnis; jener und ich haben andere Waffen nötig. Ich kenne die meinigen und werde sie gebrauchen, und der Herr Hagebucher wird gleichfalls die seinigen finden, sobald er begriffen hat, daß Childe Harold nichts weiter als ein Baedeker in Spenserstanzen ist.«

»Achten Sie jetzt nicht auf sie, Leonhard«, sagte Frau Klaudine wehmütig. »Sie ist krank; aber sie ist doch ein gutes Mädchen und klug und kennt die Wege, die zur Genesung führen. Sagen Sie uns jetzt ein wenig von Ihrem eigenen Leben und wie die Welt sich von dem Lehnstuhl des Vetters Wassertreter aus anschauen läßt. An welcher Stelle haben Sie ein Zeichen in das große europäische Bilderbuch gelegt?«

»Ja, reden wir von Ihnen, oder vielmehr sprechen Sie von sich allein«, rief auch Nikola, ihre Tränen trocknend. »Wir drei hier in der Mühle bilden doch ein merkwürdiges Kleeblatt und könnten hundert Jahre alt werden, ehe wir mit unsern Geständnissen und Herzensergießungen zu Ende wären. Gott schütze jedermann vor einem derartigen embarras de richesse. Was macht der Vetter Wassertreter und das europäische Abc-Buch, Herr Hagebucher?«

Leonhard erzählte nun ausführlich von seiner Hamsterexistenz und dem ersprießlichsten Kursus allermodernster Weltweisheit, den er augenblicklich gleichsam unter der Erde durchmache. Er berichtete, wie er krebsartig politische und literarische Zeitungen und Journale bis zum Jahr achtzehnhundertundfünfzig rückwärts durchwandele und unermeßlichen Nutzen davon habe. Dunkle, verworrene Sagen, wie zum Exempel die von jenem Feldzuge der Westeuropäer auf Tauris und der Belagerung der Stadt Sebastopol, löse er leicht mit allen Wurzeln aus der Tiefe und hebe sie klar hervor aus der Nacht der Zeiten, um mit Vergnügen und Behagen das Resultat seiner Forschung seinen übrigen Kollektaneen anzureihen. Es sei wunderbar, meinte er, was alles geschehen und von den Leuten vergessen werden könne, während einer abwesend sei am Mondgebirge; ungemein freue er sich vor allem auch auf die Meisterwerke der deutschen Literatur, welche er bis zum Jahre fünfzig zurück nachzulesen habe und welche er, dem Vetter Wassertreter, der sie schnöde verleugne, zum Trotz, in den kommenden Winternächten mit Begeisterung studieren werde. Der Vetter Wassertreter, meinte er, orakle und kommentiere aber oft gar nicht übel aus seinem dichten Tabaksgewölk hervor und so habe er – Leonhard Hagebucher – eins zum andern gelegt, sein Schulbubenfatum mit dem nötigen Schulbubenhumor auf sich genommen und sitze er ganz heiter nach. Von dem Vaterhause könne er natürlich das wenigste Gute berichten und wisse das Fräulein von Einstein durch die arme Schwester Lina sicherlich mehr von den Stimmungen und Vorgängen dort als er, der verlorene, ausgestoßene Sohn. Die Mutter tue ihm sehr leid und der alte verdrießliche Papa eigentlich nicht weniger; denn derselbe sei in jeder Beziehung in seinem Rechte und habe sowohl psychologisch wie moralisch höchst korrekt gehandelt. Im Goldenen Pfau aber sitze der Vetter Wassertreter als rächender Genius der Familie Hagebucher, zeige sich sämtlichen Honoratioren von Nippenburg mehr als doppelt gewachsen und hoffe nach Verlauf des Winters das einzige nicht leberkranke und nicht von Gallensteinen geplagte Mitglied der würdigen Gesellschaft zu sein.

Dieses und noch manches andere erzählte der Afrikaner, da man es von ihm verlangt hatte; aber er sprach doch traurigen Mutes, und die beiden Frauen konnten ihm auch nicht mit freier Seele zuhören. Es wurde wieder Abend; der Spitz kam ohne den Igel aus dem Walde heim; aber Christine brachte ihren Laib schwarzen Brodes mit.

»Gib mir noch davon, Mutter, dann will ich gehen«, sagte Nikola von Einstein.

Mit zitternder Hand schnitt die Greisin ein Stück ab und reichte es stumm der Braut des Herrn von Glimmern.

»Ich will es mit mir nehmen in mein neues Leben«, sprach Nikola weiter, »und ich will in der rechten Stunde immer davon essen – es soll mir guttun, so hart es auch werden mag. O Mutter, Mutter, du hast mir so viel gegeben aus deinem reichen, süßen Herzen; aber dies ist nun das letzte, was du mir geben kannst. Ein Stück schwarzen Brodes der armen Nikola auf den Weg, das ist das letzte Zeichen!«

Sie knüpfte das Brod in ihr Taschentuch und wendete sich gegen Leonhard:

»Nun gehen Sie vorauf, mein Freund; ich hole Sie doch ein auf dem Prospero, um Ihnen ein besonderes Lebewohl sagen zu können. Aber jetzt muß ich noch einen Augenblick allein sein mit meiner Mutter, um sie zum letztenmal zu küssen.«

Tief bewegt und wortlos trat Leonhard Hagebucher zurück und verließ die Mühle langsamen Schrittes und ohne sich umzusehen. Im Walde nistete sich die Dämmerung bereits ein, und auf der Fliegenhausener Landstraße trieb ein erstes kühleres Abendlüftchen Staubwirbel vor sich her. Er wartete vergeblich am Ausgang des Holzes auf die schöne Reiterin; er stand oft still und blickte auch im Wandern über die Schulter zurück; aber erst hinter dem Dorfe vernahm er den Hufschlag des Schimmels hinter sich, und dann ritt Nikola von Einstein noch eine ganze Weile stumm neben ihm her, und er wagte kaum, zu ihr aufzublicken.

Sie auch nahm die Unterhaltung auf, indem sie sagte:

»Es war doch ein schöner Sommer, Herr Hagebucher, und wenn wir einander wieder begegnen, so werden wir seine guten Gaben sicherlich richtiger zu schätzen wissen, als wir es in dieser dämmerigen Stunde vermögen. Wir werden jedenfalls wieder zusammentreffen, Kamerad; dann grüßen wir uns nach einer andern Welt Art und Sitte und haben wohl darauf zu achten, wie wir's treiben, daß das kluge Narrenvolk dort hinter den Bergen uns nicht unter die Füße bekommt. Wir besitzen aber beide das Bürgerrecht in einem Reiche, von welchem jenes Volk nichts weiß, und keine Macht soll uns es entreißen. Jetzt wollen wir uns die Hände drücken und kurz Abschied nehmen; mit Redensarten ist keinem von uns gedient. Wenn Sie Ihre Waffen geschmiedet haben, so lassen Sie dort in der Katzenmühle von der alten Frau den Segen darüber sprechen, und dann mögen Sie mir nachfolgen. Leben Sie wohl, Leonhard Hagebucher!«

»Leben Sie wohl, Fräulein von Einstein!« sagte der Mann vom Mondgebirge. Nikola ritt talab weiter auf der Landstraße, Leonhard aber folgte wieder jenem uns schon bekannten Feldwege, umschritt das Dorf Bumsdorf in einem Bogen und erreichte wie gewöhnlich in dunkler Nacht das Quartier des Vetters Wassertreter.

Dreizehntes Kapitel

Da uns in früheren, dunkleren Jahrhunderten leider schon viel deutsche Geschichte dadurch verzettelt wurde, daß jeder Mönch, der sich in dieser Weise schriftstellerisch beschäftigte, nur die Historie seines eigenen Klosters für die Ewigkeit niederschrieb, so wollen wir an dieser Stelle nicht die Geschichte der Stadt Hannover, Braunschweig, Darmstadt, Kassel, Stuttgart und so einige dreißig Mal und so weiter schreiben. Wir können unsere mittel- und kleinstaatliche Herrlichkeit an den Fingern herzählen, aber, in echt germanischer Schamhaftigkeit, ohne einen Namen zu nennen; der Plunder bleibt eben überall derselbe und die Liebe und Verehrung zum angestammten Fürstenhause sowie die Anhänglichkeit an sonstige altgewohnte, behagliche oder unbehagliche Überkommnisse und Einrichtungen gleichfalls.

Solch eine deutsche Kulturstätte, von einem im ganzen ziemlich unbedeutenden Bruchteil der Nation seine Residenz genannt, liegt entweder in einem Tal oder in einer Ebene und nie auf einem Berge, hat jedoch stets in ihrer Umgebung eine natürliche oder künstliche Erhöhung des Bodens, von welcher aus man eines umfassenden Blickes über die Pracht genießt und auf welche die Leute des Ortes und der Gelegenheit sehr gern ihre Gäste führen, um sich an ihrem Erstaunen und Entzücken mit bescheidenem Stolz zu weiden.

Solch eine deutsche Residenz hat immer die Ähnlichkeit mit der Stadt Rom, daß sie wie diese nicht an einem Tage erbaut worden ist. Ihr Alter ist häufig ganz bedeutend, ein Umstand, auf den man sich gemeiniglich auch etwas zugute tut, welcher aber jedenfalls nicht immer seinen letzten Grund in der Überschwenglichkeit der landschaftlichen Reize findet.

Dichter Nebel, Sumpf und Urwald bedeckten vor zweitausend Jahren die Stelle, auf welcher heute die Gesittung und Bildung ihre schönsten Blüten treiben. Wo heute vor dem Hotel de St. Pétersbourg der Polizeimann die öffentliche Moral im Auge behält, da lauerte einst der wilde Urgermane auf den zottigen Bär; wo heute Staatsräte und Generalmajore, Präsidenten des Obertribunals und Konsistoriums, Direktoren, Ministerial-, Oberkriegs- und Kollegialräte, Stadtdirektoren, Zollinspektoren und Staatskassiere,

Prälaten, Medizinalräte, Archivare und Bibliothekare den Triumph der höchsten Zivilisation zur Erscheinung bringen, da brachte einst der schwerfällige Büffel höchstens sich selber zur Darstellung. Selbst die Römer, welche doch an mancherlei klimatische Unterschiedlichkeiten gewöhnt waren, holten sich hier den Schnupfen und zogen sich niesend zurück, ohne daß der rohe Eingeborene ihnen nur ein Zur Gesundheit! nachrief. Dieses Römervolk hatte wie mit einer Laterne in den Urwald hineingeleuchtet; nachdem ihm das Lämpchen ausgeblasen war, wird es wieder sehr dunkel und bleibt so sehr lange Zeit hindurch; die Stämme schlagen sich nach alter guter Gewohnheit untereinander tot, und die Fremden, wie die Hunnen und dergleichen Durchzügler, helfen ihnen nach Kräften dabei. Das Licht, welches das Christentum in der Wildnis aufsteckt, hindert niemanden, sein Wohlwollen dem Nachbar nach Sitte der Väter zu betätigen; aber eine Villa taucht plötzlich im Dunkel der Urkunden auf; ein fabelhaftes Dynastengeschlecht, welches nachher vom frommen Äneas oder sonst einem biedern Trojaner abzustammen behauptet, hat sich zwischen Sumpf und Wald mit einem rohen Mauer- und Pfahlwerk umgeben – es ist Dämmerung geworden auf dieser Erdstelle für mehr als einen Professor der Geschichte. Ein Ortsname, der einmal in den Urkunden erschien, erlischt so leicht nicht wieder in denselben; das Eigentumsrecht ist zu Papier gebracht, und am Ende ist das Papier doch der irdische Stoff, welcher alle andern überdauert. Die Nachkommen des alten Vaters Priamus, von germanischen Gewissensskrupeln geängstet, fundieren eine Kirche oder ein Kloster, und die Geistlichkeit ermangelt sicherlich nicht, sich das Ihrige schriftlich geben zu lassen – es wird immer lichter für den Herrn Professor. Um Kirche und Burg, unter dem Schutze des geistlichen und weltlichen Armes, erhebt ein sehr schutzbedürftiges, verwahrlostes, halb tierisches Menschenhäuflein seine Lehmhütten, und unser Freund, der Professor, mag seine Brillengläser putzen und anfangen zu spezifizieren: die Grundelemente des heutigen Gesellschaftsverbandes sind vorhanden. Advenit imperator, das heißt, ein anderer Dynast – ein Adler im Verhältnis zum Sperber – ist an der Spitze von vielen tausend guten Rittern und Knechten ins Land Italia gezogen, hat sein Heergefolge daselbst glücklich versorgt und unter den Boden gebracht und ist, nachdem er einem andern geistlichen Herrn einige unbedeutende Konzessionen in betreff der physischen und moralischen Verwaltung der deutschen Nation machte, als wohlbestallter römischer Kaiser heimgekehrt. Der Herr Professor nennt ihn mit Namen und weiß ganz genau das Jahr anzugeben, in welchem er die Siedelung mit Stadtrechten begabte und ihr die Abhaltung eines Jahrmarktes gestattete. Wir befinden uns im allerromantischsten Mittelalter; die Schweinerei ist groß, aber das angestammte Fürstenhaus gedeiht herrlich und treibt bis zur Reformation eine Menge kurioser Blüten, deren Epitheta sich merkwürdig durch das ganze Heilige Römische Reich gleichbleiben: der Faule, der Fette, der Böse, der Eiserne haben überall regiert, überall die gleichen zivilisatorischen Erfolge erzielt und werden heute noch in sehr idealisierten Nachbildungen von dem Schloßkastellan in den respektiven Thronsälen vorgewiesen. Was ein Kastellan in den Reichspalästen zu Aachen, Ingelheim, Trebur, Trifels, Goslar den Touristen damaliger Zeit zu zeigen hatte, wollen wir dahingestellt sein lassen.

Gegen Ende des vierzehnten Jahrhunderts erscheint urkundlich der erste Oberbürgermeister; aber das residenzliche Bürgertum bleibt sehr geduckt im Vergleich zu dem Leben, welches sich in den Reichsstädten erhebt; die Dynastie blüht immer herrlicher und beginnt, sich weniger an dem Kaiser als an der Hansa und dergleichen unberechtigten Verbindungen zu ärgern. Der reichsunmittelbare Adel fängt an, Hofluft zu wittern; die Pfaffheit in dem Hofkloster wittert den Augustinermönch zu Wittenberg. Großes Dilemma Fürstlicher Gnaden in betreff der Kirchenverbesserung – höchst fatale, unbequemliche Situationen Fürstlicher Gnaden während des Dreißigjährigen Krieges – post nubila Phoebus! Nach dem Gewitter die Sonne! Le grand monarque! Ludwig der Vierzehnte! Pauken und Posaunen, allgemeiner Tusch!.....

Merkwürdigerweise verliert die deutsche Geschichte und mit ihr die Geschichte unserer »Residenz« in dieser Epoche ihrer glänzenden Wiedergeburt jegliches Interesse für unsern Professor, er weiß sogar nichts mehr von ihr; wenn ihm seine Würde erlaubt, seine Studien bis zu dem Frieden von Münster und Osnabrück zu erstrecken, so ist das sehr viel. Wir aber, die wir keine gelehrte Würde zu behaupten haben, wir lassen uns lächelnd den gekrümmten Rücken von der aufgehenden französischen Sonne bestrahlen und erwärmen; wir ersterben alleruntertänigst vor den durchlauchtigsten Herrschaften und rufen Vivat, wenn sie in ihren Staatskarossen nach Monbrillant, Monplaisir, Monrepos, nach Ludwigsburg, Ludwigslust, Herrenhausen, Salzdahlum, Schwetzingen oder Nymphenburg zur Erholung von ihren anstrengenden Staatsgeschäften fahren. Wir machen ein tiefes Kompliment vor dem Wagen der schönen Hof-, Haupt- und Leibitalienerin; der heidnische Mohr, welchen Serenissimus aus der sündhaften Wasserstadt Venedig mitbrachte, erregt unser respektvolles Staunen; wie wir uns gegen den Hofjuden zu verhalten haben, wissen wir so recht nicht; er kann unter Umständen eine sehr gefährliche Persönlichkeit werden, und man tut am besten, auch vor ihm den Hut abzuziehen. Welches seltsame Leben und Treiben in den Häusern und auf den Gassen! Welche loyalen Bürger, welche wundervollen Hofmarschälle, Heiducken und Hofpoeten! Welche Epithalamien, Geburtstagsgedichte und Threnodien! Welche Komödien, Tragödien und vor allem welche Opern!

Wir begreifen den Herrn Professor, der nichts damit zu tun haben will, sehr gut; aber wir, die wir einen andern Zweck verfolgen als er, wir können nicht gleich ihm unser Objekt wie einen Spargel stechen, wenn es uns gut dünkt; wir müssen es wachsen lassen bis in den hellen, heutigen Tag hinein. Der Herr Professor braucht bloß mittelalterliche Tatsachen; wir aber haben neue Blüten und Früchte nötig, und auch der Spargel erzeugt dergleichen, wenn man ihm seine Zeit gönnt.

In welcher Tiefe der deutsche Geist seine Quellen haben mag, seine »Residenzen« datieren sämtlich von diesem Dieudonné- und L'État-c'est-moi-König zu Versailles. Es ist nicht auszudenken, nicht auszuschreiben, was alles wir ihm zu verdanken haben, und niemals ist ein lumpiger Fetzen deutschen Landes wie das Elsaß mit mehr Gewinn für sämtliche Serenissimi und ihre sämtlichen Hofmarschallämter losgeschlagen worden. Erst von der Verbrennung Heidelbergs an datiert der wahre, der rechte Flor alles dessen, was – jedes Schild über der Tür jedes Hoflieferanten, so weit die deutsche Zunge klingt, besser ausdrückt und reinlicher umschreibt, als wir es vermögen. Welch ein Glanz auf den Höhen der deutschen Menschheit! Eben war's noch der blutrote Widerschein der Reunionskriege, des Spanischen Erbfolgekriegs: nun aber ist's couleur cuisse de nymphe, eine süße rosa Dämmerung über Taxushecken, langen, langen, schnurgeraden Alleen, Exerzierplätzen, Sandsteingöttern und -göttinnen, über Schloß und Stadt! Welche Wasserkünste, Reiterkünste und Reifröcke, welche Perücken und Komplimente; am Hof und in der Stadt welche Manschetten, Halskrausen und goldbordierten Westen! Ist es ein Wunder, wenn sich der Mann der Kaiser- und Städteregesten in schaudernder Verachtung von den Riedingerschen Kupferstichen, von Lünings Theatrum ceremoniale abwendet?

Der wilde Urgermane, der hinter dem Ureichenbaum auf den Urochsen lauerte, würde sich sehr wundern, wenn er die Erlaubnis bekäme, sich dieselbe Gegend von derselben Stelle aus im Jahre 1780 zu betrachten. Serenissimus haben im Laufe des achtzehnten Jahrhunderts viel Geld, sehr viel Geld gebraucht. In Schweinshatzen, Fuchsprellen, Parforcejagden, Karussells, Balletten und Komödien ist manch ein rheinischer Gulden oder Reichstaler draufgegangen; eine politische Spekulation dem alten preußischen Fritz gegenüber ist auch nicht so eingeschlagen, wie man's wünschte und verhoffte: der Urgermane kann das Vergnügen haben zuzusehen, wie man auf der »Esplanade« oder auf der »Planie« oder sonst einem dazu geeigneten Platze der »Residenz« seine Nachkommen regimenterweise abgezählt gegen blanke englische Guineen oder vollwichtige holländische Dukaten austauscht; er kann sehen und hören, wie Serenissimus die Front bereiten und Höchstihro Landeskinder vermahnen, auch in der Fremde dem »hessischen, württembergischen oder braunschweig-lüneburgischen Namen« Ehre zu machen und tapfer für das Vaterland und »Unsern« Profit Haut und Haare zu lassen.

Vivat Carolus, Fridericus oder etwas dem Ähnliches! Trommelwirbel – Querpfeifengequiek und Beckenklang! – Heute abend im Theater Götz von Berlichingen mit der eisernen Hand, ein Trauerspiel vom Doktor Goethe – morgen zur Feier des Geburtstages der durchlauchtigsten Frau Herzogin große Illumination und Oper, Idomeneo, Re di Creta, vom jungen Herrn Mozart, genannt il cavaliere filarmonico.

Aber im Westen, jenseits des Rheins, auch ein Stimmen von allerlei seltsamen und etwas unheimlichen Instrumenten – plötzlich ein dumpfer, lang anhaltender Paukenschlag: Monsieur Honoré Gabriel Victor Riquetti, Marquis de Mirabeau!... Ratsadvokat Bürger George

Jacques Danton!... Citoyen Maximilian Joseph Robespierre!... Allerdurchlauchtigstes Zusammenfahren und höchst gerechtfertigte Entrüstung, welche letztere sich einige Jahre später mit dem Kaiser Napoleon durchschnittlich recht gut abzufinden weiß. Folgt die liebliche Zeit des Rheinbundes, folgt der Deutsche Bund, folgen die russischen und englischen zarten und zärtlichen Verbindungen, welche letztern die landschaftlichen Reize des Vaterlandes sehr vermehren, indem sie griechisch-moskowitische Kapellen und Mausoleen sowie herrschaftliche Landsitze im englischnormannischen Stil an Stellen aufschießen lassen, von wo aus sie den besten Eindruck auf die Bewohner des angestammten Staates und die denselben mit dem Bahnzug passierenden Fremden machen.

Bah – immer herbei, herbei, meine Hochzuverehrenden! Die Gläser des Guckkastens sind geputzt, die Lämpchen angezündet, es verlohnt sich schon der Mühe, die Hände auf die Knie zu klappen und einen Blick in die Herrlichkeit der Stunde, an welcher Jahrtausende gearbeitet, geputzt und poliert haben, zu werfen.

Wiesen, Hügel und Gewässer dehnen sich behaglich im verschleierten Licht der Sonne des Spätherbstes. Über dem grauen Kern, den zusammengedrängten Turmspitzen der Stadt lagert freilich eine dichtere Dunstmasse; aber die modernen Vorstädte glänzen heiter und weiß, und die italienischen und gotischen Landhäuser sind gleichwie aus einer Nürnberger Schachtel munter in das Gebüsch der Gärten gestreut oder zierlich die Linden- und Kastanienalleen entlang aufgestellt.

Wir folgen einer solchen Allee, in welcher das welke Laub sauber aufgehäufelt ist; es begegnen uns oder gehen mit uns viele anständig gekleidete Menschen, darunter sehr bunte Damen und sehr bunte Offiziere. Reitknechte führen ganz elegante Pferde spazieren, in einem öffentlichen Garten wird Musik gemacht und soll mit anbrechender Nacht ein Feuerwerk, das Bombardement von Sebastopol darstellend, abgebrannt werden. Ein Tor, bewacht von zwei schläfrigen Sandsteinlöwen, ein Schilderhaus, bewacht von einer schläfrigen Schildwache, ein gähnender Akziseeinnehmer, ein sonniger Platz und in der Mitte desselben, umgeben von Ruhebänken, Kindermädchen und Ammen mit ihren Schutzbefohlenen, ein etwas schläfriger Vater des Vaterlandes in Bronze, eine Allee zur Rechten, eine Allee zur Linken; wieder allerlei Spaziergänger, Reitknechte, Droschken, Privatequipagen, wieder sehr viele bunte Damen und sehr bunte Offiziere! Schlagen wir die Allee zur Rechten ein, so wird sie uns, wenn wir im Briefträgertrab gehen, nach Verlauf von drei Viertelstunden von der Linken her zu dem Großpapa in Bronze zurückbringen; nehmen wir den Weg zur Linken, so werden wir den würdigen alten Herrn in derselben Zeit von der Rechten her zu Gesicht bekommen. Gehen wir den Gang des Beobachters, so können wir nach Belieben und vielleicht nicht ohne Nutzen eine halbe Elle unseres Lebensfadens auf ebendiesen Kreis zugeben; folgen wir den Radien des Kreises in die Mitte der Stadt, so – – doch weshalb sollen wir ihnen jetzt schon folgen? Der Abend ist so angenehm, die Luft so weich, die Kieswege entlang der Überbleibsel der Gewässer des einstigen Stadtgrabens so fest und reinlich und die Ruhebänke so zierlich und einladend; das Theater beginnt erst um sieben Uhr. Nehmen wir Platz, bergen wir die träumende Stirn in der Hand; wer weiß, was die Stunde Herrliches, Schönes, Nützliches bringt? Serenissimus oder Serenissima können sechsspännig vorüberfahren, das schönste Mädchen der – Residenz kann uns mit der Schleppe ihres Kleides streifen, unser Schicksal kann uns hier ebensogut als anderswo auf die Schulter klopfen und unser Anstellungsdekret als wirklich geheimer Kabinettssekretär oder dergleichen aus dem Portefeuille nehmen oder nur unmerklich mit dem Finger deuten und winken: Sieh!, ganz leise, leise flüstern: Achtung, mein Bester! – Das letztere geschieht diesmal; wir sehen und hören und geben Achtung, und zwar mit Eifer, obgleich es nur unser literarisches Schicksal war, das winkte. – – –

Er kam durch eine der Straßen, welche aus dem Innern der Stadt gegen die um die Stadt sich ziehende Promenade führen. Wer kam aus dem Innern der Stadt, um wie andere gewöhnlichere Leute unter den gelben Linden und Kastanien spazierenzugehen? Nicht ein gewöhnlicher Mann, sondern einer, der die andern um eine Haupteslänge überragte: unser sehr guter Freund aus Bumsdorf und dem Tumurkielande, Herr Leonhard Hagebucher. Sehr verändert, und zwar, was die malerische Seite anbetrifft, nicht zu seinem Vorteil! – Mehr als ein Jahr ist vorübergegangen, seit wir ihn in den Gefilden seiner Kindheit aus dem Gesicht verloren, und ein Jahr ist eine Macht, welche es mit vielen Dingen, die von den Menschen auch für sehr mächtig gehalten werden oder sich selber für sehr stark halten, aufnimmt und in dem Ringkampf mit ihnen recht häufig die Oberhand gewinnt. Zuerst hatte dieses Jahr den Afrikaner geschält, ja geschunden; aus dem Rotbraun der Haut war ein ungemütliches Gelbgrau geworden; die grauen Kreise um die Augen waren dagegen ins Schwarze übergegangen; die Augen selbst hatten ihren Glanz behalten, aber man sah ihnen an, daß sie viel gebraucht worden waren. Der wilde Bart war größtenteils dem Messer zum Opfer gefallen, wogegen das Haupthaar, welches vordem der Mode von Abu Telfan vollständig hatte weichen müssen, mit Bewilligung der zivilisierten Welt treiben durfte, wie es konnte. Es hatte getrieben und war von neuem emporgesproßt, allein leider nicht zur Verschönerung des Mannes. Es war, sozusagen, in allen Farben gekommen, braun und grau, gelb und weiß, und es war sehr borstig und widerspenstig gekommen – jeder Büschel ein Rebell gegen den Kamm und den Salbentopf.

Herr Leonhard Hagebucher trug nicht mehr einen Turban oder Fes, sondern einen sehr schönen, schwarzen, glänzenden Zylinderhut; er trug einen glänzenden schwarzen Frack, eine schwarze Sammetweste und schwarze Beinkleider, und sämtliche Teile des Kostüms von dem Hut bis zu den Stiefeln erinnerten jeden in der Naturhistorie nicht Unbewanderten an jene Stiefel, welche der heimtückische Mensch inwendig mit Leim beschmiert und zum Affenfang im Urwald unter den Baum stellt, von dessen Gipfel ihn der rauhhaarige Vetter beobachten kann. Es war viel von dem haarigen Vetter in den Augen unseres Freundes. Er fühlte sich jedenfalls geleimt; aber er trug den Zustand mit einer wilden Munterkeit, einer Ironie, die ihn zu einem gefährlichen Kumpan für alle Genossen, die sich wohl in ihren Jacken fühlten, machten. Man fühlte, daß das Ding es nicht beim Zähnefletschen bewenden lassen, sondern unter Umständen tüchtig zubeißen werde, und somit war man gewarnt und hatte es sich selber zuzuschreiben, wenn ein Unglück geschah. Was der Afrikaner im letzten Jahre getrieben, was er vergessen und was er gelernt haben mochte, eines stand fest: Er sah jetzt jeglicher Art seiner Landsleute scharf ins Gesicht, und wenn die frühere Blödigkeit bei Gelegenheit in ihr Gegenteil umschlug, so hatte sich keiner darüber zu wundern. Herr Leonhard Hagebucher ging niemandem mehr aus Verlegenheit, sondern höchstens nur aus Höflichkeit aus dem Wege; augenblicklich aber ging er wie die andern Bewohner der Hauptstadt spazieren und sah freundlich-nachdenklich auf die mit ihm frische Luft Schöpfenden.

Mit dem Strom und gegen den Strom wandelte er gleich den andern im Kreise um die Stadt bis zu dem segnenden Landesgroßpapa und an demselben vorüber und ließ sich zuletzt auf einer Bank nieder, von welcher man einen Teil des geschilderten Platzes überblicken konnte. Hier saß er und grüßte allerlei Leute, deren Bekanntschaft er schon gemacht hatte, und viele Leute, die ihn bereits kannten, widmeten ihm im Vorübergehen ihre ganze Aufmerksamkeit. Eine Schar Buben versammelte sich um ihn, starrte ihn aus einiger Entfernung an und nahm sogleich Reißaus, als er eine Unterhaltung mit ihr beginnen wollte. Zuletzt rollte über den Platz ein offener Wagen, in welchem zwei Damen saßen, gegen ihn heran, und in höchster Überraschung, ja im hellen Schrecken schnellte er empor und rief: »Nikola!... Nikola!«

Die eine der Damen trug ein weißes Hütchen, die andere ein blaues, und jene mit dem weißen beugte sich mit ihrer Lorgnette herüber; aber der Wagen rollte schnell weiter, und Leonhard, nach einigen Schritten vorwärts, als wolle er ihm nachlaufen, setzte sich wieder sehr fest hin und sprach: »Warten wir also!«

In dem Wagen faßte Nikola von Glimmern die Hand ihrer Freundin, der Majorin Emma, und rief:

»Wer war das eben! Sahest du ihn auch? War er es denn? O gütiger Himmel, welch eine Abscheulichkeit! Welch eine Karikatur! O Gott, Emma!... Johann, wir fahren noch einmal um die Stadt; aber schnell – ventre à terre, schnell, schnell!«

Der Kutscher trieb die Pferde an, und Emma sagte:

»Das war dein Afrikaner in Fleisch und Blut und in einem sehr schönen Gesellschaftsanzuge; in der Tat ein närrischer Held ist's! Seit einiger Zeit befindet er sich in der Residenz, und man spricht genug von ihm. Mein Mann ist bereits einige Male mit ihm zusammengetroffen und lobt ihn ungemein; auch ich freue mich sehr darauf, ihn genauer kennenzulernen. Werden wir ihn wohl noch auf seiner Bank treffen?«

»Ohne Zweifel!« sagte Nikola; aber man merkte es ihr an, daß sie kaum auf die Worte der Freundin Achtung gegeben haben konnte; sie blickte zerstreut vor sich hin, und wie alles übrige entging ihr jetzt auch das leise Kopfschütteln Emmas.

Der Wagen fuhr schnell weiter. Viele Leute grüßten, und viele Leute sagten: »Siehe da, die schöne Baronin Glimmern! Welch eine gute Partie sie gemacht hat!« – Und wieder andere Leute fragten andere Leute: »Ist das nicht das wilde Fräulein von Einstein, die Tochter der alten, kleinen Generalin in der Schloßstraße?« Worauf die Antwort lautete: »Freilich ist sie's! Wir nannten sie im Klub la belle effarouchée; aber damit ist's vorbei, man hat sie nun endlich doch unter die Haube gebracht, und es war Zeit; der Herbstwind fing an, recht impertinent mit den Blättern der Rose zu tändeln. Begreifen Sie übrigens unsern Freund Glimmern? Es gehört eben ein Charakter wie der seinige dazu, um ein solches Spiel bis zum Äußersten durchzuführen!« –

Noch manche Bemerkungen ähnlicher Art wurden in den Gruppen der Spaziergänger gemacht, ehe der Wagen zum zweitenmal den pater patriae in Bronze erreichte; jetzt aber kam derselbe von neuem in Sicht, und wirklich befand Herr Leonhard Hagebucher sich ebensowohl noch an seinem Platze auf der Bank wie der Höchstselige Herr auf seinem Postament.

»Laß halten, Emma!« flüsterte die Baronin, und der Kutscher zog die Zügel an. Der Bumsdorfer Afrikaner zog den Hut vom Kopfe und trat an den Wagenschlag.

»Da wären wir wieder«, sagte Nikola, ihm die Hand reichend. »Sehen Sie, lieber Freund, es ist, wie ich Ihnen sagte und wie Sie bereits aus eigener Erfahrung wissen konnten: man geht so leicht nicht in der Welt verloren.« Und fast in alter Heiterkeit und Schelmerei sich zu der Frau Emma wendend, rief sie: »Das ist mein Sindbad der Seefahrer, von welchem ich dir so viel des Löblichen und Wunderbaren mitteilte. Nun bitte ich dich, sieh ihn an; hat jemals die Wirklichkeit der Phantasie ärgerlicher ein Bein gestellt? Abscheulich, abscheulich! O lieber Herr, es glaubt Ihnen niemand mehr, daß Sie auf einem Greifen oder dem Vogel Roch nach Nippenburg geritten seien. Wir haben uns viel, viel zu sagen; aber vor allen Dingen bitte ich um den Namen Ihres Schneiders!«

»Felix Zölestin Täubrich, Kesselstraße Numero fünfundfünfzig«, lautete die Antwort, und die Majorin Emma nickte lächelnd, als ob der Künstler zu ihrer genauesten Bekanntschaft gehöre und wohl verdiene, gekannt zu sein.

»Wir sind gestern heimgekommen, Herr Hagebucher, und ich hoffe Sie bald meinem Gemahle vorstellen zu können«, fuhr Nikola fort; »Sie sehen mich gleichfalls bedenklich an; ach, suchen Sie die alte Nikola nicht länger! Es findet sich wohl die Zeit, in welcher wir uns um die Außenseite nicht mehr zu kümmern haben; dann wollen wir andere Sachen mit mehr Ernst besprechen. Die Gaffer nehmen zuviel Anteil an uns; hier haben Sie meine Freundin, Frau Emma Wildberg, die Gattin eines trefflichen Mannes; sie soll unser nächstes Wiedersehen bewerkstelligen. Fort, Kutscher – die Leute werden unerträglich.«

Beide Damen verneigten sich gegen den Afrikaner, und dieser blickte dem Wagen nach, und alle seine Gedanken hafteten an jenem schwarzen Brode, von welchem die Frau Klaudine Fehleysen in der Katzenmühle ein Stück abschnitt, um es dem Fräulein von Einstein, der Verlobten des Herrn von Glimmern, mit auf den Weg in die weite Welt zu geben.

Vierzehntes Kapitel

Es war nur ein Gerücht, daß der große Reisende, Naturforscher und Kammerherr Seiner Majestät des Königs Friedrich Wilhelm des Vierten sich einst in der Schneidergesellenherberge unserer Residenz persönlich nach einem andern großen Reisenden umgesehen und, als er den Gesuchten nicht vorfand, seine Visitenkarte mit umgebogenem Rande für denselben zurückgelassen habe. Es war nur ein Gerücht; aber dieses Gerücht erhielt sich mit Zähigkeit in allen den Kreisen des Türkenviertels, welche durch die populäre illustrierte Literatur des Tages die Bekanntschaft jenes berühmten Mannes gemacht hatten, und wem anders konnte der große Alexander von Humboldt einen Besuch zugedacht haben als dem Herrn Felix Zölestin Täubrich, der auch sein Wanderbuch aufzuweisen hatte und den man weit über das Türkenviertel hinaus unter der Bezeichnung »Täubrich-Pascha« kannte und zu schätzen wußte?

Sein Vater war ein Schornsteinfeger gewesen, ein dunkler Ehrenmann, welcher zu einem solchen Sohne kam, ohne zu wissen wie; seine Mutter, vordem eine gebildete Putzmachermamsell, hielt alles Klettern, Kriechen und Kratzen in anderer Leute Feueressen und Rauchfängen für sehr gemein und für völlig unverträglich mit eigener Reinlichkeit und den zartern Regungen der Seele; ihr hatte die Welt vorzüglich die Bildung dieses Charakters zu danken, der denn freilich die höchsten Schornsteine der Erde tief unter sich ließ. Täubrich-Pascha glaubte an die Visite des Herrn von Humboldt so fest wie an seine eigene Existenz; wie fest er aber an seine eigene Existenz glaubte, kann nur durch einen längern und genauern Verkehr mit ihm deutlich gemacht werden.

Weiß und zart und zierlich erblickte er das Licht der Welt und begrüßte es mit einem schrillen Stimmchen. Der schwarze Vater und dessen schwarze Gesellen begrüßten ihn mit kopfschüttelnder Verwunderung und nannten ihn einen »ganz kuriosen Fisch«. Gegen alle Erwartung gedieh er unter der sorgsamsten mütterlichen Pflege vortrefflich, wie denn auch die gütige Mutter Natur bestens für ihn sorgte, indem sie ihn mit einem sehr reizbaren Nervensystem, einem dünnen rötlichen Haarwuchs und einer erklecklichen

Menge Sommersprossen begabte, ihm aber die Zierde des Mannes, den Bart, welchen er als geborener Damenschneider doch nicht gebrauchen konnte, gänzlich vorenthielt. Er wurde ein Damenschneider, allem Gebrumm und Gepolter des Erzeugers zum Trotz; – grollend stieg der Alte, welcher allmählich für seinen Beruf viel zu fett geworden war, in seinen eigenen Schornstein hinauf, blieb in demselben stecken, wurde längere Zeit vergeblich gesucht und spät am Tage entdeckt, als er dem Rauche des Feuers, welches man zur Bereitung der Abendsuppe anzündete, den Weg versperrte. Man zog ihn an den Füßen herab, ohne daß er sich für die Gefälligkeit bedankte; ein Schlagfluß hatte ihn getroffen und ihn allen Erdensorgen schnell entrückt. Seine Witwe erhielt sich noch einige Jahre als sehr belesene Eigentümerin einer kleinen, aber ausgewählten Leihbibliothek, starb dann gleichfalls, und zwar in ziemlich bedrängten Umständen, worauf Felix Zölestin, aller schönen und romantischen Gefühle voll, auf die Wanderschaft ging gleich unserm Freunde Hagebucher, weit über Konstantinopel hinauskam und wie jener lange Zeit zu den Verschollenen gerechnet wurde.

Gleich jenem kam aber auch er zurück, und zwar auf kläglich durchgelaufenen Sohlen und von Jerusalem. Da er erst vor einigen Tagen dem Mann aus Abu Telfan einen Bericht über diese Heimkehr abstattete, so setzen wir auch hier mit Vergnügen seine eigene Relation an die Stelle der unsrigen.

»O in Jerusalem ist es schön!« rief er mit Begeisterung. »Adrianopel, Konstantinopel, Smyrna, Brussa und Jaffa haben auch ihre Annehmlichkeiten; aber Jerusalem geht dem gefühlvollen Menschen über alles! Da ist blauer Montag das ganze Jahr durch bei Juden und Christen von allen Sorten, bei Heiden und Türken, und die letztern haben die Polizei. Sie sind nicht in Jerusalem gewesen, Sidi, sonsten würden Sie auch davon erzählen können – oje, oje! Da habe ich zwei Jahre in Kondition gestanden bei einem Meister aus Böblingen im Württembergischen, und leider nur als Mannsschneider; denn das schöne Geschlecht hab ich schon in Adrianopel mit Tränen an den Haken hängen müssen. Hab's auch ganz gut gehabt bei dem Böblinger bis zum Osterfest neunundfünfzig, da vereinigte ich mich mit ihm, denn solches ist der Stilum; am heiligen Osterfest vereinigt sich alles miteinander in Jerusalem, und schon eine Woche vorher exerziert der Musselim, der Gouverneur, die türkische Gar-

nison auf die Karbatsche ein, alles zum Besten der frommen Pilger.
So ist es, man muß überall erst des Landes Sitte kennenlernen, um
keinen Anstoß zu geben, und als im ersten Jahre am Grünen Don-
nerstag der Meister bockig wird und mich aus lauter Zerknirschung
einen herrgottssträflichen Lump und keinnutzigen Strahlnarr hei-
ßet, da denke ich: Täubrich, mäßige dich und fang keinen Skandal
an diesen heiligen Stätten an, und in dieser Zeit will es sich gar
nicht schicken. Bon – im nächsten Jahre kenne ich mich schon aus,
und als mein Schwab mich diesmal einen norddeutschen Windbeu-
tel tituliert, da geht's drunter und drüber, und 's wird ein Trubel im
Atelier wie an der Tür der Grabeskirche, und naturellement
schmeißt man mich heraus und mein Felleisen mir nach, und da
wär's mir schlimm gegangen ohne einen guten Bekannten. Das ist
ein Mönch gewesen aus dem Kloster Mar Saba, welches im Tal Kidron, dem Toten Meer zu, liegt, und der trifft auf mich, wie ich mit
verbundenem Kopf auf einem Eckstein sitze, und rechter Hand liegt
ein toter Esel und linker Hand ein betrunkener Pilgrim, und der,
will sagen der Mönch, hat mich nach dem Fest mit sich genommen
in sein Kloster auf die Stör, was man heißt auf Arbeit mit Kost und
Schlafstelle. Da habe ich die ganze Garderobe für die Heiligen auf-
bessern müssen, und auch die Brüder hatten genug zu flicken; das
war eine schlechte Arbeit, aber die Verpflegung war gut. So nähre
ich mich hier in der Wüste und der frommen Einsamkeit gradsogut
vom Handwerk wie in Hanau oder Offenburg, bis auch diesem
Vergnügen wiederum sein Ende mit dem Knüppel gemacht wird,
und ist das das merkwürdige am Orient, daß hierfür niemand zu
keiner Zeit sicher ist; es wäre auch sonst zu schön! Kommt also ein
Mann aus Nebi Musa zu unserm Abt und gibt an, er wisse einen
Schatz im Wadi en Naar, dem Feuertal, welches gleichfalls zum
Kidrontal gehört, und, Sidi, wie da das Kloster an zu lecken fing,
das ist unglaublich zu erzählen. Wo und wie, wie und wo? ging das
durcheinander, und der Beduin wußte auf alles einen Bescheid. Ein
Christ habe den Schatz vergraben, und nur ein Christ vermöge ihn
zu heben, und in der nächsten Nacht sei die rechte Zeit; denn da sei
der Dschinn abwesend zu einer Vergnügungsfahrt auf Bahr Lut,
dem Toten Meer, und halte mit seinesgleichen einen Schmaus bei
Ain Djidi an der Säule des Salzes. Das hätte man nun wohl nicht
geglaubt zu Offenburg, Hanau oder Frankfurt am Main; aber in Mar
Saba glaubte man es mit Vergnügen, und in der folgenden Nacht

haben wir richtig den Schatz gehoben. Das halbe Kloster samt dem Abt ist unter der Führung des Beduinen ins Feuertal gezogen, in eine Schlucht wohl tausend Fuß tief. Und als wir drin sitzen und fast kein Ausweg ist, geht es los, als ob der Geist des Christen Unrat gemerkt habe und schleunigst heimgekehrt sei, um nach seinem Recht zu sehen. Erst regnet es von allen Seiten Steine aus der Höhe, und dann regnet es Prügel aus nächster Nähe. Auf allen Seiten wird's zu unserm Jammer lebendig; denn von vier Meilen in der Runde, aus Mird, aus Nebi Musa, aus Khan Hudrur, ja aus Gilgal und vom Dschebel al Fureidis, dem Frankenberge, ist die Bevölkerung herbeschieden, um den Spaß durch ihre Gegenwart zu verschönen. Wer einen Prügel halten konnte, hat sich damit ins Versteck gelegt und geduldig seit Sonnenuntergang auf unsere Ankunft gewartet. Vergebens hat der Abt erst seine Heiligen und dann den Gouverneur von Jerusalem angerufen, die einen konnten sowenig als der andere zu Hülfe kommen; das letzte, was ich in dieser Mondscheinnacht erblickte, war ein mir wohlbekannter Kollege, der Schneider aus Mird, welcher aus Brodneid und künstlerischer Eifersucht einen faustgroßen Kieselstein in sein Turbantuch geknüpft hatte und mich damit an den Schädel traf, daß es mir schwarz wie seine Seele vor den Augen wurde und ich besinnungslos zu denjenigen meiner geistlichen Freunde sank, welche bereits am Rande des Baches Kidron am Boden zappelten. Das war ein sehr romantisches Abenteuer, Sidi, aber ein noch größeres Wunder ist es gewesen, daß ich mich beim Erwachen aus meiner Betäubung nicht etwa im Wadi en Naar oder im Kloster Mar Saba oder im Spital zu Jerusalem, sondern hier in meiner Vaterstadt, hier im Türkenviertel, hier am Eingang der Kesselstraße wiedergefunden habe!«

»Was?!« hatte der Mann aus dem Tumurkielande, der doch auch manches erlebte, gerufen, als der Schneider bis zu diesem Punkte seiner Erzählung gekommen war; aber Täubrich-Pascha hatte kühl gesagt:

»Ja, es ist ein Mirakel; aber fragen Sie nur unten im Hause, ob die Sache sich nicht so verhält; oder noch besser, hier haben Sie mein Wanderbuch, Hadschi Hagebucher; darin steht's beschrieben, wie es zugegangen ist.«

Es stand wirklich darin zu lesen, und zwar in englischer Sprache:

»Wir, die Unterzeichneten, Lehrer und Prediger des Wortes, wie es enthalten ist in dem Buche Mormon, Elders of the church of Jesus Christ of Latter-day Saints, sind gezogen in das Land, aus welchem gekommen ist Lehi, der Vater des Volkes, so da sein wird im Herrn, und sind geritten von der heiligen Stadt Jerusalem bis zu dem Fluß Jordan, zu holen Wasser, zu taufen und zu weihen die Kinder des goldenen Buches. Haben wir geschöpfet ein jeglicher ein Fäßlein enthaltend 50 Quart und sind abwärts gefolget dem Laufe des Flusses bis zum mare mortuum seu salsum, die Stätte des Zornes zu erkennen, und sind von da wieder geritten aufwärts entlang den Bach, so da genennet wird Kidron, mit unsern Brüdern und unserm Gefolge. Und als es geschah, daß wir kamen an den Ort Wadi en Naar, das Feuertal, haben wir gefunden den, welchem eignet dieses Büchlein, und haben ihn aufgehoben und, weil noch Leben in ihm war, auf einer Eselin mit uns geführet gen Jerusalem. Da haben wir ihn gelassen.

J. J. Johnstaff,
J. W. Smithfield,
beide
Sendboten und Geheiligte
der Kirche des Letzten Tages«

»Freilich haben sie mich da gelassen«, fuhr Täubrich-Pascha in seiner Erzählung fort; »aber andere haben mich weiterbefördert, wie des Spaßes halber, und alle haben ihren Namen in mein Wanderbuch gezeichnet, und hier steht von einem Wiener Doktor in Jaffa geschrieben, ich sei ein kurioser Kasus, frisch auf den Beinen, aber konfus im Kopf, und hier ist mein Passagezettel von Beirut aus, und so bin ich von Triest ab auf den europäischen Schub gekommen; da konnte ich denn natürlich nicht mehr verlorengehen, selbst wenn ich gewollt hätte. Sehen Sie, Sidi, da fehlt kein Stempel und keine Polizeikralle; da kann ich mich vor jedermann und jeder Behörde ausweisen, obwohl ich, wie gesagt, erst in der Kesselstraße auferwachte, als mir der letzte Gendarm den Kragen aus der Hand ließ. Was sagen Sie dazu?«

»Wunderbar, höchst wunderbar!« hatte Herr Leonhard Hagebucher gesagt; aber kein Wunder war's, daß er sich aufs innigste zu diesem seltsamen Wanderer hingezogen fühlte, zumal da die Aufnahme desselben in der Kesselstraße nach seiner Rückkehr aus dem Gelobten Lande gleichfalls eine große Ähnlichkeit mit seinem eigenen Empfang in Nippenburg und Bumsdorf besaß. Auf die Tage des Erstaunens und der Verwunderung war die Zeit der Gleichgültigkeit und der Verachtung gefolgt. Der verrückte Schneider war bald aus der Mode gekommen, trotz dem großen Alexander von Humboldt, und seit dem Frieden von Villafranca an ein langsames Verhungern so sehr gewöhnt, daß er sich kaum noch etwas daraus machte und imstande war, einen vollen Magen als etwas ganz Anormales zu achten. Über seine Kunst war die Mode ebenfalls hinweggeschritten, und so fristete er kümmerlich sein Dasein, halb als ein elendiger Flickschneider, halb als ein arg gehänselter Botenläufer und Lohndiener, und fühlte sich unendlich glücklich. Hätte der Kollege aus Mird geahnt, welche Magie in seinem Kiesel aus dem Bache Kidron stecke, so würde er noch fester oder gar nicht zugehauen haben; und wäre es manchem achtbaren, verständigen und würdigen Manne von Herzen zu wünschen und zu gönnen, daß er von seinem besten Freunde einen ähnlichen Schlag um die Ohren erhalte wie Herr Felix Zölestin Täubrich, genannt Täubrich-Pascha. – – –

Ein Stuhl, ein Tisch und eine Matratze nebst Wolldecke in einer hölzernen Bettlade bildeten, einige Kleinigkeiten abgerechnet, das ganze Meublement des Jerusalemer Schneiders in der Kesselstraße, und das einzige Fenster seines Zimmers gewährte ihm einen nicht allzu holden Blick auf das stehende Gewässer eines versumpften Kanals ohne Abfluß.

In der Tasche seiner Beinkleider, welche hinter der Tür am Nagel hingen, befanden sich nur noch zwei Silbergroschen und einige Kupfermünzen, beides Geldsorten, auf welchen die Fürsten der Erde ihre Porträts nicht zum Abdruck bringen lassen; und auf drei Meilen in der Runde gab es keinen zweiten Menschen, der sich so leicht und so wohl fühlte wie Herr Zölestin Täubrich, genannt Täubrich-Pascha.

Er saß mit übereinandergeschlagenen Beinen auf seinem Lager, wie Mohammed Abulkassim ibn Abdallah auf seinem Ehrensitz im siebenten Himmel. Er trug einen Fes, einen echten Fes, gekauft von Abul Abdallah ibn Mohammed im Basar zu Beirut; er saß in einer blau- und gelbgeblümten Kalikojacke und gelben Flanellunterhosen, trug einen wollenen Schal als Leibbinde und rauchte eine Pfeife, die leider keine türkische war. Kein Pascha in seinem Harem hatte es besser als Täubrich-Pascha in seiner Dachkammer, kein Opiumesser, so weit die Fahne des Propheten wehte, sah, fühlte und roch größere Delikatessen und war den Armseligkeiten, Mühen und Entbehrungen des gemeinen Lebens weiter entrückt –

»Täubrich!...«

Es war unser Freund Leonhard Hagebucher, der, von seinem Spaziergang früher als gewöhnlich nach Hause zurückkehrend, sogleich an die Tür seines Freundes geklopft hatte und ihn jetzt an beiden Schultern hielt, um ihn in die schlechte Wirklichkeit zurückzuschütteln.

»Täubrich, erwachen Sie nur für fünf Minuten – nur fünf Minuten, Täubrich, für einige Bemerkungen und einige Fragen! Ich bin soeben der Baronin von Glimmern begegnet.«

Der Schneider seufzte tief, wie jemand, den man im besten Schlafe stört, hob die schweren Augenlider halb empor, um einen wässrigen Blick umherzuwerfen, blies eine ganz dünne Rauchwolke wie die Quintessenz seines Wesens von sich und sagte:

»Sie ist vorgestern mit dem Herrn Gemahl von der Hochzeitsreise heimgekehrt – Florenz – Rom – Neapel – Paris, wie es die Sitte so mit sich bringt. Ja, gutes Wetter und gute Wechsel helfen beide zu einem angenehmen Fortkommen zu Land und Wasser – o Je – ru – salem! Haben sich hoffentlich ausgezeichnet amüsiert unterwegs? Der Herr von Glimmern sind ein sehr angenehmer Gesellschafter.«

Der Afrikaner zog den einzigen Stuhl, dessen sich der träumende Schneider als seines Eigentums zu rühmen hatte, dicht an das Lager oder vielmehr den Sitz des seltsamen Freundes, klopfte demselben vertraulich auf das spitze Knie und flüsterte eindringlichst:

»Täubrich, Sie wissen bereits, daß ich einiges Interesse an der Dame nehme; ich bitte Sie, erwachen Sie noch ein wenig mehr: Was halten Sie von dem Baron Glimmern? Sagen Sie mir Ihre Meinung über diesen Mann.«

Täubrich öffnete jetzt die Augen sehr weit, um sie sodann völlig zu schließen, sein Hals kroch fast grauenhaft lang hervor und zuckte blitzschnell wieder zurück. Er öffnete abermals die Augen und sprach verhältnismäßig munter:

»Ich würde mich wohl hüten, jedem beliebigen auf ähnliche Fragen die rechte Antwort zu geben; es wäre für einen armen Teufel in meiner Stellung nicht ungefährlich und könnte mancherlei Folgen haben; Ihnen jedoch, Sidi –«

»Erzählen Sie mir von dem Leben des Mannes«, rief Leonhard ungeduldig. »Sie haben hinter so manchem Stuhle gestanden und wissen so gut in allen übrigen Angelegenheiten und Verhältnissen der Stadt Bescheid, daß Sie sicherlich auch in diesem Falle mehr Erfahrung besitzen als viele Leute, die nicht so viel zu bedenken haben als – wir beide.«

»So ist es!« sagte der Schneider kläglich. »Ich habe freilich in den letzten Jahren hinter so manchem Stuhle gestanden und werde tagtäglich von so vielen Menschen zum Narren gehalten, daß ich wohl Bescheid wissen muß. O Je – rusalem, wie sieht das aus in meinem Kopf, und welch eine Plage ist es, sich immer von neuem darauf besinnen zu müssen, ob das Schwarze schwarz und das Weiße weiß ist. Ist das meine Nase, oder ist sie's nicht? Bin ich Abul Täubrich ibn Täubrich, Pascha von Damaskus, oder bin ich es nicht? Ja, der Herr Baron wird genauer wissen, was er ist, und Allah segne ihm sein Verständnis. Nach Merseburg schnürt man sein Bündel, und nach Smyrna gerät man, und im Schlaf wird man wieder abgeladen in der Kesselstraße, wie der schnurrige Abu Hassan, von welchem der Erzähler im Chan zu Jericho erzählte. Da stehen die Leute im Kreis um einen her und lachen, und jedes Stück Brod kriegt man nur auf Kosten seiner Selbstästimation zu essen: die Kinder laufen einem in den Gassen nach, und die Alten treiben in den Häusern ihr Spiel mit einem. So macht man sich denn seine Stellung zurecht, und je weiter man die Augen aufreißt, desto blinder wird man, und je fester man sie schließt, desto klarer wird einem, wer man ist und wo man eigentlich zu Hause ist. Da hört man das Leben nur wie ein Gesumm um sich her: was geht es einen an, man sitzt ja in seinem eigenen Kiosk und –«

»Bismillah! Die seidene Schnur Ihnen um den Hals!« fuhr der Afrikaner den armen Pascha von Damaskus, außer sich vor Ungeduld, an. »Von dem Baron von Glimmern und nicht von dem schnurrigen Abu Hassan sollen Sie mir erzählen. Weder ich bin der Sultan Shahriar noch Sie die kluge Scheherazade; jetzt nehmen Sie sich zusammen; was wissen Sie von dem Baron Glimmern?«

Täubrich-Pascha faltete die Hände über dem Magen und sprach das Folgende mit dem Ton und Ausdruck eines abschnurrenden Uhrwerkes:

»Der Herr Baron begannen ihre Karriere im hiesigen Leibbataillon als Fähnrich und avancierten baldigst zum Leutnant; in dieser Stellung hatten sie die Ehre, das Vertrauen Seiner Hoheit des Prinzen Reinald in hohem Grade zu gewinnen, und Seine Hoheit waren ein großer Liebling ihres Herrn Onkels, des Höchstseligen regierenden Herrn; also haben die beiden jungen Leute sich das Leben am hiesigen Ort recht angenehm gemacht, es ist eine lustige Zeit gewesen und viel Geld in den eigenen Taschen und noch mehr Geld in den Taschen anderer Leute; das rollte und klang an allen Ecken und Enden, und wer etwas dagegen zu sagen hatte, der tat am besten, wenn er sich mit einem Achselzucken begnügte; denn es haben sich einige nicht geringe Herrschaften in jenen fidelen Tagen die Finger böse verbrannt; aber davon bekommt selbst unsereins nicht die letzte Wahrheit heraus, weil zu viele sind, denen dran liegt, daß ein recht hübscher dichter Schleier drübergeworfen werde, und also zum Exempel, Sidi, wenn die Frau Hofrätin Fehleysen selber Ihnen nicht ihre Geschichte und die des Herrn Hofrats und des Herrn Leutnants Viktor erzählt hat, so kann ich Ihnen auch nicht helfen. Als ich aus dem Orient heimkam, da hatten Seine Hoheit der Prinz Reinald längst sich die schöne, berühmte Dresdener Ballettänzerin, Fräulein Armida, an die linke Hand antrauen lassen und lebten mit ihr in Paris, da waren die Frau Hofrätin und der Herr Sohn lange verschollen; aber der Herr von Glimmern waren noch vorhanden; es ist nicht seine Schuld gewesen, daß der Prinz Reinald die schöne Armida heiratete, sondern er hatte sein möglichstes getan, es zu verhindern, und es wäre sehr unrecht, ihm zum Beispiel auch den Tod des Rats Fehleysen schuld zu geben; o Jerusalem, in Syrien ist's schön, aber hierzulande läßt es sich doch auch leben; ja, und der Herr von Glimmern sind immer weiter avanciert, auch unter dem jetzt regierenden Herrn – Kapitän, Major, Oberstleutnant und nun zu guter Letzt Exzellenz und Intendant des Fürstlichen Hoftheaters und ehelicher Gemahl des schönen Fräuleins von Einstein. Jaja, ich hab mir häufig dahinten in der Wüste oder sonst im Orient gedacht: Täubrich, das wär so was, wenn dir jetzt auf einmal der Herr Viktor Fehleysen begegnete; es hat sich aber nicht gemacht, er soll mit vor Sebastopol zugrunde gegangen sein. Sie sagen mir, Sidi, die alte Mutter glaube nicht daran, daß der junge Herr tot sei; aber ich glaube es, trotzdem ich in der Wüste auf ihn wartete; es kommt jedoch nichts darauf an, und dem Herrn Baron von Glimmern wird's auch einerlei sein, der hat das Glück gehabt und die Braut heimgeführt; alte Liebe rostet nicht, und man behauptet in den Kreisen, welche es wissen können, jung seien die jungen Leute nicht mehr; freilich, freilich, es ist in der Tat etwas Merkwürdiges, wie alt die Menschen geworden sind in der Zeit, daß man abwesend war unter den Palmbäumen! Wie ein neugeboren Kind kommt man sich manchmal vor, finden Sie das nicht auch, Sidi Hagebucher?«

Der träumende Schneider hatte durch diese letzte Frage nunmehr den Mann aus Abu Telfan zu wecken.

»Jawohl, Sie haben ganz recht, Täubrich!... Was sagten Sie?« rief er, aus einem Gewebe des verworrensten Denkens und Träumens mit Mühe sich losreißend; aber im nächsten Augenblick schlief Täubrich-Pascha wieder gleich einem Hasen mit offenen Augen oder hatte sich vielmehr schleunigst von neuem unter die Palmen der Levante zurückgezogen.

»Guten Abend!« sagte Hagebucher.

»Selam aleikum!« sprach Täubrich, den Oberkörper vorneigend.

Vor seinem eigenen Gemache, jenseits des dunkeln Ganges, der seine Tür von jener des Schneiders trennte, fand der Afrikaner einen Offiziersburschen mit einem sehr höflichen Billett von dem Major Wildberg, welcher im eigenen Namen und dem seiner Majorin Seine Wohlgeboren den Herrn Leonhard Hagebucher für den folgenden Tag zum Mittagessen einlud.

Fünfzehntes Kapitel

Es wird ohne Zweifel einmal eine Zeit gekommen sein, in welcher keine »Residenzen«, weder große noch kleine, mehr in unserm Weltteil existieren werden; dann aber haben vielleicht die Vereinigten Staaten von Europa ihre Geschäftsträger, Gesandten, General-konsuln und Konsuln an den Höfen der fürstlichen Herrschaften jenseits des Ozeans zu erhalten, und freie und erleuchtete Bürger werden mit Vergnügen die große Republik bei den Majestäten von Neuyork, Ohio, Illinois, Virginien, Louisiana und so weiter vertre-ten, und wird die Etikette sowie alles übrige monarchische Spiel-werk in ihren Händen recht sicher aufgehoben sein, that is a fact. Bis aber dieser glückselige und wahrhaft normale Zustand eingetre-ten ist, wollen wir uns das Leben auch unter den jetzigen Verhält-nissen so angenehm wie möglich zu machen suchen.

»Derjenige politische Zustand ist immer der normalste, welcher den meisten kleinen Eitelkeiten der Menschen gerecht wird«, sagte Leonhard Hagebucher, und der Major Wildberg, ein feiner, gutmü-tiger Mann von gelehrtem Äußern, ein Herr mit einer goldenen Brille, einem blonden Bart und einer angehenden Glatze, ließ die Behauptung gelten, wenn auch nicht ohne ein bedeutsames Achsel-zucken.

Hagebucher hatte bei dem Major zu Mittag gespeist, und zwar ganz ausgezeichnet. Jetzt vergoldeten die letzten Strahlen der scheidenden Herbstsonne das Dessert; die Kinder hatten sich zwi-schen die Erwachsenen gedrängt, um ihr Teil von den Annehmlich-keiten des Daseins zu erhaschen, und das allerbehaglichste Lächeln verschwand von dem Gesicht der Frau Emma erst in dem Augen-blicke, als ein Wagen in der Gasse rollte und vor der Tür des Hau-ses anhielt.

Die Frau Emma warf einen Blick zu ihrem Major hinüber und sagte, indem sie sich erhob:

»Das wird sie sein! Ich erwarte die Herren in meinem Zimmer.«

Der Afrikaner sprang auf und warf, um ihr die Tür öffnen zu können, verschiedene Stühle über den Haufen; der Major knackte seufzend die letzte Nuß und sagte, wieder die Achseln in die Höhe ziehend:

»Füllen Sie noch einmal Ihr Glas, mein Bester, wir wollen auf gute Kameradschaft anstoßen. Übrigens kam wahrscheinlich Nikola, ich meine die Frau von Glimmern, soeben. In einem Weilchen wollen wir meiner Frau folgen.«

Es war eine stille, ziemlich breite Straße, in welcher der Major Wildberg, im Mittelpunkt der Stadt, wohnte. Jahrhunderte waren durch die Gasse geschritten, ohne sie ungemütlich gemacht zu haben, und das angesehenere Zivil- und Militärbeamtentum des kleinen Staates wohnte mit Vorliebe hier bei dem soliden Bürgertum zur Miete. Die Kasernen, Kanzleien und Kirchen waren nach allen Seiten hin von hier aus leicht und trockenen Fußes zu erreichen, und die wohlklingendsten Titulaturen des Landes grüßten sich daher nicht ungerechtfertigterweise hier über den Weg und auf den Bürgersteigen vor den Haustüren, und manches große Verdienst um Fürst und Volk verzehrte in dieser Gegend der Stadt seine gesetzliche Pension mit angemessener Würde sowie in ungestörtester Muße. Benützen wir die Übergangsepoche, während welcher nicht etwa die deutsche Kleinstaaterei ein Ende nimmt, sondern während welcher der Major seinen Gast zu den Damen führt, um uns der Meinung des Mannes aus dem Tumurkielande vollständig anzuschließen und den Staat für den besten zu erklären, der am humansten sich darstellt, das heißt, den Gefühlen der Menschheit am meisten Rechnung trägt und seine Bürger nur dadurch dezimiert, daß er den zehnten Mann zu einem Geheimrat, Generalleutnant oder sonst anständig besoldeten und betitelten Beamten macht. Daß die Bürgerinnen mitdezimiert werden müssen, versteht sich natürlich von selbst.

Die Sonne hatte sich längst ganz befriedigt von der Tafel des Majors zurückgezogen, aber sie spiegelte sich noch in manchem Fenster und vergoldete manchen Erker, Giebel und Schornstein der Gasse. Von den Stufen seiner Haustüre aus taxierte der Hausherr des Majors den Wagen, die Pferde und den stattlichen Kutscher der Frau Intendantin. Gegenüber kam der alte Finanzrat vom Spaziergang heim, und der Steuerrat führte seine Gattin nach dem Theater, begleitet von dem Herrn von Punschold, welcher dem Klub zusteuerte. Fräulein Luise von Punschold sang über dem eleganten Laden des Fürstlichen Hofhandschuhfabrikanten Schrader und wurde auf dem Flügel von Fräulein Amalie von Punschold begleitet; der Posten am Eckhause mit dem Rokokobalkon gähnte entsetzlich; ebenso gähnte der städtische Polizeimann, welcher durch die Gasse schlenderte, ohne zu wissen weshalb. Die Frau Emma saß unter ihren Blumen und Blattgewächsen in der Fensternische, und zwar mit einem Strickstrumpf in den Händen. Nikola Glimmern lag im dämmerigsten Winkel des Gemaches, so tief als möglich von den Kissen eines Diwans versteckt. Der Major und Leonhard hatten in der Nähe dieses Diwans gleichfalls ganz behagliche Plätze gefunden, und jeder Uneingeweihte hätte sich einbilden können, daß die Zeit für alle diese Leute in ebenso angenehm träumerischer Beschaulichkeit stillestehe wie für die ruhige, reinliche Gasse draußen und die kleine, in ihrem Selbstbewußtsein sich vollständig genügende Hauptstadt rundumher. Wir, die wir zu den Eingeweihten gehören, wissen freilich, daß es sich nicht so ganz um die Stimmungen der Siesta handelte und daß das Leben wenigstens zwei der anwesenden Personen in einen andern Schein hüllte, als die rote, freundliche Abenddämmerung über die Präsidentengasse, das Strickzeug der Frau Emma und die Zeitung des Majors warf.

Die schöne Exzellenz in den weichen Kissen des Diwans hatte den Inhalt eines sehr reichhaltigen Reisetagebuchs in flüchtigen Umrissen dem kleinen Kreise mitgeteilt und versprochen, demnächst und bei passenden Gelegenheiten diese Konturen so buntfarbig wie möglich ausfüllen zu wollen; aber sie ließ heute nicht deshalb ihren Wagen drunten in der Gasse vor der Tür halten. Sie hatte heute zu fragen, und Hagebucher hatte zu erzählen, und eine Frage überkugelte immer die andere: was bedeuteten Rom und Florenz gegen die Hügel und Täler um Fliegenhausen, gegen den Wald um die Katzenmühle und die Katzenmühle selber?

»Klingen die Tropfen noch an dem alten Rade?« rief Nikola. »Auf manchem staubigen Pfade, zwischen Felsen und Tempeltrümmern, in manchem heißen Festsaale hab ich auf sie gehorcht; im Saale des preußischen Botschafters zu Paris, des Herrn von der Goltz, habe ich dem türkischen Gesandten davon gesprochen, und er hat nicht gelacht wie Sie, Wildberg. Es ist auch nicht zum Lachen; sehen Sie auf Emma, Major, die weiß es, und Sie wissen es auch, daß ich mich nur verstohlen hierherschleichen darf, um mir von der Frau Klaudine erzählen zu lassen.«

»Sie haben recht, Nikola«, sprach der Major sehr ernst, »das letztere ist nicht zum Lachen; aber es ist auch nicht in der Ordnung, und Emma wird mir beipflichten, wenn ich Ihnen bemerke, daß Ihr Weg Ihnen nunmehr klar vorgezeichnet ist. Sie haben, einerlei unter welchen Prämissen, Ihr Schicksal auch durch eigenen Willen unwiderruflich bestimmt; o liebe Freundin, blicken Sie jetzt nicht mehr zuviel seitwärts und zurück. Bedenken Sie, wie viele Augen und Ohren überall auf Sie achten; haben Sie Geduld; Mut und Heiterkeit finden sich allmählich auf dem Marsche –«

»Und mit der Zeit kann man ein recht wetterfester Troupier werden«, murmelte die Frau von Glimmern, fügte aber hinzu: »Ich danke Ihnen, Wildberg, Sie haben recht, hundertfach recht! Sie sind ein verständiger Mann und haben nur genommen, was Ihnen zukam, als Sie jene dort hinter dem Gummibaum zur Frau nahmen.«

Die Frau Emma, deren Stricknadeln während der letzten Minuten heller als gewöhnlich geklungen hatten, hob nun das Gesicht von ihrer Arbeit empor und sagte:

»Wollen Sie jetzt in Ihrer Historie nicht fortfahren, Herr Hagebucher? Bitte, tun Sie es! Nikola hört auch wohl gern, wie Sie Ihr Leben fortspannen, seit sie Bumsdorf verließ. Seine Vorgeschichte hat der Herr uns bereits über Tisch erzählt, Nikola – das ist alles und klingt alles wahrlich wie ein Märchen; ich werde die Lampe noch nicht bringen lassen, von solchen Wundern vernimmt man am besten im Dämmer; man kann die ordinäre Welt, die gewohnte Umgebung und das helle Tageslicht kaum dabei gebrauchen.«

»Ach, gnädige Frau«, sagte Leonhard, »von Wundern hab ich nun nicht weiter zu berichten. Die Katzenmühle und die alte Dame drin sind freilich immer ein Wunder; aber die Stadt Nippenburg reicht sicherlich nicht über das Epitheton ›wunderlich‹ hinaus, und was den Vetter Wassertreter und seinen Vetter vom Mondgebirge betrifft, so kennt die Frau Nikola beide viel zu genau, um nicht in ihrer Ecke die Achseln zu zucken und verschiedene ganz unproblematische Gedanken besser für sich zu behalten.«

»Wie Sie wünschen, amico«, sagte die Exzellenz mit leisem Lachen, »fahren Sie fort, aber reden Sie mich nicht wieder an während Ihrer Erzählung; wenden Sie sich mit Ihren Exkursen an den Major oder die Majorin; augenblicklich will ich nichts weiter als hören – weiter, weiter, Leonhard Hagebucher.«

»Die sickernden Tropfen am zerbrochenen Rade messen der Frau Klaudine noch immer die Zeit zu«, sprach Leonhard, »doch im Winter war die Mühle tief verschneit, und da ist der Zauber noch größer. Was hätt ich anfangen sollen ohne die Katzenmühle? Wenn der Wust und Ekel mir bis an den Hals stieg und mich zu ersticken drohte, dann habe ich keine andere Rettung gefunden als den Weg nach Fliegenhausen, und hundertmal bin ich den Weg gezogen, im Winter und im Sommer, im tiefsten Jammer und im wildesten Grimm, und immer konnte mir die alte Frau die geschlagene Seele aus den Ketten lösen. Mit Heulen und mit Zähneknirschen bin ich noch vor der Tür der Katzenmühle angelangt, aber jedesmal haben auf der Schwelle die Fratzen von mir ablassen müssen. Ei, meine Herrschaften, was habt ihr vor euch gebracht in den Jahren meiner Gefangenschaft unter den Barbaren! Es ist keine Kleinigkeit, inmitten der Errungenschaften eurer Zivilisation auf dem Rücken zu liegen und eure Taten und Siege nachzulesen. Ihr seid ein rares Volk, aber, offen gestanden, mein guter Freund Semibecco hatte auf dem Pfahle der Baggaraneger kaum ärger zu zappeln und zu stöhnen als ich in dem Hinterstübchen des Vetters Wassertreter unter den Makulaturbergen, welche der Gute über mir aufschüttete wie der Kaiser Heliogabalus – bemerken Sie das feine klassische Zitat – seine Rosenblätter über seinen Gästen. Ganz von neuem sollte ich mir das Sein, das Wesen und den Begriff der Welt klarmachen, ganz von neuem der Dinge Mechanik, Physik und Organik erkennen lernen. Bei allen Meistern, Lehrern und Propheten diesseits und jenseits der fünf Sinne des Menschen, ohne den trefflichen schwarzen Kaffee des Vetters Wassertreter, ohne die Frau Klaudine und ohne den Mantel des alten Goethe säße ich jetzt sicher im Landesirrenhaus und zählte an den Fingern: a) der subjektive Geist – b) der objektive Geist – c) der absolute Geist – und wenn ich dann nicht bei jedem Übergang zu einer neuen Kategorie einen neuen Wutanfall bekäme, so würde der Zustand recht befriedigend genannt werden können! – Die Frau Klaudine sprach: Mein Sohn, es ist eine

Glocke, die klingt über alle Schellen; wer in der rechten Weise still sein kann, der wird sie wohl vernehmen; – mein Kind, für die heißeste Stirn hat das Schicksal ein kühlend Mittel: Dem einen legt es eine weiche Hand darauf, dem andern einen klaren Schein und zuletzt allen eine Erdscholle; du, sei still und warte, bis deine Augen hell werden. – Der alte Goethe meinte: Lieber Hagebucher, ein schäbiges Kamel trägt immer noch die Lasten vieler Esel; übrigens aber verweise ich Sie auf den dritten Band der Taschenausgabe meiner sämtlichen Werke, wo auf Seite hundertsechzehn geschrieben steht:

> Anschaun, wenn es dir gelingt,
> Daß es erst ins Innre dringt,
> Dann nach außen wiederkehrt,
> Bist am herrlichsten belehrt;

und dann etwas weiter unten meine Haupt- und Leibmaxime:

> Denk an die Menschen nicht;
> Denk an die Sachen!

Der Vetter Wassertreter, von seiner Kaffeemaschine aufblickend, rief: Der Mann hat recht wie immer; halte Er sich an den Herrn Geheimen Rat, Vetter; ich habe länger als vierzig Jahre in Nippenburg gelebt, und ich habe ihn auch persönlich kennengelernt, aber nur von hinten; denn ich kam leider erst in dem Augenblick vor dem Goldenen Pfau an, als er zur Weiterreise in seinem langen Überrock in den Wagen stieg. – Vierzig Jahre in Nippenburg, und nicht ein einzig Mal hat er mich in der Patsche steckenlassen, Vetter:

> Dein Los ist gefallen, verfolge die Weise,
> Der Weg ist begonnen, vollende die Reise,
> Denn Sorgen und Kummer verändern es nicht,
> Sie schleudern dich ewig aus gleichem Gewicht.

Und so, meine Damen und Herr Major, wurde mir durch eigene Ausdauer und die gute Hülfe anderer allmählich geholfen in meiner Verworrenheit. Ich machte den Sprung vom Mondgebirge durch den papierüberklebten Reif der Logik in eure helle, vergnügte Gegenwart, und hier bin ich, frech genug, wohlbewehrt mit Speer und Schleuder; und wenn eine Genugtuung für den Menschen darin liegt, daß er sich auf der Höhe seiner Zeit halte, sich auf den Kämmen der Wellen seines Volkes schaukle, so darf ich mich solcher Genugtuung in hohem Maße und ganz ohne mich zu rühmen, erfreuen. Der Lärm eurer Revolutionen von achtundvierzig hatte mir bis nach Suez nachgezittert; alles übrige verschlang die Wüste. Es ist ein dumpfes, verworrenes Gerücht gen Abu Telfan gekommen, die Mitternacht schwimme in Blut und eine Stadt der Zauberer und Dämonen, welche ganz in der Finsternis am Rande der Welt liege, werde bestürmt von den großen Sultanen der Nordwelt; der Islam habe sich herrlich erhoben und der Padischah umreite auf einem weißen Roß das Mittelmeer, alle Kinder des Propheten zum Streite und zum Siege aufzurufen. Ich mache jetzt dem Padischah und den verehrlichen Westmächten nachträglich mein Kompliment über ihr exaktes Vorgehen gegen den seligen Kaiser Nikolaus; mit Vergnügen habe ich die dahin einschlägige Literatur nachgelesen. Wie ein in der Bastille lebendig Begrabener die Bewegungen der Stadt Paris vernahm, so vernahm ich im Tumurkielande das Rauschen der Weltgeschichte. Von dem dritten Napoleon und Mylord Palmerston wurde erzählt wie in einem Karawanserei von Albondokani und dem Großen Wesir Dscha'afar dem Barmekiden; und auch die Begebenheiten des Jahres neunundfünfzig drangen in arabischer Fassung zu uns. Ach Herrschaften, es war ebenso schwer, sich politisch wie allgemein menschlich wiederzufinden; aber, wie gesagt, es ist mir gelungen; ich weiß von neuem Bescheid im individuellen Recht wie im sozialen; ich kann euch eine Vorlesung halten sowohl über die Familie wie über die bürgerliche Gesellschaft, über den Orient und den Okzident; ich kann reden gleich den andern über bildende Kunst, Musik und eure allerneueste Poesie. Wollt ihr mich episch – mit Vergnügen! Wollt ihr mich lyrisch, ungemein gern! Wollt ihr meine Ansichten über euer Drama haben – know nothing, aber dessenungeachtet surgit orator, macht der Redner sein Kompliment, euch auch in dieser Richtung seine besten Komplimente zu Füßen zu legen! Wie hieß der erste Engländer, welcher im Kriege gegen Rußland fiel, Herr Major?«

»Know nothing«, antwortete der Major lachend.

»William Salter hieß er und wurde an Bord des Terrible vor O-
dessa von einem Holzsplitter in den Hals getroffen. Seht ihr, aus
dem Tumurkielande muß man zurückkommen, um euch das sagen
zu können; lasset mir Zeit, und ich werde zu euch reden, in Prosa
und in Versen, wie vormals Faunen und Schicksalssprecher gesungen!«

Die Frau Emma hatte längst in staunender Verwunderung die
Hände in den Schoß fallen lassen und rieb von Zeit zu Zeit bedenklich die Stirn; ihr Gatte lachte, aber Nikola lachte nicht, sie erhob ihr
Haupt ein wenig von den Kissen, indem sie sich auf den Ellbogen
stützte, und sagte leise und traurig:

»Armer Freund, Sie stehen da, wo Sie mich fanden, als Sie aus der
Wüste heimkehrten. Sie wollen Ihr zerstörtes Leben durch wilde
Ironie zusammenfassen und zusammenhalten und glauben sich in
dem Lachen retten zu können, mit welchem Sie sich in alle Gegens-
ätze stürzen. Mit fieberheißen Händen wühlten Sie in dem bunten
Kehricht der Gegenwart; wir dürfen Ihnen wohl glauben, daß Sie
mehr von derselben kennen als wir, die wir in der Zeit lebten; aber
Sie sollen uns heute nichts mehr von Ihren Studien, Ihren tränen-
und spottreichen Errungenschaften erzählen; es ist ein unerquick-
lich Horchen, und es überfällt einen ein Grauen dabei. Lieber Hagebucher, hätten wir beide uns unsere Hütten neben der Katzenmühle, unter dem Schirm und Bann Unserer Lieben Frau von der Geduld aufgerichtet, es würde besser für uns gewesen sein. Jetzt sagen
Sie noch schnell, wie Sie hierherkamen und wie Sie leben; dann
muß ich gehen, es ist ja bereits völlig Nacht geworden.«

»Sie haben immer recht, gnädige Frau, wie von Gottes Gnaden.
Sprechen wir nicht mehr von dem, was Sie meine Errungenschaften
nennen«, sagte Leonhard ernst. »Post spiritum tandem commotio,
das ist eine Stelle aus der Vulgata, meine Damen, welche ich über-
setze: Nach dem Winde kam endlich die Bewegung. Die Bibel setzt
hinzu: aber der Herr war nicht in der Bewegung – doch darüber
kann ich augenblicklich noch nichts Genaueres mitteilen; denn die
Konsequenzen sollen meinen jetzigen Schritten erst folgen. Nachdem ich den Spiritus der Zeiten eingeschlürft hatte, bekam ich häufig Anfälle von körperlichem Schwindel und litt an heftigen Kopfschmerzen und Augenschmerzen. Der Vetter Wassertreter hätte

mich freilich am liebsten an der Kette behalten; er sah nicht ein, weshalb andere Leute es besser haben sollten als er, und behauptete, nach zwanzig Jahren werde ich mich ebenso wohl in Nippenburg fühlen wie er. Nur der Frau Klaudine gelang es, mir endlich die Freiheit zu erwirken, aber seine Vormundschaft hat der Vetter bis zum letzten Augenblick festgehalten. Er schrieb geheimnisvolle Briefe, bekam geheimnisvolle Antworten auf dieselben, und eines Tages führte er mich sehr mißgelaunt persönlich hierher, um mich guten Händen, das heißt einem alten Universitätsfreunde, dem Professor Reihenschlager, zu überliefern. Der alte Bursch quält sich unendlich mit der Abfassung einer koptischen Grammatik; nun helfe ich ihm dabei, und wir vertragen uns ausgezeichnet. Wir passen ganz zueinander, und er ist der festen Überzeugung, das Schicksal habe mich nur seinet- und der Grammatik wegen zu den Äthiopen geschickt.«

»Und Serena?« fragte die Majorin.

»Serena ist ein liebes Kind, ein gutes Mädchen. Sie hält mich für den ersten Märchenerzähler der Welt, und ich suche meinen Ruf nach besten Kräften aufrechtzuerhalten. Wenn sie sich nicht hinter meinem Rücken über mich lustig macht, so habe ich das Recht, sie für eine gar ernsthafte, verständige kleine Person zu halten. Hübsch ist sie.«

»Und Täubrich-Pascha?« fragte Nikola von Glimmern.

»Täubrich-Pascha ist mein Wandnachbar in der Kesselstraße. Er ist der Famulus des Professors, und in dessen Hause vergönnten mir die Götter das Glück seiner Bekanntschaft. Wir leben zusammen und wir träumen zusammen; auch wir sind füreinander geschaffen, auch uns scheint das Fatum nicht ohne genügende Gründe aus so weiten Fernen einander entgegengeführt zu haben.«

»Wenn es die Absicht hatte, dadurch Ihre äußere Erscheinung zu verbessern, so täuschte es sich sehr in seinen Mitteln«, sagte Nikola; aber ernst fügte sie hinzu, indem sie sich erhob: »Ich danke Ihnen aus vollem Herzen, mein Freund; Ihre Worte heute haben mir gar gutgetan, und jetzt bitte ich euch alle noch einmal, habt auch fernerhin Geduld mit dem mürrischen, launischen Weibe. Die Schrift redet weiter, Herr Hagebucher: Und nach der Bewegung kam ein Feuer, aber der Herr war nicht im Feuer; und nach dem Feuer kam ein stilles, sanftes Sausen! – Auf das letzte hoff ich, und nun lebt wohl für heute.«

Ein Diener brachte die Lampe, der Herr und die Frau des Hauses geleiteten die Exzellenz vor die Tür, und Leonhard hörte ihren Wagen fortrollen. Als er sich nun gleichfalls empfahl, griff auch der Major nach der Mütze und begleitete ihn durch mehrere Gassen, wie ein Mann, der etwas auf dem Herzen hat, ohne so recht zu wissen, auf welche Art er es am schicklichsten von demselben loswerde. An der Ecke der Kesselstraße erst faßte er nach einem Knopfe des Afrikaners und sagte:

»Lieber Hagebucher, es ist meine Gewohnheit nicht, die Nase zu tief in anderer Leute Angelegenheiten zu stecken; allein ich kann nicht umhin, Ihnen jetzt eine Frage vorzulegen, welche Sie mir recht ehrlich beantworten müssen. Wie stehen Sie zu dieser schönen Freundin meiner Frau, welche vor einem Jahre als Nikola Einstein mit Ihnen in Bumsdorf Kränze wand und heute noch als Baronin Glimmern gern mit Ihnen neben der Katzenmühle Hütten bauen möchte?«

Der Hausfreund des Professor Reihenschlager klopfte dem Major leise auf den Arm:

»Sie repräsentierte mir zuerst die ganze Schönheit einer Welt, die mir abhanden gekommen war unter der Herrschaft meiner nicht angestammten Herrin Madam Kulla Gulla zu Abu Telfan. Wie einen zusammengekugelten Kaliban rollte das Geschick mich ihr in den Weg, und sie lehrte mich zuerst wieder, aufrechten Hauptes die Sonne zu betrachten. Ich habe nie daran gedacht, sie in irgendeiner Weise zu meinem stumpfsinnigen Elend herabzuziehen; in dem, was die Gesellschaft ein Verhältnis nennt, stehe ich also nicht zu ihr.«

»Sie nehmen mir einen Stein von der Seele!« rief der Major, kräftig dem Afrikaner beide Hände schüttelnd. »Hagebucher, Sie sind ganz mein Mann, und morgen führe ich Sie in unsern Klub ein.«

Leonhard lachte herzlich, und so schieden beide Herren im besten Einvernehmen voneinander; als aber der Major zu Hause unter dem Siegel der tiefsten Verschwiegenheit das eben so schlau Ausgeforschte der Gattin mitteilte, fragte ihn die Frau Emma mit noch viel gescheiterer Miene, für was er sie eigentlich halte und ob er wirklich glaube, daß sie als Gattin, Hausfrau und Freundin das nicht längst sich klargemacht habe.

»Ich kenne meine Pflichten, Philipp!« sprach sie.

Sechzehntes Kapitel

Der Professor Reihenschlager bewohnte ein eigenes Haus, einige hundert Schritte vor dem Marstalltor, und der Garten desselben grenzte an den fürstlichen Park, welcher letztere aber keineswegs ein allen Menschen von ihrem Schätzer gewidmeter Belustigungsort war, sondern von nicht wenigen Schildwachen vor allem zudringlichen Volk gut behütet wurde und uns auch weiter nichts angeht.

Die Sonne des Oktobers flimmerte über den bunten Blättern des Gartens des Professors, und Serena Reihenschlager stand hübsch und zierlich, gebückt lauschend hinter einem noch ziemlich dicht belaubten Busch und hielt einen gewundenen Pfad, der zwischen anderm Gebüsch sich hinzog, verstohlen, aber stetig im Auge und im Ohr. Auf jenem Wege schritt der Papa mit dem närrischen Mann aus Afrika in eifriger Unterhaltung auf und ab, und Serena hatte seit einiger Zeit angefangen, ein seltsam ängstliches Interesse an allem, was der närrische Mann sagte oder tat, zu nehmen.

Serena Reihenschlager war ein viel besseres Mädchen, als einst ihre selige Mama war, da sie den Papa beim Kragen nahm und ihn zum Altar hinleitete. Serena wußte zwar ebensogut wie die selige Mama, daß der Papa steter Beaufsichtigung bedürfe; aber sie ließ es ihn nicht so deutlich merken wie die Mama, sondern leitete und hielt ihn an einem viel feinern Bande, gewoben sozusagen aus Marienfäden und mädchenhaft-schalkhafter Überredungskunst, auf dem rechten Wege. Das arme Kind hatte aber auch einen schweren Stand; denn ein recht kurioses Hauswesen mit allen seinen Sorgen und ungeheuren Verantwortlichkeiten lag allein auf ihren Schultern!

Die Mama hatte den Papa nicht in seiner Sünden Maienblüte geheiratet, sie hatte ihn als einen bereits recht kahlköpfigen Oberlehrer aus dem wüsten, schleimigen Sumpf des Junggesellentums aufgezogen, aber sie hielt, was sie vor dem Altar versprach, sie war sein Herr bis zu ihrem Tode. Zehn lange Jahre hatte sie das Zepter der Sitte über dem Guten geschwungen, und als dann durch ein hitziges Gallenfieber dem fernerweitigen Mißbrauch ihrer Gewalt ein Ende gemacht wurde, hinterließ sie das Haus rein und ihren Professor innerlich zwar etwas gebrochen, aber äußerlich in einem sehr respektabeln und präsentabeln Zustande. Ihr arg verschüchtertes Töchterchen spielte an ihrem Begräbnistage noch mit der Puppe; es war daher kein Wunder, wenn der Professor samt seinem Hauswesen fast schneller in die äußerste Barbarei zurücksank, als er daraus emporgehoben worden war. Er konnte für beides nichts!

Das Ding nahm seinen ganz natürlichen Verlauf, und es gab manche jüngere Witwe und manche ältere Jungfrau in der Stadt, welche über alle Stadien des Verfalles kopfschüttelnd Buch hielten; aber unverantwortlicherweise ersuchte der arme Mann keine, zu seinem Besten einzuschreiten und die Zügel des Hauses zu ergreifen.

So vermehrte sich denn die Bibliothek des Witwers ebenso bedenklich, wie sich alles übrige, was doch auch zum Leben gehört, verminderte. Wirtschafterinnen, Haushälterinnen, Dienstmädchen betrachteten ihn als eine gottgegebene Beute und schoren ihn wie ein Schäflein, allen teilnehmenden und entrüsteten Witwen und Jungfrauen frech vor der Nase. Kein Prätendent, der je auf den Thron seiner Ahnen gelangte, hatte auf dem Wege zu demselben mit größern Schwierigkeiten zu kämpfen als Serena Reihenschlager auf ihrem Wege zur Herrschaft in ihres Vaters Hause.

Seltsamerweise war ihr nicht vom Papa, sondern von der Mama der Name Serena in der Taufe beigelegt worden; aber zu ihrer Charakterbildung hatten Vater und Mutter ein gleiches Teil beigetragen, und darin lagen die Keime ihres Sieges verborgen. Es kam der Tag, an welchem sie die Zügel, nach welchen so viele andere Damen gestrebt hatten, endlich mit ihren eigenen kleinen Händen ergriff, und das war alles in allem genommen ein sehr segensreicher Tag für den Professor Reihenschlager. Nun kehrte die Ordnung schnell wieder ein in Haus und Hof, in Küche und Keller. Das Haus war nicht länger eine Herberge der Ungerechtigkeit und jeglicher Wüstenei, der Garten war nicht mehr eine unromantische Wildnis von Brombeeren, Brennesseln, Schierling und ausgewuchertem Spargel; der Professor selber erschien nicht länger als ein Greuel in den Augen der Menschheit. Die koptische Weisheit quoll nicht länger aus dem Loch im Ärmel, und niemand, der hinter dem Professor herging, konnte nunmehr den Kragen seines Rockes als Spiegel benützen. Die Bibliothek vergrößerte sich nur im richtigen Verhältnis zu den Zahlenreihen des Haushaltungsbuches.

Da stand sie – Fräulein Serena Reihenschlager – neunzehnjährig, aber mit der festen Gewißheit im Busen, im nächsten Monat zwanzig Jahre alt zu werden. Da stand sie hinter dem Busch, diese Tochter einer grade nicht sehr glücklichen Ehe, dieses Kind des Geschreies und der Unordnung, reinlich und rundlich, treuherzig und bieder, ein gutes Mädchen, auf welches man sich überall und unter allen Umständen verlassen konnte! Da stand sie, nicht zu groß und nicht zu klein, mit Augen, die etwas von einem Hausmärchen am Winterabend und von einem Lied beim Heumachen im sonnigen Monat Juni an sich hatten; da stand sie hinterlistig hinter dem Busch und spitzte die Ohren wie jede andere Tochter Evas, welche nicht aus der Art schlug. Ehe wir jedoch die ihr so ungemein interessante Unterhaltung der beiden Herren unsern Freunden vor den Blättern dieses Buches mitteilen, haben wir noch einige Zeilen dem Papa Reihenschlager zu widmen.

Er sah nicht aus wie ein Mann, der gewohnt ist, stets seinen Willen durchzusetzen. Er trug die Schultern hoch und den Kopf zwischen die Schultern gezogen. Die Hände hatte er sehr tief in die Taschen seines schwarzen Rockes gesenkt, und er konnte es, denn seine Arme waren lang genug. Sein Haar war weiß und hing weit über den Kragen des Rockes hinunter; eigentlich merkwürdig an ihm war nur die breite, klare, reine Stirn; aber sie machte ihn auch zu einem der beneidenswertesten Bürger dieser Welt und entschädigte ihn reichlich für alles, was er im Leben erdulden mußte, und die Summe desselben konnte nicht gering sein, wie wir wissen. Innere und auswärtige Kriege, alle täglichen und nächtlichen Widerwärtigkeiten des Ehestandes, Regentage, Frostbeulen, Scheuerlappen, Haar- und Reisbesen mochten über den Mann hereingebrochen sein und ihr Ärgstes an ihm versucht haben: diese glorreiche, weiße Stirn hatte zuletzt doch den Sieg behalten. Seinen echten, wahren Willen hatte der Professor Reihenschlager immer durchgesetzt!

Serena Reihenschlager besaß ein sanftes Herz; allein in diesem Augenblick stampfte sie jedesmal ärgerlich mit dem Füßchen auf, wenn das Gespräch der beiden Herren wieder in das Koptische zurückfiel oder ein Rauschen in den letzten Blättern des Jahres einen Teil der Unterhaltung ihrem Verständnis entzog. Wir halten es für ein großes Glück, daß uns von dieser Unterhaltung nichts verlorenging.

Die Sache hatte ungemein gelehrt angefangen!

»Was ist der Ursprung der Sprache? Ein ungeschlachter Naturlaut aus vollem Halse!« sagte der Professor beim Eintritt in den Garten. »Der Urmensch verwundert sich ungeheuer, und alle Verwunderung ist O A! Bekommt der Urmensch einen Tritt, wirft man ihm ein Loch in den Kopf, stößt er mit der Kniescheibe gegen einen scharfen Stein, so ist der verdumpfte Vokal, das U, ganz an seiner Stelle. Der Urmensch, aber auch der moderne Mensch schließt seinen Mund und schnaubt Unwillen; der Nasenlaut verabscheut oder verneint überall, wo zwei im Namen des Geselligkeitstriebes zusammenkommen, um die Prinzipien der Geselligkeit über den Haufen zu werfen –«

»Der Mensch, und nicht allein der Urmensch verengt seinen Mund und zieht die Spitzen desselben lächelnd zurück in E I bei jedem lieben, lieblichen, vergnüglichen Anblick, und das soll für heute den Übergang aus der Wissenschaft der Sprache zu einer andern gleich hohen Wissenschaft bilden«, sagte Hagebucher. »Herr Professor, was ist Ihre Ansicht von dem Weibe im allgemeinen und von dem europäischen Weibe im besondern?«

Der Professor zuckte zusammen gleich einem Schuldner, welchem ganz unvermutet an einer Straßenecke die Faust des Gläubigers in die Weste greift:

»Wa – a – as?! Was wollen Sie von mir wissen? Diese Frage –«

»Erscheint Ihnen etwas wunderlich und jedenfalls sehr ex abrupto gestellt. In der Tat, ich habe sie auch noch ein wenig näher zu begründen; hören Sie mich! In der Ästhetik, der Weltgeschichte und dem sozialen Rechte habe ich mich, Wasser und Blut schwitzend, von neuem orientiert; das Individuum ist mir mehr als je ein Rätsel. Ich weiß, wie sich die Massen bewegen, wie sie sich heben und senken; dem einzelnen gegenüber bin ich heute noch gradso verloren wie an jenem Tage, an welchem der Lloyddampfer mich am Triestiner Molo absetzte, und habe ich jetzt eigentlich nichts weiter erlangt als die Überzeugung, daß jeder, der den Menschen kennen will –«

»Sich der vergleichenden Sprachforschung zu widmen hat!« suppeditierte der Professor.

»Mit dem Weibe beginnen muß!« schloß Hagebucher ein wenig grimmig seinen Satz und fuhr fort:

»Ich habe mit dem Weibe begonnen: aber ich bin nicht weit gekommen. Der Vetter Wassertreter kannte nur die Tante Schnödler und die Kusine Klementine; meine Mutter und Schwester dürfen natürlich nicht in Betracht gezogen werden; denn solche verwandtschaftlichen Beziehungen verwirren das Auge mehr, als sie es klar machen: die erste, welche mir im höchsten Glanz und Reichtum der Form und des Temperaments entgegentrat, war jene Nikola von Einstein, welche jetzt zur Frau von Glimmern geworden ist; aber sie studierte ich nicht, aus dem einfachen Grunde, weil sie eher befähigt war, mich zu studieren. Das Tumurkieland lag noch zu frisch hinter mir, als daß mich diese glänzenden Augen nicht geblendet haben sollten. Von der Frau Klaudine Fehleysen aber kann unter Leuten, die irgend noch im Alltage leben, durchaus nicht die Rede sein.«

»Ja, wie kann ich Ihnen denn hier helfen?« rief der Professor. »Ein Mann der vergleichenden Sprachkunde hat doch sicherlich am allerwenigsten Zeit, sich auf solche Allotria einzulassen.«

»Aber Sie waren verheiratet und haben lange Jahre in einer glücklichen Ehe gelebt.«

»Ja so... richtig... das habe ich!« sagte der Gelehrte etwas sehr gedehnt. »Also, wenn ich Sie recht verstehe, wollen Sie wissen, wie der denkende Mensch sich in einem solchen anormalen Verhältnisse zurechtfinde? O Hagebucher, Hagebucher, Sie betrüben mich sehr: ich blicke in diesem Momente tief in Ihre Zukunft und sehe nichts Erfreuliches! Wie undankbar sind Sie doch gegen Ihre Moira, die Sie bis jetzt so trefflich leitete und Ihnen alles aus dem Wege räumte, was Sie hinderte, ein Licht in der innerafrikanischen Sprachennacht zu werden, vom Koptischen gar nicht zu reden! O lassen Sie sich warnen, Hagebucher, heiraten Sie nicht! Der Nutzen ist gering und die Auslage an eleatischer Euthymia für den philosophi-

schen Menschen viel zu bedeutend! Spreizen Sie die Beine ausei-
nander, stemmen Sie die Füße fest, sperren Sie sich, sträuben Sie
sich; o Hagebucher, Hagebucher, gehen Sie mir, gehen Sie sich,
gehen Sie uns nicht auch verloren wie so viele andere, die ich kannte und welche der reinen Wissenschaft schnöde den Rücken wand-
ten, um der angewandten Nichtigkeit unaufhaltsam in die Arme zu
fallen!«

Die Lauscherin hinter dem Busch seufzte ebenso tief wie der Papa, jedoch aus einem andern Grunde; Hagebucher aber sagte gerührt:

»Nur die reine Wissenschaft ist's, die mich auch auf dieses, wie
ich zugebe, nicht ungefährliche Feld der menschlichen Forschung
treibt; die praktische Anwendung des Erforschten liegt sicherlich
noch weitab. Es ist damit wie mit allem, was ich bis jetzt zusam-
menraffte: ich hab es nur, um es zu haben.«

»Das läßt sich hören; und zuletzt ist das auch der einzig richtige
Standpunkt des wahren Gelehrten«, meinte der Professor lächelnd.
»Was aber soll ich Ihnen sagen? Meine Erfahrungen sind so subjek-
tiver Natur, und auch meine Therese halte ich für eine so spezifi-
sche Erscheinung, daß Sie unmöglich durch eine Schilderung derselben zur objektiven Anschauung des ganzen Geschlechtes gelangen werden.«

»Mehr als in einem andern Falle bilden in diesem viele Tropfen
einen Wasserfall«, sprach Leonhard mit allem dem Thema angemessenen Ernst. »Was könnte der Mann über das Weib anders als
Subjektivitäten zutage schaffen?«

»Sie, nämlich meine Selige, hat sich für mich und mein Wohlbehagen aufgeopfert«, seufzte der Professor, das Hauskäppchen vom
rechten Ohr auf das linke schiebend. »Sie sagte das mir zwar täglich; aber eingesehen hab ich es leider erst, als sie nicht mehr war.
Ach, lieber Freund, da sitzt man als Jüngling in seiner Einsamkeit
und denkt an nichts und läßt es sich zwischen seinen Büchern und
seinen vier Wänden so wohl sein, wie man kann. Niemand kümmert sich um einen und man kümmert sich ebenfalls wenig um die
Welt; sein Mittagessen findet man im Kaffeehaus, und einen abge-
sprungenen Knopf näht man sich selbst wieder an – man weiß gar
nicht, wie glücklich man ist und wie gut man's hat! Es hindert einen

niemand, in den Tag oder die Nacht hineinzuträumen, und man hat seine Träume – nicht wahr, lieber Hagebucher, man hat sie? Ich habe sie jedenfalls gehabt, und das ist grad das beste dran, daß man sich Zeit dazu nehmen kann im Hellen wie im Dunkeln, daß man sie von seinem Schreibtisch hinaus in die Gasse oder das freie Feld und von dort zu seinem Schreibtisch zurücktragen kann, ohne Rechenschaft darüber ablegen zu müssen! Das war ein angenehmer Tag, an welchem ich sie, das heißt meine Therese, fragte, ob sie die Meinige, das heißt meine Frau werden wolle, eine recht mysteriöse Stunde war's; aber, mein bester Freund, als sie ja gesagt hatte und ich dann gegen Mitternacht wieder in meinem Junggesellenstübchen allein war und mir die überschwengliche Seligkeit zurechtlegte, da sind mir doch die hellen Tränen in die Augen gekommen: es stand nichts mehr am richtigen Fleck, und jedes Ding, mit welchem ich seit undenklichen Jahren auf dem Du-Komment stand, blickte mich nunmehr mit so fremden Augen an, daß ich mich ordentlich davor fürchtete. Mein Tabakskasten, meine Büchersammlung, mein Stiefelknecht, ja mein alter Schlafrock, welche sämtlich bis jetzt meine Freunde und mein Eigentum gewesen waren, waren jetzt mit einem Male zu Fremden, zu Mächten geworden, die mir zwar noch dienten, aber alle schöne Vertraulichkeit strengstens von sich wiesen. Mein neues Glück warf seinen Schatten über mein altes Behagen, und im Anfang hat das denn doch etwas Unheimliches.«

»O dieser Papa!... Das ist ja ganz allerliebst«, murmelte Serena hinter dem Busche; der Professor aber ging ohne Unterbrechung in seinem ihm nunmehr höchst geläufig werdenden Texte weiter:

»Ja, Hagebucher, es ist ohne Frage ein süßer Zustand, wenn man sich so nicht mehr allein in seiner Existenz findet; aber gewöhnen muß man sich dran – sehr, sehr daran gewöhnen. Trotz aller schönen Befriedigung fühlt man sich so kahl, so weichlich wie ein Hummer ohne Schale, und man schämt sich, und nicht allein vor seinen alten Freunden, sondern auch vor dem Stiefelknecht, der Kaffeemaschine und dem Schlafrock.«

»O diese Helden, diese Helden!« murmelte Serena und hatte große Lust, wie Zieten aus dem Busch hervorzuspringen und ihre Meinung kundzugeben; doch jetzt äußerte sich Hagebucher dahin, der erste Eindruck, welchen das europäische Weib auf den Herrn Professor gemacht habe, scheine ziemlich beängstigender Natur gewesen zu sein und die Tatsache verdiene unbedingt ein intensives Nachdenken.

»Sehr beängstigender Natur!« wiederholte mit jedenfalls intensivem Kopfschütteln der Professor. »Warten Sie nur; – da wir einmal die Grammatik beiseite legten, lassen Sie uns unser jetziges Thema weiterverfolgen, es ist merkwürdig, wie die alten Erinnerungen einem bei Gelegenheit zurückkommen! O popoi, wozu wäre man ein philosophisch gebildeter Mann, wenn man sich nicht auch an sein Glück gewöhnen könnte, vorzüglich, wenn man so weich und warm von der Liebe zugedeckt wird! Therese war gut wie ein Engel, und ihre Verwandtschaft war nun auch plötzlich da; die angenehmsten Aus- und Einsichten eröffneten sich auf allen Seiten; die Periode, in welcher man sich fragte, weshalb man eigentlich so lange gezögert habe, so glücklich zu sein, stand in ihrer vollen Blüte, und die Verwandtschaft tat nach Kräften das Ihrige, einem die ganze Größe seines Gewinns klarzumachen. Da war jener rotnäsige zugeknöpfte Herr mit der großen Schnupftabaksdose auf dem Museo. Ich hatte drei Jahre lang dreimal in jeder Woche Domino mit ihm gespielt, ohne seinen Namen zu wissen, geschweige denn danach gefragt zu haben, und nun entfaltete er sich auf einmal als ihr Onkel Pfeffermütze und fragte: Also hat sie dich endlich, mein Sohn?! – Und eine Tante Pfeffermütze trat auch aus dem Nebel hervor, nahm ein genaues Register meiner Leibwäsche und meiner Schulden auf und erwies sich erschrecklich inquisitorisch und höhnisch dabei. O du meine Güte, diese alten, guten, süßen Erinnerungen! Wie oft ist das Gras über ihnen gemäht worden! Jaja, Hagebucher, ich gehe gern auf dem Kirchhofe spazieren und habe längst Bekanntschaft mit dem Aufseher gemacht. Der Mann hält Kühe des Grases wegen; aber es ist ein Risiko, denn das Vieh frißt den Draht der Totenkränze mit herunter und geht so ebenfalls häufig vorzeitig den Weg alles Lebendigen; – doch wir schweifen ab.«

»Es wäre hier wieder ein Moment festzuhalten«, sprach Hagebucher. »Kann man das europäische Weib nie, sozusagen an und für sich aus dem Boden heben, kann man die Blüte nie ans Herz drücken, ohne sämtliche Wurzeln und mehrere Pfund Erdreich mit emporzuziehen?«

»Selten!« sagte der Professor.

»Abscheulich!« murmelte Serena Reihenschlager; doch der Papa fuhr fort:

»Ich heiratete, lieber Leonhard, und jetzt will ich Ihnen in drei Worten alle Theorie und Praxis meines Ehestandes exponieren: Fünfunddreißig Jahre lang war ich links um die Ecke gebogen, und vom neunundzwanzigsten September mittags zwölf Uhr und fünfundzwanzig Minuten im sechsunddreißigsten Lebensjahr bis zum Tode meiner guten Therese hatte ich rechtsum zu biegen. Forschen Sie in allen glücklichen und unglücklichen Ehen nach, und Sie werden überall denselben Angelpunkt finden und können sich an ihn halten. Ja, Hagebucher, einmal, nur ein einziges Mal versuchte ich es noch, links abzubiegen: aber ich ließ es bei diesem Versuche bewenden; alle angenehmen Stunden jedoch, welche ich in der Ehe verlebte, hab ich übrigens ihm zu verdanken; denn er lehrte mich erkennen, was der Mann der Frau schuldig ist und daß der Mann der Frau nicht wenig schuldig ist.«

»Wollen Sie damit meine Grundfrage beantworten, teurer Meister?«

»Ja!« sprach der Professor Reihenschlager fest. »Meine Ansicht von den Weibern geht dahin, daß es zwei Arten derselben gibt, unverheiratete und verheiratete, im Verkehr mit welchen dem männlichen Menschen die höchste Vorsicht anzuempfehlen ist. Ich will grade nicht sagen, daß der Herr den, welchen er liebhat, dadurch am ärgsten züchtige, daß er ihn verliebt werden läßt oder gar ihm eine Frau gibt; aber ein gutes Mittel, einen seinen Herrgott erkennen zu lassen, ist es. Übrigens aber glaube ich auch, daß die Damen im allgemeinen wie im besondern überall einander gleich sind und daß jemand, der im Tumurkielande Achtung gegeben hätte, ebensoviel davon wissen könnte wie der Doktor der Weltweisheit und Professor der orientalischen Sprachen am hiesigen illustren Collegio Augustino, Christian Georg Reihenschlager.«

Leonhard Hagebucher tat jetzt die letzte Frage an den würdigen gelehrten Mann, und sie gab keiner der vorhergehenden an Unverschämtheit etwas nach, sie war sogar frecher als alle:

»Sie haben eine Tochter, Professor; hat diese Tochter, hat Fräulein Serena Sie nicht für manches Erduldete reichlich, überreichlich entschädigt? O sagen Sie mir auch dieses noch, und ich verspreche Ihnen, auf der Stelle mit Ihnen zum Koptischen zurückzukehren.«

Der Professor zog den Afrikaner dicht an sich heran und flüsterte:

»Ja, Hagebucher, sie hat mich entschädigt! Sie ist ein gutes Mädchen; aber sie ist ein Weib und war es von ihrer Wiege an. Da war mein früherer Hausgenosse und Schüler, Ferdinand Zwickmüller, ein guter Junge, welcher sich jetzt in der Nähe von Genf dem internationalen Unterrichtswesen widmet; glauben Sie wohl, daß ich mit blutendem Herzen ihn entlassen mußte, um ihn vor dem Verderben zu bewahren? Der Narr war fest überzeugt, er liebe die junge Gans und sie könne nicht ohne ihn leben; aber ich bat mir sein Stammbuch aus, schrieb hinein: Kullu muskirün haram, alles, was trunken macht, ist verboten, gab ihm einen anständigen Wechsel und schickte ihn in die frische Luft. Heute ist er mir sehr dankbar dafür.«

»Wissen Sie das gewiß?« fragte Hagebucher tief nachdenklich.

»Er läßt es in jedem Briefe, den er mir schreibt, durchblicken. Aber kommen Sie jetzt, Freund, es wird kühl; lassen Sie uns in mein Studierzimmer hinaufsteigen.«

Die beiden Herren wendeten sich, verließen den Garten und traten in das Haus. Häslein hinter dem Busch hatte sich längst geduckt und war gleichfalls aus dem Garten verschwunden; aber Hagebucher suchte und fand es noch für einige Augenblicke, ehe er dem Papa die Treppe hinauffolgte; allein ob er nicht besser getan haben würde, es für jetzt sich selber zu überlassen, lassen wir eine offene Frage bleiben.

Dicht neben der Tür des Hauses, welche in den Garten führte, befand sich die Küche des Hauses. Es brannte ein lustiges Feuerchen auf dem Herde, und ein Topf und ein Kessel sangen neben der Glut ihr heimliches Duett und rüsteten sich eben zum Überkochen. Und vor dem Herde, der lustigen Flamme, dem Topf und dem Kessel stand Fräulein Serena Reihenschlager; und die beiden kleinen Händchen, welche sonst wie ein Schwalbenpärchen fort und fort hin- und widerflatterten und zusammentrugen, hatten sich in diesem Augenblicke untätig auf dem Rücken zusammengefunden, hatten ihre Arbeit ganz gründlich eingestellt.

»Ist's erlaubt, Fräulein Serena, darf man sich ein wenig die Hände wärmen?« fragte der Afrikaner, an den Herd tretend.

Die kleine Hauswirtin wich nach der andern Seite hinüber und sagte mit einem Blick nach dem Fenster:

»Sie führten ja da eben im Garten eine recht lebhafte Unterhaltung mit dem Papa, Herr Hagebucher; wovon war denn die Rede, wenn man fragen darf?«

Mit kläglichster Miene zog Leonhard die Achseln in die Höhe, als sei er des tiefsten Bedauerns und Mitleids der jungen Dame wie seines eigenen sicher, und seufzte:

»O Gott, nur immer von der koptischen Grammatik – es ist fürchterlich und auf die Dauer nicht auszuhalten!«

Und Topf und Kessel kochten in diesem Moment wirklich über und konnten keinen passendern dazu wählen. Und Feuer und Wasser sagten einander ihre Meinung mit gewaltigem Gezisch, Gesprudel und Geprassel. Es entstand ein mächtiger Dampf, und durch denselben rief Fräulein Serena Reihenschlager:

»Sie haben recht, Herr Hagebucher, es ist wirklich auf die Dauer nicht zu ertragen! Gehen Sie mir aus meiner Küche, Sie Störenfried! Sie haben nicht das mindeste darin zu suchen!«

Hustend und niesend wich der Mann vom Mondgebirge zurück und murmelte, während er die Treppe hinauf dem Professor nachstieg, mehrere Male:

»Kullu muskirün haram!«

Die Leser wissen bereits, was diese Worte in deutscher Zunge bedeuten.

Siebzehntes Kapitel

Dieses ist das siebzehnte Kapitel der wahrhaften und merkwürdigen Historie des Herrn Leonhard Hagebucher, der zwölf Jahre zu Abu Telfan im Tumurkielande in der Gefangenschaft zubrachte, und bittet der Verfasser zu bemerken, mit welch einer außerordentlichen Feinheit er seinen Helden hier dicht vor ein zweites Examen stellt. Dem ersten hatte er sich im fünften Kapitel zu unterziehen und fiel jämmerlich durch.

Die polizeiliche Erlaubnis war erbeten und erteilt worden; der Saal stand zur Verfügung, die Bevölkerung der Residenz und der umliegenden Landschaft war durch das Landesintelligenzblatt sowie einige andere Blätter genügend benachrichtigt worden: Herr Leonhard Hagebucher aus Bumsdorf hatte die Ehre, einem verehrungswürdigen Publiko die erste seiner Vorlesungen über das innere Afrika und das Verhältnis des europäischen Menschen zu demselben zu halten! –

Langsam, langsam, langsam war der große Tag herangeschlichen; oft, oft, oft hatte es geschienen, als ob er niemals anlangen werde, doch jetzt war er da und dämmerte viel zu schnell, und ein großer Wind war ihm in der Nacht vorangegangen.

Um ein Uhr schon fuhr Täubrich-Pascha auf aus einem Traume, welcher ihn diesmal nicht zu den Palmen von Jericho, den Ölbäumen von Gethsemane und Bethlehem geführt hatte. Jach fuhr er in die Höhe, stieß mit der Stirn gegen das schräge Dach über seinem Lager und sank zurück mit dem Wort:

»O Je – rusalem – richtig!«

Er hatte jenen heftigen Wind in seiner Dachkammer aus erster Hand, und so war's nicht unnatürlich, daß ihm träumte, er werde von einem unwiderstehlichen Verhängnis aufgehoben und mit dem Kopf voran durch eine Bretterwand getrieben. Seinem Nachbar jenseits des Ganges träumte ganz das nämliche, und auch dieses widersprach in Anbetracht der Verhältnisse weder dem Wesen des Traumes noch der augenblicklichen Stimmung und Empfänglichkeit des Träumenden.

Noch war es vollständig Nacht, als der Schneider das Feuerzeug ertastete und seine Lampe anzündete; zwischen fünf und sechs Uhr stand er, nach Befehl, vor dem Bette seines Patrons, neigte sich über ihn wie Gülnare über den zum Tode verurteilten Konrad und flüsterte:

»Da liegt er, da liegt er sanft und süß und unschuldig wie ein Kind im Schlummer und weiß nicht, was er vor sich hat!«

Ein tiefes Ächzen antwortete ihm, und unter seiner Decke hervor stöhnte Hagebucher:

»Sie irren sich sehr, Täubrich! Er weiß sehr gut, was er vor sich hat: Schlummer? Unschuld? Süßigkeit? O Täubrich, seien Sie kein Esel – ich wünsche von Herzen, daß Sie eine bessere Nacht gehabt haben mögen als ich.«

»Es war ungewöhnlich windig, Sidi.«

»Reden Sie mir nicht davon, Täubrich, ich habe große Lust, das für ein recht böses Omen zu nehmen. O Gott, weshalb mußte ich mich doch auf diesen Unsinn einlassen?«

Die Gedanken und Vorstellungen, an welchen Herr Leonhard Hagebucher sich stieß, als er sich jetzt gleichfalls aufrichtete, waren viel härter als der Balken über dem Haupte des Paschas, und alle Trostgründe des letztern waren ebenso vergeblich wie der eigene schwächliche Versuch, sich selber zu überzeugen, daß man doch wohl schon etwas Schlimmeres durchgebissen habe.

Im tiefsten Schweigen bereiteten die beiden Orientalen ihren Kaffee und tranken ihn; düster qualmten die beiden Morgenpfeifen in den düstern Morgen hinein, und als der Mann vom Mondgebirge nun gar sein Heft vor sich hinlegte und anfing zu memorieren, da steckte der Wahnsinn in Person den Kopf in die Tür und versprach, heute abend wieder nachsehen zu wollen. Wie ein totgeborenes Kind trug Täubrich das schwarze Beinkleid des Redners in das Gemach, und als er am Frack einen wichtigen Knopf nicht vorfand, entrang sich seiner Brust ein solcher Seufzer, daß Hagebucher für eine lange Zeit den Faden dessen, was er sagen wollte, total verlor und von dem zitternden Pascha nur mit äußerster Mühe zu der Überzeugung gebracht wurde, daß nur ein Knopf vermißt werde.

Es war ein großer Tag, und wie es zu geschehen pflegt, so sollte an ihm eine Aufregung der andern folgen.

Schon um acht Uhr erschien atemlos der Leutnant Hugo von Bumsdorf, bat inständigst um Verzeihung, weil er so früh störe, und erkundigte sich ungemein zärtlich und besorgt nach dem Befinden des Afrikaners, dem er zugleich unaufgefordert versprach, nach eigenen schwachen Kräften für den Erfolg des Abends wirken zu wollen; zugleich aber hatte er auch seine Sorgen und erlaubte sich, dieselben dem berühmten Bumsdorfer Landsmann und guten Freunde des Papas vorzutragen. Es unterlag keinem Zweifel, der »Alte« kam sicher heute in die Stadt, um den Vortrag des Herrn Hagebucher anzuhören, und da wäre es doch im höchsten Grade unangenehm, wenn der gute, aber häufig untraktable Greis sogleich allerlei bösartigem, intrigantem, gewinnsüchtigem Volk in die Hände falle, ohne von einer zwar sanften, aber festen Freundeshand zu einem richtigen, der gegenwärtigen Lebensanschauung konformen Verständnis der Dinge hingeleitet zu werden. Er, der Herr Leutnant, kannte die Schlechtigkeit der Menschen nur zu gut und wußte genau, welche Behutsamkeit im Verkehr mit ihnen erforderlich sei; sein kindliches Herz empörte sich bei dem Gedanken, den geliebten, aber etwas bockbeinigen Erzeuger mit seinen Provinzialbefangenheiten einem solchen Wirbel von Schlechtigkeit ohne den beratenden Beistand eines verständigen Freundes zu überliefern. An die innige Bitte, dem Papa doch dieser treue Knecht Eckart zu sein, knüpfte der Leutnant einen Schwall der verschiedenartigsten und verworrensten Versicherungen. Er sprach von Reue und Wehmut, von Besserung und Heimweh, von seinem Rattenfänger Whig und der Jasminlaube vor dem Hause des Steuerinspektors zu Bumsdorf. Er sprach von seiner Mutter und der Mutter Leonhards, von Freundschaft und Liebe, von der Infanteriekaserne und einem eigenen Herde, welcher letztere Goldes wert sein sollte, ihn aber von neuem auf seine Schulden brachte, weshalb er atemlos, wie er kam, fortstürzte, um des Geschickes Tücke womöglich schon am Stadttor zu parieren und den noch viel tückischeren Alten abzufangen und ihn durch unendliche Liebenswürdigkeit und Zärtlichkeit zu bezaubern und vollständig – blind zu machen.

Auf den Leutnant von Bumsdorf folgte um neun Uhr ein Billett der Baronin von Glimmern, welche Glück zu dem Tage wünschte, aber auf etwas dunkle Weise vor zu großer Unvorsichtigkeit warnte und bat, das, was der Major Wildberg heute noch vortragen werde, nach Kräften zu berücksichtigen.

In fieberhafter Erregtheit erschien um halb zehn Uhr der Professor Reihenschlager. Er brachte alle Taschen voll Notizen mit, welche er noch in das Konzept eingeschoben zu haben wünschte, und außerdem einen Gruß von Fräulein Serena, welchen er jedoch nur auf dringendes Verlangen von seiten Leonhards und etwas verlegen herausgab.

Fräulein Serena bot dem Herrn Hagebucher einen guten Morgen und wünschte, er möge sich am Abend nicht blamieren. Übrigens werde sie jedenfalls der Vorlesung anwohnen und hoffe sich unter allen Umständen zu amüsieren.

»Es kommt doch alles, an was man nicht dachte, über einen!« stöhnte der Afrikaner. »Professor, wenn ich noch einen Nervenschlag oder dergleichen ankündigte?!«

»Das wäre noch besser und in der Tat eine Blamage!« rief der koptische Gelehrte. »Mut, Mut! Wie kann ein Mensch, der den unsträflichen Äthiopen trotzte, diesem degenerierten Europäertum gegenüber so zaghaft sein?«

»Sie haben gut reden«, seufzte der Held des Tages. »Sie sitzen mitten in dem dicksten Haufen dieses Europäertums und hören gelassen zu; ich aber – – – o Gott, o Gott, die Luft geht mir von Stunde zu Stunde mehr aus, und meine einzige Hoffnung ist, daß sie mir bis acht Uhr abends völlig abhanden gekommen sein wird!«

»Ich kenne diese Symptome; sie sind beängstigend, aber weiter nicht gefährlich«, sprach der Professor mit der Gemütsruhe eines Henkers, welcher schon mehr als einen von der Leiter stieß. »Brausepulver und Selbstvertrauen helfen am sichersten darüber weg. Das erstere Mittel führe ich als alter Praktikus bei mir; hier das Natrum bicarbonicum, hier die Säure; Täubrich, besorgen Sie uns eine Flasche Brunnenwasser.«

Der Pascha kreuzte nach der Sitte des Morgenlandes die Arme über der Brust, doch ehe er den Auftrag auszuführen vermochte, entstand ein solches Gepolter auf der Treppe und wurde so heftig an die Tür gepocht, daß er entsetzt von derselben zurückfuhr.

»Der Vetter Wassertreter! Er hat es richtig nicht lassen können, da ist er!« rief Leonhard; die Tür wurde aufgeschleudert, und unzweifelhaft war's der Vetter Wassertreter, der, bepelzt wie ein Samojede, auf der Schwelle stand und ein dreimaliges Hurra ertönen ließ. Dieses Geschrei fand ein Echo in der kräftigen Lunge eines zweiten, fast noch bepelzteren Herrn, welcher dem Wegebauinspektor auf dem Fuße folgte. Der Dynast von Bumsdorf machte die schwermütigsten Ahnungen seines Sohnes Hugo wahr, auch er »hatte es nicht lassen können«! Er war da, mit dem besten Appetit für alle Freuden und Herrlichkeiten der Residenz und mit dem größten Wohlwollen in betreff all ihrer Bewohner; seinen Leutnant hatte er noch nicht zu Gesicht bekommen.

Der Vetter Wassertreter faßte zuerst den Afrikaner in die Arme, dann aber auch den Professor, welchen er mit seinem alten Burschennamen »Pilz« jauchzend begrüßte, worauf Professor Reihenschlager, der mit genauer Not dem Erdrücktwerden entgangen war, ebenso freudig jauchzte:

»Hurra, Schaumlöffel! Ohne dich wär's auch nicht gegangen! Es ist wacker von dir, daß du gekommen bist.«

»Und hier stelle ich dir meinen Freund Bumsdorf vor, Pilzchen! Leonhard kennt ihn, ein Biedermann und rationeller Landwirt ersten Ranges. Weißt du, Pilz, Bumsdorf, uraltes Geschlecht, wird dich sehr interessieren!... Bumsdorf, hier haben Sie den Professor Reihenschlager, meinen guten Freund und Korpsbruder – gelehrtes Lumen, Abhandlung über die ägyptische Finsternis, koptisch-grammatikalischer Lexikonswüterich! Muß Sie unmenschlich freuen, Bumsdorf! Mach die Tür zu, Leonhard, wir bringen einen harten Winter von Nippenburg mit.«

»Halt, offenlassen!« schrie der Dynast, die Hand des Professors halb abgeschüttelt freigebend und mit Energie sich der Pforte zuwendend:

»Sievers, rück 'r herein, lad Er ab!«

Und Sievers, ein breitschultriger, kurzbeiniger, stiernackiger Vasall des Bumsdorfer Feudalsitzes, stapfte in das Gemach, mit einem Flaschenkorbe und einem Viktualienkober beladen, setzte beides auf den Boden, scharrte den Herren einen schönen guten Morgen und zog sich, fortwährend den staunenden Täubrich-Pascha im Auge haltend, rückwärts schreitend an die Wand zurück.

»So, jetzt können wir die Klappe mit gutem Gewissen schließen!« sprach der Herr von Bumsdorf. »Jetzt sind wir komplett. – Die Viktualien schickt heimlich die Mama Hagebucher, Leonhard, die Flüssigkeiten liefre ich; frühstücken wir also vor allen Dingen gut bumsdorfisch, nachher können wir dann mit um so größerem Gusto an die Tabeldehot im Hotel de Prusse denken.«

»Rücken Sie den Tisch heran, Täubrich!« rief der Vetter Wassertreter, und der Jerusalemer Schneider, welcher sich bis jetzt noch immer nicht satt an dem Bumsdorfer Vasallen gesehen zu haben schien, wurde unter diesem Anruf auf einmal höchst munter und lebendig. Um elf Uhr war die Sache ungeheuer gemütlich geworden; die vier Herren taten dem improvisierten Frühstück alle Ehre an; der Pascha und der Vasall warteten ihnen und sich selber mit dem lobenswürdigsten Eifer auf, und selbst Leonhard Hagebucher vergaß auf eine kurze Stunde das dunkle Gewölk über seinem Haupte. Von Bumsdorf und Nippenburg brachte der Vetter unbegreiflicherweise nicht die kleinste Neuigkeit mit. Jedermann befand sich wohl, aber jedermann wußte immer noch, was er sich schuldig war, und hielt seinen Standpunkt mit dem löblichsten Selbstgefühl fest. Was das Haus Hagebucher im besondern betraf, so vergrunzte der Alte freilich noch immer seine Tage und machte den Hausgenossen das Leben sauer und dunkel genug; aber der Vetter Wassertreter sah auch hier heiter in die Zukunft und hoffte das Beste von einem Fackelzug und einer Deputation mit Musik, welche dem zürnenden Greis vor die Türe rücken und ihn mit allen Ehren in den Goldenen Pfau zurückholen sollte.

»Du kennst und würdigst mich immer noch nicht gänzlich, Leonhard!« rief der Vetter. »Der ganze Apparat ist längst beisammen. Morgen um zehn Uhr fahren wir heim, um drei Uhr nachmittags sind wir in Nippenburg, und das Experiment kann auf der Stelle gemacht werden. Ich tanze wie Demokrit vor dem Zuge der Abderiten; ich halte eine Rede, und nachher ist Festessen im Pfau. Der Onkel Schnödler tut Abbitte, der Alte bekommt eine Ehrenpfeife, und sämtliche Klubmitglieder lassen sich später photographieren und werden ihm in einem kalbledernen Album mit Goldschnitt überreicht. Wenn das nichts hilft, so werde ich freilich meine Kenntnis des menschlichen Herzens in die nächste Trödelauktion geben und mich keineswegs verwundern, wenn kein Nippenburger drauf bietet.«

Um zwölf Uhr klang man zum letztenmal die Gläser für den Erfolg des Abends an. Der Professor Reihenschlager hielt eine kleine Ansprache, in welcher er den Afrikaner ermahnte, den freien, heitern Blick des gegenwärtigen Augenblicks ja für die kommende große Stunde festzuhalten, was Leonhard versprach, leider aber nicht hielt. Der Vasall und der Pascha, welche um diese Stunde einander besser kennen- und schätzengelernt hatten, tranken Brüderschaft, und gegen ein Uhr erschien der Leutnant Hugo von Bumsdorf zum zweitenmal in Hagebuchers Wohnung, wurde zärtlich in die väterlichen Arme gezogen und warf über die Schulter des ahnungslosen Alten einen gerührten und dankbaren Blick im Kreise der Anwesenden umher.

»*Die* Laune wäre schon recht!« flüsterte er dem Afrikaner zu. »Jetzt führ ich ihn ins Hotel de Prusse und nachher – – ah!«

Und sie gingen zum Hotel de Prusse, aber Leonhard ging nicht mit ihnen. Die lichte Stunde war nur allzu schnell vorübergeflogen, und mit dem vollen Bewußtsein seiner Lage stand der Redner vor den Flaschen und Tellern des Frühstückstisches und hob von neuem an zu memorieren. Täubrich-Pascha aß weiter und schien die Absicht zu haben, sich vollständig durch den Tag durchzufressen.

»Es ist einzig und allein die Aufregung!« seufzte er beschönigend und stellte dadurch sein treffliches Verdauungssystem doch ein wenig zu sehr in den Schatten.

Was hilft es, die Sanduhr vor Ablauf der Stunde umzukehren, man hält die Zeit dadurch ebensowenig auf, als man sie dadurch beschleunigt, wenn man das Glas ungeduldig schüttelt. Gegen ein Uhr klopfte und bürstete Täubrich seinen eigenen Frack in seinem eigenen Gemache, und gegen vier Uhr klopfte es abermals an die Tür Leonhard Hagebuchers, und wiederum fuhr er zusammen, wie unter der Peitsche von Abu Telfan.

Diesmal trat der Major Wildberg herein, der einzige, auf welchen der Redner, infolge des Billetts der Frau von Glimmern, mit einiger

Ungeduld gewartet hatte und welchen er freudig in der Voraussetzung begrüßte, daß er ihm etwas Förderliches mitzuteilen haben werde. So war es auch, aber doch nicht gerade so, wie der Mann aus dem Tumurkielande es sich vorgestellt hatte. Der Herr Major brachte die schönsten Grüße und besten Wünsche von seiner Frau Emma, allein er brachte sie mit einer sehr bedenklichen Miene, und nach einigen allgemeinen und gleichgültigen Redensarten kam er schnell zur Sache. Wir aber können uns begnügen, einen Auszug seines Vortrages mitzuteilen; denn jeder verständige Mensch kann bei einigem Nachdenken sich selber sagen, was er zu sagen hatte.

Es gab allerlei Stimmen und Stimmungen in der Residenz. Es gab eine Menge Leute, welche den Afrikaner bereits genug kannten, um ihm alles mögliche zuzutrauen, Leute, welche dem Abend nicht mit den günstigsten Gefühlen entgegensahen. Selbst in die höchsten Kreise war das Interesse an dem Herrn Hagebucher gedrungen; aber auch hier schüttelte man den Kopf, fürchtete arge afrikanische Indiskretionen und besorgte die unangenehmsten Verwicklungen dadurch mit dem Kaiser von Abyssinien, dem Vizekönig von Ägypten und dem Sultan von Wadai. Der Major hielt es für seine Pflicht, den afrikanischen Redner zu bitten, sich und andere nicht zu sehr bloßzustellen, sich in seinen Ausdrücken, Scherzen und Gleichnissen tunlichst zu mäßigen, stets wo möglich die gemütliche Seite herauszukehren und, schon seines eigenen Vorteils wegen, sich stets mehr an das Herz als an die Vernunft der Leute zu wenden. Eine leise Andeutung, daß wohl bereits einige Intrigen betreffs Gestattung oder Verhinderung von derartigen öffentlichen Vorträgen angesponnen sein könnten, beschloß die gutgemeinte Warnung. Leonhard Hagebucher konnte auf alles dieses leider nur mit einem grimmigen Lächeln antworten, daß es durchaus nicht in seiner Absicht liege, irgendeinen andern als sich selber zum Narren zu halten. Diese Versicherung gewährte nur einen geringen Trost; der Major schüttelte das Haupt, fast geradeso bedenklich wie die höchsten Kreise, drückte dem Freunde die Hand und zog ab mit einem tiefen Seufzer, der außer allem Mitgefühl ein ganz kleines Bruchteilchen von Neid auf den Afrikaner in sich schloß.

Um sieben Uhr abends hatte Nikola von Glimmern mit ihrem Gemahl noch eine Unterredung, welche allmählich einen ziemlich bittern Charakter annahm, aber die schöne Exzellenz nicht an der

Vollendung ihrer Toilette hinderte. Infolge dieses Wortwechsels fuhr der Baron jedoch noch einmal zu dem Polizeidirektor von Betzendorff und hatte mit diesem Herrn gleichfalls eine längere Unterredung, welche aber nicht mit einem Mißklang endete, sondern die vollständigste Übereinstimmung der beiden Mächte in mehr als einem Punkte herbeiführte.

Ein letzter Blick in den dunkeln Abend zeigt uns im flackernden Licht der Gaslaterne eine Droschke in der Kesselstraße sowie den Professor Reihenschlager und den Vetter Wassertreter, welche den geknickten Hagebucher in das Fuhrwerk mehr heben als schieben. Sie steigen ihm nach, Täubrich-Pascha schlägt den Schlag zu, schwingt sich neben den Kutscher auf den Bock: La ilaha ilallah und Mohammed rassul Allah!

Der Herr von Bumsdorf und sein Stammhalter erreichten den Ort der Vorlesung auf verschiedenen Pfaden; der biedere Alte hatte längst den innigen Wunsch ausgesprochen, der Junge möge ihm fürs erste nicht wieder vor die Augen kommen!

Achtzehntes Kapitel

Dieses ist das achtzehnte Kapitel der Historie des Herrn Leonhard Hagebucher, welcher zwölf Jahre zu Abu Telfan im Tumurkielande in Gefangenschaft zubrachte. Es bildet sowohl formell wie dem Inhalte nach den Mittelpunkt der wahrhaften und merkwürdigen Geschichte, die Spitze der Pyramide, auf welcher der afrikanische Redner sitzt, seine schöne Seele aufknöpft und mit dem besten Willen sein Erbauliches und Beschauliches der Residenz preisgibt. Täubrich-Pascha stand an der Pforte und nahm die Eintrittskarten ab; ein ausgewähltes Publikum hatte sich auf den Stufen der Pyramide um den Redner versammelt; der Saal war zum Erdrücken voll, aber:

> das Volk, nie möcht ich es kündigen oder benennen,
> Wären mir auch zehn Kehlen zugleich, zehn redende Zungen,
> Wär unzerbrechlicher Laut und ein ehernes Herz mir gewähret!

Es ist schon schwer genug, die allein, welche von irgendeinem Einfluß auf den Gang unserer Geschichte sind, im Auge zu behalten.

Da saß vor allem, mit dem Fächer an den feinen Lippen, die schöne Nikola zwischen der Mutter und dem Gemahl, als ob sie nie mit einem Wiesenblumenkranz im Schoße unter einem Bumsdorfer Hagedorn gesessen und nie dem Mann vom Mondgebirge auf seinem Wege zu dem großen Familienrat nachgelacht habe. Und die Frau Generalleutnantin von Einstein war eine kleine, schwächliche, kümmerliche Dame, welcher neunundneunzig Leute gewiß nicht zutrauten, daß sie imstande gewesen sei, den Willen, die Seele einer so stattlichen Tochter zu brechen und das Fräulein um dreißig Silberlinge zu verhandeln, welcher aber dafür der Hundertste nicht nur dieses, sondern noch manches viel Schlimmere auf das bereitwilligste und aus vollster Überzeugung schuld gab. Seine Exzellenz der Herr Schwiegersohn der trefflichen Matrone war ein feiner, schlanker Mann im Alter von zweiundvierzig bis vierundvierzig

Jahren, nicht hager, aber ein wenig müde, und zwar nicht allein in den Beinen, sondern auch in den Augen. Er trug die allermodernste Art des Backenbartes zur Schau, und obgleich er keine Perücke trug, so konnte kein Zweifel obwalten, daß er eine solche mit Anstand und ohne Aufsehen zu erregen tragen könne, eine Gabe der Götter, welche nicht einem jeglichen kahlköpfigen Sterblichen verliehen wird. Er lächelte fast ebenso milde und gewinnend wie der Herr Polizeidirektor, welcher auf dem Sessel zu seiner Linken Platz genommen hatte, und tat nur seine Pflicht; denn wie würden die Räder des Wagens kreischen, und wie würden Nabe und Achse zu dampfen anfangen, wenn solche Leute und Kondukteure nicht mehr lächelten! Ob Seine Exzellenz jemals ein lautes Wort gesprochen hatte, konnten nur diejenigen wissen, welche ihn während des ersten Teils seiner militärischen Laufbahn kannten. Übrigens bediente er sich, um den Wilden Mann aus Afrika besser zu verstehen, einer zierlichen Lorgnette und schenkte ihm den ganzen Abend hindurch auf das wohlwollendste seine Teilnahme und Aufmerksamkeit, weshalb es um so wünschenswerter erschien, daß auch die übrigen Freunde vor seinem Rednerstuhl aushielten, um auch *ihr* Wohlwollen zur Geltung zu bringen.

Da saß die Frau Majorin Emma mit den allertreuherzigsten Augen und jenem ängstlichen Zug aus dem Lärm der Kinderstube um den Mund und »paßte genau auf«. Da stand der Major an einen Pfeiler gelehnt, und dicht neben ihm stand der Professor Reihenschlager und hielt sich, zitternd vor übermächtiger Spannung, an der Stuhllehne seiner Tochter Serena, welche so gern all ihre üble Laune in Worte faßte, um für ihre Werke desto freiere Hand zu behalten. Da stand mehr im Hintergrund der Vetter Wassertreter aus Nippenburg und hielt sich, um nicht durch unzeitgemäße Verrenkungen und Purzelbäume allgemeines Ärgernis zu geben, an dem Herrn von Bumsdorf, welcher, durch übermäßiges Schuldenbezahlen und Wechseleinlösen recht elegisch gestimmt, um so fähiger war, die »ganze Predigt« anzuhören und das Unbegreiflichste begreiflich zu finden. Herr Hugo von Bumsdorf, bedeutend heiterer als sein Papa und nur ganz unbedeutend von seinem Gewissen gequält, war durch eine Seitentür in den Saal getreten und hatte eine ganze Schar jugendlicher Enthusiasten aus den nächsten Kaffeehäusern mitgebracht; es war seine feste Absicht, *alle* seine Verpflichtungen heute einzulösen und somit auch das am Morgen gegebene Wort: für den Erfolg des Abends mit ganzer Kraft eintreten zu wollen!

Ein letztes Rauschen, Raunen und Zischeln durch die Versammlung, ein letztes Räuspern und Stuhlrücken!

Drei Verbeugungen des Redners hinter dem grünbehängten Tischchen und den beiden Wachskerzen; ein dumpfes Gefühl der Reue, je Abu Telfan verlassen zu haben; eine tiefe Sehnsucht, spornstreichs dorthin zurückzukehren und das Gesicht tief, tief, tief in den Schoß der Madam Kulla Gulla zu vergraben!

»Meine Damen und Herren...«

Ein flüsternd Ah! durch den ganzen Saal und aus einem Winkel die leise, aber höchst verwundrungsvolle Bemerkung: »Herr Gott, er spricht ja deutsch!« – die Vorlesung hatte begonnen; Herr Leonhard Hagebucher hatte unbedingt das Wort und behielt es fast zwei Stunden hindurch.

Zuerst sprach er natürlich von sich selber, aber ziemlich bescheiden, und kam schneller, als es sonst die Gewohnheit öffentlich redender Männer ist, zur Hauptsache. Nach einer kurzen, aber recht anschaulichen Schilderung der Landenge von Suez und seines Anteils an Durchgrabung derselben hielt er sich in Unterägypten nur so lange auf, um, ganz wider die Erwartung des Polizeidirektors, Seiner Hoheit dem Vizekönig ein ziemlich gewandtes Kompliment zu machen, ging darauf mit den Elfenbeinhändlern und seinem Freunde Semibecco nilaufwärts und befand sich auf dem bekannten und behaglichen Terrain von Abu Telfan, fast ohne zu wissen, wie er so bald und so sicher dahin gelangt sei. Sein Selbstvertrauen wuchs, je näher er dem Äquator kam, seine Gedanken wurden um so lichter, je mehr sich das Pigment unter der Epidermis der Völkerschaften verdichtete und schwärzte; und als er nun gar die Felsen des Tumurkielandes glücklich zwischen sich und die Zivilisation geschoben hatte, wurde er seiner gegenwärtigen europäischen Zuhörerschaft gegenüber so heiter, unbefangen, ja unverschämt, daß er die Wünsche und Hoffnungen des Herrn von Glimmern und die schlimmsten Befürchtungen des Majors Wildberg weit übertraf. Er machte in der Tat Vergleichungen, und zwar solche, welche nur einen ungewöhnlich verworfenen deutschen Staatsbürger und Untertan angenehm berühren konnten. Er erlaubte sich, von den Verhältnissen des Tumurkielandes wie von denen der eigenen süßen Heimat zu reden und Politik und Religion, Staats- und bürgerliche Gesetzgebung, Gerechtigkeitspflege, Abgaben, Handel und Wandel, Überlieferungen und Dogmen, Unwissenheit und Vorurteile auf eine Art und Weise in seinem Vortrage zu verarbeiten, daß man als ein staunender Horcher durchaus nichts Erstaunliches drin gefunden hätte, wenn Seine Höchstselige bronzene Hoheit, der Großfürst vom Promenadenplatz, gleich dem steinernen Komtur in den Saal gerückt wäre, um Allerhöchst persönlich nach dem Rechten zu sehen, der Schande Allergnädigst ein Ende zu machen und den verruchten Spötter Allerhöchst eigenhändigst beim Ohr zu nehmen und abzuführen.

Nie war eine polizeiliche Erlaubnis in Gegenwart eines verehrungswürdigen Adels und gebildeten Publikums schmählicher mißbraucht worden; und der Gipfel der Abscheulichkeit war, daß der Sünder nicht einmal ahnte, wie schlecht er sei und wie mangelhaft er sich aufführe, sondern der festen Überzeugung sich hingab, er mache jedermann ein unendliches Vergnügen und es befinde sich niemand im Saal, der nicht fühle, hier werde der Wahrheit die angenehmste Form und die höchste Politur gegeben. In diesem Stadium seiner Rede fühlte sich der Redner so eins mit seiner Zuhörerschaft, daß es eine wahre Freude war. Der Nebel, welcher im Anfange auf seinen Augen lag, hatte sich längst verzogen, die glänzenden Toiletten der Damen schwirrten nicht mehr gleich einem wahnsinnig gewordenen Tulpenbeet durcheinander; mehr und mehr orientierte sich Herr Leonhard Hagebucher unter den Gesichtern und Gestalten und fing an, auf einzelne einzureden, wie im gemütlichsten Gespräch.

> Wo Andacht auferwacht, da stirbt
> Das Ich, der dunkele Despot,

sagt Dschellalledin, und da saß der Herr Polizeidirektor und lächelte immer süßer, süßer, als ob es seine feste Absicht sei, sämtlichen Runkelrübenzuckerfabriken und -raffinerien des Zollvereins Konkurrenz zu machen, und der Redner wendete sich in seinen Ausführungen vorzugsweise gern an ihn; denn in keinem Gesichte der ersten Reihe, in welcher doch auch der Herr von Glimmern saß, las er eine innigere Hingabe an die Sache und ein feineres Verständnis derselben. Da saß die Generalin von Einstein und sprach ihrem Schwiegersohn ziemlich laut ihre Verwunderung aus, daß »so etwas« von den betreffenden Behörden gestattet werden könne. Und da saß die Baronin Nikola und seufzte in tiefster Seele: »Ach, armer Leonhard!« Und der Professor Reihenschlager rieb sich ein Mal über das andere die Stirne und murmelte: »Wo hat er denn sein Konzept? Ist denn das sein Konzept? Steht denn das in seinem Konzept?« Da saß die Frau Emma, zog ihr Tuch um die Schultern zusammen und suchte ganz ängstlich mit den Augen ihren Gemahl, welcher leise einen Marsch mit dem Fuße trommelte und den Blick der Gattin tunlichst vermied. Und Fräulein Serena Reihenschlager machte die allergrößten Augen und amüsierte sich königlich; überhaupt gab es viele, welche ihr Behagen nicht verbargen, dem wunderlichen Menschen hinter den beiden Wachskerzen mit stets steigender Spannung auf seinen Wegen folgten und somit alle spätern Vorsichtsmaßregeln durch ihr Gebaren auf das glänzendste rechtfertigten. Das Neue und Gewagte machte zugleich betroffen und entzückte; die Ironie fühlten nicht alle, die tiefe Bitterkeit sehr wenige, das Komische fast alle außer den Damen, welche dagegen um so mehr von dem Romantischen, dem Schrecklichen und dem Mitleiderregenden angezogen wurden.

Es war nicht zu leugnen, Leonhard Hagebucher zeigte sich seiner Aufgabe vollkommen gewachsen; er entwickelte ein beträchtliches Talent der Schilderung, und das Land vom Mittelmeer bis zum Mondgebirge lebte vor den Augen seiner Zuhörer. Sein Vortrag war zwar nur eine Fata Morgana, welche manches verzog oder auf den Kopf stellte, welche aber doch oder oft grade deshalb magisch genug auf diese deutschen Kleinresidenzler, ihre Weiber und Töchter wirkte. Bei manch einem mischte sich ein Gefühl der Beschämung in das Interesse, welches er an diesem Gefangenen der Madam Kulla Gulla nahm, ein Gefühl, daß es mit dem Wohlbehagen an und in einer engen, wenn auch noch so reinlich und schmuck gehaltenen Umgebung doch nicht völlig getan sei. Es rüttelte etwas an diesen wohldressierten Beamten- und Bankiersseelen und wies hinaus über den Polizeidiener an der Tür des Saales und den Polizeidirektor in der ersten Sitzreihe der Zuhörer. Hier hatte sich jemand durch

viel Dreck und Blut, durch sehr unsolide und ungeordnete Verhältnisse unter Türken, Mohren und Heiden aller Schattierungen wacker durchgeschlagen und brachte aus der grimmigsten Sklaverei,
der heillosesten Erniedrigung einen solchen Hauch der Freiheit in
diese so rationell geordnete Gewöhnlichkeit mit, daß das philister-
hafteste Selbstgefühl darob mit bangem Ekel und Überdruß und bei
den edleren Naturen mit einem dunkeln Schmerz in Widerstreit
geriet. Manch einem ward es wie einem Kranken zumute, der auf
seinen heißen Kissen vom blauen Meer und einem Segel in weiter
Ferne träumt; es füllte sich mehr als ein Paar jugendlicher Augen
mit Tränen, und verschiedene glatzköpfige Assessoren und zahlen-
erdrückte Rendanten nahmen sich fest vor, bei der nächsten Begegnung mit dem Vorgesetzten diesen zuerst grüßen zu lassen. Was
den Vetter Wassertreter anbelangte, so befand sich derselbe in einem Zustande der Entzückung, welcher sich kaum beschreiben läßt.
Sein Leonhard übertraf seine schönsten, aber auch boshaftesten,
heimtückischsten, frevelhaftesten Erwartungen. Er wurde groß und
wurde klein, er atmete schnell und erstickte fast vor einem Vergnügen, welches ihm sicherlich keinen Anspruch auch auf die alleruner-
terste Klasse des Landesordens für verdiente Zivilbeamte gab.

»Recht so, recht so, mein Sohn!« murmelte er. »Herunter mit dem
Immergrün unserer Gefühle von dem alten Gemäuer! Nieder mit
dem Efeu! Zeige dem Pack, wie das Ding ohne das grüne Behängsel
aussieht! O welche Narren, welche grasgrüne Narren waren wir, als
wir jung waren! Wahrhaftig, der einzige Trost, der einem bleibt, ist,
daß man nichts dafür konnte und die himmelblaue Affenjacke trug,
wie sie einem angemessen worden war!«

Der Ritter von Bumsdorf hatte seine liebe Not mit dem Vetter
und behauptete später, es sei eine Kleinigkeit, einen Aal am
Schwanz zu halten, aber zwanzig Aale solle der Teufel regieren;
denn so etwas könne nicht verlangt werden von einem Manne und
Familienvater, der sich selber schwach und matt genug fühle und
erst am Nachmittag von seinem einzigen Sohn so infam in die Pres-
se genommen worden sei!

Es kann natürlich auch von uns nicht verlangt werden, daß wir
den ganzen Vortrag hier abdrucken, sowenig als wir eine Photographie des Vortragenden beilegen werden; doch geben wir an dieser

Stelle ein Bruchstück des Schlusses, welches uns dann zu einer Katastrophe führt, die niemand voraussehen konnte, weder der Redner selbst noch seine Freunde und merkwürdigerweise auch der Herr Polizeidirektor nicht.

Mit dem gefälligsten Lächeln sich von dem soeben wieder angeführten Herrn ab und von neuem an sein Gesamtpublikum wendend, sprach Hagebucher folgendes, indem er sich aus den realistischen Einzelheiten seiner afrikanischen Erfahrungen zu einer letzten allgemeinen Betrachtung erhob:

»Ich habe Ihnen manches erzählt, meine Herrschaften, was mir erst während des Erzählens in den Sinn kam; ich habe Ihnen einen grimmigen Ernst in einem so heitern Licht gezeigt, wie mir nur irgend möglich war, und hoffe Sie nicht allzusehr gelangweilt zu haben. Es ist etwas Gewaltiges um den Gegensatz der Welt, und die zweiundneunzigste Nacht der arabischen Märchen weiß davon zu berichten. Wenn der König von Serendib auf seinem weißen Elefanten ausreitet, so ruft der vor ihm sitzende Hofmarschall von Zeit zu Zeit mit lauter Stimme: Dies ist der große Monarch, der mächtige und furchtbare Sultan von Indien, welcher größer ist, als der große Salomo und der große Maharadscha waren! – Worauf der hinter Seiner Majestät hockende erste Kammerherr ruft: Dieser so große und mächtige Monarch muß sterben, muß sterben, muß sterben! – Und der Chor des Volkes antwortet: Gelobt sei der, der da lebt und nie stirbt! – Meine hochverehrten Herrschaften, es ist niemand auf Erden, wes Standes und Geschlechts er auch sein möge, den diese drei Rufe nicht fort und fort auf seinem Wege von der Wiege bis zur Grube umtönen. Wohl dem, der seines Menschentums Kraft, Macht und Herrlichkeit kennt und fühlt durch alle Adern und Fibern des Leibes und der Seele! Wohl dem, der stark genug ist, sich nicht zu überheben, und ruhig genug, um zu jeder Stunde dem Nichts in die leeren Augenhöhlen blicken zu können! Wohl dem vor allen, dem jener letzte Ruf überall und immer der erste ist, welchem der ungeheure Lobgesang der Schöpfung an keiner Stelle und zu keiner Stunde ein sinnloses oder gar widerliches Rauschen ist und der aus jeder Not und jeder Verdunkelung die Hand aufrecken kann mit dem Schrei: Ich lebe, denn das Ganze lebt über mir und um mich! – Meine Damen und Herren, es ist etwas sehr Schönes und unter Umständen recht Angenehmes um den Gegensatz – war es nicht die

Lust am Kontrast, welche Sie alle bewog, mir heute abend so zahlreich in diesem Saale Ihre Gegenwart zu schenken? Sie sprachen zueinander oder zu sich selbst: Hier ist ein Mensch zu uns gekommen, der zwölf Jahre bei den Unterirdischen wohnte, während wir ohne Unterbrechung im Licht des fröhlichen Äthers unser Dasein weiterspinnen durften. Jener wird drollige, seltsame Dinge zu erzählen wissen; hören wir seine Mémoires d'outre-tombe, machen wir uns den Spaß, dieses Irrlicht, diesen Spuk auf dem Grabe seiner eigenen Existenz tanzen zu sehen! – Meine Hochzuverehrenden, das Gespenst hat getanzt, und Sie vernahmen den Anfang dessen, was es Ihnen gern mitteilen möchte. Sie waren viele Wachende gegen *einen* Träumenden, viele Sehende gegen *einen* Geblendeten; ich aber habe jetzt nur den *einen* Wunsch, daß Sie alle Ihre Rechnung – –«

Die beiden Wachskerzen gerieten ins Schwanken auf dem schwankenden Tischchen; in dem Augenblick, als der Vetter Wassertreter seinen Leonhard glücklich aus allen Gefahren, Tiefen, Untiefen, Brandungen und Wirbeln des Abends an das Land gerettet glaubte, jagte dieser ihm einen Schrecken ein, welcher über alle seine vieljährigen Nippenburger Erfahrungen ging.

Der Redner stockte im besten Flusse seiner Rede und starrte in den Saal, als tauche nunmehr ihm selbst in den Reihen seiner Zuhörer ein Gespenst auf, ein Geist, welchen er in diesem Augenblicke nicht gerufen hatte.

Und so war es auch! Und die ganze Versammlung merkte so gut wie der Geisterseher selbst, daß sich ein unerwarteter Gast in ihre Mitte gedrängt habe, obgleich sie ihn nicht wie jener erblickte oder, wenn sie ihn auffand, ihn doch nicht erkannte.

Ganz im Hintergrunde des Saales, aber bloß von einer Gasflamme beleuchtet, erhob sich über die hübschen Gesichtchen der beiden Töchter des Postrats Zwirnemann ein anderes Gesicht, bärtig, sonnverbrannt und gefurcht und zerfetzt, als ob eine Tigerkatze mit ausgespreizter Kralle hineingeschlagen habe.

Der Herr van der Mook!... Wenn der wilde, zerzauste Fremdling vorgesprungen und mit einem Satz und dem schönsten Gruß von Abu Telfan und der Madam Kulla Gulla dem Redner an den Hals geflogen wäre, so würde das diesen nicht so sehr aus dem Konzept gebracht haben als die ziemlich entgegengesetzte Art, in welcher er seine Freude am Wiedersehen und Wiedererkennen kundgab. Der Herr van der Mook legte den Zeigefinger der linken Hand bittend auf den Mund und schüttelte drohend die rechte Faust gegen den erstarrten Hagebucher – die Vorlesung war unbedingt zu Ende, und der Pulsschlag des Vetters Wassertreter stockte wie das Wort des Redners.

Noch einmal versuchte der letztere seinen Faden wiederzufinden; aber er gab es schnell auf und schloß mit der konfus und undeutlich hervorgestotterten Versicherung, daß er in acht Tagen, wenn das Schicksal es erlaube, da fortfahren werde, wo er jetzt endige. Das Schicksal, soweit es sich an dem heutigen Abend durch den Polizeidirektor Betzendorff vertreten ließ, lächelte fein und verbindlich; es pflegt das bekanntlich häufig so zu machen, auch in Fällen, wo seine Schlußentscheidung noch lange nicht feststeht.

Folgte das Getümmel des Aufbruchs und riß alle in dem gewöhnlichen ungemütlichen Durcheinander aus dem Saale fort, die bleiche, erregte Nikola unter dem Schutze der Mutter, des Gatten und des Herrn von Betzendorff. Mit den verschiedenartigsten Gefühlen drängten sich die Freunde um den verwirrten, schwitzenden, betäubten Redner, der nicht ein Wort von dem, was sie ihm zu bemerken hatten, verstand.

»Van der Mook, van der Mook!« murmelte er, sich gegen die Türe drängend; aber der Befreier war verschwunden, und Täubrich-Pascha, der Wächter an der Türe, hatte nur gehorcht, aber nicht gesehen. Der spukhafte Finger und die gespenstische Faust duldeten keine zu laute und zu sehr das Aufsehen der Menschen erregende Nachforschungen; es blieb dem fiebernden Mann aus dem Tumurkielande nichts anderes übrig, als sich den Freunden wieder anzuschließen und eine sehr zerstreute und geistesabwesende Hauptperson bei dem feierlichen Mahl zu sein, welches der Professor Reihenschlager oder vielmehr des Professors Tochter ihm, dem Vetter Wassertreter und dem Ritter von Bumsdorf hatte bereiten lassen.

Neunzehntes Kapitel

Es war ein braves Essen und machte dem Charakter der kleinen, wackern Serena alle Ehre. Der Wein des Professors war recht zu loben; wäre nur auch die Gemütsverfassung der Schmausenden zu loben gewesen. Sie ließ alles zu wünschen übrig; selbst auf die heitere Seele des Vetters Wassertreter drückte allmählich ein schwarzes Gewölke; der Gastgeber war still und nachdenklich, die Tochter fast noch stiller und nachdenklicher, und der Ritter von Bumsdorf aß und trank, aber ohne Genuß. Ein umgekehrter alter Ägypter, hatte er nicht seinen verstorbenen Großvater, sondern seinen höchst lebendigen Herrn Sohn sich gegenüber an der Wand lehnen und ließ sich von ihm den guten Humor mit ebensolcher Berechtigung verderben wie irgendein thebanischer oder memphitischer Grundbesitzer vor viertausend Jahren den seinigen durch die anrüchigste Ahnenreihe.

Wie immer vergnügten sich diejenigen am meisten, die Gewinn und Verlust des Tages oder der Stunde am wenigsten berechnen konnten. Täubrich-Pascha war fest überzeugt, daß sein Patron, wie er sich ausdrückte, heute gradso einen großen Sieg über die Residenz gewonnen habe als der König Xerxes von Griechenland über den Kaiser Alexander von Persien. Sievers, der stahlherzige Vasall des Hauses Bumsdorf, hatte einen Taler von seinem jungen Herrn Hugo empfangen und hielt ihn im seligsten Bewußtsein fortwährend warm in der linken Hand und in der linken Tasche seiner gelben ledernen Hose. Beide, der Pascha und der Vasall, saßen in der Küche des Hauses Reihenschlager, und beide Mägde des Hauses hatten Befehl, ihnen den Aufenthalt drin so angenehm als möglich zu machen. Als die Glocke der Mitternacht erklang, fand es sich, daß die Zeit in den untern Räumen des Hauses viel schneller und angenehmer hingegangen war als in den obern, und es bedurfte längerer und dringender Überredung, um den biedern Knappen zu bewegen, die Rieke vom rechten Knie freizulassen und seinem Ritter in den Pelz zu helfen.

Pilz und Schaumlöffel hatten viel von ihren Studentenjahren gesprochen, aber die besten Schnurren in Anbetracht der Gegenwart des Fräuleins für sich behalten müssen. Der Herr von Bumsdorf hatte mit dem Fräulein Ökonomie – Gartenwirtschaft, Milchwirt-schaft und Federviehzüchtung – getrieben. Von der Vorlesung war kaum noch die Rede gewesen, und Leonhard Hagebucher durfte sich seinen unruhigen Gedanken, dem Gewimmel von Fragezeichen in seiner Seele ungestört hingeben: jeder der Anwesenden hatte sich vorgenommen, ihm seine Ansichten über den Abend in einem ruhi-gen Augenblick ausführlich mitzuteilen; allein diese stille Minute hatte sich für niemanden gefunden. Es war übrigens auch besser so.

Als die Herren aufbrachen, drückte der koptische Professor sei-nem Mitarbeiter an der großen Grammatik die Hand und sprach dumpf:

»Morgen, lieber Hagebucher!«

Und Hagebucher antwortete zerstreut:

»Es wird sich wohl für alles eine Zeit finden! – Fräulein Serena, ich danke herzlich für die gütige Bewirtung.«

»O ich habe zu danken!« rief die kluge Tochter des gelehrten Va-ters. »Sie haben uns heute ganz andere Dinge, als in meinem Koch-buche zu finden sind, zusammengerührt und aufgetragen! Nun, der liebe Gott möge jedem von uns einen guten Schlaf nach der Aufre-gung verleihen.«

»Ein guter Wunsch! Wollen Sie einen Kuß dafür, Liebchen?« rief der Vetter Wassertreter, aber Serena versteckte sich lachend und kopfschüttelnd hinter dem Papa, und auch der Wegebauinspektor fuhr endlich in seinen Pelz. Man nahm Abschied; dreimal nahm man Abschied. Zuerst an der Tür des Speisezimmers, sodann oben und zuletzt unten an der Treppe; an der Haustür aber faßte der Vetter den Hospes in die Arme, streckte ihm den Kopf über die rechte Schulter und stöhnte: »O Pilz, dein Keller!«, streckte ihm den Kopf über die linke Schulter und seufzte: »O Pilz, dein Herz!«, schob ihn sodann von sich, legte ihm beide Hände auf die Schul-tern, blickte ihm gerührt in die Augen und stammelte unter einem langen, langen Kuß:

»O Pilz, deine Tochter!... Gute Nacht, Pilz!« –

Es kostete einige Mühe, die beiden alten Herren und den Vasallen im Hotel de Prusse in ihre Betten zu bringen; aber endlich gelang es, wie alles, was man mit Geduld und Liebe angreift. Gegen ein Uhr wandelten Hagebucher und Täubrich allein ihrer Behausung in der Kesselstraße zu – der Pascha betrunken-weinerlich, Leonhard vollkommen nüchtern, dessenungeachtet aber verwirrt und betäubt wie kein anderer Bewohner der Residenz in dieser Nacht.

Je mehr er über das plötzliche Erscheinen und Verschwinden jenes Mannes, welchem er zu so vielem Dank verpflichtet war, nachdachte, desto unbegreiflicher erschien es ihm. Hatte er denn wirklich recht gesehen? Hatte er sich nicht getäuscht? Hatte die Erscheinung wirklich und wahrhaftig Fleisch und Blut, und war sie nicht bloß ein Spiel der durch das eigene Wort erregten Phantasie, eine Folge der übermäßigen Exaltation des Abends? Die Antwort auf diese Frage blieb immer dieselbe: der Herr van der Mook war ebenso unvermutet im Saale der Harmonie erschienen wie einst zu Abu Telfan im Tumurkielande, Königreich Dar-Fur. In seinen Unterhosen auf dem Rande seines Bettes sitzend, sprach der Redner, nachdem er dem schlaftrunkenen Pascha die ungeheure Tatsache so klar als möglich gemacht hatte, ein letztes hohes Wort.

»Täubrich«, sagte er, »Täubrich, wenn ich morgen früh nicht wieder erwachen sollte, so geben Sie mir den größten hölzernen Löffel, den Sie auftreiben können, als Symbol mit in die Grube, und auf meinen Grabstein lassen Sie schreiben: Er bekam sein Teil!«

»O Je – rusalem!« seufzte der Schneider, und seufzend zog Leonhard Hagebucher die Füße in die Höhe, sah den Pascha aus der Tür wanken und blies das Licht aus. Daß der Herr van der Mook ihm jetzt nicht zum zweitenmal erschien, war gleichfalls als ein beruhigendes Zeichen seines Wandelns unter den Lebendigen zu nehmen, und daß auch Leonhard am nächsten Morgen noch unter den Lebenden aufstand, bewies klar, er habe den Löffel doch noch etwas zu voreilig neben die Schüssel legen wollen.

Der Morgen kam und brachte durch die Stadtpost ein Billet, welches eine Karte mit dem Namen van der Mook und die Notiz enthielt.

»Suchen Sie mich nicht, reden Sie nicht von mir; vielleicht werden wir am Abend irgendwo zusammentreffen; verlassen Sie also nach acht Uhr Ihre Wohnung nicht. Es ist mir recht angenehm gewesen, Sie so schnell und in so günstig veränderten Zuständen wiederzufinden. Vielleicht habe ich mannigfache Gelegenheit, Ihren guten Willen und Ihre Hülfe in Anspruch zu nehmen. Leben Sie wohl.«

Gleich einem Regenguß auf ein dürstendes Saatfeld wirkte dieses Schreiben auf den afrikanischen Redner. Schnellkräftig erhob er sich aus tiefster moralischer Zerknicktheit, aus kläglichster, katzenjämmerlichster Versunkenheit. Blitzschnell fuhr er aus dem Bett und in die Kleider; unter seinen Schritten erdröhnte der Fußboden, und mit unverhohlenem Staunen blickte Täubrich-Pascha auf die merkwürdige Veränderung in Wesen und Erscheinung seines Patrons und hätte sich gern das Rezept davon ausgebeten; aber Hagebucher achtete wenig auf ihn, sondern griff bald nach Hut und Regenschirm, um nach dem Hotel de Prusse zu eilen und den Vetter Wassertreter sowie den Ritter von Bumsdorf nach Nippenburg abfahren zu sehen.

Es war, wenngleich ziemlich warm, doch ein arger Nebel; aber der graue Tag besaß nicht mehr die Macht, niederdrückend auf den Mann vom Mondgebirge zu wirken. Er schritt weit aus durch die schmutzigen Gassen und kümmerte sich um nichts. Manche Leute blieben stehen, blickten ihm nach, steckten flüsternd die Köpfe zusammen oder deuteten gar mit den Fingern auf ihn; er ließ sie gewähren und zog den Kopf nicht mehr zwischen die Schultern. Was ging es ihn an, was man über ihn dachte und sprach!

Im Hotel fand er die beiden alten Herren über einem stillen Frühstück; der Dynast hatte eine offene Brieftasche neben dem Teller liegen, notierte mürrisch lange verdrießliche Zahlenreihen und verdarb sich den Genuß des Chateau-la-Rose durch allerlei Rechenexempel, welche er nicht ein einziges Mal zu seiner Zufriedenheit löste.

»Na, gottlob, da ist er endlich!« rief der Vetter. »Das ist mir ein liebliches Verfahren! Man kommt Seinetwegen, um Ihm eine Ehre anzutun, durch Sturm, Schnee und Regen vom Ende der Welt, von Nippenburg und Bumsdorf, und hier sitzt man mit einer Welt von Komplimenten im Sack, wie ein junges Mädel, das auf einen Heiratsantrag wartet, und kann sie sowenig an den Mann bringen als jenes, sondern muß eben warten, bis es dem Herrn gefällig ist nachzufragen, wie das Befinden ist. Hurra, mein Sohn, jetzt stürze dich mit verdoppelter Schnelligkeit an meinen Busen! Du bist als ein großer Mann, als ein ungeheurer Mensch, sowohl was den Charakter als was das Talent anbelangt, aus dem Hinterstübchen des Vetters Wassertreter hervorgegangen. Küsse mich, mein Kind; noch eine solche Rede wie die gestrige, und sie werfen dich hier gradesogut vor die Tür wie der Alte in Bumsdorf! Aber der Schlüssel liegt noch immer unter dem Uhrgehäuse, und ich brauche wieder nicht mehr zu sagen. O Leonhard, Leonhard, daß ich dieses noch erleben durfte! Den alten Goethe hab ich nur von hinten gesehen, aber dich kann ich von hinten und vorn herzen, was fast ein noch größerer Genuß ist. Ja, so mußte er aussehen, der Mann mit dem vernichtenden Blick, der berufen war, für einen Gulden Entree die Person, dem deutschen Philistertum den Kopf auf afrikanische Art zu waschen! O herrje, das Volk hier in der Residenz wird fürs erste sicher nicht wieder verlangen, daß du ihm spanisch kommst!«

»Ja, Sie sind ein Sohn, der seinem Vater Freude macht!« sprach der Ritter, seine Brieftasche mit siebenfältigen Lederriemen verknüpfend und sie mit einem Seufzer tief in seine Brusttasche versenkend. Erst nachdem der Ausspruch getan war, erinnerte er sich, daß auch Hagebucher senior sein Glück wohl zu tragen wisse, blickte etwas verlegen den Redner von unten nach oben an und ergänzte seinen Stoßseufzer durch ein bedeutungsreiches »Ja so!«, welches dem Vetter Wassertreter zu einem neuen herzerfrischenden Gelächter verhalf. Mit gutem Appetit ließ sich Leonhard am Tische nieder und trug kauend und schlürfend den ebenfalls mit ungeschwächten Kräften und munterer Behendigkeit von neuem ans Werk gehenden Alten die besten Grüße an die Heimat – an den Bumsdorfer Gutshof, an Frau Klaudine, an Mutter und Schwesterchen und wo möglich auch an den Papa auf. Um halb zehn Uhr gab's einen gerührten Abschied; Sievers, der Vasall, welcher in der Hauptstadt an einem fortwährenden leichten Schwindel zu leiden schien, meldete, die Post werde in einer halben Stunde abgehen; der Oberkellner brachte die Rechnung und die Nachricht, daß eine Droschke vor der Tür halte. Man leerte ein letztes Glas, wünschte dabei einander alles Gute und verpflichtete sich, zu jeder Zeit das Beste voneinander zu denken. Nippenburg und Bumsdorf schickten auch noch dem Professor und des Professors Töchterlein ihre schönsten Grüße, und der Dynast sprach die gediegene Absicht aus, denselben in den allernächsten Tagen zwei merkwürdig schöne und in betreff der Trichinen über jeden Verdacht erhabene Schinken sowie einen gleichfalls garantierten Korb voll frischer Würste folgen zu lassen. Nachdem nun noch Leonhard recht unnötigerweise seine Verwunderung darüber ausgesprochen hatte, daß der Leutnant nicht auch erscheine, um dem Erzeuger Lebewohl zu sagen, und nachdem der landbebauende Greis seine Meinung energisch dahin veröffentlicht hatte, ihm liege nicht das geringste an dem Schlingel!, fuhr man ab, das heißt, Leonhard sah von der Pforte des Wirtshauses aus die beiden Alten und den Vasallen abfahren und blickte ihnen ernst bis zur nächsten Ecke nach. In dem Augenblicke, wo der Vasall vom Bock zum letztenmal mit dem Hute winkte, fühlte der Afrikaner einen Schlag auf der Schulter und vernahm dicht neben sich den vergnügten Ruf:

»Da fahren sie hin! Fort ist er! Hurra! Bumsdorf und Nippenburg für immer!«

Der Herr Leutnant Hugo von Bumsdorf hatte, im Billardzimmer des Hotels verborgen, seinen kindlichen Gefühlen allen möglichen Zwang angetan; aber länger hatte er's nicht getragen. Da stand er jetzt und ließ den schönsten, innigsten, zartesten Regungen seiner Seele freiestes Spiel.

»Ich sage Ihnen, Hagebucher, das war gestern ein heißer Tag für uns alle beide, und wenn er Ihnen so schwer wie mir in den Knochen liegt, so werden Sie heute früh zu Bett gehen und Ihrem Schutzpatron ein recht anständiges Wachslicht versprechen, wenn er Sie ruhig die Decke über den Kopf ziehen läßt. Ich hatte mich auf manches eingerichtet und mich für allerlei kleine Verdrießlichkeiten mit dem nötigen Stoizismus gewappnet; aber, sollten Sie es glauben, schon der zweite Jude war diesem entarteten Greise zuviel, der dritte machte ihn vollkommen rabiat, und als nun gar im Laufe der Unterhaltung die Rede auf den armen Roland kam – Sie kennen das vortreffliche Vieh und wissen Blut und Zucht zu schätzen, Hagebucher – da – o Hagebucher, ein letzter schöner Rest kindlicher Pietät verbietet mir das Wort, schweigen wir! Lassen wir still den Mantel über den Papa Noah fallen, und genießen wir heiter und unbefangen unsere Jugend; denn siehe, es wird auch für uns die Zeit kommen, da wir von Bumsdorf herziehen werden, um die Schulden unserer Söhne zu bezahlen.«

»Die letztere Vorstellung sollte einen jungen Gesellen wie Sie freilich reizen, die Gegenwart nach Möglichkeit zu genießen«, rief Leonhard lachend. »Einem alten Knaben gleich mir wird ein solcher Gedanke weder am guten noch am bösen Tage hinderlich oder förderlich werden.«

Er ärgerte sich aber doch ein wenig, als der Leutnant treuherzig sprach:

»Da haben Sie recht, Hagebucher.«

Sie hatten beide Arm in Arm den Torweg des Hotel de Prusse verlassen und schritten vertraulich nebeneinander durch die Straßen. Jetzt aber zog plötzlich Herr Hugo von Bumsdorf seinen Arm aus dem des Afrikaners und sagte:

»Wissen Sie, Hagebucher, wenn mir diese bunte Jacke nicht längst zum Ekel geworden wäre und wenn es mir irgend darauf ankäme, Karriere zu machen und im vierzigsten Jahre Hauptmann zweiter Klasse zu werden, so würde ich mich ganz gehorsamst hüten, mit Ihnen hier so bras dessus, bras dessous am hellen Mittag vor den Augen der Hauptstadt zu wandeln. Haben Sie eben den Blick des Geheimen Kriegsrats Canini bemerkt? Nicht?! Nun, um so besser für die Ruhe Ihrer armen Seele. Ich sage Ihnen, der Mann gilt etwas, Sie aber gelten nichts; im Gegenteil, seit dem vorigen Abend gibt es keinen zweiten Menschen, der so tief in der Achtung und Neigung der dirigierenden Kreise steht wie Sie. Bester Freund, wenn der Staat einmal anfängt, Prämien für das Ausplaudern der Wahrheit auszusetzen, dann wollen wir Sie wiederrufen; aber bis dahin färben Sie sich gefälligst selber schwarz und verziehen Sie sich ruhig wieder in das heißeste Afrika; Sie werden dort unbedingt kühler sitzen als hier bei uns. Fragen Sie nur meine arme Kusine Nikola; die hat auch gemeint, es sei eine Kleinigkeit und jedes Menschen angeborenes Recht, ein vergnügter, frischer und ehrlicher Kerl zu bleiben; aber man hat sie nach Gebühr mit der Rute in die Ecke zurückgefegt, und sie sitzt jetzt still genug in dieser Ecke. Was sehen Sie mich an? Na, mein Gutester, ein Unterleutnant, welchem vom Papa der Kopf gewaschen wurde wie mir, ist zu jeder philosophischen Betrachtung fähig und hat einen anständigen Überschuß trefflicher Lehren und Warnungen an gute Freunde abzugeben. Guten Morgen!«

»Guten Morgen!« sprach Hagebucher und blickte dem seitwärts abtänzelnden jungen Krieger längere Zeit nach; aber der Gedanke an den Tag der Erlösung aus den Banden von Abu Telfan, der Gedanke an den Herrn Kornelius van der Mook überwog alles andere, und festen Schrittes erreichte er die Kesselstraße.

Vor der Tür seines Hauses stand Täubrich-Pascha mit schlaff herabhängenden Armen und kläglichst verzogenen Lippen, und neben ihm stand ein gut uniformierter wohlgefütterter Bote der Tochter des Erebus und der Nacht, welche die einen Adrastea, die andern Nemesis und wieder andere anders nennen. Dieser Gesendete der Göttin des Maßes, des Einhalts und der Vergeltung ließ nichts herabhängen, sondern überreichte dem herantretenden Afrikaner ein umfangreiches, großversiegeltes Schreiben der hochlöblichen Polizeidirektion. Dieser Bote lächelte nicht; aber der Herr Polizeidirektor lächelte auf das leutseligste aus diesem Schreiben, in welchem er sich die Ehre gab, dem wohlgeborenen Herrn Leonhard Hagebucher P. P. mitzuteilen, daß, wie sehr er – der Herr Polizeidirektor – vom Nutzen öffentlicher Vorträge, gleich dem am gestrigen Abend mit hohem Interesse vernommenen, auf die Bildung und Erbauung des Publikums überzeugt sei, er sich doch nicht der Überzeugung verschließen könne, auch hier müsse das Gute dem Bessern, nämlich das Vergnügen des Publikums dem Wohlergehen desselben weichen. So müsse er – der Herr Polizeidirektor – gestehen, daß er sich leider mit der Art und Weise, wie der Herr Hagebucher das Problem, der Gesellschaft Geschichten zu erzählen, auffasse, durchaus nicht im Einklang befinde, wie denn auch von anderer sehr maßgebender Seite unbedingt dagegen Verwahrung eingelegt worden sei. Mit dem innigsten Bedauern sehe er – der Herr Polizeidirektor – sich deshalb genötigt, dem verehrten Herrn die Mitteilung zu machen, daß eine hohe Behörde nach reiflicher Überlegung zu der Überzeugung gekommen sei, es sei ihre Pflicht, ein ruhiges, aber festes Veto gegen alle fernern Produktionen dieser Art einzulegen.

Zum Schluß dieses höflichen und konfidentiellen Amtsschreibens empfahl sich der Briefschreiber dem Adressaten mit ausgezeichneter Hochachtung und hing zur letzten Zierde mit einem kunstvollen Schnörkel seinen Tauf- und Familiennamen sowie seinen Titel drunter:

>>Johann v. Betzendorff,
Fürstlicher Polizeidirektor.<<

Der Pascha seufzte: >>O Jerusalem!<< Leonhard Hagebucher aber schob den Wisch in die Tasche, ließ durch den Diener der öffentlichen Sicherheit an den Direktor derselben einen recht schönen Gruß bestellen und stieg nicht in seine Wohnung hinauf, sondern ging zum Professor Reihenschlager, weniger um sich seinen Rat und Trost, als um von dem Töchterlein eine Tasse Kaffee zu erbitten.

Der koptische Gelehrte wußte auch weder Rat noch Trost; er lag moralisch und körperlich zerschlagen auf seinem Sofa und sprach nur den Wunsch aus, sich aus dieser verruchten Welt gänzlich zurück in den Bauch der großen Pyramide ziehen zu können. Serena, helläugiger als je, wußte dagegen ihrer Heiterkeit kaum genugzutun. Summend und singend umschritt sie ihre Kaffeemaschine und behauptete, der Herr Polizeidirektor sei ein Mann ganz nach ihrem Herzen, der wisse, was sich schicke, und der Papa und der Herr Hagebucher sollten sich von Rechts wegen schönstens bei ihm bedanken, weil er so schnell solcher >>Parade<< ein Ende gemacht habe. Fräulein Serena Reihenschlager ging so weit zu behaupten, daß es sich eigentlich für einen gescheiten und ordentlichen Mann gar nicht schicke, sich so öffentlich zum Narren zu machen.

>>Ich will keinen Namen nennen<<, sprach sie, >>aber ich kenne Leute, die sollten ihrem Gott danken, daß niemand sie hindert, sich ihre Meinung über ihrem hinterindischen Wörterbuch und ihrer türkischen Grammatik unter vier Augen zu sagen. Es ist immer etwas anderes, ob jemand innerhalb seiner vier Wände sich auf den Kopf stellt oder ob er auf dem freien Markte auf dem Seil tanzt, und das ist meine Ansicht von der Sache!<<

>>Und es ist eine sehr vernünftige Ansicht, Fräulein Serena!<< rief Leonhard. >>Ach, in welcher prächtigen Welt lebten wir, wenn die verständigen Leute ihren guten Rat stets zur rechten Zeit kundgeben würden! Jetzt bitte ich um eine zweite Tasse Kaffee.<<

»Und mir stopfe meine Pfeife, Kind«, sagte der Professor und wendete sich an den jungen Hausfreund mit den tragischen Worten: »Es ist die erste heute!«

Zwanzigstes Kapitel

Um sieben Uhr trat der Afrikaner aus der märchenhaftesten Behaglichkeit in den sehr unfreundlichen dunkeln Abend hinaus. Unter dem dreifach beruhigenden Einfluß des Töchterleins, der Pfeife und des koptischen Wörterbuchs hatte der Professor fest, aufrecht, aber gemächlich, wie es dem Mann und dem Gelehrten geziemt, in seinem Lehnstuhl Posto gefaßt, und Leonhard Hagebucher mußte seine Aufmerksamkeit so sehr zwischen dem Lexikon und der zierlich umherhuschenden Serena teilen, daß ihm die Stunden bis zum Dunkelwerden schnell und lieblich vorüberglitten. Mit der Dämmerung freilich kam die Erinnerung an jenen, welcher draußen vor der Tür wartete, stärker zurück; Leonhard aß nicht bei dem Professor Reihenschlager zu Nacht, sondern nahm Abschied und sah auf seinem Wege zur Kesselstraße häufig über die Schulter nach dem Herrn van der Mook aus und blieb mehr als einmal stehen, wenn ein Männerschritt in der Dunkelheit hinter ihm erklang. Der Herr van der Mook trat ihn jedoch weder in der Gasse an, noch erwartete er ihn an der Haustür; aber in dem Augenblick, als der Mann aus Abu Telfan den Schlüssel im Schloß seiner Stubentür umdrehte, erschien Täubrich auf der Schwelle seines Gemaches, winkte und flüsterte:

»Sidi, ich habe einen Gast, der Sie länger als eine Stunde bei mir erwartet.«

Mit einem Sprung stand Leonhard in der Dachkammer des träumenden Schneiders, allein er fand sich wiederum nicht dem Herrn van der Mook, sondern einem gänzlich unbekannten, ältern Herrn von militärischem Aussehen gegenüber.

Eine trübe Lampe brannte auf dem Tische und verbreitete eine kaum ausreichende Helle durch das Gemach. Neben dem Tische saß der Gast des Paschas auf dem einzigen Stuhle des Paschas, erhob sich jedoch sogleich beim Eintritt Hagebuchers, machte eine kurze Verbeugung und sprach mit einer harten Stimme:

»Mein Name ist Kind – pensionierter Leutnant der Strafkompanie zu Wallenburg. Ich komme im Auftrage eines von Ihnen gekannten Mannes, des Herrn van der Mook. Derselbe befindet sich augenblicklich in meiner Behausung ein wenig unpäßlich und bittet Sie durch mich, Herr Hagebucher, ihm am heutigen Abend noch die Ehre Ihrer Gesellschaft zu schenken. Ich würde mich zu Ihrer Verfügung stellen und Sie sogleich zu ihm führen.«

Der Mann hatte etwas absonderlich Rostiges an sich, und die Anrede war nur mit einem Stück brüchigen Eisen, welches einem vor die Füße geworfen wird, zu vergleichen; doch in atemloser Aufregung erklärte sich Leonhard auf der Stelle bereit, dem Rufe seines Befreiers Folge zu leisten, und lieh seinen überströmenden Gefühlen mehr Worte, als es sonst seine Art und Gewohnheit war.

»Es ist gut, gehen wir!« sagte der Leutnant, drückte den Hut auf den Kopf, nahm den Stock unter den Arm, schritt mit einer zum Folgen einladenden Handbewegung aus der Tür, kommandierte auf dem Vorplatze: »Licht!« und ließ den ängstlich vorschnellenden Schneider, der sich in seiner Gesellschaft keineswegs wohl gefühlt zu haben schien, mit der Lampe voraus treppab leuchten. In der Gasse deutete er zur Rechten, kommandierte den Pascha in das Haus zurück und schritt weiter wie ein Mann, der die Kunst, jemanden abzuholen, auf ihr allereinfachstes Prinzip zurückzuführen wünscht.

Vergebens versuchte Leonhard es noch einige Male, den schweigsamen Mann in ein Gespräch zu ziehen; der Leutnant ließ sich auf nichts ein und antwortete auf jede Frage:

»Ich bin in dieser Hinsicht nicht beauftragt und kann Sie nur an den Herrn van der Mook selbst verweisen.«

Auch seine Schritte beschleunigte er nicht der Ungeduld des Afrikaners gemäß. Im ruhigen Marschtempo führte er den Begleiter einen weiten Weg quer durch die Stadt bis zu den Teichen, von welchen aus die Residenz in Feuersgefahr mit dem nötigen Wasser versehen wurde. Hier in einer ziemlich unangebauten und verrufenen Gegend stand zwischen halb verwüsteten Gärten, Lehmgruben, Schutthaufen, Zimmerplätzen das öde, kahle, ungetünchte und unbemalte Haus, in welchem der Exleutnant der Strafkompanie wohnte; und nur ein Mann wie er konnte hier seinen Aufenthalt nicht ungern nehmen.

Eine steile, neue, aber doch gebrechliche Treppe führte der Bote des Herrn van der Mook seinen Begleiter hinauf und riet ihm, sich links zu halten; denn es fehle der »Bequemlichkeit« rechts ein Geländer und es sei bereits ein junges, unvorsichtiges Mädchen hier zwei Stockwerke tief hinuntergestürzt und habe das Rückgrat gebrochen.

Auf dem dritten Absatz sprach der Leutnant Kind: »Hier!«, ergriff die Hand Hagebuchers und leitete ihn durch die tiefste Finsternis zu einer Tür, welche er, ohne anzuklopfen, öffnete. Ein schlecht erhelltes Zimmer, welches in keinem Stücke sich mit dem Gesamteindrucke des Hauses in Widerspruch setzte, einige schlechte Gerätschaften, ein eisernes Feldbett, über welchem ein Offiziersdegen an der Wand hing! Auf dem Bette die Gestalt eines Mannes, der sich in seinen Kleidern darauf hingeworfen hatte! Der Herr van der Mook!

»Da sind Sie endlich!« rief Leonhard Hagebucher. »Gelobt seien alle Mächte, an welche Sie glauben!«

Er beugte sich nieder, und der Liegende richtete sich halb empor und reichte dem Manne aus dem Tumurkielande eine heiße Hand zum kräftigen Druck.

»Wie ein Mädchen nach dem Bräutigam so habe ich mich nach Ihnen gesehnt, van der Mook. Jetzt habe ich Sie endlich, und Sie sollen mir diesmal nicht so entgehen wie damals in Chartum! Und Sie sind also doch ein Deutscher?! Wahrlich, es war nicht recht, erst einem armen Teufel einen so großen Dienst zu leisten und sich sodann schroff und grob wie jeder andere Deus ex machina von neuem in die Wolke zu hüllen.«

»Habe ich Ihnen einen Dienst geleistet? Glauben Sie heute, in dieser Stunde wirklich noch, mir für meinen zufälligen Besuch der Hütten von Abu Telfan dankbar sein zu müssen?« fragte Herr van der Mook mit einem wilden Lachen. »Ja, dann war es in der Tat unrecht, daß ich mir nicht als Erlöser und Befreier von Ihnen die Hand küssen ließ; dann bitte ich dafür demütigst um Verzeihung und werde Ihnen alle nur mögliche Genugtuung für meine früheren Unterlassungssünden geben. So habe ich Ihnen wirklich einen Gefallen getan, als ich Sie jener schwarzen Hexe abkaufte? So haben Sie mich nicht seitdem tausendmal in den tiefsten Abgrund für mein zudringliches Eingreifen in Ihr Geschick verwünscht? Sie segneten mich, während ich mir häufig in stillen Stunden Gewissensbisse wegen meiner Handlung machte; das ist wunderlich, sehr wunderlich, und ich könnte fast Ihnen nun meinen Glückwunsch abstatten, wenn es mir nicht immer noch unglaublich erschiene.«

Leonhard Hagebucher hatte einen Stuhl an das Lager des so bitter redenden Mannes gezogen und sagte jetzt merkwürdig ruhig:

»Lieber Herr, als Sie mich zu Abu Telfan fanden, lag ich als ein Blödsinniger auf Ihrem Wege. Damals brachte Sie der Zufall zu mir, und mit dem letzten Hauch meiner Kräfte rief ich Sie an, als Sie über mich wegtraten. Durch Ihre Hülfe wurde ich gerettet und habe, mit großer Mühe freilich, die Bruchstücke meiner europäischen Existenz wieder aneinandergekittet; was ist das nun heute? Haben wir die Rollen jetzt vollständig getauscht? Es ist kein Zufall mehr, was uns in diesem Augenblick abermals zusammenführt; Sie sind krank und rufen mich, wie ich Sie damals rief. Lassen wir also alle weitern Erörterungen des Vergangenen: hier bin ich, Mann, was soll ich für Sie tun? Was kann ich tun, um Sie aus Ihren Ketten zu befreien? Sie verleugneten mir früher Ihre Nationalität; werfen Sie jetzt alle Verkleidungen weg; wir wollen einander klar in die Augen sehen, und ich denke, wir haben beide eine Schule hinter uns, welche uns vor aller Verirrung in die Phrase schützt.«

»Ei, ei, Kamerad, wie besonnen!« rief der Herr van der Mook, sich jetzt ganz von seinem Lager erhebend. »Aber Sie wissen doch nicht, wie sehr Sie recht haben. Geben Sie mir noch einmal Ihre Hand; da, ich grüße Sie herzlich, und daheim im Tumurkielande wird alles wohl sein, und die alten Freunde und Bekannten werden in alter Liebe Ihrer gedenken. Nun, vielleicht findet sich doch noch eine Zeit für diese gemütlichen Erinnerungen; jetzt aber, ohne Phrase, wie Sie trefflich bemerken, o Leonhard Hagebucher, ich habe Sie nötig, und deshalb rief ich Sie. Sie sollen erfahren, wer ich bin und wer ich war; aber es gehört mehr dazu, als Sie sich augenblicklich träumen lassen. Reden Sie jetzt, Leutnant.«

Der Leutnant Kind hatte bis zu diesem Moment mit untergeschlagenen Armen am Tische gelehnt und nicht durch eine einzige Bewegung oder Muskelzuckung angedeutet, daß das Gespräch zwischen den beiden andern Männern auch für ihn einen Sinn habe.

Nun schüttelte er sich ein wenig und sprach gegen die Wand oder vielmehr, als ob er seine Erzählung an den Degen über dem eisernen Feldbett richte.

»Um von mir anzufangen, Herr Hagebucher, so bin ich gewöhnlicher Leute Kind aus einem Kleinbürgerhause in hiesiger Stadt und habe keine gelehrte oder auch nur ausreichende Erziehung genossen. Ich bin ein Friedenssoldat gewesen und habe nur einmal in meinem Leben Feuer im Ernst kommandiert. Fürs Militärwesen hatte ich eine Vorliebe, weil es ein pünktlicher und ordentlicher Stand ist und man sich drin reinlich und nach der Uhr halten muß und weil es keinen andern Stand gibt, in welchem man seine Pflicht und Schuldigkeit so weit und klar vorauskennt. Bin also Soldat geworden nach meiner Natur, und wenn ich kein kluger und gelehrter Mann war, so konnte ich doch lesen, schreiben, rechnen und nach den Kriegsartikeln stillstehen oder marschieren; damit brachte ich es im Verlaufe der Zeit und, wie gesagt, durch angeborene Ordentlichkeit, Pünktlichkeit und Adrettité zum Feldwebel. Dafür paßte ich, und weiter ist mein Wunsch nicht geflogen. Als Feldwebel nahm ich eine Frau und weiß heute noch nicht, wie ich dazu kam, einen andern Menschen so liebzuhaben, denn im Grunde bin ich leider Gottes ein harter Mann, das weiß ich, und habe wenig Freude am Leben, und das ist auch meine Natur. Ich liebte aber mein Weib, wie mir selbst zum Trotz, und sie mußte es wohl zuletzt merken, wie lieb sie mir war, obgleich es sicher schwer zu merken gewesen ist; sie war eine gute Frau, wie die meisten, welche man anständig behandelt. Jetzt ist sie tot, und mein Kind ist auch tot; ich aber weiß nicht, ob das mir recht ist oder ob es mir doch noch das Herz abfressen wird. Ich habe mich wenigstens auf das letztere mit bester Fasson eingerichtet, und so mag es kommen, wie es will. Mein Kind hatte ich auch lieb, und als es noch ganz klein war und auf meinem Schoß saß, da hab ich auch wohl Stunden gehabt, in welchen ich die Welt ebenso rosenrot und golden sah wie die andern Leute, welche der Herrgott nicht so aus Holz und Leder machte wie den Feldwebel Kind. Ein Junge hätte wohl besser zu mir gepaßt, allein ich nahm auch das Mädchen dankbar hin, und ein schönes Mädchen ist's geworden, viel zu schön und fein für unsereinen. – Was ist der Mensch, wenn er sich nicht etwas Rechtes zu sein dünket in allen Stücken, wenn er nicht das Geringste verrichtet, als ob er die allergrößeste Ehre damit einlegen müsse? Ein armseliger Tropf ist und bleibt er, und ob ich gleich nur ein Friedenssoldat gewesen bin, so hab ich doch so was mein ganzes Leben lang nicht an mich herankommen lassen. Keiner hat mir was vorwerfen dürfen. Wenn der Mensch einmal seiner Natur nach ein Militär ist, dann soll er seine Ehre so blank halten wie seine Knöpfe mit dem Wappen seines Landesherrn, und kein Stäubchen soll er dulden, so wenig auf seiner Renommée als auf seiner Uniform. Es schickt sich nicht, ein Lump zu sein, und was sich nicht schickt, das mag Gott nicht in der Welt und der Oberst nicht im Regiment leiden. Glaubt's, ihr Herren, es muß hinaus, wie es sich auch sperrt und wehrt – alles zu seiner Stunde, mag ihm längere oder kürzere Frist gegönnt sein. Stand also mit dem Herrn Baron von Glimmern in einer Kompanie in der wilden Zeit des Prinzen Reinald, und dem Baron hatte ich es zu verdanken, daß ich das Portepee und den Posten als Leutnant der Strafkompanie zu Wallenburg bekam, einen bösen Posten, den man eben nur an Leute unserer Art vergibt und der mir eben wie eine Kette mit eiserner Kugel an den Fuß gelegt wurde, obgleich er meiner Frau eine Seligkeit war, denn sie wuchs um einen Fuß über alle ihre Gevatterinnen hinaus. 's ist aber nicht ihr und mir, sondern unserer Tochter halber geschehen, daß man uns so über unsern Stand erhöhte; der Herr Oberleutnant von Glimmern hatte sie in meinem Quartier, wo er sich gern und häufig in dienstlichen Angelegenheiten zu schaffen machte, kennengelernt, und es war ein reinliches, sauberes, hübsches Frauenzimmer, das steht fest; war aber bereits fest genug versprochen und hatte ihren Schatz lieb. Der Soldat soll nicht rechts und nicht links gaffen, sondern gradaus sehen, das hat sein Gutes für den Dienst, kann aber für den Menschen allerdings Unbequemlichkeiten mit sich bringen, und für mich brachte es diesmal das Allerschlimmste. Des Mädchens Bräutigam ist ein stattlicher, ehrlicher Bursch gewesen, ein Schreiber bei dem Gerichtsrat Fehleysen, hat alle Aussicht auf eine gute Versorgung gehabt und wäre auch wohl vom Militärdienst frei zu machen gewesen, wenn das in meinen Kopf gepaßt hätte, allein es paßte nicht. Ich setzte ihn auf, meinen eigensinnigen Kopf, und verlangte, der Adolf solle seine Zeit dienen so gut als jeder andere; denn es war meine Meinung, es könne eigentlich niemand ein ordentlicher Hausherr oder Hausvater sein, ohne vorher in Reih und Glied gestanden zu haben; und daß ich meinen Willen bekam, verstand sich von selber. Zur richtigen Zeit wurde der junge Mensch eingestellt; um die bösen Gesichter zu Hause kümmerte ich mich wenig, und in der Kompanie ging es, wie es sich gehörte, so daß der Junge mir von Tag zu Tage mehr ans Herz wuchs. Wir, das heißt der Herr Leutnant Fehleysen und ich, hatten ihn noch ein Halbjahr hier in der Residenz in der Zucht; dann kam meine Versetzung nach Wallenburg, und weil ich nun meinen Kopf in betreff des Adolfs aufgesetzt hatte, so setzte jetzt meine Frau ihren in betreff des Mädchens auf. Da bin ich zum erstenmal in meinem Leben schwach und ein erbarmungswürdiger Narr gewesen; wir zogen ab, ich mit meinem Portepee und meine Frau mit sehr hoher Nase, und ließen das Kind hier zurück, und ich glaube, wenn meinem Weib die Hand, welche sie dem Mädchen zum Abschied gab, vom Arm gefallen wäre, sie hätte es nicht für eine üble Vorbedeutung genommen.

Die Herren kennen Wallenburg. Vor Anno dreizehn war das Ding eine Festung mit Wällen und Gräben, Vorwerken und bedeckten Wegen, kurz, allem Zubehör; davon sind heute nur ein paar Hügel und Wasserlachen und das Landeszuchthaus samt der Station der Strafkompanie übriggeblieben. Wer es wollte, konnte es sich in dem Nest ganz gemütlich machen, und also tat ich mit meiner Alten und meinen wilden Kerlen. Es war nämlich ein Dienst, der seine Meriten hat für einen, so sich mit Liebe an ihn hingibt, und weicher wird man nicht durch denselbigen. So wurde ich das Kind eher aus den Gedanken los, als sich schickte, bildete mir etwas ein auf meine Disziplin und nannte das, was andere anders nennen mochten, Pflichterfüllung. Ja, ich habe meine Pflicht erfüllt, nur meine Pflicht, nichts als meine Pflicht; kann's kurz machen mit meinem Rapport, Herr Hagebucher. Acht Monate, nachdem ich meinen Posten angetreten hatte, grad als die Engländer, Türken und Franzosen ihren großen Krieg gegen den Russen anfingen, haben sie mir den Adolf dienstlich zugeführt: wegen Insubordination, stand im Zettel, und ich war natürlich wie ein wildes Tier, habe dem Jungen entgegengeflucht wie ein rechter Kannibale und ihm ins Gesicht zugeschworen, nie solle ein solcher Halunke, der seinem Stande, seiner Ehre und seinem Namen so große Schande antun könne, mein, des Leutnants Kind, Tochtermann werden. Das hat mich wohl gewundert, wie kalt er's nahm, allein ich schob's nur auf die unmenschliche sittliche Verderbtheit; denn der früher so alerte und helläugige Junge war wie ein Stück Stein, wie ein Klotz, sagte, es sei gut, alles sei ihm schon recht, und das Totschießen wär ihm 's liebste. Hätt ich oder mein Weib den unglückseligen Tropf nur zu behandeln gewußt, so wär wohl noch alles gutzumachen gewesen, aber zwei Gänse können nicht dümmer sein, als wir zwei Alte waren. Ja, nachher, als wir uns die Haare zu raufen hatten, sind wir klug genug gewesen; denn was hat der Narr gemeint? Geglaubt hat er, es sei ein abgekartet, niederträchtig Spiel gewesen mit der Leutnantsschaft zu Wallenburg und dem Abzuge aus der Residenz; geglaubt hat er, der Feldwebel Kind habe seine Seele und seiner Tochter Leib für ein Paar Epauletten an den Satan verkauft. Pfui Teufel, Teufel! Sehet, ihr Herren, da hängt der Degen mit der silbernen Troddel über meinem Bett, und ich sage euch, wer an der Schlafsucht leidet, der mag sich unter das Wahrzeichen legen und von dem träumen, was ich noch zu rapportieren habe. Sind also der Adolf und ich einander gegenübergestanden, und hat jeder auf den andern mit den Zähnen geknirscht und ihn zwischen den Zähnen eine Kanaille geheißen, bis zum nächsten durchlauchtigsten Namenstage. Der Herr – van der Mook kennt die Gewohnheit und Sitte; dem Herrn Hagebucher will ich sie sagen. An diesem durchlauchtigsten Namenstag wird nämlich immer dieser oder jener von den in die Strafkompanie Eingestellten, so es nicht zu arg machte, wieder in Gnaden gesetzt, und so auch das Mal. Kommt also der Herr Baron von Glimmern als Adjutant mit Extrapost aus der Hauptstadt nach Wallenburg, die Liste zu verlesen, und steigt natürlich in meinem Quartier ab. Wir frühstücken miteinander, und meine Alte weiß nicht wohin aus Seligkeit über die Ehre; und der Herr Baron sind affabel und heiter genug, bringen Grüße von unserm Kinde und diskurrieren aufs freundschaftlichste von allem, was der Tag gibt. Nachher rücken wir aus in den Hof der Kaserne, blank und propre, und ich denke auch, es ist mein Ehrentag und ich kann Ehre mit allem einlegen, außer meinem Familienunglück, dem verbissenen, dummtrotzigen Adolf. Gut, da steht der Adjutant in Gala vor der Front, meine Kerle stehen wie die Bilder, und jeder meiner Unteroffiziere hat nach dem Reglement die Kugel im Lauf. Der Tambour schlägt seinen Wirbel, der Herr von Glimmern sagt, was unter diesen Umständen immer gesagt wird, entfaltet sein Schreiben, liest seine Namen, und der feierliche Moment soll mit einem dreimaligen Vivat auf den allergnädigsten Landesherrn, welches der Adjutant auszubringen hat, zu Ende kommen. Das ist geschehen; – ich kommandiere Präsentiert 's Gewehr!, der Tambour wirbelt zum zweitenmal, und die Kompanie schreit dreimal hurra, alles nach dem Reglement. Das Reglementswidrige kam erst nach dem dritten Ruf; denn da ist der Adolf aus dem Glied vorgesprungen, hat auch scharf geladen gehabt, legt auf den Herrn Baron an und drückt ab. Der Knall ist in jedem Ohr wie ein Erdbeben; der Adjutant greift nach der Brust, taumelt und überschlägt sich auf dem Boden; der Adolf ist aber auf ihn los wie eine Bestie mit dem Bajonett. Was tut der Mensch, wenn er in solchem Augenblick nicht hört und sieht? Weiß es nicht! Der Leutnant der Strafkompanie kommandierte Feuer! zwei Korporale drücken ab, daß auch der Adolf seinen Sprung in die Luft tut und sich rückwärts in seinem Blute überkugelt, und das war wieder nach dem Reglement, Herr Hagebucher. Ich habe nachher Zeit genug gehabt, darüber nachzudenken; es war ganz nach den Kriegsartikeln, und niemand hätte seiner Pflicht und Schuldigkeit besser nachkommen können als ich damals.«

»Es ist furchtbar, furchtbar!« rief Leonhard tief erschüttert. »Aber noch schlimmer fast ist der Ton, in welchem Sie das alles erzählen!«

»O nein«, sagte der Leutnant kopfschüttelnd, »der Ton ist ganz richtig; wo soll ich einen andern dazu herkriegen? Auch das Schlimmste kommt eigentlich noch nach. Der Adolf war tot, so tot, wie es ihm nur sein ärgster Feind oder sein bester Freund wünschen mochte; den Herrn von Glimmern aber hub man wieder auf vom Boden, und es fand sich, daß ihn eine Wendung des Körpers oder die Vergoldung der Uniform oder sonst so etwas besser vor einem solchen Mordanfall und vorzeitigen Ende geschützt hatte als sein Gewissen, sein Herz und seine Ehre. Natürlich wurde ein Gericht über die Sache zusammenberufen und –«

»Lassen Sie mir jetzt die Fortsetzung und was sonst noch zu sagen und zu erklären sein wird«, sprach der Herr van der Mook und wendete sich von seinem Lager an Leonhard Hagebucher: »Ich bin sehr beteiligt, und mein Vater ist als Rechtsbeistand zugezogen worden.«

Der Afrikaner griff mit bebender Hand nach der Lehne seines Stuhles:

»O Frau Klaudine!«

Einundzwanzigstes Kapitel

Der wilde Jäger, der, um Affen und junge Meerkatzen einzuhandeln, nach Abu Telfan gekommen war und sich damals Kornelius van der Mook nannte, saß jetzt aufrecht auf dem Feldbett des Leutnants Kind, rieb sich die Stirne, kratzte sich hinter den Ohren, fuhr durch das wirre Haar und sagte, während Leonhard Hagebucher ihn nicht mit den zärtlichsten Gefühlen anstarrte:

»Es würde vergeblich sein, es länger abzuleugnen; ja, Compagno, ich bin der Sohn jener alten Dame, welche Sie eben nannten, ich bin der Sohn des Rats Fehleysen, welcher mit über den Leutnant zu Gericht saß. Bleibt ruhig, Kind, Ihr habt mich gerufen, und hier bin ich, nun habt Ihr mich aber auch zu nehmen, wie ich bin – etwas insalvaticato, wie wir es in der Lingua franca nennen; etwas verwaldmenscht, he, Hagebucher? Nun, Herr Leonhard, wie erscheine ich Euch? Das ist ein Aufsteigen aus dem Boden, behängt mit Wurzeln und Erdklößen, mit Moos und vermodernden Blättern? Würde es nicht besser sein, wenn wir den Kopf wieder zurückzögen und von neuem in die Tiefe versänken? Noch steht es bei Euch, in dieser Nacht schon kann die Bestie verschwinden, wie sie kam: – was ist Ihre Meinung, Freund Hagebucher?«

Leonhard nagte kurz atmend an der Oberlippe: Das also war die Hoffnung der Frau Klaudine? Also davon sangen die Tropfen an dem stillen Mühlrade in dem zauberhaften Waldfrieden? Wie tückisch-falsch, wie verlogen, verlogen! – Der Afrikaner sah den Wald um die Mühle, wie er ihn so oft gesehen hatte in zwei Frühlingen und Sommern, er sah die wilden Rosen den edleren Geschwistern über den Zaun des kleinen Gartens die Hände reichen, er hörte die Drossel und den Vogel Fink fern im Gebüsch und sah das feine Haupt der Greisin an dem niedern Fenster. Er blickte tief in das ruhige Herz der Mutter und vernahm seinen leisen Schlag: er lebt und wird wiederkommen, und dann erst ist alles gut, und dann erst sind der wahre Friede und die wahre Schönheit zurückgekehrt!... Verdammt, da qualmte die Lampe des Leutnants Kind auf dem leeren Tische und stellte die Welt in das rechte Licht, hier grinste die Wahrheit von den kahlen Wänden, und die schwarze Winternacht, die in das Fenster sah, die log nicht, und der Degen des Leutnants über dem zerwühlten Bett log auch nicht. Ein Tropfen Blut zog sich langsam an der Klinge abwärts und hing an der Spitze, dicht hinter dem Haupte des Sohnes der Frau Klaudine, und Leonhard Hagebucher sah auf die Klinge, sah auf den Leutnant und sah auf den Herrn van der Mook und sprach:

»Herr von Fehleysen, ich habe in Abu Telfan wenig Gelegenheit gehabt, die alten europäischen, gesellschaftlichen Lügenhaftigkeiten zu üben und auszubilden, und so sage ich Ihnen, wenn ich die Macht hätte, so würde ich Ihnen auf allen Wegen, die zu Ihrer Mutter führen, entgegentreten, ehe Sie Ihr volles Recht an jene heilige Stelle mir klar und deutlich bewiesen hätten. Ich bin Ihnen unendlichen Dank schuldig, aber Ihre Mutter tat doch noch ein Größeres an mir, und ich will sie in ihrem Frieden schützen, solange ich kann. Viktor, wo ist Ihr Recht an Ihre Mutter? Wo ist nach so langen Jahren der Abwesenheit Ihr Geleitsbrief zu ihr? Sie haben eine Frage an mich gestellt, welche ich nur beantworten kann, wenn ich die Geschichte Ihres Lebens ganz kenne. Reden Sie also, und ich werde Ihnen sagen, was Sie zu tun und was Sie zu lassen haben.«

»Hört Ihr es, Leutnant!« rief der Herr van der Mook. »Der dort ist seiner Sache nicht so gewiß als Ihr, und da er doch mehr als wir über den Parteien steht, so wollen wir auf seine Stimme im Rate hören und den Besen nicht ohne seinen Konsens aus der Ecke holen.«

»Wir haben ihn dazu gerufen«, sprach der Leutnant Kind mürrisch, »erzählen Sie ihm das Nötige, und lassen Sie uns weitergehen.«

»Höret und ergötzt Euch, Don Leonardo«, rief Viktor von Fehleysen. »Meine Mutter kennt Ihr, mein Vater war ein Mann der römischen virtus, und was ich bin, das will ich Euch jetzt klarzumachen suchen. Reden wir aber zuerst von den Toten! Mein Vater war ein strenger Mann der Arbeit, der peinlichsten Rechtlichkeit, ein Hypochonder der Pflichterfüllung, und bis auf seine Handschrift war alles an ihm fest und stark. In Athen würde ihn das Scherbengericht in die Verbannung geschickt haben; in Rom hätte ihm der Imperator durch den Zenturionen die Wahl der Todesart freistellen lassen; hierzulande zuckte man die Achseln über ihn, und als man ihn glücklich aus der Luft gelächelt hatte, da waren Tausende, welche ihn mit Vergnügen einen Halunken nannten, ohne ihn zu kennen; und Hunderte, welche ihn kannten, glaubten sehr milde zu sein, wenn sie ihn einen Narren hießen. Aus meinen frühesten Kinderjahren habe ich eine Erinnerung an nächtliche Schritte, die das Gemach neben meiner Kammer durchmaßen von Mitternacht bis zu der Morgendämmerung; da ging mein Vater, welchen seine hohe, ernste Lebensgöttin, die sehr wohlgeborene Dame Gerechtigkeit, nicht schlafen ließ, welchem die Arbeit des Tages zu seinem Lager folgte, um ihn immer von neuem von demselben aufzujagen. Am Tage saß er in Eisen gerüstet zu Gericht, und seine Starrheit gehörte zu ihm wie der Panzer zum Kriegsmann. Natürlich machte er sich nach den verschiedensten Seiten hin mißliebig, und das schlimmste für ihn ist gewesen, daß er längst über seinen kleinen Staat hinausgewachsen war und seine Ansichten nicht verhehlte. Er hatte sich als Abgeordneter sehr verhaßt gemacht, aber so recht individuell wurde der Haß erst nach jener Kriegsgerichtssitzung, von welcher der Leutnant soeben Bericht gab. In derselben und infolge derselben zerfiel er gänzlich mit einer gewissen Partei, welche von diesem Augenblick kein Mittel scheute, ihm überall die Wurzeln abzugraben. Kränkungen, Zurücksetzungen, Verleumdungen folgten einander in ununterbrochener Reihe; man benützte eine langwierige Krankheit, in welche er verfiel, um während derselben ihn überall zu verdrängen, sogar aus dem Vertrauen seiner eigensten Gesinnungsgenossen, und als er von seinem Bett wieder aufstand, begegneten ihm selbst die, welche sonst im öffentlichen Leben treu an seiner Seite standen, mit Kälte und Zurückhaltung. Es woben Meisterhände das Netz, in welchem man ihn fing, und als man zuletzt die Flucht eines seiner Subalternen benützte, um ihn selber der Mißverwaltung, der Restsetzung und dergleichen anzuklagen, da war das Kunststück vollendet, das Messer dem Opfer mit aller Höflichkeit vor die Füße geworfen und das Haus Fehleysen für alle Zeit zu Boden gelegt. Ich bin der Sohn dieses Hauses. Ho, welch ein fader, hohlköpfiger, eitler Gesell ich meiner Zeit war! Sie wissen davon zu sagen, nicht wahr, Kind? Wir trugen den bunten Rock mit den goldenen Schnüren nicht umsonst; es waren lustige Tage, und wir fühlten uns recht wohl in ihnen! Ach, Hagebucher, den schlimmsten Widersacher hatte der Vater in seinem eigenen Hause – von frühester Jugend an war ich ein Rebell gegen seinen Ernst und seine Strenge und habe das Meinige vollauf getan, ihm das Leben zu verdüstern, und die Mutter büßte mit, was mein leichtes Blut täglich verschuldete. Soldat wurde ich natürlich gegen den Willen des Alten; aber das nichtige Wesen paßte in einer andern Art gradsogut zu meinem Charakter wie zu dem des Leutnants dort. Wir waren wie die Mücken an einem warmen Sommertage, nur nicht so harmlos; ein ganzer Schwarm Mädchen und Junggesellen, umtanzten wir den wilden Prinzen, und die Mädchen taugten fast noch weniger als wir. Sie haben Gelegenheit gehabt, Hagebucher, die schöne Frau von Glimmern danach zu fragen, und sie wird Ihnen die Antwort sicherlich nicht schuldig geblieben sein. Nikola! Nikola! Ich sage Ihnen, Don Leonardo, es gibt keinen Namen in der Welt außer dem meiner Mutter, welcher mich grimmiger würgte. Nikola von Einstein! Leutnant, Sie haben doch recht, wir wollen die Rechnung abschließen und einen recht roten Strich durch das Debet des Herrn von Glimmern ziehen. Halali, alle Hunde auf das Fell und alle Messer in das Herz des Schuftes!... Bah, wie man sich immer von neuem so unnötigerweise aufregt. Sie war auch eine klingende Schelle, diese meine schöne Nikola, Hagebucher, und ihre Erziehung hatte sie wahrhaftig zu nichts anderm machen können. Meine arme, arme Nikola! Wir begegneten einander in dem Mückentanze und nahmen unser Teil von dieser Seifenblasenexistenz, welche man rund um uns her Leben nannte. Wir gingen im ironischen Menuettschritt umeinander herum und scherzten frivol die schönsten Stunden der Jugend hinweg. Wir vertändelten unsere besten Gefühle und schlugen all unser Gold in zwei kurzen Sommern zu der allerschlechtesten Scheidemünze. Sogar über meine Mutter lachte ich und nannte sie eine liebe, gute Törin, wenn sie das hervorkehrte, was ich ihre verjährte Taschenbüchersentimentalität nannte. Meine Mutter litt tausend Schmerzen um uns, kummervoll sah sie auf das frivole Spiel; aber auch sie konnte uns nicht vor uns selber retten. Sie wußte besser als Nikola Einstein selbst, was Nikola Einstein wert sei, und nannte sie ihr Kind, ihre liebe Tochter. – O Fluch, Fluch! Heute noch klopfe ich mich häufig mit der Frage an die Stirn: Weshalb reichtet ihr euch nicht in einer vernünftigen Minute die Hände und sprachet: Genug der Albernheiten! – ? – Es war so wenig nötig, um uns beide zu anständigen Menschen zu machen; ein Hauch, ein Blick, der Klang einer Glocke an einem stillen Abend hätte genügt, um uns für alle Ewigkeiten zusammenzuführen; und nun – nun ist sie die Baronin Glimmern, das Weib des feigen Mörders, des Betrügers, und ich bin der verwilderte, störrige Landstreicher, der Mann ohne Heimat, ohne Ehre, ohne Namen, der tolle Tierhändler und Tierbändiger Kornelius van der Mook; und ein altes Weib ist sie mit der Weile auch geworden, und das ist das beste von der Geschichte, nicht wahr, Leutnant, denn was sollte aus uns werden, wenn der Zeiger nicht rückte auf dem Zifferblatt?«

»Sicher rückt er, und wer Geduld hat und es erlebt, wird die Stunde für manch einen Wunsch und manch ein Geschäft schlagen hören«, murrte der Alte; der Herr van der Mook aber ergriff den Afrikaner an einem Knopfe, deutete auf den Leutnant der Strafkompanie und rief:

»Sehen Sie, Hagebucher, das ist ein glücklicher Mensch! Wie er da steht und wartet, wie er im rechten Moment zuschlagen wird ohne Zaudern und jegliche Rührung! Er begrub seine Kinder und geduldete sich, manch liebes, langes Jahr bewies er große Geduld; doch nun wird er zupacken – mit beiden Händen, ohne Erbarmen. Doris hieß die Kleine, welche mit dem Sekretär meines Vaters versprochen war; es ist ein hübscher Name, Hagebucher, ein Schäfername, und mein Freund Friedrich von Glimmern glaubte seinen Schäferroman ohne alle Gefahr oder, was ihm noch lieber gewesen wäre, ohne alles außergewöhnliche Aufsehen spielen zu können. Der Papa Kind saß zu Wallenburg und ritt seine Taugenichtse zusammen, der arme Adolf stand hier in der Stadt in Reih und Glied, und man konnte mit Recht erwarten, daß er sich ruhig verhalte. Doris lernte die bekannte feine Bildung, und der Herr von Glimmern hätte ihr mit Vergnügen allen Vorschub dabei geleistet. Pfui Teufel, wie nüchtern ist das Leben geworden! Das Mädchen war ehrlich und der junge Mensch, der alberne Schreiber, parierte nicht Order; aber auch die beiden unseligen Tröpfe gönnten einander nicht das rechte Wort, sondern dachten selbstverständlich das Schlechteste voneinander, bis die Katastrophe im Kasernenhof zu Wallenburg die Wahrheit an den Tag brachte. Ho, Leutnant, vielleicht wäre es doch komfortabler für alle Parteien gewesen, wenn Ihr dieser Wahrheit freien Lauf gelassen hättet; die Ohren aber klangen Euch ebensosehr wie das Herz. Na, einem Burschen, wie Ihr seid, soll man seinen Weg lassen, und wenn er seine Toten mit allem Anstand begräbt, ihm nicht dazwischenheulen; er verscharrt seinen Grimm nicht mit in der Grube.«

»Das tut er nicht«, sagte der Leutnant, »er weiß, was sich schickt, und ruft nicht die ganze Welt zu Hülfe, um zu verrichten, was er mit Geduld, Akkuratesse und gutem Willen allein besorgen kann. Es ist so viel Geschrei unter den Menschen, und wer's vermag über sich, der soll seinen Gram mit keinem Ekel vermengen. O wären Sie, als das Dach über Ihrem Kopfe einstürzte, Herr von Fehleysen, zu mir gekommen, statt wie blind und toll in die weite Welt zu laufen, wir hätten Sie gewiß noch gerettet für ein recht erträgliches Dasein.«

»Vielleicht... ja, vielleicht!« murmelte Viktor mit einem Seufzer, fiel jedoch sogleich wieder in den alten Ton und rief mit Lachen: »Wir sind eben nicht alle aus demselben sonderbaren Metall gegossen wie Sie, tapferer Leutnant; – jetzt lassen Sie mich meine Geschichte zu Ende bringen, das wird dem Herrn Hagebucher mehr als alles andere beweisen, wie sehr Ihre Anschauungsweise vorzuziehen ist. Auf die Katastrophe zu Wallenburg folgte bald die Katastrophe in meines Vaters Hause, und ich fand keine Kraft in mir, wie ein Mann zu denken und zu handeln; der Faustschlag traf eine hohle Stirn, und damit ist alles gesagt. Ich floh gleich einem Feigling vor dem Geschrei der Menschen, vor dem Gespenst der verlorenen Ehre, vor den Blicken und dem Achselzucken meiner Kameraden, vor den Knöpfen meiner Uniform. Nicht der stolze, tote Vater, sondern das, was die Leute über ihn, über uns sagten, jagte mich hinaus. Gleich einem Wahnsinnigen riß ich die Mutter mit mir fort, aus ihrem Hause, von der blutigen Leiche des Gatten, hinaus in die Winternacht, um sie auf der Landstraße zu verlassen. Es war ein kindisches, tierisches Scheuwerden, eine Panik, wie sie nur über die Schwachen im Geist kommt. Niemals rannte ein Maulesel bei einer Estampede toller in die Prärie. Wo ich ruhig, tapfer und kalt wie Eis hätte sein sollen, da zersplitterte das bißchen Verstand und Überlegung in hundert Stückchen, wie ein Spiegel unter einem Steinwurf. Ich verließ meine Mutter und fing erst einige hundert Meilen weiter südwärts an, soweit es möglich war, zur Besinnung zu kommen. Eine schöne Besinnung, die Besinnung eines Pavians, welcher die Peitsche von seinem Wärter bekam – ein Gemisch aus Scham, Wut und Tücke! So ging ich mit einer Kolonne der französischen Fremdenlegion von Toulon aus nach der Krim und kaufte dem Korporal Kornelius van der Mook im Militärspital zu Pera seinen Taufschein ab. Ich war dann in Kleinasien mit den Polen, wurde ein Jäger und ein Händler mit wilden Tieren, kam bis hinunter gen Abu Telfan im Tumurkielande, um den Siebenschläfer Leonhard Hagebucher aus seiner Höhle im Königreich Dar-Fur zu erlösen, und sitze jetzt hier auf dem Bette des Leutnants Kind, um demselben Hagebucher meine Historie vorzutragen. Ich bin ein gesunder Lump, der nötigenfalls viel Geld verdient, weiter nichts. Aber es gibt noch viel größere Lumpen, und einen davon gedenken der Leutnant und ich in den nächsten Tagen vom Baum zu holen. Zweimal kroch ich im Laufe der letzten fünf Jahre auf allen vieren um die Katzenmühle und sah die alte Frau und sah auch die schöne Nikola, aber der Schakal zeigte das struppige Fell und den geifernden Rachen nicht, er heulte leise in der Ferne und verkroch sich, ehe man im Lager auf seine Gegenwart aufmerksam wurde.«

»Das haben Sie über sich gewonnen?« rief Leonhard, der bis jetzt stumm, unter den wechselndsten Empfindungen, zwischen Empörung und Mitleid schwankend, der wilden Selbstanklage zugehört hatte. »Wahrlich, das zeugt mehr für Sie als alles, was Sie sonst zu Ihrer Entschuldigung sagen könnten.«

»Ich sage es aber nicht zu meiner Entschuldigung!« rief Viktor Fehleysen. »Es war Feigheit und Trotz, nichts anderes. Ich fürchtete die alte Frau, ich schämte mich vor der einstigen Geliebten, und ich hielt es nicht der Mühe wert, die Auferstehung des Jünglings von Nain zu spielen und dadurch den Frieden jener Hütte zu zerstören.«

»Das ist eine Lüge, Herr von Fehleysen!« schrie jetzt Hagebucher zornig. »Spielen Sie nicht den Wahnsinnigen, nachdem Sie so lange in Wahrheit und Wirklichkeit dem Tollhause zu eigen waren. Wen wollen Sie täuschen, Sie, der sich den Kopf an so manchen Realitäten zerstieß? Um Ihrer Mutter willen sollen Sie sich nicht schlechter machen, als Sie sind, und da Sie jetzt von neuem heimkehrten, um die arge Verknotung so manches traurigen Geschickes zu lösen, so sollen Sie sich und uns diese Aufgabe nicht erschweren.«

»Zu welchem Zwecke haben Sie mich gerufen, Leutnant Kind?« fragte der Herr van der Mook.

»Um zu schlagen und zu töten!« sagte der Leutnant, und der andere wendete sich wieder an Hagebucher:

»Wenn Sie das eine Lösung nennen – benissimo! Zehn Jahre hindurch hat der Alte schätzbares Material zusammengetragen; fragen Sie ihn, ob er die Benützung desselben noch länger zu verschieben gedenkt.«

»Ich denke nicht«, sprach der Leutnant. »Ich habe die Papiere in schicklicher Ordnung und kann morgen damit in aller Form vor Fürstlichem Kriminalamt auftreten, um das Weitere zu veranlassen.«

»Was für Papiere?« rief Hagebucher in atemloser Spannung, und der Leutnant zog aus der Brusttasche eine rote, abgenutzte Feldwebelbrieftasche, rückte mit Bedacht die Lampe auf dem Tische zurecht und breitete daneben stumm aus, was er seine Dokumente nannte. Es waren meistens Quittungen und Gegenquittungen, Baurechnungen, Lieferungsverträge für den Haushalt der Prinzeß Marianne. Ein Teil dieser Papiere bestand in Kopien, die von ungeübter Hand angefertigt waren, ein Teil trug aber auch die eigenhändige Unterschrift des Freiherrn Friedrich von Glimmern, und schon das dritte Blatt wog so schwer in der Hand Leonhards, daß er es niederlegte und die Faust darauf:

»Der Fälscher, der Betrüger! O Nikola, Nikola! Um Gottes willen, Leutnant, wie sind Sie zu diesen entsetzlichen Zeugnissen und Beweisen der schamlosesten Felonie gelangt?«

»Durch Adrettité und konstantes, treuliches Aufmerken auf die Wege und Gänge des Herrn Barons. Es steckt manch ein guter, alter Kamerad aus der Kaserne in dem Dienste der Herrschaften, sei es als Verrechner oder Forstgehülfe, als Aufseher oder als Portier und sonstiger Diener. Da fliegt einem eine Feder vor der Nase auf, und man folgt ihr, und sie bringt zu Geheimnissen, die einem merkwürdig in die Augen stechen. Eine kuriose Welt! An einem Spinnenfaden ist nichts gelegen, aber dreht man derselben genug zusammen, so wird man einen tüchtigen Strick zu allerhand nutzbarem Gebrauch bekommen. Weshalb war der Exzellenz so viel drum zu tun, das bettelarme Fräulein von Einstein zu erfreien? Ist sie nicht immerdar der Liebling der Prinzeß Marianne gewesen, und hat nicht der Herr von Glimmern den ganzen Haushalt Ihrer Hoheit durch seine Hände laufen lassen? Eine recht kuriose Welt, Herr Hagebucher – ich habe das Rechnen gelernt, weil ich es in meiner früheren

Charge als Feldwebel sehr nötig hatte, und ich habe gerechnet die ganzen letzten Jahre hindurch. Zuallererst fand ich einen kleinen Bruch, der nicht aufging, nun aber sind Tausende und Tausende draus geworden; da liegen die Rechnungen, und sie stimmen, soweit die Sache mein Lebensglück und das des Herrn Leutnant von Fehleysen anbetrifft. Was die andere Partie dagegen einzuwenden hat, das wollen wir morgen hören und darnach das Buch meinetwegen und der Toten wegen zuklappen. Was der Herr Viktor dann tun wird, das weiß ich nicht; aber der Leutnant Kind, der wird in Geduld den letzten Zapfenstreich erwarten. Das Leben ist ein ekel Ding für einen Menschen, der nichts mehr vor der Hand hat, der das Alte abtat und nichts Neues mehr vornehmen kann.«

Zweiundzwanzigstes Kapitel

Die drei Männer im feurigen Ofen hatten es gut; ihnen war kühl zumute, und sie sangen nur um so heller, je scheußlicher der grause König Nebukadnezar sich gegen sie stellte. Die drei Männer in der Stube des Leutnants Kind schwiegen, und es befand sich nur einer unter ihnen, der ganz genau wußte, was er zu tun hatte. Nach einer Pause nahm der Leutnant seine traurigen Dokumente zusammen, schob sie ohne Hast in die Tasche zurück und sagte:

»Also morgen, meine Herren.«

Jetzt aber fuhr Leonhard Hagebucher aus seiner Erstarrung auf:

»Morgen! Viktor, Viktor, hören Sie das? Wie kann das geschehen? Dürfen Sie Ihre Hand dazu bieten? Morgen, morgen! Denken Sie an Nikola! Besinnen Sie sich! Was wollen Sie tun?«

»Ich bin der Landflüchtige, Ehrenflüchtige; Sie aber sind der Freund der schönen Frau von Glimmern, sind der Freund meiner Mutter, Sie sollen mir raten, was ich tun soll. Dazu habe ich Sie an diesem Abend gerufen; dazu haben wir Sie jetzt in unsere kleinen Geheimnisse eingeweiht. Leonhard, Leonhard Hagebucher, es zerwühlt mir Magen und Hirn, die Wände drehen sich um mich her! O stehen Sie fest, stehen Sie ein für die arme Nikola. Wie soll sie gerettet werden vor den Toten? Wer kann sie retten vor der grimmigen Firma Kind und Kompanie?«

Der Sohn der Frau Klaudine warf sich von neuem auf das Bett und verbarg mit Gestöhn das Gesicht in den Kissen; Leonhard sah bedeutsam auf den Exleutnant der Strafkompanie; aber an diesem hatte sich während der letzten Minuten nichts geändert, und den Blick erwiderte er nur durch ein Achselzucken. Leonhard trat auf ihn zu und flüsterte, seine Hand erfassend:

»Nicht morgen! Gönnen Sie mir, sich selber, uns allen Zeit, Leutnant.«

»Das ist mir nicht kommod«, sprach der Alte. »Es ist auch nicht anständig, weder mir noch dem Herrn von Fehleysen.«

»Es soll aber so sein, Sie alter, harter Mann!« rief Hagebucher, mit dem Fuße aufstampfend. »Haben Sie zehn Jahre lang Ihre Rache verschieben können, so werden Sie jetzt nicht um einige Stunden des Aufschubs rechten. Viktor, morgen wollen wir zu Ihrer Mutter gehen, um einer andern Flüchtigen und Elenden eine Zufluchtsstätte in der Katzenmühle zu bereiten. O Leutnant Kind, haben Ihre Gräber Sie nichts gelehrt als die leichte Kunst, die Wege eines schlechten Gesellen zu erkunden, um ihn am Ende durch einen Hauch zu vernichten? Ja, ich will eintreten, aber für alle, auch für Eure Toten und Euch selbst, alter Mann! So gönnt uns Zeit, zu retten, was zu retten ist; denkt daran, wie Ihr jetzt sitzen würdet als ein glücklicher Mensch unter Euren Enkeln, wenn nicht die blinde Wut dareingegriffen und alle Eure schönsten Hoffnungen vernichtet hätte. Das Schicksal hat Euch ein schweres Richteramt auf die Seele gelegt, Leutnant Kind; zeigt, daß Ihr ihm vollständig gewachsen seid, und handelt nicht wie ein boshafter Schulknabe, sondern wie ein Mann, welcher sich seiner Pflicht nach allen Seiten hin bewußt ist. Ihr werdet diese vernichtende Anklage gegen den Herrn von Glimmern morgen noch nicht erheben; morgen gehen wir zu der Frau Klaudine, auch sie hat teil an jenem Manne, und Ihr müßt ihr Wort hören.«

»Sie wird mich zurückhalten wollen«, murmelte der Leutnant. »Ich habe sie in der letzten Krankheit meiner Tochter kennengelernt, sie ist zu gut und lebt nicht in der richtigen Welt. Ich kann es nicht prästieren, daß ich mir von ihr die Hände binden lasse, und sie wird's versuchen.«

»Das soll und wird sie nicht, dafür verpfände ich Ihnen mein Wort, Leutnant Kind. Es ist niemand berechtigt, den Verbrecher seiner Strafe zu entziehen. Reden Sie doch, Viktor Fehleysen, nicht wahr, wir gehen morgen zu Ihrer Mutter?«

Der Tierhändler nickte tief seufzend; der Leutnant Kind aber schritt einige Male durch das Zimmer und blieb dann dicht vor Leonhard Hagebucher stehen:

»Ich habe lange genug gewartet, Herr; aber Sie gefallen mir, und so mag's drum sein, Sie sollen Ihren Willen haben. Ich hörte von Ihrer Historie und Gefangenschaft, und das hat mir wohl gefallen. Sie sind ein Mann geblieben in harter Drangsal und allem Malheur; deshalb will ich Ihnen auch jetzt trauen; ich bin kein Unmensch und kein Untier. Sie haben mir eben in kurzen Worten viel Wahres gesagt; reisen Sie also morgen mit dem Herrn Viktor zu der guten Frau in der Mühle und sorgen Sie gut für die arme Frau Nikola; aber behalten Sie mich stetig im Gedächtnis, ich bin ein alter Mann und will keine fremden Hände über meine eigensten Geschäfte kommen lassen.«

»Ich danke Ihnen, Leutnant!« sprach Leonhard und wendete sich jetzt von neuem zu dem Sohne der Frau Klaudine; denn auch da war noch manches gute und manches harte Wort zur Bändigung und Bestimmung der wilden Seele nötig; aber es gelang auch hier dem Afrikaner, seinen Willen durchzusetzen. Gegen Mitternacht hätte er Sieg rufen können, wenn das eine Gelegenheit, Sieg zu rufen, gewesen wäre; so nahm er nur betäubt und erschöpft Abschied und ging still seinen einsamen Weg nach Hause. Er blieb aber nicht still; die winterliche Nachtluft tat ihm gut, er gewann bald seine Stimmung wieder, und es war eine eigentümliche Stimmung.

Tragische Dinge hatte er vernommen, tragische Verhältnisse kennengelernt, allein er fühlte sich nicht niedergedrückt in seinem tapfern Herzen, und nachdem die physische Erschöpfung und Betäubung etwas überwunden war, schlug er sogar ganz heiter an seine Brust und sagte:

»Brav, Hagebucher!«

Und er hatte recht. Den beiden Gesellen gegenüber, welche er soeben verließ, durfte er es sich wohl aussprechen, daß er trotz allem doch ein ordentlicher Kerl geblieben sei, der sich seines Daseins weder zu schämen noch dasselbe für abgeschlossen zu halten habe. Weder der Zorn noch das Mitleid trübten ihm so sehr den Blick, daß er darüber in Gefahr kam, die Tramontana aus den Augen zu verlieren. Er konnte sich das Zeugnis ausstellen, daß er in der Stube des Leutnants Kind merkwürdig gelassen geblieben sei, und vor dem stattlichen Hause Seiner Exzellenz des Freiherrn Friedrich von Glimmern gab er sich das Wort, auch in der Katzenmühle ruhig zu bleiben.

Er stand einige Augenblicke still vor der Wohnung Nikolas und blickte empor zu den dunkeln Fenstern, indem er an das schwarze Brod auf dem Tische der Frau Klaudine dachte. Das gab ihm eine weitere Beruhigung, und er murmelte:

»Laß sie essen und genesen!«

Endlich erreichte er seine Wohnung und fand den Pascha zwar im Bett, aber wach über seinen schönsten Träumen, mit einer langen Pfeife im Munde und eingehüllt in Wolken des perfidesten Lausewenzels. Er winkte ihm, sich nicht zu rühren, setzte sich auf den Rand seines Bettes, betrachtete ihn zärtlich und sagte:

»O Täubrich, wenn Sie wüßten, wie angenehm Sie anzuschauen sind und wie kalt und widerlich unheimlich es da draußen in der Dunkelheit ist! Es geht ein kalter Wind in den Gassen, und Fratzen und Gespenster aller Art haben die Oberhand; aber bei allen Palmen im Aufgange, Täubrich, wir beide haben doch den wahren Weltverstand erobert, und es soll diesem alten Europa nicht leicht werden, ihn uns aus der Tasche zu spielen. Bleiben Sie ruhig liegen, es tut meinen Augen gut, Sie zu betrachten.«

»Das war ja ein gräßlicher Kerl!« seufzte der Schneider. »Ich sehe ihn noch immer dort auf dem Stuhle. Ach, Sidi, ich dachte es mir wohl, daß er Sie zu bösen Orten führen würde. Können Sie mir nicht sagen, was er von Ihnen wollte?«

»Jetzt nicht, Täubrich – morgen, ein andermal. Ich werde nun auch ins Bett kriechen – rühren Sie sich nicht, Täubrich; denn der Spuk lauert vor der Tür. Gute Nacht, ich verreise morgen auf einige Tage.«

Der Mann aus dem Tumurkielande träumte in dieser Nacht nicht von dem Herrn Polizeidirektor Betzendorff, er träumte überhaupt nicht von einer ihn selber betreffenden Sache. Am folgenden Morgen packte er einige Notwendigkeiten in einen Reisesack und schickte den Pascha mit einer kurzen schriftlichen Notiz über sein Verschwinden zum Professor Reihenschlager.

Der Professor empfing, öffnete und las das Billet, schüttelte den Kopf und meinte, solch ein polizeiliches Eingreifen in ein wissenschaftlich-humanes Unternehmen sei zwar nicht hübsch, sondern sogar sehr ärgerlich und durchaus nicht geeignet, den ruhigen Staatsangehörigen mit allen bestehenden Verhältnissen im Einklange zu erhalten; aber freiwilliges Exil trage es im Grunde doch nicht für den Betroffenen aus. Er erbat sich die Meinung der Tochter darüber, und Fräulein Serena Reihenschlager behauptete, sie halte es nicht der Mühe wert, eine eigene Meinung darüber zu haben, mit Vergnügen füge sie sich in die des Papas.

Leonhard Hagebucher befand sich mit dem Herrn Kornelius van der Mook auf dem Wege zur Katzenmühle. –

Zu den Müttern! Es war in der Seele beider Männer etwas von jenem Grauen Fausts, als er zu jenen andern Müttern, den geheimnisvollen Schlüssel in der Hand tragend, niederstieg. Der Tag war dunkel und stürmisch, das war gut; denn weder Leonhard noch Viktor Fehleysen hätten mit der holdseligsten Witterung etwas anzufangen gewußt. Sie fuhren desselben Weges, auf welchem Viktor einst mit der Frau Klaudine vor dem Schicksal des väterlichen Hauses floh. Erst die Post mit ihrem wüsten, zähneklappernden Getümmel, dann die Landstraße durch Wald und Feld und verregnete, schmutzige Dörfer!... Knielahme Gäule, verdrossene Kutscher, mürrische Schlagbaumwächter, die den niederträchtigsten Weg teuer bezahlt haben wollten! Wald und Feld – bergauf, bergab; welch ein Tag und welch ein Pfad, um zu dem schönen Wunder in der Einsamkeit, um zu der Frau Klaudine zu gelangen!

Der Tierhändler lag entweder stumm in der Ecke des Wagens, oder er machte seiner Erregung durch wilde, unartikulierte Ausrufe Luft und erzählte dazwischen in abgebrochenster Weise seinem Reisebegleiter von dem, was ihm am gestrigen Abend als das Unbedeutende, Gleichgültige erschienen war, nämlich von seinem Leben, seinen Fahrten und Abenteuern nach der Flucht aus der Zivilisation. Aber auch Hagebucher hatte ihm bis ins kleinste Rede zu stehen, nicht etwa über seinen Aufenthalt in Abu Telfan, sondern über seine Rückkehr in die Heimat, über seine Ankunft und sein Leben in Nippenburg, Bumsdorf und der Umgegend. Auf das allergenaueste verlangte Viktor jetzt zu wissen, wann und wie der Afrikaner zuerst den Namen seiner Mutter vernommen und wie er ihre Bekanntschaft gemacht habe, und gern berichtete Leonhard, wie es von ihm verlangt wurde. Er suchte den reuig-zornigen Sohn, den wilden Schwächling zu beruhigen und ihn in jeder Weise besser auf dieses seltsam-traurige Wiedersehen vorzubereiten; aber der Herr van der Mook war ein zu ausgelernter Selbstpeiniger, um sich so schnell zu geben. Als der Wagen sich seinem Ziele näherte, sank er jedoch vollständig in sich zusammen, und nie hatte die Madam

Kulla Gulla ihren Gefangenen so weich und gebrochen unter ihren Händen gespürt, als jetzt Leonhard den Tierhändler in den seinigen fühlte. Es war ein furchtbarer Passionsweg für den Sohn der Frau Klaudine, und er tat Buße nach seiner Art auf jeglicher Station desselben.

Sie erreichten die Stelle, an welcher Viktor die Mutter in jenem Schneesturm verließ, um die Hülfe des Vetters Wassertreter und seiner Myrmidonen anzurufen. Sie ließen auch heute halten und stiegen aus dem Wagen, welchen sie jetzt zurücksendeten. Fieberschauernd stand der Herr van der Mook auf der Landstraße und hielt den Arm seines Begleiters oder vielmehr Führers wie ein Kind die Schürze der Mutter. Zerrissenes Gewölk hing in den Wipfeln der Bäume, schwere, dunkle Massen des Regennebels wälzten sich langsam an den Berglehnen hin, es träufelte aus den Zweigen, und es war still und öde ringsumher.

Gegen vier Uhr am Nachmittag erreichten die beiden Wanderer den schon geschilderten Eingang in das kleine Seitental, in welchem die Katzenmühle lag. In dem Walde selbst herrschte bereits halbe Dämmerung –

»Bist du bereit?
Nicht Schlösser sind, nicht Riegel wegzuschieben!«

Sie standen vor der Mühle, standen und starrten, und ihre Herzen schlugen wie in keiner Gefahr ihres abenteuerlichen, gefahrenreichen Lebens.

Ach, wie sehr gehörte das frischeste Grün des Jahres dazu, um eine solche Stelle dem Auge und der Phantasie lieblich zu machen! Heute war der Zauber gebrochen und der Schleier von den Dingen gefallen, das Märchen war zu Ende, und die Wirklichkeit drängte sich nackt und nüchtern vor und schrie laut zu dem Herzen und dem Verstande. Der Felsen drohte kahl und kalt über dem zerfallenden Dache der Hütte; die Katzenmühle war nichts anderes als eine gespenstische, verwahrloste Ruine, und der dünne Rauch ihres Schornsteins stieg gleich der leisen Klage eines Bettlers zum Himmel empor.

Wo waren die blinkenden, spielenden Tropfen, die mit heimlichem Klang so süß die Stunden maßen und so viel von einer seligen erfüllungsreichen Zukunft zu erzählen wußten? Ein trüber Strom schmutzigen Wassers ergoß sich über das schwarze, zerbrochene Rad, versumpfte den Weg und verwandelte das Gehölz auf eine weite Strecke in einen häßlichen Morast. Auch das war wie Spott und Hohn.

»Jetzt habt ihr unser wahres, echtes Gesicht!« rief alles in der Runde. »Waret ihr solche Narren zu glauben, wir seien anders als ihr, so lachen wir eurer und freuen uns eurer Narrheit: wir sind ebenso falsch und so häßlich als ihr und tragen unsere Feiergewänder und unsere feinen Mienen wie ihr. Fort mit euch, zurück! Ihr eitlen, selbstsüchtigen Gefühlskrämer, was wir auch sein mögen, wir sind gute Wächter und wollen euer Eindringen in unsern Bezirk nicht leiden.«

Einen tiefen Schauder hatte Leonhard zu überwinden, als er über diesen hastigen, sprudelnden Bach, der jetzt seinen Weg kreuzte, sprang. Der Herr van der Mook warf den Hut zu Boden und zerbiß die Lippen, daß sie bluteten, während Hagebucher an die Tür der Mühle pochte; er drückte sich unwillkürlich gegen den Stamm der Eiche, neben welcher er stand, und murmelte unzusammenhängende Worte der schrecklichsten Selbstanklage, und dann lachte er, aber das war noch schrecklicher und fand kein Echo im Walde.

Des Hundes wohlbekannte, rauhe, ehrliche Stimme antwortete zuerst dem anklopfenden Leonhard; dann blickte die Magd Christine vorsichtig durch das Fenster, zog aber schnell den Kopf zurück und kam eiligst, die Tür zu öffnen und den unerwarteten Gast zu ihrer Herrin zu führen.

»O Herr Hagebucher, da sind Sie schon?! Ach, es tut uns so sehr leid, und meine Madam sitzt in tiefer Betrübnis um Sie und die Mutter und Schwester zu Bumsdorf!« rief sie, indem sie jetzt auch die Stubentür öffnete. »Treten Sie nur ein und nehmen Sie es sich nicht allzusehr zu Herzen. – Madam, hier ist der Herr Leonhard schon.«

Und die Frau Klaudine, welche bereits, horchend auf den Tritt und die Stimme des Nahenden, das schöne, alte Gesicht von der

Arbeit erhoben hatte, richtete sich jetzt ganz aus ihrem Sessel auf und streckte dem Eintretenden beide Hände entgegen:

»Leonhard, Leonhard, sind Sie es denn wirklich? So schnell kann die Nachricht des Unglücks fliegen? Gott tröste Sie, mein Freund; – aber Sie können nicht von dem Dorfe kommen, das ist unmöglich – wie führt Sie Ihr Weg jetzt zur Mühle?«

Das war ein eigentümlicher Gruß, und betroffen suchte Leonhard in den Mienen der Frau Klaudine nach einer näheren Erklärung.

»Noch lebt er, aber leider in großen Schmerzen. Der Herr von Bumsdorf ritt erst vor einer Stunde zu meiner Hütte und rief mir die traurige Botschaft ins Fenster, und nun treten Sie, mein armer Leonhard, da so plötzlich aus dem Walde – welch eine Unruhe, welch ein ängstliches Drängen, o Gott!«

»Was ist das?« stammelte Hagebucher. »Wer ist so sehr krank? Was für eine Nachricht hat der Herr von Bumsdorf gebracht?« Und die Frau Klaudine trat zurück und rief:

»Also hat nur der Zufall Sie heute hierhergeführt, und Sie wissen nichts von dem, was in Ihrem elterlichen Hause vorgeht?«

»Nichts, nichts!«

»Das ist das Leben! Immer die alten, harten Hände am Webstuhl! Ihr Vater ist seit gestern schwer erkrankt, Leonhard; es ist kaum eine Hoffnung, ihn zu erhalten, und der Vetter Wassertreter ist sehr betrübt und aufgeregt und soll meinen, es sei seine Schuld, daß dieses Unglück so plötzlich hereingebrochen sei.«

Einen Augenblick stand Leonhard Hagebucher betäubt, erschüttert, fassungslos, doch dieses konnte nicht dauern. Jetzt trafen zwei Strömungen in seiner Brust aufeinander, und daraus entstand wenigstens für den Moment die innerlichste Klarheit.

Er beugte sich nieder, und als die Madam Klaudine ihn nun auf die Stirn küßte, flüsterte er:

»Nicht der Zufall, gewiß nicht der Zufall! O Frau Klaudine, ich komme nicht allein, sondern bringe einen alten Bekannten mit mir. Er steht vor der Tür, er kniet vor der Tür, Frau Klaudine; ich aber wußte nicht, wie ich ihn einführen sollte, denn es erfordert ein starkes, tapferes Herz, die Begegnung zu tragen. Ich bringe den Herrn van der Mook, meinen Befreier aus der Gefangenschaft; er aber kannte bereits den Weg zu dieser Hütte. Sie redeten zu mir von dem Tode, Frau Klaudine; ich bringe Ihnen das Leben, die Erfüllung eines langen schmerzlichen Sehnens, einer Liebe, die auch stark ist wie der Tod.«

Er geleitete die Mutter Viktors zu ihrem Sessel und ließ sie sich niedersetzen; sie ließ sich willenlos führen.

»Ich gehe jetzt zu *meiner* Mutter«, sprach er mit Bedeutung. »Wenn ich hierher zurückkehre –«

Er vollendete nicht, denn er sah, daß die Frau Klaudine ihn nicht mehr verstand. Sie saß bleich und sprachlos, und Leonhard Hagebucher befreite seine Hand von ihrem krampfhaften Griff, verließ das Zimmer und trat an die Tür der Katzenmühle, wo der andere schon stand und die Stirn an den morschen Pfosten lehnte.

Stumm wies er in das Haus, sah den Sohn in die Stube der Mutter treten und ging, ohne sich umzusehen, allein weiter, zurück durch das enge Tal. Schnell eilte er auf der Landstraße durch Fliegenhausen und dann fast im Lauf nach Bumsdorf, dem Vaterhause zu.

Dreiundzwanzigstes Kapitel

Früher beschrittene Wege, ist das nicht etwas, das zu dem Schönsten oder Schlimmsten im menschlichen Leben zu rechnen ist? Wo der Pfad führte, durch die Einöde oder die wimmelnden Gassen einer großen Stadt, über die stille Wiese, der grünen Hecke entlang oder durch den grünen Wald, es redet überall der Boden unter den Füßen und mahnt: Erinnere dich, erinnere dich!

Es gibt kaum etwas Wehmütigeres als schon einmal beschrittene Wege, selbst wenn sie zum Glücke führten; denn nichts lehrt so eindringlich als sie, in welchem Traume die Menschen wandeln.

Fortwährend ein Schall gleich dem Tritt eines Rosses im Ohr, fortwährend ein weißer Schein wie von einem weißen Pferde in der Dämmerung zur Seite, trotz der Gedanken an den sterbenden oder gestorbenen Vater! Wie hatte der Wanderer einst in das Gesicht der schönen Reiterin und Kranzwinderin geblickt und ewige Jugend und alle Heiterkeit und Herrlichkeit des Daseins da gefunden, wo sich die Falten des Alters, der Sorge, der tiefsten Lebensnot zusammenzogen! Was war noch übrig von alledem, was sich vor zwei kurzen Jahren mit dem schönen, lachenden Haupt in jener Mondscheinnacht aus dem Gebüsch, aus dem Boden der Heimat erhoben hatte?

»Dem Manne ein Schwert, dem Weibe das schwarze Brod der Frau Klaudine!« murmelte der Wanderer, dessen Pfad sich durch so viele Trümmer und Täuschungen wand.

Da war die Höhe, und wieder lagen die dunkeln Täler zu den Füßen Leonhard Hagebuchers; aber er trug jetzt nicht mehr eine Kornähre in der Hand.

»Krieg! Krieg!« rief er laut hinaus. »Krieg für alle, denn wir wollen ihn alle! Die Täler sollen sich regen und die Höhen von Waffen leuchten, und wer die Schlacht überlebt, dem soll's erlaubt sein, sich zu wundern über den Sieg.«

Er horchte, als ob jetzt der Klang von tausend Trompeten die Nacht durchbrechen müsse, und als es nun doch stillblieb, dachte er von neuem an den alten wunderlichen Vater und wie er denselben so sehr geärgert und in seinen einfachsten und natürlichsten Erwartungen getäuscht habe. Dadurch wurde er wieder schneller vorwärts getrieben, bis der Brunnen, aus welchem er vor einem Jahre als ein ganzer Narr und ein halber Verliebter trank, an der Landstraße vor ihm rauschte. Damals war er, wie wir wissen, längere Zeit niedergesessen, um sich über die neu hervorbrechenden Quellen der Hoffnung, des Lebensmutes zu freuen; diesmal hielt er bloß einen flüchtigen Augenblick an, um wie in jener Sommernacht von dem klaren Strahl zu trinken. Als er sich aufrichtete, lächelte er doch wieder, trotz allem, was ihn bedrängte. Und so wandelte er fürder und gab in Gedanken seinem armen Freunde, dem träumenden Schneider Felix Täubrich, genannt Täubrich-Pascha, von allen Empfindungen, Gefühlen, Worten und Handlungen des heutigen Tages Bericht, bis er den ersten Bumsdorfer Hahn krähen hörte. Damit versanken alle Gestalten, die außerhalb des Vaterhauses in seinem Gesichtskreis sich bewegten, selbst die der Frau Klaudine und des Herrn van der Mook. Die Familie trat zum erstenmal wieder ganz und gar in den Vordergrund, und naturgemäß mußte jeder Streit und Kampf für und um die eigene Existenz oder die anderer aufhören; denn es lag ein Sterbender oder ein Toter in der Familie, und die Toten verstehen es, Stille zu gebieten. –

Der Hahn krähte, aber er bedachte sich, und indem er nach der Uhr zu sehen schien, schloß er den Schnabel, ehe er seinen Weckruf vollständig hervortrompetet hatte. In den warmen Ställen regten sich die Kühe, und ein Gaul schien unter einem schweren Traum zu leiden und wurde von einem erbosten schlaftrunkenen, fluchenden Knechte zur Ruhe verwiesen. Mitternacht war kaum vorüber, als der Wanderer am Ende der Dorfgasse das einzige Licht des Dorfes, das Licht in der Kammer seiner Eltern, zu Gesicht bekam, und im heftigsten Laufe erreichte er das Haus.

Der sonst so zierlich geglättete Kies in den Wegen des Gartens war von vielen Fußtritten zerstampft, ja sogar der Buchsbaum, welcher die Beete einfaßte, der Stolz des Alten, war an mehreren Stellen niedergetreten. Die Haustüre stand offen, und schwer fiel dieses deutlichste Zeichen, daß der Herr des Hauses nicht mehr über dem Seinigen wache, dem Sohne auf das Herz.

Die Schlüssel lagen nicht mehr unter dem Kopfkissen des Steuerinspektors Hagebucher; eine in Schmerz und Schrecken zitternde Hand hatte sie unter dem sorglichen, sorgenvollen, ängstlichen Haupte hervorgezogen – das mächtigste Königreich kann auf die gleiche Weise zerfallen oder in die Gewalt eines andern übergehen.

Auf dem Flur stieß Leonhard auf einen feuchten Mantel und einen Mann drin, auf den Reichsvikar des Hauses Hagebucher, den Vetter Wassertreter, der soeben einen Erfrischungslauf durch den Garten und das Dorf gemacht hatte, jetzt den Afrikaner mit einem leisen »Wer da?« empfing, ihn sodann in höchster Überraschung in die Arme schloß, um ihm das ewige, trostlose »Zu spät!« zuzuflüstern.

Wie die Frau Klaudine wußte auch er sich dieses plötzliche Erscheinen Leonhards nicht zu erklären; aber noch war die Zeit für solche Erklärungen nicht gekommen.

»Gegen neun Uhr ist er gestorben«, sagte er. »Herrgott, welch ein Trost, daß du da bist! O Leonhard, ich, ich habe ihn auf dem Gewissen, und wenn er auch einen schönen Tod hatte, so verzeihe ich es mir doch mein Leben lang nicht, ihm dazu verholfen zu haben. Willst du dich erst fassen, mein Junge, oder soll ich dir meine Beichte auf der Stelle ablegen?«

»Was macht die Mutter? Wo ist die Schwester?« fragte Leonhard, die eigentümliche Selbstanschuldigung des Wegebauinspektors wenig beachtend.

»Sie sind natürlich außer sich!« rief der Vetter Wassertreter. »Aber auch sie wird deine Ankunft unmenschlich trösten.«

Er öffnete dem Afrikaner die Tür der Wohnstube im untern Stockwerk des Hauses und führte ihn in dieses Gemach, worin vordem jener große Familienrat unter dem Vorsitz der Tante Schnödler gehalten wurde.

»Ich will das Kind rufen. Die Alte sitzt natürlich neben dem Alten und will nicht davon weichen. Wärme dich, wenn du es kannst, und mache dem armen kleinen Mädchen das rechte Gesicht, sie hat es nötig.«

Der Vetter zog leise die Tür hinter sich zu, und Leonhard stand in dem dunkeln Zimmer, in welchem noch ein letzter warmer Hauch des erkaltenden Ofens schwebte. Die Uhr, welche der Vater noch aufgezogen hatte, setzte ihren Weg durch die Zeit auch jetzt in ihrem Winkel fort; der runde Tisch in der Mitte des Zimmers stand noch an seiner Stelle, und als der Sohn des Hauses an demselben einen Stützpunkt suchte, stieß er mit der Hand an die Schnupftabaksdose des Alten und erschrak sehr darüber. Der Raum war so voll von Gespenstern wie in der vergangenen Nacht die Stube des Leutnants Kind, und der Spuk von Nippenburg und Bumsdorf zupfte kaum weniger an den Nerven als der von Wallenburg und der Residenz. Dazu durchfröstelte jetzt den Wanderer am Ziel seines Weges das erste Gefühl der Übernächtigkeit und Erschöpfung im vollsten Maße; er seufzte tief, aber er wagte nicht, einen Stuhl heranzuziehen und sich zu setzen. Mit geschlossenen Augen und übereinandergeschlagenen Armen lehnte er an dem Tische, bis Lina mit einem Lichte in der Hand hereinschwankte und ihr bleiches, entsetztes, tränenüberströmtes Gesicht an der Brust des Bruders verbarg.

»Der Vater, der arme Vater, der Vater ist tot!« mehr vermochte sie nicht hervorzubringen; aber Leonhard Hagebucher hätte nun doch vielleicht manchen Regentag seines Lebens hingegeben, wenn er dafür in dieser Stunde nur einige solcher erfrischenden Tränen, wie das junge, zitternde, furchtsame Ding in seinen Armen weinte, hätte eintauschen können. Er hatte zu lange in der Fremde und in der Heimat unter den Wilden gelebt und hatte von manches Menschen Tode gehört oder gar ihn sterben sehen, um bei solcher Gelegenheit noch über das köstliche Naß verfügen zu können.

Dafür sprach er aber um so besser und verständlicher leise, schmeichelnde Trostesworte zu der kleinen Trostlosen und trug sie dann mehr, als daß er sie führte, die Treppe hinauf, zu der alten Frau.

»Ach, das ist ein so großes Grauen! Es ist mir so sehr fürchterlich, und ich schäme mich, denn ich habe ihn doch so liebgehabt und habe ihn so lieb –«

»Wo ist der Vetter, mein Herzchen?« fragte der Bruder.

»Auch dort drinnen bei der Mutter und – und dem Vater.«

»Ich schicke ihn dir heraus. Sei ruhig; wir müssen nun recht wacker zusammenhalten. Mein armes Kind, alles wird ja zu seiner Zeit zu einem Ding, welches anfängt: Es war einmal! Fasse dich, Lina, auch diese böse Nacht wird vergehen; es ist übrigens kein Unrecht, Respekt vor den Toten zu haben, sie fürchtet man nur dann nicht mehr, wenn man anfing, die Lebenden sehr zu fürchten.«

Mit zärtlicher Sorglichkeit setzte er nun die Schwester auf einen Stuhl, welcher vor der Kammer der Eltern stand, und den Leuchter zu ihren Füßen nieder, dann trat er ein in das Sterbegemach, winkte dem Vetter Wassertreter hinaus und faßte darauf sanft die alte Frau neben der Leiche in die Arme, und wenig läßt sich über dieses Wiedersehen, diese traurige Begrüßung sagen: der alte stumme Herr spielte eben die Hauptperson dabei, und der war schon zu Lebzeiten nicht auf viele und unnötige Worte eingerichtet.

Da lag er! Durchaus nicht gelber und verdrießlicher als in den heitersten und behaglichsten Momenten seines Daseins, aber jedenfalls ebenso gelb und verdrießlich.

»Er war so gut, so gut!« schluchzte die alte Dame. »Vierzig Jahre haben wir miteinander gehauset und Leid und Freude miteinander getragen. Es weiß niemand so als ich, wie gut er war, wenn man ihm seinen Willen tat. Nimmer hat er mir ein böses Wort gesagt, und nun liegt er da. Vorgestern noch beim Kaffee hat er alles eingerichtet, wo die Bohnen gepflanzt werden sollten und wo der Salat und die Erbsen, und es war ganz gegen meine Meinung, aber ich habe sie wieder einmal nicht durchgesetzt, und das ist mein einziger Trost in dieser Stunde. Tot, tot, ja, ihr habt gut sagen, es sei so; ich muß mich noch langehin besinnen, ob es wirklich wahr ist und ob es wirklich möglich sein kann. Vierzig Jahre, vierzig Jahre, und nun, als ob es alles nichts gewesen sei! Ich kann nicht dran glauben! O Leonhard, ich freue mich, daß du gekommen bist, aber helfen kannst du deiner alten Mutter auch nicht, der kann niemand helfen.«

»Was soll aus dem Hause und allem, was dazu gehört, werden, wenn du es und uns aufgeben willst, Mama?« fragte der Sohn mit rührender Listigkeit. »Es geht jetzt schon alles drunter und drüber, wie wird das erst morgen aussehen! Da ist denn doch noch ein Trost, daß der Vater den Jammer und die Verwahrlosung nicht mehr sehen wird, denn es würde ihn sehr ärgern. Solch ein akkurater Mann! Ich glaube sicher, Mama, du tätest ihm nun grade die rechte Liebe an, wenn du dich zusammennähmest und an seiner Stelle Ordnung hieltest und alles, was ihm am Herzen lag, nach seiner Weise versorgtest! Ich glaube, du mußt dich jetzt in jeder Art schonen, daß du Kräfte behältst; du weißt, spaßen ließ er nicht mit sich, und daß er einmal eine ganz genaue Rechenschaft verlangt, das ist mir unzweifelhaft, wie ich ihn kenne.«

»Das wird er, mein Kind! Jaja, ich sehe es wohl ein, und ich will auch tun, was menschenmöglich ist; aber ich fürchte mich schon jetzt, an seine Schiebladen und Kasten und Rechenbücher zu rühren; er war so sehr eigen.«

»Wer sollte es aber sonst ihm zu Dank machen? O Mama, jetzt bringe ich dich zu der armen Lina, und du mußt mit ihr zu Bett gehen. Er paßt uns ganz sicher auch von da oben auf die Finger, und die Verwandtschaft wird ebenfalls mit dem frühesten kommen, ihm die letzten Ehren anzutun, und nichts ist vorgerichtet. O Mama, was soll daraus werden, wenn du uns und ihm nicht bei Kräften bleibst?«

Dieses war die rechte Art, zu trösten und zu kräftigen, sie führte also auch besser zum Zweck als hundert weinerliche Sentimentalitäten. Es gelang, die alte Frau aus der schwülen Kammer zu entfernen und sie unter Beihülfe des Wegebauinspektors der Schwester zu übergeben. Nachdem dieses geschehen war, öffnete Leonhard Hagebucher mit einem tiefen Seufzer die Fenster und ließ die winterliche Luft hinein in das dumpfige Sterbegemach. Nun krähten die Hähne von neuem, aber dieses Mal mit vollem Rechte, es war Morgen geworden. Der Vetter Wassertreter trat wieder ein und sagte:

»Gottlob, endlich haben sie Vernunft angenommen und sind ins Bett gekrochen, beide in ein Bett und in den vollen Kleidern. Nun werden sie sich in den Schlaf weinen, aber derselbe soll ihnen nichtsdestoweniger ebenso gesegnet sein wie uns dieser frische Nordwind. Ah, welche Wohltat!«

Die beiden Männer standen jetzt wieder neben dem Toten und betrachteten ihn schweigend.

In tiefem Grame dachte Leonhard daran, mit welchem Glanze er so oft während seiner Gefangenschaft dieses Haupt umkleidet gesehen hatte und wie nun nicht eine seiner würdigen und schönen Phantasien zur Wirklichkeit geworden sei. Er grübelte aber, zu seiner Ehre sei's gesagt, nicht seiner selbst wegen darüber nach; ein unendliches Mitleid mit dem alten Mann, der aus so tausenderlei kleinen und nichtigen Kümmernissen und Sorgen sein Leben spann, beherrschte ihn ganz und gar und regierte alle seine Gedanken. Er quälte sich bitter damit, Selbstvorwürfe aus allen Winkeln seiner Brust zusammenzuscharren; aber wie er sich auch anstellte, der Alte tat's nicht, auf keine Weise paßte er als weißlockiger Patriarch auf die Bank unter den Lindenbaum, um weise Lehren und würdige Lebenserfahrungen einem ehrfurchtsvollen, lauschenden Kreise mitzuteilen.

»Laß es gut sein, Leonhard«, sagte endlich der Vetter, »wir wollen nicht bloß den Frauen gute Lehren geben, wir wollen selber uns danach halten.«

»Jaja«, sprach Leonhard traurig, »das werden wir wohl müssen. Jetzt aber –«

»Jetzt willst du meine Beichte und wünschest zu erfahren, wie das Unglück seinen Weg ins Haus fand. Leider kann ich immer nur wiederholen, daß ich einzig und allein die Schuld trage und mir grad, weil alles in der besten Absicht geschah, die schlimmsten Gewissensskrupeln mache.«

»Ich habe das wunderliche Wort bereits gehört; was soll es bedeuten?«

»Nichts weiter, als daß ich mein Versprechen hielt und ihn mit der Menschheit aussöhnte. Seine Natur war jedoch nicht darauf eingerichtet, und so – so hast du denn die Folgen davon hier vor dir.«

»Ach, Vetter, laß uns jetzt nicht einander Rätsel aufgeben.«

»Das ist wahrhaftig nicht meine Absicht; im Gegenteil, ich werde die Geschichte dir so klar wie möglich zu Protokoll geben. Es ist mir ein wahres Bedürfnis, mir die Hände zu waschen und mich schlafen zu legen. Also höre; ich habe es glorreich zustande gebracht!«

»Was, was?«

»Den Fackelzug und die Stadtmusik und die Deputation aus dem Pfau und die Reden und die Abbitte des Onkel Schnödler samt dem dreimaligen Tusch und Vivat. Es war gelungen, ungemein gelungen, und der Vetter Wassertreter durfte sich wohl die Hände reiben, wenn der Alte mir nicht zum Schluß, als alles in schönster Ordnung war, diesen Streich gespielt hätte. Ich traute ihm zwar vieles zu, aber das nicht!«

Ein großes Licht ging dem Afrikaner auf; von neuem betrachtete er kopfschüttelnd das verrunzelte, verkniffene Gesicht auf dem Kopfkissen, unterbrach jedoch durch keine weitere Bemerkung den betrübten Vetter, und dieser fuhr im kläglichsten Tone fort:

»Wie habe ich fast seit deinem Fortgehen von Nippenburg gearbeitet, intrigiert und gewühlt! Kein Maulwurf auf zwanzig Meilen in der Runde hätte seine Sache besser gemacht. Welche Hebel habe ich in Bewegung gesetzt! Ganz Nippenburg hat mir helfen müssen, ohne es zu ahnen. Die Menschheit hat in mir einen ihrer größten Triumphe gefeiert. Ein Kunstwerk, ein wahres, richtiges Kunstwerk; das lasse ich mir auch in dieser Stunde noch nicht nehmen! Und eines seligen Todes ist er auch verblichen, das ist mein zweiter Trost, Leonhard, und wenn ich wüßte, wie jener alte Grieche hieß, dem man zurief: Stirb, du hast nichts mehr zu wünschen, so würde ich dir ein recht passendes Zitat zu kosten geben. Ach, liebster Herrgott, auf dem Markte in Nippenburg formieren wir uns vorgestern bei einbrechender Dämmerung, wie ich es dir versprach – sämtliche Honoratioren, die Schützengilde, der Gesangverein und natürlich alles Volk, das abkommen kann, und du weißt, wir können alle abkommen in Nippenburg. Bedeckter Himmel, windstilles, recht angenehmes Wetter, sämtliche holde Weiblichkeit an den Fenstern, in den Haustüren oder die Häuser entlang! Banner und Fahnen, kurz, alles, was dazu gehört! Jedermann sein eigener Fackelträger, jeder Nippenburger Philister mit seinem eigenen Lichte – – wundervoll!

O Leonhard, es ist kein Unterschied zwischen den Gefühlen Manzonis in der Ode über den fünften Mai, welche ich aus der Übersetzung meines Goethe kenne, den ich von hinten kenne, und meinen eigenen Gefühlen in betreff deines Vaters! Da liegt er still und stumm, er, um den vor so kurzer Zeit noch eine so große Bewegung stattfand! – Wir sendeten drei auserwählte Männer zu der Tante Schnödler, nämlich den Bürgermeister, den Kreisdirektor und den Steuerrat, und ließen ihn holen, nämlich den Onkel Schnödler, und führten ihn dicht hinter der Musik nach Bumsdorf. Und die Musik hatte auf meine spezielle Rekommandation den Einzugsmarsch aus dem Tannhäuser für die große Gelegenheit einstudiert; aber sie brachte ihn leider nicht zustande, sondern brach schon an der nächsten Ecke damit zusammen und fiel natürlich wieder in die alte Leier: Heil dir im Siegeskranze, Freut euch des Lebens, Ich bin ein Preuße, kennt ihr meine Farben, und sonstige Angewohnheiten. Einerlei, es ging doch; am Tor wurden die Fackeln angezündet, und wir marschierten mit polizeilicher Erlaubnis für den Ulk nach Bumsdorf, immer mit dem Blech und der großen Pauke voran und dem Onkel Schnödler zwischen mir und dem Steuerrat, hinter den Stadtmusikanten, doch vor dem Liederkranz. Das Dorf ist selbstverständlich bereits auf den Beinen und läuft uns mit Hurra entgegen oder erwartet uns an den ersten Düngerhaufen mit atemloser Spannung. Mit Knecht und Magd und allem, was sein ist, und ebenfalls mit Fackeln rückt der Ritter von Bumsdorf, welchem ich die nötige Instruktion zukommen ließ, aus und dem Alten vors Haus, wo wir in demselben Augenblick unter der Melodie: Wir winden dir den Jungfernkranz, anlangen und mit einem großartigen: Vivat Hagebucher! Es lebe der Herr Steuerinspektor Hagebucher! unsere Gegenwart ankündigen und den Zweck unseres Besuchs eröffnen. Ach, Leonhard, Leonhard, der schlaueste Diplomat geht immer nur so lange zu Wasser, bis er bricht, der feinste Plan hat gewöhnlich doch eine schwache Stelle, an welcher der Erfinder die Schuld trägt und die sich bei besserer Überlegung auch wohl hätte vermeiden lassen. Weshalb instruierte ich dich, mein Junge, nicht wie den Ritter Bumsdorf? Weshalb nahm ich dich nicht mit herüber, daß du zur rechten Zeit hervortreten, die Exaltation zum Abschluß bringen und das benötigte kalte Wasser aufschütten konntest?! Ich kannte doch den Alten lange genug, um zu wissen, daß dein persönliches Erscheinen allem Übermaß der Gefühle den richtigen Dämpfer aufgesetzt hätte, und nie, nie werde ich es mir verzeihen, daß ich nicht daran dachte im Hotel de Prusse. – Nun stehen wir im Kreise um die Haustüre, sämtliche Hauptpersonen voran. Und der Garten ist voll, und die Landstraße ist voll von Menschen und Fackeln, und die Liedertafel hat zuerst das Wort und singt den Gefeierten an:

Wir kommen ihn holen,
Den bie – de – ren Mann,
Den Nippenburg, ganz Nippenburg
Nicht länger missen kann –

und so weiter; der Text liegt bei mir zu Hause, und ich bin verantwortlich für ihn, aber nicht für die Melodie, an welcher der Kantor Tüte von der Hauptkirche schuld ist. Tusch und Rede des Bürgermeisters, welcher sagt, daß wir hier sind im Namen der Stadt und der Gesellschaft im Goldenen Pfau und daß wir es uns zur Ehre anrechnen, hierzusein, worauf er auf die Nase fällt, wie die Musik mit meinem Tannhäusermarsch, und ich mit dem Onkel Schnödler für ihn eintrete. Ich mit dem Onkel Schnödler! Ich als Redner und Opferpriester und der Onkel als bekränztes Opfervieh. Vetter, spreche ich, Vetter, hier sind wir, aber nicht allein im Namen der Stadt Nippenburg und des Goldenen Pfaus, sondern auch im Namen der ewigen Gerechtigkeit, und hier bringe ich das Lamm, welches so unverschämt und hinterlistig den Bach trübte. Sagen Sie ein Wort, Schnödler, oder nein, sagen Sie kein Wort, sondern lassen Sie mich reden, denn jeder weiß schon, was für ein loses Maul Sie haben. Vetter Hagebucher, mit Flöten und Fackeln, mit Pauken und Posaunen legen wir den Onkel und uns Euch zu Füßen und befehlen ihn Eurer grimmigsten Rache, uns aber Eurem innigsten Wohlwollen sowie Eurer klarsten Überlegung. Sie sehen, Vetter Steuerinspektor, wieviel Ihren besten Mitbürgern an Ihnen gelegen ist, lassen Sie also auch Ihnen an uns gelegen sein und kommen Sie wieder in den Pfau. Soeben kehre ich aus der Residenz zurück; o wären Sie mit mir gegangen, Vetter, Sie hätten erfahren können, wie man Ihren Jungen in der großen Welt schätzt und ehrt. Fragen Sie nur den Ritter Bumsdorf, ob es nicht wahr ist! Schönheit und Adel, Reichtum und Bildung, alles bezahlte seinen Gulden Eintrittsgeld, um ihn zu sehen, zu hören und sich über ihn zu verwundern. Er ist doch ein Stolz für Sie und Nippenburg, und er ist es um so mehr, je mehr man ihn verkannte! Allen Sündern sei vergeben, Vetter Hagebucher, hier haben Sie den Onkel Schnödler, nehmen Sie ihn hin, nehmen Sie uns alle hin – einen Kuß der ganzen Welt – das festliche

Mahl, das Mahl der Versöhnung wartet im Pfau, mit offenen Armen wartet der Ehrensessel – Hagebucher, Hagebucher senior, Würdigster aller Steuerinspektoren, da wir hier denn einmal so fröhlich beisammen sind, umarmen Sie in mir ganz Nippenburg, außer dem Onkel Schnödler, den Sie noch ganz speziell umarmen mögen! – Musik, Tusch, donnerndes Vivat! Die Schützengilde präsentiert das Gewehr, der Liederkranz gibt seinen Gefühlen höchst unmotiviert durch das Lied: Wer hat dich, du schöner Wald, Ausdruck, und der Alte, der Alte hängt an meiner Schulter und schluchzt: O Vetter, das ist eine gar zu große Freundlichkeit! – Ich drehe ihn, ehe er recht zur Besinnung kommt, hinunter von der Treppe in den Kreis der begeisterten Abderiten. Man schwenkt ein in die Marschlinie, und Arm in Arm mit dem Onkel Schnödler, unter Jubelruf, Trommelwirbel, Drommetenklang, begossen von dem roten Schein von hundertundfünfzig Pechfackeln, marschiert der Alte mit uns zurück nach Nippenburg, hinein in den glänzend illuminierten Goldenen Pfau, und die Alte und Lina weinen uns von der Gartentüre aus die hellen Freudentränen nach. Ach, Leonhard, weshalb warest du nicht bei uns, weshalb hatte ich dich nicht mitgenommen nach Nippenburg? Wo warest du, als er sich in seinem Sessel zurücklegte und der Stadtphysikus, der ihm gegenübersaß, bestürzt aufsprang, die Tischmusik abbrach und der Stadtchirurg, obgleich er sein Besteck bei sich trug und seine Lanzette schnell genug brauchte, doch den Kopf schüttelte?«

»Ich ließ mir von dem Herrn van der Mook und dem Leutnant Kind Geschichten erzählen«, murmelte Leonhard; allein der Vetter fuhr in aller Hast fort:

»Wir brachten ihn zurück in sein Haus, diesmal ohne Fackeln, Schützengilde und Stadtmusik, und der Herr von Bumsdorf lief vorauf zu den Weibern. Gestern, den ganzen Tag, hat er still gelegen, bis gegen neun Uhr am Abend. Bei Gott, er war doch ein anständiger, wackerer Gesell in seiner Art, und es tut mir leid, sehr leid, und viel, viel würde ich drum geben, wenn ich ihn ruhig in seinen Grillen und Schrullen hätte sitzenlassen. Ach, Leonhard, das habe ich dir nicht versprochen, als ich am Dienstag vor dem Hotel de Prusse in den Wagen stieg und dir versprach, den Alten herumzubringen!«

Vierundzwanzigstes Kapitel

Leonhard Hagebucher hatte den Vetter Wassertreter sprechen lassen, ohne ihn zu unterbrechen, doch ohne mehr als die Hauptzüge, den Kern des Berichtes, aufzufassen; am Schlusse desselben drückte er ihm nichtsdestoweniger die Hand und seufzte:

»Es war wohlgemeint, Vetter, und daran wollen wir uns halten, alles übrige ist nicht in unsere Hände gelegt. Ich danke Euch herzlich, Vetter, Ihr habt Euer Bestes getan, wenngleich auf Eure Weise. Was aber wird jetzt das nötigste sein? Ist schon in irgendeiner Art für die nächsten Tage vorgesorgt, oder –«

Ein schnarrender Ton bewog den Afrikaner, sich schnell umzuwenden: der Vetter Wassertreter hatte die Hände im Schoß zusammengelegt und schlief fest auf seinem Stuhle neben dem Bette; er mußte mit dem letzten Worte seiner Erzählung eingeschlafen sein. Auf den Zehen ging Leonhard zu den Fenstern und schloß sie leise nach einem letzten Blick in die Morgendämmerung. Er wollte wachen, er mußte wachen, doch auch er nahm einen Sessel zu Häupten der Leiche und versuchte es, seine Gedanken so klar zu halten wie seinen Willen.

Das war schwer und erwies sich bald sogar als eine Unmöglichkeit. Es hätte eine übermenschliche Kraft dazu gehört, unter den Aufregungen der letzten Woche ad sidera tollere vultus, d.h., die Nase so zu tragen, wie es die Naturgeschichte vom Menschen verlangt.

Fünf Minuten noch behielt Leonhard das starre Gesicht des Vaters unverwandt im Auge; dann füllte sich das Gemach mit einem Nebel und dieser Nebel mit einem Hexentanz alles dessen, was die Woche so bunt gemacht hatte. Der gaslichterhellte, menschengefüllte Saal der Vorlesung, der Herr von Betzendorff, der Herr von Glimmern, die Frau von Glimmern, der Professor Reihenschlager und Serena Reihenschlager, der Herr van der Mook – die Stube des Leutnants Kind und der Leutnant Kind selbst – der Weg nach der Katzenmühle, die Mühle und die Frau Klaudine – der Weg nach Bumsdorf – das verstörte Vaterhaus, der tote Vater, die Erzählung des Vetters Wassertreter und, seltsamerweise, aus dem Bericht des

Vetters vorzugsweise der Onkel Schnödler purzelten in seiner Seele durcheinander gleich den Tönen eines Klaviers, auf welchem eine Kinderhand Musik macht, bis – ja, bis Mutter Natur endlich Ruhe gebot und dem wildesten Lärm die tiefste Stille, dem angestrengtesten Denken die völlige Bewußtlosigkeit folgte.

Es war heller Tag, als der zum zweitenmal aus der Fremde heimgekehrte Sohn erwachte, und er hatte mancherlei verschlafen. Die Leiche war aus dem Bette gehoben und in einer Nebenkammer auf ein anderes Lager niedergelegt worden; es war wieder ein Feuer in dem erkalteten Ofen des Sterbegemachs angezündet, und unten in dem Familienzimmer wartete das Frühstück und empfing der Vetter Kondolenzbesuche.

Als der Schläfer hastig emporfuhr und an das Fenster taumelte, hielt ein Handwagen vor der Gartentür auf der Landstraße, und der Meister Schreiner mit seinen Gesellen lud den Sarg ab, und die Magd des Hauses, mit einem frisch geschlachteten Hahn in der linken Hand und dem Schürzenzipfel vor dem rechten Auge, sah der traurigen Arbeit schmerzlich, jedoch nicht unangenehm interessiert zu. Bestürzt wich Leonhard zurück und blickte schnell nach dem leeren Bett hinüber; mit beiden Händen griff er nach der Stirn und starrte von Wand zu Wand, von der Decke zum Boden, von dem alten Kupferstich, dem Opfer Isaaks, auf das Porträt des Großvaters in Öl. Das war Bumsdorf, das war das elterliche Haus, das war die Kammer der Eltern!... Zitternd, in namenloser Angst nochmals zwei Schritte gegen das Fenster – der schwarze Schrein wurde über des Hauses Schwelle gehoben; – bei dem klaren Winterhimmel, die Sache verhielt sich so, und es war das vernünftigste, die Treppe hinunterzusteigen, um die alte Frau in ihrer Witwenschaft in ruhiger Trauer zu begrüßen! Wie von einem Fenster unserer Erzählung treten auch wir zurück; und gleichwie recht gute Freunde ihre Besuche auszusetzen pflegen, wenn Verdrießlichkeiten über das Haus, in welchem sie aus und ein gingen, hereinbrachen, so lassen auch wir die unerquicklichen Tage, welche jetzt dem Haus Hagebucher zugemessen wurden, vorüberstreichen, ohne uns – aufzudrängen. –

Alle Wasser waren erstarrt vor dem kalten Hauche aus Norden. Die Wälder und Täler lagen da, als ob niemals ein Ton in ihnen erklungen sei. Nun war die rechte Zeit der Einsamkeit für die Katzenmühle gekommen, die ja versteckter lag als sonst eine Menschenwohnung weit umher. Mit den andern Wassern verstummte natürlich auch das Rinnsal des Baches; auch das leiseste Klingen der vereinzelten Tropfen aus der fernen Welt des Lebens über dem zerbrochenen Rade hatte aufgehört; Mutter und Sohn in der Mühle waren allein, und niemand störte sie, selbst Leonhard Hagebucher nicht.

Wir kommen aus dem Hause des Todes, und der Tod ist eine ernste Sache; aber er hinderte uns nicht, festen Schrittes einherzugehen und verständlich, mit heller Stimme unsere Meinung zu sagen. Nun fürchten wir das Echo in den Wäldern zu erwecken – was ist das? Kann das Leben größere Mysterien haben als der Tod?

Hier war ein Wunder; die Frau Klaudine war gewachsen! Um eines Hauptes Länge war sie höher geworden über Nacht. Sie hatte beide Hände vor sich auf den Tisch gestützt und so sich langsam aufgerichtet. Mit großen, klaren, ernsten Augen blickte sie in ihr Geschick – – bis hierher und nicht weiter!

Sie hatte in der Einsamkeit und Hoffnung einen mächtigen Willen gewonnen. Sie fürchtete sich nicht; sie war die Starke, die Herrin, und keine Unbändigkeit hielt vor ihr aus. Die Laufbahn des wilden Abenteurers war zu Ende in dem Augenblick, wo er den Fuß über die Schwelle seiner Mutter setzte; die Laufbahn der Frau Klaudine Fehleysen begann in demselben Augenblick von neuem.

Er konnte krank, gebrochen, als ein Bettler an die Tür der Katzenmühle pochen; er konnte als ein verfolgter Verbrecher zurückkehren: durch tausend schlaflose Nächte hatte die Mutter auf die Tritte gehorcht, die sich nahen mußten. Wenn er mit sinnlosem, tierischem Lachen durch den Wald taumelte, wenn sie ihn dir mit geschlossenen Händen brächten und dich fragten: Ist dieser dein Sohn?, wenn er mit einem Haufen wüster, trunkener Genossen Einlaß begehrte, die Mutter war auf alles gerüstet, sie hatte für alles ihren Gruß bereit, und nun?...

Am Tage nach dem Begräbnis seines Vaters ritt Leonhard Hagebucher auf dem Gaul des Vetters Wassertreter von Bumsdorf herüber, in schweren Sorgen um das, was er finden würde. Er fühlte sich müde und verwirrt und hatte große Furcht, daß man ihn frage, was zu tun und was zu lassen sei; ja er hatte sich sogar eines gewissen egoistischen Überdrusses an den Schicksalen der Leute, zu denen er ging, zu schämen. Das Bedürfnis nach Ruhe lag ihm nicht nur in den Knochen, sondern es lähmte ihm jede Seelenfiber, und als zwei fette Krähen, die eine Zeitlang auf dem Wege vor ihm herhüpften, sich jetzt erhoben und mit munterm Flügelschlage krächzend über dem Walde zur Linken verschwanden, da schüttelte er ihnen eine matte Faust nach und murrte:

»Ihr Kerle wißt gar nicht, wie gut ihr es habt; übrigens – meine besten Grüße an das Kind, den Herrn Professor und die koptische Grammatik!«

Des Vetters Gaul hatte, wie der Vetter selber, seinen eigenen Gang; aber auch er brachte einen an Ort und Stelle, wenn man ihn gewähren ließ, und da sich Leonhard vollkommen in der Stimmung befand, jedermann gewähren zu lassen, so erreichte er mit ihm und auf ihm wohlbehalten und eigentlich früher, als ihm lieb war, das gastliche Haus zum Ochsen im Dorfe Fliegenhausen. Hier fand der Gaul seinen Weg in den warmen Stall allein, und Hagebucher ging zu Fuße zur Katzenmühle und schüttelte unterwegs manchen über den Pfad hängenden und mit klingenden Eiszapfen behangenen Ast, um sich eine Haltung zu geben.

Kalt zwar schien die Sonne auf das bereifte Dach der Mühle, aber es war doch die Sonne, und der gefrorene Boden tönte unter den Füßen; Sumpf und Morast versperrten heute nicht den Weg zu der Tür der Frau Klaudine. Mit fröhlichem Gebell sprang der Spitz dem Nahenden entgegen, und auf der Schwelle des Hauses erschien der Herr van der Mook, schüttelte stumm und ein wenig verlegen die Hand Leonhards und führte ihn in die Stube, wo die Frau Klaudine schreibend am Tische saß, aber schnell die Feder niederlegte und mit einem Blick aus der staunenden Seele Hagebuchers alles Dunkel und alle Müdigkeit verscheuchte.

»Siehst du, Viktor«, sprach sie, »ich wußte es, daß er kommen würde. Ich bin von Stunde zu Stunde seinen Schritten durch die letzten Tage gefolgt – wie hätte ich mich täuschen können? Wir wandelten in den Schatten des Todes, Leonhard, aber wir glauben an das Leben; nicht wahr, nicht wahr, du kommst nicht, um Asche auf unsern Glauben, auf unsere Hoffnung, auf unsern Sieg zu streuen? Dein Mut ist mein Mut, dein Glück ist mein Glück, wir stehen auf *einem* Felde. Wir sind wenige gegen eine Million, wir verteidigen ein kleines Reich gegen eine ganze wilde Welt; aber wir glauben an den Sieg, und mehr ist nicht nötig, um ihn zu gewinnen.«

Gleich einem hellen Glockenklang hallte dieses Du der Frau Klaudine in dem Herzen Leonhards wider. Nie hatte ihm in seinem eigenen Leben oder in einem Buche der Geschichtsschreiber und Poeten etwas so imponiert wie diese Frau, welcher jener Stern Wermut jeden, auch den süßesten Brunnen vergiftete. So königlich stand sie in ihrem schwarzen Kleide vor ihm, daß er gar nicht daran dachte, ihr mit einer wohlgesetzten Rede zu antworten, daß er weiter nichts tun konnte, als dem Jäger die Hand hinzureichen und stotternd zu sagen:

»Wir wollen unser Bestes tun, Viktor!«

Noch war das alte wüste Lachen nicht überwunden, aber es klang doch gedämpfter.

»Ihr seid ein eigener Patron, Meister Hagebucher, und habt Eure Zeit nicht verloren zu Abu Telfan. Führt mich der Teufel oder der Zufall oder das Verhängnis, oder wie Ihr es nennt, dorthin, und ich stoße mit dem Fuße an einen Klotz im Wege, an einen Leichnam oder dergleichen und wundere mich nicht wenig, als das Ding sich aufrichtet und sagt: Pardonnez, monsieur, auf ein Wort, es wäre mir sehr lieb, wenn Sie einen Augenblick Ihrer kostbaren Zeit für mich übrig hätten. – Und weil ich noch ziemlich munter und bei Kräften in den Stiefeln stehe und mir im Notfall wohl mit Büchse und Jagdmesser Bahn breche, denke ich, hier ist doch ein Trost für den Herrn Leutnant und der Landsmann steckt sicher um eine gute Elle tiefer im Sumpf als der Korporal Kornelius van der Mook. Das war ein recht tierischer Triumph, Mama, und erinnert mich jetzt lebhaft an das behagliche Kollern und Kichern meines Freundes Mustafa Bei zu Kars, als die Mine vor uns mit zweihundert Russen in die Luft ging. Verflucht, es war nahe genug vor der Kapitulation und der ganze Lärm ziemlich überflüssig, und wie wir dort hinten unsere Roßschweife senkten und unsere Gewehre abgaben, so rücke ich auch jetzt vor die Wälle und kann nur sagen: Mach es anständig, Freund Leonhard! – Wie habe ich ihn gefunden, Mama? Er sagt die Wahrheit dem Volke von der Kanzel, und er sagt sie einem unter vier Augen; und was das tollste ist, er weiß, was er sagt. Überall treffe ich auf ihn; er hat seine Hand in dem Leben Nikolas, er hat seinen Platz hier an deinem Tische und in deinem Herzen. Setzt er nicht seinen Willen durch? Dem Leutnant Kind hat er ein Schloß vor den Mund gelegt, mich hat er an Händen und Füßen gebunden hierhergeführt. O er ist frei und klug und weise; ich aber bin ein eigensinniger Bube mit ergrauendem Haar, ein erbärmlicher Sklav, ein Hund, den man an die Kette schließt. Ist es nicht so? Redet doch! Habt ihr etwas anderes für mich als ein kümmerliches Mitleid und ein stilles Bangen, daß der Hund einmal ganz toll werden und selbst seine nächsten Freunde anpacken könne?«

Die Frau Klaudine sah mit verlangenden Augen auf Leonhard, und dieser sprach, gegen den Tierhändler gewendet:

»Du hast mir soeben recht schmeichelhafte Dinge gesagt, Viktor Fehleysen, und mir eine Macht zugeschrieben, auf die ich wohl stolz sein dürfte, wenn der Stolz hier unter diesem Dache Raum fände. Nur eines weiß ich und sage ich dir: Du würdest dieses Haus mit meinem Willen nie betreten haben, wenn ich nicht am eigenen zerrütteten, verlorenen, niedergetretenen Dasein die hohe Kraft, die hier wohnt, kennengelernt hätte und nun auch die Genesung für dich von ihr erwartete. Ich habe dich schon einmal an einem andern Orte nach deinem Rechte an deiner Mutter gefragt, Viktor; jetzt will ich dir die Antwort darauf geben: Es liegt in deinem Unglück und unser aller Ratlosigkeit. Hier stehen wir zwei von allen Wettern zerzauste Männer, der eine zu Land und zur See, im Kriege und in den Wäldern gehärtet und gehämmert und jeder Gefahr, welche die Materie dem Menschen droht, lachend, der andere in der Knecht- schaft zum Manne geschmiedet, wohlbewandert in der Logik der Tatsachen, mit allen Waffen zum Kampf des Geistes gegen die Geis- ter ausreichend versehen und doch – beide wie schwach und schwankend, wie hinfällig und nichtig in all ihrem Tun und Urtei- len, in all ihrem Wollen und Vollbringen. Wohin wir uns wenden, stoßen wir gegen die Mauern, welche die dunkeln Hände gegen uns errichten. Vergeblich mühen wir uns in Zorn und Angst, knir- schend und atmend ab und stemmen uns wider die Mächte, die unser spotten. Wir ringen nach Atem, Licht und Luft, und es gelingt uns auch wohl, von der Höhe eines Trümmerhaufens einen Blick in die Weite zu werfen und die Welt im goldenen Lichte der Schönheit und des Friedens liegen zu sehen. Dann dünken wir uns groß und gewaltig, rufen Sieg und merken nicht, wie hinter unserm Rücken die schwarzen Wälle während unseres eitlen kurzen Triumphes höher emporstiegen und wie wir nun da die Nacht haben, wo uns vor einer Stunde noch der helle Tag leuchtete. Wir riefen Sieg von der Höhe eines Trümmerhaufens, und aus den Spalten und Ritzen zu unsern Füßen klingt ein höhnisches Lachen; in unsern Triumph hinein wächst es auch vor uns wieder auf: Hinab, hinab, nieder in die Tiefe zu neuer vergeblicher Arbeit, zur Rechten oder zur Linken, bis in den Tod keuchend und ringend! Nun seht auf diese Frau und wagt es, Euern Gewinn vor ihr zu zählen! Sie lag unter berghohem Jammer verschüttet, die Feinde waren in ihr Allerheiligstes gedrungen, sie war vernichtet in ihren Gefühlen als Gattin und Mutter, aus ihrer Heimat war sie in die Wüste gejagt und dort allein gelassen worden, und sie brauchte nicht wie wir an die Brust zu schlagen und zu sagen: Es ist nur mein Recht, was mir widerfährt! Wie stehen wir ihr gegenüber, Viktor Fehleysen? Die Welt hatte ihr nichts gelassen, und heute weiß sie ihres Schatzes kein Ende. Wir sind die Bettler, sie ist die Reiche; mit leeren Händen kommen wir zu ihr, und sie allein kann uns geben, was wir bedürfen: die Kraft, den Mut, den unerschütterlichen Willen. Ach, wie feige sind wir gegen ihre heldenhafte Geduld! Sie lag tiefer gebeugt als wir alle, aber leise richtete sie sich auf und füllte die Wüste mit ihrer Hoffnung. Sie saß still in der Einsamkeit, rechtete mit niemand und wies nur den Zorn, den Haß und die Rache von ihrer offenen Tür fort. Ja, ihre Tür war offen, und die Tage zogen an derselben vorüber und sahen fremd und befremdet hinein; die Frau Klaudine aber lächelte ihnen entgegen: Was wundert ihr euch? Freilich sitze ich hier und lebe und spinne an meinem schönsten Feiertagsgewande; – ihr kommt, sucht eine Gestorbene und findet eine Lebende; ja, ich lebe und will leben; – wie die Zweige des Waldes mir in mein Fenster wachsen, so drängen sich die lichten Gedanken in mein Herz; – ich baue für meine Kinder, die in der wilden Welt umherirren, ein neues Haus, einen neuen Herd, an welchem sie einst niedersitzen werden, mir von ihren Mühen und Leiden zu erzählen – was sollte daraus werden, wenn ich nicht stillbliebe und den armen Wanderern, den Gejagten und Verfolgten eine Freistatt offenhielte?! – Wahrlich, es ist nicht allein der Helden und Könige Sache, zu rufen: Sonne, stehe still und leuchte der Vollendung unserer Siege! Auch der Schwächste, der Ärmste, der Geringste kann den glanzvollen Stern über seinem Haupte und Herzen festhalten, bis alles vollbracht ist, und die Frau Klaudine konnte es. Jetzt, wo die Nacht um uns dunkler denn je zuvor ist, kommen wir zu ihr und bitten um ein Fünklein Licht – wie können wir gerettet werden, wenn nicht ihr Mut zu unserm Mut, ihr Glück zu unserm Glück wird, wenn wir uns nicht zu ihr, auf ihr Feld stellen und in dem milden Scheine ihrer Sonne ihre Götter anrufen?!«

»Er hat sicherlich die Wahrheit gesprochen, Mama!« rief Viktor Fehleysen mit bebender Stimme. »Wir haben uns nur zu schämen, und du hast den Sieg innerhalb und außerhalb deiner Wälle gewonnen. Ich habe überhaupt keine Stimme mehr im Rat und will gehen und stehen, wie du es befiehlst. Aber auch die andern sollen deinem Kommando gehorchen. Wenn ich besser sprechen könnte und nicht in jedem Augenblick das Gleichgewicht verlöre, würde ich es ihnen schon sagen. Der da aus Abu Telfan versteht das Ding gut genug und hat es auch schon bewiesen in der Höhle des Leutnants Kind; – Fluch und Wehe über mich, laß ihn Wache halten vor Nikolas Tür! Einst fand ich jenen Friedrich von Glimmern auf allen meinen Wegen; nun steht dieser hier überall da, wo ich stehen sollte, und daß beides verdrießlich für mich ist, weiß ich; doch was mir am meisten Schande bringt, hab ich noch nicht herausgeklügelt, hoffe es aber mit der Zeit und Weile noch herauszubekommen.«

»Mein Kind, mein Kind, du bist im Hause deiner Mutter!« rief Frau Klaudine. »Deine Mutter tritt zwischen dich und dieses Grübeln, Rechnen und Rechten über und um das Vergangene. Leonhard Hagebucher hat recht, ich wollte ein neues Haus, einen neuen Herd bauen für meine Kinder, denn ich wußte, daß sie zu mir zurückkehren würden – wie sie kommen mochten, das kümmerte die Mutter nicht. Ich habe Feiertagskleider gewebt für mich und für die Meinigen, und wir wollen sie alle tragen, alle, alle! Und jetzt, Leonhard, sagen Sie uns von Ihrem trauernden Vaterhause, von der Mutter und der Schwester; ach, die nächsten Gräber verlieren oft über dem Leben ihren Anspruch an uns; aber meine Gedanken sind doch immer bei Ihnen und den Ihrigen gewesen, mein Freund!« –

Sie sprachen nun von dem Tode und dem Begräbnis des wackern Steuerinspektors und wie der Vetter Wassertreter so treu und trotz aller Betrübnis so lustig zu dem Haus Hagebucher stehe. Der Herr van der Mook saß stumm im Winkel, hielt den klugen Kopf des Spitzes zwischen den Knieen und hielt seinen eigenen Kopf tief gesenkt. Die Frau Klaudine sprach innig teilnahmsvoll von den Verhältnissen und Zuständen Leonhards, aber den Sohn ließ sie doch kaum einen Augenblick aus den Augen, immer suchte ihn ihr unruhiger Blick über die Schulter; und mehr als einmal streckte sie, ohne es zu wissen, die Hand aus, als suche sie die seinige, wie in großer Angst, daß er sich erheben, vor die Tür treten und nimmer wiederkehren werde. Der Herr van der Mook regte sich jedoch kaum, bis im Verlaufe des Gesprächs wieder einmal der Name Nikola von Glimmern genannt wurde. Da sprang er so jäh auf, daß der erschreckte Hund mit einem Laut der Angst vor ihm zurückfuhr. Heftig faßte er den Arm Hagebuchers und rief:

»Sei mein Freund und stehe mir bei! Ich bin nur wie ein Mann, der aus einem Haschischrausch erwacht, ein Kind kann mich mit dem Verstand und mit der Hand meistern. Wann gehst du zurück nach der Hauptstadt? Denke für mich, handle für mich; ich fasse deine Hand, wie du die meinige zu Abu Telfan im Tumurkielande faßtest!«

»Ach, wenn man nur mit den Mächten der Zivilisation handeln könnte wie mit den Barbaren am Mondgebirge!« seufzte Leonhard kopfschüttelnd. »Nur die Frau Klaudine wird uns alle retten. Sie allein hat den Zauberstab, der die Winde bändigt und die Wellen ebnet; sie allein ist reich genug, das Lösegeld aufzubringen, welches die Seelen frei macht von den Banden der Knechtschaft; sie hat das Brod und Wasser des Lebens und kann die Hungernden speisen, die Dürstenden tränken. Nikola von Einstein aber weiß das, hat es am vollsten und klarsten erfahren, deshalb hab ich kaum eine Sorge, gewiß aber keine Furcht um sie. Der Sturm, welchen wir nur aufhalten, nicht verbieten können, wird ihr schönes Haupt tief beugen, doch den Baum ihres Lebens wird er nicht entwurzeln. Einst hat sie mir von einem Bürgerrecht in einem Reiche, von dem die Welt nichts wisse, gesprochen. In der rechten Stunde wird sie diesen Freibrief vorweisen, und alle da draußen werden ihn widerwillig oder freudig anerkennen müssen, und an diesem Tische wird sie niedersitzen und sprechen: Mutter, ich danke dir, dein Brod hat mich erhalten!« –

Fünfundzwanzigstes Kapitel

In seinem Studierzimmer saß der Professor Christian Georg Reihenschlager, beschäftigt mit dem Studium der vergleichenden Sprachwissenschaft; in ihrem Zimmer saß Fräulein Serena Reihenschlager, ebenfalls mit einer vergleichenden Wissenschaft beschäftigt. Es war ein klarer Januarnachmittag, die Sonne blickte heiter, wenn auch nicht warm in die Fenster, aber so licht wie der Tag war weder die Seele des Papas noch die der Tochter. Auf beiden Seelen nämlich lag ein leichter Schleier, nicht der graue des Mißmutes, nicht der grüngelbe des Verdrusses, sondern der bläulichviolette des nicht unbehaglichen Sehnens nach einem guten, gemütlichen Kameraden, einem freundlichen, unterhaltenden Hausgenossen, welcher auf Reisen gegangen war und dessen leerer Platz am Kaffeetisch bereits zu mehreren der Stunde und Stelle wohlangemessenen Bemerkungen und Eräußerungen Anlaß gegeben hatte.

»Es ist doch, ganz abgesehen von der koptischen Grammatik, ein recht angenehmes Zeichen in Hinsicht auf den Charakter des jungen Mannes, daß wir ihn nach kurzer Bekanntschaft schon so sehr entbehren«, hatte der Professor gesagt, und Serena, mit der Zuckerzange spielend, hatte darauf bemerkt:

»Nun, so ganz jung ist er wohl nicht; aber auch ich hab ihn wirklich gern. Er ist recht unterhaltend und hat bald herausgefunden, daß ich nicht ungern lache und einen Narren am richtigen Platze wohl zu taxieren weiß. Was hat man auch sonst von dem langweiligen gelehrten Leben? Ja, wir haben uns bis jetzt so ziemlich vertragen, und in Anbetracht, daß die große Wäsche wieder einmal hinter mir liegt, hab ich den Pascha in Ermangelung seines Herrn herbestellt, um mit ihm ein Schwatzstündchen abzuhalten. O Himmel, was der Himmel eigentlich mit mir im Sinn hat, daß er mich so mir nichts, dir nichts mitten in diese afrikanische und koptische und indianische Menagerie setzte, ist mir bis dato durchaus nicht klargeworden.«

»Om!« hatte der Professor gesagt, den Blick beider Augen auf die Spitze seiner Nase gerichtet, und war in seinen Pantoffeln und seinem Kaftan wieder in sein eigenes Reich hinaufgestiegen. Er war selten bei den Audienzen, die sein Töchterlein erteilte, zugegen;

und was den Pascha anbetraf, so achtete er ihn zwar als Menschen, fühlte sich jedoch in Hinsicht auf Klarheit der Weltanschauung merkwürdigerweise zu hoch über ihn erhaben, um selbst nur ein Bruchteil seiner kostbaren Zeit für ihn übrig zu haben.

Om! – Mit blinzelnden Augen saß Täubrich ganz vorn auf einem Stuhlrande, und in einem Schaukelstuhle ihm gegenüber lag, ebenfalls mit blinzelnden Augen, die kleine Inquisitorin, mit den Fingerspitzen beider Hände einen allerliebsten Kontertanz ausführend.

»Also, Täubrich, Sie sind gleichfalls überzeugt, daß Ihr Herr und Meister neben seinem gediegenen Verstande auch ein goldenes Herz besitze?«

»O Fräulein!« seufzte der Schneider, »Fräulein, seinen Verstand ahne ich nur, den kann unsereiner nicht taxieren, aber sein Herz kenne ich auf beiden Seiten wie jeden Rock, den ich je wendete. Sein Herz ist auf beiden Seiten echt; denn wieso sollte er sich sonst grad mit mir abgeben, der auf dem Schub unter den verständigen Leuten wiederankam und heut noch nicht weiß, wie's zuging? Ich weiß wohl, was ich bin, und ich weiß, was er ist. Daß es bei mir nicht ganz so ist, wie es von Rechts wegen sein sollte, hat mir schon mehr als einer gesagt, aber er niemals. Bin ich ein Spielzeug? Bin ich ein armer blöder Kujon, der zu nichts taugt, als daß man seinen Witz dran auslasse? Die ganze Welt und Nachbarschaft sagt es, aber er nicht! Ich glaube, ich tue ihm leid und er bedauert mich, was zwar nicht nötig ist, mich aber doch recht freut. Doch zu andern Zeiten denke ich wieder, das ist's nicht allein; aus bloßem Mitleid hält er nicht zu dir, Täubrich, sondern es ist auch wegen der Kameradschaft im Leben, daß er sich zu dir setzt am Abend oder mitten in der Nacht und zu dir wie zu einem vernünftigen Menschen und seinesgleichen redet und dir sein ganzes gutes und weises Herz ausschüttet.«

»So? Tut er das, Täubrich?« fragte das Fräulein. »Das ist ja sehr merkwürdig und recht brav von ihm. Wenn Ihnen der Kaffee noch nicht süß genug ist, so steht die Zuckerdose neben Ihnen links von Ihrem Ellenbogen. Also er schüttet Ihnen sein ganzes gutes und weises Herz aus? Und Sie verstehen, was er spricht?«

»Durchaus nicht!« sprach der Pascha mit großem Nachdruck. »Manchmal ist's mir wohl, als sähe ich durch einen Riß in meinem blauen Nebel in das freie Land; aber es hält nicht an. Ich kann eben nicht loskommen von Damaskus und Jerusalem, das ist die Fatalität; aber es hat nichts auf sich: wenn nur einer recht weiß, was er will, so ist's genug für zwei.«

»O Täubrich!« seufzte tief nachdenklich das Fräulein, hätte aber ebensogut: O Ferdinand! oder etwas Derartiges seufzen dürfen.

»Ja, sehen Sie, Fräulein, ich bin, sozusagen, mein ganzes Leben hindurch eine arme Waise gewesen, und ein Schneider ist dann schon an und für sich kein Wesen, welches der Menschheit imponiert, wenn es nicht mit einer recht langen Rechnung kommt. Und ich hab's nur bis zum Schneidergesellen gebracht, denn ich hatte Triebe zum Höhern, und so bin ich nach dem himmlischen Orient, nach Jerusalem und weit durch die Wüste bis tief in die Palmenländer gekommen, wie mein Herr Hagebucher ins Innerste von Afrika. Und dann bin ich auf einmal hier wieder im Land und vor meiner Mutter Tür gewesen, die Leute sagen: auf dem Schub, mir aber ist es wie eine Zauberei, und davon bin ich nie wieder zurechtgeworden, sondern bin im Traum geblieben und werd auch wohl drin bleiben. Die Leute sagen nun, grad vor der Tür des Narrenhauses sei ich abgesetzt worden, und die meisten von ihnen mögen auch wohl das Recht dazu haben, aber nicht alle. Und was mich selber angeht, so denke ich oft, auf einem sehr hohen Berg habe der Vogel Greif mich niedergesetzt; denn wie hätte sonst der Herr Hagebucher mich auffinden und Brüderschaft mit mir machen können? Der Herr Leutnant Kind wundert sich auch gar nicht drüber, und das ist mir ein Trost bei dieser Bekanntschaft!«

»Kind? Kind? Wer ist denn nur dieser Leutnant Kind?« fragte Serena.

»Der ist, wie ich eben schon sagte, ebenfalls eine Bekanntschaft von mir, aber keine aus dem Palmenlande und von meinem Berggipfel, sondern eine ganz nagelneue und gar nicht angenehme.«

»Sie haben in der Tat sehr viele Bekanntschaften, Täubrich!«

»Das habe ich. Jenseits und diesseits des Mittelländischen Meeres, diesseits und jenseits der Wolken. Ach, Fräulein, Sie sitzen hier in einem hübschen Stübchen, und unsereinem aus der Kesselstraße ist's wie eine neue Welt, daß die Sonne selbst im Winter durch so grünes Gebüsch und solche Blumen scheinen kann. Es ist auch herzig so und soll so bleiben, und es wäre sehr schlimm, wenn Sie je mehr von der bösen Welt und den Bekanntschaften, welche man drin machen muß, wissen sollten als Ihr Zeisig dorten in seinem bunten Käfig. Hier sitze auch ich geborgen, und meine Augen sind heute klar genug; wenn ich aber in einigen Minuten oder nach einer Stunde Ihre liebe Tür wieder hinter mir zugezogen habe, dann ist das eine andere Sache. Gott behüte Ihre klaren Augen, Fräulein; denn für jedes, was einem von seiner Entstehung an bekannt ist, gibt es zwanzigerlei um uns her, was uns ein größeres Geheimnis bleibt als die Erschaffung des Universums; und es ist keinem Lachen und keinem Weinen, keiner offenen Hand und keiner geballten Hand zu trauen. Wenn Sie an den Häusern hingehen, Fräulein, so wissen Sie nicht, was hinter den Fenstern passiert, und wenn Sie auch einmal einen Blick in eines hineinwerfen, so gibt es doch Hinterstübchen und Kammern genug, in welche man Sie gewiß nicht gucken läßt; aber es schadet auch nichts, Sie sitzen gut hier in Ihrem hellen Stübchen. Bleiben Sie sitzen, solange Sie dürfen! Wenn Sie einmal draußen sind, haben Sie keine andere Wahl als zwischen meinen Palmen oder denen des Herrn Leonhard oder dem Tollhause – so ist es! Und der Herr Professor, mein grundgütiger Gönner oben in seiner Studierstube, zwischen seinen Hieroglyphen und Pyramiden und Obelisken, weiß es ebenfalls; doch Sie brauchen ihn nicht in meinem Namen danach zu fragen, denn auf meine Weisheit hält er nichts.«

»Aber der Herr Leutnant Kind hält wohl etwas auf Ihre Weisheit, Täubrich? Ungefähr so, wie der Herr Hagebucher etwas drauf hält?«

»Doch nicht, mein Fräulein! Sehen Sie, der Leutnant, der kommt aus einem ganz andern Lande als mein Patron; mit den Palmen und hohen Berggipfeln hat er nichts zu schaffen. Der Herr Leutnant Kind, der ist so eine Bekanntschaft, die man nachts in einem bösen Traume macht, und wenn sie einem da schon einen argen Schrecken einjagt und ein Haarsträuben und Gliederzittern zuwege bringt, so ist das gar nichts gegen die Überraschung, wenn sie am andern Morgen in Fleisch und Blut in die Tür tritt und einem wie jeder andere natürliche Mensch die Tageszeit, wenn auch auf ihre Art, bietet. Wir haben ein Wohlgefallen aneinander gefunden, der Herr

Leutnant und ich, das heißt, er mehr an mir, seit er am Tage nach der großen Vorlesung, das heißt am dunkeln Abend kam, nach dem Herrn Hagebucher fragte und in meiner Stube auf denselben warte-te.«

»Er brachte unserm Herrn Leonhard die Nachricht von dem Tode seines Vaters?« fragte Serena.

»Das glaube ich nicht. Der Herr Leonhard hat die Sache vielleicht mit Absicht dunkel gelassen, sowohl in dem Briefe, welchen er an mich, sowie in demjenigen, welchen er an Ihren Herrn Vater schrieb, Fräulein.«

»Und ich halte das für recht unfreundlich; ich sollte meinen, wir wären dem Herrn doch mit allem Vertrauen entgegengekommen!« rief Serena achselzuckend; aber Täubrich-Pascha schüttelte nur bedenklich den Kopf und sprach:

»Bleiben Sie ruhig sitzen, Fräulein! Wie gesagt, Sie sitzen warm und hübsch in Ihrem Stübchen! An Ihrer Stelle rührte ich mich gar nicht, sondern bliebe in meinem Versteck still wie ein Mäuschen –«

»Und käme nur nachts, wenn alle Leute zu Bett gegangen sind, heraus, um die Speisekammer zu inspizieren und Zucker zu na-schen. Danke, Meister Täubrich-Pascha, ganz zu einem Zeisig, Dompfaffen oder Kanarienvogel möchte ich aber doch nicht wer-den. Erzählen Sie weiter von dem Leutnant Kind.«

»Er ist öfter bei mir gewesen, nachdem er einmal den Weg gefun-den hatte«, sagte Täubrich, »hat mich desgleichen zu sich invitiert, und ich bin hingegangen; aber das ist gar nicht gemütlich, und man behält zu lange das Frösteln davon in den Gliedern.«

»Aber Sie unterhalten sich doch und reden miteinander von die-sem und jenem?«

»Freilich! Wir rauchen, mit Erlaubnis zu sagen, jeder seine Pfeife und sitzen uns gegenüber stundenlang, und keiner spricht ein Wort: ich, weil ich nichts weiß, und Herr Leutnant höchstwahrscheinlich, weil er nicht will.«

»Das ist ja sehr interessant!« rief Serena lachend.

»Ach nein, interessant ist es nicht!« meinte Täubrich; »aber es ist immer noch viel angenehmer, als wenn der Herr Leutnant seine gesprächige Stunde bekommt und sein Vergnügen dran findet, mich graulich zu machen. Sein Vergnügen?! Ich will doch nicht sagen, daß er vergnügt dabei ist und aussieht; aber mit großem Gusto tut er's, das ist sicher.«

»Und wodurch tut er's, Täubrich?«

»Er unterhält mich von seiner seligen Frau und seiner seligen Tochter und andern Leuten, toten und lebendigen, und zwar auf eine Weise, die einem armen Schneidergesellen, und wenn er auch in Jerusalem und Damaskus war und sich sein ganzes Leben lang mit Türken, Beduinen, Juden und Christen von allen Sorten herumschlug, doch nicht zuträglich sein kann. Ich glaube auch fest, in solcher Gemütsverfassung denkt er gar nicht an meine Gegenwärtigkeit, sondern meint, er rede nur die Wand an. Ach, Fräulein, für einen, der zu Mar Saba im Kidrontale einschlief und in der Kesselstraße wiederaufwachte, hat er stellenweise eine Art an sich, die einen leicht mit dem hohen Adel und verehrten Publikum kompromittieren könnte; denn da möchte man ja wie ein erschrecktes Kind laut hinausschreien, mit den Füßen strampeln und nach Haus verlangen, weg aus dieser schlechten, schmutzigen, blutigen Not und Schande. Da kommt es einem vor, als seien Sonne, Mond und alle Sterne aus Blut und Kot zusammengeballt und hinausgeworfen in die Ewigkeit, und von der tiefsten Tiefe bis zur höchsten Höhe hänge alles in Fäulnis nur durch die Sünde und den Tod zusammen. Oje, oje, liebes Fräulein, kümmern Sie sich nicht um den Herrn Leutnant Kind und seine Historien, lassen Sie uns von unserm Herrn Hagebucher reden, oder schicken Sie mich nach Hause!«

Serena Reihenschlager hatte sich längst aus ihrer nachlässig behaglichen Lage in ihrem Sessel aufgerichtet, jetzt stützte sie, sich vorbiegend, beide Arme auf die Lehne desselben, sah dem Schneider mit Staunen in die Augen und sprach sodann:

»Täubrich, wenn ich Sie nicht für einen vollkommen unschädlichen Menschen hielte, so würde ich Ihnen in der Tat einen guten Abend wünschen und nachher hinter der verriegelten Tür alles mögliche von Ihnen denken. Übrigens meinetwegen, ich will mich nicht in Ihre und des alten Werwolfs Mordgeschichten und Phantastereien mischen, zumal da es doch schon Dämmerung wird. Reden wir von Ihrem afrikanischen Herrn, weil das Ihnen besser ansteht: der würde mich freilich sicher um zwölf Uhr in der Nacht auf einem Kirchhofe zum Lachen bringen. Sagen Sie, Täubrich, welch ein Alter geben Sie dem guten Menschen?«

»Gegen sein Schicksal gehalten, ist er noch ein reiner Jüngling; sonsten aber mag er wohl nahe an die Vierzig reichen«, sagte der Pascha, und Serena richtete sich noch ein wenig mehr in die Höhe, begann mit dem rechten Füßchen auf dem Boden die bedenkliche Zahl nachzuzählen, gab es jedoch bald auf und lachte leise, aber ungemein vergnüglich.

»Vierzig, vierzig! Ein recht solides, verständiges Alter! Aber was in aller Welt nennen Sie eigentlich sein Schicksal, gegen welches er ein reiner Jüngling sein soll? Etwa seinen Aufenthalt dort unten bei den Mohren? Bah, was ist das zum Exempel gegen mein Schicksal?«

»Ihr Schicksal? O Fräulein, versündigen Sie sich nicht!«

»Durchaus nicht, Freund Täubrich-Pascha. Saß und sitze ich etwa nicht tiefer in aller Mohrenwirtschaft wie jemals ein anderes Frauenzimmer auf Gottes weitem Erdboden? Hat jemals ein anderes Frauenzimmer auf Erden wohl mehr Langeweile und Überdruß ausstehen müssen als ich? Da möchte ich doch bitten! Was gehen mich das ägyptische Lexikon und die koptische Grammatik an? In einem Ameisenhaufen hätte ich geboren werden sollen, aber nicht in dem Hause meines lieben Papas, der erstens viel zu gelehrt und zweitens viel zu gut für mich ist. Ach, Herr Jesus, bin ich nur darum in die Welt gesetzt, um erst Ordnung zu stiften und dann einen Ekel an dieser Ordnung zu bekommen? Täubrich, Sie sind mein Mann, mit Ihnen kann man reden, ohne sich bloßzustellen und für seine Offenherzigkeit ausgelacht zu werden. Sie sind ein gefühlvoller Mensch und ein personifiziertes Dämmerstündchen, und im Orient waren Sie auch: Sie sind der einzige, welcher mich begreifen könnte, ohne nachher hinzugehen und seine unverschämten Glossen darüber zu machen. Horch – hören Sie! Wissen Sie, was das war?«

»Die Pfeife einer Lokomotive auf dem Bahnhof, Fräulein.«

»Natürlich! Die Pfeife des Frankfurter Eilzugs; ich habe meinen Fahrtenplan gut im Kopf, und das ist mein Elend. In früheren romantischen Ritterzeiten standen die Damen auf dem Balkon und sahen den Mond auf- und untergehen, und der Ritter oder sonst wer, der ankam oder abreiste, blies unten im Walde auf dem Jagdhorn; etwas später horchte man auf das Posthorn und dachte sich das Seinige dabei, und, offen gestanden, das hatte schon mehr Sinn, denn an die Ritterzeiten glaube ich so recht nicht. Heute haben wir für unsere sehnsüchtigen, reiselustigen Gefühle den Pfiff der Eisenbahn, und der ist unbedingt für eine bängliche, schwärmerische Seele das Aufregendste, zumal wenn der Bahnhof nicht zu weit abgelegen ist. Einsteigen, einsteigen, meine Herrschaften! O Täubrich, Täubrich, da ist ein Zug, welcher bald nach Mitternacht abgeht und mich sehr häufig noch wach findet, der bringt mich noch einmal zur Verzweiflung oder zum Durchbrennen. In der stillen Nacht vernimmt man auch ziemlich deutlich die Glocke des Portiers, und da hört denn alles auf, und ich bitte ganz gehorsamst, mich zu verschonen mit: Eilende Wolken, Segler der Lüfte – oder: Wenn ich ein Vöglein wär – oder dergleichen Sentimentalitäten, welche man doch keinem Dichter mehr glaubt.«

»Dieses sind freilich solche Gefühle, welche der gefühlvolle Mensch in gewissen Perioden fühlt«, seufzte der träumende Schneider tief nachdenklich. »Das kenne ich wohl! Ja, freilich, wenn man nicht recht Achtung gibt, so kann das einen viel weiter über die nächsten blauen Berge hinausführen, als man im Anfange für möglich hielt. Ich weiß recht gut, wohin es mich und den Herrn Leonhard geführt hat; aber darüber zerbreche ich mir wirklich den Kopf, wo es Sie, mein Fräulein, niedersetzen könnte.«

»Es wäre gewiß recht freundlich von Ihnen, wenn Sie es ausfindig machten; ich würde Ihnen sehr dankbar sein. Ich selber habe tief darüber nachgedacht, allein ich glaube, ich hätte mich derweilen doch nützlicher beschäftigen können.«

Der Pascha sah gradaus, wie in jenen Momenten, in welchen er sich sonst am allerwenigsten mit den Angelegenheiten der alten Jungfer Europa beschäftigte. Seine Augen erstarrten in der bekannten hellblauen Wässerigkeit, und er murmelte:

»Zum Beispiel, da ist das schöne Fräulein Nikola von Einstein, welches den Herrn Baron von Glimmern heiraten mußte, die fuhr auf den Wolken, und die Leute standen in den Gassen und deuteten auf die Pflastersteine, verzogen die Mäuler und wußten genau, wo die Stirn der Frau liegen werde. Ach, Fräulein –«

»Täubrich«, flüsterte Serena Reihenschlager, »Täubrich, jetzt sind wir wieder an der Stelle, wo wir vorhin abschweiften. Und wir sind unter uns, erzählen Sie mir von Ihren Träumen. Ich schwatze ganz gewiß nicht aus der Schule; aber ich möchte gar zu gern wissen, was der Herr Leonhard Hagebucher mit diesem merkwürdigen Fräulein von Einstein in Bumsdorf getrieben hat. Sie suchten und pflückten Maiblumen und Veilchen miteinander, sie führten weiße Lämmchen an einem rosaroten Seidenbande auf der Wiese spazieren; das Fräulein ritt auf einem schneeweißen Pferde, welches Prospero hieß, und der Herr Hagebucher lief atemlos nebenher. Dann ist dort noch eine geheimnisvolle Dame, eine Einsiedlerin in einer alten, verfallenen Mühle, und alles das hat man so nahe vor der Nase, daß man es mit der Hand greifen könnte, und nichts weiß man davon, also sprechen Sie, mein sanfter Täubrich, mein allersüßester Täubrich-Pascha: Was wissen Sie von all diesen Mysterien, welche der Herr Hagebucher von Rechts wegen uns zuerst hätte auflösen sollen?«

»Still, still, Fräulein«, flüsterte der Pascha. »Lassen Sie die Maiblumen und Veilchen, die Lämmer und die grünen Wiesen! Ich sehe ein Haus, hier in dieser Stadt, und Sie kennen es ebenfalls, Fräulein Reihenschlager. Eine schwere, grobe Faust schlägt nieder – ich sehe hohe Spiegel in goldenen Rahmen zersplittern und Kronleuchter erlöschen. Ich höre Stimmen und hinter mir ein höhnisches Lachen – eine Stimme ist wie ein Schrei der Desperation, und eine Stimme ist wie ein Fluch. Ich denke mich auf die vierte Galerie im Theater und in den fünften Akt von Wallensteins Tod. Das hat der Schiller gut gemacht mit dem Leichnam, der, in einen Teppich gewickelt, hinten vorbeigetragen wird, und man braucht grad kein Schneider zu sein, um das durch alle Glieder zu fühlen. Das macht einen Eindruck, mein Fräulein, und ebenso wie vorher, wo man die Tür in der Ferne einschlagen hört, und –«

Das Fräulein schrie gell auf, und der Schneider hielt sich mit beiden Händen an seinem Sitze – es hatte in diesem Augenblicke jemand zwar nicht die Tür eingeschlagen, wie Deveroux und Macdonald, aber vernehmlich angeklopft und klopfte jetzt, da keine der Plaudertaschen imstande war, Herein zu rufen, von neuem und noch vernehmlicher.

»Ach, du liebster Gott, her–ein!« ächzte Serena, während der Pascha bolzengerade sich jetzt an die Wand drückte; und in die leise geöffnete Pforte blickte freundlich lächelnd Herr Leonhard Hagebucher und fragte höflich:

»Darf man eintreten, Fräulein Reihenschlager?«

»Alle guten Geister! Muß Er denn einem immer in die Quere kommen?« rief Serena zwar lachend, aber doch ziemlich ärgerlich.

Sechsundzwanzigstes Kapitel

»Und da ist ja auch mein Täubrich! Und der Papa sitzt jedenfalls droben tief in der Arbeit und gräbt und wühlt im Schweiße seines Angesichts nach Wurzelwörtern. Alles steht und hängt und liegt am richtigen Flecke, und draußen vor der Haustür saß soeben ein nichtsnutziger, zerzauster schwarzer Kobold und schluchzte grimmig und hielt seinen Kopf mit beiden Fäusten, und im Hause auf der Treppe begegneten mir zwei Wichtelmännchen mit aufgestreiften Ärmeln und sagten: Dem Lumpen haben wir sein Teil gegeben und ihn hinausgeworfen mit all seinen Spinngeweben, zerbrochenen Töpfen und sonstigem widerlichen Plunder, es hat aber Mühe gekostet! – Es ist ein Vergnügen, Fräulein Serena, in so kalter Zeit heimzukommen und sich an einem so warmen Ofen die Hände wärmen zu dürfen.«

»Schüren Sie nach, Täubrich, und dann können Sie dem Papa melden, sein Herr Hagebucher sei wieder da und es habe sich wenig an ihm verändert!« lachte Serena, und Täubrich-Pascha, der in diesem Augenblick ebensogut Gänserich-Pascha hätte heißen mögen, denn er stand bald auf dem einen, bald auf dem andern Beine, schoß aus der Tür und fuhr die Treppe hinauf. Dann wurde droben ein schwerer Stuhl mit dumpfem Geräusch zurückgeschoben, und es erfolgte ein Gepolter, als stürzten sämtliche fünfundvierzig Folianten des Thesaurus antiquitatum von der Bücherleiter und sämtliche Herausgeber vom großen Meister Peter van der Aa bis auf die Doktoren Grävius und Gronovius ihnen nach. Jetzt polterte es fast noch ärger auf der Treppe, und nun stürzte der Professor Reihenschlager in das Gemach seiner Tochter und packte mit beiden dürren Händen den afrikanischen Hausfreund am Halse:

»Salve! Salve! Hab ich doch den ganzen Tag ein Ziehen um das Zwerchfell her verspürt; aber ich schob's auf das Wetter. Gottlob, daß Sie wieder da sind, Leonhard; ich stecke fest in den Dialekten des Sudan und bekomme das Fieber, wenn ich an die Somalisprache nur denke. Von dem Mädchen dort will ich nicht reden, da ich, offen gestanden, wenig auf es geachtet habe; aber der Täubrich ist während der ganzen Zeit Ihrer Abwesenheit unzurechnungsfähiger als je gewesen. Es war nicht hübsch von Ihnen, Hagebucher, uns fast ohne jede Benachrichtigung zu verschwinden und die hohe, die einzige Wissenschaft gleich einem Frühstück im Stich zu lassen. Na, kommen Sie jetzt nur mit mir auf meine Stube; ich habe Ihnen mancherlei zu zeigen und mitzuteilen, was Sie höchlichst interessieren wird.«

»Bravo, Papa! So ist es recht, nur zu!« rief Serena. »Der Herr kommt wie ein Eiszapfen von der Eisenbahn und bringt eine Kälte mit sich, die er unter dem Äquator für Geld sehen lassen könnte. Dazu hat er daheim seinen armen Vater begraben und seine Mutter und Schwester in Tränen zurückgelassen, und du empfängst ihn mit deiner Grammatik und Somalisprache und deinen Sudandialekten, als ob es nichts Weiteres und nichts Breiteres für ihn in der Welt gebe, als dir die Vokabeln aufzuschlagen. O Papa, in meinem ganzen Leben hab ich nicht einen solchen Egoisten gefunden wie dich.«

»Das ist wahr, daran dachte ich nicht!« sprach der Professor kläglich. »Ich bitte Sie herzlich um Entschuldigung, Leonhard; Sie kommen halb erfroren von der Reise und haben einen recht betrübten Trauerfall in Ihrer Familie erlebt; Täubrich soll uns eine Flasche Wein aus dem Keller holen, das Kind wird für ein gutes Nachtmahl sorgen; und Sie, Leonhard, sind, wie ich gewiß weiß, fest überzeugt, daß wir den innigsten Anteil an allem, was Sie betrifft, nehmen. Sie werden uns also von Ihrer Reise sowie Ihrem Aufenthalt in Bumsdorf und dem elterlichen Hause das Nötige erzählen, und wir werden Sie bedauern und Sie zu trösten suchen, wie es uns gegeben ist. Freilich, freilich – reden wir heute über unsere Familienangelegenheiten, morgen mögen wir uns dann guten Mutes von neuem einschiffen, um das hohe Meer der Wissenschaften zu befahren.«

»Du bist unverbesserlich, Papa«, sagte Serena; Leonhard Hagebucher drückte aber doch dem Professor die Hand, und dann drückte er dem Fräulein die Hand, und der Pascha ging auch nicht leer aus. Und des Professors Abendprogramm wurde gleicherweise ausgeführt, da es den Umständen vollkommen Rechnung trug und man dem Behagen wie der Wehmut ihr Recht dabei auf die bequemlichste Weise zukommen lassen konnte.

Die weißen Fenstervorhänge zog Serena mit eigener zierlicher Hand zu, die bronzene Indianerin, welche das abendliche Licht des Hauses Reihenschlager in mattgeschliffener Glaskugel trug, setzte

Täubrich auf den Tisch, die Teemaschine fing an zu singen, und der Professor fing an zu summen, und Hagebucher fing an zu erzählen von Nippenburg und Bumsdorf, von der Mutter und der kleinen traurigen Schwester, von dem toten Vater und dem lebendigen Vetter Wassertreter, aber nicht von der Katzenmühle, der Frau Klaudine und dem Herrn van der Mook. Und Fräulein Serena Reihenschlager war sehr teilnehmend und hatte manche nachdenkliche Frage zu stellen; der Professor versuchte zwar, wie das nicht anders sein konnte, einige Male die Unterhaltung doch noch in das Koptische hinüberzuleiten, sah aber jedesmal das Unpassende und das Nutzlose dieser Versuche ein und bat fast noch eher um Entschuldigung, als ihn das Töchterlein durch ihr Achselzucken und Lippenspitzen daran erinnerte.

Es gab so viel zu bedenken und zu besprechen, ohne daß man nötig hatte, auf die vergleichende Sprachwissenschaft im allgemeinen und das ägyptische Lexikon im besondern zurückzugreifen. Der Herr van der Mook war bis jetzt noch höchst überflüssig an dem Teetisch des Hauses Reihenschlager, und daß in der Residenz während der Abwesenheit Leonhards nicht das mindeste vorgefallen war, was als Neuigkeit gelten konnte, tat der Unterhaltung keinen Abbruch. Hier war jene Vorlesung im Saale der Harmonie, welche so disharmonisch geendet hatte, ein unerschöpfliches Thema, welches in jeder andern Beleuchtung anders spielte und über welches sogar der Professor manches zu sagen hatte, was zur Sache gerechnet werden konnte. Was aber war nach den Erlebnissen der jüngsten Tage diese Vorlesung dem Afrikaner anders als ein behaglicher Stoff zu einem behaglichen Geplauder.

Sogar die dunkle Gestalt des Leutnants Kind wagte sich erst dann hervor, als es elf Uhr schlug, man Abschied voneinander nahm und Leonhard den Pascha zum Heimweg nach der Kesselstraße aus der Küche des Hauses Reihenschlager abholte. –

»Das ist ein lieber, ein sehr angenehmer und gescheiter Mensch! Und daß er kaum eine Ahnung von seiner Bedeutung für die Wissenschaft hat, könnte ihn mir noch werter machen, wenn solches möglich wäre. Ich werde noch einmal so gut schlafen in dem Bewußtsein, daß er wieder im Lande ist. Gute Nacht, Serena.«

»Gute Nacht, Papa!« sagte das Töchterlein, aber ohne den Kopf nach dem alten Herrn hinzuwenden. Sie blieb noch eine geraume Zeit vor dem Tische sitzen und stützte die feine Stirn mit beiden Händen. Eine unverkennbare Ähnlichkeit mit dem Papa in den Stunden, wo er am tiefsten in die vergleichende Sprachwissenschaft versunken war, trat auf dem hübschen Gesichte hervor. Auch Serena Reihenschlager verglich allerlei, und zwar sehr gründlich, stak jedoch nicht weniger fest darin wie der vortreffliche Gelehrte in den Sudandialekten und der Somalisprache.

»Es ist doch zu arg!« rief das Fräulein halb erbost, halb weinerlich; aber in demselben Moment hob sie lauschend den Kopf. Mitternacht schlug es, und kaum war der letzte Schlag der Glocke verhallt, so sandte jener nach Südwest abgehende Eisenbahnzug vom Bahnhof seinen schrillen Abschiedsgruß herüber. Ein leises, aber immer noch schmollendes Lächeln überflog das Gesicht des Fräuleins, und dann sagte sie ernstlich entschlossen:

»Jetzt weiß ich, was ich tue; ich gehe auch zu Bett und kümmere mich um nichts!«

So tat sie; aber als sie das Kopfkissen zurechtrückte und die Decke um sich her festzog, murmelte sie, schon halb im Schlaf, zwischen einem Gähnen und einem Erröten:

»Einerlei! Wissen möcht ich wohl, was der Täubrich-Pascha dem andern Narren heute in der Nacht von mir erzählt und was der andere darauf zu erwidern hat!« – Wir, die wir auch jene beiden auf ihrem Wege nach der Kesselstraße begleiteten, wissen es und sind nicht berechtigt, der Nachwelt diese merkwürdige Konversation vorzuenthalten.

»O Herr, das sind ein paar liebe Augen!« sprach der Schneider, zum Beschluß eines langen Selbstgespräches das Wort an seinen Begleiter richtend, und Hagebucher sagte:

»Ja!«

»Ein Blitz von einem Forellenbach durch den schönsten grünen Wald! Und wenn sie ihren Mund auftut und spricht mit einem Grübchen rechts, einem Grübchen links und einem Grübchen im Kinn: Herr Täubrich, ich freue mich, Sie so wohl zu sehen, so ist das grad wie – als – als ob –«

»Spart Euch den Vergleich, Gastfreund. Was nützt es, sich dergestalt abzuquälen. Laß den Quell rauschen und halte den Mund.«

»O Herr, im Karawanserei zu Jaffa hörte ich einmal einen Märchenerzähler, der meinte, zu einer guten Musik gehörten vier Instrumente, Geige, Laute, eine Zither und eine Harfe, zu einem rechten Blumenstrauß gehörten viererlei Blumen, Rosen, Myrten, Levkojen und Lilien und zu einem rechten Leben Wein, Geld, Jugend und Liebe. Ich aber meine, mit diesen beiden Augen hätte man alle Musik, alle Blumen und alles, was zu einem fröhlichen Leben gehört, zusammen und brauchte sich um das übrige nicht weiter zu kümmern.«

»Alles Berauschende ist verboten!« seufzte Hagebucher.

»Das ist auch meine Ansicht, indessen haben wir doch viel von Ihnen gesprochen, Herr Leonhard –«

»Bismillah, was hat sie von mir gesagt?« fragte Hagebucher, stehenbleibend und dem Schneider mit solchem Nachdruck auf den Leib rückend, daß Täubrich, zusammenfahrend, sich beinahe auf den nächsten Eckstein gesetzt hätte. »Schönes Zeug werdet ihr beiden zusammengetragen haben! – Nun, heraus damit, wie denkt das liebe Kind über das Tumurkieland und den Mann aus dem Tumurkielande?«

»Ach, Sidi, häufig saßen wir in der Dämmerung traulich in ihrem Stübchen; und da – da – ja, kurios ist es, in Worten finde ich's nicht wieder, was wir eigentlich von Ihnen redeten. Das ist doch wirklich merkwürdig! Meine ganze Seele und Erinnerung ist voll davon, und nun weiß ich weiter nichts, als daß sie unbeschreiblich hübsch und schalkhaft dasaß – aber gesprochen haben wir von Ihnen, Herr Leonhard, und von der Eisenbahn und der Sehnsucht in die Ferne und hundert andern Dingen, vorzüglich aber von unsern Träumen und Nippenburg und Bumsdorf.«

Der Afrikaner lachte:

»Geben Sie sich weiter keine Mühe, Täubrich; Ihre Relation läßt nichts zu wünschen übrig. Übrigens haben wir hier unsere Gezelte erreicht, Segen begleite unsern Eintritt, und es überhebe sich keiner, welchen Lichtstrahl die Götter ihm auch vor die Füße fallen lassen mögen. Gehen Sie zu Bett, Täubrich-Pascha, und träumen Sie, wie Sie im Wachen leben. Einen bessern Wunsch habe ich nicht für Sie.«

Sie standen vor ihrer Haustür, doch es war bestimmt, daß Leonhard Hagebucher selbst fürs erste noch nicht zu Bett gehen sollte.

»Ich hörte bereits auf dem Bahnhof von Ihrer Ankunft«, sagte der Exleutnant der Strafkompanie zu Wallenburg, Kind, »und so habe ich denn hier auf Sie gewartet. Willkommen, Herr Hagebucher.«

Der Schneider drückte sich gegen die Mauer des Hauses; aber Leonhard sprach finster:

»Sie sind pünktlich wie der Teufel, wenn der Pakt ablief, Leutnant. Wohl, wohl! Seien Sie auch mir willkommen; denn das muß ich ja doch wohl sagen, da die Höflichkeit es fordert? Womit kann ich Ihnen dienen, werden Sie in dieser Nacht noch die Sturmglocke an dem Hause Glimmern läuten? Es hindert Sie niemand – vorwärts, vorwärts, lassen Sie alle Ihre Hunde los – frisch, packen Sie selber an; was Ihnen nicht zugehört, das werden Sie uns schon lassen müssen.«

»Sie sollten nicht in dieser Weise mit mir reden, Herr Hagebucher«, sagte der Leutnant. »Sie vor allen haben keine Ursache dazu.«

»Nein, nein, Sie haben recht, Herr. Sie hielten Ihren Vertrag, und wir werden den unsrigen halten; und nun, was haben Sie mir in so später Stunde noch mitzuteilen? Wollen Sie mit mir in mein Zimmer hinaufsteigen?«

Der Alte schüttelte den Kopf.

»Das Atemholen wird mir zwischen vier Wänden seit einiger Zeit immer unbequemer; auch werde ich Sie nicht lange aufhalten. Lassen Sie uns in der freien Luft bleiben.«

Leonhard schob den Pascha in die Türe des Hauses und schloß sie hinter ihm; dann legte er seinen Arm in den des alten Mannes und schritt mit ihm weiter durch die Kesselstraße; doch schon nach einer Viertelstunde kehrte er zurück, stieg schwerfällig durch all die schlafenden Stockwerke des Hauses zu seiner Wohnung empor, schleuderte den Hut zu Boden und lachte bitter und zornig:

»Also das war die Meinung?... Den Herrn van der Mook verlangt er zurück von mir, um mit ihm das Trauerspiel zu Ende zu bringen! Gleich einem Galeerensklaven, welchem der Kettengefährte abhanden kam, verlangt er nach diesem Genossen! Ho, die eiserne Kugel wird ihm allein zu schwer. Bei Gott, er soll ein Ende machen, wie er kann; aber niemand soll ihm eine helfende Hand dazu leihen! Auge um Auge, Zahn um Zahn – er hat freie Bahn vor sich und ein löbliches Ziel, was sucht er zur Seite, was blickt er sich um? Nichts, nichts hat er auf dem Wege, der zur Frau Klaudine führt, zu suchen; was kümmert es die, welche diesen Weg fanden, ob das Messer in seiner Hand zittert.«

Er blickte ergrimmt in dem Gemach umher. Der Schneider hatte ein Feuer im Ofen angezündet und die brennende Lampe auf den Tisch gestellt – zum erstenmal seit seiner Erlösung aus den Lehmhütten von Abu Telfan achtete Leonhard Hagebucher auf die schmutzigen Wände, die niedrige Decke seines jetzigen Aufenthaltsortes und verzog den Mund darob. Er fühlte sich alt, durchfröstelt, mißlaunig und voll Verlangen nach Licht, Ruhe und Reinlichkeit. Gestern erst hatte er Frau Klaudine von neuem Lebewohl gesagt, und heute schon entbehrte er sie tief und schmerzvoll und suchte krankhaft in allen Winkeln seiner Philosophie und Erfahrung nach einem Ersatz für ihre beruhigende Gegenwart und hohe, stille Weisheit. Nur einen kurzen Augenblick hatte er an diesem Abend in dem Stübchen Serenas seine eigentliche verwirrte Existenz vergessen dürfen; aber kalt und rücksichtslos griff der Leutnant Kind in die Behaglichkeit, und statt dieselbe mit in den Schlaf zu nehmen, konnte der Afrikaner sich nur auf den Rand seines Bettes setzen, um den Gewinn und Verlust der letzten Wochen gleich einem ordentlichen Haushalter in die betreffenden Schiebladen seines Daseins zu verteilen.

Es unterlag keinem Zweifel, der alte Herr in Bumsdorf war tot und begraben, und der verlorene Sohn regierte an seiner Stelle. Der Vetter Wassertreter hatte ein vorhandenes Inventarium auf das genaueste mit der Wirklichkeit verglichen und das Vermögen bis zum Stiefelknecht in der wunderbarsten Ordnung gefunden, ohne sich zu wundern. In Nippenburg wußte man schon längst, daß der Steuerinspektor Hagebucher als ein sparsamer Mann, welcher das Rechnen und die Landwirtschaft verstand, im Laufe der Jahre ein

Erkleckliches zusammengebracht habe, und bedauerte nur, daß das »schöne Geld« nunmehr in so nichtsnutzige Hände gerate. Das letztere war der Vorsehung grenzenlos gleichgültig; sie hatte Mutter und Schwester des afrikanischen Abenteurers ganz warm geborgen; und wieder einmal zeigte es sich deutlich, daß auch ein zu den Honoratioren von Nippenburg gehöriger Mensch von der Bühne abtreten kann, ohne daß die Welt im geringsten dadurch aus dem Geleise kommt. Übrigens erschien seit dem Tode von Hagebucher senior Hagebucher junior doch in einem viel günstigeren Lichte vor den Augen Nippenburgs, und es gab bereits viele Leute, welche anfingen, ihm den Ärger, die Unruhe und Aufregung, die er durch sein unvermutetes Wiederauftreten auf der Bühne über das Gemeinwesen brachte, zu verzeihen, und schwache Versuche machten, ihn als einen, wenn auch »eigentümlichen«, so doch ganz respektablen Mann in der öffentlichen Meinung zu heben. Das war unserm Freund Leonhard grenzenlos gleichgültig, und mit einer kurzen Handbewegung verwies er von dem Rande seiner Bettstatt aus sowohl das Inventar wie die Glossen darüber zur Ruhe.

Die verschneite Mühle im Tal! Sie bereitete dem Afrikaner ein ganz anderes Kopfzerbrechen als das ruhig trauernde Vaterhaus. Wohl hatten es Mutter und Sohn jetzt ganz gut beieinander, und wenn eine undurchdringliche Dornenhecke um die Mühle emporgewachsen wäre wie um den schlafenden Palast des Märchens, so würde nur ein sehr unverständiger Mensch noch etwas anderes für die beiden Leute in der Mühle haben wünschen können. Aber wie lange ließ sich das Geheimnis in der Verborgenheit halten? Der Vetter Wassertreter wußte darum, und er hatte gute Wache versprochen; doch ließen sich Nippenburg, Bumsdorf und das Dorf Fliegenhausen ausschließen – nur bis zum Schmelzen des Schnees?

Und wenn nun aus dem Gemurmel ein Geschrei wurde, wenn nun plötzlich eine Stimme der Frau Nikola von Glimmern ins Ohr riefe: Die Toten sind doch wiedergekommen! –? Ihre Zufluchtsstätte war der armen Nikola in der Katzenmühle bereitet; aber konnte sie mit diesem Klang im Ohre dahin fliehen, mußte sie nicht vor dem Namen Viktor Fehleysens in die fernste Ferne zurückweichen?

Nach keiner Seite ein Ausweg! Die Luft mangelte dem Afrikaner, er sprang in die Höhe, öffnete das Fenster und beugte sich weit hinaus: »Der Feigling!« zischte er zwischen den Zähnen, und wunderlicherweise meinte er mit dem Worte den Leutnant Kind. Er verfolgte die Gestalt des Leutnants durch die Nacht; er zuckte mit den Händen, als halte er unsichtbare Fäden darin, durch welche er den alten Mann nach seinem Willen leite. Er begleitete ihn von Gasse zu Gasse; Schritt vor Schritt stieß er ihn vor sich her, bis zu der Schwelle jenes Hauses, dessen Schatten so dunkel in all sein europäisches Tun und Denken fiel. Er sah ihn – er sah ihn, wie er die Hand nach dem Messinggriff der Türglocke ausstreckte – er würde den schrillen, erschreckenden Klang dieser Glocke über die halbe Stadt weg gehört haben; mit einer zweiten Verwünschung, welche aber dieses Mal nicht dem Leutnant Kind galt, griff er hinaus in das Leere, als wolle er die harte, knöcherne Hand des Schicksals zurückreißen: Laß sie noch diese eine, eine Nacht schlafen!...

Er schloß das Fenster, trat zurück und warf sich abermals auf sein Bett. Von einem klaren Denken, einem ruhigen, leidenschaftslosen Ordnen der Begriffe – des Gewinns und Verlustes – konnte nun wieder nicht die Rede sein. Am Waldrande saß die schöne Nikola von Einstein, ordnete die Blumen in ihrem Schoße zum Kranze und sang:

> Debout, ihr Kavaliere!
> Ihr Pagen und Hartschiere,
> Werft auf die Flügeltür!
> Vor einem Fächerschlage
> Wird itzt die Nacht zum Tage,
> Klymene tritt herfür.

Welch eine nichtige Welt! Kein Gedanke, kein Wunsch, kein Vorsatz, die sich über die nächste Viertelstunde hinaus festhalten ließen! War das stumpfe Hinbrüten in der Gefangenschaft zu Abu Telfan oder das wilde, meinungslose Hinausstürmen in alle Welt nach Art des Herrn van der Mook nicht doch diesem vergeblichen Abquälen, diesem fieberhaften Suchen nach dem Rechten vorzuziehen, Frau Klaudine? Wem geschieht auf Erden etwas anderes als sein Recht? Lasse man es also jedem geschehen! Wer ist so dumm, sich anders als unter der Peitsche von Büffelhaut zu rühren; wer ist solch ein Narr, um nach so vieltausendjähriger Erfahrung noch immer den irrenden Ritter spielen und die Köpfe, die Herzen und Mägen der Menschheit zurechtrücken zu wollen!

Der Glücklichste, der Schuldloseste wird immer derjenige sein, welcher so vollständig in den Traum gerettet wird wie Täubrich-Pascha. Wem es aber nicht so gut zuteil wird, der rette sich selber in jenen Egoismus, welcher den Nächsten ungeschoren läßt und sich sein Nest aus den Federn, Flocken, Grashalmen und Sprossen baut, die zum freien Gebrauch in der Welt ausgestreut liegen. Wir haben neulich hohe Worte gesprochen in der Katzenmühle, Frau Klaudine Fehleysen, und trotz aller Verwirrung lag die Welt im ruhigen Glanz vor uns beiden. Aber das war in der Katzenmühle mitten im Walde, wo selbst die leisen Wasser nicht mehr die Stunden zählten. Da sitzt auch Ihr in den Traum gerettet, Frau Klaudine; aber wie soll man hier in der hochfürstlichen Residenz sich verhalten, wo der Leutnant Kind in natura auf der Schwelle der Frau Nikola sitzt?

»Ich schlafe mit dem Schwerte unter dem Kopfkissen!« rief Leonhard grimmig, und als er endlich wirklich schlief, träumte er von einem warmen Schlafrocke, einem Paar wunderschöner weicher Pantoffeln, einer langen Pfeife und einer singenden Teemaschine.

Siebenundzwanzigstes Kapitel

»Herein!«

Mit nervöser Spannung hörte Hagebucher den schnellen Schritt die Treppe heraufkommen und vor seiner Türe anhalten; doch mit um so größerm Behagen empfing er sodann den frühen Besuch, nämlich den Leutnant Herrn Hugo von Bumsdorf, den heitern Sohn des nahrhaftesten Vaters.

»Ich vernahm soeben von Ihrer Rückkehr aus der süßen Heimat«, sprach der jugendliche Krieger, »und ich hielt es für meine Pflicht, Ihnen auf der Stelle mein innigstes Beileid zu erkennen zu geben. Sie verloren Ihren Papa, wie mir der meinige etwas melancholisch schrieb, und, wie gesagt, ich kondoliere ganz gehorsamst, obgleich ich wohl bemerken könnte, daß die Verehrung des Seligen für mich niemals so intensiv war als die meinige für ihn.«

»Ich danke Ihnen für Ihre Teilnahme, Herr von Bumsdorf«, erwiderte Leonhard. »Die Ihrigen befinden sich wohl, und ich habe von allen die besten Grüße zu überbringen.«

»Schön!« sagte der Leutnant gänzlich ungerührt. »Hat Ihnen der Alte sonst nichts mitgegeben?«

»Ja«, lächelte Hagebucher, »aber etwas – etwas –«

»Etwas mehr in das Gebiet des höheren Patriarchalismus, in Campes ›Väterlichen Rat an meine Tochter‹, etwas tief in das Handbuch des Sittengesetzes Einschlagendes! O schweigen Sie still, mein Bester, wenn dieser mein arkadischer Erzeuger wüßte, wie sehr jeder Tag, jede Stunde mir hier Moral predigte, er würde sicherlich seine Ethik für sich behalten und Ihnen etwas Reelleres, etwas Verwendbareres für den arg geplagten, den sehr gedrückten und geknickten Sprößling seiner Lenden mitgegeben haben. Doch lassen wir das, reden wir von Ihrer Familie, von den armen Damen; wahrhaftig, ich nehme den innigsten Anteil an dem Schmerze derselben; wir haben so gut zusammengehalten während Ihrer Abwesenheit in Afrika. Ich verlebte so glückliche Stunden in der Fliederlaube an der Landstraße, und wenn die Kusine Nikola in Urlaub aus der Residenz und ich aus dem Kadettenhause kam, welch ein lustig idyllisches Wesen war das mit meinen Schwestern und mit Ihrer Schwester, Leonhard, auf den Wiesen, auf dem Heuwagen, in der Milchkammer! Ja, das war ein Leben, welches sich loben läßt, da brauchte man sich freilich nicht den Code moral vor die Nase rücken zu lassen, und ich sage Ihnen, Hagebucher, es ist doch kein Mensch mehr für die rationelle Landwirtschaft gemacht als ich, und, auf Parole, ich werd's der Welt und dem Alten noch beweisen. Der Teufel hole mich, wenn ich's nicht tue, und zwar in der allernächsten Zeit!«

»Sind Sie Ihrer jetzigen Lebensstellung so sehr überdrüssig, Herr Leutnant?«

»Überdrüssig?! Dies Wort reicht meinen Gefühlen nicht bis an den Nabel. Überdrüssig! Keine Naturgeschichte hat je tiefer über einen neuen Namen für eine neue Insektenart nachgedacht als ich über einen neuen Ausdruck für meine jetzigen Zustände. Meine einzige Hoffnung in dieser Hinsicht ist noch Ihr koptischer Professor; wenn der mir nicht in irgendeiner ägyptischen Felsenkammer oder Pyramide eine zutreffende Keilschrift- oder Hieroglyphenbezeichnung dafür ausfindig macht, so bin ich verloren, gebe alle Öffentlichkeit und Mündlichkeit auf und beschränke mich auf stumme Zerknirschung und schweigende Verachtung. O lachen Sie nicht, Liebster, Bester! Wenn ich heute in das Tumurkieland gehen und dort eine Rede halten würde, so glaube ich fest, die Damen dort würden meinen Schmerzen ebenso gerecht werden wie die süßen Kinder, angenehmen Witwen und holden Gattinnen hier den Ihrigen!«

»Das glaube ich auch!« lachte Hagebucher. »Aber woran liegt es denn eigentlich? Sie sind jung, gesund und wissen den Papa vortrefflich zu nehmen, ohne sich dabei durch ein übertriebenes Zartgefühl hindern zu lassen.«

»Verflucht«, ächzte der tiefgebeugte junge Kriegsmann, »verflucht! Einem Sekondeleutnant glaubt man doch nichts von seinem Elend und akkompagniert die hohlsten Brusttöne seiner Verzweiflung wohl gar noch durch die ironische Versicherung, man glaube alles und begreife nur nicht, wie ein Mensch unter solcher Last des Daseins es zu einem so hohen Alter habe bringen können. O glücklich alle jene singenden, pfeifenden, tastenschlagenden In-

dividuen, welche ihre Schmerzen durch ihre Künste ventilieren
können! Aber was kann ich? Nichts kann ich! Nein – doch, Whist
und Lomber; aber das sind freilich zwei Künste, durch welche es
sich schwer sagen läßt, wie man leidet, in welchen man weniger
seinem Herzen als seinem Geldbeutel Luft macht! Gott, o Gott, Hagebucher, wissen Sie, wie tief der Mensch sinken kann?«

»Ich glaube einige Erfahrung davon zu haben«, sprach der Mann
aus dem Tumurkielande; aber der Leutnant Hugo von Bumsdorf
legte ihm die Hand auf die Brust, schob ihn zwei Schritte zurück
und rief:

»Sie? Ach, überheben Sie sich nicht. Was können Sie davon wissen? Sie werden schweigend sich beugen, wenn ich Ihnen mitteile,
daß ich, Hugo von Bumsdorf, Sekondeleutnant im zweiten Jägerba-
taillon, Stunden habe, in welchen ich – in welchen ich über die –
Unsterblichkeit der menschlichen Seele nachzudenken gezwungen
bin!«

»Das ist freilich entsetzlich!« rief Leonhard, doch der Leutnant
fuhr fort:

»Und es ist noch nicht das entsetzlichste. Denken Sie sich, ich habe sogar den Versuch gemacht, diese Frage unter den Kameraden
im Kasino zur Sprache und zur Lösung zu bringen! Was sagen Sie
nun?«

»In der Tat, ich kann mich nur schweigend beugen. Aber was war
die Meinung der Kameraden?«

»Die Meinung der Kameraden? Ich glaube nicht, daß sie sich
schon eine festere Meinung gebildet hatten, daß sie es überhaupt
der Mühe wert hielten, danach auszuschauen. Mit gellendem
Hohngelächter gingen sie über mich und meine Motion zur Tages-
ordnung über; und ich – ich ließ die Herren im hellen Sonnenschein
zwischen den Nymphäen auf der Jagd nach den Wasserjungfern
und sonstigen geflügelten und ungeflügelten Delikatessen und
versank langsam gleich einem kranken Karpfen von neuem in meine eigene bodenlose Tiefe.«

»Ungemein anschaulich«, lachte Hagebucher. »Haben Sie wirklich noch nie versucht, diese seltsamen, diese erbaulichen Stimmun-

gen auf dem Papier festzuhalten? Haben Sie nie versucht, mit der Feder in der Hand sich von denselben zu befreien?«

»Papier? Stimmung? Feder in der Hand? Herr, sagte ich Ihnen nicht bereits, der Gott, der mir im Busen wohnt, er kann nach außen nichts bewegen?! Beachten Sie das Zitat, es ist nicht aus dem Paul de Kock, sondern aus Goethes Faust. Sehen Sie mich nicht so groß an, ich studiere den Faust. Er liegt stets aufgeschlagen auf meinem Nachttische, und ich habe meinem Kerl strenge Order gegeben, ihn stets dort liegenzulassen. Ja, dieser Doktor Faust! Es ist kaum glaublich, aber dessenungeachtet erschütternd wahr, ich fühle mich stellenweise ihm unendlich verwandt in meinen Empfindungen, und längst ist mir die dunkle Ahnung zur vollsten, klarsten Gewißheit geworden, daß auch für mich die höchste Tätigkeit, die letzte Rettung in einem großartigen Wasserbau, ganz abgesehen von dem Ewig-Weiblichen, liege. Mit ganzer Hingebung widme ich mich augenblicklich dem Studium der Dränage, und, auf Ehre, ich werde einst Ersprießliches dadurch auf unsern heimatlichen Gefilden zu Bumsdorf wirken! Ja, drücken Sie mir nur die Hand, vielleicht ist der Augenblick, in welchem wir uns noch besser verstehen, in welchem wir einander noch näher treten werden, nicht allzufern. Ach, Hagebucher, ich habe Sie immer für einen guten Gesellen gehalten, und es würde mich sehr alterieren, wenn Sie mich vielleicht für das Gegenteil hielten.«

»Ich halte Sie für einen wackern, treuen Freund, für einen frohherzigen Kameraden und hoffe, daß dies immer so bleiben wird. Ha Monjoie, Crillon, ich glaube selber, wir werden einmal mit großem Behagen von diesen residenzlichen Tagen in der Fliederlaube an der Bumsdorfer Landstraße den Damen erzählen. Unter allen Umständen aber wollen wir uns tüchtig durchbeißen, und Ihnen, Bumsdorf, wünsche ich das beste Glück zu allen Ihren Wasser- und Landbauten.«

»Amen!« rief der Leutnant und setzte hinzu: »Sie haben keine Idee davon, wie sich der Mensch in unsern Verhältnissen abquälen muß, um zu irgendeinem Spaße zu gelangen. Von Vergnügen oder gar Gemütlichkeit ist natürlich nie die Rede, und ich kenne nur eine Person, welche noch schlimmer als unsereiner dran ist, und das ist meine Kusine Nikola von Glimmern.«

»Nikola!«

Der Afrikaner, welcher seinen Besuch schon gegen die Tür begleitete und im Grunde froh war, daß derselbe endlich Abschied nehmen wollte, schob sich jetzt wieder schnell zwischen die Pforte und
den Leutnant und rief:

»Sie sollten doch noch einige Augenblicke verweilen, um mir
noch ein Wort über jene Dame, deren Namen Sie soeben ausspra-
chen, zu sagen. Sie wissen, welchen Anteil auch ich an ihrem Leben
nehme, und dazu komme ich soeben von der Katzenmühle, von der
Frau Klaudine. Sie werden während meiner Abwesenheit von der
Stadt täglich mit Nikola in Verbindung geblieben sein; ich bitte Sie
herzlich, erzählen Sie mir noch etwas von ihrem Leben. Auch ich
kann sagen, daß vielleicht eine Stunde nicht fern ist, in welcher ich
Ihre ganze Kraft, Ihren besten Willen für diese Frau in Anspruch
nehmen werde.«

Der Leutnant legte seine Mütze wieder nieder und sah verwundert fragend auf den Afrikaner. Dann sagte er:

»Was liegt eigentlich in der Luft, was geht so spukhaft auf den
Zehen, kurz, Hagebucher – was geht vor? Das ist ein Rauschen und
Raunen von oben und unten, wie die Goldschnittpoeten sagen
würden; es läuft eine Wolke über unsern gesellschaftlichen Himmel
und wirft einen eigenen Schatten über sämtliche Klatschrosen,
Mohnköpfe, Hahnenkämme und Jungfern im Grünen dieses heillosen Nestes. Ein jeder scheint etwas zu riechen, weiß jedoch durchaus nicht, was; Sie aber scheinen mir genauer in die Büchse gesehen
zu haben. Was ist es, Hagebucher, was zieht sich zusammen um das
Haus meines teuren Vetters Glimmern? Ich bitte, wenn es irgend
möglich ist, so geben Sie auch mir das Losungswort; ich werde mir
alles, alles, meinen Schnurrbart wie meinen Kopf für die Kusine
abschneiden lassen. Sie zögern? Nun, so will ich Ihnen einen neuen
Beweis meines Vertrauens geben, indem ich nicht weiter in Sie
dringe. Aber eines fordere ich als mein Recht, Sie müssen mich rufen in der rechten Stunde.«

»Ich danke Ihnen, Freund«, sagte Leonhard ernst; »zur rechten
Stunde rufe ich unter Ihrem Fenster, doch jetzt, wie lebt Nikola,
seit –«

»Seit Sie Ihre vortreffliche Vorlesung hielten, um dann in so überraschender Weise zu verschwinden? O Freund, Sie könnten diese Frage zehntausend Sekondeleutnants vorlegen, und Sie würden immer die Antwort erhalten: Die Gnädige befindet sich vortrefflich, es ist eine amüsante Frau, welche es ausnehmend versteht, der Existenz die Lichtseiten abzugewinnen; gestern auf dem Ball sah sie entzückend aus, und morgen auf dem Ball wird sie selbstverständlich wiederum die Herrlichste unter den Weibern, nämlich den verheirateten, sein. Ich aber, Hagebucher, ich seufze erbost: Was hat man aus der gemacht, und was hat die Närrin aus sich machen lassen? Die Arme! Ich habe mit ihr immer so gut gestanden, und in jener Zeit, als ganz Bumsdorf mich als den verruchtesten aller Sünder total aufgab, wagte sie allein, die in Wehmut und Entsetzen zerfließende Verwandtschaft auszulachen und den schönen Glauben an den Demant in meiner Seele, den Glauben an meine edlere Bestimmung festzuhalten. Ich werde ihr das nie vergessen; aber der Teufel soll mich holen, wenn ich noch länger einen Fuß in ihr Haus setze, um mich über den Jammer zu Tode zu ärgern! Ja, was sage ich da? Muß ich nicht zu ihr gehen und neben ihr sitzen? In früheren Zeiten erschlugen die Ritter und jungen tapfern Vettern alle möglichen Drachen, welche die Damen bedrängten; heute ist der Dienst ein anderer geworden, und die Ritter kommen und sitzen neben den Damen, um sie durch ihre Sottisen auf andere Gedanken zu bringen. Bumsdorf à la recousse! Ich sitze täglich bei dem armen Mädchen und vertreibe ihr die Grillen, so gut ich kann. Und den Drachen, den Herrn Vetter, ertrage ich der Kusine wegen, welches ebenfalls zu dem veränderten Dienst gehört. Indessen am angenehmsten ist's immer, wenn er Hut und Stock nimmt und sein Feuer anderswo speit. Es ist ein recht höflicher Drache, der die Welt kennt und durch seine bengalischen Naturgaben die wundervollsten Beleuchtungen der Dinge, und zwar nicht bloß bei Hofe hervorbringt. Eine hühnerologische Preisfrage wäre übrigens aufzuwerfen: Ist einem Hahne gestattet, Eier zu legen, aus denen –«

»O lassen Sie doch das! Lassen Sie den Baron«, unterbrach Leonhard den phantasiereichen Leutnant, und dieser rief:

»Gern, gern, nur allzugern! Lassen wir den exzellenten Basilisken und den ebenso exzellenten Kotschinchinesen oder Brahmaputra, seinen seligen Papa. Wir, das heißt Nikola und ich, saßen also auch während Ihrer Abwesenheit, Hagebucher, zusammen, und es fiel nichts Bemerkenswertes vor. Wir schwatzten wie gewöhnlich von diesem und jenem, grad wie ich hier mit Ihnen schwatze. Wir sprachen von Bumsdorf, dem Prospero – Sie kennen den Prospero, Leonhard, bei größerer Muße werde ich Ihnen eine Geschichte erzählen, wie ich ihn vor drei Jahren dem Alten ausführte und wie der Alte wütend ihn mir hier wieder aus dem Stall holte. Wir sprachen von der Katzenmühle, von der Frau Klaudine, der verzauberten Dame in der Mühle. Was wir sprachen? Ja, da steckt der Jammer, und wenn ich daran denke, wie vergnügt wir vorzeiten miteinander gewesen sind, so ist die Gegenwart um so schlimmer. Sie lacht noch wie sonst; aber es ist doch nicht mehr das alte Lachen. Ich glaube, wenn sie manchmal ein wenig weinen würde, so brächte das doch etwas Heiterkeit in unsere Zustände. Ach, Hagebucher, Psychologie ist sonst nicht die Wissenschaft, in der unsereiner exzelliert; doch hier ist eine Seele, welche ich vollständig begreife. Sie hat sich lange genug gewehrt und zuletzt einen ehrenvollen Vertrag abgeschlossen; aber was kann solch ein armes, gequältes Frauenzimmer beginnen, wenn man ihr die traktatmäßigen Bedingungen nicht hält? Sie kann nicht durchbrennen wie Sie, Herr Leonhard; sie kann nicht verschwinden und, sozusagen, zu einer Mythe werden gleich jenem Narren, dem Viktor Fehleysen, von dem noch so manche dumpfe Sage in der Stadt geht. Sie kann ihr Elend nicht an den Rekruten oder am Spieltisch ausfluchen oder ausgeben wie ich. Sie steht immer da, Gewehr bei Fuß, und hat sich vom Kommando Grobheiten und Anzüglichkeiten vortragen zu lassen. Und das Kommando, dann die alten Weiber, der Hof und zuletzt die Witterung mit all ihren veränderlichen Niederschlägen, die kennen kein Erbarmen, und es wäre ein Wunder, wenn sie zuletzt nicht die Oberhand über den stolzen schönen Mut meiner Kusine Nikola gewönnen. Herr, Sie sind mein Mann, Sie haben unter dem Äquator das Schweigen gelernt und mir soeben eine Probe davon gegeben. Ich achte das und verehre jeden Menschen, der mit Gelassenheit auf seine Stunde passen kann. Ich vermag es nicht, und so erlaube ich mir, hier vor Ihnen auszusprechen: Wenn das Gespenst, welches in jenem Hause umgeht, nicht bald offen, und am liebsten mittags um zwölf Uhr, während der Wachtparade zum Beispiel, hervortritt, so werde ich, Hugo von Bumsdorf, sehr unangenehm gegen diesen Herrn Vetter Glimmern, und es wird mir ein unendliches Vergnügen machen, ihm einmal zwischen Tür und Angel die Seele aus dem Leibe zu schütteln! Jetzt leben Sie wohl und behalten Sie mich lieb, Hagebucher. Morgen abend ist Ball beim Polizeidirektor Betzendorff, da werde ich Sie freilich nicht sehen; aber die Nikola will ich dort in einem stillen Winkel von Ihnen grüßen. Guten Morgen!«

Der Afrikaner bewies, daß sein junger lebhafter Freund in betreff seiner Schweigsamkeit recht habe. Er behielt alles, was er dem Davoneilenden vielleicht hätte nachrufen können, für sich und trug seine Unruhe, sein innerliches Fieber zum Professor Reihenschlager unter jenes Paar liebe Augen, welches dem träumenden Schneider Felix Täubrich so sehr gefiel. Doch vergeblich lächelte und schmollte Serena, vergeblich breitete der Professor alle seine in den letzten Monden eroberten wissenschaftlichen Resultate vor dem Hausfreunde aus, vergeblich türmte er ihm alle während derselben Zeit sich erhoben habenden Schwierigkeiten und Anstöße vor der Nase auf: Leonhard hatte arges Kopfweh von dem Besuche des Leutnants bekommen. Er mußte häufig mit beiden Händen nach den fliegenden Schläfen greifen, und des Professors koptische Vokabeln bauten durchaus keinen Damm gegen die Bruchstücke, Trümmer und weggeschwemmten Tische und Bänke, welche sich noch immer in der Erinnerung Hagebuchers auf dem ausgebreiteten Strome der Redeüberflutung des jungen Kriegers schaukelten.

»Dieses geht nicht, Tochter!« sprach der Professor, nachdem der afrikanische Freund Abschied genommen hatte, kopfschüttelnd. »Es geht wahrlich nicht, Serena. Wo bleibt die Sammlung, das logische Denken, das innige Verständnis des Notwendigen? Welch eine bedauerliche Zerstreutheit! Welch ein betrübender Nachlaß sämtlicher philologischer Seelenkräfte! O Vater Zeus und alle ihr andern unsterblichen Götter, erhaltet mir diesen Jüngling –«

»Vierzig, vierzig Jahre!« murmelte Serena, tiefsinnig über ihr Nähzeug gebeugt.

»Erhaltet mir diesen Jüngling in dem ganzen vollen Erkennen meiner und seiner hohen Lebensaufgabe. Bei den Geheimnissen von Eleusis, wozu hättet ihr ihn auch gerettet aus der Gefangenschaft jener, die das Salz nicht kennen und das schöngeglättete Ruder für eine Worfschaufel nehmen?«

»Wozu, wozu?« seufzte Serena pianissimo, fügte jedoch laut und deutlich an:

»Papa, du wirst von Tage zu Tage komischer; nimm es mir nicht übel.«

Leonhard Hagebucher machte zuerst dem verstorbenen Landesvater von Bronze auf dem Promenadenplatze seine Aufwartung und stattete sodann dem Hause des Majors Wildberg einen Besuch ab, um auch hier zu zeigen, daß er wieder am Orte sei, doch nicht aus diesem Grunde allein. Wie es ihn von den Menschen forttrieb, so trieb es ihn immer von neuem wieder zu ihnen hin – verlieren wir weiter kein Wort über einen Zustand, den jedermann aus eigenster bitterer Erfahrung kennt.

Das Haus des Majors war bald erreicht; aber es war nicht leicht, die Treppe hinaufzugelangen. Die ganze rotbackige Nachkommenschaft des biedern Strategen und der wackern Frau Emma hielt dieselbe unter der Obhut eines Kindermädchens und einer Amme blockiert und hing sich dem Afrikaner mit hellem Freudejauchzen an Arme, Beine und Rockschöße wie ein schwärmender Bienenstock an den Weisel.

»Er ist wieder da! Mama, der Mann aus dem Mohrenlande ist wieder da! Hurra, vivat! Papa, hier haben wir den Onkel mit den Elefantengeschichten und Löwengeschichten! Er ist wieder da! Hurra, Herr Mohrenkönig, erzählen Sie uns eine Geschichte von dem großen Affen und dem Krokodil und den schwarzen Männern, welche sich nie zu waschen brauchen, weil es doch nichts hilft, und welche sich nie anzuziehen brauchen, weil sie gar keine Kleider haben, und welchen Sie so lange Zeit die Stiefel putzen und die Röcke ausklopfen mußten.«

»Hurra, vivat, das wird alles zu seiner Zeit geschehen!« rief Leonhard, über den Wirbel von Kinderhänden und Kinderköpfen weg der Frau Emma die Hand reichend. Und der Major kam aus seiner Studierstube von einem Plan des Forts Sumter und versuchte es lange vergeblich, die blühende Hoffnung seines Stammes zur Ruhe zu kommandieren, bis ihm ein Tanzbär nebst einem Affen und Dudelsack in der Gasse zu Hülfe kam, worauf der wilde Schwarm natürlich die Erzählung von den Affen für das wirkliche Wunder aufgab und mit lautem Getöse die Trepp hinunter- und aus dem Hause stürzte.

»Da möchte man ja den Himmel für einen Dudelsack ansehen!« rief der Major, die Brille in die Höhe schiebend. »Grüß Sie Gott, Hagebucher; wir wußten schon, daß Sie aus der Provinz zurückgekehrt seien, und heißen Sie herzlich willkommen.«

»Treten Sie schnell herein, Herr Hagebucher!« rief die Frau Majorin. »Mir ist es immer, als hielte ich das Leben wie einen Aal in den Händen. Hier, treten Sie in meines Mannes Stube; vor ihr hat das wilde Völklein doch noch den meisten Respekt, und wir werden hier am längsten ungestört sein.«

Da saß der Afrikaner wieder einmal in dem wohlbekannten behaglichen Raume und erhielt eine Zigarre und die volle Erlaubnis zu sagen, wie es ihm ums Herz sei. Das letztere tat er denn auch, doch immer nur bis zu dem schwarzen, schweren Balken, der ihm quer über den Weg geworfen worden war und über den er nicht hinauskonnte. Er bekam auch hier gutmütige und ernstgemeinte Beileidsbezeugungen über den Tod des Vaters und hörte auch hier wieder manches, doch eben nichts Neues über das Leben der Frau Nikola von Glimmern.

»Sie kommt wie gewöhnlich«, sagte die Frau Emma, »bald im Vorübereilen, um, wie sie meint, in einem flüchtigen Augenblick sich einen Atemzug gesunder Luft zu holen, bald kommt sie zu späterer Abendzeit, wenn der Herr von Glimmern im Offizierskasino am Spieltisch sitzt; doch immer setzt sie sich am liebsten in die Kinderstube, und wenn die Kleinen zu Bett gebracht sind, spricht sie selten noch ein Wort, sondern läßt uns reden, was wir wollen. Es ist ein Elend; fragen Sie nur meinen Mann, ob er es noch lange aushält, mich für mein Teil bricht's in der Mitte entzwei, und wenn ich nicht nächstens dem Herrn Intendanten einen sehr wunderlichen Brief schreibe, so weiß ich nicht, was aus meinen Nerven werden soll.«

»Die Frau hat recht, Hagebucher«, sprach der Major, »es ist in der Tat eine trübselige Historie, aber wer ist befugt, da einzugreifen, und welch ein Nutzen könnte dadurch geschaffen werden?«

Der Afrikaner sah wiederum den Schatten des Leutnants Kind an der Wand; doch schon hatte das nichts Erschreckendes mehr für ihn. Im Gegenteil, als er in der Tiefe seiner Seele den Namen des alten Mannes aussprach, verschaffte er sich dadurch einen befreienden, erleichternden Atemzug. Er nahm seinen Hut, nachdem er noch vernommen hatte, daß wohl der Major, aber nicht die Frau Majorin den Ball des Herrn von Betzendorff besuchen werde.

Achtundzwanzigstes Kapitel

Über Einförmigkeit des Daseins hatte Herr Leonhard wahrlich sich jetzt nicht zu beklagen. Er würde sowohl dem Tumurkielande wie dem deutschen Vaterlande Unrecht getan haben, wenn er dieselben in dieser Hinsicht einer Vergleichung unterzogen hätte.

Im Tumurkielande ist es im Sommer gewöhnlich sehr heiß, und die einzigen Wolken, die vor die Sonne treten, sind die Heuschreckenwolken, welche jedoch keine Kühlung durch ihre Verdunkelung des glänzenden Gestirns hervorzubringen vermögen und es übrigens auch gar nicht beabsichtigen. Auf die Heuschreckenwolken pflegen die Regenwolken des Winters zu folgen; es regnet entsetzlich im Tumurkielande, die Sommerwohnungen der Bevölkerung werden zu Brei, und jedermann sucht die Winterquartiere auf. Die Familien beziehen größere Höhlen in den Felsen, die Junggesellen und einzelnstehenden Jungfrauen mieten der gütigen Mutter Natur eine bescheidenere Ritze im Gestein ab. Auch die Sklaven haben ihre eigenen Behältnisse, welche, wenn sie gleich ein wenig dunkel und dumpfig sind, dessenungeachtet ihre gemütlichen Reize einem Aufenthalt im Freien gegenüber besitzen.

Herr Leonhard Hagebucher kannte das und verglich, wie gesagt, diese fremdländischen Verhältnisse nicht mit denen des Vaterlandes. Aber er setzte indessen jene nicht gegen diese zurück, und vorzüglich nicht an dem Morgen, welcher auf den im vorigen Kapitel geschilderten Tag folgte.

Es war ein unruhiger Morgen, an welchem es sich deutlich zeigte, zu welcher Bedeutung die Persönlichkeit des Afrikaners während seiner Abwesenheit von der Residenz herangeschwollen sei. Wirklich merkwürdig war's, wie vielen Leuten es über Nacht einfiel, daß dieser afrikanische Fremdling zu manchem nützlichen oder pekuniären Gewinn abwerfenden Zwecke trefflich zu verwenden sei. Und sie hatten alle von seiner Rückkehr aus der Provinz vernommen, und sie kamen alle, ihn zu begrüßen und beiläufig ein Wort über das und das, was sie entweder seinem praktischen Blick oder seinem weichen Gemüt und guten Herzen, jedenfalls aber seiner gespanntesten Aufmerksamkeit anempfahlen, fallen zu lassen. Es war wie ein Wunder, was diese verhältnismäßig so unbedeutende Stadt für verschiedenartige Elemente enthielt, die jetzt alle ihr Interesse an dem Dasein des Afrikaners hatten oder doch zu haben glaubten.

Da kam ein Buchhändler, welcher nicht der Hofbuchhändler war und der, dem Herrn Polizeidirektor zum Trotz, die nicht gehaltenen Vorträge zu Papier und in seinen Verlag gebracht zu haben wünschte. Da erschien ein Photograph, welcher der festen Überzeugung lebte, daß ein Brustbild des Herrn Hagebucher und ein Bild in ganzer Figur der Welt zu einem tiefinnern Bedürfnis geworden sei und ein brillantes Geschäft verspreche. Verschiedene Kaffeehausbekanntschaften suchten den Verkehr auf das Privatleben des »guten Freundes« auszudehnen. Es erschienen zwei hagere Damen, welche den »geprüften Mann« für die segensreichen Zwecke der Innern Mission zu gewinnen hofften. Es kam ein junger Mann, welcher einen Stoff für das moderne Epos suchte, welcher in den Abenteuern des Afrikaners diesen Stoff gefunden zu haben glaubte und welchen Hagebucher ohne Rücksicht auf die Gefühle der Mit- und Nachwelt bedeutete, er möge ihn ungeschoren lassen, und übrigens halte er es in dieser Zeit für ein Zeichen von ganz entschiedener dichterischer Begabung, wenn jemand keine Verse zu machen imstande sei. Politische Parteien streckten ihre Fühlhörner in den Morgen hinein, kurz, der Verkehr war lebhaft und anregend genug; doch Leonhard blieb leider hart, teilnahmlos, traurig und lächelte nur einmal, als er unter dem überströmenden Wortschwall des jungen Poeten überlegte, was wohl aus der Welt, nämlich seiner eigenen, werden möge, wenn er – heirate, und zwar Fräulein Serena Reihenschlager heirate?!

Denselben Gedanken dachte er laut, als sich gegen die Mittagszeit die Flut der Besucher endlich verlaufen hatte und er mit dem Pascha allein war; oder vielmehr, nachdem er verschiedene Male leise gesagt hatte: »Weshalb sollte ich?«, sprach er ungemein deutlich das große Wort aus: »Weshalb sollte ich nicht?« und brachte dadurch einen Seitenzug seiner neueuropäischen seelischen Entwickelung zu einem recht befriedigenden Abschluß, nur einen Seitenzug – die Hauptlinie lief gradeaus weiter in alle Verwirrung und Finsternis hinein!

Vier Worte genügten, um das ganze Getümmel zusammenzufassen, wie sich in das nüchternste Freikuvert der leidenschaftlichste

Jubel- oder Trauerbrief schieben läßt; und gleich einem Echo hallte Täubrich-Pascha nach:

»Ja, weshalb nicht?«

»Was wissen denn Sie davon, Täubrich?« rief Hagebucher fast ärgerlich. »Sind Sie etwa imstande, meinem Seufzer die rechte Deutung zu geben?«

»Es sind ein Paar liebe Augen!« sagte der Schneider mit seitwärts gehängtem Kopf. »Es gibt kein anderes Fräulein hier in der Stadt, welches ein solches gutes Gesicht hat.«

»Und es gibt keinen zweiten Damenkleidermacher, der ein so merkwürdiger Mensch ist wie Sie, Felix! Bei Gott, weshalb sollte ich nicht? Lassen Sie uns jedoch abbrechen und zu Mittag speisen. Nachher mögen Sie die Tür verriegeln – gegen jedermann, hören Sie! Ich habe einen Blick in den Sanchoniathon zu werfen, ich versprach's dem Professor.«

»Sancho – Sanchoniathon!« wiederholte der Schneider, die schwärmerischen Augen gegen die Decke richtend. Ein so klangvoller Name mußte halten, was er versprach; und in der festen Überzeugung, daß sein Patron die richtige Lektüre für die gegenwärtige Stimmung ausgewählt habe, schlich Täubrich auf den Zehen zur Tür und schob den Riegel vor.

Nach Tisch las Hagebucher im Sanchoniathon, und Täubrich-Pascha nähte einen Knopf an seinen Frack; denn auch er hatte versprochen, am heutigen Abend den Ball des Herrn von Betzendorff durch seine Gegenwart zu verschönen, und zwar in einer sehr offiziellen Stellung. Wir wissen, daß er ein sehr aufmerksamer und gewandter Mensch war und daß keine größere Festlichkeit in der Residenz ohne seine Beihülfe stattfinden konnte.

»Wir besitzen ihn nur in der griechischen Übersetzung eines gewissen Philo aus der Stadt Byblus, und einige wollen sogar behaupten, daß wir ihn gar nicht mehr besitzen«, sagte Leonhard träumerisch über sein Buch weg und fügte hinzu: »Ich könnte sie jetzt in mein Haus führen, und mein altes Mütterchen würde sie mit offenen Armen empfangen! Das ist die große Frage unter den Gelehrten, ob er zur Zeit der Semiramis oder zur Zeit Alexanders des Großen oder ob er gar nicht lebte. Mir ist es ungemein gleichgültig; – sie hat in ihres Vaters Hause Gelegenheit genug gehabt, mit Narren umgehen zu lernen. Seine Lehrer sollen die phönizischen Oberpriester Hierombalus und Jarobalus gewesen sein! O Gott, ob sie in ihres Vaters Hause wohl auch gelernt hat, einem Gesellen wie mir keinen Korb zu geben? Hierombalus und Jarobalus! Ich dächte, wir müßten ein stilles, solides Ehepaar darstellen!«

»Das denke ich auch!« rief Täubrich-Pascha, der vor Enthusiasmus kaum imstande war, seine Nadel einzufädeln.

»Ja, weshalb nicht?!« sprach Leonhard Hagebucher immer nachdenklicher.

Er warf den alten Phönizier auf den Tisch, sprang empor und schritt im Zimmer auf und ab:

»Ich bin nicht mehr in den Jahren, in welchen es noch tunlich ist, etwas auf den andern Morgen zu verschieben. Das wäre nun freilich wohl ein Grund, sich hier noch recht lange zu besinnen, allein – – – was wünsche ich, was kann ich noch erreichen in dieser närrischen europäischen Welt? Wahrlich, ich kenne die jetzt genug wieder, um in dem Kreise, welchen ich mit der Spitze meines Stockes um mich zu ziehen vermag, ein Genügen finden zu können. Was meinen Sie, Täubrich, wenn ich so um die Zeit der heranbrechenden Dämmerung meinen Rock anzöge und mich auf den Weg zum Professor machte? Wahrscheinlich würde ich sie dann in der Küche neben dem hellen Feuer finden, und sie sieht allerliebst in der Beleuchtung aus. Ich könnte mit ihr einige Augenblicke in die Flammen gucken, um sodann, wenn wir alle beide unsere Gedanken genug gesammelt haben würden, zu sagen: Serena, mein Kind, ich bin zu einem Entschluß gekommen, wollen Sie eine Bitte eines wunderlichen, aber doch ganz ehrlichen Mannes anhören? Und wenn sie dann die Achseln zuckte und mit dem Kopfe nickte, so könnte ich ziemlich ruhig fortfahren: Serena, mein Kind, ich hab es mir nach allen Seiten hin überlegt, ich möchte Sie ganz für mich besitzen, und dem Papa sollte doch nichts von seiner häuslichen und gelehrten Behaglichkeit abhanden kommen. Ich dürfte dann wohl noch einmal eine Exkursion in meine Vergangenheit machen, doch dieses vielleicht nicht zum Schaden der Aussichten in die Zukunft, und wenn in diesem Augenblicke mein Dämon, welcher auch über diese Stunde wacht, den Topf überkochen ließe, so ist es meine feste Überzeugung, daß sie, nur ein klein wenig rötlicher angehaucht, ihn von der Glut abrücken und, den Deckel in der Hand haltend, lispeln würde: »Herr Gott, Herr Hagebuch – Leonhard!« – Da wäre dann sicherlich bereits der erste Kuß gefallen, Täubrich, und wir hätten nur noch die Treppe hinaufzusteigen, um den Papa von dem Vorgefallenen in Kenntnis zu setzen.«

Es war ein Vergnügen, den Pascha in diesem Moment, während dieser Schilderung zu beobachten. Er war mit der Nadel weit nach rechts hin ausgefahren und hielt den Arm starr und steif und den Mund weit offen; in voller Verzückung blickte er aus seinen wasserblauen Augen auf den sich in diese urheitern Phantasien, welche doch auf so dunkelm Grunde ruhten, ganz verlierenden Patron.

Nun fing er an zu weinen und rief dazwischen:

»O Sidi, Sidi, Sie verstehen alles am besten und wissen alles gehörig einzurichten! Die ganze Zeit über während Ihrer Abwesenheit hab ich mir den Kopf zerbrochen, wie es sich wohl am lieblichsten machen ließe, und da kommen Sie und brauchen nur zu sagen: So ist es!, und es ist so. Sidi, Sie stehen auf dem Sprung, meinen schönsten Traum zu erfüllen; denn nun wollen Sie tun, was ich nicht tun konnte, weil das Geschick es nicht litt. Sie haben meine Wehmut bis ins tiefste, aber auch aufs süßeste aufgerührt, und ich küsse den Saum Ihres Gewandes dafür. Ja, auch ich war in Arkadien und ganz dafür geschaffen, ein Weib glücklich zu machen! Ich habe auf Zion und Golgatha, aber noch mehr zu Mar Saba unter der alten Garderobe meiner Freunde, der Mönche, tief darüber nachgedacht. Ich war immer fürs Nesterbauen, doch ich bin auch leider immer zu blöde gewesen, sowohl im Gelobten Lande als auch hier im Lande, und nur ein einzig Mal hatte ich volle Gelegenheit, meinen Willen zu kriegen; allein da hab ich nicht gewollt und kann es auch jetzt noch nicht bereuen. Das war nämlich in Pera, wo mich eine alte Schuhmacherwitwe aus Perleberg als Landsmann und jungen gefühlvollen Menschen ganz sicher mitgenommen hätte auf ihrem Lebenswege. Sie war jedoch dem Trunke ergeben und stieß mich auch sonst durch allerlei körperliche und unmoralische Eigentümlichkeiten ab. Wenn es seine Vorzüge hat, für das Ideal und das ewige Himmelblau und die Sterne und die Sphärenmusik in der Nacht geschaffen zu sein, so hat es auch seine Nachteile fürs menschliche Leben. Es ist zu Pera nichts aus meinem häuslichen Glück geworden, weil ich zu fein roch; und nachher noch einmal zu Jerusalem in meines Meisters, des Böblingers, Hause wurde wieder nichts daraus, weil ich zu scharf sah. O Herr, nun aber wird mein allerhöchster Wunsch in Ihnen erfüllt, und sie, ich meine das süße, liebe, gute Fräulein, hat ihre ganze Seele auf Sie gesetzt, und Sie passen ganz zu ihr und dem alten Herrn, Sidi; und mich nehmen Sie mit, wo Sie Ihr Zelt aufschlagen. O Allah, Allah, ich bin gewißlich fürs Ideale, aber hier sehe ich doch klar, daß es auch eine große Freude sein kann, in der Wirklichkeit und nicht bloß im Traume zu leben.«

»Trocknen Sie Ihre Tränen, fassen Sie sich, Täubrich«, sprach Hagebucher. »In Ihrem letzten Satze gebe ich Ihnen vollständig recht: es ist eine Freude, in der Wirklichkeit zu leben, so viele scharfe Ecken, boshafte Haken und heimtückische verräterische Fallgruben sie auch haben mag. Wer gab übrigens dem klugen Narren, dem Mahomet, das Wort ein: Alles Berauschende ist verboten! – ? Wer darf dieser armen geplagten Menschheit das Berauschende verbieten? Solange der Schmerz, die Sünde und der Tod umwandeln unter ihr, solange kann auch das Berauschende nicht verboten sein! Jetzt, edler Täubrich, beschäftigen Sie sich gefälligst mit Ihrem Frack, ich werde noch einen letzten Rat halten, und zwar mit der Frau Klaudine und nicht mit dem Sanchoniathon. In einer Viertelstunde hoffe ich Ihnen das Resultat mitteilen zu können.«

»Gott segne Sie, lieber Herr«, schluchzte der Pascha, und der Afrikaner stopfte langsam eine Pfeife und streckte sich lang auf dem wackelnden Sofa aus. Wer ihn so gesehen hätte, der würde sicher nicht geahnt haben, mit welchem aufregenden Thema er sich beschäftigte und welches herz- und nervenerschütternde Problem er mit Aufbietung aller Seelenkräfte und Zuziehung aller a priori wie a posteriori erlangten Erfahrungen zu lösen bemüht war.

Und der Tag rückte vor, und die Dämmerung rückte wiederum näher. Längst war der Schneider mit der Vervollständigung seines Gesellschaftsanzuges fertig, längst saß er unbeschäftigt, stumm, regungslos, ein Bild atemlosen und doch resignierten Wartens da: der Afrikaner schien nicht in der Auflösung seines Problems weiterzurücken. Er, Leonhard Hagebucher, stöhnte von Zeit zu Zeit sehr; er veränderte wohl auch seine Lage und hatte von neuem seine Pfeife anzuzünden, aber ein Licht schien ihm darum doch nicht aufgehen zu wollen.

Einmal sprach er:

»Es scheint grimmig kalt draußen zu sein. Sehen Sie doch einmal nach dem Ofen, Täubrich.«

Kurze Zeit darauf knöpfte er die Weste auf, blies und fuhr durch die Haare wie jemand, dem es ungemein heiß zumute ist.

Um fünf Uhr fragte er kläglich, was die Glocke geschlagen habe, und eine Viertelstunde später zog Täubrich-Pascha noch kläglicher die Schultern in die Höhe und klagte trübselig und enttäuscht im Innersten seiner Seele:

»Es ist aus! Es ist vorbei! Er tut es nicht! Er kommt nicht dazu!«

Der Afrikaner atmete in der Dunkelheit vom Sofa her ruhig und friedlich gleich einem schlafenden Kinde. Es hatte in der Tat allen Anschein, als ob er es nicht tun werde. Doch die Überraschung war dann um so größer, als Punkt sechs Uhr der Grübler die Pfeife zur Erde fallen ließ, auf beide Füße sprang und im schärfsten Kommandoton rief:

»Zum Henker, Täubrich, so zünden Sie doch die Lampe an! Sind wir zwei Eulen, daß wir unser ganzes Leben in der Finsternis zubringen? Wo ist mein Halstuch? Wo ist mein Hut? Das ist ja eine entsetzliche Wüstenei! Flink! Vorwärts! Bismillah, ich habe diese Wirtschaft im Zentrum wie in der Peripherie vollkommen satt!«

»Hier, Herr! Hier, Herr!« rief der Schneider, froschartig und an allen Gliedern zitternd im Zimmer umherhüpfend. Die Lampe brannte, Halstuch und Hut fanden sich, noch einmal wollte der Pascha mit der Kleiderbürste auf den Patron los, doch dieser schob ihn feierlich von sich ab und fragte:

»Was für ein Datum schreiben wir?«

Täubrich nannte den Tag, und Hagebucher sprach:

»Nicht übel! Nicht ungünstig!«

Mit einem Zitat fuhr er fort:

»Gehab dich wohl, mein Kassius, für und für!
Sehn wir uns wieder, nun so lächeln wir,
Wo nicht –«

Er brachte den Satz nicht zu Ende, sondern zog leise die Tür hinter sich zu. Der Tanz aber, welchen Täubrich-Pascha hinter ihm aufführte, hätte kaum kurioser sein können, war jedoch der Gemütsstimmung des Menschen vollständig angemessen.

Neunundzwanzigstes Kapitel

Im Tumurkielande pflegen die Leute ebenfalls zu heiraten, der junge Mohr nimmt seine Mohrin, wie und wo er sie findet, und die Moresken kommen nach wie in Europa, das erste Exemplärchen neun Monate nach der Hochzeit, die folgenden in angemessenen, naturgemäßen Zeiträumen. Während seiner Gefangenschaft zu Abu Telfan hatte Herr Leonhard Hagebucher glückliche und unglückliche Liebe in all ihren Phasen und Ekstasen reichlich kennengelernt, und Europa hatte ihm in dieser Hinsicht nichts Unbekanntes, nichts Neues zu bieten. So mußte denn auch das, was die weiße Gesellschaft über diese Verhältnisse dachte und sagte, dem, was jene schwarze Gesellschaft darüber kundzugeben pflegte, der Form wie dem Inhalt nach sehr ähnlich sein. Herr Leonhard Hagebucher fühlte sich, noch während er die Treppe in der Kesselstraße hinunterstieg, diesem Prozeß sowie allen seinen Folgen vollkommen gewachsen. Das Experiment erschien ihm leicht, geschmeidig, glatt und ohne übermäßige Anstrengung auszuführen.

Diese heitere Anschauung änderte sich jedoch schon in dem Augenblick, als er den Fuß in die Gasse setzte. Sprach die kalte, winterliche Luft in Hinsicht auf seine afrikanischen Nerven mit, oder war's der plötzliche Übergang aus dem traulich-stillen Zusammensein mit dem träumenden Schneider in die außergewöhnlich lebhaften Gassen: er fühlte eine Beklemmung, welche mit jedem Schritt über den zertretenen Schnee zunahm.

»Mutig voran!« sagte er und versuchte noch einmal der großen Stunde ins Antlitz zu lächeln; doch dieses Lächeln war sehr hohläugig, und das Atmen wurde ihm bald sehr schwer. Er zog den Hut über die Nase, als könne er nichts von der Außenwelt in der Welt seiner jetzigen Gedanken brauchen, und riß ihn wieder in die Höhe und stierte die Dinge an, als sei aller Trost doch nur bei ihnen und er selber ganz und gar nicht bei Troste. Einige Gassen weiter suchte er bereits luftschnappend nach einem stichhaltigen Grunde, das Unterfangen noch bis zum folgenden Tage zu verschieben. Auf dem Johannisplatze wurde ihm sogar recht übel zumute, der Schweiß trat ihm vor die Stirn, er suchte nach seinem Taschentuche, und wenn er es nicht in der hintern Rocktasche gefunden hätte, so würde er unbedingt das für den plausibeln Grund und das bedenkliche Omen genommen haben und nach Haus zurückgekehrt sein. Er fand es jedoch, und so blieb ihm als Mann, Held und Verliebten nichts übrig, als sich die kalten Tropfen abzutrocknen und seinen Weg fortzusetzen, seinem Verhängnis entgegen. Wäre ihm nun ein Bekannter begegnet und hätte ihm den leisesten Vorschlag zu einem Gang um die Stadt, zu einer Partie Domino oder einer Zigarre in irgendeinem stillen Winkel eines Kaffeehauses gemacht, mit Freuden würde er seinen Arm in den des Freundes geschoben, die Werbung verschoben und sich glänzend gegen sich selbst und gegen Täubrich-Pascha gerechtfertigt haben.

Es begegnete ihm niemand als jener Myrmidone des Herrn von Betzendorff, welcher ihm einst das elegante Billett des Herrn Polizeidirektors und das Verbot seiner Vorlesung überreichte. Der Mann griff ganz höflich an die Dienstmütze, und Hagebucher blickte ihn einen Augenblick betroffen nachdenklich an, griff sodann in die Tasche, schenkte ihm einen Gulden und rief:

»Nein, nun grade, nun erst recht! Mein guter Freund, Sie werden sich doch nicht einbilden, daß ich Sie für ein omen nefastum, für ein verneinendes Zeichen der Götter nehmen soll?«

»Ich bilde mir gar nichts ein, aber ich danke Ihnen, Herr Hagebucher«, sprach der Mann der öffentlichen Sicherheit, mit dem Auge des Gesetzes zwinkernd und das Geldstück verstohlen in die Tasche schiebend. »Häufig kommt diese Sorte nicht vor!« fügte er kopfschüttelnd hinzu, als Hagebucher aus dem Lichtkreise der Gaslaterne, unter welcher die Begegnung stattfand, verschwand.

So heimtückisch ist das Schicksal! Selten legt es dem Menschen andere Hindernisse in den Weg als solche, die ihn grade anreizen, bis zu dem Punkte vorzudringen, an welchem es ihn haben will; und es soll durchaus nicht gesagt werden, daß es ihm mit Vorliebe ein Vergnügen oder nur eine Annehmlichkeit an das Ziel seines Pfades lege, wie eine Mutter, die ihr Kind das Gehen lehren will.

»Nun grade, nun erst recht!« wiederholte Leonhard im schnellern Vorwärtsschreiten und hätte sich jetzt nicht mehr durch ein vergessenes Taschentuch oder einen guten Bekannten von der Ausführung seines Unternehmens abbringen lassen. Noch eine Ecke, und das Haus des Professors kam in Sicht! Da stand es. Kein böser Zauberer aus dem Innern Afrikas hatte dem Afrikaner zum Tort Aladins Wunderlampe gerieben und es durch die Genien der Lampe mit seiner hübschen, klugen, silberstimmigen Bewohnerin in das Innerste der Tartarei versetzen lassen. Es befand sich alles an seiner richtigen Stelle, sogar die Inschrift über der Tür: Introite, hospites! –

Der Schnee war zu beiden Seiten der gastlichen Pforte fast zierlich zusammengefegt und -geschaufelt. Der Lampenschein aus des Professors Studierzimmer glänzte behaglich anlockend in die Nacht. Die zarte Mondsichel stand über dem weißen Dache, und ein Rauch ging empor aus Serena Reihenschlagers Schornstein, und lächelnd winkte der silberne Mond dem Afrikaner durch diesen tiefbedeutungsvollen Dampf. Einen Augenblick stand Leonhard still und blickte hinüber nach dem Fenster des Professors, dem Monde, dem nahrhaften Schornstein und den schwarzen Baumwipfeln des Gartens – es war ein anderes Stillstehen als neulich vor der Katzenmühle; aber, bei Allah, von einem gleichmütigen, gleichgültigen Gaffen konnte auch heute durchaus nicht die Rede sein.

Serena Reihenschlager befand sich jedenfalls in der Küche. Der Afrikaner kannte den Weg dorthin ganz genau. Die volle Gelegenheit war gegeben, nach so langem, abenteuerlichem, mühevollem Zickzackfluge durch die Welt das Leben zu einem ruhigen, wohlbehaglichen Kreise zu runden und aus dem Mittelpunkte desselben den Göttern zu danken, daß sie es endlich und zuletzt doch noch so gut gemacht hatten.

Und noch immer kein Hindernis! Hagebucher, der so häufig in seinem Leben auf die Nase gefallen war, stolperte nicht auf der Schwelle des Hauses und vernahm daher auch keine Stimme, welche sich das Recht angemaßt hätte zu sagen: »Ein Römer würde umkehren!« Dagegen traf ein wohltuender, leckerer Bratenduft seine Nase, und höchst lächerlich wär's gewesen, das für ein abschreckend Zeichen zu nehmen. Es zischte und prasselte lustig aus Serenas Zauberreiche. Rötliche Lichter tanzten an der der Küchentür gegenüberliegenden Wand – nicht der kleinste Stein des Anstoßes in dem Hausgange – nicht das leiseste Stolpern auf der Schwelle *dieser* Pforte. Und jetzt – es konnte ja nicht anders sein, es war ja so ausgemacht worden –, jetzt stand sie da vor dem schwarzen Herde, in all ihrer Allerliebstheit, nachdenklich, so hold beleuchtet von der tanzenden Flamme wie je ein verliebt sinnend Mägdelein in einem Genrebilde, welchem letztern auch alles übrige in dem malerischen Raume entsprach, von den blankgescheuerten Kesseln und Kannen an bis zu dem stattlichen weißen Kater, der schnurrend um die Falten ihres Hauskleides strich.

Sie trug eine zierliche, feingestreifte Schürze mit zwei niedlichen Taschen, jede ganz am richtigen Fleck, um Schlüssel, Nadelbücher, Taschenkämme und Liebesbriefe schnell dreinschieben und sie drinnen vor dem neugierigen Auge der Welt verbergen zu können. In diesem Moment jedoch hatte sie nichts hineingeschoben, sondern im Gegenteil etwas herausgeholt, nämlich ein zerknittert Blättchen, welchem man es ansah, daß es den Weg heraus und hinein schon mehrere Male, und zwar unter großer Aufregung der Besitzerin, gefunden hatte, dem man es ansah, daß es nicht zum ersten Male gelesen wurde.

Und sie las es wiederum und ließ merkwürdigerweise den Topf, welchen Herr Leonhard Hagebucher dem Täubrich-Pascha in seiner Mitwirkung bei den Ereignissen des Abends so anschaulich geschildert hatte, jetzt schon überkochen, und zwar ohne den Deckel abzuheben oder ihn zur Seite zu rücken.

Sie las, wie ein junger Schriftsteller die erste Korrektur liest; sie las, wie ein alter Gauner das Reskript, welches ihm den Rest seiner Strafzeit erläßt, verschlingt; ja sie las sogar wie ein junges Mädchen, welches den ersten Liebesbrief liest, oder wie des Mädchens Mutter ebendiesen Liebesbrief, wenn er zuerst an ihre Adresse gelangte, das heißt, wenn sie dem verstohlenen Boten hinter der Haustür her auf den Hals gesprungen ist und sich nicht verpflichtet fühlt, das durch die Verfassung garantierte Briefgeheimnis zu respektieren.

Sie las, und wahrlich erschien sie rosig angehaucht, bedeutend rosiger, als selbst jene beiden phantasievollen Leute, Herr Leonhard Hagebucher vom Mondgebirge und Herr Felix Täubrich, genannt Täubrich-Pascha, aus Jerusalem, sich vorgestellt hatten. Sie las, und als Herr Leonhard Hagebucher endlich nicht länger an sich halten konnte und seine beklemmte, zaghafte Anwesenheit durch ein ängstlich befangenes Räuspern kundgab, tat sie den vollkommen in sein Programm gehörigen kleinen Schrei, ja sie führte das Programm noch weiter pünktlich aus, indem sie rief: »O Gott, Herr

Hagebucher!« Das »Lieber Leonhard« ließ sie freilich aus, doch wer wird in einer solchen Minute um ein Wort, um einen Ton rechten wollen?

Was konnte jetzt der Afrikaner anders hervorbringen als die Frage, ob er nicht störe, und was konnte Fräulein Serena Reihenschlager anders darauf antworten als: Durchaus nicht, bitte treten Sie näher, Herr Hagebucher – ? Hätte sie gesagt: Ist er schon wieder da, muß er einer denn immer in die Quere kommen?, so würde solches nicht in das Programm gepaßt haben.

Noch immer kein Hindernis! Sie verbarg das kleine, eng beschriebene Blättchen blitzschnell in der Tasche und widmete sich mit verdoppeltem Eifer ihrem Topfe, rettete von dessen Inhalt, was noch zu retten war, erlangte auch das, was sie selbst von ihrem moralischen Gleichgewicht verloren hatte, bald genug wieder, hob ein sehr glückliches, lächelndes Gesicht zu dem Hausfreunde empor und sagte:

»Guten Abend, lieber Herr Hagebucher!«

»Guten Abend, Fräulein Serena!« antwortete der Hausfreund, gleichfalls lächelnd herabblickend, und hatte sich im Vertrauen mitzuteilen, daß es ungeheuer überflüssig und fast eselhaft töricht gewesen sei, sich auf dem Wege von der Kesselstraße her so sehr vor dieser schönen Minute gefürchtet zu haben. Er fühlte sich jetzt so wohl geborgen, so sicher vor allem Weh, allen Schrecknissen und Ärgernissen. Es rieselte ihm ganz warm sowohl durch die Seele als auch den Leib, und der deutsche Frost, an welchen er sich doch noch immer nicht ganz, nach seinem unheimlichen Aufenthalt unter dem Äquator, gewöhnen konnte, schwand vollständig unter dem wonnigsten Anhauch gleich dem Eis an der Fensterscheibe, welches ebenfalls unter einem warmen Hauche zu verschwinden pflegt.

»Der Papa ist in seiner Stube. Gehen Sie nur zu ihm, ich werde sogleich nachkommen, Herr Leonhard«, sagte Fräulein Serena Reihenschlager.

»Sogleich?« fragte Hagebucher leise und zärtlich.

»Gewiß. Sobald die Magd vom Brunnen zurückgekommen ist, folge ich Ihnen.«

»Ach, Fräulein Serena, lassen Sie mich noch einen kurzen Augenblick hier auf der Bank niedersitzen!« rief Hagebucher, schwankend zwischen der Furcht vor der wasserholenden Magd und dem koptischen Papa, welche alle beide er bei seinem Vorhaben nicht nötig zu haben glaubte. »Nur eine kleine Minute, Serena! Es ist bitter kalt draußen, zumal für eine verwöhnte Haut gleich der meinigen«, fügte er schaudernd vor Vergnügen hinzu; und gutmütig besorglich rückte das Fräulein ihm einen Schemel neben die Glut ihres Herdes, welche sie dann, das Licht und die Wärme zu vermehren, zu neuen Flammen »aufschuf«.

Nicht das geringste Hindernis! Da saß er neben dem Herde, und sie stand vor ihm und hielt die Hand in der Tasche ihrer Schürze, in welcher sie jenes zerknitterte Blatt versteckt hatte. Nichts in der Welt, das ihn hinderte, frei und offen herauszusprechen und seinem Herzen Luft zu machen, wie das schon Millionen vor ihm taten und glücklich zum Ziele ihrer Wünsche gelangten.

»Ach, Fräulein Serena«, begann er und sah richtig längere Zeit – ganz der Verabredung gemäß – in die knisternden Flammen.

»Ach, Herr Hagebucher!« seufzte das Fräulein, ohne die Hand aus der Tasche hervorzuziehen, und dann nahm er, wie jemand, der über einen gefährlichen Graben springen will, einen Anlauf, kniff die Augen zu, ballte die Hände und – sprang wirklich.

»Serena, Liebe«, begann er von neuem, und da er einmal drin war, ging das Ding ganz fließend und fliegend. »Serena, ich – wir – ich habe es mir jetzt lange genug überlegt, und Kopf und Herz tragen es nicht länger. Auch Sie haben reichlich Gelegenheit gehabt, mich kennenzulernen, und halten mich hoffentlich nicht für einen schlechten Charakter, und der Papa – ja, was geht der Papa uns eigentlich dabei an? – o Serena, mein liebes Mädchen, die ganze Welt brauche ich weiter nicht, wenn ich Sie habe! Geben Sie mir Ihre Hand, Serena, und sagen Sie mir ganz offen, ob Sie meine Frau werden wollen! Sie – ich – wir – Täubrich – ich möchte Sie ganz für mich allein besitzen, und dem Papa sollte doch nichts an seiner Behaglichkeit abgehen – wir wollten – wir könnten –«

Natürlich! Was hätten sie alles gewollt und gekonnt, wenn – wenn nicht Fräulein Serena Reihenschlager mit einem zweiten und viel hellern Schrei des Schreckens, der Überraschung mehrere

Schritte zurückgewichen wäre, beide Hände abwehrend weithin von sich ausstreckend?

»Liebster Himmel, Herr Hagebucher! Also doch? O Gott, liebster Herr Hagebucher! Und grade heute, o Herr Jesus!«

»Ich liebe Sie in der Tat recht herzlich, Serena!« sprach Hagebucher, noch immer mit zugekniffenen Augen über dem Graben in der Luft schwebend. »Was mir an Jugend mangelt, werde ich durch Liebenswürdigkeit ersetzen. Ein unverträglicher Mensch bin ich nicht, und einen Hausstand könnten wir uns wohl in der behaglichsten Weise gründen. Meine Mutter würde sich unbeschreiblich freuen, und was Ihren Papa anbetrifft, so glaube ich sicher, daß er mich gern auch durch solche liebe Bande an die koptische Grammatik fesseln würde.«

»O Gott, Gott, Gott, das glaube ich gern; aber das ist so schrecklich, und die Magd wird gleich zurückkommen; was soll ich sagen, was soll ich tun? Lieber Herr Hagebucher, er schreibt mir grade heute, grad an diesem Abend, und entschuldigt sich so sehr. In drei Tagen wird er selbst kommen, alles ist in Ordnung und kein Hindernis mehr, und der Papa oben in seiner Stube weiß auch alles.«

»Wer schreibt? Was schreibt wer?« rief Hagebucher in höchster Verblüfftheit und mit weit offnen Augen mitten im Sumpf platschend, sprudelnd und spuckend.

»Ferdinand! Wer denn anders als mein Ferdinand?« schluchzte das Fräulein. »Hier hab ich seinen Brief, und er war vor Ihnen hier im Hause und half wie Sie dem Papa an dem Wörterbuch und der Grammatik. Und der Papa schickte ihn fort, was gar nicht recht von ihm war, und da ist er in die weite Welt gegangen, nach Hamburg und nach Edinburg und zuletzt nach Genf, als Lehrer der neuen Sprachen. Man könnte blutige Tränen weinen, so sehr hat er sich an allen Instituten quälen müssen, und jetzt gründet er in Kompanie mit einem andern ein eigenes Institut, und hier schreibt und bittet er um Verzeihung, weil er so lange nicht geschrieben habe, und übermorgen kommt er selbst, und der Papa weiß alles und sieht ein, daß er jetzt nichts mehr dagegen machen kann. Und er ist mein Ferdinand, und nun sagen Sie selber, liebster Herr Hagebucher, was ich Ihnen noch sagen soll!«

»Ich wüßte nicht, was mir noch zu erfahren übrigbliebe«, sprach der Mann vom Mondgebirge sehr dumpf und wiederholte sodann: »Er war vor mir hier im Hause und half wie ich dem Papa an dem Wörterbuche und der Grammatik.«

Nach einer Pause setzte er noch hinzu:

»Da wäre ich ja wohl wieder einmal zu spät gekommen? O Täubrich, Täubrich, Täubrich-Pascha!« Und dann – dann sah er auf und sah, daß das arme gute Kind nicht mehr die Hände in den Schürzentaschen, sondern die Schürze mit beiden Händen vor die Augen hielt und den Schrecken und die Bestürzung leise dahinter ausweinte. Sanft faßte er diese kleinen zitternden Hände, zog den Vorhang von dem purpurroten Gesichtchen weg und sagte:

»Liebes Fräulein, wenn Sie dem Papa nichts von dieser dummen Geschichte sagen wollen, so werde ich es gewiß nicht tun; und was dieses glückliche – dieses erfreuliche Ereignis betrifft, so wünsche ich Ihnen und dem Herrn Ferdinand das beste, das allerschönste Glück.«

Das Kind hatte bereits von neuem die Schürze vor die Augen gehoben und schluchzte hinter ihr weiter und konnte seinen Dank für die guten Wünsche nur durch ein schnelles, krampfhaftes Kopfnicken kundgeben. Da Herr Leonhard Hagebucher nichts mehr in der Küche des Professors Reihenschlager zu suchen hatte, so verließ er dieselbe, und zwar wiederum auf den Zehen. Er trat zurück in den dunkeln Hausflur und zögerte einen Augenblick an der Treppe. Sollte er nicht doch lieber nach Haus gehen und den armen Täubrich-Pascha bis aufs Blut durchprügeln, um ihn zu lehren, künftighin nicht so leichtfertig einen Mann in der Ausführung einer Dummheit durch allzu inniges Eingehen auf die Herzenswünsche desselben zu bestärken? Nein! Ein gebildeter Mann sucht seinen Überschuß an deterioriertem Nervengeist nicht in solcher Art loszuwerden; ein gebildeter Mann geht unter solchen Umständen nicht nach Hause, um jemand durchzuprügeln, sowenig als er sich ins Wasser stürzt oder eine Kugel durch den Kopf jagt. Leonhard Hagebucher ging hinauf zum Professor Reihenschlager; wenn wir aber noch einen Blick in Serena Reihenschlagers Küche werfen, so steht das Fräulein wieder emsig beschäftigt vor ihren Töpfen und Pfannen. Ein leises Lächeln spielt um die Mundwinkel der jungen Dame, und der Zwiespalt in ihrer Seele scheint vollständig zum Austrag gebracht worden zu sein.

Dreißigstes Kapitel

Der Mann vom Mondgebirge klopfte an die Tür des Mannes, welchen er zu seinem Schwiegervater hatte machen wollen, horchte, glaubte von innen einen tiefen Seufzer zu vernehmen und trat ein, ohne die Einladung zum Eintreten abzuwarten. Er hätte auch lange darauf warten können; die Pfeife war dem Professor Reihenschlager erloschen, und mit ihr erschien auch der Professor erloschen zu sein. Der Schein trügt: welch ein behagliches Licht hatte diese Studierlampe in den Schnee der Winternacht hinausgeworfen, und welchen Mißmut, welche Zerschlagenheit an Leib und Seele beleuchtete sie!

Inmitten des Rüstzeuges seiner gelehrten Forschungen saß der Schwiegervater des trefflichen Institutsvorstehers Ferdinand Zwickmüller, gebeugt, geknickt, und blickte nach der gegenüberliegenden Wand wie der König Belsazar, mit dessen außerbiblischer Geschichte er sich vor einer Stunde noch harmlos und ohne eine Ahnung dessen, was ihm der Briefträger ins Haus trug, beschäftigt hatte.

An welcher Felsenwand, an welchem Obelisken, in welcher Grabhöhle stand in Keilschrift oder in Hieroglyphen der Trostspruch geschrieben, durch welchen sich das aus den Fugen gebrochene Leben wiedereinrenken und zusammenleimen ließ?

»Wo? Wo? Wo?« rief der Professor, und einer andern Ophelia gleich, machte er seiner Bestürzung, seiner Ratlosigkeit halb in Prosa, halb in Versen Luft; und was die letztern betraf, so erwachte, wie in einem Chloroformrausche, die rührendste Jugendpoesie in seinem verschobenen Gehirn.

»Das ist eine schöne Bescherung!« murmelte er. »Bei der tausendbrüstigen Isis, was soll nun aus mir werden?

> Die Männer, Völker, Flüsse, Wind'
> und Monat' maskulina sind –

alles Material zu einem geordneten Leben, zu einem ruhigen Greisenalter durcheinandergeworfen!

Die Weiber, Bäume, Städte, Land'
und Inseln weiblich sind benannt –

und ich alter Tor vermeinte, alles sei vorbei, und renommierte mit
meiner Schlauheit und meinem scharfen Blick!

Commune heißt, was einen Mann
und eine Frau bezeichnen kann –

ja, kommun ist es, Ferdinand Zwickmüller! O welchen Kuckuck hab
ich mir im Neste ausgebrütet! Und wie das Kind seine Rolle gespielt
hat! O was soll ich tun, was soll ich tun?«

»Was man nicht deklinieren kann,
das sieht man als ein neutrum an!«

sprach Leonhard Hagebucher. »Ich glaube nicht, daß Ihnen etwas
anderes übrigbleibt, als diese Sache in der Art anzusehen.« Der
Professor aber fuhr empor und mit ausgebreiteten Armen dem Afrikaner entgegen:

»Wissen Sie es schon? Was sagen Sie dazu? Hat man es Ihnen unten im Hause zugejauchzt? Hagebucher, verlassen Sie mich nicht!
Bleiben Sie bei mir! Ja, hier ist der Busen, welcher mir von den tausend Brüsten der allernährenden Mutter allein noch übrigblieb! Was
sagen Sie zu der heillosen Geschichte?«

»Ich gratuliere bestens«, sagte Hagebucher so munter, als es sich
eben tun lassen wollte. »Nach einem triftigen Grunde zur Verzweiflung blicke ich mich vergebens um.«

»So? Da danke ich Ihnen ganz gehorsamst, mein Freund. Es ist in
der Tat merkwürdig, es ist eine der größten Merkwürdigkeiten,
welche es auf Erden geben kann: selbst die Vernünftigsten, die Verständigsten, die Nüchternsten und Trockensten können die Hand
nicht davon lassen. Einen Grund zur Verzweiflung sehe auch ich
nicht; aber als denkender Mensch, als vorurteilsfreier Betrachter
menschlicher Verhältnisse ärgere ich mich ungemein.«

»Wenn der Herr Zwickmüller sonst ein anständiger Gesell ist –«

»Seien Sie mir still! Ein anständiger Mensch? Ich wollte nur, Sie kennten ihn persönlich.«

»Das würde mir freilich am heutigen Abend zu großer Genugtuung gereichen«, brummte der Afrikaner.

»Ich wünschte, Sie kennten ihn, wie ich ihn kenne. Solch ein trefflicher Jüngling und ausgezeichneter Mathematiker wird nicht leicht zum zweitenmal in diesem irdischen Jammertal gefunden. Er ist viel zu gut für mich, und an seinem Äußern ist nicht das mindeste auszusetzen. So nüchtern, so verständig ist er – ach, Hagebucher, dort pflegte er zu sitzen, dort auf Ihrem Stuhle, Hagebucher, und dann pflegte er die Unterlippe gradeso wie Sie in diesem Augenblicke herunterhängen zu lassen, was mich darauf bringt, daß Sie mir eben auch nicht aussehen wie sonst. Na, ich danke Ihnen nochmals für Ihre innige Teilnahme, denn in ihr wurzelt doch hoffentlich Ihre Verstimmung. Was wollt ich aber sagen? Richtig – richtig, die Lippe hing ihm sehr häufig herab; o man mußte ihn sehr zart angreifen, man war zu keiner Zeit sicher, ob man ihn nicht unwissentlich aufs tiefste gekränkt habe. Er ist ein wenig nervenschwach, der Gute, und kann einem die harmloseste Bemerkung sechs Wochen lang nachtragen; aber was das betrifft, so paßt er ganz zu dem Mädchen, und sie werden eine recht vergnügte Ehe zusammen führen.«

»Der Herr segne sie alle beide!« brummte Hagebucher.

»Als Vater und Schwiegervater muß ich pflichtgemäß wohl dasselbe wünschen, aber meinen Mißmut kann das nur erhöhen. Jahrelang hat dieser Zwickmüller dort auf Ihrem Stuhle gesessen, und jahrelang habe ich im Schweiße meines Angesichts an seiner Ausbildung gearbeitet, und über das Verhältnis zwischen den beiden Geschlechtern habe ich mich in den Pausen ernsterer Beschäftigung wahrhaftig eingehend genug ausgelassen. Wäre er mein leiblicher Sohn gewesen, so hätte ich diesen Ferdinand nicht zärtlicher, nicht herzlicher warnen können. Wenn ich nicht irre, so habe ich Ihnen früher schon erzählt, wie ich dann, als sich bedenkliche Symptome zeigten, daß alles doch vergeblich sei, ihn kurzweg aus dem Hause jagte und wie er mir später aus der Fremde schrieb und sich für mein korrektes Verfahren innig bedankte. Fortwährend standen wir im vertraulichsten Briefwechsel; o der Hinterlistige behauptete, nie etwas ohne meinen Rat tun zu wollen, und nun tut er mir dieses an!

Hier sitze ich ruhig und denke an nichts, oder ich denke vielmehr sehr tief über das N in πνω, πνευμα snuf, nys, nas, snut nach, aber was mir bevorsteht, das rieche ich nicht. Kommt das Mädchen plötzlich wie eine Windsbraut hereingestürmt, hält mir von hinten die Augen zu, lacht und weint, kichert und schluchzt, küßt mich und schiebt mir, als ich mich verwundert nach dem Grunde des Getöses erkundige, einen Brief unter die Nase, welcher alles πνευμα auf der Stelle aus mir heraustreibt. Was schreibt der Schlingel? Von dem scharfen Auge väterlicher Liebe schreibt er, und es könne mir gewiß nicht entgangen sein und so weiter, und seine Hochachtung und seine Verehrung für mich seien unermeßlich und so weiter, und seine materiellen Umstände seien derartig, daß er sich wohl getraue, eine Frau zu ernähren. Hagebucher, Hagebucher, wissen Sie, was ein Ölgötze ist? Ich wußte es auch nicht, jedoch in diesem Augenblicke wurde mir die Bedeutung des Wortes klar. Wie ein Ölgötze saß ich da, und vor mir stand das Mädchen und wußte nichts Besseres zu tun, als mir immer von neuem um den Hals zu fallen und zwischen Heulen und Jauchzen zu zwitschern: ›Ja, Papa, liebster, liebster Papa, es ist so, es ist wirklich so, und es ist eine solche alte Geschichte, und wärst du nicht mein alter, lieber, dummer Papa, so würdest du gewiß nicht ein solches Gesicht dazu machen!‹ – Nun frage ich Sie, Leonhard, was für ein Gesicht sollte ich machen? Wenn ich in vierzehn Tagen darüber mit mir im klaren bin, so will ich mich glücklich schätzen. Ich will nicht mit den Göttern rechten, doch weshalb muß dieses grade mir passieren? Weshalb müssen grade mir die verständigsten, die hoffnungsvollsten Menschen, die solidesten jungen Leute unter den Händen zu Narren werden? Weil ich eine hübsche Tochter habe? Ist das ein Grund? Habent sua fata puellae! Freilich, freilich haben sie ihre Schicksale; aber war es wirklich zur Erhaltung und Verschönerung dessen, was Markus Tullius Cicero die Wohnung der Götter und Menschen, domus communis deorum hominumque, nennt, nötig, daß mir mein eigen Fleisch und Blut das eigene Dach über dem Kopfe abdecke? O Hagebucher, weshalb hießen Sie nicht Zwickmüller, und weshalb führte das Schicksal jenen nicht zu den Kaffern und Hottentotten? Sie würden mir gewiß nicht einen solchen Streich gespielt haben. Ja, Sie sind mein einziger Trost; in diesem Augenblicke erquickt mich Ihre Gegenwart, aber in den nächsten Tagen, wenn der Narr von Genf angelangt ist und mit der Dirne das Weitere verabredet, wird sie mir unschätzbar und durch nichts anderes zu ersetzen sein.«

»Herr Professor!...« hub Hagebucher mit einem vollen Atemzuge an, wie jemand, der im Begriff ist, eine sehr lange Rede zu halten, sehr viel zu sagen hat und das, was er auf dem Herzen trägt, im Geiste wohl ordnete und zurechtlegte. »Herr Professor!« sprach Hagebucher mit kräftigstem Nachdruck im tiefrollenden Brustton, und dann – dann brach er ab, ehe er angefangen hatte, schüttelte stumm, gerührt dem Papa Reihenschlager die Hand, schnappte dreimal nach Luft, entwich schwankend, und draußen auf der Treppe setzte er seine Rede fort, zog sie zusammen und brachte sie zu Ende. Der schändlichste Fluch der Baggaraneger genügte ihm längst nicht zum Ausdruck seiner Gefühle: er fand einen Segenswunsch seines Freundes Semibecco in der Erinnerung zur rechten Zeit wieder; – *das* Wort sprach er aus auf der Treppe, und *das* Wort tat ihm wohl.

Leise stieg er nun die Stufen hinab, indem er sich an dem Geländer hielt. Unhörbaren Schrittes schlich er an Serenas Küche vorüber, erschrak sehr über den hellen Klang der Haustürglocke und entging seinem Schicksale doch nicht.

»Wollen Sie schon gehen, Herr Hagebucher?« erklang hinter ihm die Stimme Serenas, und zwar ebenso hell als die Türglocke und dazu so vergnügt-gleichmütig, so frei von allem Zittern, Stocken und Anstoßen, daß es eine Lust war, sie zu hören, nur nicht für den Afrikaner.

»Ja, ich gehe schon, Fräulein. Gute Nacht! Empfehlen Sie mich in Ihrem Traume freundlichst dem Herrn Ferdinand!«

Und er ging wirklich.

Als er wieder in der Straße stand, klopfte er sich mit dem Knöchel des Zeigefingers der rechten Hand vor die Stirn und glaubte einen hohlern Klang als sonst herauszuschlagen. Auch jetzt schreiben wir die Wendung, die er dem tiefen Spruch: Erkenne dich selbst! gab, nicht nieder, sowenig als vorhin den Lieblingsausruf des Freundes und Elfenbeinhändlers Semibecco. Daß er sich damit von der Wahrheit nicht sehr weit entfernte, kann leider nicht geleugnet werden.

Die Stadt war voll ungewöhnlichen Getümmels, Privatequipagen und Mietwagen führten mit dumpfem Geroll die Eingeladenen, die Bevorzugten der Gesellschaft zum Feste des Herrn von Betzendorff. Durch das glänzendhelle Fenster eines Handschuhladens erblickte Leonhard den Leutnant von Bumsdorf im eifrigen Verkehr mit der den Laden hütenden Göttin und entwich schleunigst, ehe der junge Krieger seinen Einkauf beendet hatte.

Nach Hause? Mit geheimem Grauen erinnerte sich der Afrikaner, daß dort noch der Sanchoniathon auf dem Tische liege und daß er daselbst auf keine andere Gesellschaft als die des alten Phöniziers zu rechnen habe.

Zum Leutnant Kind auf ein Plauderstündchen? Das ließ sich eher hören! Der Mann paßte besser in die Stimmung. Nein, er paßte zu gut hinein, und schaudernd wendete Hagebucher sich auch von dieser Idee, seiner eigenen Gesellschaft zu entgehen, ab. Fast ohne zu wissen, wie die Sache sich gemacht habe, fand er sich zuletzt in einer ziemlich leeren Weinstube einer Flasche Rüdesheimer gegenüber und mit der Speisekarte in der Hand.

Er aß, ganz unnatürlicherweise, gut, und er aß viel. Er trank eine zweite Flasche Rüdesheimer. Das Geschwätz der Gäste um ihn her, das Gehen und Kommen, das breite, gleichmütige Gesicht des Wirts, die automatenhaften Bewegungen der Kellner, ja sogar die Bilder, Fahrtenpläne und die Plakate der Auswanderungsagenten und vor allem der Pendel der Uhr übten einen wohltätig narkotischen Einfluß auf seine Nerven.

Er griff nach einer Zeitung, legte sie wieder hin und griff von neuem danach. An der andern Ecke des Tisches dehnte sich ein Stammgast, gähnte sehr und beklagte sich bitterlich über die Langweiligkeit des Daseins in der Welt im allgemeinen und in dieser vortrefflichen Residenz im besondern. Sein Nachbar, von dem Gähnen angesteckt, gab ihm vollkommen recht, und das Gähnen gab er weiter. Leonhard Hagebucher sah es von Mund zu Mund sich verbreiten und überlegte träumerisch, wieviel Widerstandsfähigkeit er ihm wohl entgegenzusetzen habe, wenn es bei einer solchen Stimmung sich auch an ihn heranwagen würde. Und indem er überlegte, war er schon besiegt, und nun brach er ebenfalls, seiner Stimmung zum Trotz, in ein ganz munteres Lachen aus, und das war die erste wirkliche Erfrischung, welche ihm das Schicksal an dem heutigen Abend gönnte. Die Gäste sahen verwundert auf den heitern Menschen, und einige beneideten ihn jedenfalls um seine frohe Laune. Er aber bezahlte seine Rechnung, zündete eine frische Zigarre an und trat, grad als es elf Uhr schlug, wieder in die kalte Nacht hinaus und fand nichts Ungewöhnliches auf seinem Wege. Es war noch viel Leben in den Gassen. Die Leute lachten und schalten höchstens über den strengen Winter; nicht ein einziges Mal traf ein Wort das Ohr des Afrikaners, welches ihn hätte aufhorchen und sich umsehen machen können. Weder den Gassen noch den Leuten merkte man es im geringsten an, daß soeben etwas in der Stadt sich ereignet hatte, welches wochen-, ja monatelang den ausgiebigsten Stoff zu allen möglichen Unterhaltungen, Erörterungen, Angriffen und Verhetzungen geben sollte, welches ganze Kreise der Gesellschaft zerreißen und nach allen Richtungen hin auseinandersprengen, welches den höchsten wie den geringsten dieses so sehr in sich abgeschlossenen Gemeinwesens auf das tiefste berühren und welches, durch Wort, Schrift und Druck weit über die engen Grenzen des Landes hinausgetragen, für lange Zeit sowohl das Ländchen wie das Hauptstädtchen arg in das Gerede der Menschen bringen mußte.

»Wenn ich nur den Täubrich zu Hause vorfände«, meinte Hagebucher im Weitermarschieren. »Ich glaube, wenn ich ihm sein Teil von der Blamage hätte zukommen lassen, so würde ich den Sonnenaufgang in aller Gemächlichkeit abwarten können. Aber der Gute ist beim Herrn von Betzendorff und ergötzt sich verstohlen an ganz andern Delikatessen, als ich ihm vorzusetzen habe. Bei Gott, ich fühle mich noch immer nicht zu groß, ihm die ganze Geschichte in die Schuhe zu schieben. Ah, in Abu Telfan war es schön, und im Hinterstübchen des Vetters Wassertreter war es auch schön! Es ist fabelhaft, aber nichtsdestoweniger wahr: selbst der Sanchoniathon kann einem in der Bedrängnis noch zum Troste werden; ich werde hingehen und den Sanchoniathon lesen.«

Am Eingange der Kesselstraße überkam ihn mit dem klarsten Verständnis für die Enttäuschung, welcher er sich so mutwillig ausgesetzt hatte, ein neuer, aber auch letzter Paroxysmus. Er tanzte vor Aufregung ein weniges im Schnee und rief:

»Das kommt davon, wenn man sich nicht ganz allein auf sich selber verläßt! Wäre es mir ohne das Zureden des Menschen, des verruchten Täubrich, des wasserblauen Pinsels eingefallen, an diesem Abend die Nase aus der Tür zu stecken? Bei zwanzig Grad Kälte? Wahrhaftig, ich will dem Pascha gewiß nicht die Schuld allein in die Babuschen schieben; aber die sentimentale, liebebedürftige Minute wäre ohne ihn auch vorbeigegangen, und der nächste Morgen hätte ein besseres Verständnis für die Dinge gebracht. Ferdinand! Es ist zu lächerlich!... Ferdinand Zwickmüller! Zwick – müller! Und wenn man nur behaupten könnte, das Kind habe unrecht und sehe sein eigenes Beste nicht ein! Es wußte aber gar wohl, wohin es sein junges Herz am passendsten zu verschenken hatte, und ich möchte wissen, wer unsereinem die Berechtigung, sich zu beklagen, geben könnte.«

Er erreichte seine Haustür und packte den Türgriff, indem er seine fernerweitigen Gefühle in lauter Gaumenlauten und Schnalzern von Abu Telfan kundgab, welches immerhin noch ein recht bedenklicher Umstand für Täubrich-Pascha war. Auf der Treppe jedoch kam ihm eine mildere Vorstellung, und diese sprach er wieder deutsch aus:

»Ich kann ihn nicht über den Tisch ziehen, denn ich habe ihn nicht; aber obgleich ich ihn nicht habe oder grad weil ich ihn nicht habe, werde ich ihm eine Rede halten, eine sehr schöne Rede. O ich habe schon öfters im Leben ins Blaue hinein gesprochen, und nicht immer mit solcher Berechtigung. Und, Täubrich, ich werde mir nicht dreinreden lassen, merken Sie sich das. Bismillah, die Gelegenheit, sich einmal recht ordentlich auszusprechen, findet sich nicht so häufig, als die Welt gewöhnlich annimmt.«

Jetzt trat er in sein Zimmer und glaubte fest, durchaus zu wissen, was er zu sagen habe; allein der Anblick, der ihn traf, bannte ihn für eine ganze Weile auf die Schwelle und löste allmählich alles, was ihm noch von Grimm in der Seele übriggeblieben war, in Rührung auf. Das Zimmer war geordnet wie noch nie. Die Vorhänge waren niedergelassen. Der Fuß trat auf zierlich und künstlich gestreuten weißen Sand. In der Mitte des Gemaches stand der Tisch mit einem weißen Tuch gedeckt, und neben der hell brennenden Lampe stand in einem Wasserglase ein Blumenstrauß, so schön, wie ihn der

Kunstgärtner in dieser Jahreszeit für weniges Geld einem guten Freunde liefern konnte. Vor dem Strauße lag ein großer Bogen weißen Postpapieres, und auf demselben stand in großen Charakteren geschrieben:

>*Ich gratuliehre!*«

und darunter der Name: »Felix Täubrich«, samt der schlauen Bemerkung: »In seiner Abwesenheit.«

Eine Träne konnte Leonhard Hagebucher aus dem einfachen Grunde nicht aus dem Auge wischen, weil sich keine darin sammelte; aber der schlimmste der Baggaraneger hätte er sein müssen, wenn er noch den kleinsten Rest von Rachgier mit zu diesem geschmückten Tische genommen haben würde. Kopfschüttelnd, lächelnd, mit dem Hute auf dem Kopfe stand er vor diesem Altar der innigsten Zuneigung und malte sich aufs lebendigste aus, welche Tänze und Sprünge der arme, gute, wackere Gesell, der träumende Schneider Felix Täubrich, genannt Täubrich-Pascha, um diesen Strauß und dieses Blatt aufführte, ehe er, das Herz voll der schönsten Hoffnungen und blühendsten Phantasien, sich auf den Weg zum Herrn von Betzendorff machte. Und nun wäre beinahe doch die Träne gekommen mit der Vorstellung, in welcher schlechten Narrenwelt dieser echte, wahre Narr, dieser der Gottheit so wohlgefällige Narr, dieser ganz und gar närrische Täubrich-Pascha aus Jerusalem jetzt hinter den Stühlen stehe und aufwarte.

Da hielt er denn seine Rede und trug den Papierbogen mit dem Glückwunsch wie sein Konzept in der Hand. Ganz direkt an den Pascha hielt er seine Rede, wandte sich häufig an den Tisch und ließ es bei den eindringlichen Stellen an den nötigen Gesten nicht fehlen.

»Sie wünschen mir Glück, Täubrich, und ich nehme den Wunsch mit dem besten Dank an. Sie will nicht und hat ihre Gründe dafür, welche wir gelten lassen müssen. Wir haben uns beide getäuscht, Felix Täubrich, aber in den Mund der Kinder haben die Götter eine große Macht gelegt; mit einer törichten Hoffnung bin ich ausgezogen, ein vollgerüttelt und -geschüttelt Maß der Weisheit bringe ich heim. Ich danke Ihnen herzlich für Ihre wohlgemeinte Gratulation, nie ist eine solche mehr der Zeit und den Umständen gemäß abgestattet worden. Wir bleiben immer Kinder, und so klug wir auch werden mögen, wir behalten immer die Lust, mit scharfen Messern und spitzen Scheren zu spielen. Nun lassen Sie mich räsonieren, Täubrich! Sie sind ja doch der einzige Mensch in diesem Neste, mit welchem sich vernünftig über so etwas sprechen läßt; es wird nicht jedem so gut, sich sein Publikum wählen zu können, wie wir das bereits vor einiger Zeit erfuhren. Was trieb mich zu dem Gange am heutigen Abend, Täubrich, und was wollte ich durch denselben gewinnen? Ruhe – Zufriedenheit – Glück? Ich, der Mann aus dem Tumurkielande? Ich, der Mann vom Dschebel al Komri, dem Mondgebirge? Sie haben gut mit dem Kopf zu nicken, Täubrich-Pascha! In dem Rauschen der phantastischen Wipfel über Ihrem närrischen Haupte ist freilich Musik, in der alles einen Klang findet, was der Seele und dem Leibe süß und behaglich ist. Ach, Täubrich, über meinem Schädel ist kein Rauschen, weder von den Palmen des Morgenlandes noch von den Buchen und Linden der Heimat! Eine leere dunkle Bläue liegt von Osten nach Westen, von Mittag nach Mitternacht ausgebreitet, und es war eine Verruchtheit, eine heillose Lüge, zu einem armen, kindlichen Wesen zu sagen: Komm her, sitze nieder in dem Schatten meiner Bäume, du sollst es da gut haben! – Das habe ich getan, Täubrich, und ich habe es getan in dem Augenblick, in welchem ich mich sehnte, daß nur eine Wolke, und wäre es auch das schwärzeste Wettergewölk, sich zwischen diese arge helle Sonne und mein armes Gehirn schieben möchte. Schütteln Sie nicht den Kopf, Täubrich; das war der Schatten, welchen ich dem Kinde bieten konnte und welchen ich ihm angeboten habe! Ja, es war mir zu heiß und zu langweilig da draußen in der Sonne, unter dem wunderschönen Blau. Und ich vergaß das Mondgebirge, meinen Bürgerbrief von Abu Telfan, meine grauen Haare und langen Ohren; und weil ich mich trotz meiner vierzig Jahre immer noch jünger fühle als diese lustige Welt um uns her, Täubrich, so vermeinte ich es auch immer noch ebenso gut haben zu können wie andere Leute und stellte die verabredete Frage an das Fräulein. Ich gratuliere!? Ja, gratulieren Sie nur, Täubrich! Sich selber, dem Fräulein und mir, vorzüglich aber sich selber, denn ich hatte auf dem Heimwege große Lust, an Ihnen, Ihrer verführerischen Insinuationen und häuslichen Tugenden wegen, ein schauerliches, ein grausames Exempel zu statuieren. Hier rieche ich an Ihrem Blumenstrauß und bemerke –«

Was der Mann vom Mondgebirge bemerkte, blieb der Nachwelt verborgen. Es polterte unten an der Haustür, es stolperte jemand auf der Treppe, und es pochte eine Hand an der Tür. Den Afrikaner durchfuhr der Gedanke, der Professor habe vom Töchterlein das Nötige und Unnötige doch erfahren und werde von seinen Gefühlen selbst in dieser späten Stunde hergetrieben, um dem Hausfreunde seinen innigsten Dank auszusprechen.

Es trat jedoch, zurechtgewiesen von der aus dem Schlaf aufgestörten Hauswirtin, ein anderer ein, den Leonhard Hagebucher ebenfalls nicht erwartete, nämlich der Major Wildberg.

Einunddreißigstes Kapitel

Wer hört den Knall der Mine, die ihn in die Luft schleuderte? Die Explosion erfolgte vielleicht, während man auf ganz andere Dinge als das unheimliche, gefahrdrohende Wühlen und Graben in der Tiefe unter den Füßen achtete. In die Ferne hatten sich die Gedanken verirrt; es ist so ermüdend, es kann so langweilig werden, immer mit der Partisane im Arm auf derselben Stelle stehen und auf das finstere Treiben da unten horchen zu müssen! Ob wir gleich siebenfältiges Erz um die Brust tragen, die Seele geht doch spazieren, und wir können es nicht hindern. Jenseits der äußersten Bastionen und Gräben lustwandelt sie im freien Felde, pflückt Kornblumen und Klatschrosen aus dem Weizenfelde, vielleicht wohl auch eine echte Rose, die über eine Gartenhecke guckt, oder ein süßes Vergißmeinnicht vom Rande der murmelnden Quelle und träumt sich mitten im Kriege in den tiefsten Frieden hinein. Und während sie lustwandelt, Blumen pflückt und »über goldene Schmetterlinge lacht«, beugt unten im Abgrunde ein wildes, grimmiges, hohnlachendes Gesicht sich über einen kaum sichtbaren Funken und bläst ihn an zu heller Glut. Ein roter Schein zuckt über das Gesicht, das Lachen des Feindes; die Lunte berührt die Zündrute, tempus fuit! Zeit ist gewesen – Zeit ist nicht mehr, die irrende Seele zurückzurufen aus den grünen Gefilden, aus dem Wandeln in der Vergangenheit oder Zukunft, der Reue oder der Hoffnung; nicht zu einem halben Vaterunser, nicht zu dem kürzesten Stoßgebet ist mehr Zeit.

Es gab freilich fast immer nach derartigem verderblichen Feuerwerk Leute, welche man mit ziemlich heilen oder ganz unverletzten Gliedern und nur ein wenig betäubt von der Trümmerstätte zwischen den zerschmetterten Balken, Mauern und Kameraden aufhob und genau über ihre Gefühle ausfragte. Diese Leute blickten dann jedesmal sehr verwirrt im Kreise umher und auf den Platz oder die Stelle des Platzes, auf welchem sie standen, ehe sie in die Luft flogen, und – wußten nichts zu sagen. Im Gegenteil, sie mußten sich von den andern berichten lassen, was eigentlich geschehen sei, wie die Erde unter entsetzlichem Krachen sich geöffnet habe, wie die Feuergarbe turmhoch in die Luft gefahren sei, wie die schwarze Rauchwolke gleich einem Fächer sich in der Höhe über der Unglücksstätte ausbreitete und wie schrecklich der Regen von schwarzen Trümmern, Steinen, Schutt, Asche und blutigen menschlichen Gliedern gewesen sei. In dieser Lage befand sich augenblicklich unser sehr guter Freund Leonhard Hagebucher. Er war mit in die Luft gegangen, ohne es zu merken, und der Major Wildberg, der von seinem Whisttisch aus die beste Gelegenheit gehabt hatte, mit emporgesträubten Haaren und starrenden Augen das erschreckliche Ereignis wahrzunehmen, kam jetzt eilends, dem Patienten die nötigen Mitteilungen zu machen.

Der Major Wildberg erschien in dem Zimmer des Afrikaners zwar in Paradeuniform, aber gewiß nicht mit der zu jeglicher Schaustellung unbedingt notwendigen Ruhe und Selbstbeherrschung. Er trug ungeachtet der strengen Kälte den Mantel über dem Arme und schien sich nicht die Zeit genommen zu haben, ihn anzuziehen oder umzuhängen. Die Uniform war schief über der weißen Weste zugeknöpft, und wenn der Leutnant Herr Hugo von Bumsdorf je im öffentlichen Leben die Schärpe so getragen hätte, wie sie jetzt sein Major trug, so würde er sicherlich Gelegenheit gefunden haben, acht Tage lang in der Einsamkeit des Stubenarrestes über den tief bedeutungsvollen Unterschied zwischen hinten und vorn, zwischen rechts und links nachzudenken.

Hagebucher ließ den Strauß des träumenden Schneiders auf den Tisch fallen und stieß einen Laut hervor, der, grade weil er nichts bedeutete, alles ausdrückte: volles Wissen, höchstes Erschrecken und zugleich schon den ersten, ratlosen Griff ins Blaue.

»Jetzt? Jetzt?! Ist es geschehen?!«

»Lassen Sie mich zu Atem kommen, Freund. Dieses ist fürchterlich! Welch eine Nacht! Wissen Sie, was mich herführt, was ich bringe?«

Der Afrikaner nickte und griff bereits nach dem Hute. Der Major fiel auf den nächsten Stuhl, suchte keuchend nach dem Taschentuch und trocknete sich die Stirn.

»Ich komme von dem Ball des Polizeidirektors; der Boden ist den Tanzenden unter den Füßen gewichen – haben Sie das Krachen und den Schrei nicht gehört? Nikola sitzt bei meiner Frau, und hier bin ich. Welch eine Nacht! Gilmore beschießt jetzt Fort Moultrie bei Charleston aus glatten Fünfhundertpfündern – eine solche Bombe, fünfundzwanzig Zoll im Durchmesser, ist unter uns gefallen. Wenn der Himmel eingefallen wäre, die Wirkung könnte nicht ärger sein. Von uns, welche wir dort anwesend waren, hat niemand mehr seine fünf Sinne beieinander, und der Herr von Betzendorff vielleicht am wenigsten. Nun kommen Sie, Hagebucher, raten Sie, helfen Sie. Lassen Sie alles hinter sich, Haß und Zorn, Freundschaft, Mitleid; wir brauchen einen klaren Kopf, eine starke Hand und weiter nichts! Kommen Sie, kommen Sie, unsere einzige Hoffnung liegt darin, daß Sie sich durch nichts verwirren lassen, daß Sie aufrecht und unbewegt in all diesem nichtswürdigen Jammer stehenbleiben werden.«

Das war recht wohlmeinend und schmeichelhaft und gab jener Rede, welche der Afrikaner, der Mann vom Mondgebirge, vor einigen Augenblicken an den imaginären Täubrich hielt, einen vortrefflichen Abschluß: aber so ganz war die ruhige Objektivität des Standpunktes unseres Freundes doch nicht sichergestellt. Nun war die Stunde, deren Herannahen er so sehr gefürchtet und in den letzten Tagen im halben Fieber doch wieder so sehr herbeigesehnt hatte, da. Der Leutnant Kind tat sein Schlimmstes; das Wie war im Grunde gleichgültig; aber wer, der die Rettung nicht in sich selber trug, konnte aus einem solchen Verhängnis von einer fremden Hand in die Höhe gezogen werden?

»Wo ist Nikola?« fragte Leonhard.

»Ich sagte es bereits. Sie ist in der Begleitung, unter dem Schutze Ihres Dieners, Ihres Hausgenossen, jenes seltsamen Schneiders und Aufwärters Täubrich in unser Haus – zu meiner Emma geflohen, und ich bin hierhergelaufen, denn sie verlangt nach Ihnen. Das ist solch eine Minute, in welcher man jeden glücklich preisen möchte, welchem nur ein Felsblock auf den Kopf fiel.«

»Es ist nur ein Weg für sie, sie kennt ihn und will ihn gehen!« murmelte Hagebucher, und dann drückte er den Hut fest auf den Kopf, gleich einem Mann, der weiß, daß ein arger Sturmwind ihn vor der Tür erwartet, nahm den Arm des Majors und sagte:

»Jetzt wollen wir zu ihr gehen. Nicht ich, sie – sie steht aufrecht – sorgen Sie nicht um diese Frau. Nehmen Sie meinen Arm, mein Freund; in der Gasse sollen Sie mir erzählen, was in dem Hause des Herrn von Betzendorff vorging.«

Sie stiegen die gebrechliche Treppe wieder hinab und traten hinaus in die Kesselstraße. Letztere schlief ruhig und kümmerte sich um nichts. Sie hatte nicht die Ehre, den Herrn von Glimmern zu kennen, und was den Herrn Polizeidirektor von Betzendorff anbetraf, so trat dieser ausgezeichnete Mann nur durch seine untern Beamten mit ihr in Verbindung, und es war ihr deshalb unendlich gleichgültig, in welche peinliche Situation der Edle durch diesen Eklat in seinem Hause geraten war. Die Kesselstraße hatte ihre eigenen Sorgen, Ängste und Aufregungen, und es war nicht von ihr zu verlangen, daß sie sich um jene Leute dort, in jener andern Welt, in so später Stunde von ihrem Strohsacke aufrichte.

Die Kesselstraße schlief sanft, aber es gab viele Straßen, welche nicht schliefen. Es rollten Wagen an dem Major und seinem Begleiter vorüber, und das Licht der Laterne beleuchtete darin bleiche, erschreckte Gesichter.

»Das war der Tribunalrat Igeler mit seinen Töchtern«, sagte der Major. »Er saß neben mir am Spieltisch, als die Lichter erloschen und die Türen vor dem Gespenst aufsprangen. Um Gottes willen, Hagebucher, wie können Sie mit solch einem geisterhaften Menschen, wie dieser Täubrich-Pascha ist, Verkehr halten?«

»Der Arme! Was, hat er denn auch mit dieser finstern Historie zu schaffen?« rief Leonhard.

»Er?! Bei Gott, wie wäre das Gespenst denn ohne ihn hereingekommen? Er führte es ja sozusagen an der Hand und stellte es in unsere Mitte und stellte es uns vor!«

»Er führte den Leutnant Kind herein?«

»Den Leutnant Kind? Freilich, den pensionierten Leutnant der Strafkompagnie, Kind! Gedulden Sie sich nur, die Besinnung, die Erinnerung kommt mir nur allmählich zurück. Das ist wie ein Auftauchen der Dinge aus dem Nebel; – warten Sie nur – jaja, so war's, wir machten eine Partie: der Herr des Hauses, der Herr von Glimmern, der Tribunalrat und ich. Betzendorff saß zu meiner Rechten, der Tribunalrat zur Linken, und der Herr von Glimmern saß mir gegenüber. Wir saßen in einem Nebenzimmer, und Glimmern hatte den Rücken gegen die offene Tür des Saales, in welchem man tanzte, gewendet. Ich bin kein großer und feiner Spieler, aber mir war recht behaglich zumute, ich liebe solch eine lustige Ballmusik wie einen fröhlichen Marsch und kann immer noch meine Freude an den hellen Lichtern und dem jungen Volk haben. So achte ich denn eigentlich mehr auf das Vorüberschweifen dieser muntern Paare in dem hellen Raume zwischen den Türvorhängen als auf meine Karten, und nicht ganz zu meinem Vorteil. Der Herr von Glimmern hat mir auch schon manchen erinnernden Blick und mehr als eine zierliche Bemerkung hingeworfen; aber was kann der Mensch gegen seine Natur? Ich denke eben an die Jahre, die gewesen sind, an meine Emma, die damals doch ein viel hübscherer Partner war, als jetzt diese spitzfindige Exzellenz ist, und wie sie so gut tanzte, meine Emma, und mit ihrem guten Lächeln der größten Schönheit und selbst der stolzen Nikola Einstein den Kranz abnahm. Und ich denke tief darüber nach, wie es eigentlich zugeht, daß ich hier sitze und sie daheim; ich weiß nicht recht, über wen ich mich mehr ärgere, über mich oder über sie, und der Tribunalrat sticht mir natürlich wieder das As mit dem Trumpf oder umgekehrt –«

»Und Glimmern? Glimmern?« rief Hagebucher ungeduldig.

»Er sprach griechisch wie Cicero in Shakespeares Julius Cäsar. Nein, griechisch sprach er nicht; er lächelte seine Meinung mit einer französischen Phrase herüber; aber wie gesagt, ich fühlte mich ganz wohl und warm, kurz, ich war ganz in der Stimmung, alle Dinge so leicht als möglich zu nehmen und nicht über die angenehme Stunde hinauszudenken.«

»Wo war Nikola?« fragte der Afrikaner.

»Wir hatten im Beginn des Abends einen Augenblick miteinander geschwatzt, doch, da sie bereits am Nachmittag bei meiner Frau gesessen hatte, uns kaum etwas mitzuteilen gehabt. Ich verlor sie dann bald aus den Augen und, aufrichtig gestanden, habe mich auch weiter nicht nach ihr umgesehen. Es waren sehr viele Menschen gegenwärtig, und es ist eine Eigentümlichkeit von mir, daß ich die Weiber, meine Emma ausgenommen, sobald sie in Masse erscheinen und in ihren großen Toiletten daherfahren, sehr schwer erkenne und voneinander unterscheide.«

Trotz seiner Aufregung oder vielleicht noch mehr infolge seiner Aufregung fiel es dem Mann aus dem Tumurkielande als eine Merkwürdigkeit auf, wie wortreich und wie weitschichtig und weitschweifig in ihren Berichten der fünfzigjährige Friede alle diese jüngern und ältern Kriegsleute des Deutschen Bundes gemacht hatte. Beinahe hätte er diese Merkwürdigkeit als eine Merkwürdigkeit dem Major nicht vorenthalten; allein unter dem Eindruck, daß die Zeit eigentlich auch dazu nicht ausreiche, schwieg er und tat wohl daran. Sie schritten eben an der Polizeidirektion, auf der entgegengesetzten Seite der Straße, vorüber, blieben, von derselben Empfindung angehalten, stehen und blickten nach dem stattlichen dunkeln Gebäude hin. Noch war ein Teil der Lichter nicht ausgelöscht, unruhige Schatten glitten an den Vorhängen vorüber; vor der halb geöffneten Tür stand eine Gruppe von Männern im leisen, eifrigen Gespräch, und wieder rollte ein Wagen um die Ecke und in das große Einfahrtstor.

»Das war der Herr von Betzendorff selbst, und ich kann Ihnen sagen, woher er kommt. Er war im Palais, um Seiner Hoheit Rapport abzustatten und sich die Ansichten und Wünsche der Herrschaften in betreff dieses Falles zu holen. Der arme Mann! Er war sehr eng liiert mit diesem Glimmern, und hat man wahrlich nicht Ursache, ihn um die Wege und Gänge dieser Nacht zu beneiden. Und was wird erst morgen sein?«

»Was kümmert uns die Million!« rief Leonhard ziemlich barsch und zog den würdigen Krieger mit sich fort. »Das ist gleich einem Schlachtfeld nach der Schlacht; wir wollen nichts mit den Leichenräubern und Totengräbern zu schaffen haben – erzählen Sie mir jetzt, wie der Leutnant Kind in den Ballsaal kam.«

»Der Herr von Glimmern verteilte die Karten zu einem neuen Spiel, und ich hatte mir von Ihrem Täubrich ein Glas Zuckerwasser ausgebeten. Ich glaube auch, es sollte eben im Saal ein neuer Tanz begonnen werden, als er in der Tür stand und jener Täubrich mit dem Präsentierteller in den zitternden Händen neben ihm. Er trug seine Uniform und den Degen an der Seite, ich hielt ihn anfangs für eine Maske, und er hatte, um zu uns zu gelangen, den Saal quer durchschritten und sogleich ein ziemliches Aufsehen unter den Herren und Damen erregt. Von dem jungen Volk lachten einige, und ein paar hübsche Mädchenköpfe schoben sich ihm nach um die Vorhänge, und die Frau von Betzendorff trat schnell mit ihm ein und sah ihn sehr verwundert vom Kopf bis zu den Füßen an. Der

Herr von Glimmern aber sah ihn nicht, denn er hatte, wie gesagt, der Tür den Rücken zugekehrt und gab seine Karten mit aller Zierlichkeit. Auch der Polizeidirektor wurde erst durch seine Frau, den Tribunalrat und mich aufmerksam; aber der Mann ist durch sein Amt an mancherlei seltsame Erscheinungen gewöhnt und zog im Anfang nur etwas verwundert die Augenbrauen in die Höhe. Er wollte sich erheben, wahrscheinlich um den wunderlichen Gast von fernerer Störung seines Festes abzuhalten und ihn an Stunde und Ort zu erinnern; aber da sprach Ihr Täubrich luftschnappend: ›Der Herr Leutnant Kind!‹, und der Leutnant legte dem Herrn von Glimmern die Hand auf die Schulter. Ich bin ziemlich nervös und habe einen Sinn für viele Kleinigkeiten, wenn meine Aufmerksamkeit erregt ist, und jetzt sah ich dieses alles ganz genau und kann Ihnen davon sprechen, Hagebucher. Er legte ihm die Hand auf die Schulter, ganz leise und fast, als wolle er sich darauf stützen – ganz ohne allen Eifer; aber das ist mir in diesem Moment nur um so unheimlicher. Und der Herr von Glimmern, welcher die Meldung Ihres Täubrichs überhört haben mußte, blickte sich zuerst auch gar nicht um. Er mußte glauben, ein Bekannter berühre ihn, und er teilte ruhig lächelnd die letzten Karten aus. Als er sich dann umblickte, verschwand freilich das Lächeln; er fuhr zusammen und biß die Lippen fest aufeinander. – ›Ich bin der Leutnant Kind!‹ sagte der Leutnant nun ebenfalls, und er sagte es keineswegs unfreundlich und drohend. ›Was soll dieses, Herr, was wünschen Sie von mir?‹ fragte der Intendant; doch der Alte antwortete nicht, sondern klopfte ihm nur leise auf die Schulter und wendete sich gegen uns, während die Frau vom Hause sich bereits nach den andern Bedienten umsah. In diesem Augenblick stand auch Nikola schon zwischen den roten Vorhängen der Tür, dicht hinter dem Leutnant Kind, und der Leutnant hatte sich, wie gesagt, an uns gewendet und sprach leise, wie jemand, der gar kein Aufsehen zu machen wünscht: ›Die Herren sollten sich doch ein wenig vorsehen, mit wem sie sich zum Spiele niedersetzen; es steckt wohl manche schmutzige Hand im weißen Handschuh, und es fällt wohl manche falsche Karte auf den Tisch!‹ Wir waren alle aufgesprungen, und der Herr von Glimmern hatte seinen Stuhl umgeworfen. ›Das ist ein Wahnsinniger! Wie ist er nur hereingekommen?‹ rief die Frau vom Hause; aber der Alte sagte: ›Nein, Madam, es ist kein Wahnsinniger, es ist der Leutnant Kind, und der hat das Recht, hier einzutreten.‹ Und jetzt richtete er sich in seiner ganzen Länge empor und rief mit lauter Stimme: ›Ich klage den Freiherrn Friedrich von Glimmern in seiner eigenen Kompanie und Freundschaft des Betrugs an! Es paßt mir so besser und wird den Herrschaften gewiß auch so am liebsten sein.‹«

»Wie teuflisch, wie raffiniert teuflisch! O die Rache ist eine große Künstlerin!« rief Leonhard Hagebucher.

»Es war die Bombe aus dem Blakelymörser!« rief der Major. »Sie fiel unter uns und zersprang regelrecht in ihre hundertunddreißig Stücke.«

»Vor seiner Gesellschaft! Vor seiner Freundschaft!« murmelte Hagebucher. »Und Nikola? Nikola?«

»Ich sehe alles durch einen feurigen Nebel! Ich sehe Papiere in den Händen des Tribunalrates und des Herrn von Betzendorff und hundert bleiche Gesichter – Uniformen – nackte Schultern und tanzende Flammen. Das enge Gemach, in welchem wir saßen, ist plötzlich verschwunden, ich bin in dem Saale, wo der Tanz sich aufgelöst hat – ich bin betrunken, taumelnd, und nun ist alles umher mit einem Male regungslos, und nur eine hohe Gestalt, eine Frau in einem weißen Kleide schreitet an mir vorüber und durch den Saal, und vor und hinter ihr bildet sich eine Gasse durch die Blumen, Federn und Lichter. Ich rufe ihren Namen: Nikola! Nikola! Aber sie sieht sich nicht um. Ich bin auf der Treppe – in der Gasse – in der Dunkelheit, die dann wieder zu dem Schein einer Gaslaterne wird. Ich finde mich barhäuptig in einem Haufen Volkes, welcher unter den Fenstern des Hauses auf die Ballmusik gehorcht hat. Da sind Mädchen, Weiber und Bediente. Einige lachen und kreischen, andere starren dumm mich an, und wieder andere starren die Gasse hinab. Da tritt der Jäger des Grafen Laurenstein, ein anständiger Mann, der einst in meiner Kompanie stand, an mich heran und sagt: ›Eine Dame ging eben vorüber, wenn der Herr Major die suchen!‹ Er stotterte das hervor wie jemand, der nicht weiß, ob er das Rechte trifft, und dann nennt er auch noch den Namen Ihres Menschen, des Täubrich. Und nun – hier bin ich, und Nikola Glimmern ist, auf den Arm dieses Täubrich gestützt, zu meiner Frau gegangen. Da habe ich sie gefunden, und dann bin ich zu Ihnen gekommen, Hagebucher; denn nachdem sie sich nur so weit von ihrem halb wahnsinnigen Wege durch die Gassen erholt hatte, um sprechen zu können, verlangte sie heftig nach Ihnen, schickte sie den Täubrich zu ihrer Kammerfrau und mich in die Kesselstraße. Und nun bitte ich Sie, wo sind Ihre Mittel, dieser unseligen Frau in ihrem bodenlosen Jammer zu helfen?«

Leonhard schüttelte traurig den Kopf und sagte dann:

»Ihre Flucht ist mit diesem Wegschreiten aus dem Festsaal noch nicht vollendet – sie blickt über die Schulter und sieht die Verfolger dicht hinter sich. Sie hat noch einen langen Weg durch die Nacht vor sich, und ich soll sie auf demselben zu dem Orte führen, wo sie Ruhe zu finden hofft. O ich bin schon solch ein Seelenführer gewesen in der letzten –«

Er hielt erschreckt ein und murmelte sodann:

»Aber mein Gott, wie kann ich sie dort hinbringen? Das, was die schönste Rettung sein könnte, vermehrt jetzt nur die Verwirrung und erschwert die Lösung. Wildberg – der Herr van der Mook – doch nein, fort, fort, lassen Sie uns eilen. Ich will Ihnen in Ihrem Hause davon sagen!«

Sie gingen schneller und warfen im Vorübereilen den Blick auf manche erhellte Fenster und nannten die Gäste des Herrn von Betzendorff, welche dort ebenfalls noch wachten und unter dem zermalmenden Eindrucke des unerhörten Ereignisses auf und ab schritten oder gebrochen oder – schadenfroh um die Lampen saßen. Der Major nannte die Namen und sagte: Dort wohnt der und der, und fügte stöhnend jedesmal hinzu: »Welch eine Geschichte – was soll daraus werden?«

Sie gingen immer schneller; aber ehe sie die Wohnung des Majors erreichten, trat ihnen noch jemand entgegen, der vor vielen andern berechtigt war, auch ein Wort zu sagen: der Leutnant Kind von der Strafkompanie zu Wallenburg. Sie trafen unter einer Gaslaterne mit ihm zusammen und hatten vollkommen genügende Gelegenheit, den Körper- und Geisteszustand, in welchem sich der Mann befand, zu erkennen. Es war eine furchtbare, eine schreckenerregende Veränderung in seinem Wesen und seiner Erscheinung vorgegangen. Der finstere, schweigsame Greis war zu einem Tollen, einem Wahnsinnigen geworden. Er, der durch so lange Jahre eine solche grimmige, fast übermenschliche Selbstbeherrschung ausübte, hatte mit dem ersten Worte, welches er in dem Saale des Polizeidirektors dem gehaßten Feinde entgegenwarf, alles Maß und jeden Halt verloren.

Mit einem heisern, tierischen Lachen stellte er sich den beiden Männern in den Weg und streckte ihnen die Fäuste entgegen und schrie zähneknirschend:

»Da seid ihr ja, meine lieben Herren; ich dachte wohl, daß ihr mir noch begegnen müßtet vor Sonnenaufgang. Hoho, das ist der Krieg, auf welchen ich mein ganzes langes Leben wartete und für welchen ich die Knöpfe und das Riemenzeug blank hielt! He, Major Wildberg, so frisch und lustig hätten wir es uns doch nicht vorgestellt in der Knopf-, Gamaschen- und Paradeherrlichkeit! Krieg! Krieg! So ist es recht und so soll es sein.«

»Ihr seid krank, und es ist kein Wunder, daß Ihr das Fieber habt, Leutnant Kind!« sprach Hagebucher. »Gehet nach Hause und schließt Euch ein in Euer Gemach. Euer Recht habt Ihr Euch genommen; was irrt Ihr nun noch gleich einem Trunkenen umher? Eure Rache ist Euch geworden nach Eurem Willen; es war Euer Recht, den Schuldigen zu Boden zu schlagen; aber nun gehet uns aus dem Wege und hindert uns nicht, aufzuräumen unter Euren Trümmern, unter denen auch die Unschuldigen begraben liegen.«

»Pfeift der Wind daher, mein Bürschchen?« flüsterte der Leutnant. »Aus dem Wege, aus dem Wege? Seid Ihr auch schon so weit wie die andern und schreit zeter, weil ein Mann sein Recht wie ein Mann nahm! Der Hund ist immer toll, der an die seidenen Strümpfe und unter die sammetnen Schleppen fuhr. Ich wünsche Ihnen Glück, Herr Hagebucher! Haben Sie schon so viel gelernt seit Ihrer Heimkehr?«

»Ich habe viel gelernt, alter Mann, und die Hand hätt ich mir eher abgehauen als Sie auf Ihrem Wege aufgehalten, die Zunge mir eher abgebissen als Ihnen ein Wort entgegengesprochen. Nun lassen Sie mich meinen Weg fortsetzen.«

»Ich will nicht! Mit wem soll ich jauchzen und meine Lust teilen? Weshalb haben Sie mir den Herrn van der Mook genommen? Gehen Sie und geben Sie mir diesen Viktor Fehleysen zurück! Fluch ihm, weil er mich heute allein ließ!«

Der Major Wildberg taumelte vor diesem Namen Viktor Fehleysen und griff von neuem nach der Hand Leonhards; dieser aber sagte ruhig:

»Der Herr Kornelius van der Mook ist in eine andere Macht als die unsrige gegeben. Ich halte Sie aber auch da nicht, Leutnant Kind; gehen Sie, suchen Sie ihn unter dem Dache, am Herde seiner Mutter, und führen Sie ihn mit sich fort, daß er mit Ihnen über diese Stunde Triumph rufe!«

Der Alte trat zur Seite, und wieder lachte er grimmig:

»Sei es denn, ihr feinen Leute mit der zarten Haut und den zärtlichen Gefühlen. Ich gehe allein und fordere allein meinen Gewinn von den andern. Aber ich verlange den vollen Einsatz, Blut um Blut, Leben um Leben. Die Karten liegen auf dem Tische, aber sie haben alle falschgespielt, wie der Herr Friedrich von Glimmern, und wollen auch nicht zahlen. Es ist ihre Art so, und sie vermeinen, sie können es treiben, wie sie wollen, weil sie das Regiment führen im Mäusenest, und dünken sich groß, weil sie vier Quadratmeilen zum besten haben. Er gehört zu ihnen, und ob er schon nichts weiter als ein gemeiner Schuft und Dieb ist, so war's doch unpäßlich und verdrießlich, ihm dasselbe Maß geben zu müssen wie dem Pack, welchem sie ihre gottesjämmerliche Erbärmlichkeit in Kupfer ausgeprägt und vergoldet als der Welt größte Herrlichkeit und Erhabenheit vorzahlen. Ho, es wird wohl einmal die Stunde kommen, wo der Auktionator mit dem Hammer auf den Tisch klopft und den ganzen Trödel vor dem ganzen deutschen Volk versteigert. Zwölf Exzellenzen für'n Groschen und die dreizehnte zu! Zwölf Durchlauchten für einen Groschen und die dreizehnte zu! Doch das ist einerlei, da mag auf die Schande bieten, wer's erlebt; ich will mir an dem einen genügen lassen, für den ich einen höheren Preis zahlte, als die ganze Niederträchtigkeit umher wert ist. Mit meiner Ehre, meinem Glück und dem Leben meiner Kinder habe ich das Ding bezahlt, und der Kauf gilt. Beim alten Gott da oben, er gilt, und wenn sie einen Fehler in der Rechnung finden, so laßt sie. Ho, es ist ein Fehler in allen ihren Rechnungen; sie zählen nur sich selber und vergessen stets die Hände, die Fäuste, welche sich von da unten erheben mögen. Hier sind wir, die Toten und ich, und wenn sie nun ihre Hunde an die Kette legen wollen, so müssen wir die Jagd desto lustiger und couragierter fortsetzen. Laßt ihn nur laufen, den falschen Betrüger, den blutigen Mörder, wir wollen sehen, ob ihm unser Gebell und Gekläff und die Angst vor unsern Zähnen aus dem Ohr und dem Sinn kommen wird!«

Es war unmöglich, ein Wort in diesen wilden Zorn hineinzuwerfen, und noch unmöglicher war's, den rasenden alten Mann auf seinem Wege aufzuhalten.

»Da stehen die Herren und gaffen!« schrie der Leutnant Kind. »Jaja, er wird schon fort sein, und an Reisegeld wird's ihm nicht gefehlt haben. Verflucht seien die, welche mich hinderten, ihm schon eher das Knie auf die Brust zu stemmen und ihm die Hand an die Gurgel zu legen! Was gaffen die Herren? Er ist hinaus; aber die Toten und ich fahren ihm nach, und wir werden ihn erreichen und Abrechnung mit ihm halten, der ganzen falschen, feilen, heuchlerischen Welt zum Trotz.«

Noch einmal streckte Leonhard Hagebucher die Hände nach ihm aus; allein jetzt riß er sich los und stürzte fort, nach seinem eigenen Bilde wie ein Schweißhund auf der Fährte.

Der Major Wildberg hielt sich an dem Laternenpfahl und stöhnte: »Wie ohnmächtig man doch ist, wo man die Kraft der Götter haben sollte!«

Der Afrikaner aber rief: »Wenn er die Wahrheit sprach, und ich zweifle nicht daran, so will ich ein ehrlicher Mann bleiben und ihm die beste Jagd wünschen. Und jetzt kommen Sie, Major, wir wollen den Herrn van der Mook ihm nachsenden. Gott ist wahrhaftig Gott, und die Finsternis ist nicht weniger sein Diener und Prophet als das Licht.«

»Viktor von Fehleysen?! Ist das eine Wahrheit?« rief der Major Wildberg. »Ist das keine Blase, die in dem Hexenkessel dieser Nacht aufbrodelt und gleich einer Blase zerspringen wird?«

»Der Sohn der Frau Klaudine ist heimgekehrt zu seiner Mutter und sitzt bei ihr dort in der verschollenen Mühle, in dem verschollenen Tale, wo Nikola von Glimmern hinfliehen und wo sie sich verbergen will, um Ruhe zu finden.«

»Die Unglückliche!« murmelte der Major; Leonhard Hagebucher zuckte die Achseln und schwieg, und so erreichten sie die Tür der Wohnung Wildbergs, an deren Schwelle wiederum jemand in aller Angst und Ungeduld auf sie wartete. Seit einer Stunde bereits schritt der Leutnant Hugo von Bumsdorf vor dem Hause auf und ab, zerbiß seinen feinen Schnurrbart, zerpflückte seine Handschuhe, hatte aber nicht den Mut gehabt, die Glocke zu ziehen und einzutreten. Jetzt kam er den beiden heraneilenden Männern mit einem Sprunge entgegen und rief:

»Nikola, meine Kusine, meine arme Nikola! O ihr Herren, ihr Herren, was soll ich tun? Was muß ich tun? Wie kann ich hier helfen? Ich muß etwas für sie tun, um nicht toll zu werden. Hagebucher – zu Fuß und zu Pferde, wen soll ich zu Boden schlagen? – Was soll ich meinem Vater sagen, wenn er mich fragt, welchen Posten ich in dieser Nacht gehalten habe?«

»Sie werden niemand ermorden, lieber Hugo«, sagte Hagebucher. »Sie werden sich zu beruhigen suchen und mit uns kommen. Wir haben Ihre Hülfe in der Tat sehr nötig, und Sie sollen wenig Zeit zum unnötigen Grübeln übrigbehalten.«

»Dafür werde ich Ihnen auf den Knieen danken«, rief der Leutnant, und alle drei betraten das Haus.

Der Major führte die Begleiter leise die Treppe hinauf, schob sie zuerst in sein eigenes Zimmer und ging, seine Emma von ihrer Ankunft zu benachrichtigen. Während seiner Abwesenheit machte Leonhard den Leutnant in flüchtigen Worten mit der Person, der Geschichte und dem jetzigen Aufenthaltsort des Herrn van der Mook bekannt und erhöhte auch die Verwirrung des jungen Kriegers sehr dadurch. Nun kehrte Wildberg wiederum auf den Fußspitzen zurück und sagte:

»Gehen Sie jetzt, Hagebucher, Sie finden sie in dem Zimmer meiner Frau. Hugo und ich erwarten hier Ihre Rückkehr und das, was Sie uns dann zu sagen haben werden.«

Der Afrikaner pochte an die Tür der wackersten Frau Majorin, welche jemals einem biedern und friedfertigen Major Losung und Feldgeschrei erteilt hatte.

Zweiunddreißigstes Kapitel

Man konnte nicht sagen, daß der Mann vom Mondgebirge, der Siebenschläfer aus dem Tumurkielande sich als Herr der Situation fühlte, als er, mit dem Bedürfnis, das Ohr an das Schlüsselloch zu legen, vor der Tür der Majorin stand, und doch mußte er sich gestehen, daß er und die Frau Klaudine die einzigen Leute seien, deren Umgang und Zusprache nunmehr der unglücklichen Gattin des Barons Glimmern allein gemäß waren. Hier gab es zwei Menschen, um welche das Schicksal, gleichsam in der Absicht, ein Problem dadurch zu lösen, einen Kreis gezogen hatte; und aus Millionen war Nikola Glimmern jetzt allein berechtigt, diese düstere Grenzscheide, welche das drängende Gewühl des Lebens von der tiefinnern Einsamkeit dieser beiden Verschollenen trennte, zu überschreiten.

Die Tür öffnete sich ein wenig. »Gott sei Dank!« rief die Frau Emma, zog den Afrikaner in das Gemach und flüsterte, indem sie mit zitternder Hand auf die Freundin wies:

»Sehen Sie! Helfen Sie!«

Im glänzenden Hof- und Ballkostüm, mit nackten Schultern und Armen, schritt Nikola von Glimmern auf und ab, die weite Schleppe rauschend hinter sich herziehend, wunderbar schön in ihrer verwilderten Pracht und doch unendlich betrüblich anzusehen.

Sie weinte nicht. Ihr zartes, weißes Spitzentuch hatte sie längst in Fetzen gerissen, sie lachte durch die weißen, fest aufeinandergesetzten Zähne, und so kam sie auf den Afrikaner zu, faßte seinen Arm und keuchte:

»Was flüsterte sie? Was sagte sie zu Ihnen? Weshalb spricht sie nicht laut und deutlich wie sonst?«

»Nikola?!« rief die Frau Emma.

»Sie werden jetzt alle in meiner Gegenwart nur leise, ganz leise sprechen, und ich werde mich daran gewöhnen müssen. Verzeih mir, Gute, es wird gewiß eine Zeit kommen, wo ich nicht mehr so dumm nach dem frage, was sich von selbst versteht. Guten Abend, lieber Freund; man wird Sie hoffentlich nicht meinetwegen aus dem Bett geholt haben; es ist recht kalt hierzulande, und die Sonne unter den Palmen muß Sie jedenfalls ein bißchen verwöhnt haben. Es ist wohl auch ein wenig spät, und wer es vermag, der soll schlafen, und kund und zu wissen sei, daß wir bei Todesstrafe hiermit verboten haben wollen, Feuer vor der Tür der Schnarchenden zu rufen, ehe das eigene Dach derselben brennt.«

»Ich war sehr wach und munter, als ich von dem Feuer in des Nachbars Hause vernahm«, sagte Hagebucher, wie ein Arzt, welcher an einem Krankenbette Stadtneuigkeiten erzählt und wohl weiß, was er tut. »Ich war recht munter und lebendig und hatte nicht nötig, mir die Augen zu reiben. Ich sah in einen Korb, wie der Mann auf dem Brett der Guillotine, in einen leeren Korb, und eine sehr liebenswürdige junge Dame, von der sich nichts Böses sagen läßt, hatte mir denselben vorgeschoben, nachdem ich meine Absicht ausgesprochen hatte, sie zu meiner Frau zu machen und glücklich mit ihr zu sein, solange der Tag oder vielmehr das Leben dauern mochte. Aber, wie gesagt, sie dankte höflichst und gab mir zu verstehen, sie sei schon längst und recht gut versorgt; – da war es keine Kunst, diese böse Sturmglocke nicht zu überhören.«

In beschaulicheren Zeiten würde die Frau Emma bei solcher Mitteilung die Hände hoch über den Kopf gehoben haben; in dem jetzigen Augenblicke begnügte sie sich damit, den Namen jener jungen Dame zu nennen und die Frau Nikola anzusehen. Die Frau Nikola aber stieß die Hand Leonhards von sich und sagte:

»Ich höre allerlei Worte, aber es wird mir so schwer, irgendeinen Sinn damit zu verknüpfen. Da sprach jemand von heiraten und glücklich sein, von Feuerlärm und jenem Korbe vor dem Fallbeil. Wartet nur, ich besinne mich schon auf die Phrase! Cracher au panier nannten das die Damen, welche mit dem Strickstrumpf in der Hand der lustigen Komödie auf dem Revolutionsplatze zusahen. Sie sollten nicht Hochzeit machen, ohne mich um Rat zu fragen, Hagebucher; ich bin eine kluge Frau und könnte viele Leute als Zeugen dafür aufrufen, wenn ich mich nicht vor den Stimmen der Menschen so sehr fürchtete.«

»Wir gingen einmal von der Katzenmühle fort«, sagte Hagebucher ruhig. »Das heißt, Sie ritten auf dem Prospero und ich lief nebenher auf der Landstraße, und da sprachen wir vieles von den Tagen, die da kommen könnten. Sie trugen das schwarze Brod der

Frau Klaudine am Busen mit sich fort, und ehe wir uns auf der Höhe hinter Fliegenhausen trennten, redeten wir miteinander von einem Reiche der Freiheit, Ruhe und stolzen Gelassenheit, dessen Bürgerbriefe wir zu besitzen glaubten. Wir redeten auch davon, daß wir einst von neuem zusammentreffen würden, und vielleicht in einer schlimmen, todbringenden Stunde. Da wollten wir uns dann gegenseitig an jenes lichte Reich und an jenen Freibrief erinnern, und das stille Auge in der Waldmühle sollte über uns beide wachen. Jetzt, Nikola, jetzt wollen wir uns und der Welt halten, was wir uns und ihr versprachen. Sind Sie nicht mehr die frühere Nikola, die mit Lachen behauptete, in allen Ketten frei bleiben zu können? Blicken Sie auf, blicken Sie in sich: in unserm Reiche hält man den Sieg grade dann am festesten, wenn die Widersacher am lautesten Sieg über uns kreischen. O besinnen Sie sich, Nikola Einstein, was Sie waren und was Sie sind.«

»Das ist freilich die Frage, aber besinnen kann ich mich nicht darauf. Sie reden von Träumen, die ich vor hundert Jahren träumte, wie von einem Wirklichen; doch es hat keinen Sinn für mich. Was bin ich? Ein armes, geschlagenes Weib, keine Heldin, die an einem Sommerabend auf einem weißen Pferde durch den Wald reitet und den Rausch und die Lieblichkeit der Natur für ihren eigenen Mut, ihr eigenes Denken und Fühlen ausgibt! Eine alte Jungfer, welche ein Zauber in den letzten Illusionen der Jugend festhielt, war ich, als wir zuerst zusammentrafen, und heute bin ich eine alte, kranke Frau, welche ihr Reich nur in dem ganz Gewöhnlichen hat und mit demselben auf Nimmerwiederaufstehen zusammenbricht. Schütteln Sie nicht den Kopf. Sie wissen so gut wie alle andern Leute Bescheid und wissen wie alle andern, daß das Leben, welches heute so lustig mit uns fährt, doch das einzig wahre und wirkliche ist. Du bist eine verständige Frau, Emma, und du hast es immer gesagt; jetzt überzeuge auch jenen und laß dir den Dank in Seufzern und Tränen auszahlen. Jetzt sind wir so weit, als wir kommen mußten, um dem Publikum mit unserm Dasein den rechten Nutzen zu stiften. Die Sache ist recht lehrreich; die ewige Gerechtigkeit tritt so trefflich, ganz im rechten Augenblick und an der rechten Stelle aus der Kulisse und gibt jedem sein Teil nach seinem Verdienste. O es ist ein recht süßer und erquicklicher Gedanke in allem Elend, daß man zuletzt doch nichts weiter ist als ein Bild in dem großen Abc-Buch der Welt und daß der ihr am besten diente, welcher sein Ich am Schandpfahl am nacktesten ihren Blicken, Worten und Steinwürfen darbot. Mein Kopf, mein armer Kopf! Wer hätte gedacht, daß es so pochen könnte in den Schläfen? Gebt mir ein Riechfläschchen, ich will mir die Stirn mit Kölnischem Wasser reiben und so ruhig und vergnügt sein, als ihr nur wünschen mögt. Seht, wir können uns wohl loben; wir haben unsere Sache gut gemacht, und nun wollen wir gehen und uns in den Winkel setzen. Sie greifen doch schon nach Hut und Regenschirm und ziehen ihre Kleider zusammen und rücken auf den Sitzen. Gute Nacht, gute Nacht!«

»Nikola, Nikola, fasse dich, mein Herz! Das streift ja an den Wahnsinn, meine arme Seele!« rief die Majorin, indem sie laut schluchzend die Freundin in die Arme schloß; doch Nikola sprach weiter:

»Hab keine Sorge um meinen Verstand, mein Kind, den konservier ich mir gut, nur zu gut. Aber weine nur, Emma, ich gäb ein groß Stück von meinem Verstand, um's auch zu können; aber ich kann es und darf es nicht. Es ist auch dumm, zu weinen, wenn man kein Recht dazu hat. Ja freilich, kleine Frau, du hast's gut, und Gott segne dir dein Glück. Du hast alles immer ganz und vollständig gehabt, das Lachen wie das Weinen, und hast dich bei dem einen wenig um das andere gekümmert. Dich rief man nicht von allen Seiten, wenn du auf deinem eigenen Schemel stillsitzen wolltest, und zerrte dich nicht an den Flügeln herbei, wenn du den schrillen Ruf überhörtest. Du konntest ruhig deines Weges gehen, gute Leute haben dich zurechtgewiesen, und gute Leute begleiteten dich. Ich wünschte wohl, ich hätte meine Gedanken und auch meine Kinder wiegen dürfen wie du; sintemalen das nun aber nicht hat geschehen können, mein Herz, so mache dich morgen früh auf die Beine, bestelle meiner gnädigen Frau Mama einen schönen Gruß von mir und sage ihr, ich sei mit jenem sonderbaren Herrn Hagebucher aus dem Tumurkielande auf und davon gegangen und bitte, daß man es mir nicht übelnehmen wolle. Sage auch, ich habe es hier nicht länger aushalten können und ich sei fest überzeugt, daß unter den obwaltenden Umständen die frische Luft und eine veränderte Umgebung sehr wohltätig auf meinen Charakter und meine Stimmung wirken müßten. Du kannst einen Wink fallen lassen von den sieben Zwergen hinter den sieben Bergen oder sonst einer bekannten Gegend des Märchenlandes, wohin weder Briefe noch telegraphische Depeschen von der Postverwaltung expediert werden. Flüstere auch ganz leise, es sei ja nun doch alles verspielt und keine weitere Aussicht, auf diesem Wege zu noch höherer Ehre, Würde und Vergnüglichkeit zu gelangen, und da, wiederum unter so bewandten Umständen, Prinzeß Marianne, Hoheit, gewiß nichts gegen ein solches Verschwinden einzuwenden habe, so werde auch Mama sicherlich sich dreinzufinden wissen. Wenn du willst, kannst du dann noch beifügen, ins Wasser gehe die Nikola auf keinen Fall und wenn das ein Trost sei, so stehe er zur Verfügung; auch schreiben werde die Nikola, sobald sie dazu imstande sei, und sofern man es ihr nicht zu schwer mache, wolle sie auch weiterhinaus eine gehorsame und in allen Dingen geduldige Tochter bleiben. Du wirst den ministre plénipotentiaire schon zu agieren wissen, Frau Emma Wildberg; und mein ehrliches Wort – ja, ihr da alle, mein ehrlich, ehrlich Wort! –, keinen Roman aus meinem Elend machen zu wollen, gebe ich auch. Sage, es sei meine Absicht, die Wildnis, das Wurzelngraben und Eichelnessen sehr ernst zu nehmen, und daher könne man nichts Besseres tun, als mich meines Weges gehen zu lassen. Dann mache dein Kompliment, kehre nach Hause zurück, wirf zur Beruhigung des Gemütes einen Schuh hinter mir her, und dann setze dich in eine Ecke, denke nach über eine lehrhafte und rührende Historie für deine Kinder und laß sie beginnen: Es war einmal ein feines junges Mädchen, das hieß Nikola und erlebte allerlei mit Feen, Zwergen, Zauberern, wilden Drachen, mit Gold und Silber und Demanten, und es ging verloren im Walde, man weiß eigentlich nicht so recht auf welche Weise; doch es ist sehr rührend und lehrhaft, davon zu sagen.«

So redete Nikola von Glimmern und drückte die geballten Hände gegen die Stirn und schwieg erst in äußerster Erschöpfung und aus vollkommenem Atemmangel. Leonhard Hagebucher ließ sie auch ruhig reden und machte nicht ein einziges Mal den Versuch, sie zu unterbrechen. Erst als sie leise schluchzend in den Kissen des Diwans der Frau Emma lag, sagte er, aus dem Fenster blickend:

»Es fängt an zu schneien. Bismillah, wer seine Fußtapfen verbergen will, dem wird jetzt ein treffliches Reisewetter gegeben, und es ist auch meine Meinung, Frau Majorin, daß die Frau Nikola und ich die Stadt mit dem frühesten Morgen verlassen und über Nippenburg und Bumsdorf den Weg zur Katzenmühle einschlagen. Es ist jetzt sehr still in den Wäldern um Fliegenhausen, die Erfahrung davon hab ich neulich mitgebracht. Die Natur hat den Finger auf den Mund gelegt, und niemand braucht Furcht zu haben vor dem Jauchzen und Jubilieren der Felder und Wiesen. Wir klopfen an die Tür der Frau Klaudine und wundern uns, wie mancher Ton, der uns jetzt schrill und schneidend ins Ohr klingt, hinter uns verhallte. Die Frau Majorin kennt die Katzenmühle nicht; aber die Frau Nikola kennt sie: es ist kein besserer Ort auf Erden, um ein großes Leid dahin zu tragen; und was Eisen und Feuer nicht heilen können, das wird mit linder Hand Unsere Liebe Frau von der Geduld, die Frau Klaudine, heilen. Viele Worte sind darüber nicht zu verlieren, den Weg zu wissen ist die Hauptsache; übrigens verspreche ich der Frau Emma, die Frau Nikola gut zu führen und sie unterwegs auf das angenehmste von meinem eigenen Leidwesen, welches ich diesmal zur Katzenmühle trage, zu unterhalten.«

Die Majorin faßte den Afrikaner an beiden Schultern und gab ihm einen herzhaften Schmatz.

»Sie sind ein Prachtmensch, Hagebucher!« sprach sie.

Nikola richtete sich auf und sagte, indem sie dem Freunde die Hand reichte: »Auch Sie wieder? Sie sprachen schon vorhin von einem Leid, das Ihnen geschehen sei. Aber ich bin so taub und so blind! Was hat man Ihnen wieder angetan?«

Leonhard fühlte jetzt beinahe einige Gewissensbisse, daß er sein kleines Malheur in solchem Augenblicke dem Unglück dieser Frau, wenn auch in der besten Absicht, an die Seite geschoben habe. Allein das Mittel hatte doch seine Wirkung getan und das Weib des Barons von Glimmern aus der allertiefsten Betäubung emporgezogen.

»Ich werde Ihnen und der Frau Klaudine das Weitere in der Mühle erzählen; jetzt aber lassen Sie uns überlegen, wann und auf welche Weise wir unsere Fahrt bewerkstelligen sollen.«

Es kostete Mühe und viel Überredungskunst, manches gute und auch einige harte Worte, um die aufgeregte Nikola zu überzeugen, daß man nicht in dieser Stunde und in einem solchen Zustande des Leibes und der Seele aufbrechen könne, daß man wenigstens den

Morgen erwarten müsse. Nicht immer siegt unter ähnlichen Umständen der ruhige Pulsschlag über den fiebernden; der Schmerz und der Zorn sind fast ebenso hartnäckige Gegner des Verstandes als die Liebe; aber dieses Mal siegte Hagebucher zuletzt doch. Gleich einem matten, ausgeweinten Kinde ließ er Nikola auf den Kissen und in der Obhut der Majorin und ging zu den beiden Herren zurück. Er fand dieselben noch in derselben Stellung, in welcher er sie vor einer halben Stunde hinter sich ließ.

»Wie geht es den Damen? Wie geht es meiner armen Kusine?« rief der Leutnant. »O Hagebucher, ich habe schon sehr häufig recht bänglich an einer Türe gewartet, doch noch niemals in einer solchen absoluten Auflösung wie jetzt. Auch mir wären die schwedischen Hörner augenblicklich lieber als manches andere, und obgleich ich ein guter Kerl und leicht zu überzeugen bin, etwas sei wahr oder etwas gehöre ins Reich der Fabel, so kann ich – kann ich mit dem besten Willen nicht an diesen Herrn van der Mook glauben, und was die Meinung des Majors betrifft, so fragen Sie ihn selber darnach.«

Der Major schüttelte den Kopf und zeigte sich von neuem als ein wohlbelesener Kriegsmann. Er zitierte:

»Dies
Gibt wie ein Traubenschuß an vielen Stellen
Mir überflüßgen Tod.«

»Ich denke nicht!« meinte Leonhard und konnte trotz aller Not und Sorge ein Lächeln über das so ungemein charakteristische Gebaren der beiden militärischen Herren nicht unterdrücken. »Viktor Fehleysen lebt und ist heimgekehrt, und, wie ich glaube, uns allen zum Heil. Sie, Freund Bumsdorf, werden zuerst die Gelegenheit haben, den Wiederauferstandenen zu begrüßen. Wir greifen mit beiden Händen nach der Hülfe, welche Sie uns anboten; Sie müssen auf der Stelle nach der Katzenmühle, und es wird Ihre Sache sein, auf welche Art Sie die Mühle am sichersten und schnellsten erreichen. Auf der Stelle müssen Sie aufbrechen, um den Herrn van der Mook von allem, was hier geschah, in Kenntnis zu setzen. Er wird begreifen, was er zu tun hat, und Nikolas Ankunft nicht am Herde seiner Mutter erwarten. Geben Sie ihm von allem Nachricht, vorzüglich von der Flucht Glimmerns und der wilden Verfolgung des Leutnants Kind. Der nächste Eisenbahnzug in der Richtung geht erst morgen ab; Sie werden den Weg also zu Pferde zurücklegen müssen. Wird sich das tun lassen?«

»Ich führte dem Alten den Prospero bei ganz ähnlicher Witterung und ebenfalls in tiefster Nacht aus!« rief der Leutnant, zum erstenmal seit längerer Zeit wieder das Glas ins Auge kneifend und freundlich den Afrikaner dadurch betrachtend. »Das Verbrechen gelang vollkommen, das heißt, der entrüstete Greis holte mir den Gaul erst hier am Ort wieder aus dem Stalle. Hagebucher, ich danke Ihnen herzlich, Sie haben mich durch diesen Auftrag von neuem zu einem Mann gemacht. Ich werde reiten, wie noch niemals ein vernünftiger Mensch ritt. Lassen Sie mich sehen – ein Uhr vorüber! Ich werde den armen Roland dransetzen, und wenn er und ich nicht den Hals brechen, so bin ich um sechs Uhr in Nippenburg und zwischen sieben und acht Uhr vor der Katzenmühle.«

»So sind wir gerettet. Nach Mittag werde ich mit der Frau Nikola vor der Tür der Frau Klaudine anlangen«, sagte Leonhard.

Der Leutnant hatte bereits den Säbel zurechtgerückt und griff jetzt nach der Mütze. »Empfehlen Sie mich meiner Kusine – in einer Viertelstunde sitze ich im Sattel. Ich würde Pegasus und das Roß der vier Haimonskinder für sie zuschanden reiten. Ach, armer Roland!«

»Der Herr Papa wird den Ritterdienst gleichfalls zu schätzen wissen«, sprach Hagebucher tröstend, und Herr Hugo von Bumsdorf ließ das Glas vom Auge fallen, rief: »Es ist wahr« und fügte hinzu: »Lieber Freund, ich setze sowohl als Kavalier wie als Mensch das gute Vieh ohne Gewissensskrupel dran und werde mit Vergnügen auch in Ihrem eigenen Hause Ihre demnächstige Ankunft melden. Au revoir unter gemütlicheren Umständen!«

Er sprang fort, und der Major sagte:

»Ihre Botschaft ist in guten Händen, Hagebucher. Ich werde übrigens dafür sorgen, dem Tollkopf den nötigen Urlaub nachträglich zu verschaffen; aber was kann ich weiter tun? Ich fühle mich so nutzlos und möchte doch auch meinesteils gern in diesen ernsten Augenblicken handelnd eingreifen.«

Hagebucher zuckte die Achseln:

»Was können wir alle tun? Wir breiten unsere Mäntel auf dem Wege aus, aber der Weg selbst führt nichtsdestoweniger nach Golgatha. Wenn die Kraft, das schlimme Verhängnis zu ertragen, nicht in der eigenen Brust des Opfers wäre, so würde alles, was wir zur Milderung der Krisis vollbringen können, gleichgültig, ja vielleicht zum Schaden sein. Gehen Sie jetzt zu den Frauen; es wird sich Gelegenheit zu manchem guten und ernsten Wort finden. Ich werde meine eigenen Vorbereitungen zur Reise treffen. Wenn Sie die – Kranke bewegen könnten, sich für einige Augenblicke niederzulegen, würden Sie ein großes Werk verrichten.«

Wie dem Leutnant von Bumsdorf gab der Afrikaner nun auch noch dem Major Wildberg einen gedrängten Bericht über die Heimkehr Viktor Fehleysens, trat dann noch einmal in das Zimmer der Frau Emma und fand daselbst nichts verändert. Er versuchte es auch keineswegs, von Vernunft, Seelenstärke und Philosophie zu schwatzen, sondern nahm nur still und herzlich Abschied von der Majorin und zeigte an, daß er um acht Uhr mit einem Wagen vor der Tür halten werde. Nikola von Glimmern schien ihn kaum zu bemerken, und so verließ er das Haus und fand seinen Weg langsam zur Kesselstraße zurück.

Dreiunddreißigstes Kapitel

Die Stadt war jetzt so dunkel und still, wie nur eine kleine deutsche Residenz in so später Nachtzeit sein kann. Die Lampen an den Straßenecken und in den Häusern waren erloschen; die Leute, welche von dem aufregenden Ereignis Kunde hatten, waren doch, bis auf wenige, mit demselben zu Bett gegangen, und jene wenigen saßen in ihren Winkeln, hinter dicht zusammengezogenen Vorhängen, und trugen gewiß nichts dazu bei, der Stunde einen Ausdruck von Lebendigkeit zu verleihen. Der munterste, helläugigste Bewohner der Stadt war vielleicht in diesem Augenblicke der Mann vom Mondgebirge, Herr Leonhard Hagebucher!

Er hatte unter der Haustür des Majors Wildberg einen tüchtigen Zug frischer Luft in sich gesogen; er hatte durch einen Sprung über einen Schneehaufen die Gelenkigkeit seiner Glieder geprüft und alles im besten Zustande gefunden. Er fühlte sich leicht und frei, ungefähr wie ein Mann, der lange Zeit eine Büchsenkugel in der Seite trug, nun endlich das unbequeme Bleistück in der Hand hält, es mit aller Muße betrachten und, wenn er will, es an der Uhrkette befestigen oder die tiefsten philosophischen Untersuchungen über das Verhältnis desselben zu seinem physischen und moralischen Menschen anstellen kann.

»Es soll mich wundern, was Täubrich-Pascha dazu sagt!« sprach Leonhard Hagebucher, in der Kesselstraße vor seiner eigenen Haustür anlangend, und dann kam ihm ein Gedanke, welcher ihn um so schneller die Treppe hinauftrieb.

»Teufel, wir haben uns auch ja sonst noch allerlei Konfessionen zu machen. O sedes sapientiae, wie kam der Bursche dazu, den Leutnant Kind in dieser Weise der Gesellschaft des Herrn von Betzendorff zu präsentieren?«

Eilig trat er in seine Stube und fand den Jerusalemitaner mit den Armen auf dem Gratulationsbogen und mit der Nase auf dem Gratulationsstrauß in vollständigster Geistesabwesenheit liegen und erschrak selbst heftig vor dem Angstschrei, den der träumende Schneider von sich gab, als er ihm, um ihn aufzurütteln, die Hand auf die Schulter legte. Einen gellen Schrei stieß der Pascha hervor, fuhr auf vom Tisch und gegen die entfernteste Wand, von welcher aus er verstörte Blicke umherwarf und mit den hagern Armen und Händen windmühlenhaft abwehrende Bewegungen machte.

»Gut Freund! Ich bin es! Besinnen Sie sich, Täubrich!« schrie der Afrikaner.

»Wer? Wer? O Jesus, Erbarmen!«

Hagebucher nahm die Lampe vom Tische, trat mit derselben vor den Schneider hin, beleuchtete sich und ihn und sagte:

»Überzeugen Sie sich gefälligst, daß niemand die Absicht hat, Sie zu fressen oder mit Ihnen durch den Schornstein auf und davon zu fahren. Fassen Sie sich – wen glaubten Sie vor sich zu sehen?«

»Immer ihn – meinen – guten Freund – den Herrn Leutnant – Kind!« ächzte der Schneider. »O Gott, auf die nämliche Art pflegte er während Ihrer Abwesenheit stets zu kommen, um – mir – Gesellschaft – zu – leisten. Er hat mich aufgerieben durch seine – Zu – nei – gung; und in dieser Nacht hat er sein Werk vollendet und mein – Ner – vensystem für alle Zeiten ruiniert.«

»Kommen Sie, Täubrich«, sagte Hagebucher zuredend, »setzen wir uns und sprechen wir von dieser Nacht. Sie war freilich bewegt genug, und auch Sie haben Ihre Rolle darin gespielt. Wie kam der Leutnant in das Haus des Herrn von Betzendorff?«

»Wie er immer kommt! Er stand hinter mir im Vorzimmer, und ein Dutzend Gläser mit Limonade gingen darüber zugrunde. Ich hab es schon gesagt, die Klapperschlange ist ein Engel gegen ihn – oh, er klappert nicht, kein Gedanke daran! Er ist da, und man hat keinen Willen, solange er einen unter dem Auge hält. Ich stehe zwischen den Scherben, und er fragt gradso wie damals, als er zum erstenmal hierherkam und Sie abholte, Sidi: ›Der Herr zu Hause?‹ Und dann weiß ich nur, daß er mich am Arm gepackt hält und daß ich einen andern Präsentierteller in den Händen trage und daß wir uns durch den Saal mitten durch alle die Herrschaften schieben und daß mit einemmal die Festivität in Aufsehen und Schrecken zu Ende geht und aus dem Vergnügen, Putz und Staat das allerschlimmste Durcheinander wird.«

»Sie standen mit dem Leutnant hinter dem Stuhle des Herrn von Glimmern?«

»Ich mußte wohl! Er hatte mich ja hingeführt! Es war, als könne er die Sache durchaus nicht ohne mich abmachen. Ja, ich stand hinter dem Stuhle Seiner Exzellenz, und als dieselbe aufsprangen und sich gegen den Herrn Leutnant wendeten, ließ ich das Tellerbrett zum zweitenmal fallen, und dann – dann nahm die Frau von Glimmern meinen Arm und führte mich zurück durch den Saal, und das war noch schlimmer als der Weg mit dem Herrn Leutnant Kind.«

Der Afrikaner klopfte dem Jerusalemitaner leise auf die Schulter und sagte:

»Ich danke Ihnen, Sie haben Ihre Sache recht gut gemacht und sich wie ein wackerer, treuer Ritter aufgeführt.«

»Tat ich das? Ach Gott, ich weiß es nicht; aber es ist mir lieb. Mein Herz blutete, als sich die arme gnädige Dame an mich klammerte, und ich hab auch aus der Garderobe den ersten besten Mantel gerissen und ihr denselben um die Schultern gehängt; doch ich glaube nicht, daß sie es gemerkt hat. Wie hätte ich wissen können, daß sie mich kannte? Und sie kannte mich, Sidi, und nannte meinen Namen und den Ihrigen. Es wollten verschiedene von den Damen und Herren sie aufhalten oder zu ihr sprechen; aber sie blickte sie nur an, und sie wichen zurück und erschraken sehr; sie ließen uns unseres Weges ziehen –«

»Und sie taten wohl daran«, murmelte Hagebucher.

»Wir waren in der Gasse, wie man auch wohl im Schlafe in demselben Augenblick in allem Glanz und Licht und in der äußersten Finsternis ist. Dann schauderte sie zusammen, und dann sprach sie zum erstenmal zu mir und fragte: ›Wohin gehen wir, Täubrich?‹ Ich erlaubte mir natürlich, zu meinen, nach Hause oder zu der gnädigen Frau Mutter; doch sie schüttelte zu beiden Vorschlägen den Kopf und antwortete, sie habe kein Haus mehr und zu ihrer Mutter möge sie nicht. O Sidi, ich hätte sie am liebsten zur Kesselstraße geführt, allein das ging doch nicht gut an, und so gingen wir zu der Frau Majorin Wildberg – ich wußte es eben nicht besser, und dorthin ließ sie sich ruhig führen.«

»Gott weiß es immer genau, wem er ein Führeramt aufzulegen hat«, sprach Leonhard Hagebucher ernst; und lächelnd sagte er: »Täubrich, es werden viele Schneider geboren werden, ehe wieder einer das Licht dieser Welt erblickt, der Ihnen das Wasser reicht. Und nun erlauben Sie mir, Ihnen meinen besten Dank für Ihren Glückwunsch und diesen ausgezeichneten Blumenstrauß abzustatten.«

Länger und immer länger zog der Pascha den Hals aus den Schultern, ein unbeschreibliches Grinsen verklärte sein Gesicht, jeder Muskel erwachte wie ein Winterschläfer unter dem belebenden Strahl der Frühlingssonne.

»O Himmel, o Je – rusalem, ich bitte tausendmal um Vergebung, das hatte ich ja ganz und gar vergessen!«

»Hat gar nichts zu sagen, Täubrich«, sprach Hagebucher. »Offen gestanden, ich hatte eigentlich im Sinn, Sie wegen Ihrer verführerischen Insinuationen und Ihrer ungemeinen Anlage zur Ausübung aller häuslichen Tugenden recht grausam zu behandeln; aber – video meliora proboque, das heißt, für diesmal ist's wieder nichts, und ich denke, wir lassen es nunmehr dabei bewenden.«

Der Pascha sah von neuem ein Gespenst und wich abermals gegen die Wand zurück.

»Sie will nicht, Täubrich!« seufzte Hagebucher.

»Sie will nicht?« schrie der Schneider im höchsten Diskant.

»Unter keiner Bedingung.«

Täubrich-Pascha setzte sich, fuhr mit beiden Händen durch die Haare und fragte, wie der vollberechtigtste Professor der Logik, der das, was er zu erfahren wünscht, für alle Dinge im Himmel und auf Erden anzugeben weiß:

»Gründe?!«

»Ferdinand!« antwortete Hagebucher dumpf und fügte noch dumpfer hinzu: »Zwickmüller!«, und Täubrich-Pascha versank in einen Abgrund, in welchen wir ihm unter keiner Bedingung nachsinken werden; denn wir würden nicht die Fähigkeit und Kraft in uns finden, wieder aus ihm emporzuschnellen und der alte zu sein. Es kostete freilich den Afrikaner einige Mühe, ihn jetzt zu der nötigen, bewußten Tätigkeit zu wecken; allein als es gelungen war, wurde er in seiner nervösen Zerschlagenheit sehr lebendig, gab seine Ratschläge klar und deutlich und nahm seine Verhaltungs- maßregeln für die nächste Zeit mit ganz offenen Augen und Ohren entgegen. Um sechs Uhr hielt durch seine Vermittelung Leonhard Hagebucher mit einem Wagen vor der Tür des Majors Wildberg. Ein neuer Tag dämmerte über der Welt, über dem Wege des Herrn von Glimmern, über dem Wege des Leutnants Kind und selbstver- ständlich auch über dem Wege des Leutnants Hugo von Bumsdorf.

Ein dichter Nebel lag um diese Zeit über und zwischen den Ber- gen von Fliegenhausen, und der Pfad war jetzt fast schwieriger zu finden und gefährlicher zu beschreiten als in den ersten Stunden nach Mitternacht, wo die Luft klar war und der Schnee die Nacht doch ein wenig heller machte. Aber der Leutnant Hugo von Bums- dorf war ein trefflicher Reiter, und, was unter den augenblicklichen Umständen fast noch nützlicher war, er kannte seine Heimatgegend in allen Winkeln und Ecken auswendig; denn er hatte sie sowohl in seiner unschuldigen Jugend als auch in seinen weniger unschuldi- gen Jünglingsjahren unsicher genug gemacht. Er erreichte Nippen- burg eine halbe Stunde eher, als er für möglich gehalten hatte, und durchtrabte den Ort, leider ohne sich mit vollstem Genuß den tau- send heitern Erinnerungen, die sich für ihn mit dem Nest und sei- nen schlaftrunkenen Philistern verknüpften, hingeben zu können. Er blickte kaum hinauf nach den Fenstern der holden Jungfrauen der Stadt, er fühlte diesmal nicht das Bedürfnis, dem Onkel und der Tante Schnödler einen Possen zu spielen, er fror sehr, und seine Pflicht erlaubte ihm nicht einmal, einen Augenblick vor dem Gol- denen Pfau zu halten und um ein Glas Madera das ganze, noch im tiefen Schlummer liegende Haus vom Keller bis zum Giebel zu erschüttern. Er ritt auch durch Bumsdorf, ohne anzuhalten, und warf nur einen verlangenden Blick rechts auf das Haus des weiland Steuerinspektors Hagebucher und links über die Gartenmauer auf die geheiligten Dächer des väterlichen Gutes.

»Ich möchte wohl wissen, wer die Freundlichkeit hat, in diesem Augenblick von mir zu träumen!« brummte er. »O Roland, mein armer Gesell, da liegen sie, warm eingewickelt – bah, was der Alte dort links zusammenschnarcht, ist mir unermeßlich gleichgültig, allein die kleine Lina – weiter, weiter, Roland! Sie werden jedenfalls kuriose Augen machen, wenn wir unsern Auftrag ausgerichtet haben und uns ihnen präsentieren werden.«

Er stieß von neuem dem arg abgehetzten Gaul die Sporen in die Seiten und jagte weiter, indem er fortwährend zwischen allerlei Verwünschungen des Herrn von Glimmern die Namen Viktor Fehleysens und der Frau Nikola brummte. Er verwünschte, da er einmal im Zuge sich befand, noch manches andere, und so langte er bald nach sieben Uhr wohlbehalten, jedoch von Zorn, Wehmut und einer gewissen Angst seltsam bewegt, vor der Katzenmühle an und erblickte zu seinem Trost durch den dichten Nebel den Schein eines Lichtes. Es wachte also bereits jemand im Hause, der Bote konnte mit Bequemlichkeit melden, was er zu sagen hatte, und, wenn es ihm so beliebte, auf der Stelle das Haupt seines Rosses umwenden und nach der Hauptstadt zurückreiten. Es beliebte ihm nicht so. Erstarrt und schaudernd ließ er sich mühsam von dem schaudernden, dampfenden Pferde zur Erde herab, schleuderte den Zigarrenstumpf in den Wald hinter sich und taumelte durch das Gärtchen auf das Fenster, aus welchem der Lichtschimmer hervordrang, zu. Gern würde er erst einen forschenden Blick in das Zimmer geworfen haben, allein die Eisblumen an den Scheiben verhinderten es, und so mußte er doch pochen, um Einlaß zu erhalten. Sogleich fuhr im Gemach jemand, den Stuhl umwerfend, empor, eine dunkle Gestalt trat zwischen das Fenster und das Licht.

»Gut Freund!« rief der frierende Bote und fügte, sich schüttelnd, hinzu: »Alle Wetter, ich merke, daß man uns nicht erwartete.«

In demselben Augenblick schon öffnete sich die Tür der Katzenmühle, der Herr van der Mook erschien auf der Schwelle, und zwar mit einem Revolver in der Hand, für welche Vorsichtsmaßregel sich leicht eine Entschuldigung in seinem früheren Leben finden ließ.

»Bitte, keine Umstände zu machen«, sagte der Leutnant herantretend. »Mein Name ist Bumsdorf, ich komme im Auftrage des Herrn Leonhard Hagebucher, meines sehr guten Freundes, aus der Residenz, und wenn ich die Ehre habe, mit dem – Herrn – Herrn van der Mook, das heißt dem Herrn – Herrn Viktor –«

»Ich bin Viktor Fehleysen oder auch, wenn Sie wollen, der Tierhändler Kornelius van der Mook«, sprach der andere, erstaunt und mißtrauisch den erfrorenen jungen Krieger anstarrend. »Was ist geschehen? Da Hagebucher Sie schickt, so – da Sie meine Existenz, meinen Namen kennen, so – bitte, treten Sie ein – ein wenig leise, wenn ich bitten darf; meine Mutter schläft noch; und was Sie auch bringen mögen, mein Herr, Sie müssen leise auftreten.«

In dem sehr heißen Zimmer wäre der Leutnant fast zu Boden gesunken. Viktor Fehleysen griff ihm unter die Arme und setzte ihn in den Lehnstuhl seiner Mutter. Der Ofen glühte, der Dampf türkischen Tabaks erfüllte in dicken Wolken den Raum; eine Kaffeemaschine stand auf dem Tische neben der Lampe und zwischen einem bunten Durcheinander von Landkarten, Büchern und Rechnungen. Der Leutnant Hugo von Bumsdorf hatte nie in seinem Leben eine so ausgezeichnete Tasse Kaffee getrunken wie die, welche der Herr van der Mook ihm jetzt reichte.

Es währte eine geraume Zeit, ehe der Bote fähig war, sich seiner Botschaft zu entledigen; aber schon bei den ersten Worten seines Berichtes kam eine Veränderung über den Herrn van der Mook, die dem Mann aus dem Tumurkielande sicher nicht mißfallen hätte. Viktor von Fehleysen war dem Leutnant mit derselben stumpfsinnigen Verbissenheit entgegengetreten wie allen andern, deren Hände er wider sich glaubte, und der Leutnant Hugo hatte sich in der Tiefe seiner Brust die Bemerkung gestattet: »Das scheint mir ein widerlicher, ein recht unangenehmer Patron zu sein! Teufel, ein heiterer Kumpan, um einen Winter lang sich mit ihm in einer Höhle wie diese zu verschließen. Gott tröste die arme Nikola und die Frau Klaudine!«

Er hatte dann auch, sobald er dazu fähig war, mit vollem Bewußtsein das Wichtigste, nämlich daß die Frau Nikola von Glimmern ihm auf dem Fuße folge, an die Spitze seines Berichtes gesetzt und fuhr fort, im schnellen Fluge zu erzählen, wie getrieben von dem Bedürfnis, seinem Zuhörer wieder aus den Augen zu kommen.

Aber die Augen dieses Zuhörers leuchteten, wie gesagt, merkwürdig; er fing an, schnell und immer schneller zu atmen, er knöpfte die Weste auf und nicht nur die Weste, sondern viel mehr als die. Ohne den Erzähler zu unterbrechen, hörte er zu, und nur einmal murmelte er dazwischen: »O Mutter! Mutter!«

Und Herr Hugo von Bumsdorf berichtete so objektiv, wie es ihm niemand zutrauen konnte; er ließ seine eigenen Anschauungen,

Empfindungen und Gefühle sowie alle jene beliebten Exkursionen in das eigenste Privatleben diesmal gänzlich beiseite und sprach sogar von dem Leutnant Kind, ohne sich dadurch auf das Gebiet seiner eigenen militärischen Erfahrungen, Freuden und Leiden hinüberlocken zu lassen.

Der Leutnant Kind! Pah, der Leutnant Kind befand sich bereits auf dem Wege; – er reiste dem Herrn von Glimmern nach, und der Leutnant von Bumsdorf war der Ansicht, daß die beiden Herren jedenfalls irgendwo zusammentreffen würden. Der Leutnant Viktor von Fehleysen schritt auf und ab und sah unschlüssig bald nach dem Revolver, welchen er auf den Tisch niedergelegt hatte, bald nach der Tür und sagte leise von Zeit zu Zeit: »Ich freue mich, daß ich lebe! Ich freue mich, daß ich lebe!«

Da öffnete sich die Tür, und herein trat hastig und sehr bleich die Frau Klaudine, gab dem schnell aufspringenden Hugo die Hand und schloß den Sohn fest in die Arme.

Das Schnaufen und Scharren des armen, müden Roland draußen im Schnee hatte sie aus dem Morgenschlafe geweckt; sie hatte die fremde Männerstimme in dem Gemache unter ihrer Kammer gehört, und die heftigste Angst um den Sohn trieb sie schnell vom Lager empor und die Stiege hinab. Schon an der Tür erhorchte sie einige Worte und Namen, die sie teilweise beruhigten, teilweise aber auch um so heftiger erschütterten; und nun stand sie, blickte von einem der beiden Männer auf den andern und rief: »Ihr dürft mir nichts von allem, was geschah, verbergen. Sie sind die Nacht durch geritten, und Leonhard sendete Sie, Hugo; – Sie sprachen von Nikola; – was bringen Sie meinem Sohn und mir?«

»Wir wollen dir auch nichts verbergen, Mutter«, sprach Viktor so sanft, wie es sonst durchaus nicht in seiner Art lag. »Du hast deinen Sieg über uns alle gewonnen; aber du wirst dich wohl wieder einmal von neuem einzurichten haben. Nikola kommt zu dir, und ich gehe, aber diesmal in Frieden, und du wirst mich auch nicht zurückhalten wollen.«

Die Frau Klaudine erfuhr ebenfalls durch den Leutnant von Bumsdorf alles, was sich in der Residenz zugetragen hatte und was noch kommen sollte. Sie saß während der Erzählung mit tief verhülltem Gesichte; als jedoch Herr Hugo zum zweitenmal zu Ende kam, blickte auch sie aus feuchtglänzenden Augen fast heiter auf und sagte: »Ja, gehe, mein Sohn, ich habe dich lange in Schmerzen entbehren müssen; doch heute gebe ich dir mit ruhigem Herzen meinen Segen zu deinem Scheiden. Du hast nur einen Weg vor dir – geh und sieh zu, daß jenem unseligen Mann von deinem alten Kettengenossen nicht mehr geschehe, als zu verantworten steht! Du kannst nicht mit der Frau Friedrichs von Glimmern unter einem Dache wohnen – geh und sei gut, mein lieber Sohn! Gott hat sich als ein gerechter Gott an uns erzeigt; Viktor, Viktor, siehe zu und hilf, daß kein neues Blut über unsern Weg fließe, daß keine neue wilde Tat zum Himmel um Rache schreie. Gedenke zu allen Stunden daran, wer von jetzt an der Seite deiner alten Mutter wandeln und sitzen wird, und du wirst ein tapferer Mann sein, ein starker und milder Mann.«

»Wahrhaftig, das sage ich gleichfalls«, seufzte der Herr van der Mook, »es ist gut so, wie es ist. Das sehe ich wohl ein. Und ich danke auch dem jungen Herrn Kameraden hier recht herzlich für seinen beschwerlichen Nachtritt. Er jagt mich aus einem warmen Nest, du gute, alte, stolze Mama; aber es ist mir, als hätt ich hundert Jahre lang geschlafen, und bei allem, was lebendig ist, ich freue mich, daß ich wache! Ich hatte das Leben vor mir wie einen Tanz nächtlicher Spukgestalten und hatte das Wort, das sie auseinanderjagen konnte, vergessen. Nun hat es ein anderer aus der Ferne herübergerufen, ich wache – ich lebe, und ob ich gleich wieder hinausmuß auf die Landstraßen, der Tag ist von neuem mein, und ich werde ihn benützen, nicht wie ein Wilder, ein Betrunkener, ein Wahnsinniger, sondern wie ein vernünftiger Mann, ein anständiger Gesell.«

Nun hatte die Frau Klaudine schon seit einigen Augenblicken die Hand des Leutnants Hugo gefaßt und fing jetzt an, mit ihm zu reden, als ob das Große und Ängstliche der Stunde gar nicht vorhanden sei. Mütterlich besorgt, erkundigte sie sich nach seinem Befinden und freute sich sehr, zu vernehmen, daß er vollkommen wiederaufgetaut sei und daß die Strapazen der Nacht nur von den wohltätigsten Folgen für ihn in jeder Beziehung sein würden. Sie konnte sogar ein Wort des innigsten Mitleids für den armen Roland finden, und wie der Herr van der Mook kam auch der Leutnant von Bumsdorf immer mehr zu der Überzeugung, daß die Frau Klaudine doch eine »stolze Seele« sei.

Um zehn Uhr hielt der Leutnant auf dem Fuchs des Wirts zum Ochsen in Fliegenhausen in Bumsdorf vor dem Hagebucherschen Vaterhause und hatte, ehe er sich dem eigenen Hause zuwandte, ein recht angenehmes, aber doch ziemlich unnötiges Gespräch mit dem Fräulein Lina Hagebucher.

Um elf Uhr hatte Viktor von Fehleysen die Katzenmühle verlassen; die Frau Klaudine saß still mit geschlossenen Augen in ihrem Stuhl und horchte auf die Schritte, die sich in der Ferne verloren, und horchte auf die Schritte, die sich aus der Ferne näherten. Sie betete für alle – für alle; wer aber betete für Unsere Liebe Frau von der Geduld?

Vierunddreißigstes Kapitel

Auch wir sitzen und lauschen einen Augenblick den Fußtritten, die sich entfernen, und denen, die sich nähern; denn wir haben nunmehr zwei Wege vor uns, auf welchen wir dieses Mal das Ziel unserer Wanderschaft zu erreichen vermögen. Wir können dem Herrn Kornelius van der Mook von Stunde zu Stunde, von Station zu Station folgen und erzählen, wie es ihm gelang, sowohl den Baron Glimmern wie auch den Leutnant der Strafkompanie Kind einzuholen, wie beide ihm dessenungeachtet für alle Zeit entgingen und wie er im Grunde und seiner ganzen Charakterentwicklung gemäß über das letztere herzlich froh war, wenn er es sich gleich anständigerweise nicht merken lassen durfte. Wir können aber auch einen zweiten Pfad einschlagen, auf welchem die wilden Worte, die harten Taten, die schlimmen Verhängnisse uns nicht gellend und grell zu Ohr und Auge dringen, sondern nur leise aus der verschleierten Ferne uns mahnen, wie die Welt beschaffen ist, in der wir leben, unsere Freude haben und uns in allen unsern Kräften und Empfindungen zur Geltung bringen wollen. In utrumque paratus, zu beidem gerüstet, wählen wir die letztere Art zu endigen; denn wir halten es weder für eine Kunst, noch für einen Genuß und am allerwenigsten für unsern Beruf, das Protokoll bei einer Kriminalgerichtssitzung zu führen.

Um zwölf Uhr mittags kam Leonhard Hagebucher mit der Frau von Glimmern in dem Walde von Fliegenhausen an, und zwar an derselben Stelle, von welcher aus man einst die bewußtlose Frau Klaudine zur Katzenmühle trug. Er geleitete die tiefverschleierte Nikola durch den Wald, und nun klang nichts mehr um sie her als vielleicht der Schnee, welchen irgendein Zweig, der sich von seiner Last befreien konnte, abschüttelte.

Lasset uns sehen! Es war im Frühling, Sommer und im Herbst ein heftig Rauschen und Spülen der Wasser im obern Land. Sie wurden im hastigen Schuß über Räder gezwungen, sie wurden durch künstliche Maschinen, durch allerlei Kraft in die Höhe gezogen und abwärts gestürzt, je nach dem Willen des Menschen. Sie wurden aus ihren natürlichen Betten in künstliche Kanäle über und unter der Erde gedrängt und mußten in Schmutz und Verdrießlichkeit ihre klaren, reinlichen Gewänder zurücklassen. Wie der Mensch hatten sie wenig Vergnügen von ihrem Dasein; es war eine ewige Qual, ein freudeloses Abarbeiten bei Tag und bei Nacht: lasset uns hören, was die einzelnen Tropfen, welche da drunten in der Tiefe, in dem abgeschlossenen Tal, bei den sieben Zwergen, über das alte, zerbrochene, vom grünen Moos überzogene Rad der Mühle klingen, von dem Leben da draußen vor den Bergen, von dem Gewühl und Treiben der Märkte und Gassen in Brabant, von dem Hofstaat der schönen Richilde zu sagen haben!

Still, still! Der leise Fall der Tropfen an dem Rade war ja verstummt in dem weißen Walde, die Frau Klaudine hatte schon lange nicht mehr nach ihrem Klang die Zeit gezählt, und wer hatte das Recht, unter dem Dache und am Herde der Frau Klaudine nach dem Gewimmel von Brabant und nach dem Hofhalt der Prinzeß Richilde zu fragen?

Die Geduld, die Treue und mit ihnen der Sieg in seiner schönsten Gestalt standen auf der Schwelle des Hauses, die nahende, schmerzensreiche Nikola zu empfangen und zu sagen: »Sei uns gegrüßt, du bist heut noch tausendmal mehr willkommen als in jenen Tagen, in welchen du mit deinem hellsten Lachen hierhersprangest. Sei gegrüßt, wir beiden Schwestern wollen dein müdes Haupt im Arme halten; solange du nicht über unsern Bann hinaustrittst, hast du nichts zu fürchten von den Mächten, welche dich zu diesem Orte jagten. Sei gegrüßt, wir heißen Geduld und Treue, die Menschen reden viel von uns, und wenige kennen uns; wer aber stark ist, wie die alte Frau, deren Wohnung wir bewachen, dem gibt unser Bruder den Kranz, welchen er der Frau Klaudine gegeben hat.«

Man vernahm in der Katzenmühle den Schall keiner Kirchenuhr; aber es war zwölf Uhr mittags, und in Fliegenhausen setzten die Bäuerinnen eben den dampfenden Suppennapf auf den Tisch, als der Mann vom Mondgebirge mit der Frau Nikola die Mühle erreichte.

Die Frau Klaudine schrie nicht auf und sprang nicht auf; sie streckte nur den Eintretenden beide Hände entgegen und rief:

»Mein Kind, meine liebe, liebe Tochter, nun bist du heimgekehrt, nun hab ich dich ganz und lasse dich nimmermehr von mir. Siehst du, die Verlorenen, die Toten kehren doch zurück! Die mit hundert

Ketten in der tiefsten Knechtschaft gebunden lagen, können sich losringen oder können von ihren bösen Herren selbst mit Lachen in die Freiheit hinausgestoßen werden. Nikola, meine Tochter, jetzt hat niemand mehr einen Anspruch auf deine Seele als ich – hörst du? Niemand! Niemand! Keiner in der Nähe und in der Ferne; keiner in der Vergangenheit und in der Zukunft; keiner in der ganzen weiten Welt! Die einen haben nun alle Rechte an dich aufgegeben; die andern mußtest du selber von dir weisen; nur mich allein darfst du jetzt lieben; nur meine Tochter, mein Kind darfst du sein; denn sieh, das ist das schöne süße Innerste des herbsten Schmerzes, daß, wenn es nicht so wäre, du ja auch gar nicht zu mir kommen durftest! Du bist betäubt, aber die Stunde ist nicht fern, wo du selbst an deine Freiheit glauben wirst. Sei still und gedulde dich; es gehen Jahre vorüber wie ein Tag, das ist ein altes Wort; aber nicht immer ist der Mensch fähig, seinen ganzen guten und tröstlichen Inhalt zu fassen.«

Es war im Anfange nur der Klang der Stimme der Frau Klaudine, welchen Nikola von Glimmern vernahm. Den Sinn der Worte begriff sie in ihrer jetzigen Betäubung noch nicht; allein auch die Stunde war nicht fern, in welcher die Mutter von der Heimkehr des Sohnes klarer und bestimmter reden durfte und mußte und für das leiseste Beben und Schwingen ihres Herzens einen Widerhall fand.

Das war noch eine schreckliche Stunde für Nikola, als ihr nun das volle Verständnis ihrer Lage zuteil wurde. Die Enthüllung geschah in der Abenddämmerung, als sich die Nebel und die Schatten des Waldes wieder dicht um die Katzenmühle zusammengezogen hatten und die Frau Klaudine, in ihrem Lehnstuhl sitzend, das Haupt der Frau Nikola im Schoße hielt. Der erste Eindruck war überwältigend und die Erschütterung fast größer als bei jener schrecklichen Szene in dem Ballsaal des Herrn von Betzendorff. Langsam, mit Augen starr und gläsern, erhob sich Nikola von Glimmern. Mit einem hellen Schrei riß sie sich aus den schützenden, den treuen Armen der Greisin los und stand aufrecht und lachte wild und rief: »Mutter, es war nicht recht, mir das zu verschweigen! Auch das war ein falsches Spiel! O wie grausam, mich hierherzuführen, um mir zu verkündigen, es sei auch an dieser Stelle kein Raum mehr für mich, es sei überhaupt kein Raum mehr für mich auf Erden und alles sei vorüber und jeder habe sein Teil dahingenommen und ich das meinige.«

Und sie zog ihr Tuch mit hastiger Gebärde um die Schultern zusammen, sie eilte gegen die Tür, als sei ihres Bleibens in der Mühle, am Herde der Frau Klaudine keinen Augenblick länger, als müsse sie auf der Stelle hinausstürzen in die Nacht, in den Wald, in das Grab, gleichviel wohin und zu welchem allerletzten Schicksal.

Noch einmal stöhnte sie laut, halb im wilden Schmerz, halb im wilden Zorn; aber der Zorn galt doch nur ihr allein, und in dieser Trennung und Teilung ihres Gefühls war jetzt einzig ihre Rettung vor dem Wahnsinn und konnte sie von einer abermaligen ziellosen Flucht zurückgehalten werden. Der Schmerz gehörte auch der Frau Klaudine, und deren Macht über die Unglückliche lag in ihm verborgen. Leise, und bittend und weinend rief die Frau Klaudine ihren Namen, da ließ sie die Hand von dem Türgriff sinken und stand einen Augenblick, die Hände gegen die Schläfen drückend, stürzte dann zurück und lag von neuem auf den Knien vor Unserer Lieben Frau von der Geduld, barg von neuem das Gesicht in ihrem Schoß und ließ sie ausreden und ließ sie erzählen, wie er heimkam, was er alles erlebte und wie er nun freudig und als ein besserer Mann gegangen sei und den Platz am Herzen seiner Mutter mit der frohen Überzeugung geräumt habe, daß alles sich zum besten wenden werde.

Die Mutter verschwieg nichts. Sie schilderte den Sohn, wie er war, und zauderte nicht, ihn bis ins kleinste so darzustellen, wie das tolle, wüste Leben ihn herangebildet hatte. Nicht Leonhard Hagebucher, nicht Freund und Feind hätten ein unbefangeneres Urteil über ihn abzugeben vermocht. Sie entkleidete ihn von allem Glanze, der ihm nicht gehörte, sie verschwieg nicht, was ihm stets mangelte und was er dazu verlor; aber sie verschwieg dann auch nicht, was er erwarb auf seinen abenteuerlichen Wegen. Sie zeigte, wie man ihm helfen, wie man ihn fördern könne; sie zeigte, wie grade in dem Aufenthalt der heimatlos Gewordenen im Schutze und am Herzen der Mutter der größte Segen und die teuerste Bürgschaft des Friedens für den so lange heimatlos gewesenen Sohn liege. Zuletzt sprach sie von dem Leutnant Kind, und dichter drängte Nikola sich an sie, als dieser Name genannt wurde.

Nikola von Glimmern kannte jetzt die Geschichte des Leutnants Kind ebenfalls. Auf dem schweren, tränenreichen Wege zu der Katzenmühle hatte Hagebucher sie vorsichtig und ganz allmählich damit bekannt gemacht, jedoch den Platz des Herrn van der Mook leer darin gelassen; nun öffneten sich vor ihren Augen auf allen Seiten die Abgründe, zwischen denen sie gewandelt war; nun blickte sie mit einemmal schaudernd in das Gewimmel gespenstischer Arme und fleischloser Hände, die sich von jeder Seite aus der Tiefe emporgereckt und nach ihr gegriffen hatten. Eine Gespensterfurcht kam über sie, von der sie in ihrem spätern Leben nie wieder ganz frei wurde; und nie mehr konnte sie von der Stunde an ein Zimmer verlassen und eine Tür hinter sich zuziehen, ohne bis in alle Tiefen ihres Wesens ein Gefühl zu haben, daß sich in dem leeren, eben verlassenen Raume ein unheimliches Etwas aufrichte und mit einem öden, totenhaften, blöden Grinsen ihr nachstarre und zische: »Glaubst du, du seiest je allein und bei dir? Wir sind da! Wir sind da, sehen auf dich, hören auf dich, achten auf dich und lachen deiner! Dir hilft kein Trotz, dich rettet nicht die Scham, wir sehen, wir hören, wir haben unsere Lust an dir, sind deine Feinde und wissen, daß wir dich mit unsern Blicken töten werden!« – Die Genien auf der Schwelle und am Herde der Frau Klaudine hatten einen harten Stand gegen diese Feinde. –

»Ich will bleiben; denn ich habe ja doch keinen Willen mehr«, sagte Nikola. »Ich habe ihn von neuem hinausgetrieben und mich an seinen Platz gesetzt. Du sagst, es sei gut so, meine Mutter, und ich will es versuchen, daran zu glauben; aber denken kann ich nicht mehr darüber.«

»Es ist gut so!« sprach die Greisin und konnte weiter nichts sagen; denn nun folgte für Nikola von Glimmern jener Zustand, welchen die Sieger wie die Besiegten kennenlernen, jener Zustand, in welchem man dem Patienten nichts weiter zuliebe tun kann, als ihm im Sommer die Fliegen abzuwehren und im Winter ihn liegen zu lassen, wie er sich niederlegte, oder ihm höchstens das Kopfkissen zurechtzurücken.

Es war keine Krankheit, von der Nikola ergriffen wurde, es war nur diese unendliche Müdigkeit und Schlummersucht, während welcher ein jegliches dem Menschen gleichgültig wird, nur nicht das Knarren der Tür, das Zurückschieben eines Stuhles oder Tisches, der Lärm der Gasse und die Besuche selbst der besten Freunde. Vor alle diesem aber war die Müde in dem winterlichen Walde, in der verzauberten Mühle ganz sicher. Der Ruf der Krähen und der wilden Gänse, wie sie ihren Flug über die Baumgipfel nahmen, störte nicht, sondern klang sogar wie eine tröstende Stimme aus dem großen wahrhaftigen Reiche der Natur herüber, und das nämliche tat der Wind im Leisen und im Lauten.

Auch Leonhard Hagebucher, der einzige, welchem aus dem weiten vielgestaltigen Kreise, der einst seine Wirbel um die Frau Nikola zog, jetzt die Tür der Katzenmühle offenblieb, störte nicht. Er kam auf den Fußspitzen, ging auf den Fußspitzen und sagte wenig. Stundenlang saß er oft mit einem Buche in der Hand, ohne zu lesen, in einem Winkel oder am Fenster der Mühle und sah in den Wald hinaus. Und wenn man ihn gefragt hätte, an was er denke, an die Tante Schnödler oder den klugen Schneider Felix Täubrich, an die Madam Kulla Gulla zu Abu Telfan im Tumurkielande oder an Herrn Ferdinand Zwickmüller zu Montreux am Genfer See, so würde er gewiß häufig die Antwort auf solche Fragen schuldig geblieben sein. Aber doch gab es etwas, an welches er zu jeder Stunde denken mußte und auf welches er auch allstündlich mit dumpfer Unruhe wartete. Das war eine Nachricht von dem Herrn Kornelius van der Mook, welche dieser ihm weder mündlich noch schriftlich versprochen hatte und welche doch einmal von ihm anlangen mußte: heute oder morgen, beim Frühstück oder beim Zubettegehen, am hellen, lichten Mittage oder um Mitternacht, in der Stunde, in welcher die Geister Erlaubnis haben, auf Erden zu erscheinen, welche letztere Zeit vielleicht die passendste genannt werden konnte. –

Fünfunddreißigstes Kapitel

Ist das nicht ein wunderliches Ding im deutschen Land, daß überall die Katzenmühle liegen kann und liegt und Nippenburg rundumher sein Wesen hat und nie die eine ohne das andere gedacht werden kann? Ist das nicht ein wunderlich Ding, daß der Mann aus dem Tumurkielande, der Mann vom Mondgebirge nie ohne den Onkel und die Tante Schnödler in die Erscheinung tritt? Wohin wir blicken, zieht stets und überall der germanische Genius ein Drittel seiner Kraft aus dem Philistertum und wird von dem alten Riesen, dem Gedanken, mit welchem er ringt, in den Lüften schwebend erdrückt, wenn es ihm nicht gelingt, zur rechten Zeit wieder den Boden, aus dem er erwuchs, zu berühren. Da wandeln die Sonntagskinder anderer Völker, wie sie heißen mögen: Shakespeare, Milton, Byron; Dante, Ariost, Tasso; Rabelais, Corneille, Molière; sie säen nicht, sie spinnen nicht und sind doch herrlicher gekleidet als Salomo in aller seiner Pracht: in dem Lande aber zwischen den Vogesen und der Weichsel herrscht ein ewiger Werkeltag, dampft es immerfort wie frisch gepflügter Acker und trägt jeder Blitz, der aus den fruchtbaren Schwaden aufwärts schlägt, einen Erdgeruch an sich, welchen die Götter uns endlich, endlich gesegnen mögen. Sie säen und sie spinnen alle, die hohen Männer, welche *uns* durch die Zeiten voraufschreiten, sie kommen alle aus Nippenburg, wie sie Namen haben: Luther, Goethe, Jean Paul, und sie schämen sich ihres Herkommens auch keineswegs, zeigen gern ein behagliches Verständnis für die Werkstatt, die Schreibstube und die Ratsstube; und selbst Friedrich von Schiller, der doch von allen unsern geistigen Heroen vielleicht am schroffsten mit Nippenburg und Bumsdorf brach, fühlt doch von Zeit zu Zeit das herzliche Bedürfnis, sich von einem früheren Kanzlei- und Stammverwandten grüßen und mit einem biedern »Weischt« an alte natürlich-vertrauliche Verhältnisse erinnern zu lassen.

Es lebe Nippenburg und Bumsdorf, der Bierkrug und die Kaffeekanne, der Strickstrumpf und das Dintenfaß, es lebe der Boden, auf welchem wir stehen und in welchem wir begraben werden, es lebe der Herr von Bumsdorf, es lebe der Onkel und die Tante Schnödler, es lebe der Onkel und Stadtrat Hagebucher, es lebe die Kusine Klementine, und vor allen Dingen lebe der Vetter Wassertreter!

Der muntere Leutnant Herr Hugo von Bumsdorf hatte keinen Grund gehabt, nach seinem nächtlichen Ritt zur Katzenmühle unter den behaglichen Laren und Penaten seines Vaterhauses aus seinem überquellenden Herzen eine Mördergrube zu machen. Dagegen hatte er sein plötzliches Erscheinen unbedingt zu rechtfertigen und tat's auf die vollgültigste Art und Weise. Er holte weit aus und brach wie gewöhnlich häufig aus der Bahn; aber dafür übersprang er auch nichts von Bedeutung oder was sonst den »verruchten Provinzialsumpf zum Wellenschlagen bringen konnte«.

Und die Provinz schlug Wellen! So etwas war seit der Rückkehr Leonhard Hagebuchers aus der afrikanischen Gefangenschaft nicht erlebt worden und ließ sich jenem Ereignis ebenbürtig an die Seite setzen, wenn es dasselbe nicht sogar noch weit übertraf an allgemeiner und tiefgehender Bedeutung. In immer weiterer Schwingung setzte sich auch diesmal wieder die Bewegung vom Bumsdorfer Gutshofe über das Hagebuchersche Haus fort, erreichte Nippenburg auf den Flügeln des Windes und fand überall einen Widerhall, den sonst nur der Ruf der Feuerglocke zu finden das Vergnügen hat. Der Vetter Wassertreter hatte nachher das Recht, sich ganz passend und klassisch mit dem alten Römer Horatius Cocles, welcher allein die sublizische Brücke gegen die ganze Armee des Königs Porsenna verteidigte, zu vergleichen. Wie jener wackere Held verteidigte auch er solus die Chaussee nach Fliegenhausen gegen die vordringenden Nippenburger Neugierigen. Die Kusine Klementine Mauser hätte sich, freilich in einer andern Weise, mit der berühmten Jungfer Cloelia vergleichen dürfen. Sie schwamm zwar nicht durch den Tiber, aber sie umging in Begleitung von zehn andern ältern Jungfrauen den Vetter Wassertreter und gelangte wirklich bis zum Roten Ochsen in Fliegenhausen, wo sie jedoch leider von Leonhard Hagebucher abgefangen und mit der Notiz, die Frau Baronin von Glimmern sei augenblicklich noch nicht imstande, Besuche zu empfangen – zurückgeschickt wurde.

Der Vetter Wassertreter war auch in dieser Zeit wieder der einzige Trost und Stützpunkt, welchen Leonhard außerhalb der Katzenmühle fand, wie er auch der einzige war, mit welchem der Afrikaner über die Vorgänge der letzten Zeit und ihre Bedeutung wirklich reden konnte, ohne durch einen Schwall von Interjektionen betäubt und durch einen nicht geringern Schwall von Fragen platt darniedergelegt zu werden.

Der Vetter Wassertreter als ein Mann, welcher noch den alten Goethe von hinten erblickt hatte, sagte einfach:

»Mein Sohn, du hast deine Sache recht gut gemacht; übrigens ist es meine Meinung, daß du anjetzo hier ebenso festsitzest wie ich, nachdem sie mich damals mit dem bekannten offiziellen Fußtritt aus dem Loch entließen. Laß es gut sein, auch er mußte in Weimar hocken, und die Welt kam doch an ihn heran. Ojemine, auch Nippenburg hat seine unaussprechlichen Verdienste, und du, mein Junge, kannst immer noch Ratsschreiber zu Nippenburg werden; und wenn dein Ehrgeiz noch immer nicht damit zufrieden wäre, so verschaffen wir dir den Titel Stadtsekretär, worauf du dich auf die Nelken- oder Dahlienzucht legst, deine Schwester solide verheiratest und allmählich groß und ehrwürdig wirst, sowohl im Kreise deiner Neffen und Nichten wie auch im Goldenen Pfau, allwo deines Vaters Stuhl mit offenen Armen auf dich wartet. Ich glaube, selbst Luzifer würde sich nach den gemachten Erfahrungen keinen Augenblick besinnen, wenn man ein Auge zudrückte und ihm eine ähnliche Stellung und Existenz dort oben in den himmlischen Regionen anböte.«

Was der Mann vom Mondgebirge dem grauen vergnügten Heimtücker auf dieses Ansinnen antwortete, verschweigt die Geschichte, allein es steht fest, daß er die eigentliche Meinung, den einfachen, aber tief philosophischen Grundgedanken wohl herauszulösen verstand und ihn nachdenklich aus des Vetters Hinterstübchen auf der Bumsdorfer Pappelchaussee nach Bumsdorf trug. Er hatte solche holden Vertröstungen auf eine behaglichere, ruhige Zukunft sehr nötig; denn trotz der Stille, welche in dem Hause des seligen Steuerinspektors herrschte, war es augenblicklich ein ziemlich ruheloser Aufenthaltsort.

Die alte Frau, die Mutter, trug doch schwer an dem Verlust des alten subtrahierenden und addierenden Murrkopfs, und wenn sie länger als vierzig Jahre schwer an seinem Erdendasein getragen hatte, so vermißte sie ihn desto schmerzlicher jetzt überall und suchte ihn in allen Winkeln, wo sie ihn früher nur mit großem Unbehagen gefunden hätte. Es ist so etwas um eine verklungene

Stimme, und wenn sie auch noch so verdrießlich knarrend oder schneidend war! Man kann selbst auf Fußtritte, die man innerlich bedeutend fürchtete, mit höchstem Verlangen warten und die Gewißheit, daß man dieselben nimmermehr in der Nebenstube oder draußen auf dem Gange vernehmen werde, nur mit wehmütig bangem Widerstreben an sich kommen lassen.

Der »Vater« fehlte der Alten, wo sie ging und stand, und der Sohn konnte ihr den Abgeschiedenen nun keineswegs ersetzen. Ja die Tante Schnödler, die Base Klementine und die Onkel Sackermann und Hagebucher waren ihr jetzt ein viel größerer Trost und eine viel liebere Gesellschaft als der stumme, nachdenkliche, zerstreute Leonhard. Mit jenen konnte man doch sitzen und von dem Gewesenen sprechen, wie es sich gehörte; allein die Welt war überhaupt mit einemmal eine andere geworden, und der Tod hatte alles verschoben. Die Alte hatte sich sehr ducken und fügen müssen, solange der Alte an jedem Morgen grämlich die Wacht bezog, und nun ging sie, wie gesagt, ruhelos umher und sprach nur noch davon, wie es für sie doch keine bessere und liebere Stelle mehr gebe als die neben seinem Grabe und wie angenehm es sein werde, wenn man auch sie dorthin trage und zur Ruhe bringe, da nun doch einmal alles aus der Welt fortgenommen sei, was ihr Freude gemacht habe, und *der* auf Nimmerwiederkommen fortgegangen sei, der's allein in allen Stücken gut mit ihr gemeint habe. –

Auf leisen Sohlen schlich der Afrikaner der Mutter nach, und es kostete ihm nicht die geringste Mühe, sich in ihre tausend und aber tausend weinerlichen und krittligen Launen zu schicken. Aber an manchem dunkeln, stürmischen Tage sendete er das bleiche, betrübte, verschüchterte Schwesterchen fort aus dem Hause, hinüber auf den Gutshof zu den Freundinnen; und der Herr Leutnant Hugo, der sich seinen Urlaub um ein nicht geringes hatte verlängern lassen, war ihm sehr dankbar dafür.

Es waren andere Grillen, welche der Mann aus dem Tumurkielande am Fenster der Katzenmühle, und es waren andere Grillen, welche er daheim der alten Frau gegenüber fing. Dazwischen fielen dann allerlei Briefe. Täubrich-Pascha schrieb sehnsüchtig-unverständlich, der Professor schrieb wehmütig-grimmig und stellenweise ebenfalls etwas unverständlich; doch eins ging aus den

Seelenergüssen beider Korrespondenten unzweifelhaft hervor: Die Aufregung über die Vorgänge der letzten Zeit war immer noch mächtig in der Residenz, und was die Privataufregung der zwei trefflichen Charaktere betraf, so hatte sich auch diese durchaus noch nicht gelegt.

Leonhard antwortete, so gut er's vermochte. Er vertröstete den Pascha auf ein baldiges heiteres Zusammentreffen und setzte ihn fürs erste in den absoluten Besitz seines hauptstädtischen Nachlasses. Den Professor, welcher ihm auch die heitere Gegenwärtigkeit (hicceitas, wie er's nannte) des liebenswürdigen Herrn Ferdinand Zwickmüller meldete, vertröstete er auf die baldige Abreise desselben und warf ihm, d. h. dem Professor, die Entdeckung zwischen die Zähne, daß Bumsdorf wie so vieles andere im deutschen Lande seine Entstehung den Römern verdanke, lud ihn ein, sich in der Sommervakanz nach der Hochzeit der Tochter persönlich von der Richtigkeit der Sache zu überzeugen und den Stein, welcher das Ding bewies, abzuholen.

Was bedeutete dieses alles? Es hat Leute gegeben, die auf einer Watte, auf einem Felsenstück am Strande von der Flut überrascht wurden, die Wellen um sich anschwellen sahen und es dennoch vermochten, die Pfeife im Brand zu halten und die Uhr aufzuziehen, ehe die erbarmungslosen Wasser die Westentasche erreichten. Es waren nicht die schwächsten Charaktere, welche dieses konnten, und die Wahrscheinlichkeit, noch einmal aus der Gefahr gerettet zu werden, war für sie vielleicht größer als für alle jene, die in solchen Momenten nichts als ein verzweiflungsvolles Händeringen oder ein stumpfsinniges Hinstarren auf die graue tödliche Wüste übrig hatten. Der Herr van der Mook mußte im Laufe der Tage schreiben, und das einfachste und natürlichste war, so ruhig als möglich das Anklopfen des Briefboten zu erwarten und ihm nicht weiter entgegenzugehen, als eben unbedingt nötig war. Gegen Anfang des Monats Februar schrieb denn auch der Herr van der Mook, und zwar einen Brief folgenden Inhalts:

»Southampton, an Bord der Borussia

Lieber Hagebucher!

Ich besitze eine zähe Natur und befinde mich so wohl, als den Umständen angemessen ist; allein die Umstände sind auch darnach, und der Teufel hole mich, wenn ich weiß, was für Gesichter Sie und andere, welche ich nicht zu nennen wage, zu diesem Schreiben machen werden. Als wir beide in Abu Telfan im Königreich Dar-Fur zusammentrafen und ich das Vergnügen hatte, Ihnen in jedenfalls nicht durchgängig angenehmen Situationen meine schwache Hülfe zur Verfügung zu stellen, da konnten wir keine Ahnung davon haben, welche Verhältnisse uns noch das Schicksal in Kompanie auf die Schultern laden würde. Ich drücke der Bestie, die in mir steckt, eben wieder einmal mit beiden Fäusten die Gurgel zusammen, allein es wäre ein Mirakel, wenn sie sich nicht doch in dem, was ich zu sagen habe, Luft machte; und somit werden Sie nach der Mühle steigen, um den betrübten Seelen, den zwei armen Weibern den schmutzig blutigen Lappen in ein reinliches Tuch gewickelt zu überreichen.

In Paris fand ich nicht, was ich suchte, und das war mir eigentlich nicht unlieb, denn ich bin dort früher recht vergnügt gewesen; und in dieser verruchten Welt muß man sich solche unschuldig grüne Fleckchen möglichst unentweiht zu halten suchen. Bon, ich habe allerlei gejagt, Menschen und Vieh, und verliere nicht so leicht eine Fährte, wenn mir die Sache – das Leben, das Fell oder das Gefieder am Herzen liegt. Treffe einen alten Bekannten, einen Engländer, der wie ich allmählich ein solider Mann geworden ist und sich redlich von seiner Frau ernähren läßt. Die Dame hat ein sehr nützliches und gewinnreiches Institut gegründet, Adresse: Lying-in villa, rue Chateaubriand No 14 (No sign); und Monsieur geht auf den Boulevards spazieren und hat wohl einen freien Augenblick für einen guten Freund zur Disposition. Wir verstehen uns beide auf Flatterjagd und Kesseltreiben, kommen aber doch in Havre zu spät an, um mit dem Leutnant Kind dasselbe Paketboot zur Überfahrt nach England benützen zu können. Miß Julia Brown ist in unaufschiebbaren Angelegenheiten soeben aus Lancashire angekommen und an die Gattin meines Begleiters in der rue Chateaubriand dringlichst empfohlen worden. Mr. Robinson hat natürlich keine Zeit mehr für mich, er hat Miß Julia heimzubegleiten und tut es; ich genieße eine sehr stürmische Überfahrt, lande glücklich in Dover und habe bald das Vergnügen, unter meinem Fenster in Piccadilly den Strom, aus welchem ich die bekannten zwei Tropfen auffangen soll, rollen zu sehen und rauschen zu hören.

Daß ich mit einigem Widerwillen an die Aufgabe ging, werden Sie mir glauben, mon cher, und daß mich mein Fatum wieder so tief als möglich in das Pech hinabdrücken würde, war mir bereits in dem Augenblicke klar, als ich die Katzenmühle und Ihre zuversichtliche Miene hinter mir hatte. Lieber Freund, Sie ahnen wohl schon, was ich Ihnen mitzuteilen habe – es war eine kurze Jagd, und der Kamerad ist so schnell und hitzig auf seinem Wege gewesen, daß ich nicht einmal beim Halali zugegen sein konnte. Da wäre ich denn wieder einmal mit meinen allerbesten Vorsätzen um eine Nasenlänge hinter dem festen Willen eines andern zurückgeblieben! Und, bei meinem Leben, es tut mir nicht so leid, daß ich jetzt nicht zu Euch heimkehren und mich meiner Fahrt rühmen kann, als daß ein so starkes, ehrliches Leben an ein so schlechtes, niederes Wild gewendet werden mußte. Mein Kamerad, o mein Kamerad, mein wackerer, lieber Leidensgefährte aus dem Bagno! Bah, ich glaube, er ist besser dran als ich!

Die Londoner Polizeibeamten sind liebe Leute. Ich habe bereits in früheren Jahren die Freude gehabt, ihre Bekanntschaft in einer andern Angelegenheit zu machen, doch die Sache ging mich schon damals nichts an und kann uns heute gar nicht mehr kümmern. Nachdem ich einige Tage gleich einem sewer-hunter, einem Kloakenjäger, auf eigene Faust gesucht und nichts gefunden hatte, blieb mir, da die Zeit drängte und meine Unruhe von Stunde zu Stunde wuchs, nichts übrig, als in Bowstreet auf dem Polizeizentralbüro meine Visitenkarte abzugeben und mir den Rat und Trost der dortigen Gentlemen zu erbitten. Tat also und fand ein geneigtes Gehör und williges Entgegenkommen. Man stellt mir einen ruhigen, schweigsamen Herrn vor und zur Verfügung, Inspektor Cuddler, den ich wohl noch längere Zeit auf einsamen Spaziergängen an meiner Seite zu haben glauben werde. Er zieht bedächtig die Handschuhe an, nimmt den Regenschirm unter den Arm, und wir treten zusammen in die Gasse, gleich zwei guten Freunden und würdigen Cockneys, die sich vorgenommen haben, einen freien Tag dazu zu benützen, den Löwen des Towers einen Besuch abzustatten. Wir wandern und wandern, aus dem Tage in die Nacht hinein, aus der Nacht in einen neuen Tag. Zu Fuß, im Omnibus, im Cab, auf Spuren, die verlöschen, stärker hervortreten und wieder verlöschen – im Kreise, im Zickzack. Wir nehmen mit einem Händedruck Abschied voneinander und treffen am folgenden Morgen an einem verabredeten Platze von neuem zusammen. Aus Belgravia nach Saint Giles, von Pimlico nach Islington! Wir halten Konferenzen und machen Notizen auf den Polizeistationen in Westminster, Marylebone, Southwark und Thamesstreet. Nichts, nichts! Das Ding hätte für einen Amateur langweilig werden müssen: ich, welcher ich dieses Mal kein Amateur war, hielt aus, und Mr. Cuddler, der nichts anderes auf Erden zu besorgen zu haben schien, desgleichen. Wir warten an Straßenecken, in Kaffeehäusern, wir haben eine nächtliche Erscheinung am Haymarket unter den Babylonierinnen. Ein Herr steigt dort in ein Cab, und ich gebe meinem Inspektor einen Stoß. Wir haben nicht das Recht, den Herrn Friedrich von Glimmern zu verhaften, denn niemand erhob eine Anklage gegen ihn, und ich bin nicht deswegen über den Kanal gekommen; aber ein Königreich für seine Adresse! Wir werfen uns in ein anderes Fuhrwerk und instruieren den Kutscher; doch Erin ist natürlich wieder mal dreiviertel über Bord, will sagen total betrunken, strandet an einer Orangenbude, und ich gehe abermals getäuscht zum Teetrinken heim.

Was soll ich Sie länger aufhalten, Freund Hagebucher? Die Szene ist in Lower Thames Street, in dem dritten Stockwerk eines Hotels dritten Ranges; – Zeit: Mitternacht; – Wetter: regnerisch und windig. Das Haus ist in vollem Aufruhr; Mord! schreit die Finsternis, und die police hat die von innen verriegelte Tür des Zimmers Nummer sechsundzwanzig erbrochen. Um elf Uhr hörte Mr. Thomas Giblets, der Bewohner von Numero fünfundzwanzig, den Gentleman nebenan heimkehren, doch nicht allein, und wurde seine – Mr. Giblets' – Aufmerksamkeit nach einer Weile durch einen heftigen Wortwechsel erregt, welchem er, wie er sagte, im Anfange mit Behagen hinter seinem Economist horchte. Er – Mr. Giblets – hatte ein mühevolles, verdrießliches Tagewerk zurückgelegt, und es trug – wie er meinte – zu seinem augenblicklichen Komfort bei, daß andere Leute ebenfalls allerlei verdrießliche Geschäfte abzuwickeln hatten, und er fand – wie er zu Protokoll gab – die Sache erst dann etwas extraordinary, als hinter der Wand plötzlich – fast gleichzeitig – zwei Pistolenschüsse fielen, der Fall von schweren Körpern diesen folgte und andere bedenkliche Töne sich vernehmen ließen.

Das Haus lief zusammen, und gegen zwei Uhr zog der Inspektor Cuddler die Schelle an meiner eigenen Wohnung in Piccadilly. Ich stelle es Ihnen anheim, Carissimo, sich auszumalen, was ich in der Untern Themsestraße fand. Wir, die wir beide allerlei Schlachten und Gefechte der Menschen sahen und beide wohl dann und wann zwischen den Blutlachen standen, ohne grade viel nach der Moral des Dinges zu fragen, wir behalten immer ein gewisses kitzelndes Gefühl für das Malerische, und malerisch war das Zimmer des Herrn von Glimmern in dieser Nacht.

Sie waren beide von der Gasse heimgekommen und hatten ihre Angelegenheit in Frieden besprochen, nachdem der Leutnant Kind die Tür verschlossen und den Schlüssel aus dem Fenster geschleudert hatte. So friedlich, daß der sich ergebende Wortwechsel, wie gesagt, nur zur Erhöhung des Komforts des Stubennachbars beitrug. Und dann waren sie über den Tisch weg zu einem Verständnis und alle Differenzen beiderseits vollständig ausgleichenden Schluß gekommen. Man fand sie zu beiden Seiten des Tisches, die abgeschossenen Pistolen in der Hand; man fand meinen Freund, Seine Exzellenz den Freiherrn Friedrich von Glimmern, tot, durch das Herz getroffen wie Alp, Venedigs Renegat, und man fand meinen Freund und Kameraden, den Exleutnant der Strafkompanie zu Wallenburg, Friedrich Kind, nicht ganz so gut getroffen, jedoch ebenfalls über alle fernern irdischen Widerwärtigkeiten hinausgehoben. Er hat noch eine halbe Stunde nach dem Aufbrechen der Tür gelebt und sich recht friedfertig, sanft und gelassen gezeigt. Auf dem Bette des Herrn von Glimmern ist er ruhig entschlafen, seit fünfzig Jahren der einzige wirkliche Soldat des Bundeskontingents, welches die Ehre hatte, ihn in seinen Reihen aufzuführen. Ich fand einen Citymissionär neben der Leiche, als ich mit meinem Begleiter anlangte. Der Mann hatte durch seinen Beruf vor vielen andern Menschenkindern Gelegenheit, kuriose Sachen zu sehen, und wer an dem faulen Stroh der Sterbenden von Bethnal Green und Spital Fields zu knien hat, der mag wohl ein Wort über die Mysterien des Todes mitreden. Ich gab ihm im ersten ruhigen Augenblick eine kurze Erklärung über den vorliegenden Fall, und er nannte ihn – tragically refreshing! Nach Jahr und Tag werde ich mich entscheiden, ob er mehr tragisch oder mehr erfrischend zu nennen ist; augenblicklich laboriere ich noch ein wenig zu sehr unter den Einwirkungen des

Blutgeruchs auf Geschmack und Geruch und halte mein Votum deshalb zurück.

Einige weitere Förmlichkeiten werden die deutschen und englischen Behörden schriftlich austragen, und ich weiß in dieser Hinsicht nichts weiter hinzuzusetzen, als daß für ein anständiges Unterkommen der Leichen gesorgt wurde und daß es mir gelang, ein Verscharren derselben Seite an Seite zu verhindern, wodurch ich die Herzensmeinung und Neigung beider Toten so ziemlich getroffen zu haben glaube.

Werden wir nunmehr so elegisch und weich, wie es sich gebührt! Die grauen Wellen klatschen um den Bauch meines Schiffes, und meine Gedanken begleiten dieses Schreiben über die ärgerliche See nach der deutschen Küste. Ich male mir auf die verschiedenste Weise aus, in welcher Stunde es Ihnen ins Haus getragen wird und was Sie nach Empfang desselben beginnen werden. Ich habe ein wenig das Fieber oder sonst dergleichen. Bei Allah, ein Opiumrausch, ein Berberroß, ein Moskowiterkarree und die Aussicht auf den siebenten Himmel des Propheten, das sind die vier Dinge, aus denen seit Erschaffung der Welt die einzigen vernünftigen und vergnügten Momente der Menschheit zusammengedreht wurden! Bei Allah, ich wollte, ich läge auf irgendeinem alten oder neuen türkischen Schlachtfeld begraben und hätte Ruhe!

Was werden sie sagen in der Mühle, was werden sie tun? O Hagebucher, ich hätte noch immer die grimmigste Lust, dieses wahnsinnige Blatt zu zerreißen und selber zu kommen und selber in das Fenster zu sehen und selber an der Tür zu horchen! Fort damit! Ich glaube, ich käme, wenn ich selber die Hand in dem blutigen Spiel in Lower Thames Street gehabt hätte und sagen könnte: Das tat ich!

Ich peitsche diese Vorstellung im Kreise umher wie ein Bube seinen Kreisel! Mein armes Mädchen, was wird *sie* sagen, wenn Sie in die Tür treten und sprechen: Er ist tot! – ?

Zum Henker, ich weiß meiner Seele selbst keinen Rat, und Sie, Hagebucher, Sie, der Fremde, sollten es dort in dem verschlafenen Walde aussprechen, klar aussprechen können, was mir das Herz und den Gaumen austrocknet und mir das Gehirn zu Schaum quirlt? – Es wird wohl so sein; – leben Sie wohl und grüßen Sie meine Mutter.

Viktor Fehleysen

PS. Ich bin zu einem Weibe geworden und habe dadurch das Recht erworben, eine Nachschrift anzuhängen. Um vier Uhr am Nachmittag geht die Borussia, die nicht meinetwegen gestern Southampton anlief, nach New York. Ich befinde mich auf dem Wege zum General Grant; man sagt, der Herr besitze allerlei gute Mittel gegen Schwäche der Nerven, Blutandrang nach dem Kopfe und dergleichen und gebe dieselben wohlfeil ab.

Korporal *Kornelius van der Mook*«

Einen Tag und eine Nacht wog Leonhard Hagebucher den Inhalt dieses Briefes. Tief sank die eine Schale seiner Waage herab, während die andere hoch emporschnellte. Er trug schwer, schwer an dem leichtern Teile, welchen er am folgenden Morgen den Frauen in der Katzenmühle brachte.

Sechsunddreißigstes Kapitel

»Dieses ist fürchterlich und keiner meiner Voraussetzungen entsprechend!« ächzte der Professor und Doktor der Weltweisheit Reihenschlager, die triefende Stirn mit dem Sacktuch betupfend und unter der emporgeschobenen Brille weg die Landstraße entlangschauend. »Der Weg scheint um so länger zu werden, je länger wir ihn beschreiten, der Staub ist mir im höchsten Grade zuwider, die Sonne ist trotz dieses Regenschirmes unerträglich, und von dem Zustand meiner Füße will ich gar nicht reden. Täubrich, wäre es nicht mein Grundsatz, jedes Unternehmen, dem ich mich einmal gewachsen fühlte, bis ins Äußerste durchzusetzen, so würde ich mich unserm Vorsatz, Nippenburg ganz und gar zu Fuß zu erreichen, im gegenwärtigen Augenblick nicht mehr gewachsen erklären und auf sämtliche Lehren der stoischen Schule pfeifen. Verstehen Sie mich?«

»Ich glaube es, doch weiß ich es nicht recht«, sprach Täubrich-Pascha, mit dem gewohnten melancholischen Kopfschütteln den gelehrten Mann anstarrend.

»Sie glauben mich zu verstehen, aber wissen es nicht – gut! Das Begehren ist entweder sinnlich oder vernünftig. Daraus entstehen nach Beschaffenheit der Gegenstände vier Leidenschaften oder Gemütsbewegungen und drei vernünftige Willensbestimmungen, über welche Sie das Nähere beim Cicero in den Tuskulanischen Unterhaltungen selber nachlesen mögen. Der Weise bestimmt sein Begehrungsvermögen nur durch die letztern drei, und darin bestand die stoische Apathie, und darum werden wir unter allen Umständen Nippenburg zu Fuße erreichen. Verstehen Sie nun?«

»Vollkommen!« rief der Schneider und Famulus mit einem muntern Bockssprung und fügte hinzu, was die Strapazen und die Sommerwärme anbetreffe, so sei das noch gar nichts; in Palästina könne man ganz andere Dinge erleben, ein Ende finde jeder Weg und auch Nippenburg lasse sich wohl noch vor Mittag erreichen, wenn man nicht vor jedem Steine anhalte oder über ihn stolpere. Der Professor faßte mit einem tiefen Seufzer von neuem alle körperliche und geistige Kraft zusammen und trabte keuchend dem leichten Schneider nach auf der staubigen Chaussee des Vetters Wassertreter, durch den schwülen Hochsommermorgen den Bergen von Nippenburg, Bumsdorf und Fliegenhausen entgegen. Wie aber das drollige Paar auf die Landstraße geriet, darüber ist jedenfalls einiges zu sagen, ehe wir das Vergnügen haben werden, seinem Einzug in die Heimat Leonhard Hagebuchers anzuwohnen.

Der Professor hatte viel erlebt im letzten Winter und Frühling. Sein Hausfreund Leonhard war in schnödester Weise zum zweiten Male ihm und der koptischen Grammatik durchgegangen, und seine Tochter hatte selbstverständlich sich an nichts gekehrt, hatte um Pfingsten ihren Ferdinand zum Altar geführt und besorgte mit großer Energie die Küche und Wäsche in ihrem internationalen Erziehungsinstitut am Lacus Lemanus. Die ganze Welt stand auf dem Kopf, der Professor wußte sehr häufig nicht, wo ihm der seinige stand, und um ihm denselben zurechtzusetzen, war ihm niemand geblieben als der Pascha, ein Mann und Berater, auf welchen man sich freilich in allen Dingen verlassen konnte.

Wohl hatten ihm das Töchterchen und der Schwiegersohn den Vorschlag gemacht, mit ihnen in die Fremde zu ziehen und durch seinen Beistand das internationale Institut auf die höchste Stufe pädagogischer Vollkommenheit zu heben: allein da war er wirklich grob geworden und hatte sämtliche Götter von Latium und Hellas zu Zeugen aufgerufen, daß er tausendmal lieber bei lebendigem Leibe den Rogus besteigen als sich zu solcher Versündigung an der treuen deutschen gelehrten Gründlichkeit und den hohen Ahnen wahrhaftiger germanischer Philologie herbeilassen werde, gab also der Tochter so viel des väterlichen Segens, als er davon zu geben hatte, ließ sie ziehen, ohne sie weiter als bis zur Haustür zu begleiten, verriegelte sich in seinem Studierzimmer und versank vollständig aus der Welt der Lebendigen. Schimmel bildete sich in seinem Dintenfaß, Wurmmehl sammelte sich unter seinem Stuhle, Staub auf seinen Papieren und immer tieferer Mißmut auf seiner Stirn. Die Arbeit an dem hochgelehrten wichtigen Werke, die zu keiner Zeit mit Dampfeskraft vorschritt, stockte allmählich ganz; das Haus war still wie das Innere einer Pyramide, der Alte repräsentierte vortrefflich die Mumie in der tiefsten dunkelsten Grabkammer, und Täubrich-Pascha stand nachdenklich wie ein melancholisch von Nilpflanzen und Krokodileiern träumender Ibis auf der Schwelle und antwortete jedem Einlaßbegehrenden:

»Der Herr Professor sind nicht zu sprechen.«

Es muß ewig unentschieden bleiben, wer von den beiden dumpfigen Ägyptiern zuerst den großen Gedanken faßte und aussprach, dem Freunde aus dem Tumurkielande in seiner eigenen Heimat, das heißt in Bumsdorf, einen Besuch abzustatten. Der Gedanke war jedenfalls ein rettender, und der römische Stein von Fliegenhausen tat sicherlich das Seinige dazu, daß er nicht beiseite geschoben wurde, sondern allmählich in immer schärfern Umrissen hervortrat. Einige anlockende neue Briefe Leonhards steigerten die Sehnsucht nach dem Manne vom Mondgebirge. Zu Anfang Juni war aus dem Wunsch, ihn zu besuchen, ein Entschluß geworden, und zu Anfang der Hundstage waren sämtliche Vorbereitungen zu der abenteuerlichen, aufregenden Expedition getroffen; es stand dem Aufbruche nichts mehr im Wege, und eines schönen Morgens brach man wirklich auf.

Seit zwanzig Jahren war der Professor nicht über die nächste Umgebung der Hauptstadt, die bekannte Promenade und den bronzenen Großherzog hinausgekommen und wußte durchaus nicht, was er tat, als er sich in antiker Waghalsigkeit für eine »Fußreise« entschied. Man hat auch wohl in der Hand einer Mumie Weizenkörner gefunden, welche man nach dreitausendjähriger Ruhe in die Erde pflanzte und genügend begoß und welche lustig zu keimen anfingen, grüne Halme trieben und zuletzt recht anständige Ähren trugen: ein ähnliches Erwecktwerden und Erwachen erfuhren jetzt die Gefühle und Stimmungen dieses alten Kopten.

Seine Frau hatte er begraben, seine Tochter war er ebenfalls los; er holte den Ziegenhainer aus dem Winkel, in dem derselbe mehr als vierzig Jahre hindurch unbeachtet stand; er fand sein altes Kommersbuch wieder und summte: »Frei ist der Bursch, frei ist der Bursch!« Er legte den Ziegenhainer auf den Tisch und das Kommersbuch daneben und betrachtete beide mit untergeschlagenen Armen, wie der edle Junker von La Mancha am Abend vor seinem ersten Ausritt Schwert und Tartsche betrachtet haben mochte. Der Pascha packte dasselbe Felleisen, das er bereits durch die syrische Wüste trug, und füllte eine Korbflasche, die auch schon allerlei Fährlichkeiten durchgemacht hatte, mit einem belebenden Stoff. In einer heiligen grauen Frühe schlichen die beiden Helden auf den Zehen

aus dem Hause, überließen es mit sämtlichem gelehrten und ungelehrten Spuk und Unrat der Magd, zogen sich wie zwei entwi-
schende Verbrecher oder Schulbuben die Mauern entlang zum
nächsten Tore, traten hinaus in die Freiheit und frische Luft und
wandelten weiter – wir wissen wohin.

Wir wissen auch, daß es eben kein weiter Weg nach Nippenburg
ist, daß überhaupt die Wege des Staates nicht lang sein können,
sowohl aus geographischen wie aus politischen Gründen; allein
beide Wanderer erlebten Wunderdinge an und auf ihnen. Eine
Schnecke, welche ein Geschäft in dem obersten Wipfel einer Pappel
zu verrichten hat, trifft auf ihrem Pfade kaum auf mehr Hindernisse, Schwierigkeiten und Gründe, um auszuruhen, als der koptische
Gelehrte auf dem seinigen. Wir können es nur bedauern, daß wir
uns nicht mehr im Anfange oder in der Mitte unseres Buches befinden, um dieser Wanderung vollkommen gerecht zu werden. Sie
übernachteten zweimal unterwegs, und am dritten Morgen fanden
wir sie in der beschriebenen Stimmung, dem Kirchturm von Nippenburg zutrabend, und eilen ihnen jetzt voraus, um von den Fenstern des Vetters Wassertreter aus ihrem Einzuge in das berühmte
Weichbild beizuwohnen.

Und es war noch gradeso in Nippenburg wie beim Beginn unserer verwunderungswürdigen Historie; das Wappen der Stadt war
noch immer ein grau-weiß gesprenkelter Strickstrumpf im blauen
Felde, und der Onkel und die Tante Schnödler waren noch immer
Schildhalter und machten ihre Sache gradeso gut wie die beiden
bekannten Wilden Männer oder Löwe und Einhorn oder die beiden
goldenen Greifen des Hauses Habsburg. Der Vetter Wassertreter
aber war noch immer ein Greuel und eine Unreinigkeit für die
Stadt. Und der Vetter Wassertreter lag wie gewöhnlich im Fenster,
blies aus sehr langer Pfeife leichte Wölkchen in die elfte Stunde des
Morgens hinaus, teilte seine Aufmerksamkeit zwischen dem man-
gelhaften Straßenpflaster, welches, beiläufig gesagt, ihn durchaus
nichts anging, und der Kusine Klementine Mauser, die gegenüber
ihrem Kanarienvogel die Cour machte, und wartete mit Sehnsucht,
»um doch etwas zu haben«, auf die aus der Schule heimkehrende
löbliche Nippenburger Straßenjugend. Nur der, welcher je einen
von Würmern geplagten Lachs aus der Tiefe des Stromes aufschnel-
len sah, hat ein richtiges Bild von der Bewegung, dem Auffahren

des Vetters, als fünf Minuten nach elf Uhr inmitten der dem Rektor Hauenstein entronnenen Jugend der Professor Reihenschlager und des Professors Begleiter am Horizont, das heißt an der nächsten Straßenecke aufgingen.

»O Himmel!« hauchte die Base Klementine.

»Alle Donnerwetter!« schrie der Vetter Wassertreter, verlor im nächsten Augenblick seinen Pantoffel auf der Treppe, verlor Wasserschlauch und Pfeifenkopf in der Haustür, fuhr wie ein neuer Erlenkönig mit Kron und Schweif, nämlich in der Nachtmütze und im langen zerlumpten Schlafrock hinaus in die Gasse und dem alten Korpsbruder mit fast erwürgendem Enthusiasmus an den Hals.

»Pilz! Pilz? Ist es denn möglich, Pilz?«

»O Schaumlöffel, ich glaube es; aber ich weiß es nicht!«

»Was sind das nun wieder für zwei Mörder?« ächzte die Kusine Klementine; aber der Vetter hielt sich nicht damit auf, ihr dieselben von der Straße aus vorzustellen, sondern zog den Professor an der rechten, den Pascha an der linken Hand hinter sich her, fort aus dem Kreise verwunderter Nippenburger, der sich bereits um die Ankömmlinge gesammelt hatte, in das Haus, die Treppe hinauf, setzte den einen in den Lehnstuhl, setzte den andern auf das Kanapee, jagte das ganze Hauswesen nach Erfrischungen auf und aus und drehte sich gleich einem Kreisel zwischen den beiden Gästen und wiederholte fortwährend:

»Ich glaube es auch noch nicht! Ich glaube es auch noch nicht!« Und dann schickte er in den Goldenen Pfau und bestellte das Mittagsmahl so glorreich, als der Vogel »es auf so kurzes Aviso zu prästieren vermöge«, und zwar bei seinem Fluche.

Der Professor fand Nippenburg und den Schaumlöffel ganz seinen Voraussetzungen entsprechend. Er zeugte sich um halb zwölf Uhr einen kleinen Rausch, und er zeugte sich um drei Uhr einen zweiten und etwas größern. Von vier bis sechs Uhr tat er einen seligen Schlaf auf dem Sofa des Vetters, während der Vetter den Pascha nach tausend Einzelheiten der Reise ausfragte und sich immer vergnügter die Hände rieb.

»Es ist der glorioseste Bursche, der jemals seinen Kopf aufs Koptische setzte, und wenn er aufwacht, marschieren wir nach Bumsdorf!« rief der Vetter. »Hurra, das ist wundervoller als selbst der
alte Goethe von hinten. Und seinen römischen Meilenstein soll er
auch haben; ich halte ihn zwar für einen von meinen eigenen, aber
das ist mir ganz einerlei, und ich will ihm im Notfall auf zwanzig
mehr von der Sorte schwören. Hurra! Jena soll leben!

> Nimm den Schläger in die Linke,
> Bohr ihn durch den Hut und trinke
> Auf des Vaterlandes Wohl!«

Noch halb im Schlafe antwortete der Professor vom Sofa her:

> »Ich durchbohr den Hut und schwöre,
> Halten will ich stets auf Ehre
> Und ein braver Bursche sein!«

Lang fielen die Schatten der Pappeln auf den Weg nach Bumsdorf, als die beiden greisen Kommilitonen auf ihm hintrabten zum
Manne vom Mondgebirge, in ähnlicher Stimmung und auf ähnlich
schwankenden Füßen, wie sie einst zur Rasenmühle oder Stiftsmüh-
le gezogen sein mochten. Auch der Pascha setzte die Beine recht
quer übereinander und griff häufig nach einer imaginären Mauer,
um sich im Gleichgewicht zu halten, und alle drei trugen die Kopf-
bedeckungen in der Hand und fächelten sich damit Luft zu und
bliesen heftig. Sie waren imstande, das Gras wachsen zu hören, sie
ahnten mehr Dinge zwischen Himmel und Erde, als sich die Philosophie anderer Leute träumen ließ; aber das ahnten sie nicht, daß
sie durch ihre vergnügte Gegenwart der deutschen Nation eine
fernere vieltausendjährige Gemütlichkeit verbürgten, wie drei Ei-
cheln, die man in der hohlen Hand hält, einen ganzen Wald bedeuten mögen.

Nun trat der niedere Kirchturm von Bumsdorf aus den Baumwipfeln hervor, grad als die rote Sonne ihre Photographie auf den westlichen Horizont wie an den Rand eines Spiegels steckte. Noch einige
Schritte, und sie – der Professor, der Vetter und der Pascha – guckten an derselben Stelle über die Hecke in die Fliederlaube, an wel-

cher einst Leonhard nach seiner Heimkehr aus dem Tumurkielande zu so argem Schrecken des Schwesterleins, der schönen Nikola und der beiden Mädchen vom Gutshofe hinüber- und hineingeguckt hatte. Mit einem kleinen Schreckensschrei sprang Fräulein Lina Hagebucher auch diesmal empor und –

»Alle Hagel!« rief der Leutnant Herr Hugo von Bumsdorf, der in einer grauen Joppe und hohen Wasserstiefeln dem Kinde gegenübergesessen und es auf das fließendste von den Fortschritten der Landwirtschaft, dem Herrn von Liebig und seiner eigenen dränierenden, rationell ökonomischen Zukunft unterhalten hatte.

»Bismillah! Gott ist wahrhaftig groß, und Mahomet ist in der Tat sein Prophet!« rief Leonhard Hagebucher, der einen Augenblick später, ebenfalls mit einer langen Pfeife im Munde, auf der Treppe der Haustür erschien und seinem seligen Vater nach Statur, Gesichtsbildung, Haltung merkwürdig ähnlich sah. Aber ganz im Gegensatz zu dem seligen Alten durchmaß er in drei weiten Sätzen den Raum vom Hause bis zur Gartenpforte, um die drei Freunde mit Gruß, Händedruck und Umarmung in Empfang zu nehmen. Und die Katze im offenen Fenster der untern Stube hörte auf, sich zu putzen, und sah mit unverkennbarem Interesse auf Täubrich-Pascha und den roten, blaubequasteten Fes in den Händen desselben. Und die alte Frau im schwarzen Trauerkleide legte staunend die Brille zwischen die Blätter von Schmolkes Morgen- und Abendandachten und trat neugierig gleichfalls hervor, um von all den Begrüßungen und Vorstellungen ihr Teil zu holen. Sie bekam es auch im vollsten Maße und fand auf der Stelle ein großes Wohlgefallen an dem Professor, seinen altertümlichen Komplimenten, seinem ernsthaften Wesen und seinen schönen gelehrten Reden über so viele Dinge, welche ihr zu hoch waren. Was dagegen den träumenden Schneider Felix Täubrich anbetraf, so wurde sie während seines ganzen Aufenthalts in ihrem Hause eine gewisse Furcht vor ihm nicht los, sah ihn stets ein wenig bänglich von der Seite an und schüttelte den Kopf und meinte verstohlen, dem Menschen traue sie nicht, der sei entweder noch viel klüger als der Professor oder noch viel dümmer als der lahme Hans vom Gute, des Herrn von Bumsdorf Gimpel, und wenn er beides nicht sei, so sei er unbedingt ein ganz heimtückischer Bösewicht und verstelle sich grausam oder er sei sehr brav und es fehle ihm nur da ein wenig zuviel, wo auch die meisten andern Leute lange nicht genug hätten.

Bei den letzten Worten klopfte sie sich jedesmal bedeutungsvoll vor die Stirn. –

Wer guckt noch über die Hecke des Hagebucherschen Gartens und ruft:

»Na, das ist eine Bescherung, die ich mir lobe!« – ?

Wer konnte es anders sein als der grause Dynast des Ortes, der grimme, erbarmungslose Ausüber sämtlicher feudalen Rechte hiesiger Gelegenheit, der blutdürstige, entsetzliche Junker und Erbherr von Bumsdorf? Und was tut er, um den durch seine plötzliche Erscheinung hervorgerufenen Schrecken ins Grenzenlose zu vermehren? Er fügt dem Schauder seiner Gegenwart den kalten Hohn des gesprochenen Wortes hinzu, wendet sich an sein jüngstes, ihm dicht auf den Fersen nachtrippelndes Ritterfräulein und ruft:

»Flink, Minchen, jetzt gilt es, Sievers marschiert eben vom Hofe! Jetzt zeig, daß dir die Füße nicht zusammengewachsen sind; flink, die Forellen kommen unter keinen Umständen in die Stadt, Sievers setzt den Korb wieder ab, und der Goldene Pfau mag zusehen, wie er sich ohne die Fische zurechtfindet. Marsch, lustig vorwärts und – halt, deiner Mutter sag, wenn sie etwas recht Kurioses sehen wolle, so möge sie gleich zum Afrikaner herüberspringen, bei dem sei halb Ägypten und die ganze Türkei soeben angelangt und ließen sich umsonst sehen!.. Guten Abend, Professorchen, guten Abend, Täubrich-Pascha! Gesprochen haben wir längst von dieser Ehre und diesem Vergnügen, aber geglaubt hat eigentlich keiner dran.«

Wem der Ritter von Bumsdorf die Hand drückte, der spürte es noch eine geraume Zeit nachher, und wem Fräulein Minchen auf der Nippenburger Chaussee nachlief und nachrief, der mußte sehr schnell auf den Füßen und sehr schwerhörig sein, um ihr zu entgehen. Sievers der Vasall entwischte ihr nicht, die Bumsdorfer Forellen gelangten zu großem Verdruß der Pfauwirtin nicht in die Küche des Goldenen Pfau, sondern blieben im Orte und nährten redlich des Ortes Eingeborene und die beiden hohen Fremdlinge und lieben Gäste aus der Hauptstadt des Landes. Erst am dritten Tage nach seiner Ankunft in der Provinz gedachte der Professor Reihenschlager des römischen Steines bei Fliegenhausen und schlug sich vor die Stirn und sprach:

»Ja so! Ist es mir doch immer gewesen, als sei ich eines ganz bestimmten Zweckes halber hierhergewandert! Bei den Bukoliken des Virgil, dieses ländliche Wohlleben und diese eigentümlich frische Luft scheinen meiner Natur durchaus nicht zuträglich zu sein. In der Zusammenstellung meiner verschiedenen Hypothesen über die Nasallaute in den europäischen Sprachen und welchem Urstamm wir für dieselben dankbar sein müssen, bin ich auch nicht weiter fortgeschritten, welches mir sehr bedenklich erscheint. Ich bitte dringend um meinen römischen Meilenstein, Freund Leonhard; es wäre mir wirklich sehr angenehm, hier in Bumsdorf die Anwesenheit der urbs nachweisen zu können, und ich würde unter solchen Umständen die auf diese kleine, aber abenteuerliche Exkursion verwendete Zeit nicht als ganz und gar verloren erachten.«

»Bravo, Pilz!« lachte der Vetter Wassertreter. Leonhard Hagebucher lachte gleichfalls, doch nicht ganz so laut; der Pascha ließ betrübt die Unterlippe sinken, und der Leutnant Hugo rief: »Wir haben dort eine Weizenbreite auf dem Fuchsrücken und können eine Waldpartie und ein Picknick aus der Fahrt machen. Wir packen die selbstverständlichen Butterbrödte, die Mädchen, die Weinflaschen und uns selber nach Tisch auf einen Leiterwagen und kochen Kaffee unter der Galgeneiche oder beim Toten Mann oder sonst an einem romantischen Punkte. Der Professor bekommt seinen Stein, und jedermann verpflichtet sich heute schon feierlichst, ihm seine Ansicht und Meinung darüber aufs Wort zu glauben. Nachher spielen wir Blindekuh, das heißt, wer will, kann teilnehmen; selbst die Mädchen sind von dem Vergnügen nicht ausgeschlossen –«

»Hört, hört!« rief der Vetter Wassertreter.

»Das nenne ich einen unverschämten Gesellen!« sprach ernsthaft Fräulein Sophie von Bumsdorf.

»Und am Abend – fahren wir wieder nach Hause«, schloß der Leutnant seinen Vortrag, fügte jedoch zur Seite gewendet noch hinzu: »Bei Mondenschein nämlich, Fräulein Lina – und mein Waldhorn nehme ich, wenn man mich recht bittet, gleichfalls mit. Wer etwas gegen meinen Vorschlag einzuwenden hat, der melde sich augenblicklich, damit wir ihm ebenso augenblicklich die Lächerlichkeit seiner Gegengründe darlegen können.«

»Accedo ad talem, ich stimme unbedingt mit dem jungen Manne!« sprach der Professor, indem er sich mit der Würde eines Kardinals, der im Konklave einen Papst zu wählen hat, von seinem Stuhle hinter dem Hagebucherschen Familientische erhob und sämtliche Anwesende in voller Begeisterung mit sich emporzog. Wie es verabredet war, geschah es, nachdem ein jeglicher seine Verbesserungsvorschläge eifrigst vorgetragen hatte...

Der Pascha saß mit gefalteten Händen auf einem Baumstumpf und stierte an der nächsten Eiche empor; Hagebucher streckte neben ihm im Grase die langen Beine weit von sich; weiter unten an der Berglehne arbeiteten der Professor, der Vetter Wassertreter und Sievers der Vasall gewaltiglich, den römischen Stein, welchem der Vetter weniger als je traute, von dem Schmutz der Jahrtausende zu befreien; weiter oben aber auf der grünen Lichtung, neben dem knisternden Feuer und den Kaffeetöpfen und Viktualienkörben lachten die Mädchen und Herr Hugo, während gegen Fliegenhausen zu auf dem freien Felde der Dynast von Bumsdorf vergnügt seinen Weizen besah. Erst war ein leises Rauschen durch die Wipfel der Bäume gezogen, doch schwand das bald, und jetzt war es ganz still im Walde.

»Nun, Täubrich, was sagt der Häher da oben im Baum?« fragte Leonhard, richtete sich aber noch während dieser Frage schnell auf und rief: »Holla, Mann, was haben Sie, was sehen Sie, was fällt Ihnen bei?«

Der träumende Schneider hatte plötzlich einen langen, schweren Seufzer ausgestoßen; jetzt sperrte er den Mund, nach Luft schnappend, weit auf, und zwei dicke Tränen rollten ihm die Backen hinunter. Der Afrikaner klopfte ihm zärtlich auf den Rücken, wie einem Kinde, das sich verschluckte, und sagte:

»Besinnen Sie sich, es ist heller, lichter Tag! Lustig, Alter, wie schickt sich ein solches Gesicht zu dem Sonnenschein und dem grünen Walde?«

»O Sidi, Sidi, es ist freilich lichter Tag«, schluchzte der Pascha, »und ich kann ja nichts dafür. Die Sonne scheint, und hier sitze ich im grünen Walde und hab es so gut, wie ich es mir niemals im Wachen und im Schlaf erträumte; aber es ist doch ein rechter Jammer, daß ich nicht weiß, ob's auch wahr ist und kein Traum wie die Palmen und Herrlichkeiten von Damaskus.«

»Ihr Götter, wem halte ich die Predigt, deren mir jetzt das Herz voll ist?« rief Hagebucher, welcher nunmehr weitbeinig vor dem Pascha stand, aber ihm den Rücken zuwendete und gegen den Wald und die Berge redete. »Wer weiß von der Welt, in der er lebt, und von sich selber mehr als dieser Kamerad hier hinter mir? Da lachen sie im Sonnenschein und treiben ihre Spiele, solange sie jung sind; da wühlen sie alte, versunkene Steine, einen Traum im Traum, hervor, und alle glauben sie an ihr Spielzeug, nur dieser kluge Gesell hinter mir will nicht an das seinige glauben und nennt sich selber einen Narren! Womit spielt er, was sieht er? Das Meer und die Wüste, Paläste in den Wolken, Palmenwälder, schöne Mädchen und Gärten, so herrlich, wie niemand auf Erden sie pflanzen kann, sind ihm zu unbeschränkter Verfügung gestellt, und – er heult, o Täubrich, Täubrich!«

»Wenn ihr wüßtet, was ich weiß, sagt Mahomet, so würdet ihr viel weinen und wenig lachen!« schluchzte der Pascha kläglich; der Afrikaner aber drehte sich schnell um und rief:

»Kennen Sie das arabische Wort auch? Was geht das Sie an? Die andern alle, die mit List oder Gewalt den ägyptischen Proteus, das Leben, zu überwältigen und zu ihrem Willen zu zwingen suchen und mit ihm ringen müssen bis an den Tod, die mögen das Wort sprechen, Sie aber sollen's gefälligst bleibenlassen. Täubrich, es ist keine Kleinigkeit für einen Menschen, der aus dem Tumurkielande nach Hause kommt, einen Gesellen Ihresgleichen Wand an Wand neben sich zu wissen, und ich verbitte mir ernsthaft jeden Versuch Ihrerseits, auch das werden zu wollen, was jene dort über und dort unter uns einen klaren Kopf und vernünftigen Menschen zu nennen belieben. Ich sage Ihnen, Täubrich, es ist auch unter jenen nicht einer, der mit Sicherheit sagen kann, ob er in seinen Gedanken, Wünschen und Handlungen wahrhaftig in der Wirklichkeit wandle; und so ist's ein Großes zu nennen, was einem Bevorzugten, das heißt einem närrischen Kerl, wie Sie, gegeben wurde von den Göttern. Jetzt aber kommen Sie; lassen wir die andern Erntefelder betrachten, freien, spielen und Steine der Vorzeit zusammentragen; wir wollen uns hinter den Büschen wegschleichen und einen eigenen Pfad suchen. Ich habe vieles probiert seit meiner Heimkehr nach Europa; ich habe auch tausendjähriges Gestein zusammengeschleppt, ich habe gespielt und habe heiraten und Kinder zeugen wollen, doch nun bin ich nur zu einem Wächter vor einem kleinen Unglück in einer großen See von Plagen geworden und habe für jetzt mein volles Genügen daran. Kommen Sie, Täubrich, und treten Sie leise auf; ich will Ihnen eine merkwürdige Ehre antun, und Sie können später auch dieses Bild in Ihre Träume aufnehmen, wenn Sie den Winter über an meiner Stelle dem Professor die zungenvergleichende Grammatik aufbauen helfen.«

Er schritt schnell dem Pascha voran durch das Gebüsch und stieg schräg über die Berglehne hinab, vorsichtig nach beiden Seiten hin ausschauend, gleich einem, der nicht will, daß ein Unberufener ihm nachsehe oder gar sich herausnehme, seinen Schritten zu folgen. Aber niemand blickte den beiden seltsamen Freunden nach oder folgte ihnen; und sie erreichten bald die Sohle des Tales, wo sie sich durch dichtes Unterholz förmlich durchzuwinden hatten, bis sie nach Verlauf einer Viertelstunde aus dem Walde und auf die Landstraße von Fliegenhausen, am Eingange des Tälchens der Katzenmühle gegenüber, hinaustraten. Leise gingen sie weiter auf dem schmalen Pfade, den wir so oft im Laufe dieser Erzählung beschritten haben, und dann standen sie still hinter den Nußbüschen, und Hagebucher legte dem Pascha die linke Hand auf die Schulter und deutete mit der rechten vor sich hin:

»Das ist die Katzenmühle, Täubrich! Alle jene, welche wir dort an der andern Seite der Straße im Walde an den Bergen ließen, kennen den Ort so gut wie ich; doch niemand von ihnen geht mehr hierher. Das ist halb eine Verabredung, doch nicht ganz. Was zuerst Scheu und Ehrfurcht vor dem Unglück war, das ist bald zu einer bequemen Gewohnheit geworden, und es ist das beste so. O Täubrich, es schlägt keine Welle mehr bis zu jener Schwelle dort, seit der Major Wildberg mir den Bericht des amerikanischen Konsuls über die Schlacht bei Richmond sendete. Sie weinen nicht mehr dort hinter den Blumen, dort unter dem morschen Dache. Sie sitzen still, und still ist es um sie her, sie verlangen nicht mehr.« ...

Der kleine, halbwilde Garten vor der Mühle blühte in voller Pracht des Sommers. Die Fenster des untern Gestocks und die Tür der verfallenden Wohnung standen geöffnet, doch kein Leben regte sich dort bei allem zierlichen Anschein des Lebens. Nur die Bienen, Fliegen und Schmetterlinge hatten ihr Wesen über den Blumen und in den Sonnenstrahlen; nur der Fall der Wassertropfen klang wieder – wieder vom alten schwarzmoosigen Rad herüber. Täubrich-Pascha hielt die Hand des Mannes vom Mondgebirge und blickte so dumm und verzückt wie nie – da trat der weiße Spitz in die Tür der Hütte, hob den Kopf und fing an, leise zu knurren, doch besann er sich schnell und kam eilig, doch ohne Gebell durch den Garten zu den beiden Lauschern heran und stieß einen halb freudigen, halb winselnden Ton hervor.

Leonhard Hagebucher beugte sich zu ihm nieder, streichelte ihm den klugen Kopf und flüsterte:

»Heute nicht, mein guter alter Bursch! Gehe hin und halte gute Wacht.«

Das Tier schüttelte sich, zog sich bis zur Pforte des Gärtchens zurück und warf sich dort in dem Sonnenschein nieder. Hagebucher wendete sich und sagte:

»Jetzt wollen wir wieder zu den Lebendigen gehen.«

Kaum hörbar fügte er hinzu:

»Wenn ihr wüßtet, was ich weiß, so würdet ihr viel weinen und wenig lachen.«

Über tredition

Eigenes Buch veröffentlichen

tredition wurde 2006 in Hamburg gegründet und hat seither mehrere tausend Buchtitel veröffentlicht. Autoren veröffentlichen in wenigen leichten Schritten gedruckte Bücher, e-Books und audio-Books. tredition hat das Ziel, die beste und fairste Veröffentlichungsmöglichkeit für Autoren zu bieten.

tredition wurde mit der Erkenntnis gegründet, dass nur etwa jedes 200. bei Verlagen eingereichte Manuskript veröffentlicht wird. Dabei hat jedes Buch seinen Markt, also seine Leser. tredition sorgt dafür, dass für jedes Buch die Leserschaft auch erreicht wird.

Im einzigartigen Literatur-Netzwerk von tredition bieten zahlreiche Literatur-Partner (das sind Lektoren, Übersetzer, Hörbuchsprecher und Illustratoren) ihre Dienstleistung an, um Manuskripte zu verbessern oder die Vielfalt zu erhöhen. Autoren vereinbaren direkt mit den Literatur-Partnern die Konditionen ihrer Zusammenarbeit und partizipieren gemeinsam am Erfolg des Buches.

Das gesamte Verlagsprogramm von tredition ist bei allen stationären Buchhandlungen und Online-Buchhändlern wie z. B. Amazon erhältlich. e-Books stehen bei den führenden Online-Portalen (z. B. iBookstore von Apple oder Kindle von Amazon) zum Verkauf.

Einfach leicht ein Buch veröffentlichen: **www.tredition.de**

Eigene Buchreihe oder eigenen Verlag gründen

Seit 2009 bietet tredition sein Verlagskonzept auch als sogenanntes "White-Label" an. Das bedeutet, dass andere Unternehmen, Institutionen und Personen risikofrei und unkompliziert selbst zum Herausgeber von Büchern und Buchreihen unter eigener Marke werden können. tredition übernimmt dabei das komplette Herstellungs- und Distributionsrisiko.

Zahlreiche Zeitschriften-, Zeitungs- und Buchverlage, Universitäten, Forschungseinrichtungen u.v.m. nutzen diese Dienstleistung von tredition, um unter eigener Marke ohne Risiko Bücher zu verlegen.

Alle Informationen im Internet: **www.tredition.de/fuer-verlage**

tredition wurde mit mehreren Innovationspreisen ausgezeichnet, u. a. mit dem Webfuture Award und dem Innovationspreis der Buch Digitale.

tredition ist Mitglied im Börsenverein des Deutschen Buchhandels.

Dieses Werk elektronisch lesen

Dieses Werk ist Teil der Gutenberg-DE Edition DVD. Diese enthält das komplette Archiv des Projekt Gutenberg-DE. Die DVD ist im Internet erhältlich auf **http://gutenbergshop.abc.de**